U0147011

Taiwan
Trade History
台灣貿易史

研究團隊

中華民國對外貿易發展協會

|台灣貿易史|

計畫主持人：薛化元

協同主持人：戴寶村、曾妙慧、郭雲萍、李為楨、張怡敏、李進億、王恩美、褚填正

研 究 顧 問：武冠雄、彭茂中

審 稿 委 員：許志仁、曾天賜、趙永全、葉明水、呂文瑞、黃文榮、林芳苗、藍淑琪、吳立民、賴元化、陳淑真、張慧華、林森、洪妤靜

發　行　人：許志仁
中華民國對外貿易發展協會
地　　　址：台北市11012基隆路一段333號5-7樓
電　　　話：02-2725-5200
傳　　　真：02-2757-6831
網　　　址：www.taitra.org.tw
售　　　價：新台幣650元整
劃撥帳號：05168119
戶　　　名：中華民國對外貿易發展協會

ISBN：978-957-495-200-7
2008年1月初版
美術設計：樺舍印前事業股份有限公司—設計中心
印刷：上海印刷廠股份有限公司

國家圖書館出版品預行編目資料

中華民國對外貿易發展協會
Taiwan External Trade Development Council

台灣貿易史
薛化元總編輯
–初版—台北市：外貿協會，2008.01
面；公分
ISBN: 978-957-495-200-7

台灣貿易史
Taiwan
Trade History

序言

2005年8月間赴荷蘭洽公偶得一書，其中蒐羅極豐之荷蘭東印度公司（1602-1799）涉台史料，及荷據時期（1624-1662）之台灣貿易檔案。當下即決定返國後將致力發行一本由國人撰述、以台灣為主體之「台灣貿易史」，俾供世人瞭解台灣自有歷史記載以來之貿易發展脈絡，並進而思考台灣對近代世界文明之貢獻，及其存在之價值。

本計畫著手進行之初，係由會內同仁自行蒐集資料撰述。惟為求內容更臻完善，並期建構一部擲地有聲之台灣貿易史略，爰委請政大台灣史研究所薛化元所長及其研究團隊負責這項艱鉅任務。該團隊共邀集九位在相關領域學有專精之學者及十餘位研究助理，耗盡一整年之功，始完成本書之撰述。初稿50萬字，經審酌閱讀及保存之方便，爰再匯集團隊之智慧，將全書精簡至30萬言；期間，團隊成員莫不戰戰兢兢，全力以赴。

本書共分日治之前、日治時代及戰後至今三大部分，從早期台灣之貿易活動，歷經荷蘭人之殖民經濟，鄭氏王國及清帝國之統治，日治時期，以迄二次戰後之經貿發展等，循序描述六個時期之台灣經貿面貌，台灣貿易國際化之進程，及與中國大陸之貿易關係。

台灣貿易之國際化一直是影響台灣經濟發展之重要因素之一，特別是從1624年荷蘭人進入大員（今台南安平）起，台灣之貿易作為也因荷蘭東印度公司之海外拓展，一躍跨入國際舞台，台灣更因而長期扮演國際貿易之重要轉運站角色；而台灣之貿易市場亦遍及日本、印尼、中國、越南、泰國、印度、歐洲等地。其貿易對象更含括歐、亞、非等地之商賈。販售之商品，則括及日本白銀、南洋香料、中國絲綢、瓷器等。以今天之術語而言，台灣當時已扮演歐、亞、非間之貿易轉運中心及營運中心功能。

近400年來台灣與中國大陸間之「兩岸關係」，也一直影響著台灣之經貿發展。從明朝朱元璋宣布海禁，逼迫台灣轉與中國私商及日本倭寇貿易，也造就了大投機商如李旦、鄭芝龍之流，

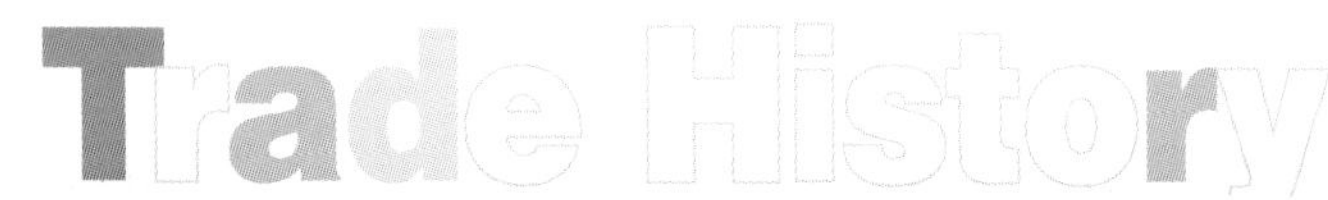

台灣並一度成為國際私梟商品之轉銷基地。荷蘭人佔領台灣，為爭取與中國之自由貿易，刻意與清廷維持友好關係，亦間接使得大員成為當時東亞間最賺錢的商港。在清朝名義上統治台灣的212年間，有三分之二時間，台灣只重視與中國之輸出入貿易，直到1860年中國遭西方列強壓迫開放商港後，台灣又轉而積極於國際貿易。

日本佔領台灣50年間，台灣基本上被視為服務日本之腹地，在「農業台灣，工業日本」之日帝國殖民政策下，日商壟斷了台灣貿易，僅少數如樟腦、茶、帽子等商品得以踏上國際貿易舞台。迄二次戰後，台灣拋開對中國大陸及日本市場之依賴，發展屬於其特有之產業模式及對外貿易，並一躍成為國際經貿大國。

外貿協會自1970年創辦，至今已屆37年，這段期間正是我國經濟不斷茁壯、步向開發成熟的關鍵時期。貿協在這段期間，在協助台灣廠商拓展國際市場，提升國內產業發展及轉型上，也扮演了相當吃重之角色。台灣之對外貿易總值也由1970年初之30億美元躍升至2007年之4,500億美元；國民生產毛額也由57.29億美元，增至2006年之3,936.79億美元。我國對外貿易總值對應國民生產毛額之貢獻度也一直居高不下，足見貿易對台灣國力之增長具舉足輕重之影響。

歷史可以鑑古今，可以知興替，這本集多人心力完成之台灣貿易史，可以為國人及國際人士，在瞭解台灣之發展進程上，提供一個不同的角度視野，並為世人開啟一扇對台灣嶄新歷史認知的視窗：原來在這一座美麗的島嶼上，數百年來有著無數的勤奮人民，用他們的努力與智慧，不但與大洋為友，更透過大洋向外無限地延伸他們的觸角。他們與世界各國進行貿易，也透過交易與接觸，汲取滋養，參與國際社會的脈動與人類文明的演進。

董事長　許志仁

主持人序

台灣位處東亞交通要衝，自古以來就是國際航線的必經要地。有史以來，對外貿易也一直都是台灣經濟發展重要的一環。因此從歷史的角度來看，出版《台灣貿易史》這類的通史性著作，將有助於國人認識及瞭解台灣經濟發展的脈絡，特別是貿易在經濟發展的地位。不過，長期以來台灣經濟史的通史性著作就不多，以貿易發展歷史為主軸的著作，更為少見。因此，外貿協會主動推動本書的研究、出版，是一大盛事。而本書不僅是站在學術專業的立場，也希望可以提供國人關於台灣經濟貿易歷史發展之資訊，進而認識台灣。

本研究團隊成員的學術背景以歷史學及經濟學為主，不僅研究主題皆與台灣經濟史相關，其中絕大多數求學時更專攻台灣經濟史，取得博士學位。研究進行期間，研究團隊透過密集的會議，進行切磋、討論，使本研究更具科際整合的意味，參與者也獲益良多。除了整個團隊之外，研究進行時也針對成員的專長進行分工。大抵上，本研究的分工主要可分成兩大部分，第一部份日治之前，是由戴寶村教授帶領研究員李進億先生進行。第二部分由筆者帶領團隊成員共同討論完成，各章節之撰寫人如下：郭雲萍教授負責〈第六章日治初期的經濟制度整編與貿易發展〉、〈第十一章農業與台灣經貿發展〉；李為楨教授負責〈第七章日治時期台灣米糖經濟主軸下的對外貿易〉、〈第九章戰後初期的接收與對外經貿問題〉、〈第十六章經貿改革與出口持續擴張（1980-1989）〉；曾妙慧教授負責〈第八章日本的南進政策與戰爭體制下的台灣經貿發

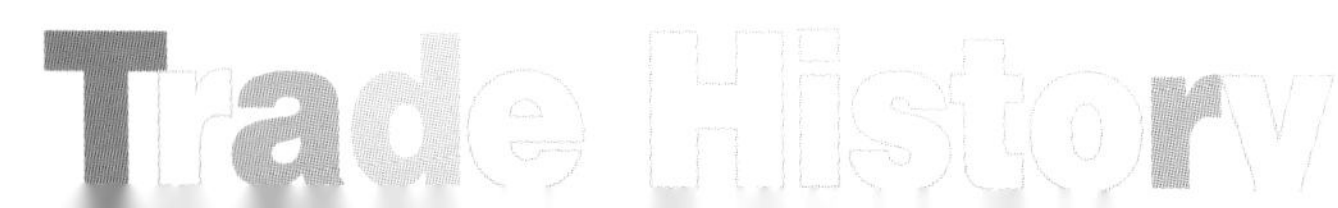

展〉；筆者負責〈第十章1949年與台灣經貿的轉捩點〉；褚填正先生負責〈第十三章從進口替代到出口擴張〉；張怡敏教授負責〈第十二章美援與經濟復甦〉、〈第十四章獎勵投資與出口擴張（1960-1969）〉、〈第十五章對外貿易急速成長及第二次進口替代（1970-1979）〉；王恩美教授負責〈第十七章積極參與國際經貿組織與經貿結構的調整〉。

另外，本研究的進行，多得力於研究助理蒐集與整理資料及行政助理在行政事務上的支援。謝謝李鎧揚、許志成、陳明達、楊偉中、曾培強、嚴婉玲、曾麗珍，以及謝芳怡小姐、項怡鳴小姐、曾婉琳小姐、黃仁姿小姐等人在這部分的幫忙。

最後，感謝外貿協會的厚愛與協助，使本團隊得以進行此一研究工作，以及海外投資開發公司武董事長冠雄、新竹市進出口公會彭前會長茂中對研究內容的指正，也使研究團隊獲益良多。這些都是在研究工作告一段落後，應該致意再三的。

政治大學台灣史研究所所長 薛化元

台灣貿易史
Taiwan Trade History

目 次 CONTENTS

Taiwan
Trade History

Taiwan Trade History

Section
01
台灣貿易史
第1篇
日治之前

Chapter 1

▶▶早期台灣的對外貿易活動（1624年以前）

本章主要探討1624年荷蘭人來台之前，台灣的對外貿易活動。從史前時代開始，生活於台灣島上的人類已存在與澎湖地區的石器交換行爲，產於東部的玉製品也透過海運在島內外形成運銷體系，而北部的十三行人更擅於與中國、日本海商進行貿易活動，遺留下許多銅幣與瓷器的考古遺物。其後，中國海商與海盜活躍於東亞海域，以台灣爲據點的第三地會合貿易盛行一時，因而吸引了荷蘭與西班牙等歐洲航海勢力的注意。

台灣島位居東亞海域適中位置，在1624年荷蘭人到來，與世界貿易網絡連結之前，對外貿易活動已然蓬勃發展。早在4600年前，台灣與澎湖之間已出現石器的交易行爲，顯示兩地透過海路交通的貿易活動在新石器時代中期即已存在，而產自東部的玉器也在台灣各地及海外菲律賓的考古遺址中出土，玉的貿易在史前時代甚爲活躍，而金屬器時代的十三行人，更是擅於操舟航海與商業行爲，與中國及日本海商從事瓷器與飾物的交易；其後定居於台灣各地的南島語族原住民，與其血緣上可能的祖先一史前人類相較，跟外來勢力的頻繁往來，已知使用貨幣交易，其貿易行爲與商業性格更爲強化；16世紀以降，來自中國的海盜與海商，爲躲避明朝海禁的查緝，與中國一衣帶水的台灣，遂成爲他們與日本、荷蘭及西班牙等國商人進行會合貿易的第三地，而顏思齊及鄭芝龍等亦商亦盜的海上勢力，更在台灣刻意經營，作爲劫掠中國沿海的根據地。以下即針對1624年之前以台灣爲中心的貿易活動作一探討，試以描繪台灣初期貿易的具體樣貌。

第一節 考古發掘呈現的貿易活動樣態

台灣在地理上，迫近中國大陸，並位居東北亞與東南亞的連接點上，在這種地理因素下，自史前時代起，台灣便接納著由大陸東南沿海地方排湧而來的種族及文化的波動，並且是這些文化種族南漸或北進的分叉路。[1]海島的地形地緣與航海活動一直與台灣的歷史發展過程息息相關，[2]台灣最早的住民一「南島語族」即爲海潮所推送，紛至沓來抵達這座島上。據考古學家推斷，至遲在距今2至3萬年前，台灣島上已有人類居

Authorship

1. 曹永和，〈環中國海域交流史上的台灣與日本〉，《台灣早期歷史研究續集》（台北：聯經，2000），頁6。
2. 戴寶村，《近代台灣海運發展一戎克船到長榮巨舶》（台北：玉山社，2000），頁15。

住，冰河時代結束後，更陸續有人類移入台灣定居。[3]而這數萬年以來以南島語族作爲發展主軸的台灣本島人類活動史，與亞洲大陸、南洋群島之間看似孤立，卻仍有不少海上交通的往來關係，台灣島內各文化之間，除了陸上交通之外，通過長期建構的交換關係與海上交通體系彼此聯繫，因此，史前時代以來的台灣，山海並非阻隔，而是人群之間往來的道路，使台灣島內外的聯繫與互動形成一個整體的交通體系。[4]從史前遺址出土的石器、玉器、琉璃珠、錢幣與瓷器等考古證據，即可窺見史前台灣南島語族的貿易活動與互動範圍，探知台灣貿易黎明期的大致樣態。

一、澎湖石器在台灣西南平原的傳布

距今約4600年前的新石器時代中期開起始，台灣島內外各聚落間的交換或貿易逐漸形成區域性的網絡，此時與台灣島地緣緊密的澎湖群島上，史前人類採集當地特有的橄欖石玄武岩，製造石器並傳布至台灣島的西南平原，這批石器遍及今日西南平原各史前遺址的考古發掘之中。[5]

澎湖群島在歷史時期曾是大批漢人從大陸向台灣拓殖移民的轉接站，事實上早在史前時期，澎湖即已成爲人類在台灣海峽洋面上活動的天然踏腳石。[6]據日治時期的台灣考古學家國分直一研究指出，從澎湖良文港遺址出土的打製石斧上橄欖石玄武岩抗風化殘存呈黑點浮現的狀況，與台灣西岸南部地區所見玄武岩石器的風化情況相同，推測兩地使用此種石材的時代緊密相關；其後，國分氏也在高雄壽山西北麓海岸的桃仔園遺址發現與澎湖良文港遺址發掘物類似型制的彩陶片，從而推斷澎湖與台灣西海岸之間，在時代上與文化上可能有著密切的往來關係，[7]並指出當時的史前人類經由澎湖島來到台灣西海岸居住之後，仍與澎湖的住民有所往來。[8]

戰後，考古學者臧振華在澎湖七美島進行考古挖掘工作，發現屬於細繩紋陶期（距今約4500~3500年前）的南港遺址，[9]出土大量石器成品、打製石器殘片及製造石器碎片，據之推測該遺址爲一座史前石器製造場，而從石器的類型、殘片數量及製造廢料的數量估計，其產品可能超出七美島本身的需求量，應是一座供給更大區域

Authorship

3. 臧振華，《台灣考古》（台北：文建會，1999），頁40。
4. 劉益昌，《台灣原住民史史前篇》（南投：國史館台灣文獻館，2002），頁8。
5. 劉益昌，《台灣原住民史史前篇》，頁5。
6. 宋文薰、高宮廣衛、連照美，〈澎湖考古調查〉，《歷史文物》，108（2002.07），頁37。
7. 國分直一、金關文夫原著；譚繼山譯，《台灣考古誌》（台北：武陵，1994），頁171-172。
8. 國分直一，〈種族層面與文化層面的關係〉，《台灣的歷史與民俗》（台北：武陵，1991），頁11。
9. 劉益昌，《台灣的考古遺址》（台北縣板橋市：台北縣立文化中心，1992），頁23。

所需的石器供應中心。在此基礎下，臧氏與夏威夷大學人類學系考古學者Barry Rolett、中央研究院歷史語言研究所陳維鈞合作，持續探勘研究，採集台灣西南部蔦松文化若干遺址出土的玄武岩石器，進行X射線螢光分析，發現這些石器的原料並非源自台灣西南部，有可能來自澎湖。[10]

如上所述，透過考古發掘及科學分析的驗證，已大致能夠確定澎湖群島上擁有大型石器製造與供應中心，並經由海路運銷至鄰近的台灣西南部地區，雖然現有考古資料仍無法清楚構建此一空間範圍中的交換體系、機制及動力，但至少4600年前以降在澎湖與台灣西南部地區兩地的史前人類之間，存在著物品的交換行爲或貿易活動，已是台灣考古學界的共識。[11]

二、運銷全台的玉器貿易網絡

新石器時代中期，約3500年前開始，農業型態轉趨多樣，生產力持續增加，食物確保充足無虞，物質、藝術及文化因而得到長足發展，交換、貿易遂盛行於聚落與人群之間。這個階段最具代表性的例子是玉器的製造與交換，此一交換關係網絡幾乎遍及全台各地，甚至澎湖、綠島等地，台東卑南遺址、宜蘭丸山遺址、台北芝山岩遺址與圓山遺址、南投大馬璘遺址及屏東Chula遺址等，皆出土造型類似、製造工法相當的各式玉器，其原料可能來自於花蓮的平林遺址或鄰近的玉材產地，製造中心則是位於台東的卑南遺址。[12]以玉器出土的分布範圍廣達全台，而產地與製造場卻集中於東部特定區域的考古發現，可以推知史前時代的台灣，已透過陸路或海運的聯繫，構成一個以全島爲範圍的區域性交換網絡，運作著玉材與玉器的運輸、貿易活動。[13]

台灣的史前遺址中出土的玉質器物，均屬於軟玉類的閃玉，這類玉材僅現於花蓮豐田礦區一帶，而位於豐田附近的萬榮鄉西林村平林遺址，發掘出土了大量各式製造玉器的廢料，可能是當時玉材的集散地與製造點，以地緣及礦物鑒識推定其原料來自豐田礦區，[14]而出土最多數量與型式之玉器製成品者，則屬台東卑南文化代表的卑南遺址，卑南玉器的原料亦出自豐田、平林一帶，可知台灣東部爲台灣史前時代玉器工業發展的核心地帶。[15]

Authorship

10. 臧振華、洪曉純，〈澎湖七美島史前石器製造場的發現和初步研究〉，《中央研究院歷史語言研究所集刊》，第七十二本第四分（2001.12），頁889-905。
11. 宋文薰、高宮廣衛、連照美，〈澎湖考古調查〉，頁47。
12. 劉益昌，《台灣原住民史．史前篇》，頁5；陳仲玉，〈台灣史前的玉器工業〉，收於鄧聰主編，《東亞玉器．第一冊》（香港：香港中文大學，1998），頁345。
13. 鄧淑蘋，〈院藏卑南古玉的解讀〉，《故宮文物月刊》，57（2002.06），頁18。
14. 譚立平、連照美、余炳盛，〈台灣卑南遺址出土玉器材料來源之初步分析〉，《國立台灣大學考古人類學刊》52（1998.04），頁210-219。
15. 陳仲玉，〈台灣史前的玉器工業〉，頁345。

表1-1 台灣出土玉器之41座史前遺址表

編號	遺址名稱	位置	出土玉器類型	文化/年代(距今)
1	圓山	台北市中正區	環、玦、珠、管珠等	圓山文化 4300-3400B.P.
2	芝山岩	台北市士林區	玦、鑿、環	圓山文化 4300-3400B.P.
3	圓山子	台北縣中和市	環、錛	圓山文化 4300-3400B.P.
4	土地公山	台北縣土城市	環、錛	圓山文化 4300-3400B.P.
5	山佳	苗栗縣竹南鎮	環、管珠	山佳系統文化 3000-2000B.P.
6	龍泉村	台中縣龍井鄉	錛	4000B.P.
7	水蛙窟	南投縣埔里鎮	玦、錛	水蛙窟文化 2500-1500B.P.
8	曲冰	南投縣仁愛鄉	錛、管、玦、鑿、環	曲冰文化 3400-2000B.P.
9	大馬璘	南投縣埔里鎮	玦、環	營埔文化 2500-1500B.P.
10	小岡山	高雄縣岡山鎮	棒	蔦松文化
11	桃子園	高雄市	雙孔薄片	4500-3000B.P.
12	鳳鼻頭	高雄縣林園鄉	雙孔薄片、珠、環	鳳鼻頭文化
13	墾丁	屏東縣恆春鎮	鈴飾、珠、管、棒	牛稠子文化 4000B.P.
14	鵝鑾鼻	屏東縣恆春鎮	鑿、鐲	鵝鑾鼻文化 4000-3100B.P.
15	良文港	澎湖縣湖西鄉	蛇紋岩製飾物	細繩紋陶文化
16	鯉魚山	澎湖縣望安鄉	玉器、墜飾	細繩紋陶文化 4500-4000B.P.
17	鎖港	澎湖縣湖西鄉	錛、針、飾物	細繩紋陶文化
18	南港	澎湖縣七美鄉	錛	細繩紋陶文化 4500-4000B.P.
19	花崗山	花蓮縣花蓮市	錛、鑿	卑南文化
20	崇德	花蓮縣秀林鄉	管形器	十三行文化 普洛灣類型 1000-300B.P.
21	太巴塱	花蓮縣光復鄉	環	麒麟文化
22	平林	花蓮縣萬榮鄉	玉材、蛇紋岩廢料	卑南文化
23	永豐	花蓮縣豐濱鄉	錛、鑿	不詳
24	新社	花蓮縣豐濱鄉	玉片	麒麟文化
25	月眉	花蓮縣壽豐鄉	錛、鑿、鏃、玉料	卑南文化 花岡山類型 3000-2000B.P.
26	芳寮	花蓮縣壽豐鄉	錛、鑿、鏃、矛	麒麟文化
27	卑南	台東縣台東市	環、管珠、玦	卑南文化 4000-3000B.P.
28	加路南	台東縣台東市	玦	卑南文化 3000-500B.P.
29	鯉魚山	台東縣台東市	玦	卑南文化
30	富山	台東縣卑南鄉	玦	卑南文化 4000-3000B.P.
31	志航基地	台東縣卑南鄉	手鐲、環	卑南文化
32	追分	台東縣卑南鄉	手鐲、環	卑南文化
33	膽曼	台東縣長濱鄉	玉環	麒麟文化
34	老番社	台東縣卑南鄉	玉墜	卑南文化
35	都蘭	台東縣東河鄉	玦	麒麟文化
36	八仙洞（上層）	台東縣長濱鄉	矛鏃	新石器時代 3000B.P.
37	東河北	台東縣成功鎮	玦、珠、管、錛	卑南文化
38	朗島村	台東縣蘭嶼鄉	玦	不詳
39	漁人村	台東縣蘭嶼鄉	玦、鐲	不詳
40	油子湖	台東縣綠島鄉	玦、鐲、圓片	卑南文化 3000B.P.
41	南寮	台東縣綠島鄉	環	不詳

資料來源：陳仲玉，〈台灣史前的玉器工業〉，收於鄧聰主編，《東亞玉器第一冊》（香港：香港中文大學，1995），頁337-338。

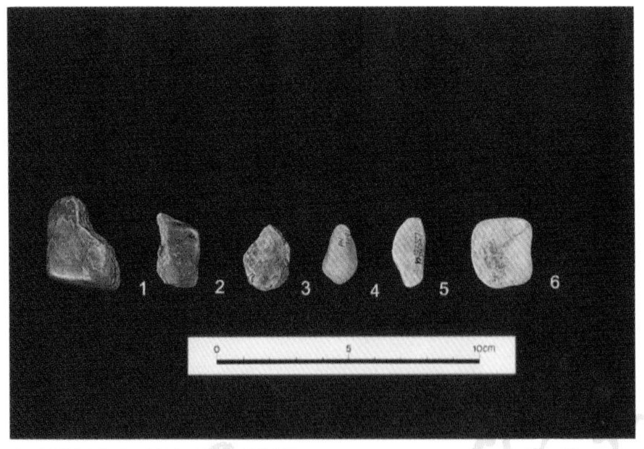

卑南遺址出土小型天然玉質礫石
資料來源：宋文薰、連照美合著，《卑南考古發掘 1980~1982》，台北：台大出版中心，2004，頁239。

台灣玉器的使用大致始於新石器時代早期的較晚階段，延續時間大體到距今1500年前後的新石器時代與金屬器時代之交，部分地區可能保留到稍晚才結束使用。[16] 玉器的使用始於東海岸的卑南文化、北部的圓山文化與南部若干細繩紋陶文化的遺址，其中以卑南文化出土數量最多。

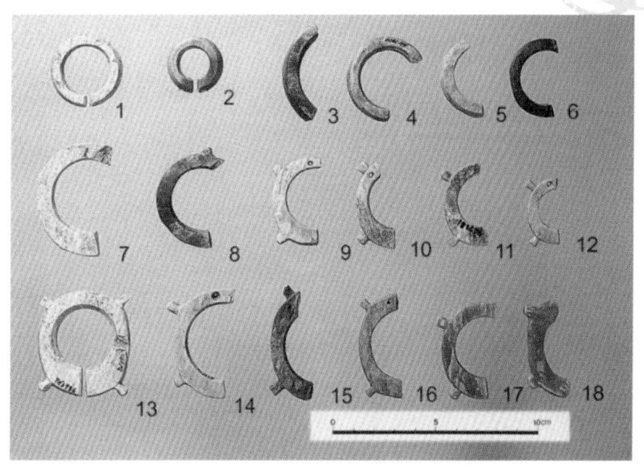

卑南遺址出土玉耳飾
資料來源：宋文薰、連照美合著，《卑南考古發掘 1980~1982》（台北：台大出版中心，2004），頁241。

發現玉器的遺址共有41處之多（如表1-1所示），其空間分布具有區域性，主要集中於台灣東部的海岸及縱谷地帶，其中自立霧溪口的崇德遺址到台東卑南平原之間，共18處遺址，加上宜蘭的丸山遺址及蘭嶼和綠島等三處，已超過一半；[17] 西部海岸地帶有台北盆地的圓山、芝山岩遺址和其他等五處遺址，以及南部桃子園、鳳鼻頭、墾丁、鵝鑾鼻等四處遺址，曾有玉器出土；中部在埔里盆地的水蛙窟、大馬璘及龍泉村等三處遺址和濁水溪上游的曲冰遺址中，發現過玉器；澎湖群島則有四處遺址出現玉器。[18]

從表1-1中玉器的出土地分布、器物類型及工藝技術等層面來觀察，顯然卑南文化的代表地卑南遺址是台灣史前玉器工業的核心，整個東海岸地區的玉器分布均圍繞著卑南遺址而擴散，並透過交換貿易逐漸由東海岸傳布至台灣各地與外島地區。根據考古學者研究，台灣西海岸北部的圓山文化及南部的牛稠子文化所發現的玉器，可能皆爲卑南文化玉器傳播或是交易所得的物品，其中的圓山文化與卑南文化分屬兩個截然不同的文化傳統，兩地之間並無沿海平原相通而是高山峻嶺阻隔，卻分別擁有同一類型的稀有玉器陪葬品「人獸形玉玦」出土，顯示兩地之間的玉器工業間應有相當程度的關連。[19] 此外，西海岸南部恆春半島至高屏溪口間諸遺址所出現的玉器類型亦與卑南遺址類似，可見台灣東海岸至西北和

Authorship

16. 劉益昌，〈台灣玉器流行年代及其相關問題〉，收於臧振華主編，《史前與古典文明》（台北市南港：中研院史語所，2004），頁11。
17. 劉益昌，〈宜蘭在台灣考古的重要性〉，《宜蘭文縣雜誌》，43（2000.06），頁11-12。
18. 陳仲玉，〈台灣史前的玉器工業〉，頁338。
19. 宋文薰、連照美，〈台灣史前時代人獸形玉玦耳飾〉，《國立台灣大學考古人類學刊》44（1984.06），頁165；劉益昌，《淡水河口的史前文化與族群》（台北縣八里鄉：台北縣立十三行博物館，2002），頁84-96。

西南海岸之間，均可能是各地間以海運貿易互通有無的結果。至於中部山區的埔里盆地的大馬璘遺址及濁水溪上游的曲冰遺址等玉器工業區，也明顯受到卑南文化的影響，其中的曲冰遺址與花蓮平林遺址兩地間僅有中央山脈能高山的一峰之隔，而濁水溪上源支流萬大溪與流向東部的知牙漢溪源頭之間的距離亦頗相近，彼此可能有透過陸路山道相互聯繫交易的活動存在，[20]這亦可從大馬璘遺址出土東部流行的雙把罐型器，而平林遺址則發現產於濁水溪流域的矽岩石材的考古發現，窺得兩地史前人類攀山越嶺進行陸路貿易的蹤跡。[21]

從上述的討論可知，台灣的玉器以東部卑南遺址爲中心，經由陸路或海路的交通管道，以交換模式或貿易活動的方式逐步擴散到全台各地，而近來的研究也指出，卑南玉器的貿易網絡不僅侷限於本島，在南洋的菲律賓、泰國及越南南部一帶皆可發現零星豐田玉的殘跡，反映至少在兩、三千年前的台灣與東南亞各地之間，已透過海洋通道有所交易往來。[22]

三、十三行人的貿易活動

遺址主要分布於台灣北部海岸地帶的十三行文化，曾出土大量中國唐宋以來的錢幣、玻璃珠、瑪瑙、瓷器及青銅器，這些器物可能是十三行人在中國近世史上中國與琉球貿易盛行時期，得之於中國海商之手，由此發現，可知台灣的史前人類在距今兩千年前左右，已然與中國東南沿海地區及琉球群島等地進行商品貿易活動。[23]

距今約1800年之前，台灣的史前史邁入金屬器時代，分布於淡水河口及台北盆地西北部的十三行文化，是爲此期之代表，其時間下限可延伸至400年前的17世紀，前後約1500年。[24]十三行文化爲台灣金屬器時代的各個文化中，唯一具備煉鐵技術者，在十三行遺址中發現了煉鐵製程的遺跡，以及大量鐵渣的遺留，而其他同時期的史前文化，目前都只有發現金屬器的使用而已。[25]這種製鐵的技術可能是從外地，經由海運傳入至淡水河口地區，其後再逐漸沿著淡水河的水運路線，朝向東方及南方擴散到台北盆地內和北海岸一帶。[26]十三行人以其居近海洋的地緣關係，與外界的接觸頗爲密切，這些對外的聯繫除了新技術的引進，也爲他們攜

Authorship

20. 陳仲玉，〈台灣史前的玉器工業〉，頁346。
21. 劉益昌，〈台灣玉器流行年代及其相關問題〉，頁22。
22. 洪曉純、飯塚義之、Rey A. Santiago，〈海外遺珠—一顆在菲律賓出土的史前台灣鈴形玉珠〉，《故宮學術季刊》，21：4（2004.04），頁43-56；魏國金、陳成良，〈東南亞館藏古玉八成來自台灣豐田玉〉，《自由時報》，2007年11月20日，A8版。
23. 劉益昌，《淡水河口的史前文化與族群》，頁115。
24. 詹素娟、劉益昌，《大台北都會區原住民專輯》（台北市：台北市文獻會，1999），頁46。
25. 劉益昌，《台灣原住民史．史前篇》，頁50。
26. 劉益昌，《淡水河口的史前文化與族群》，頁113。

至來自東亞各地的各式貨品，開啓台灣北海岸地區對外貿易活動的契機。

十三行文化出土物的品項類型頗爲多樣，部分物品及其原料不是台灣本土所有，顯然並非十三行人所自行製造產出，應是透過海洋貿易購自外地。如遺址曾出土大量瑪瑙珠、玻璃手鐲、玻璃耳玦、玻璃珠及其他質地的珠飾，還發現金飾、銀管飾物、銅刀柄、銅碗、銅鈴、銅幣等罕見的外來物品，[27] 而十三行文化的最大特徵爲出現大量中國南宋、元、明等各朝代的中國陶瓷，本土所製陶器則數量大減，可見十三行人對於外來貿易品的依賴頗深，導致傳統自製陶器已漸爲中國瓷器所取代，[28] 但明代中葉以後爲防範倭患而設的海禁政策，中國商船大量減少，致使十三行人無法取得足夠瓷器與硬陶，因而回頭大量製造固有的拍印紋陶器，直到十七世紀之初西班牙人航至北海岸，漢人也隨之到來，始重啓十三行人對外貿易的管道。[29]

十三行人的居地迫近海岸，且鄰近台灣唯一具航運之利的淡水河之出海口，這些優越的地理條件使十三行人能夠通過河海交通與台灣島內外的人群進行往來貿易，除前述來自於海外的眾多「舶來品」，島內如宜蘭、花東一帶的陶器、玉器及中部沿海的陶器，皆現身於遺址之中，[30] 而北部地區的考古遺址研究資料顯示，當時沿海地區居民與內陸淡水河流域的社群間有互動行爲存在，且是利用水上交通而完成。[31] 此外，從十三行遺址中出土人骨的病理學特徵，得知十三行人鎖骨下方的肋鎖韌帶具有明顯的潰瘍痕跡，與其經常划槳的行爲有關，這也證明了十三行人是一支習於操舟航行的民族，其航行的目的主要是進行漁撈行爲或貿易活動。[32]

十三行遺址出土之中國銅幣
資料來源： 臧振華、劉益昌，《十三行遺址：搶救與初步研究》(台北縣板橋市：台北縣文化局，2001）頁79。

Authorship

27. 臧振華、劉益昌，《十三行遺址：搶救與初步研究》(台北縣板橋市：台北縣文化局，2001.12)，頁47-116。
28. 劉益昌，《淡水河口的史前文化與族群》，頁120-130。
29. 劉益昌，〈再談台灣北、東部地區的族群分布〉，收於劉益昌、潘英海編，《平埔族群的區域研究論文集》(南投：台灣省文獻會，1998.06)，頁21。
30. 臧振華，《十三行的史前居民》(台北縣八里鄉：台北縣立十三行博物館，2001.12)，頁103。
31. 劉益昌，《淡水河口的史前文化與族群》，頁159。
32. 臧振華，《十三行的史前居民》，頁95；臧振華、劉益昌，《十三行遺址：搶救與初步研究》，頁132。

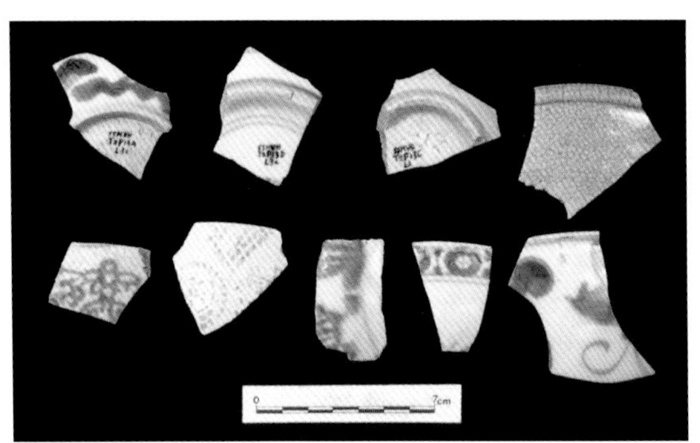

十三行遺址出土之中國瓷器殘片
資料來源： 臧振華、劉益昌，《十三行遺址：搶救與初步研究》（台北縣板橋市：台北縣文化局，2001），頁115。

至於十三行人用以與外人交換貿易的輸出品，主要是他們自行煉製的鐵器及當地產出的沙金、黃豆、硫磺、鹿皮等物品。當時的台灣已進入金屬器時代，亦有在島內各地發現史前人類使用鐵器的痕跡，但是可能由於缺乏煉鐵原料及技術，無法生產鐵器，需要十三行鐵器的輸入，因此十三行在當時可能是一處重要的鐵器產銷供應中心。而十三行人對海外貿易的商品，目前缺乏考古資料證明，但中國元代航海家汪大淵的《島夷誌略》提供了重要的線索，他提到台灣北部一帶的原住民族以當地盛產的沙金、黃豆、硫磺及鹿皮等物，向中國海商交換土珠、瑪瑙、金珠、粗碗及處州瓷器等貿易品，[33]而這些外來物品大都可在十三行文化的出土遺物中發現。[34]

如上所述，十三行人為台灣史前文化中最擅長貿易的一群，由其遺址出土外來物品的豐富多樣，可知他們操舟航行取徑水道通往內陸進行貿易，或是在沿海與海外航至的海商進行以物易物的交易，貿易範圍廣達島內外各地，也反映了台灣自史前時代起始，即具有強烈的海洋性格及貿易取向。

第二節 南島語族原住民的貿易活動

台灣位於南島語族廣闊分布區的最北端，也是南島語族向太平洋諸島擴散的起點，[35]學界一般認為定居台灣的南島語族即為史前文化的創造者，而其後裔正是後來台灣原住民族群中的高山族及平埔族，換句話說，史前人類與台灣原住民之間，具有相當的血緣文化傳承關係。[36]第一節提及史前人類已知將本地所產物資透過陸海通路與島內外人群進行交易，互通有無，為台灣貿易史的開端，而繼起的南島語族後裔

Authorship

33.（元）汪大淵，《島夷誌略》（台北市：台灣商務書局，出版年不詳），頁75-76。
34. 臧振華，《十三行的史前居民》，頁103。
35. 劉益昌，《台灣原住民史．史前篇》，頁4。
36. 如分布於北海岸地區的馬賽人和淡水河口的八里坌人等屬於平埔族凱達格蘭系統的人群，可將族系的來源推至一千八百年前的十三行文化早期，甚或距今兩千五百年前的植物園文化時期，顯示史前人類與平埔族之間，在文化及血緣上有著一定的關連；另外，西南平原的蔦松文化與西拉雅族、中部的番子園文化與巴則海族等，皆具有一定的關連性。參見詹素娟、劉益昌，《大台北都會區原住民專輯》，頁46；劉益昌，〈考古學與平埔族研究〉，收於劉益昌、潘英海編，《平埔族群與台灣歷史文化論文集》（台北市南港：中研院台史所籌備處，2001），頁185-203。

原住民也承續了此一貿易傳統。不同的是，受到16、17世紀以來歐洲各國東進勢力及中國、日本的海商、海盜的衝擊與影響，其貿易型態遠較史前時代來得細緻複雜，商業性格更爲強化。[37]

一、北台灣南島語族原住民的貿易活動

北部台灣，特別是北海岸一帶，自16、17世紀以來即成爲中國商販海盜、日本、西班牙及荷蘭等各種外來勢力的角逐場合，但向來學界僅關注各國在此的競爭合作與農商開發活動，往往忽略了當地原住民凱達格蘭族的角色。事實上，當時的北海岸地區曾經有過一段熱絡的商業交易場景，其貿易範圍遠達今日的宜蘭與花蓮地區，而構築此一交通網及貿易圈的主角，除了外來的商人與政治勢力，在地的凱達格蘭族原住民各社亦爲一股不可漠視的推動力量。[38]

16、17世紀之際，北台灣的良港當屬淡水及雞籠兩港，而雞籠港闊水深，港口條件優於淡水，附近的雞籠頭山又是「福建—琉球」及「日本—東南亞」兩條航線的航路指標，此一優越的地理條件吸引各國航船至此停泊，作爲航程中繼的補給點，也爲當地的南島語族原住民帶來與外人接觸的機會。[39]

各個外來勢力之中，中國沿海的漢人早在16世紀中葉就來到北海岸一帶，與原住民進行以物易物的貿易，另也有北台原住民前往中國交易的記載。1580年代，來自漳州與泉州的中國商販每年派出將近10艘船航向雞籠、淡水，從事砂金與鹿皮的貿易，其交易對象無疑就是當地的南島語族原住民；相對的，原住民也曾操扁舟攜鹿皮與小金粒等當地盛產的貨品，前往中國沿岸一帶交易。[40]此外，在1597年的西班牙文獻中，記述著台灣島北端通往日本航路的地方，有一座名爲「雞籠」（Keilang）的良好港灣，港內水深，適於防禦，且該港附近土地肥沃，食物、米、肉、魚的產量頗豐，人們每年裝載兩百艘船前赴中國買賣。而在17世紀西班牙人的一份報告中也提到，遠在西班牙人來到北海岸之前，淡水的原住民沙巴里人（Taparri）即知道採集今日北投地區的硫磺賣給漢人海商。[41]如上所述，北海岸的雞籠與淡水一帶，在16、17世紀已成爲重要的國際貿易區，商業交易活動頗爲熱絡，而原住民也在

Authorship

37. 翁佳音，〈世變下的早期台灣原住民〉，收於石守謙主編，《福爾摩沙—十七世紀的台灣、荷蘭與東亞》（台北：故宮博物院，2003），頁105-124。
38. 翁佳音，〈近代初期北部台灣的商業交易與原住民〉，收於黃富三、翁佳音主編，《台灣商業傳統論文集》，（台北市南港：中研院台史所籌備處，1999），頁48。
39. 翁佳音，〈近代初期北部台灣的商業交易與原住民〉，頁52。
40. 中村孝志，〈十七世紀荷蘭人在台灣的探金事業〉，《荷蘭時代台灣史研究．上卷》（台北：稻鄉，1997），頁168-174。
41. Fr. Jacinto Esquivel," *Record of Affairs Concering Formosa Island, 1632* " AUST, Libros, tomo 49, pp. 424-428, 轉引自翁佳音，〈近代初期北部台灣的商業交易與原住民〉，頁61。

其中扮演著提供外人當地產物的角色，也曾主動出擊航至中國沿岸進行貿易，藉以換取生活所需的物品。

根據西班牙人的觀察，居於北海岸一帶自稱「馬賽人」（Bassayer）的原住民，他們懂得計算、善於操舟航海，具有貨幣交易的商業行爲，並曾做過海盜，可見北海岸地區的原住民富有相當的商業頭腦及貿易手段，並非封閉憨直的一群，而北台灣的各個原住民村落之間甚至於存在著區域分工的情形，區域間因應交易也發展構成一個專屬的貿易圈及交通網。[42] 觀諸中國文獻及西班牙資料，皆指出北台灣的南島語族原住民具備商業意識，懂得計算技術及交易技巧，且能通外語。明代張燮的《東西洋考》即依據西洋人與他們的往來經驗，指出淡水人交易較爲公平、雞籠人則貪小便宜且無賴的性格：

> 夷人舟至，無長幼皆索微贈。淡水人貧，然售易平直。雞籠人差富而慳，每攜貨易物，次日必來言售價不準，索物補償；後日復至，欲以元（應為原）物還之，則言物已雜，不肯受也。必疊捐少許，以塞所請；不則，諠譁不肯歸。[43]

17世紀初葉抵北台布教的西班牙傳教士Jacinto Esquivel對當地原住民有著同樣印象，他提到雞籠的住民（Taparris y Quimaurris）曾幹過海盜，且性情奸滑。[44] 而清康熙年間遠赴北台探勘硫磺產地的郁永河，也描述北海岸的金包里社人「性差巧，知會計，社人不能欺。」[45] 此外，金包里人通北台其他八個村社的語言，西班牙人來到之後，他們也向西班牙神父學習，男女老少皆能操西語。[46] 語言能力的優勢使金巴里人得以在西班牙城堡與各原住民村社中穿梭自如、勾揃交易。

至於北台灣南島語族用以媒介與外人貿易的通貨，在十七世紀初期已逐漸出現通行於東亞海域貿易圈內的各式貨幣，顯示他們在以物易物的傳統習慣之外，已擁有相當的貨幣觀念並漸能接受近代的交易形式。北台灣凱達格蘭族中的淡水人及金包里人開始使用貨幣，是源自於漢人的要求，此因漢人至北台貿易獲利的來

Authorship

42. 翁佳音，〈近代初期北部台灣的商業交易與原住民〉，頁66-67。
43. （明）張燮，《東西洋考》(北京市：中華書局，1981)，頁107。
44. Jose Eugencio Borao Mateo et al. eds.,*Spaniards in Taiwan*（Taipei：SMC Publishing,2001）,Vol I ,p.185. 轉引自陳宗仁，《雞籠山與淡水洋：東亞海域與台灣史研究（1400-1700）》（台北市：聯經出版公司，2005），頁38。
45. （清）劉良璧，《重修福建台灣府志》（台北市：台灣銀行經濟研究室，1961），台灣文獻叢刊第74種，頁495；（清）郁永河，《裨海紀遊》（台北市：台灣銀行經濟研究室，1959），台灣文獻叢刊第44種，頁57。
46. 翁佳音，〈近代初期北部台灣的商業交易與原住民〉，頁67。

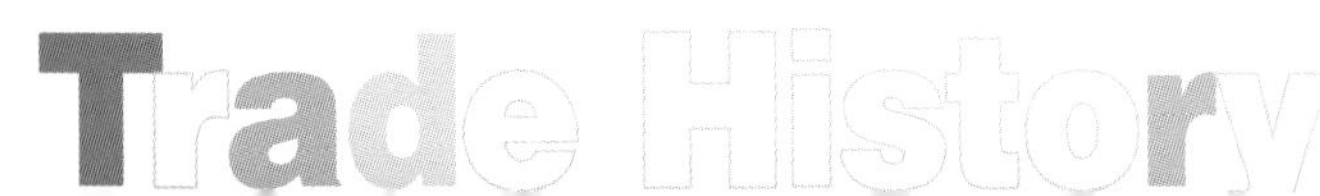

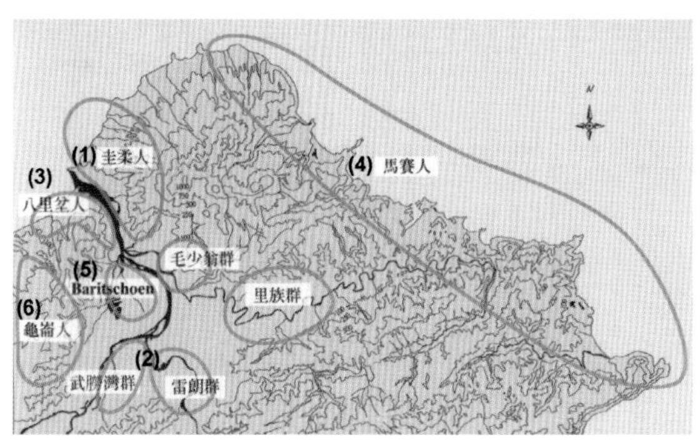

台灣北部地區平埔族地域社群分布圖
資料來源：詹素娟、劉益昌，《大台北都會區原住民專輯》（台北市：台北市文獻委員會，1999），頁129。

源之一爲銀貨的取得，所以要求當地原住民售貨予西班牙人時以銀貨交易，同時也期望他們與漢人交易時使用銀貨購物。貨幣的使用在漢人及西班牙人的推廣下，逐漸流通於北台灣的原住民村社中，他們也漸漸習慣於日常生活之中使用貨幣，甚至原住民的嫁妝也改用西班牙披索（Peso），取代了傳統的飾品及陶器，而台灣東北角的噶瑪蘭地區也受到影響，使用貨幣與後來的荷蘭人進行貿易。[47]

以凱達格蘭族爲主體的北台灣南島語族，在商品經濟趨於發達及貿易範圍逐步擴大之後，在各村社的居住區域之間也發展出特有商品的貿易壟斷及地域分工。[48]如金包里人即經常乘著艋舺沿東北海岸，航至噶瑪蘭購買鹿皮與米穀，東部原住民則向金包里人買得鹽漬魚、印花布、醬油及銅製手環等購自漢人海商的貨品，直到1750年代荷蘭人在宜蘭設立貿易站之前，金包里人一直扮演著北部與東部貿易的仲介者角色。[49]金包里人之所以經常行走穿梭於北台灣各村社之間，從事有如同漢族商人的仲介交易工作，是由於基隆地區山多田少、艱於耕稼，促使他們必須至擅農的村社購買稻米及玉米，同時順道攜帶外來物品與內地村社交換糧食，而居於台北盆地內的武灣社也因無種米的習慣，需向淡水的林子與北投購米。[50]西班牙傳教士Jacinto Esquivel的記述中，也提到雞籠、淡水的原住民出售一些生活必需品如食材、建材等物品給西班牙人，售出金、硫磺、藤及獸皮予漢人，從西班牙人處得到金，自漢人手中取得雜貨（小東西），他們主要的交易形式爲以物易物，並以原始的貨幣「珠串」（琉璃珠或瑪瑙珠）及布匹作爲輔助。[51]

Authorship

47. Fr. Jacinto Esquivel,” *Record of Affairs Concering Formosa Island*, 1632 ” AUST, Libros, tomo 49, fol.311, 轉引自翁佳音，〈近代初期北部台灣的商業交易與原住民〉，頁70-71。
48. 翁佳音，〈近代初期北部台灣的商業交易與原住民〉，頁71-72。
49. L. Blusse, M. E. van Opstall and Tsao Yung-ho, eds., *De Dagregisters van het kasteel Zeelangia,Taiwan 1641-1648* （‘s-Gravenhage,1994）, p.229；轉引自翁佳音，〈近代初期北部台灣的商業交易與原住民〉，頁71。
50. L. Blusse, M. E. van Opstall and Tsao Yung-ho, eds., *De Dagregisters van het kasteel Zeelangia,Taiwan 1641-1648*, p.95；轉引自翁佳音，〈近代初期北部台灣的商業交易與原住民〉，頁71。
51. Jose Eugencio Borao Mateo et al. eds.,*Spaniards in Taiwan* ,p.177-178. 轉引自陳宗仁，《雞籠山與淡水洋：東亞海域與台灣史研究（1400-1700）》，頁39。

可知北台灣南島語族各村社之間各自擁有當地特有的產品，透過類似金包里人此類擅於經商的媒介者互通有無，島內產物與外來商品亦由此管道彼此交換，島內外的貿易網絡從而得到連結與溝通。然而，16、17世紀北台灣南島語族的貿易活動，仍維持著自給自足的村落經濟活動，以物易物爲主的貿易規模微小且不定期，並不足以使雞籠及淡水這兩處優越的港灣成爲大港市，待漢人大量進入北台灣之後，北台灣的對外貿易始漸趨成熟穩定。[52]

二、台灣西部南島語族原住民的貿易活動

台灣本島的西部地區海岸線綿長，當地南島語族原住民與海外世界接觸的機會頻繁，其對外的貿易活動因而多彩多姿。根據西南平原平埔族西拉雅人的口傳資料，鳳山地區的「ペイポ」族中自稱「マカタツオ」的部族昔時曾以獨木舟遠航今菲律賓的呂宋島，與當地土人從事貿易，並以所得物品，與台灣內山地區的「ツアリセン」族交換土產，[53]顯示台灣西部的南島語族原住民擅於航海，僅憑獨木舟即可漂洋過海，遠抵呂宋貿易，更知將購得之物與本島其他原住民交換有無。後來的漢籍文獻中亦有提及西南平原南島語族與呂宋島間的貿易關係，如連橫《台灣通史》之〈商務志〉有載：

> 當宋之時，華人已至北港貿易，其詳雖不可考，然已開其端矣。方是時，馬來人之居此者，勢力忽漲，漸事遠略，駕竹筏渡大海，以與呂宋通商，轉售於內山之番，其物猶有存者。[54]

這段記述與西拉雅族的口傳資料相似，當是連氏據其口碑而撰。另依語言學家的研究，西拉雅族語言中「船」的發音“avang”，與菲律賓土語中的「獨木舟」或「海上航行」一詞同源，[55]可見兩地南島語族之間關係的頻密，而透過航海溝通的貿易行爲自然成爲兩者交流行爲中重要的一環。

至於台灣西部南島語族原住民藉以對外交換與銷售的物品，則以盛產於西部平野的鹿皮爲大宗。根據西班牙船長Francisco Gualle在1582年航海至台灣附近時的記述，提及當地居民常乘

Authorship

52. 陳宗仁，《雞籠山與淡水洋：東亞海域與台灣史研究（1400-1700）》，頁42-44。
53. 林東辰，《台灣貿易史》（台北市：日本開國社台灣支局，1932），頁37。
54. 連橫（雅堂），《台灣通史》（台北市：台灣銀行經濟研究室，1979），台灣文獻叢刊第128種，頁625。
53. 林東辰，《台灣貿易史》（台北市：日本開國社台灣支局，1932），頁37。
54. 連橫（雅堂），《台灣通史》（台北市：台灣銀行經濟研究室，1979），台灣文獻叢刊第128種，頁625。
55. 李壬癸，《台灣南島語族的族群與遷徙》（台北市：常民文化，1997），頁160。

小舟持鹿皮前赴中國海岸，從事交易。[56] 其後，中國明代萬曆31年（1603）由福建連江人陳第所書的〈東番記〉，也提及台灣島民習於捕鹿，並以鹿脯、鹿皮及鹿角，與來自中國漳州、泉州一帶的商人，交換瑪瑙、磁器、布、鹽及銅簪環等物品的情狀：

> 山最宜鹿，儦儦俟俟，千百為群。人精用鏢；鏢竹、鐵鏃，長五尺有咫，銛甚；出入攜自隨，試鹿鹿斃、試虎虎斃。居常，禁不許私捕鹿；冬，鹿群出，則約百十人即之，窮追既及，合圍衷之，鏢發命中，獲若丘陵，社社無不飽鹿者。取其餘肉，離而臘之，鹿舌、鹿鞭（鹿陽也）、鹿筋亦臘，鹿皮角委積充棟。… 居山後，始通中國，今則日盛，漳、泉之惠民、充龍、烈嶼諸澳，往往譯其語，與貿易；以瑪瑙、磁器、布、鹽、銅簪環之類，易其鹿脯皮角。… [57]

台灣價廉而美的鹿皮也吸引了日本人的注意，此因16世紀末葉以來的日本處於長期內亂頻仍的戰國時代，武士裝備的材料急需鹿皮作爲原料。[58] 1610年日本肥前日野江的城主有馬晴信，即奉德川幕府命令派遣家臣赴台探察並購買大量鹿皮，以備出售。1617年，長崎代官村山等安也派遣其次子秋安率艦來台，圖謀台灣中部北港地區的鹿皮，雖不遂而返國，卻也代表17世紀初葉日本官方已判斷台灣鹿皮爲有利可圖的貿易品，進而關注、調查並設法取得之。[59]

平埔族原住民捕鹿圖
資料來源：石守謙主編，《福爾摩沙—十七世紀的台灣、荷蘭與東亞》（台北：故宮博物院，2003），頁107。

Authorship

56. 中村孝志，〈十七世紀台灣鹿皮之出產及其對日貿易〉，收於氏著，《荷蘭時代台灣史研究上卷》，頁82。
57. （明）陳第，〈東番記〉，收於（明）沈有容，《閩海贈言》（台北市：台灣銀行經濟研究室，1959），台灣文獻叢刊第56種，頁26-27。
58. John R. Shepherd, *Statecraft and Political Economy on the Taiwan Frontier, 1600-1800*（Stanford University Press,1993）, p.38
59. 中村孝志，〈十七世紀台灣鹿皮之出產及其對日貿易〉，頁83-84。

台灣西部所產鹿皮的貿易額頗爲可觀，購買者以日本人及中國人爲主，1624年荷蘭東印度公司占領台灣南部之後，鹿皮亦爲主要的對外輸出品之一。1622年，荷蘭東印度的總督Jan Pietersz. Coen爲作攻取台灣的準備，下令巴達維亞城的司令官Cornelis Reyersen親自前往台灣調查當地物產及原住民的實際狀況，而根據Cornelis Reyersen後來的報告，他發現日本人每年有兩、三艘戎克船南渡到Tayouan（安平）進行交易，向原住民收購鹿皮，中國人每年也有3、4艘戎克船載來絲織品，與日本人進行交易。[60]而1623年的報告指出，西拉雅族蕭社以鹿肉、鹿皮與中國商人交易米、鹽，中國商人甚至於住進社內的男子聚會所，以便於從事貿易活動，並且該社原住民使用來自中國的煙草，該報告也提到當時約有1,000至1,500百位中國商人在台灣島上從事貿易活動。[61]

另據1624年1月3日東印度總督Pieter de Carpentier的報告，提及近來的Tayouan每年都有日本戎克船前來收購鹿皮，最近的一艘即載去約一萬八千張的鹿皮及若干數量的中國貨物。[62]此外，中國人也曾來到Tayouan，與原住民有所交易，1625年4月巴達維亞的報告中，說明曾有一百艘戎克船從中國裝載許多中國人來到Tayouan，並深入內地收購鹿皮及鹿肉，他們可能計劃在當地經營漁業，進行以中國爲對象的鹿皮貿易，並有可能在當地定居，專門從事向原住民收購鹿皮及鹿肉的工作。[63]到了17世紀中葉，鹿肉成爲荷蘭駐台軍隊的主要口糧之一，鹿茸及鹿鞭則銷往中國成爲中藥補品的材料。[64]

除了中國人、日本人及繼起的荷蘭人之外，十七世紀初期，著名的海商或海盜李旦（Andrea Dittes）、顏思齊（Pedro China）等人，也曾在今日的台南一帶從事跨國走私貿易，顏思齊甚至在魍港（今台南縣北門鄉）建立根據地。他們除了將台灣當作走私基地外，也向當地原住民收購鹿皮及硫磺，並販售至外國牟取鉅利。[65]顯然，這些漢人海盜、海商或漁民，遠在歐洲人東來之前，就與台灣西部的南島語族原住民深入接觸，其主要目的即爲與他們進行貿易活動。

Authorship

60. Groeneveldt, De Nederlander in China. BKI. Dl. 48,1898, bl. 102. 轉引自中村孝志，〈十七世紀台灣鹿皮之出產及其對日貿易〉，頁84-85。
61. Blusse and Roessingh, *A Visit to the Past：Souling, a Formosa Village Anno 1623*, Archipel 27, p.70；76-77. 轉引自康培德，〈十七世紀的西拉雅人生活〉，詹素娟、潘英海主編，《平埔族群與台灣歷史文化論文集》（台北市：中研院台史所籌備處，2001.08），頁17。
62. *Originele Generale Missive van de Gouvernrur Generael Pieter de Carpentier uit het Fort Batavia in dato 3 jan. 1624.*[VOC 1079 fol. 23.] 轉引自中村孝志，〈十七世紀台灣鹿皮之出產及其對日貿易〉，頁85。
63. Dagh-Regieter, Batavia, 1624-1629. Bl. 23. 轉引自中村孝志，〈十七世紀台灣鹿皮之出產及其對日貿易〉，頁86-87。
64. John R. Shepherd, *Statecraft and Political Economy on the Taiwan Frontier*,1600-180, p.38.
65. 翁佳音，〈世變下的早期台灣原住民〉，收於石守謙主編，《福爾摩沙—十七世紀的台灣、荷蘭與東亞》（台北：故宮博物院，2003），頁109。

三、台灣東部南島語族原住民的貿易活動

從台灣東北角的宜蘭地區往南延伸，直抵構成花蓮、台東兩縣主體的花東縱谷，以及綠島、蘭嶼兩座離島，是清代以來習稱「後山」的台灣東部地區。險峻地形的橫斷阻隔導致該區較晚開發，卻也因而保留下來頗爲豐富的南島語族原始文化，17世紀以來的中外文字記錄，即記述了不少該地南島語族原住民的貿易活動樣態。

居住於宜蘭地區的南島語族原住民以噶瑪蘭族爲主，該族具備卓越豐沛的海洋活動力，擅於造舟航行，活躍於台灣的東、北海岸，並將其航海優勢應用於捕漁、商貿等生業活動。[66] 噶瑪蘭人能砍伐深山木料，製造有「蟒甲」（vanka）之稱的獨木舟，乘駕蟒甲涉入大洋，順著海流南北穿行於台灣的北海岸與東海岸之間。[67] 17世紀的記載提到，噶瑪蘭人通常會在每年收穫之後，航海北上至淡水、關渡一帶埋伏，俟機獵取漢族商人及當地原住民的首級，供作祭典之用，以致今日八里地區仍保存著「噶瑪蘭坑」的地名，可以想見當時噶瑪蘭人活動範圍的廣闊。[68] 至19世紀初年，遇海難漂流至今花蓮大港口的日本人文助，也記述了噶瑪蘭人駕舟橫行於東海岸，一見岸上有人即行登陸擄去的情形，可見噶瑪蘭人當時仍擁有相當的海上勢力。[69]

1658年，驅逐北台灣西班牙勢力的荷蘭東印度公司，將商務逐漸拓展至今日的宜蘭地區，在哆囉美遠（Tallabayawan）設立貿易站，與噶瑪蘭人進行各種貿易，噶瑪蘭人甚至將子女賣給荷蘭人爲奴，一個13歲的噶瑪蘭青少年約可換得拾員（rijkdaelder）的代價。[70] 噶瑪蘭人也與來自北海岸的金包里人進行一種形式獨特的「沉默交易」（the silent trade），亦即金包里人通常每年會有兩次帶著沙金與未敲煉之金來到噶瑪蘭之地，將金子置於指定地點，然後離開，接著噶瑪蘭人帶著衣物等金包里人喜好的物品出現，同樣擺放於該處，金包里人再出來擇選所需物品，留下相當數額的金子作爲交換之資，而在當地設有貿易站的荷蘭人，也會藉機與金包里人進行貿易。[71] 此外，噶瑪蘭人喜愛以琉璃珠或瑪瑙珠作爲裝飾品，這類珠飾並非當地所產，可能是從外

Authorship

66. 詹素娟、張素玢，《台灣原住民史．平埔族史篇(北)》（南投：國史館台灣文獻館，2002），頁28。
67. E. C. Taintor, "*The Aborigins of Northern Foemosa*", *Journal of the North-China Branch of theRoyal Asiatic Society*, New Series No.IX,pp.53-88. 轉引自詹素娟、張素玢，《台灣原住民史．平埔族史篇（北）》，頁27。
68. J. Borao, "*The Aborigins of Northern Foemosa：According to 17th-Century Spanish Sources*". In《台灣史田野研究通訊》27（1993.06），頁103；翁佳音，〈近代初期北部台灣的商業交易與原住民〉，頁72。
69. 秦貞廉編輯，〈台灣屬島チョプラン地漂流記〉，《愛書》第12輯（1939），頁47-48。
70. W. Campbell, *Forsoma under the Dutch*（London：Kegen Paul, Trench, Trubner & Co. Ltd., 1903）, p.6.
71. Alberecht Herport, *Reise nach Java, Formosa, Voeder-Indien und Ceylon 1659-1668*（Haag：Martinus Nijhoff, 1930）, pp. 41-42. 轉引自翁佳音，〈近代初期北部台灣的商業交易與原住民〉，頁71。

地交換而來，而該族人愛用的陶製煙斗，則與呂宋島的形制類似，可能西班牙人所引進，或是貿易交換而來。[72]

宜蘭南方的花東地區主要屬於阿美族及卑南族的分布區，該地相關的貿易活動因資料較少，難以具體呈現，唯荷蘭東印度公司的駐台軍隊曾在1642年、1643年及1645-1646年間，進行過三次前進東部的探金活動，從當時留下的資料可約略窺見當地原住民與外界的貿易型態。[73]荷蘭東印度公司曾在1638年派遣時任商務員（onderkoopman）的Maarten Wesseling從東部一路北上探訪金礦的相關資訊，他抵達東部不久後，即對熱蘭遮城方面建議可運鍋子、cangan布、針與珠串至東部，與當地原住民交換鹿皮，[74]其後東印度公司組織的探金隊一路以武力壓制當地的原住民村社，並以隨行攜帶的cangan布、珠飾、荷蘭鏡、煙草卷與夾鼻眼鏡等物品，與原住民換購豬隻、米、芋頭、蕃薯、糯米餅、小米餅與酒等食物。將荷蘭人提供的物品與17七世紀末至東部貿易的漢族商人所攜貨品（如布、煙、鹽、鍋斧、農具等）作一比較，可知長期出現在貨物名單的布料與煙草，似乎已在當地成爲高度市場需求的貿易品。[75]

至於離島蘭嶼的南島語族「達悟族」（舊稱「雅美族」），則與祖居地—菲律賓的巴丹島具有緊密的貿易關係。根據口傳資料，蘭嶼島上的漁人部落過去有一個名喚Si-Mangangavang的巨人，擁有三個兒子，其中的第二個兒子長大後，積極招募船員，與他們父子合作建造一艘十六人座的大船，完成後啓航至菲律賓的巴丹島進行交易；當時巴丹島的特產爲黃牛皮與水牛皮，而達悟人常用牛皮來製作盔甲與雨衣，因此每回達悟人航至巴丹島，必會帶牛皮回蘭嶼；Si-Mangangavang及其船員和巴丹人維持了長期的生意往來，達悟人也因此與巴丹人建立了深厚感情。[76]由這段傳說，可以推知蘭嶼達悟人擅於造船航海，並且與南方的巴丹島維持著長期的貿易關係。此外，清代早期的漢籍文獻中亦有關於達悟人與漢人之間貿易往來的記載，如黃叔璥的《台海使槎錄》曾提到「紅頭嶼」（蘭嶼舊稱）的概況：

Authorship

72. 詹素娟、張素玢，《台灣原住民史．平埔族史篇（北）》，頁30-31。
73. 康培德，《殖民接觸與帝國邊陲—花蓮地區原住民十七至十九世紀的歷史變遷》（台北縣板橋市：稻鄉出版社，1999），頁97-128。
74. L. Blusse, M. E. van Opstall and Tsao Yung-ho, eds., *De Dagregisters van het kasteel Zeelangia,Taiwan 1629-1641* （'s-Gravenhage,1984）, p.409-410.
75. 康培德，《殖民接觸與帝國邊陲—花蓮地區原住民十七至十九世紀的歷史變遷》，頁116-121。
76. 余光弘、董森永，《台灣原住民史．雅美族史篇》（南投：國史館台灣文獻館，1998），頁91。

由南路沙馬磯頭東行二更至雞心嶼，又二更至紅頭嶼，小山孤立海中，傍岸皆礁，大船不能泊，每用小艇以渡。山內四圍平曠，無草木，番以石為室，卑陋不堪；地產金而無鐵，以金為鏢鏃鎗舌。昔年台人利其金，私與貿易，殺番奪其金；復邀瑯嶠番同往紅頭嶼，番盡殺之：遂無人敢至其地。[77]

蘭嶼達悟族賴以航海的拼板舟
資料來源：張建隆，《看見老台灣．續篇》（台北：玉山社，頁119）。

這段記述描述蘭嶼島產金，因而吸引漢人覬覦而侵入島上，與達悟人貿易，並殺害族人奪取金子，其後甚至邀請排灣族人一同前往，卻爲達悟人所盡殺。可知達悟人至清代已對漢族商人懷有戒心，而與他們交好信任的巴丹人持續維繫貿易伙伴的關係，兩島間的貿易往來不綴。[78]

第三節 漢人海商與海盜的進出

明朝自太祖朱元璋開國以來，農業生產尚未恢復，爲控制沿海利源，並防範地方割據勢力的形成，採取海禁閉關的國策，以朝貢貿易制度作爲皇家獨占的財源，自唐末漸盛行於東南沿海地帶的海外貿易遂告中絕。被排拒的海上行商爲求生存，只能走上犯禁出海之路，但犯禁卻招致官方愈加嚴厲的取締管制，[79]海商及海盜只能在遠離中國沿岸、官方力量不及的海島，與日本、荷蘭、葡萄牙、西班牙等外商進行走私貿易，即第三地的會合貿易。[80]當時的澎湖及非屬明朝疆域的台灣，就在此時空背景下，成爲閩粵海商及海盜進行貿易與補給的根據地。[81]

論者多以爲，16、17世紀活躍於中國東南沿海的「海商」及「海盜」，兩者是爲一體兩面，他們擁有亦盜亦商的兩面性格，平時航海各地行賈營利，一遇利益衝突即以武力解決，甚或貿易

Authorship

77. （清）黃叔璥，《台海使槎錄（台北市：台灣銀行經濟研究室，1957），台灣文獻叢刊第4種，頁65-66。
78. 余光弘，〈巴丹傳統文化與雅美文化〉，《東台灣研究》6（2001.12），頁15-46。
79. 曹永和，〈試論明太祖的海洋交通政策〉，收於中國海洋發展史論文集編輯委員會編，《中國海洋發展史論文集》（南港：中研院三民主義研究所，1984），頁41-70。
80. 岩生成一著，許賢瑤譯，〈明末僑寓日本支那人甲必丹李旦考〉，《荷蘭時代台灣史論文集》（宜蘭：佛光人文社會學院，2001），頁70。
81. 張增信，〈明季東南海寇與巢外風氣，1567-1644〉，收於張炎憲主編，《中國海洋發展論文集 第三輯》（南港：中研院三民主義研究所，1988），頁313-344。

不順則強奪行劫來補充損失；[82]政府嚴禁海上貿易時，便由海商轉爲海盜，弛禁則由盜轉商，官軍圍剿便遠走海外，客居異國，官方招撫則接受招安爲官，亦官亦商。[83]因此也有學者以「海寇商人」，來統稱這股橫行東亞海域數百年的海上勢力。[84]

台灣早在16世紀即出現漢人海商進出的紀錄，[85]海商將台灣作爲躲避官方取締的走私貿易轉運基地，針對日本、中南半島、東南亞及中國東南沿海各地進行廣泛的轉運貿易。他們與台灣南島語族原住民有著頗爲密切的交往，對於既起的荷蘭與西班牙等歐洲海上勢力而言，漢人海商更是對中貿易及官方交涉的主要溝通管道，彼此間卻也在爭奪商業利益的過程中，產生激烈的衝突。[86]要之，這批起自民間草莽的走私貿易經營者，對於台灣初期貿易的開拓與發展，扮演著不容忽視的重要角色，因此，以下即以林道乾、林鳳、顏思齊、李旦及鄭芝龍等頻繁進出台灣海商的貿易活動，勾勒16、17世紀台灣島與鄰近海域海外貿易發展的概貌。

一、林道乾

林道乾爲早期活躍於台灣海峽的海盜，在1566年一次劫掠中國沿海的行動中，爲明軍都督俞大猷驅逐，逃往泛稱台灣西南海岸地帶的「北港」，[87]率眾在此休養生息，並以台灣爲基地，縱橫福建、廣東海域，進行劫盜與貿易行爲，[88]而林道乾藏寶於「打狗山」（今高雄市壽山）及鑄砲打自己的神話傳說，也在台灣各地的港口廣爲流傳，與台灣淵源頗深。[89]

林道乾，廣東惠來人，屬於閩廣海商集團的一員，早年擔任縣衙胥吏，機智過人，後與曾一本等人加入以吳平爲首的海商集團，[90]縱橫閩廣一帶海域。[91]1566年，林道乾的船隊攻擊福建

Authorship

82. 張彬村，〈十六世紀舟山群島的走私貿易〉，收於中國海洋發展史論文集編輯委員會編，《中國海洋發展史論文集》，頁71-95。
83. 聶德寧，《明末清初的海寇商人》（台北：楊江泉，1999.05），頁3。
84. 翁佳音，〈十七世紀的福佬海商〉，收於湯熙勇主編，《中國海洋發展論文集 第七輯》（南港：中研院人社中心，1999），頁61。
85. 據曹永和研究指出，出身漳州的陳老是最早與台灣發生關係的海盜，他曾在1554年間以澎湖為根據地，侵擾中國東南沿岸。參見曹永和，〈早期台灣的開發與經營〉，《台灣早期歷史研究》（台北：聯經，1977），頁140。
86. 林偉盛，〈荷據時期東印度公司在台灣的貿易，1622－1662〉（台灣大學歷史研究所博士論文，1998.06），頁1-144。
87. 陳宗仁〈「北港」與「Pacan」地名考釋：兼論十六、七世紀之際台灣西南海域貿易情勢的變遷〉，《漢學研究》第21卷第2期（2003），頁249-278。
88. 聶德寧，《明末清初的海寇商人》，頁29。
89. 戴寶村，〈台灣海洋史與海盜〉，《宜蘭文獻》16（1995.07），頁6。
90. 曾一本屬漳潮海寇，是明朝隆慶初年閩粵最大的海寇集團，在閩粵兩省官兵會勦下，傳聞曾一本要往北逃遁，福建巡撫涂澤民據情報，指出其逃遁地點包括小琉球（即台灣北部，後來的雞籠、淡水）。參見陳宗仁，《雞籠山與淡水洋：東亞海域與台灣史研究（1400-1700）》，頁69。
91. 林仁川，《明末清初私人海上貿易》（上海：華東師範大學出版社，1987），頁108。

詔安、山南及廊下等村莊，明軍都督俞大猷追擊之，林道乾一路逃至老巢澎湖，最終進入台灣西南海岸的北港一帶淀泊。俞大猷率兵追至澎湖，因通往台灣的水道彎曲，恐官艦擱淺，不敢冒進，於是留下部分兵力駐紮澎湖，監控林道乾。[92]

隨後，林道乾在台灣停留了一段時間。是時有數百人之眾跟隨林道乾，他們以武力劫掠並奴役當地原住民，引發原住民的不滿並密謀反擊，林道乾得知後先行下手屠戮原住民，並將從中國沿海搜括而來的巨額財寶埋在打鼓山（另稱「打狗山」，即今高雄市壽山），率眾逃往中南半島的大年(又稱大泥、浡尼)一帶。[93]但不久又回到潮州一帶劫掠，後爲官方所招撫，卻仍私下秘密招募船員數千人，從事絲綿走私貿易，籌謀復起。1573年，林道乾聽聞廣東制置史殷正平意圖勦滅自己的勢力，於是再度下海爲盜，先據澎湖，再轉進台灣，最後從南台灣遠遁南洋。[94]

二、林鳳

林鳳，廣東饒平人，出身海商世家，族祖林國顯爲嘉靖年間（1522-1566）著名的海商領袖。林鳳早在15歲即開始參與海上活動，於廣東海面經營走私貿易。林鳳爲曾一本海商集團的一員，後羽翼漸豐，1572年時已擁有白艚等船38艘、鳥船5艘的船隊。1569年曾一本死後，林鳳與同爲曾黨的諸良寶合兵互結。1574年，諸良寶爲總兵張之勛勦滅，林鳳趁勢接收其黨羽萬人，東走福建，隨後也被福建總兵胡守仁擊敗，暫時撤至澎湖，10月再退至台灣西南海岸的魍港（清代稱蚊港，今台南縣北門鄉）。[95]是時追擊而來的總兵胡守仁曾透過漁民劉以道聯絡台灣的原住民，試圖施以前後夾攻，合勦林鳳，但此舉顯然未見成功，[96]因林鳳經過一番短期休整之後，立即西進返回閩粵海域，繼續從事走私貿易活動。[97]由此可知，當時的澎湖與台灣爲林鳳等海商集團躲避官軍圍勦行動的避風港，每經官軍攻擊而勢力萎縮之際，即遠遁僻處外洋、官方勢力不及的澎湖與台灣，在此休養生息，徐圖再舉。[98]

Authorship

92. 曹永和，〈早期台灣的開發與經營〉，《台灣早期歷史研究》，頁140。
93. 連橫，《台灣通史》（台北市：台灣銀行經濟研究室，1957），台灣文獻叢刊第128種，頁10。
94. 張增信，〈明季東南海寇與巢外風氣，1567-1644〉，收於張炎憲主編，《中國海洋發展論文集 第三輯》，頁327。
95. 陳宗仁〈「北港」與「Pacan」地名考釋：兼論十六、七世紀之際台灣西南海域貿易情勢的變遷〉，頁262。
96. 張增信，〈明季東南海寇與巢外風氣，1567-1644〉，頁332-333。
97. 林仁川，《明末清初私人海上貿易》，頁110。
98. 曹永和，〈早期台灣的開發與經營〉，頁145。

1574年，林鳳爲明軍所全力圍勦，飽受損失的林鳳只得再度退入魍港。爲了開拓貿易市場與據點，林鳳在同年冬天出動62艘大船，遠征菲律賓的呂宋島，11月進入馬尼拉灣，兩度攻擊失敗之後，退至呂宋北部的彭家施蘭（Pangasinan）駐紮。[99] 1575年，林鳳爲西班牙軍隊所敗，率殘部返回台灣，再將矛頭轉向中國沿海，以魍港爲進犯中國本土的集結地，攻擊潮州一帶，勢力也快速復原至150餘艘船隻的局面。其後，再度爲胡守仁所敗，被官軍追擊至台灣北部的「淡水洋」（今台北縣淡水鎮）海面，[100] 林鳳被迫逃往東南亞外洋無名小島，音訊全無，已不能再對中國東南海域構成任何威脅。[101]

三、李旦

李旦（Andrea Dittis、Captain China），泉州同安或廈門人，[102] 爲17世紀初期活躍與中國、日本、台灣與南洋海上貿易圈的大海商，憑藉其語言能力、機巧性格與靈活手腕，穿梭仲介於荷蘭人、中國官方及日本幕府之間，從中賺取鉅利，英國東印度公司駐日本平戶商館的代理人Richard Cocks稱其爲台灣走私貿易的最大獲利者，[103] 可見李旦對於台灣早期貿易發展的影響力李旦的定居地在日本平戶，經營海上貿易漸有所成，其眾多兄弟的共同參與，對其事業助益頗多。其中，居住長崎的華宇（Whowe）與平戶的二官（Niquan）爲李旦得力的左右手，[104] 另外尚有一弟留守泉州老家，他們各自在所在地的聯絡與配合，使李旦得以靈活掌握東亞海域的商務訊息，也讓他成爲國際間重要的媒介人物。[105] 此外，李旦也與廈門大海商許心素結拜爲兄弟，[106] 相互合作提攜，由李旦招攬日本方面的需求，許心素收集中國貨物交付李旦行販日本，他們即以台灣爲雙方的會合地進行交易。[107] 由此可知，李旦是將整個家族的力量投入海上貿易的經營，以日本主要的貿易港平戶及長崎爲基地，與中國東南沿海及南洋各地進行貿易。[108] 其中，不受中國海禁管制的台灣，更是李旦大展商務長才的活躍之地。

Authorship

99. 林仁川，《明末清初私人海上貿易》，頁111。
100. 「淡水」一詞乃與鹹水對稱，海水鹹不可飲用，故中國商船航行各地，必不時補充淡水。元、明時期，東亞海域各地往往出現「淡水」、「淡水洋」等地名，由這些地名可以推斷，當地常為中國商船航線所經，且可停留補充淡水之地，而台灣的「淡水」地名應即此意。參見陳宗仁，《雞籠山與淡水洋：東亞海域與台灣史研究（1400-1700）》，頁76。
101. 聶德寧，《明末清初的海寇商人》，頁30-31；曹永和，〈早期台灣的開發與經營〉，頁143。
102. 翁佳音，〈十七世紀的福佬海商〉，頁75。
103. N. Murasaki, Diary and Correspondence of Richard Cocks, Tokyo, 1899, Vol. II, p.298.轉引自張增信，〈明季東南海寇與巢外風氣，1567-1644〉，頁335。
104. 根據李獻璋的研究，華宇姓歐，與李旦為結拜兄弟的關係，並非同胞兄弟。參見李獻璋，《長崎唐人の研究》（佐世保市：親和銀行ふるさと振興基金會，1991），頁101。
105. 張增信，〈明季東南海寇與巢外風氣，1567-1644〉，頁335。
106. 李獻璋，《長崎唐人の研究》，頁101。
107. 曹永和，〈明鄭時期以前之台灣〉，《台灣早期歷史研究續集》（台北：聯經，2000），頁62。
108. 岩生成一著，許賢瑤譯，〈明末僑寓日本支那人甲必丹李旦考〉，頁69-70。

17世紀初年，中國明朝的國勢雖漸趨衰弱，但海禁仍然嚴厲，日本與中國的貿易僅靠每年一度的朝貢貿易，並無法滿足兩國海商的需求，因此他們多半在第三地進行會合貿易，鄰近中國沿岸的台灣及澎湖也就成為當時主要的走私貿易區，而李旦的海商集團即以台灣為重要的根據地，經營中國、日本及南洋等地的轉運貿易。[109] 如李旦及其弟華宇曾在1617年領有日本德川幕府允准進行海外貿易的「御朱印狀」，得以派遣兩艘商船至台灣，引進南洋的生絲，並購入台灣當地土產，轉運至中國販售，以此獲取高度利潤。[110] 關於此行，Richard Cocks在1618年的一封從平戶寄給英國東印度公司董事的書信中，有著以下的記述：

> 最近兩、三年，中國人開始與一個他們稱為「高砂」（Tacca Sanga）、而在我們海圖上稱作福爾摩沙(Isla Fermosa)的中國近海島嶼進行貿易。當地僅容小船經由澎湖群島進入，而且只與中國人進行貿易。…李旦（Ardrea Dittis）與他的弟弟華宇（Captain Whow）無疑是在當地進行私自貿易最大的冒險投資者。去年（1617）他們派了兩隻小的平底駁船，載了超過半數以上可能是在交趾及萬丹所償付的生絲進入台灣。理由是去年他們收入豐富，而且他們只要花少量的錢購入當地土產，帶回大陸，就能很快淨賺超過等值的二分之一。他們說當地都是野的土著，還不懂得使用銀錢。[111]

本信作者Richard Cocks為英國東印度公司駐日本平戶商館的代理人，肩負替公司開拓中國市場的責任，他頗為看重李旦經商的能力及台灣貿易的前景，曾針對台灣的生絲轉運貿易，投注六貫目的資金，委託李旦代為經營。[112] 此外，平戶領主松浦隆信曾寄給李旦的一封信札，信中建議李旦從台灣回國後，應向將軍及幕府重臣遊說，以便再度取得渡航朱印狀及今後可獨占台灣貿易的御朱印狀，可見李旦與平戶領主及日本幕府高層之間頗有交結往來。[113] 顯然，李旦在外商及日本官方等各方面建立的人際網絡，為其經營海外貿易事業的一大助力。

從李旦歷年派遣貿易船隻的統計數字來看（如表1-2所示），在1614年至1625年的十年間，總數23艘的出海船隻中，由李旦親自率領的船共有18艘，其弟華宇帶領的有5艘，航行出發地均為平戶及長崎，目的地跨及東京（今越南河內市）、交趾、呂宋及台灣四地，其中有十一艘

Authorship

109. 曹永和，〈荷據時期台灣開發史略〉，《台灣早期歷史研究》（台北：聯經，1977），頁50。
110. 岩生成一著，許賢瑤譯，〈明末僑寓日本支那人甲必丹李旦考〉，頁70。
111. 張增信，〈明季東南海寇與巢外風氣，1567-1644〉，頁335-336。
112. 曹永和，〈荷據時期台灣開發史略〉，頁50。
113. 《松浦家舊記（一）》，轉引自岩生成一著，許賢瑤譯，〈明末僑寓日本支那人甲必丹李旦考〉，頁72-74。

表1-2 李旦貿易船之目的地與數量表（1614-1625）

船主	出航及歸航日期	目的地	船數
華宇	1614年2月29日	往交趾	1
華宇	出航：1615年2月13日 歸航：1615年7月21日	往交趾 自交趾返航	1
華宇	1616年2月28日	往東京	1
李旦	1617年7月7日	自台灣返航	1
李旦	1617年8月31日	自東京返航	1
華宇	1617年	前往台灣	1
李旦	出航：1618年2月5日 歸航：1618年7月27日	前往台灣 自台灣返航	3
李旦	1618年2月5日	往東京	1
華宇	1618年2月15日	往東京	1
李旦	出航：1621年1月20日 歸航：1621年7月6日	往東京 自東京返航	1
李旦	1621年3月18日	前往台灣	1
李旦	1621年3月18日	前往呂宋	2
李旦	1622年7月15日	自台灣返航	1
李旦	1623年9月17日	自呂宋返航	1
李旦	出航：1623年4月22日 歸航：1623年7月24日	抵台灣 自台灣出發	1
李旦	出航：1624年1月3日 歸航：1625年7月17日	前往台灣 自台灣返航	1
李旦	1625年3月20日	抵呂宋、台灣	2

資料來源：岩生成一著，許賢瑤譯，〈明末僑寓日本支那人甲必丹李旦考〉，頁76。

是前往台灣的貿易船，約占總數的一半，顯見李旦將其海外貿易的主力置於台灣，不愧爲Cocks所言之「台灣私自貿易最大的冒險投資者」。[114]

貿易事業之外，李旦因通曉各國語言及輿情，亦成爲協調東亞海域各勢力的仲介者，尤其在1624年斡旋荷蘭人棄澎入台的事件中，於中國官方與荷蘭軍隊之間縱橫穿梭，扮演著居中調解的重要角色。[115]荷蘭人爲切斷死敵西班牙人從菲律賓到中國的貿易路線，並在中國東南沿海找尋與中國直接貿易的據點，以獲取中國的絲綢、砂

Authorship

114. 岩生成一著，許賢瑤譯，〈明末僑寓日本支那人甲必丹李旦考〉，頁75-77。
115. 張增信，〈明季東南海寇與巢外風氣，1567-1644〉，頁335-336。

糖及瓷器等貿易品，[116]遂於1622年派兵占領台灣海峽中的戰略要地澎湖，並築城據守，企圖達到與中國貿易的目的。但當時澎湖屬於中國領土，中國官方不希望荷蘭人定居澎湖，雙方經歷兩年多的數次衝突、折衝與談判，其後在中國強勢軍力的威脅，以及東遷台灣即允許開放貿易的勸導之下，荷蘭人終於在1624年毀棄澎湖城堡，將貿易據點移至中國勢力所不及的台灣。[117]中荷談判最後得以成功的關鍵人物，即爲獲雙方信任而從中穿針引線的李旦。

李旦與荷蘭人的關係頗爲密切，從荷蘭人請他擔任對中交涉的中間人便可一窺端倪，而李旦也運用這種關係與荷蘭東印度公司進行貿易。如1623年荷蘭方面派遣Verhult到台灣尋求貿易機會，即遇到從日本乘駕戎克船來台的李旦，他向Verhult示好，並建議荷蘭應占領大員港，因北部的雞籠與淡水並非優良的港灣，附近的原住民兇惡，無法交往。李旦此行隨船帶來70箱、共14四萬兩的白銀，準備向中國商人購買生絲，也向當時在台灣調查的Cornelis Reijersen勾揗生意，詢問荷蘭方面有無意願加入此次的生絲貿易，Reijersen在4月20日給他8000里耳（Real）的資金，但李旦派往中國購買生絲的船並未歸航，可能遇海難船沉。之後，李旦向荷蘭人借貸4000里耳，返回日本，此後荷蘭人開始透過他的仲介與中國商人貿易，據台之初即與李旦訂立了中國生絲15000斤的買賣契約。[118]荷蘭與李旦合資的生絲貿易雖失利，卻仍同意其借款，並常贈送禮物給他，可見荷蘭人爲了開展中國貿易，不得不借助李旦的人脈關係與貿易長才，而對他多所結交示好。[119]

中荷澎湖事件落幕後，李旦在台灣滯留將近一年的時間，在台灣與中國漳泉一帶進行貿易活動，其後回到日本平戶，於1625年8月12日病重謝世，結束了波濤洶湧的一生。[120]

四、顏思齊

顏思齊，又名顏振泉，漳州海澄人，與李旦同爲17世紀初期以日本爲基地活躍於東亞海域的海商，對於台灣的貿易發展及早期開發，有著不可磨滅的貢獻；[121]唯不同的是李旦是較爲純粹的

Authorship

116. 曹永和，〈荷據時期台灣開發史略〉，頁50。
117. 林偉盛，〈荷據時期東印度公司在台灣的貿易，1622－1662〉，頁13-41。
118. 曹永和，〈明鄭時期以前之台灣〉，頁62。
119. 同上註，頁34-35；岩生成一著，許賢瑤譯，〈明末僑寓日本支那人甲必丹李旦考〉，頁84-85。
120. 岩生成一著，許賢瑤譯，〈明末僑寓日本支那人甲必丹李旦考〉，頁101。
121. 岩生成一認為李旦與顏思齊的生平與死亡日期相似，且與文獻上記載此二人與鄭芝龍的關係密切，死後財產與勢力同為鄭芝龍所接收，因此推斷李旦與顏思齊為同一人。但鄭喜夫以兩人的死亡地點與籍貫不同為由，推斷兩人不可混同；翁佳音也支持鄭喜夫的觀點，指出漢籍史料與荷蘭檔案皆分別有李旦與顏思齊的資料，認為兩人各自存在。本節採用鄭、翁兩人的看法，將李旦與顏思齊兩人分開各別探討。參見岩生成一著，許賢瑤譯，〈明末僑寓日本支那人甲必丹李旦考〉，頁59-129；鄭喜夫，〈李旦與顏思齊〉，《台灣風物》，18:1（1968.03）；鄭喜夫，〈補李旦與顏思齊〉，《台灣風物》，19:1-2（1969.06），頁59-64；翁佳音，〈十七世紀的福佬海商〉，頁59-60。

海商，屬於「商性重」的海商，從事和平的海上貿易活動，迫不得以才使用武力自衛，顏思齊則是「盜性重」的海商，以海盜行爲作爲生存獲利的主要手段。[122]關於顏思齊的生平，《福建通志》有載：

> 天啟4年，海寇顏思齊等入台灣。思齊海澄人，為勢家所凌，毆其僕致斃，慮罪逃入日本，久之積蓄頗饒。[123]

可知顏思齊因在中國犯罪而亡命日本，此後或經商或劫掠，積聚許多財富，並曾在1624年抵達台灣活動。關於顏思齊到台灣活動的時間，也有文獻指出是在1620或1625年，據此可以推斷他在台灣活動的時間大抵不出1620至1625年之間，也就是在荷蘭人從澎湖退至台灣之前，顏思齊已在台灣活動。是時他率領後來活躍一時的海盜陳忠紀、楊六、劉香（老）及鄭芝龍等人占領台灣，在此經營根據地，[124]後於1626年（一說1625年）在台灣的諸羅山（今嘉義）染病身亡。[125]

顏思齊有「日本甲螺」之稱，意即日本頭目，可知他與日本淵源極深。顏思齊雖爲中國閩南人，發跡地卻是在日本的平戶，大約在1620年代初期流寓平戶，初以裁縫匠營生，後與泉州人楊天生等人結合，入據台灣西南海岸的北港之地，在此有小規模的開發活動，從而吸引中國沿海人民來台墾殖，1684年首任諸羅知縣季麒光即稱：「台灣有中國民自思齊始」。[126]由此觀之，顏思齊可謂是帶動漢人入墾台灣的先驅。連橫《台灣通史》也說：

> 天啟元年，海澄人顏思齊率其黨入居台灣，鄭芝龍附之；事在其傳。於是漳、泉人至者日多，闢土田，建部落，以鎮撫土番，而番亦無猜焉。[127]

可知顏思齊率眾在台開闢田園，構築草寮木寨，並結交當地原住民，藉以建立與中國貿易與劫掠海上的根據地。此外，顏思齊也與當時據有大員的荷蘭人進行貿易活動。[128]

Authorship

122. 傅衣凌，〈明代福建海商〉，《明清時代商人及商業資本》（台北：谷風，1986.12），頁146-147；張彬村，〈十六世紀舟山群島的走私貿易〉，頁87。
123. 道光《福建通志》，卷267，明外紀。轉引自傅衣凌，〈明代福建海商〉，《明清時代商人及商業資本》，頁147。
124. 彭孫貽，《靖海志》，卷一。
125. 聶德寧，《明末清初的海寇商人》，頁97；岩生成一著，許賢瑤譯，〈明末僑寓日本支那人甲必丹李旦考〉，頁59-129。
126. （清）黃叔璥，《台海使槎錄》（台北市：台灣銀行經濟研究室，1957），台灣文獻叢刊第4種，頁1。
127. 連橫，《台灣通史》(台北市：台灣銀行經濟研究室，1957)，台灣文獻叢刊第128種，頁11。
128. 林東辰，《台灣貿易史》（台北市：日本開國社台灣支局，1932.10），頁58-59。

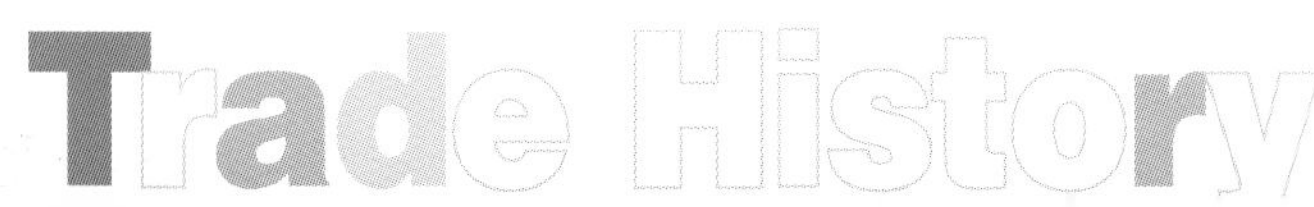

顏思齊思慮精熟細密、馭下寬厚，更以豐厚積蓄爲根本，仗義疏財招募屬下，麾下因而聚集了眾多精壯幹練的部屬，[129]藉此得以在東亞海域縱橫捭闔。鄭成功之父鄭芝龍即爲顏思齊的得力手下，其後更繼承其船隊與部屬，建立了顯赫一時的鄭氏海上王國。

五、鄭芝龍

鄭芝龍，生於1604年，小名一官，號飛虹，福建省泉州府南安縣人。他所建立的鄭氏海商集團爲明代眾海商之中影響力最大者，其商業資本、貿易範圍、活動時間及武裝力量，皆超越其他海商集團，[130]而他與台灣的關係極深，曾引進大批漢人移民，帶動台灣早期的土地開發事業，從而奠定綿延鄭成功、鄭經及鄭克塽三代之鄭氏王朝在台灣的發展基業，[131]而他對於台灣早期與中國、日本與南洋間轉口貿易的開展，更有著卓越的貢獻，爲其一生事業的骨幹。

鄭芝龍出身泉州安平鎮的海商家族，尤其是母系一脈更是專擅海上貿易，如其母黃氏、母舅黃程及續妻顏氏的家族皆爲具經貿才幹的海商，自幼耳濡目染之下，鄭芝龍的貿易知識與海上技能，自然隨著年歲的增長逐步茁壯。1621年，鄭芝龍前往廣東香山澳投奔母舅黃程，自此開啓海外貿易生涯，最初在澳門及馬尼拉兩地往來經商，也有人說他在台灣爲荷蘭人工作。[132]在此期間，他學會了當時國際間主要的生意交際語—葡萄牙語，[133]也受洗爲天主教徒，取教名爲“Nicholas Jaspar”，這都有助於他日後海商事業的開展。[134]

1623年，黃程派遣鄭芝龍押運一批貨物前赴日本，他到日本後結識大海商李旦。鄭芝龍與李旦集團建立了親密的關係，並迅速得到李旦的信任，過繼爲父子，爲李旦管駕商船，時常來往於日本與台灣之間，這是他深入接觸台灣貿易的開始；[135]並曾在1624年的中荷澎湖事件中，爲李旦推薦擔任荷方與中國溝通的翻譯，可知其能力頗受李旦器重。[136]李旦死後，鄭芝龍與李旦的長子李國助（一官，Augustin）隨即展開繼承權的爭奪戰，最終由機巧多智的鄭芝龍勝出，獲得李旦集團大部分的資產與部屬，並以此基礎建立了屬於自己的海上勢力。[137]

Authorship

129. （清）江日昇，《台灣外紀》（台北市：台灣銀行經濟研究室，1957），台灣文獻叢刊第60種，頁4。
130. 林仁川，《明末清初私人海人貿易》，頁111。
131. 蔡相煇，〈鄭芝龍家族—四馬朝江一馬回〉，《台灣歷史人物與事件》（台北縣蘆洲市：國立空中大學，2002.08），頁49。
132. 林仁川，《明末清初私人海上貿易》，頁112-113。
133. 翁佳音，〈十七世紀東亞大海商亨萬（Hambuan）事蹟初考〉，《故宮學術季刊》，22：4（2005年夏季），頁99。
134. 聶德寧，《明末清初的海寇商人》，頁130。
135. 楊彥杰，《荷據時代台灣史》（台北：聯經，2000.10），頁45。
136. 聶德寧，《明末清初的海寇商人》，頁136-137。
137. 林仁川，《明末清初私人海上貿易》，頁114；岩生成一著，許賢瑤譯，〈明末僑寓日本支那貿易商一官Augustin李國助之活動〉，《荷蘭時代台灣史論文集》，頁141-145。聶德寧，《明末清初的海寇商人》，頁136。

1625年，已然獨立自主的鄭芝龍率眾前往台灣投奔顏思齊，加入顏思齊的集團，協助顏思齊實現在台建立根據地的計劃。[138]當時顏思齊掌握的海上勢力共分十寨，各有其寨主，顏思齊爲十寨之首。鄭芝龍投奔顏思齊半年之後，顏思齊病重而死，鄭芝龍再度憑藉過人手腕，取得顏思齊集團的領導權。此後，接收李旦與顏思齊兩大海商集團之資產與人力的鄭芝龍，逐漸在東亞海域嶄露頭角，一方面以台灣爲基地，展開琉球、朝鮮、眞臘、占城等地的貿易經營；一方面率領船隊劫掠中國東南沿海各地，以厚財結交基層官府與地方鄉紳，用錢米吸引福建饑民投奔，一時間聚舟數百，招徒數萬，聲勢頗盛；並於1629年受明朝招撫爲官，受封肩負平定海盜之責的海防游擊將軍之職。由此可知，鄭芝龍是採取「亦盜亦商亦官」的三重策略，來壯大自己的海上勢力。從1626年接收顏思齊集團，至1629年接受明朝招撫的三年間，爲鄭芝龍海上勢力急速成長的時期，也在此期間奠下了往後近60年間（1626-1683），鄭氏海商集團縱橫制壓中國東南海域的人力與物力基礎。[139]

接受明朝招撫之後，鄭芝龍的海商集團得到進一步的發展，他借助官方的資源及兵力，以「勦寇」之名逐一消滅李魁奇、鍾斌與劉香等敵對勢力，逐步取得全面控制中國對外貿易活動的地位。[140]鄭芝龍崛起之前，中國與台灣之間的貿易大權，是由爲李旦的結拜兄弟許心素所掌握，他藉由本身把總官位的掩護，與福建總兵俞咨臯聯合，以廈門爲基地經營走私貿易，將中國貨品供給荷蘭人與日本人。李旦死後，許心素更全面控制了中國與日本、荷蘭間的貿易活動，如1625年台灣的荷蘭人即以4萬里耳向許心素訂購生絲，雙方約定在大員交貨。[141]然而，勢力急速成長中的鄭芝龍，初起時僅數10艘船隻，至1628年已有一千多艘船隻，在中國沿海燒殺擄掠，逐漸對許心素的貿易壟斷造成威脅。[142]

鄭芝龍與許心素所爭的主要是與台灣荷蘭人的貿易大權，加上許心素對鄭芝龍陣營積極挖角，其手下大將楊六及楊七因而投奔許心素，招致鄭芝龍的怨恨，決心報復。鄭芝龍的報復行動與海盜行爲嚴重影響了許心素的貿易活動，也引起明朝政府的恐慌，於是福建總兵俞咨臯與許心素在1627年聯絡台灣的荷蘭人，希望中荷雙方結盟以對抗鄭芝龍，福建當局也答應開放荷蘭至沿海自由貿易作爲交換條件。

Authorship

138. 楊彥杰，《荷據時代台灣史》，頁45-46。
139. 聶德寧，《明末清初的海寇商人》，頁137-139。
140. 林仁川，《明末清初私人海上貿易》，頁117。
141. 村上直次郎日文譯注；程大學譯，《巴達維亞城日記》(南投：台灣省文獻委員會，1990)，頁78。
142. 曹永和，〈明鄭時期以前之台灣〉，頁62-63；林偉盛，〈荷據時期東印度公司在台灣的貿易，1622－1662〉，頁43。

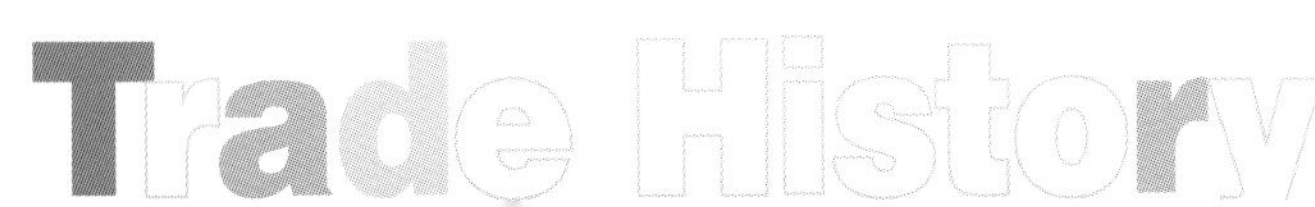

荷蘭因此派遣兵艦協助中國官軍攻擊鄭芝龍的船隊，但在荷方未盡全力之下頻頻爲鄭芝龍所擊敗，更引發了鄭芝龍的憤怒，隨即四處捕捉荷船、搶奪貨物、扣押人質，作爲報復。1628年，鄭芝龍攻入廈門，殺死許心素，逼退俞咨皋，控制了福建沿海的海權。最大的競爭者許心素死後，鄭芝龍主動與荷蘭人和解。[143] 1628年，台灣長官Piter Nuyts與和解後的鄭芝龍簽訂了爲期3年的貿易契約，每年由鄭芝龍提供14萬斤的生絲及50萬斤的砂糖，荷方則應允售予鄭芝龍20萬斤的胡椒。[144] 此後，鄭芝龍取代許心素，掌握了中國對台灣貿易的大權。

由於中國內地的流寇蜂起，女真人建立的後金更從關外節節進逼，明朝政府已無力分兵勦滅東南海域的海盜勢力，而鄭芝龍武力壯盛，也實在難以擊敗，因此明朝政府決定招撫鄭芝龍，藉其力量勦滅其餘海盜；相對的，鄭芝龍也希望透過官方力量的護持，消滅東南海面上的競爭對手，來壟斷中國的海外貿易。就在這種互爲利用的心態下，鄭芝龍於1628年9月接受福建巡撫熊文燦的招撫，就任海防游擊之職，受命勦滅殘餘海盜。[145]

受撫後的鄭芝龍，在往後的6年間(1629-1636)，聯合官軍勢力，陸續消滅了李魁奇、鍾斌及劉香等海盜集團，[146] 掌握了中國東南的制海權，私自向中國船隻課徵進出口稅，更完全控制中國與台灣荷蘭人的貿易，要求荷蘭對於鄭氏船艦加以保護，並開展日本及南洋的貿易活動，獨收鉅利，鄭氏海上王國儼然成形。[147]

除了與荷蘭人在台灣進行貿易之外，鄭芝龍對於台灣土地的開墾與漢人社會的形成，亦有其經營推進之功。1635年，福建大饑，鄭芝龍建議福建巡撫熊文燦將福建饑民移置台灣，[148] 並出資購買耕牛及種子運至台灣，鼓勵在中國流離失所的漢人來台開墾荒地，3年之後田土大致墾成，再加以收取賦稅，此般拯救饑民的作爲頗獲時人推崇，[149] 但他也從中獲取鉅利。[150] 鄭芝龍對於台灣的海外貿易及土地開墾的經營，也爲日後鄭成功以台灣爲根據地進行的反清復明事業，打下了雄厚的基礎。

Authorship

143. 楊彥杰，《荷據時代台灣史》，頁53-54。
144. Van Leur, Indonesia Trade and Society, Haguee, 1955, P.339. 轉引自楊彥杰，《荷據時代台灣史》，頁55。
145. 林仁川，《明末清初私人海上貿易》，頁118。
146. 何孟興，〈詭譎的閩海(1628-1630年)--由「李魁奇叛撫事件」看明政府、荷蘭人、海盜李魁奇和鄭芝龍的四角關係〉，《興大歷史學報》，12(2001.10)，頁133-156。
147. 曹永和，〈明鄭時期以前之台灣〉，頁64-69。
148. 曹永和，〈鄭氏時代之台灣墾殖〉，《台灣早期歷史研究》，頁257。
149. 蔡相煇，〈鄭芝龍家族—四馬朝江一馬回〉，頁49。
150. 聶德寧，《明末清初的海寇商人》，頁148。

在上述的討論之中，可以認識到台灣從史前時代以來即深具貿易性格，這與其海島地形及優越位置密不可分。

距今約4,600年前的新石器時代中期起始，台灣島內外各聚落間的交換或貿易逐漸形成區域性的網絡，此時與台灣島地緣緊密的澎湖群島上，史前人類採集當地特有的橄欖石玄武岩，製造石器並傳布至台灣島的西南平原，這批石器遍及今日西南平原各史前遺址的考古發掘之中。此外，台灣的玉器則以東部卑南遺址爲中心，經由陸路或海路的交通管道，以交換模式或貿易活動的方式逐步擴散到全台各地，甚至遠達海外的菲律賓一帶，反映至少在2、3,000年前台灣與菲律賓之間，已透過海洋通道有所交易往來。

至於台灣北海岸的十三行人，則爲台灣史前文化中最擅長貿易的一群，由其遺址出土外來物品的豐富多樣，可知他們操舟航行取徑水道通往內陸進行貿易，或是在沿海與海外航至的海商進行以物易物的交易，貿易範圍廣達島內外各地，也反映了台灣自史前時代起始，即具有強烈的海洋性格及貿易取向。

承繼史前人類的貿易取向，台灣的南島語族原住民亦爲擅長貿易的一群。在北台灣，當地南島語族各村社之間各自擁有當地特有的產品，透過類似金包里人此類擅於經商的媒介者互通有無，島內產物與外來商品亦由此管道彼此交換，島內外的貿易網絡從而得到連結與溝通。此外在西部地區，因其海岸線綿長，當地南島語族原住民與海外世界接觸的機會頻繁，其對外的貿易活動因而多彩多姿，他們擅於航海，僅憑獨木舟即可漂洋過海，遠抵呂宋貿易，更知將購得之物與本島其他原住民交換有無，台灣西部南島語族原住民藉以對外交換與銷售的物品，是以盛產於西部平野的鹿皮爲大宗，購買者以日本人及中國人爲主。

東台灣方面，噶瑪蘭族具備卓越豐沛的海洋活動力，擅於造舟航行，活躍於台灣的東、北海岸，並將其航海優勢應用於捕漁、商貿等生業活動，1658年，驅逐北台灣西班牙勢力的荷蘭東印度公司，將商務逐漸拓展至今日的宜蘭地區，與噶瑪蘭人進行各種貿易；噶瑪蘭南方的花、東一帶，曾有東印度公司組織的探金隊攜帶cangan布、珠飾、荷蘭鏡、煙草卷與夾鼻眼鏡等物品，與當地原住民換購豬隻、米、芋頭、蕃薯、糯米餅、小米餅與酒等食物的紀錄，至於離島蘭嶼的南島語族「達悟族」（舊稱「雅美族」），則與祖居地—菲律賓的巴丹島具有緊密而長久的貿易關係。

進入16世紀，來自中國東南沿海的海商與海盜成爲了台灣對外貿易的主角。爲躲避執行中

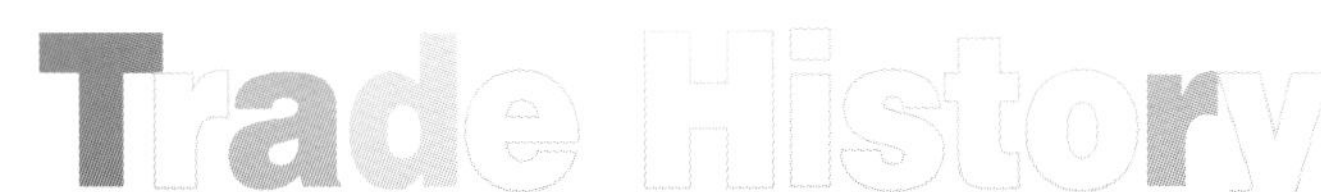

國海禁的官軍之查緝，閩粵地區的海商與海盜將台灣作爲走私貿易的轉運基地，針對日本、中南半島、東南亞及中國東南沿海各地進行廣泛的轉運貿易，這批起自民間草莽的走私貿易經營者亦商亦盜亦官，對於台灣初期貿易的開拓與發展，扮演著不容忽視的重要角色，其中以林道乾、林鳳、顏思齊、李旦及鄭芝龍等頻繁進出台灣的海商與海盜最爲重要，李旦與鄭芝龍更與隨後來台建立殖民地的荷蘭人維持著或競爭或合作的關係，彼此間的貿易往來密切，以生絲、砂糖及胡椒爲主要貿易品，鄭芝龍更因控制了中國生絲的貨源，輔以強勢武力，得以稱霸中國東南海域，而其海上勢力及其在台的基業，也爲其子鄭成功所承繼，於1661年擊敗荷蘭，在台灣建立了縱橫一時的鄭氏王國。

[Chapter 2]

▶▶大航海時代的台灣貿易（1624-1662）

17世紀初期，西班牙與荷蘭兩國爲了開展中國及日本的貿易，卻爲明朝政府嚴令船隻不得停泊於中國東南沿岸，爲了找尋鄰近中國沿岸的貿易根據地，在世界各地四處競爭的荷蘭與西班牙，分別在1624年及1626年占據台灣島南北兩端，台灣史上的荷蘭及西班牙統治時期自此揭開了序幕。[1]而荷蘭及西班牙幾近同時在台灣進行的殖民商業經營與轉運貿易，讓台灣歷史躍登世界歷史的舞台，台灣也因此被納入世界經貿體系的運作之中。[2]

16、17世紀是歐洲力量瀰漫全球的大航海時代，文藝復興之後邁入近代化的歐洲各國，爲了排除阿拉伯人的貿易壟斷，直接取得亞洲的香料、絲綢與瓷器等物資，葡萄牙、西班牙、英國及荷蘭等國相繼投入航海探險活動，東向亞洲發展勢力，並陸續建立殖民地作爲商業貿易的橋頭堡，歐亞間物產的交流隨著資本投入及貿易發展，飛躍般的活絡興盛。[3]

台灣島西部鄰近絲綢與瓷器出產大國中國的沿岸，北通亞洲白銀主要產地的日本及重要的朝貢貿易國琉球，南隔巴士海峽與菲律賓相望，由之南向則可連接世界香料的主要產地南洋，形勢至爲優越。[4]然而，16世紀以前往來中國的船舶偏靠大陸沿岸航行，使得台灣被排拒在「日本—中國—南洋」航線的外緣，又因台灣缺乏重要貿易商品的出產，難以吸引中國、日本及葡萄牙等商業勢力的注意。但在16世紀中葉之後，情勢爲之一變，此時東亞海域因西班牙、英國及荷蘭等國相繼前來，航運逐漸繁盛，多條環繞著台灣島的航路開始發展運作，而明朝的海禁迫使中國海商積極尋求走私貿易的會船點，以及台灣盛產的鹿皮因日本戰國武士的需求而被開發出來，台灣作爲貿易據點及物資產地的關鍵地位，逐漸爲各國所重視。[5]

[Authorship]

1. 曹永和，〈荷蘭西班牙占據時期的台灣〉，頁26-31。
2. 戴寶村，《近代台灣海運發展—戎克船到長榮巨舶》（台北：玉山社，2000），頁15。
3. 曹永和，〈荷蘭西班牙占據時期的台灣〉，收於氏著，《台灣早期歷史研究》（台北：聯經，1977），頁25。
4. 曹永和，〈環中國海域交流史上的台灣與日本〉，收於氏著，《台灣早期歷史研究續集》（台北：聯經，2000），頁6。
5. 陳國棟，〈台灣歷史上的貿易與航運〉，《台灣的山海經驗》（台北：遠流，2005），頁68-69。

第一節 荷蘭殖民經濟與商業貿易

如本書第一章所言，荷蘭人在1622年至1624年期間，圖謀占領澎湖不成，後在海商李旦的斡旋之下，福建當局同意荷蘭人在明朝版圖之外的台灣進行通商貿易活動。爲了取得一個與中國及日本貿易的根據地，荷蘭艦隊只好在1624年8月26日自澎湖轉移至大員(今台南安平)，正式占領台灣，從此展開台灣史上長達38年的荷蘭統治時期。[6] 爲了穩固統治台灣的基礎，荷蘭人在大員築城構街，安撫教化當地原住民，引進大批中國漢人闢地成田，廣植稻米與甘蔗，並發展完善的交易系統、以武力維護海上貿易船的安全，這一連串的措施都是爲了將台灣建設爲對中、日兩國的貿易基地，[7] 以賺取貿易上的利潤爲最終目的。[8] 以下即針對荷蘭當局在台灣所做的殖民經濟措施與商業貿易經營等兩個面向，來探討荷蘭統治時代在台灣貿易發展史上的意義與影響。

一、荷蘭在台灣的殖民經濟措施

荷蘭在台灣進行的一連串殖民經濟措施，環繞於發展東亞海域商業貿易的目標而展開，爲其活躍海上遂行貿易的後盾與基礎。這些措施主要有漢人勞動力的招徠與土地的拓墾、貿易稅制度的建立、自然資源的開採及對外貿易基礎建設的構建等，以下即逐項討論之，藉以究明荷蘭在台38年殖民地經營的特質，及其與該時期台灣貿易發展的關係。

(一) 漢人勞動力的招徠與土地的拓墾

荷蘭人占領台灣之後，發現台灣的氣候溫暖、土地肥沃，極具農業開發的價值，[9] 但早期台灣除南島語族原住民及少數中國移民外，原居人口不多，優質的勞動力頗爲不足，因此荷蘭當局積極從中國沿海招徠擅於農耕的漢人來台拓墾，發展蔗糖及稻米的生產，以求台灣自給自足之外，尚能將糖米商品化，透過貿易網絡銷售海外，賺取經濟利潤。[10]

Authorship

6. 中村孝志，〈荷蘭時代在台灣歷史上的意義〉，《荷蘭時代台灣史研究．上卷》（台北：稻鄉，1997），頁33。
7. 永積洋子著，許賢瑤譯，〈荷蘭的台灣貿易〉，《荷蘭時代台灣史論文集》（宜蘭：佛光人文社會學院，2001），頁273。
8. 葉振輝，〈台灣經濟史概述〉，《「台灣歷史與經濟發展」研討會論文集》（南投：台灣省諮議會，2004），頁4。
9. 村上直次郎著、石萬壽譯，〈熱蘭遮城築城始末〉，《台灣文獻》，26：3（1975.09）。
10. 楊彥杰，《荷據時代台灣史》（台北：聯經，2000），頁174。

荷蘭統治時期以前，已有少數中國移民移居台灣，但較大量的移民則是在此之後，可見荷蘭人的積極招徠手段，發揮了吸力作用。[11] 荷蘭人早期對於漢人來台的招徠，主要是透過李旦與鄭芝龍等海商來進行的，李旦曾在1624年澎湖事件中勸告荷蘭人撤至台灣，同時也鼓勵中國人移居台灣，李旦的部屬同時也是荷蘭人翻譯的鄭芝龍卻趁機大賺一筆，利用職權向中國移民收取類似「買路錢」之規費。[12] 李旦死後，招徠移民的工作轉移至鄭芝龍手中。1635年，已受明朝招撫的鄭芝龍，就曾募集大批福建饑民，以大船運至台灣安置。關於此事，明末清初人黃宗羲的《賜姓始末》有載：

台灣者，海中荒島也。崇禎間，熊文燦撫閩，值大旱，民饑，上下無策；文燦向芝龍謀之。芝龍曰：『公第聽某所為』；文燦曰：『諾』。乃招饑民數萬人，人給銀三兩，三人給牛一頭，用海舶載至台灣，令其芟舍開墾荒土為田。厥田惟上上，秋成所獲，倍於中土。其人以衣食之餘，納租鄭氏。[13]

可知鄭芝龍當時建議福建巡撫熊文燦將福建饑民移置台灣，並補助資金與耕牛，鼓勵數萬名在中國流離失所的漢人來台開墾荒地，田土墾成之後，再加以收取稅金。鄭芝龍之所以願意招引漢人來台拓墾，是因爲在1630年以前，台灣的土地是由鄭芝龍與荷蘭人共同占有，也就是說鄭芝龍在台灣擁有自己管轄的土地與人民，鼓勵更多漢人來台開墾，對於他的農業收益將有正面作用，而有此舉。直到1630年與荷蘭人簽訂讓渡契約，鄭芝龍始退出台灣。[14]

此外，荷蘭人也時常出動船隻到中國沿海貿易時，順道載運希望到台灣發展的中國移民來台。其他如巴達維亞城的華僑領袖蘇鳴崗，在荷蘭當局的鼓勵下，投入資本在台進行開墾事業，也曾到中國招徠移民來台開墾。[15] 另外也有不少移民是在自鄉謀生不易，爲找尋新的發展機會，而自行東渡台灣者。[16] 根據統計，1626年的大員有約5000個中國人及160個日本人在此定居，[17] 1646年則增至10,000左右，20年的時間台灣的漢人移民人口即增加一倍，顯示荷蘭當局的漢人招徠措施頗具成效。[18]

Authorship

11. 鄭瑞明，〈台灣早期的海洋移民—以荷蘭時代為中心〉，《海洋文化與歷史》（台北：胡氏圖書，2003），頁11。
12. C.R. 博克賽，〈鄭芝龍（尼古拉．一官）興衰記〉，《中國史研究動態》1984年第3期（1984.09），頁15。
13. 黃宗羲，《賜姓始末》（台北市：台灣銀行經濟研究室，1957），台灣文獻叢刊第25種，頁6。
14. 楊彥杰，《荷據時代台灣史》，頁161。
15. 翁佳音，〈十七世紀的福佬海商〉，收於湯熙勇主編，《中國海洋發展論文集．第七輯》（南港：中研院人社中心，1999），頁77；中村孝志，〈荷蘭時代之台灣農業及其獎勵〉，《荷蘭時代台灣史研究．上卷》（台北：稻鄉，1997.12），頁51。
16. 楊彥杰，《荷據時代台灣史》，頁164。
17. 曹永和，〈荷蘭西班牙占據時期的台灣〉，頁40。
18. 鄭瑞明，〈台灣早期的海洋移民—以荷蘭時代為中心〉，頁21。

台灣漢人移民的不斷增加，給予台灣早期的農業發展奠下豐沛的勞動力基礎，加上荷蘭當局實施一系列獎勵開墾的相關措施，如引進稻米與蔗種、興修水利、提供農業貸款、補助耕牛農具種子、種蔗免稅及救濟災荒等，讓台灣的農墾面積逐年成長。[19] 台灣的墾田面積從1645年的3000morgen，10年後的1656年已達6516.4morgen，荷蘭人離台前夕的1659年更增長至12252morgen。農田面積的急速成長也帶動了農作物的量產，台灣的稻米從早期需自日本及暹羅進口，到1656年已可自給自足，並出現剩餘的米產可供輸出；而蔗糖的產量更是年年增加，如1649年產90萬斤蔗糖，1650年達120萬斤，1653年更增產至173萬斤，台灣的產糖量已較爪哇爲多，台灣糖業的基礎可說是在荷蘭統治時期就已奠下。[20] 此時台灣的糖從1636年開始外銷，爲台灣重要的貿易品，[21] 大多銷售至中國、日本及波斯等地，爲荷蘭人帶來了可觀的利潤。[22]

（二）貿易稅制度的建立

荷蘭占據台灣的統治方針在於商業利益的追求，並希望儘其可能以台灣本地的收入來支持台灣的經營。當時以巴達維亞爲總部的荷蘭東印度公司，對於統治台灣的台灣長官之基本要求有三：首先是追求貿易上的利潤，次爲對海上競爭的物資掠奪，最後是確立支配者的所得，也就是在台灣建立各式租稅制度。租稅制度確立後，收入來源也就獲得了保障，而作爲東亞海域轉口貿易基地的台灣，進出口貿易稅的收入自然成爲荷蘭殖民當局最重要的利潤來源。[23]

荷蘭統治台灣的最高決策單位爲大員議會，負責提出並表決各種徵稅議案，亦即訂立租稅制度的最高立法機構。下設稅捐處(collecteursambt)，總理稅收業務，由該處所屬的稅務官負責徵稅事宜的實際執行。稅務官必須探察所有進入大員港的戎克船、檢視船貨，並依貨物品項及數量加以徵收進口稅；當船隻離港時，亦由稅務官探察所有出港船隻，並針對攜出貨品徵收出口稅，[24] 也就是進出台灣所有船隻上的貨物，皆必須被荷蘭當局徵稅。

Authorship

19. 中村孝志，〈荷蘭時代之台灣農業及其獎勵〉，《荷蘭時代台灣史研究．上卷》（台北：稻鄉，1997），頁43-79。
20. 陳國棟，〈台灣歷史上的貿易與航運〉，《台灣的山海經驗》（台北：遠流，2005），頁74。
21. 林偉盛，〈荷據時期的台灣砂糖貿易〉，收於曹永和先生八十壽慶論文集編輯委員會編，《曹永和先生八十壽慶論文集》（台北：樂學書局，2001），頁15。
22. 曹永和，〈荷蘭西班牙占據時期的台灣〉，頁40。
23. 中村孝志，〈荷蘭統治下的台灣內地諸稅〉，《荷蘭時代台灣史研究．上卷》（台北：稻鄉，1997），頁259-263。
24. 韓家寶（Pole Heyus），《荷蘭時代台灣的土地、經濟與稅務》（台北：播種者，2002），頁129。

荷蘭對於台灣進出口貿易稅的課徵，比照巴達維亞總部當地的稅制，始於1625年7月向後來引發濱田彌兵衛事件的日本船課徵一成的輸出商品稅。進出口稅的課徵項目爲對藤、藍、煙草、砂糖、青果、礦產物、魚類、畜類等84項商品，各課百分之五的稅，對米、香料、金、樟腦、鑽石等22項商品，徵進口稅5%、出口稅10%。貿易稅爲荷蘭當局在台灣最主要的稅收來源，內地諸稅的總收入約占貿易稅的7成。[25]

荷蘭當局對於貿易稅的徵收，有時會因應貿易環境的變化而加以調整。起初，中國因海禁政策不允許荷蘭人到沿海進行貿易，設於台灣的大員商館於是提出免關稅的優惠措施，藉以吸引中國海商攜帶生絲、黃金、砂糖及瓷器等熱門商品前來台灣交易。但其後荷蘭當局爲增加收入，逐年針對特定貨物向中國商人開徵貿易稅，其中尤以食品爲大宗。[26] 這些需要徵稅的貨物項目如表2-1所示：

表2-1 荷蘭在台徵收貿易稅品項表

開徵貿易稅年度	需課稅貨物項目
1626	魚類
1629	酒類
1637	獸皮、鹿肉
1639	鹽
1642	稻米、糖漿、木材
1643	所有穀物
1644	硫磺、豆類、麵粉、黑糖、牡蠣乾、煙草、蠟燭、油品、脂品、珠串、籐及其他日用品
1645	禁止出口木材
1647	Samsou酒、進口木材免稅
1648	鹿骨
1656	紅糖
1657	白糖

資料來源： 韓家寶（Pole Heyus），《荷蘭時代台灣的土地、經濟與稅務》，頁131-132。

此外，荷蘭東印度公司爲壓制「台灣—巴達維亞」航線上的競爭對手，命令大員商館要求所有從台灣出航的非公司船隻，不但須要申請貿易許可證，且必須繳清所有貨物進出口稅，始得離港；而非受雇於荷蘭東印度公司的船隻欲前往大員港，也需申請許可證，並在抵達台灣時立即繳清貿易稅。荷蘭當局訂立此一貿易許可制度的用意，與課徵進出口貿易稅相同，都是削弱競爭對手的手段。[27]

Authorship

25. 中村孝志，〈荷蘭統治下的台灣內地諸稅〉，頁260-263。
26. 韓家寶（Pole Heyus），《荷蘭時代台灣的土地、經濟與稅務》，頁131。
27. 韓家寶（Pole Heyus），《荷蘭時代台灣的土地、經濟與稅務》，頁132-133。

（三）自然資源的開採

荷蘭人也積極找尋並開發台灣具出口價值的自然資源，其中以鹿皮與硫磺爲大宗，不論是作爲出口貿易的商品，或是向捕鹿或採硫的漢人徵稅，皆能從中獲取鉅利，爲荷蘭當局財政上的一大利源。

荷蘭人在來台之前，已知台灣是一座盛產梅花鹿的島嶼，據台之後更瞭解到鹿皮貿易可以爲他們帶來大筆財富，而積極鼓勵漢人與原住民捕鹿製皮，再將成品販售至鹿皮的需求大國日本。漢人與原住民早在荷蘭人來台之前就習於在台灣各地平野捕鹿取皮，再與中國或日本的商人交易牟利，荷蘭人來台後，開始對漢人的捕獵行爲，採取執照制度加以管制，漢人需以一個「陷阱」每月15里爾(real)、「罠」20里爾的稅金取得執照，始得自由捕鹿。荷蘭人由捕鹿執照而來的收入頗爲可觀，如1637年10至1638年5月的半年間，即獲得了2700.5里耳的稅金收入。[28] 捕鹿利潤豐厚，在荷蘭統治時期的台灣極爲興盛，如僅1638年一年間就有151400頭鹿遭致獵殺，但濫捕的結果導致鹿隻銳減，以致鹿皮產量不足以因應貿易需求，於是荷蘭當局在1640年禁止捕鹿一年，至1650年代鹿隻數量得到了復甦，對日本的鹿皮貿易始恢復榮景。[29]

硫磺亦爲台灣特產的自然資源，產地在台灣北部的大屯山系，頗受荷蘭人矚目。即使在西班牙人占領北台灣之後，荷蘭人仍委託漢人遠赴產地開採與提煉硫磺礦，如1640年就有漢人從淡水運一批十萬斤的粗製硫磺至大員。硫磺的主要外銷地爲印度與柬埔寨，而1640年代中國明、清交替之際的戰事對於硫磺的需求大增，使中國也成爲台灣硫磺的出口地之一，當時台灣供給鄭芝龍及明朝軍隊的硫磺就有20萬斤之多。[30]

（四）對外貿易基礎建設的構建

海外貿易的進行需要優良港灣與廣大腹地作爲基地，以及供商人居住的街市與良好的治安，此皆爲商業貿易得以持續昌盛的根本，荷蘭人對於大員市鎮的構建與經營，即爲確保貿易遂行而規劃的基礎工程。

Authorship

28. 中村孝志，〈十七世紀台灣鹿皮之出產及其對日貿易〉，《荷蘭時代台灣史研究．上卷》，頁97-99。
29. 陳國棟，〈轉運與出口：荷據時期的貿易與產業〉，收於石守謙主編，《福爾摩沙─十七世紀的台灣、荷蘭與東亞》（台北：故宮博物院，2003），頁71-72。
30. 曹永和，〈荷蘭西班牙占據時期的台灣〉，頁41。

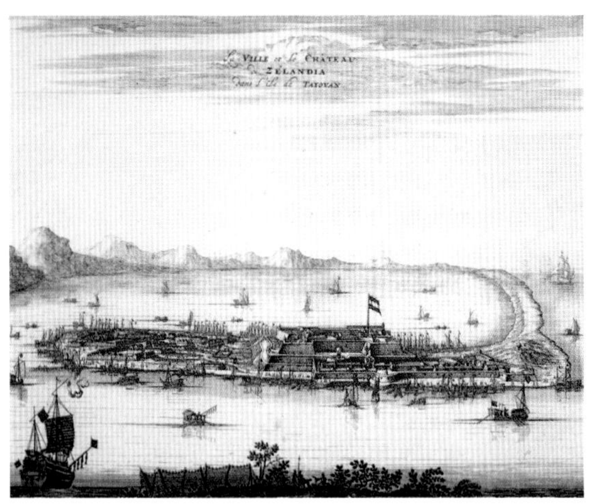

大員熱蘭遮城全圖
資料來源：石守謙主編，《福爾摩沙—十七世紀的台灣、荷蘭與東亞》（台北：故宮博物院，2003），頁21。

為求鞏固台灣這座貿易基地，荷蘭人占領大員之後，立即在當地修築城堡、城牆及砦等防禦工事，以保護行政官員、軍隊及商人的安全，顯示荷蘭人欲在台灣持久經營的意圖。1624年，荷蘭人選定台江內海的沙洲「一鯤身」（即大員）作為構築主要防禦工事的地點，台灣轉口貿易的核心機構「大員商館」也位於此地。荷蘭人在此修有內城與外城，初時因磚石不足，以木板及土砂築假城，其後雇用中國工人燒磚，再由中國輸入磚石，將城牆逐步改造，歷經8年4個月的工程，磚城及城內房屋告竣，初名「奧倫治城」（Orange），1627年改稱「熱蘭遮城」（Zeelandia），同年更在一鯤身北方的大沙洲北線尾築砦，命名「海堡」（Zeeburg），[31] 以資拱衛本城，並控制進入熱蘭遮城與鹿耳門的水道。[32] 熱蘭遮城之內有最高行政首長「台灣長官」的辦公場所、法院、遺產管理局及教堂等行政與宗教機構，荷蘭東印度公司的高層人員皆居住於城中，為荷蘭人統治台灣的最高行政中心。[33]

荷蘭當局更在熱蘭遮城旁規劃一條市街，荷蘭名為「熱蘭遮市」（Stan Zeelandia），漢人則稱「台灣街」，提供來自歐洲的自由商人、漢人海商及台灣的地主頭人等居住與經商，荷蘭的市政廳及海關也建於此，為當時台灣的經濟商貿中心。當時海商欲前往台灣貿易，船隻可從大員港或鹿耳門進入，但必須先到台灣街上的海關繳交貨物稅，但有些漢人為逃稅而在魍港或打狗等偏僻港口偷運台灣物產出海，為防範類似的走私行為，堵截稅金的流失，荷蘭當局派遣人員巡邏這些港口，並在當地構築木柵等防禦工事，以阻止漢人的偷渡行為。[34]

Authorship

31. 曹永和，〈荷蘭西班牙占據時期的台灣〉，頁37。
32. 陳國棟，〈十七世紀的荷蘭史地與荷據時期的台灣〉，收於氏著，《台灣的山海經驗》（台北：遠流，2005），頁434-435。
33. 翁佳音，〈十七世紀台江內海一帶的產業、社會發展〉，《「產業發展與社會變遷」國際學術研討會論文集》（南港：中研究台灣史研究所，2007），頁22。
34. 翁佳音，〈十七世紀台江內海一帶的產業、社會發展〉，頁22。

荷蘭雖構建熱蘭遮城及台灣街作爲在台的行政與商貿中心，但城街所在地一鯤身的先天條件不利於貿易的開展，加上荷蘭當局急欲發展台灣本島的腹地，遂有在本島的赤崁之地另築市街的計劃出現。[35] 熱蘭遮城及台灣街位於一鯤身這座陸連沙洲之上，占地並不廣闊，供商人居住的市街地很快飽和，又因潮汐與洋流的沖刷時常造成面積與形狀的改變，致使進港水道與海岸線時有變動，不利船隻進港，且該地缺乏水源，必須由台灣本島提供日常用水，不適人居。[36] 另一方面，荷蘭當局注意到台灣本島內地的土地肥沃、物產豐饒，頗具農業及商業的開發價值，在本島建立市街將有利於與內陸的聯繫及腹地的拓展；而爲了解決台灣街建地短缺的問題，在本島建街可吸引台灣街上的過剩人口及中國漢人移民的入住。[37] 因此，大員議會在1625年決議在西拉雅族新港社之地赤崁，建立「普羅民遮市」（Stad Provintia），於此築起公司宿舍、醫院及倉庫，鼓勵中國人與日本人到此居住，藉以造成一座繁盛的市街。1653年，爲防範人口急速成長的中國漢人之反抗，再於該地增建一座城堡，稱「普羅民遮城」，該城爲荷蘭人在本島重要的行政與軍事據點，與一鯤身的熱蘭遮城互爲犄角，拱衛著台江內海的防務，爲防衛海盜攻擊、確保貿易活動得以安全進行的基石。[38]

社會秩序的安定是經貿繁盛的基本條件，荷蘭當局爲營造一個良好的貿易環境，時常派遣軍用戎克船至大員附近海域巡弋，保護漁船與商船免受海盜侵擾，讓船隻得以安全順利的進港。荷蘭當局也在市街地派出警力保護商人、工人、水手及獵戶等，防止原住民對他們的傷害，[39] 並反復掃蕩對抗荷蘭統治的原住民村社，對服從的村社則傳布基督教加以教化，採行地方會議制度安撫原住民長老。原住民村社的順撫讓荷蘭人得以擴張貿易的腹地，取得鹿皮、硫磺等內陸物資，並開展稻米、甘蔗等經濟作物的種植面積，有助於出口商品的穩定供應及商業利潤的進一步提升。[40]

Authorship

35. 韓家寶（Pole Heyus），《荷蘭時代台灣的土地、經濟與稅務》，頁47-48。
36. 曹永和，〈荷蘭西班牙占據時期的台灣〉，頁37。
37. 鄭瑞明，〈台灣早期的海洋移民—以荷蘭時代為中心〉，頁20。
38. 楊彥杰，《荷據時代台灣史》，頁72-73。
39. 韓家寶（Pole Heyus），《荷蘭時代台灣的土地、經濟與稅務》，頁53-54。
40. 楊彥杰，《荷據時代台灣史》，頁78-120。

二、荷蘭在台灣的對外貿易活動

17世紀初期荷蘭人東來亞洲，主要是以武力配合貿易的推展，以圖壟斷亞洲的海上貿易市場，並建立各地區間轉運商品的貿易網絡，以獲取高額商業利潤。[41] 爲達此目標，荷蘭東印度公司在1624年占領台灣，積極營造爲東亞貿易的轉運站，進而將台灣的轉運貿易連結到世界的商業網絡中；此外，台灣也有戰略上的重要性，台灣位於多條航線的交會點，荷蘭將台灣作爲扼守台灣海峽的軍事基地，據以攻擊海上的主要競爭對手西班牙人，並阻斷中國戎克船到馬尼拉的航運，以達成貿易壟斷的目的。[42]

荷蘭在台灣經營的貿易型態是以轉運貿易爲主，也就是以台灣的大員港爲根據地，收購中國運來或台灣本土所產的商品，運往日本及南洋等地銷售；再將南洋和日本運來的商品，銷售至中國或轉運各地荷蘭商館，藉由這種轉運販賣的方式來獲取商業利潤。[43] 亦即荷蘭人試圖將各地運來的物資集中在台灣，再進行輸送分配，將商品運到最需要的市場，台灣因此成爲東亞海域上一座重要的商貨轉運站。[44]

荷蘭東印度公司在亞洲各地皆設有商館，主要分布在日本、台灣、東京（今越南河內）、暹羅（今泰國）、廣南（今越南南部）、東埔寨、巴達維亞、萬丹（前兩地皆位於今印尼爪哇島）、錫蘭（今斯里蘭卡）、波斯（今伊朗）等地。這些商館爲荷蘭在亞洲各地設置的貿易中繼站，負責各地商貨的收購與轉賣業務，彼此相互連結，構成一個龐大的商業網絡，位於台灣的大員商館即爲其中的一個重要環節，而從各地荷蘭商館的分布，即可看出當時台灣對外貿易範圍之廣闊。至於大員商館的運作，是接受來自各地商館的訂單，依其要求採購所需商品，再運至買方手上，同時也向各個商館發出訂單，協助購買商品，以便銷往台灣負責的主要貿易地中國販售。[45]

荷蘭統治時期，台灣對外貿易的商品種類繁多，但主要以金銀、鹿皮、生絲及砂糖爲進出口的大宗。荷蘭在台灣經營轉運貿易的內容，是將日本運來的銀及南洋的香料輸出至中國，再將中國運來的黃金、絲綢、生絲、瓷器和砂糖轉運至各地的荷蘭商館；台灣本土的物產參與國際貿易的，最初主要是銷往日本的鹿皮，其後台灣農業發展有成，則有砂糖及稻米可供外銷，砂糖的輸

Authorship

41. 林偉盛，〈荷據時期東印度公司在台灣的貿易，1622－1662〉（台灣大學歷史研究所博士論文，1998），頁164。
42. 曹永和，〈十七世紀作為東亞轉運站的台灣〉，收於氏著，《台灣早期歷史研究續集》（台北：聯經，2000），頁123。
43. 楊彥杰，《荷據時代台灣史》，頁121。
44. 林偉盛，〈荷據時期東印度公司在台灣的貿易，1622－1662〉，頁68。
45. 楊彥杰，《荷據時代台灣史》，頁121。

出地是日本與波斯，另外北部所產的硫礦也曾銷至戰事頻仍的中國及柬埔寨等地。[46] 其中，以金銀、生絲、鹿皮及砂糖等4項貿易品的進出口數量最高，是當時台灣對外貿易最重要的商品。以下即分就這四項貿易品的進出口情形及貿易地的分布狀況，分析台灣成爲荷蘭在東亞之貿易轉運站的成因，並藉以勾勒出荷治時期台灣貿易發展的概況。

荷蘭金幣
資料來源：石守謙主編，《福爾摩沙—十七世紀的台灣、荷蘭與東亞》（台北：故宮博物院，2003），頁66。

（一）金銀

台灣是荷蘭東印度公司在亞洲的轉運中心之一，特別是針對金、銀貴金屬的調度而言，從這個角度來看，台灣是荷蘭在東亞的金融中心。荷蘭東印度公司最初的亞洲貿易藍圖，是從中國取得生絲與絲綢來換取日本的白銀，另外也可從中國得到黃金的輸出，而日本白銀與中國黃金的主要用途爲購買印度的棉布，印度棉布則爲交換南洋香料的主要媒介，因南洋香料產地的人們並不接受金銀及其他貨幣。[47]

台灣在這個荷蘭人精心編織貿易網絡中，以其靠近中國東南沿海的區位優勢，扮演著吸納中國黃金和聚集日本白銀的角色。在中國，黃金被用以製作飾品，銀則作爲貨幣，金銀間的相對價值低於亞洲各國，也就是說在中國以少量的銀就可換取等量的黃金，因此以日本白銀換取中國黃金再加以轉賣，是一件高利潤的生意。荷蘭人以此盤算，用中國黃金來購買印度棉布，或是拿中國黃金來換取日本白銀，賺取金銀兌換間的差價，皆可獲取鉅利，因此他們以高價鼓勵中國海商持黃金到台灣來，與他們交換日本白銀。流入台灣的中國黃金並不會在台灣久留，通常會迅速被運至位於印度東南方的科羅曼德爾海岸（the Coromandel Coast）的荷蘭商館，藉以換取印度棉布。根據統計，台灣供應該商館的資金，爲僅次於巴達維亞總部的第2位。

至於白銀的獲得則主要來自日本，荷蘭人持續不斷的用中國、越南東京或孟加拉的生絲及絲綢，換取大量日本白銀。如1636年至1667年間，荷蘭就從日本出口了777,281公斤的白銀，其中約百分之72先運至台灣，用以與中國商人貿易，

Authorship

46. 曹永和，〈荷蘭西班牙占據時期的台灣〉，頁35。
47. 陳國棟，〈轉運與出口：荷據時期的貿易與產業〉，頁64-65。

或是轉運至需要資金的各個荷蘭商館。如1638年至1649年間，流入台灣的白銀僅有百分之22轉運至亞洲各地的荷蘭商館，其餘大部分都進入中國商人手中；但之後的10年間，情勢有所變化，荷蘭東印度公司為開展南亞與西亞的貿易，百分之90以上的日本白銀都由台灣轉運至印度及波斯。整體而言，1638年至1661年間，百分之44由台灣轉運的白銀被調度至各個荷蘭商館，其餘皆可能透過與中國商人的貿易而被運回中國。

如此，透過台灣的轉運而流通的金、銀，在亞洲的海上貿易網絡中扮演著關鍵的角色，台灣也因此被納入一北至日本、南抵南洋、西達印度一這片幅員遼闊的長程航運體系之中。[48]

（二）生絲

1604年，荷蘭本土的阿姆斯特丹成為歐洲重要的生絲拍賣市場，因此需要大量的生絲供應，且運中國生絲到歐洲銷售的利潤相當高，是以荷蘭開始將目光集中於世界生絲主要產地的中國，於是大量而穩定的取得中國生絲，成為荷蘭東印度公司貿易的主要目標之一。[49] 為達到目的，荷蘭來到東亞海域之初即計劃占據一個接近中國的地點，由中國海商供應生絲及絲織品；之後輾轉取得台灣，更積極與前來台灣的中國海商交易生絲，特別是1633年至1640年間，台灣的荷蘭人從中國商人處取得了充足的生絲與絲綢，除部分轉運巴達維亞，供應歐洲市場外，大多銷往日本，以換取白銀。但在1641年之後，掌握中國東南海域制海權的鄭芝龍，為獨占對日生絲貿易的利權，開始派遣船隊阻礙中國與台灣的生絲貿易，1641及1643兩年，鄭芝龍出口到日本的生絲數量，即占所有中國船輸入量的百分之62至79，幾乎壟斷了日本的生絲市場。而大員商館卻在鄭芝龍的強勢阻撓之下，從1641年起已無法取得中國生絲的供應，由於生絲與絲織品是銷往日本最適當的商品，也是荷蘭對日貿易的大宗，為取得生絲只能轉向越南東京一帶開闢貨源，台灣作為對日供應中國生絲轉運站的地位也就自此衰微。[50]

就17世紀日本國內市場的需求面來看，生絲及絲織品為首要商品，[51] 而荷蘭方面則需要大量的日本白銀，雙方一拍即合，於是在台灣聚集中國生絲轉運日本販售的貿易型態，盛極一時，也為荷蘭東印度公司帶來極大的商業利潤。1633年至1660年間，荷蘭東印度公司從台灣輸往日本的中國生絲及絲織品的數量分布，如表2-2所示：

Authorship

48. 陳國棟，〈轉運與出口：荷據時期的貿易與產業〉，頁65-67。
49. 林偉盛，〈荷據時期東印度公司在台灣的貿易，1622－1662〉，頁82。
50. 陳國棟，〈轉運與出口：荷據時期的貿易與產業〉，頁63-64。
51. 加藤榮一，《幕藩制國家の形成と外國貿易》（東京：校倉書房，1993），頁29。

表2-2 荷治時期台灣輸出日本之生絲及絲織品統計表（1633-1660）

年度(西元)	生絲		絲織品	
	斤	gulden	疋	gulden
1633	1,676	8,542	3,232	19,357
1634	64,390	280,524	18,374	118,549
1635	130,949	638,881	22,236	121,090
1636	166,544	822,915	37,270	312,272
1637	149,669	978,899	118,743	948,098
1638	193,190	683,675	200,453	126,317
1639	146,289	492,658	322,895	2219,615
1640	152,231	753,742	507,012	4108,397
1641	71,630	264,371	6,804	99,367
1642	42,243	191,826	25,740	146,138
1643	28,924	143,116	36,747	249,475
1644	17,853	72,253	86,851	471,233
1645	43,948	251,875	34,568	260,338
1646	4,008	31,878	6,328	61,694
1647	4,549	24,682	4,911	29,909
1648	0	0	0	0
1649	754	9,944	696	8,834
1650	9,563	98,001	3,764	45,225
1651	無紀錄			
1652	586	5,624	48	979
1653	159	1487	73	884
1654	6,020	52,245	0	0
1655	0	0	0	0
1656	0	0	0	0
1657	0	0	2,080	13,452
1658	0	0	16	359
1659	0	0	26	469
1660	0	0	0	0

資料來源：鄭瑞明，〈近世初期荷蘭東印度公司VOC的台日貿易初探（1624-1662）〉，《台灣文獻》57：4（2006.12），頁20-21。gulden=guilder，荷蘭貨幣單位。

如表2-2所見，荷蘭與日本的生絲及絲織品貿易的貿易額時有起伏，這與荷日雙方的關係、日方經貿政策的轉變，以及東亞海域的局勢變化皆有關連。1628年在台灣發生的濱田彌兵衛事件，導致日本德川幕府關閉平戶的荷蘭商館，荷日貿易從此陷入停頓；直到1635年重啓貿易，荷蘭輸入中國生絲的數量較前年增加一倍，此一景氣持續到1638年，但1639年的輸入額卻比前年驟降75%，尤其在1641年荷蘭商館移至長崎，幕府規定所有生絲皆需賣給領有特許狀「絲割符」的商人後，輸入數量大減，1646年僅有前年的一成，1648年甚至完全沒有中國生絲的輸入，1655年之後荷日的生絲貿易完全中止。荷蘭對日生絲貿易的衰退，主要是受到絲割符制的限制、明清內戰導致中國生絲產量驟減，以及鄭芝龍壟斷對日生絲貿易等因素，皆對荷日生絲貿易造成了影響。[52]

尤其是在1655年之後，中國海商沒有再往台灣輸入任何生絲，也讓荷蘭人缺乏輸往日本的生絲，使其貿易額歸零，顯然荷蘭人向日本輸入中國生絲的數量，取決於中國海商輸入台灣的生絲多寡。[53] 由此可見，台灣作爲中國與日本之間的生絲轉運站，對於荷蘭生絲貿易的重要性。

（三）砂糖

台灣作爲荷蘭在東亞的貿易品轉運站，尤其可從砂糖的轉運來凸顯這項特色。當時荷蘭運往日本、歐洲、波斯及中國的砂糖，大部分通過台灣轉運各地，加上荷蘭在台灣積極經營蔗糖產業，與金銀及生絲等純由外界進口之商品不同，砂糖可由台灣本地生產與輸出，對荷蘭而言是項能夠降低購買成本及掌握穩定貨源的商品。此外，台灣砂糖貿易的利潤雖不高，卻是荷蘭東印度公司維繫日本與歐洲這兩條貿易路線的重要商品。[54]

1624年至1625年，歐洲砂糖的產地巴西發生戰爭，造成歐洲糖價高漲，荷蘭東印度公司於是開始往東亞尋找砂糖，並要求剛占領台灣的荷蘭人購買中國的砂糖，但持續性的購買造成中國糖價的上漲，因此決定在台灣試種甘蔗，自行產糖，以減低購糖成本。1633年，荷蘭對中國的貿易漸趨穩定，台灣當局開始有餘力推展

Authorship

52. 永積洋子，〈從荷蘭史料看十七世紀的台灣貿易〉，《中國海洋發展論文集．第七輯》（南港：中研院人社中心，1999），頁40-44。
53. 林偉盛，〈荷據時期東印度公司在台灣的貿易，1622－1662〉，頁84-85。
54. 林偉盛，〈荷據時期的台灣砂糖貿易〉，《曹永和先生八十壽慶論文集》（台北：樂學書局，2001），頁8-29。

島內產業，其中砂糖產業的發展爲其重心之一。台灣的種植砂糖的開始，是由荷蘭人出資從中國輸入牛隻、糖磨及砂糖鍋，配合不斷移入的漢人所提供的農業知識與優質勞動力，以及荷蘭人開出種蔗免稅（種稻需納什一之稅）的優惠，使得台灣砂糖產業的發展頗爲迅速，產糖量也年年增加，由此提供了砂糖貿易的穩定貨源。[55]

荷蘭統治時期，台灣的甘蔗最初大多種植在新港社地的赤崁一帶，1636年第一次甘蔗收成，製成砂糖外銷，此後產量逐年增加。1637年產糖約30至40萬斤；1647年由於滿清占領南京，促使大量漢人湧入台灣，由於大量勞動力的挹注，台灣的蔗園面積增加三倍，此時日本記載台灣砂糖的貨物名稱，已從大員砂糖改爲福爾摩沙砂糖，可知甘蔗的種植範圍已超出赤崁，擴散至台灣各地；[56] 至1650年左右，台灣砂糖產量驟增至200萬至300萬斤之多；清康熙年間的1697年，台灣糖的產量已達5、6百萬斤。由此觀之，台灣糖業的基礎可說是在荷蘭統治時期就已奠下。[57]

砂糖的貿易狀況方面，就輸出量而言，1630年代以前的台灣尚未自行出產砂糖，但已有大量砂糖從台灣輸出，這些糖都是從中國輸入台灣，再轉運出去的。至1636年，台灣雖已產糖，但輸出量遠超出台灣的生產量，可知此時仍依賴中國糖的輸入。直到1647年以後，台灣所產的砂糖量逐漸超越外銷數量，此後外銷的砂糖大部分是由台灣自行生產，且有部分已可回銷中國。[58]

再從輸出地來看，荷蘭是以台灣作爲轉運砂糖的基地，早期以日本、巴達維亞爲主，但當時的主要來源是從中國輸入，後期台灣的糖產日增，1656年之後情勢爲之逆轉，從輸入中國砂糖轉爲向中國輸出砂糖，此時的輸出地也從東亞開始轉往西亞的波斯銷售。[59] 砂糖的貿易利益並不高，大約僅有2至3成的利潤，但荷蘭人仍維繫這項貿易一直到離開台灣爲止，尤其是對日本的砂糖貿易，雖然受到數量多、品種多的中國砂糖之競爭，讓台灣砂糖在日本的利益越來越低，但出口至日本的砂糖數量卻越來越多，此因荷蘭本國與歐洲此時已不再需要亞洲砂糖，迫使荷蘭人必須在亞洲找尋消耗台灣砂糖的市場，但中國與波斯無法完全吸納全部的糖，只好以充作壓艙物的方式賠售日本，[60] 但以砂糖壓艙的作法可讓高利潤的鹿皮及生絲安全抵達日本，亦爲維繫對日貿易的變通方法。[61]

Authorship

55. 林偉盛，〈荷據時期的台灣砂糖貿易〉，頁9-11。
56. 永積洋子，〈從荷蘭史料看十七世紀的台灣貿易〉，頁15。
57. 陳國棟，〈台灣歷史上的貿易與航運〉，頁74。
58. 林偉盛，〈荷據時期的台灣砂糖貿易〉，頁13。
59. 林偉盛，〈荷據時期的台灣砂糖貿易〉，頁15。
60. 林偉盛，〈荷據時期的台灣砂糖貿易〉，頁27。
61. 林偉盛，〈荷據時期東印度公司在台灣的貿易，1622－1662〉，頁106。

至於台灣砂糖對波斯市場的開拓，與荷蘭東印度公司連結亞洲與歐洲市場的整體貿易戰略有關。台灣砂糖在波斯的貿易利潤比起日本高出三倍之多，因此荷蘭人積極投入波斯市場的經營，以補償對日砂糖貿易的不足，1655年之後，銷往波斯的台灣砂糖約占台灣總產量的一半之多。[62] 這種整體性的貿易經營方式也是荷蘭人得以立足亞洲市場，並超越亞洲商人的主因。荷蘭人勇於開拓新市場，試圖建立一個完整的亞洲貿易網絡，除了日本貿易路線，荷蘭人也建立了台灣與波斯的通路，由此將台灣與歐洲市場加以連接，必要時則可進行歐亞直接貿易。也就是在歐洲市場有利的時候，直接銷往歐洲，不景氣時則在亞洲找尋貨品的銷路。波斯市場即爲明證，當荷蘭及日本市場低迷之際，波斯市場即時發揮功效，以平穩的價格消耗了大量的台灣砂糖，讓台灣的砂糖貿易仍可延續下去。[63]

（四）鹿皮

台灣出產的鹿皮貿易價值頗高，是生絲之外，荷蘭輸出日本的主力商品。荷蘭人在來到台灣之前就已注意到日本的市場，16世紀以來日本處於戰國時代，爲製作武士盔甲需要大量鹿皮供應，使得輸往日本的鹿皮貿易利益豐厚。[64] 占領台灣之後，荷蘭人開始控制鹿的獵捕及鹿皮的製作，並大量輸出至日本銷售，獲利頗豐。台灣歷年輸至日本的鹿皮數量如表2-3所示：

表2-3　荷治時期台灣輸出日本之鹿皮統計表（1633-1660）

年度（西元）	數量（張）	價值（gulden）
1633	16,500	7,757
1634	111,840	44,002
1635	70,897	25,717
1636	60,440	24,491
1637	71,700	37,970
1638	151,980	60,824
1639	143,765	59,192
1640	15,180	50,57
1641	88,901	42,398
1642	20,760	5,940
1643	62,972	25,852
1644	38,384	16,296
1645	51,221	18,516
1646	35,420	14,809
1647	55,409	24,218
1648	54,745	23,479
1649	64,867	28,292
1650	83,474	34,541
1651	無資料	
1652	99,291	41,679
1653	56,700	21,881
1654	32,120	14,941
1655	113,384	49,053
1656	73,022	32,072
1657	59,762	23,854
1658	105,791	43,125
1659	134,280	56,120
1660	69,890	32,516

資料來源：永積洋子，〈從荷蘭史料看十七世紀的台灣貿易〉，收於湯熙勇主編，《中國海洋發展論文集．第七輯》（南港：中研院人社中心，1999），頁51。
gulden=guilder，荷蘭貨幣單位。

從表2-3的統計可知，台灣每年輸往日本的鹿皮約7萬張，1634年其鹿皮外銷急速成長，1637及1638兩年達最高峰，但因濫捕使鹿隻數量大減，鹿皮的生產也遇到瓶頸，從1642年開始，鹿皮輸出量驟減，直到1649年爲止，8年的輸出量皆未達平均線的7萬張；爲復甦鹿的生產，荷蘭當局發布禁獵令並厲行保育措施，鹿隻的數量才得到恢復，輸出日本的鹿皮從1652年開始回穩，1658及1659兩年更超過10萬張，可說已完全恢復過去水準。[65]

對日鹿皮貿易的利潤很高，荷蘭不惜採取一切手段對台灣鹿進行保育，以確保鹿皮供貨的來源。台灣出產的鹿皮與品質不佳的暹羅、柬埔寨鹿皮相比，較受日本市場的歡迎，因此價格一直維持紅盤。1625年至1631年，台灣鹿皮在日本的價格持續上漲，至1649年達到高峰；[66] 使1630年代末期對日鹿皮貿易至少皆可達到300%之高利潤，1641年鹿皮價格雖下降，但也有170%的利益，鹿皮可以說是對日貿易中利潤最高的商品，[67] 對於荷蘭東印度公司的財政大有裨益。

除了上述四項主要商品以外，荷蘭從台灣轉運至亞洲各地的貿易品種類甚爲繁雜眾多，關於這些貿易品的輸出入地及品項名稱，如下頁表2-4所示。

荷蘭將台灣營造爲東亞貿易的轉運站，至1662年爲鄭成功擊敗退出之前，其38年的台灣經營大體上是成功的，特別是荷蘭統治末期，因貿易的推展已步上軌道，年年皆有相當利益，足以貢獻荷蘭東印度公司的財政收入。位於台灣的大員商館專司中國及日本的貿易事業，在最初的貿易開展期雖呈現虧損狀態，但經過10年的經營，貿易路線的開拓與台灣本島的經濟建設已然就緒，此後年年持續盈餘，大員商館躍居各個荷蘭商館中僅次於日本商館、與波斯商館並駕齊驅的主力商館。因此，1662年鄭成功的奪取台灣，對於荷蘭東印度公司而言，是項喪失東亞貿易轉運站及重要財源的嚴重打擊。[68]

Authorship

62. 林偉盛，〈荷據時期東印度公司在台灣的貿易，1622－1662〉，頁21。
63. 林偉盛，〈荷據時期東印度公司在台灣的貿易，1622－1662〉，頁29。
64. John R. Shepherd, Statecraft and Political Economy on the Taiwan Frontier,1600-1800（Stanford University Press,1993）, p.38.
65. 林偉盛，〈荷據時期東印度公司在台灣的貿易，1622－1662〉，頁104。
66. 中村孝志，〈十七世紀台灣鹿皮之出產及其對日貿易〉，《荷蘭時代台灣史研究．上卷》，頁113-115。
67. 林偉盛，〈荷據時期東印度公司在台灣的貿易，1622－1662〉，頁106。
68. 中村孝志，〈荷蘭的台灣經營〉，《荷蘭時代台灣史研究．上卷》，頁321-341。

表2-4 荷治時期台灣轉運貨物品項表

貿易地及貿易路線		商品名稱
中國	台灣運至中國	白銀、胡椒、蘇木、丁香、沒藥、阿仙藥、白檀、安息香、豆蔻、紅色檀香木、沉香、犀牛角、象牙、琥珀、珊瑚、帶羽皮的鳥皮、鉛、銅、硫磺、鹿肉、鹿脯、鹽、烏魚、鹽魚、魚卵、紫薪、米、砂糖、其他雜貨
	中國運至台灣	生絲、紗綾、縮緬、緞子、綸子、坎甘布、麻布、衣服、砂糖、瓷器、黃金、白蠟、土茯苓、生薑、
日本	台灣運至日本	生絲、縮緬、緞子、綸子、毛織品、麻布、坎甘布、鹿皮、大鹿皮、砂糖、錫、珊瑚
	日本運至台灣	丁銀、蠟、木材、木綿、硫磺、大米、乾鰈、銅
巴達維亞	台灣運至巴城	生絲、絹、緞子、綸子、絹鈕扣，絹襪、撚紗、金鑭、寬幅交織、坎甘布、絲綿、中國靴、砂糖、冰糖、砂糖漬、糖薑、人　、麝香、安息香、土茯苓、草藥、蜜、茶、大米、小麥、麵粉、蕎麥、酒、烏魚卵、肉豆蔻、大茴香、赤膠、日本煙草、瓷器、硫磺、黃金、白蠟、珊瑚、黃銅、金絲、明礬、日本樟腦、日本木、堅木、禁木、杉木、板、煤炭、鐵鍋、傘、釜、扇子、粗紙、信箋、茶碗、日本紙
	巴城運至台灣	胡椒、豆蔻、紅色檀香木、沉香、龍血、椰子油、椰粉米、大米、藤、琥珀、錫、綿、綿紗、幾內亞麻布
暹羅	台灣運至暹羅	生絲、絹織品、瓷器、砂糖、白蠟、土茯苓、雄黃、水銀、金絲、鐵、大鐵鍋、衣料
	暹羅運至台灣	大米、鉛、沉香、蘇枋木、燕窩、椰子油、豬油、鹿皮、鮫皮、犀牛角、帶羽皮的鳥皮、象牙、梁木、板、方材
東京	台灣運至東京	硫磺、坎甘布、Lanckin、紡織品、瓷器、砂糖
	東京運至台灣	生絲、絹織品
廣南	台灣運至廣南	日本銅錢、鉛、瓷器、Lanckin
	廣南運至台灣	生絲、黑砂糖
柬埔寨	台灣至柬埔寨	硫磺
	柬埔寨至台灣	胡椒、安息香、麝香、赤膠、鹿皮、帶羽皮的鳥皮、水牛角
科羅曼德爾海岸	台灣運至科羅曼德爾海岸	生絲、各式緞子、瓷器、茶、土茯苓、明礬、白蠟、煤炭、金絲、黃金、白銀
波斯	台灣運至波斯	砂糖、糖薑、生絲、瓷器、白蠟、明礬、硫磺、土茯苓、日本樟腦

資料來源：楊彥杰，《荷據時代台灣史》（台北：聯經，2000），頁125。

第二節 西班牙在北台灣的經貿活動

一、西班牙占領北台灣的背景與經過

以菲律賓呂宋島上的馬尼拉作爲東亞貿易總部的西班牙人，基於戰略、貿易及宗教因素等三重因素，在1626年占領了台灣北海岸的雞籠及淡水兩地，並在當地進行築城、貿易及傳教等政經活動，直到1642年爲南部的荷蘭人所擊退，才結束了台灣史上短暫的西班牙統治時期。

西班牙人之所以占領台灣北部，一方面是爲了對抗南部的荷蘭人，爭奪東亞海域的制海權；另一方面，意圖將台灣作爲貿易基地，吸引中國及日本兩國商人來此進行經貿活動；此外，以台灣爲跳板向中國及日本兩國傳布天主教，亦爲西班牙人經營台灣北部的主要目的之一。[69]

以上因素之外，台灣北部扼守日本、琉球及南洋通向中國之貿易航線的優越地理位置，亦爲吸引西班牙人的目光，進而決定派兵占領該地的關鍵。台灣及釣魚台列島是15世紀朝貢貿易興盛以來，福建、琉球或日本人民來往於此一海域中，重要的航行指標，因爲由日本至呂宋，從日本出航後，就是以台灣北部的雞籠山爲指標，而由福建至琉球的航路，自福建沿海出航後，其首要的目標亦是雞籠山。此外，由雞籠、淡水的地名源起，顯示北部台灣最初是作爲朝貢貿易通道的中琉航線間的航行指標與淡水補給點而受重視，只是船隻來往既多，又居北方日本、琉球，西方福建與南方菲律賓群島的往來要衝，致使台灣各地易受周遭海域的貿易與政治變動的影響。

進入16世紀之後，雞籠、淡水即在外部貿易與政治變動中，成爲台灣海域重要的貿易據點以及戰略要地。當中國傳統的海外貿易持續發展，日本與西班牙據有的呂宋島間的對外貿易亦逐漸興盛，彼此間商船往來勢必變得頻繁；而台灣島正處於三地之間，遂成航行必經之地，台灣的一些重要港口亦因此興起，其中以雞籠、淡水最重要，因爲這兩地是福建至日本、日本至呂宋間來往必經的要點。只要日本與福建、呂宋的貿易蓬勃發展，雞籠、淡水必然成爲航行要點；當各國試圖壟斷航運或保護船隻不受海盜攻擊時，雞籠、淡水更會成爲軍事上的戰略要地。因此，從16世紀下半葉開始，台灣周遭海域的兩股新興勢力—日本及呂宋的西班牙人，兩者均關心貿易事務，也試圖向外擴張勢力，而台灣島的地理位置正位於日本、呂宋與明朝之間，對日本與西班牙人而言，台灣島具有戰略位置，所以早在1590年代，即分別出現兩國欲占領台灣的傳聞與軍事行動。[70]

Authorship

69. 曹永和，〈荷蘭西班牙占據時期的台灣〉，頁31。
70. 陳宗仁，《雞籠山與淡水洋：東亞海域與台灣史研究（1400-1700）》（台北市：聯經出版公司，2005），頁70-113。

征服墨西哥、掌握美洲白銀來源的西班牙，在1571年西渡太平洋來到菲律賓，在呂宋島的馬尼拉建立起東亞貿易與橫渡太平洋的大帆船貿易的轉運站，並立即與日本及中國進行貿易。由於大量白銀的強烈吸引，西班牙對中國的貿易成長的很快，16世紀結束之前，已有40到50隻中國戎克船從福建航行至馬尼拉，帶來生絲及其他中國貨品，與西班牙人交換墨西哥白銀。而福建戎克船到馬尼拉的航線，必須從漳洲穿過台灣海峽，順著台灣西南海岸，經過巴士海峽到呂宋島北端，然後沿著海岸線到達馬尼拉，台灣恰好位於國際貿易航線的正中央；[71] 另一方面，自從太平洋西向東航線開闢之後，西班牙船隻每年皆順著黑潮經日本列島東岸橫渡太平洋抵美洲，於是每年皆有馬尼拉大帆船沿著台灣東岸經北端返回墨西哥，西班牙人對台灣的優越地位由此航線的接觸而有了更多的認識，其位置的重要性也逐漸受到西班牙人的矚目。[72]

1586年4月20日，馬尼拉當局召開一場軍事會議，其中討論到是否爲了軍事及傳教目的而占領菲律賓周邊海域，這場會議的備忘錄上赫然出現了台灣(Femosa)的名稱。這份備忘錄後來被送回西班牙，在1589年得到了西班牙國王的同意。[73] 1592年，統一日本的豐臣秀吉計劃於隔年攻占台灣，馬尼拉的西班牙人爲了阻止日本勢力的南進，考慮先下手占領台灣，隨即派出船隻及兵力前往台灣，卻遭風暴吹回菲律賓而未果；至於日本方面，則因豐臣秀吉於1598年死亡，征台計劃從此胎死腹中。[74] 西班牙北進占領台灣的計劃，也因日本南進威脅的解除，而被擱置下來。

然而，1624年荷蘭人占領台灣南部之後，開始從大員港派出軍艦攻擊西班牙船隻，並阻撓中國商船前往馬尼拉，這嚴重打擊了西班牙在東亞的貿易活動，西班牙當局因此重新考慮北向拓展的戰略，其首要目標即爲台灣北部的雞籠與淡水。[75]

Authorship

71. 曹永和，〈十七世紀作為東亞轉運站的台灣〉，《台灣早期歷史研究續集》（台北：聯經，2000），頁119。
72. 李毓中，〈北向與南進：西班牙東亞殖民拓展政策下的菲律賓與台灣（1565-1642）〉，《曹永和先生八十壽慶論文集》（台北：樂學書局，2001），頁39。
73 岩生成一，〈豐臣秀吉の台灣島招諭計劃〉，收於《台北帝國大學文政學部史學科研究年報．第七輯》（台北：台北帝國大學文政學部，1941），頁75-113。
74. 曹永和，〈十七世紀作為東亞轉運站的台灣〉，頁120。
75. 李毓中，〈北向與南進：西班牙東亞殖民拓展政策下的菲律賓與台灣（1565-1642）〉，頁40-42。

1626年，西班牙人付諸行動，派遣艦隊占領了雞籠（今基隆和平島），並在當地築城駐兵，逐漸建立起殖民地的規模。西班牙當局原本計劃以台灣北部爲據點，將大員的荷蘭人逐出台灣，以去除荷蘭人對於馬尼拉貿易的威脅，但在幾次攻擊行動因天氣不佳而失敗之後，開始把目標轉向對台灣北部的擴張及經營。先是在1629年到1632年間，西班牙人分別在今日的淡水及宜蘭建立據點，並逐步擴展至台灣東岸，派遣神父積極對當地原住民傳播天主教，獲得豐碩的傳教成果。然而，吸引中國及日本商人前來貿易，並重啓對日貿易，以及以台灣爲跳板、派遣傳教士前往中、日兩國傳教這兩項目標，皆未能順利達成；加上西班牙開始將戰略目標轉向南進，逐步撤出台灣北部的兵力與補給，西班牙在北台灣的駐軍逐漸陷入孤立無援的窘境。[76] 同時，南部的荷蘭人對北部西班牙人的存在也深感威脅，多次派員前往北部刺探，籌謀驅逐西班牙人的計劃，後來荷蘭人發覺西班牙駐軍的兵力單薄，於是在1642年發起攻擊，幾近被放逐的西班牙人難以抵擋兵力強大、武器精良的荷蘭軍隊，西班牙勢力從此退出台灣。[77]

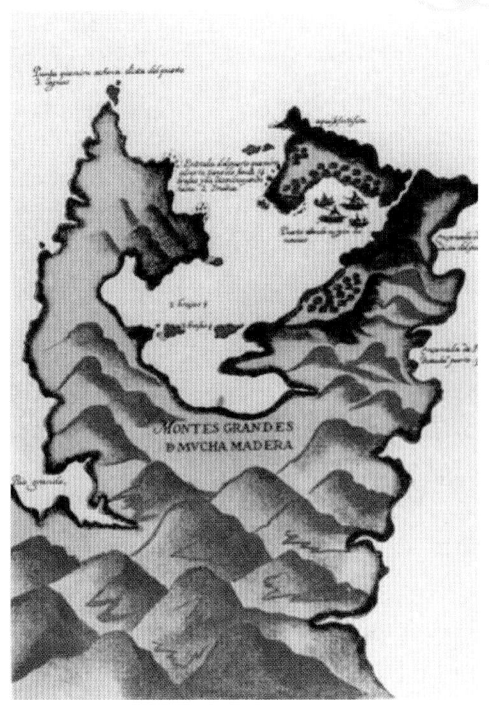

1626年雞籠港灣圖
資料來源： 張建隆，《看見老台灣．續篇》（台北：玉山社，2004），頁50。

二、西班牙在北台灣的殖民經營及貿易活動

西班牙人在1626年占領雞籠後，爲了在此陌生環境打下基礎，保護駐軍免受當地原住民及荷蘭人的攻擊，開始修築堡壘，以資防禦固

Authorship

76. 同上註，頁42-44。
77. 曹永和，〈Jacinto Esquivel 神父—西班牙人在台灣〉，《台灣歷史人物與事件》（台北縣蘆洲市：國立空中大學，2002），頁38。

守。1626年，西班牙人在和平島的西南角修築「聖薩爾瓦多城」（San Salvador），扼守雞籠港灣，並在和平島高點增建一座稜堡，協防聖薩爾瓦多城，這兩個堡壘共架設十四門砲，用以攻擊入侵之敵。[78] 1628年，西班牙人沿北海岸往淡水河口前進，在淡水營造新據點，以土塊、竹幹及木材修築「聖多明哥城」（Santo Domingo），並於1632年派遣由80人組成的探險隊沿淡水河上溯，嘗試瞭解台北平原內部的情況，藉以確認該處是否有潛在的敵人隱伏。[79]

此外，為了與北台灣的原住民修好，並將台灣作為傳教士往中國及日本傳教的中繼站，西班牙人積極對當地的漢人、日本人及原住民傳播天主教義，並將觸角延伸至台灣東部，成果頗為顯著。從1626年占領之初在和平島設立教堂起始，西班牙人在北台灣的傳教成績斐然，至1630年，已有當地的住民兩百餘人受洗為天主教徒，1634年，僅傳教士Quiro Cartas一人即受洗了五百餘名教徒；西班牙人的傳教區域也頗為廣闊，除雞籠、淡水兩地之外，淡水河流域、三貂角及蛤仔難（今宜蘭）等地皆可見西班牙神父冒險傳教的足跡。[80] 西班牙在北台灣的傳教雖在1642年即告中止，但傳教士以教義增進與原住民之間的認識交往，發揮了築城、駐兵等軍事活動所無法達到的柔性安撫效果，也為西班牙人立足北台灣及推動貿易打下了良好基礎。

西班牙人在北台灣的貿易型態，是以雞籠及淡水為根據地，進行與馬尼拉、中國及日本等地的轉運貿易。在對中國的貿易上，馬尼拉當局相當重視與中國的貿易發展，時常關心是否能到中國貿易，並希望可以吸引中國商人來到雞籠作生意。雞籠從16世紀起就是中國海商的貿易地，他們時常攜帶中國貨品到此與原住民交換硫磺、鹿皮與沙金，[81] 因此西班牙人來到雞籠後，立刻派員與中國商人聯絡，而當駐軍因馬尼拉方面的補給延遲到達而缺糧之際，正是中國商人運來米糧解決了問題。馬尼拉方面採取以雞籠駐軍用軍艦保護中國商船安全抵達雞籠的方式，來開展雞籠與中國的貿易活動，認為如此就會吸引中國商人來此經商，馬尼拉的商人及資本也自然會聚集到雞籠，商船定期航行於馬尼拉及雞籠之間，中國商品即可透過此一貿易途徑轉運至馬尼拉，西班牙的北台駐軍對於官方補給船的依賴度也可隨之降低。然而，十七世紀以來東亞海域整體貿易環境的不景氣，讓馬尼拉當局的盤算逐漸落空。[82]

Authorship

78. 陳宗仁，《雞籠山與淡水洋：東亞海域與台灣史研究（1400-1700）》，頁212-217。
79. 曹永和，〈Jacinto Esquivel 神父—西班牙人在台灣〉，頁35-36。
80. 中村孝志，〈十七世紀西班牙人在台灣的布教〉，《荷蘭時代台灣史研究．下卷》（台北：稻鄉，1997），頁171-176。
81. 翁佳音，〈近代初期北部台灣的商業交易與原住民〉，《台灣商業傳統論文集》，（南港：中研院台史所籌備處，1999），頁48。

初期中國商人僅帶來一些生活必需品及建材，以供應西班牙駐軍的生活及堡壘的修築，但整體貿易規模不大，於是馬尼拉當局積極投入與中國福建官方的接觸，希望得以發展他們最渴望的生絲貿易。在幾次聯繫之下，福建官方同意發給中國商人「文引」（海外貿易執照），讓他們到雞籠貿易，但直到1632年爲止的多次折衝與利益交換，福建官方始終不同意西班牙人到中國沿海進行貿易。然而，雞籠、淡水的民間貿易仍有相當發展，例如1630年就有大量的中國布及小麥運至雞籠，並由官方補給船轉運回馬尼拉，顯示只要有利可圖，中國商人仍會載運各類商品來到北台灣，與西班牙人交換白銀。[83]

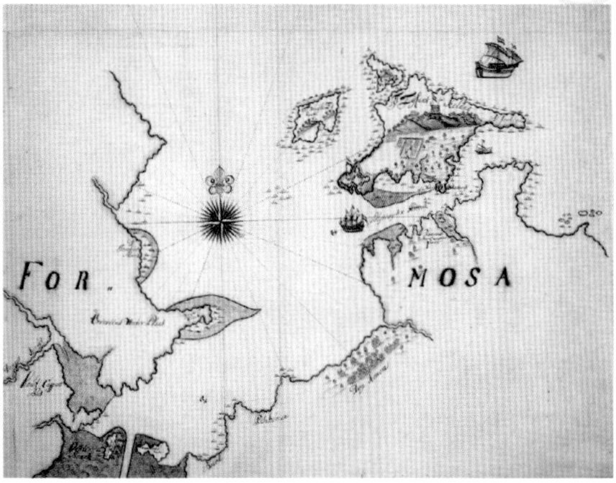

1667年荷蘭人手繪之雞籠地圖
資料來源： 石守謙主編，《福爾摩沙—十七世紀的台灣、荷蘭與東亞》（台北：故宮博物院，2003），頁48。

西班牙人在北台灣貿易的發展，可從引發荷蘭人的注意及開徵貿易稅這兩件事，瞭解當地的貿易活動已頗有成果。首先，荷蘭人在1628年從巴達維亞派出船隊，受命攻擊傳聞要從福州載運大量瓷器到雞籠、淡水的中國帆船，顯示當時福州與北台灣間的貿易頗爲熱絡，才會引發荷蘭人的關注。此外，1628年馬尼拉的菲律賓總督召開會議，決定對北台灣的貨物收稅，此因馬尼拉的補給船從雞籠回航時，皆會帶回在當地交易所得的中國商品，馬尼拉方面決定對此徵收8%的運費及6%的進口稅；至於從馬尼拉運至雞籠的各項貨物中，白銀需繳2%的進口稅，貨物則抽10%的稅，而由非官方所屬的商人自雞籠運至馬尼拉的貨品，則需抽14%的稅。由此可知，西班牙人透過補給船往來馬尼拉及雞籠之間的航運，中國商品藉由雞籠的轉運抵達馬尼拉，而馬尼拉的白銀與貨品也因此從雞籠流向中國。如此，通過雞籠、淡水的媒介，中國與馬尼拉之間的貿易，得到了聯繫與發展。[84]

Authorship

82. 陳宗仁，《雞籠山與淡水洋：東亞海域與台灣史研究（1400-1700）》，頁226。
83. 陳宗仁，《雞籠山與淡水洋：東亞海域與台灣史研究（1400-1700）》，頁227-237。
84. 陳宗仁，《雞籠山與淡水洋：東亞海域與台灣史研究（1400-1700）》，頁237-238。

然而，西班牙人在雞籠、淡水的轉運貿易也含有隱憂，亦即由馬尼拉當局所提供之白銀經常性的短缺，引發了中國商人對於雞籠、淡水貿易的信任危機。例如在1631年5月，馬尼拉的補給船僅載運米糧來到雞籠，並未攜來預期用作貿易資本的白銀，於是帶來大量生絲、希望交易白銀的中國商人只能枯等一年，最後只能以低價賣給駐軍，雞籠的商譽因此受到影響；此外，中國商人也曾因雞籠的西班牙人缺乏資金，只能將大量的生絲及貨物賠本運回中國。因此，雞籠的貿易危機在於缺乏白銀的供給，導致中國商人信心不足，而不願來此貿易。[85]

對日貿易方面，北台灣的西班牙人向雞籠及馬尼拉的商人訂貨，再轉運至日本貿易。如在1634年11月，有兩艘從雞籠出發的帆船抵達日本平戶港，船上載有蘇木、生絲及砂糖等貨物，這些貨物是一位住在長崎的西班牙商人所訂購，但因日本官方禁止與西班牙進行貿易，這些貨物只能原封不動的運回。此外，日本人也經營著日本與雞籠間的貿易，日本人會到淡水、雞籠收購鹿皮，再運回日本販賣，另也有日本人在淡水開墾田地營生。[86]

1635年之後，雞籠與淡水的地位，受到西班牙南向政策的轉變而邊陲化，加上當時東亞海域普遍性的不景氣，西班牙人已無力亦不願再維持台灣的據點。[87] 最後，西班牙人在北台灣的貿易活動，隨著1642年被荷蘭人擊敗而中止。

16世紀中葉之後，歐洲進入大航海時代，受此潮流的推動，西班牙、英國及荷蘭等國相繼前來東亞海域，促使航運逐漸繁盛，多條環繞著台灣島的航路開始發展運作，而明朝的海禁迫使中國海商積極尋求走私貿易的會船點，以及台灣盛產的鹿皮因日本戰國武士的需求而被開發出來，台灣作為貿易據點及物資產地的關鍵地位，逐漸為各國所重視。其中，西班牙與荷蘭兩國為了開展中國及日本的貿易，卻為明朝政府嚴令船隻不得停泊於中國東南沿岸，為了找尋鄰近中國沿岸的貿易根據地，在世界各地四處競爭的荷蘭與西班牙，分別於1624年及1626年占據台灣島南北兩端，荷蘭及西班牙幾近同時在台灣進行的殖民商貿經營，讓台灣歷史躍登世界歷史的舞台，台灣也因此被納入世界經貿體系的運作之中。

Authorship

85. 陳宗仁，《雞籠山與淡水洋：東亞海域與台灣史研究（1400-1700）》，頁239-243。
86. 陳宗仁，《雞籠山與淡水洋：東亞海域與台灣史研究（1400-1700）》，頁254。
87. 李毓中，〈北向與南進：西班牙東亞殖民拓展政策下的菲律賓與台灣（1565-1642）〉，頁44-46。

第2章

大航海時代的台灣貿易

（1624-1662）

荷蘭人在1624被明軍從澎湖逼至台灣，並進一步占領了台灣。爲了穩固統治台灣的基礎，荷蘭人在大員築城構街，安撫教化當地原住民，引進大批中國漢人闢地成田，廣植稻米與甘蔗，並發展完善的交易系統、以武力維護海上貿易船的安全，這一連串的措施都是爲了將台灣建設爲對中、日兩國的貿易基地， 以賺取貿易上的利潤爲最終目的。荷蘭在台灣進行的一連串殖民經濟措施，環繞於發展東亞海域商業貿易的目標而展開，爲其活躍海上遂行貿易的後盾與基礎。這些措施主要有漢人勞動力的招徠與土地的拓墾、貿易稅制度的建立、自然資源的開採及對外貿易基礎建設的構建等。

荷蘭在台灣經營的貿易型態是以轉運貿易爲主，也就是以台灣的大員港爲根據地，收購中國運來或台灣本土所產的商品，運往日本及南洋等地銷售；再將南洋和日本運來的商品，銷售至中國或轉運各地荷蘭商館，藉由這種轉運販賣的方式來獲取商業利潤。 亦即荷蘭人試圖將各地運來的物資集中在台灣，再進行輸送分配，將商品運到最需要的市場，台灣因此成爲東亞海域上一座重要的商貨轉運站。荷蘭在台灣經營轉運貿易所輸出入的商品種類繁多，主要以金銀、鹿皮、生絲及砂糖爲進出口的大宗，其經營手法是將日本運來的銀及南洋的香料輸出至中國，再將中國運來的黃金、絲綢、生絲、瓷器和砂糖轉運至各地的荷蘭商館；台灣本土的物產參與國際貿易的，最初主要是銷往日本的鹿皮，其後台灣農業發展有成，則有砂糖及稻米可供外銷，砂糖的輸出地是日本與波斯，另外北部所產的硫磺也曾銷至戰事頻仍的中國及柬埔寨等地。其中，以金銀、生絲、鹿皮及砂糖等四項貿易品的進出口數量最高，是當時台灣對外貿易最重要的商品。

西班牙與北台灣的貿易方面，以菲律賓呂宋島上的馬尼拉作爲東亞貿易總部的西班牙人，基於戰略、貿易及宗教因素等三重因素，在1626年占領了台灣北海岸的雞籠及淡水兩地，並在當地進行築城、貿易及傳教等政經活動，直到1642年爲南部的荷蘭人所擊退，才結束了台灣史上短暫的西班牙統治時期。西班牙人之所以占領台灣北部，一方面是爲了對抗南部的荷蘭人，爭奪東亞海域的制海權；另一方面，意圖將台灣作爲貿易基地，吸引中國及日本兩國商人來此進行經貿活動；此外，以台灣爲跳板向中國及日本兩國傳布天主教，亦爲西班牙人經營台灣北部的主要目的之一。

1626年，西班牙人付諸行動，派遣艦隊占領了雞籠（今基隆和平島），並在當地築城駐兵，逐漸建立起殖民地的規模。在1629年到1632年間，西班牙人分別在今日的淡水及宜蘭建立據點，並逐步擴展至台灣東岸，派遣神父積極對當地原住民傳播天主教，獲得豐碩的傳教成果。然而，吸引中國及日本商人前來貿易，並重啓對日貿易，以及以台灣爲跳板、派遣傳教士前往中、日兩國傳教這兩項目標，皆未能順利達成；加上西班牙開始將戰略目標轉向南進，逐步撤出台灣北部的兵力與補給，西班牙在北台灣的駐軍逐漸陷入孤立無援的窘境。於是在1642年爲荷蘭人所攻擊，相對弱勢的西班牙勢力從此退出台灣。

至於在殖民經營方面，西班牙人在1626年占領雞籠後，爲了在此陌生環境打下基礎，保護駐軍免受當地原住民及荷蘭人的攻擊，相繼在雞籠及淡水修築堡壘，以資防禦固守。此外，爲了與北台灣的原住民修好，並將台灣作爲傳教士往中國及日本傳教的中繼站，西班牙人積極對當地的漢人、日本人及原住民傳播天主教義，並將觸角延伸至台灣東部，成果頗爲顯著，也爲西班牙人立足北台灣及推動貿易打下基礎。

西班牙人在北台灣的貿易型態，是以雞籠及淡水爲根據地，進行與馬尼拉、中國及日本等地的轉運貿易。西班牙人來到雞籠後，立刻派員與中國商人聯絡，馬尼拉方面採取以雞籠駐軍用軍艦保護中國商船安全抵達雞籠的方式，來開展雞籠與中國的貿易活動；然而，17世紀以來東亞海域整體貿易環境的不景氣，讓馬尼拉當局的盤算逐漸落空。對日貿易方面，北台灣的西班牙人經營向雞籠及馬尼拉的商人訂貨，再轉運至日本的貿易。但因日本官方禁止與西班牙進行貿易，這些貨物只能原封不動的運回，對日貿易亦無法開展。1635年之後，雞籠與淡水的地位，受到西班牙南向政策的轉變而邊陲化，加上當時東亞海域普遍性的不景氣，西班牙人已無力亦不願再維持台灣的據點，致使他們在北台灣的貿易狀況逐年衰落。

第2章 01

大航海時代的台灣貿易（1624-1662）

[Chapter 3]

▶▶鄭氏王國時代的貿易（1661-1683）

鄭成功驅逐荷蘭之後，占領台灣作爲興復基地，爲了供應龐大的軍費支出，並試圖突破中國禁海令的抵制，鄭氏政權積極開展與日本、南洋及英國東印度公司等國的海上貿易活動，在其經營下台灣仍維持著東亞海域重要貿易轉運站的地位。

鄭成功繪像
資料來源：石守謙主編，《福爾摩沙—十七世紀的台灣、荷蘭與東亞》（台北：故宮博物院，2003），頁76。

1630年代起掌控中國東南海域貿易大權的鄭芝龍，於1646年投降滿清，並在1661年死於北京，其子鄭成功繼承了他的海上集團，成爲反清復明的主要力量，同時也在東亞海域經營著龐大的國際貿易活動，成爲新一代的海上霸主。但在1659年北征南京失敗後，其勢力侷促於金門、廈門一帶，缺乏糧食又時時面臨清軍威脅的鄭成功，決意渡海驅逐台灣的荷蘭人，以台灣作爲恢復實力的反攻基地。[1] 1662年攻取台灣後，鄭成功、鄭經及鄭克塽三代，建立起台灣史上第一個漢人政權，在台創立政制、興辦文教及拓墾荒地，奠定台灣漢人社會發展的基礎。[2] 此外，爲了供應龐大的軍費支出，並試圖突破中國禁海令的抵制，鄭氏政權積極開展與日本、南洋及英國東印度公司等國的海上貿易活動，在其經營下台灣仍維持著東亞海域重要貿易轉運站的地位。鄭氏王國時代台灣的對外貿易活動極爲活躍，豐厚

[Authorship]

1. 曹永和，〈明鄭時期以前的台灣〉，《台灣早期歷史研究續集》（台北：聯經，2000），頁71-72。
2. 張勝彥等著，《台灣開發史》（蘆洲市：空中大學，1996），頁67-93。

的商業利潤爲鄭氏王國的發展注入了生機與活力，其政權得以在台灣延續23年之久，對外貿易所得的支持實不容忽視。[3] 由此觀之，立基台灣的鄭氏王國可謂爲一「依海立國」的政權。

第一節 鄭氏王國的政經演變

鄭成功取得台灣之後，隨即著手政治制度及土地拓墾等政經措施的規劃，欲將台灣建設爲反清復明的永久基業，但第二代的鄭經於1664年喪失金門及廈門等前線基地，正式退守台灣之後，認清規復明朝已然希望渺茫的現實，遂全力發展台灣的土地開墾及商業貿易事業，並強化軍事防禦措施，以圖台灣這塊鄭氏王國最後據點的固守經營。[4] 以下即就鄭氏三代在台灣政制建立、農業發展及土地開墾等層面的經營，觀察鄭氏王國時代台灣政治與經濟方面的發展歷程。

一、政治制度的建立

鄭成功於1661年登陸台灣、荷人未驅之際，即著手構思台灣新疆土的政治制度規劃，鄭經接位之後再加以更張，政制漸趨完善。

鄭氏軍隊正式占領台灣之後，鄭成功首先區劃地方行政區，改荷治時期的政經中心赤崁爲東都明京，作爲鄭氏王國的首都，並設承天府爲地方行政機構，設治於赤崁城（即荷治時期的普羅文遮城），下轄天興及萬年兩縣，東都明京以北地方爲天興縣轄區，以南則歸萬年縣所管，這是台灣實行中國郡縣制度的肇始。1661年12月，荷蘭人投降，退出據守的熱蘭遮城，鄭成功將之改名爲安平鎭，同時設安撫司於澎湖，駐重兵於此以拱衛台灣本島。中央政制方面，早在1654年即創制於廈門，鄭氏王國的中央政府由吏、戶、禮、兵、刑、工等六官組成，掌理各項行政事務。

鄭成功來台一年後即於1662年5月因病過世，當時駐守廈門的鄭經得知成功之弟鄭襲等人在台發動政變，立即率兵返台平亂，接下延平郡王之位。1663年，回防金、廈的鄭經遭清荷聯軍攻擊，金、廈失守；1664年，在中國已無法立足的鄭經只能放棄沿海據點，全軍撤回台灣及澎湖據守。退守台灣之後，鄭經傾全力經營之，對於中央及地方官制皆有所調整：先是在1664年，更東都之名爲東寧，以東寧統稱全台，並改天興、萬年兩縣爲州，設知州治之，並在澎湖及南北兩路各設一名安撫使守禦，爲地方軍事機關。

Authorship

3. 曹永和，〈鄭成功之通商貿易〉，《鄭成功復台三百週年紀念專輯》（台北：鄭氏宗親會，1961），頁79。
4. 陳純瑩，〈明鄭對台灣的經營〉，國立台灣師範大學歷史所碩士論文，1986.05，頁22-24。

州之下更設四坊二十四里爲基層行政機構，原住民村落則設「社」加以治理。至於中央官制方面，則對其組織加以擴張，在六官之外增設諮議參軍，由首席謀臣陳永華任之，並增設察言司、承宣司、審理司、賞勳司及中書科等職官；1674年5月鄭經率兵西征中國東南沿海，以陳永華爲「總制」留守，總領台灣所有事務，其政治地位有如丞相。

鄭經繼位後的鄭氏王國，其中央與地方官制漸趨完備，政府規模並不遜於中國的清朝，已是一個完全獨立自主的國家，而行政組織的確立使政府的運作逐漸步上常軌，也讓鄭氏王國得以全力發展島內的農墾事業及對外的海上貿易活動。[5]

二、農業發展與土地拓墾

鄭成功攻取台灣的主因之一，在於其軍隊在中國與清軍對陣僵持之時，因屬地逐一淪陷而落入缺乏糧食的窘境，急於尋找另一足以供應大軍就食的根據地，此時鄭成功自通事何斌處，聽聞台灣在荷蘭經營下已成爲田園萬頃、沃野千里的寶地，讓他決定轉進台灣，圖謀再舉。領有台灣之後，鄭成功一方面將大軍兵力投入台灣南北各地的拓墾事業，寓兵於農的屯墾政策爲台灣的農業發展注入強大推動力量；另一方面，廣爲招募因清廷遷界令而流徙四方的中國漢人來台，農業勞動力大增，再施以耕牛種子鼓勵墾荒，積極興修水利，並教導原住民進步的耕作技術。這些重農措施歷經鄭經時代的持續推動，使台灣的耕地日廣，農業生產驟增，鄭氏王國的糧食問題從此得到解決，在台的統治根基也漸形穩固。

在特定農作物的種植方面，鄭氏王國時代的台灣農業在生產目標上，與荷治時期有所不同，前者以稻爲主，後者則以糖爲大宗。荷治時期的台灣農業是重商主義下的植栽農業，以經濟作物的蔗糖爲推廣主力，至鄭氏入台則轉變爲以足兵足食爲目的而生產的稻米，在其農本思想下，蔗糖雖仍受重視，但其重要性已不可與供應大軍糧食的稻作相比。[6]

鄭氏王國時代台灣的農作物產生結構性轉變，而在整體的經濟結構上，農業與商業的比重也在此時發生變化。由於鄭氏三代在台灣全力投入屯墾，鄭芝龍以來注重海上貿易發展的特性發生質變，台灣在其經營下也逐漸轉變爲以農業爲主的經濟型態。鄭氏王國時代的台灣

Authorship

5. 張勝彥等著，《台灣開發史》（蘆洲市：空中大學，1996），頁71-73。
6. 曹永和，〈鄭氏時代之台灣墾殖〉，《台灣早期歷史研究》（台北：聯經，1977），頁255-293。

雖也重視對外貿易的經營，但整體經濟已偏重於農業發展，不再以海外貿易爲主體，這雖有利其政權的鞏固與延續，卻也讓鄭氏逐漸失去維持海上霸權的雄心，其後台灣爲清朝所吞併，此一經濟型態的轉變亦爲不容忽視的因素之一。[7]

第二節 依海立國的商業與貿易

台灣爲一海島，自古以來的歷史發展與海洋息息相關，以海洋爲經商通道的鄭氏一族，自鄭芝龍經營北港以來即與台灣淵源有素，而鄭成功攻占台灣的主因之一亦爲看重其東亞貿易轉運站的地位。領有台灣後，爲突破中國海禁的嚴峻挑戰，鄭成功善加利用台灣優越的地理位置，廣通海外各國，將商貨轉運四方，積極發展對外貿易，以商業利潤支撐鄭氏王國的財政支出與民心士氣。影響所及，終鄭經、鄭克塽時代，海上貿易的收入仍爲維繫政權的重要基礎。以下即就貿易組織及貿易對象等面向，藉以探討依海立國的鄭氏王國在台灣的商業與貿易之發展歷程。

一、鄭氏王國的貿易組織

鄭成功入台時率領約3萬人的兵力與眷屬，以四百餘艘軍艦載運渡海，在中國時鄭家軍的人數與艦隊應當更爲可觀，這大部分是繼承其父鄭芝龍的海商集團而來。[8] 欲維持這麼一支規模龐大的軍隊，糧食與軍餉來源的穩定供應成爲鄭氏王國的生命線。爲此，鄭成功及其繼承者鄭經透過海外貿易所獲的「通洋之利」來給餉養兵；[9] 而欲發展海外貿易，一個體系嚴密、網絡靈通的組織必然不可或缺，鄭成功即憑藉「山海五商十行」此一績效卓越的貿易組織，試圖突破中國海禁的封鎖，專營在中國內地蒐購商貨及販運海外各國的海外貿易事業，五商組織功能的發揮持續至鄭經及鄭克塽時代，確實維繫了鄭氏王國賴以發展延續的生命線。[10]

五商爲鄭成功以中國沿海爲抗清基地時所創設，作爲鄭氏王國聯繫採購內陸商貨與轉運海外營利的貿易組織，其商業利潤的供應爲鄭氏軍隊財源不虞匱乏的主要依恃。關於五商的組織，楊英《從征實錄》有載：

> （永曆十一年，1657年）五月，藩駕駐思明州。稽察各項追徵糧餉、製造軍械及洋船事務。本年二月間，六察嘗（常）壽寧在三都告假先回，藩行令對居守戶官鄭宮傳、察算裕國庫張恢、利民庫林義等稽算東西二洋船本利息，並仁、義、禮、智、信、金、木、水、火、土各行出入銀兩。[11]

Authorship

7. 陳純瑩，〈明鄭對台灣的經營〉，頁43。
8. 曹永和，〈鄭氏時代之台灣墾殖〉，頁276。
9. 聶德寧，《明末清初的海寇商人》（台北：楊江泉，1999.05），頁159。
10. 南棲，〈台灣鄭氏五商之研究〉，《台灣經濟史十集》（台北：台灣銀行經濟研究室，1966），頁51。
11. 楊英，《從征實録》（台北市：台灣銀行經濟研究室，1979），台灣文獻叢刊第32種，頁112。

劉廷獻《廣陽雜記》亦有相關記載：

> 海澄公黃梧既據海澄以降，即條陳平海五策。一、鄭氏有五大商，在京師、蘇、杭、山東等處經營財貨，以濟其用，當察出收拿。…[12]

鄭氏的五商分爲「山五商」及「海五商」兩大組織，山五商爲金、木、水、火、土等五行，總部設於中國生絲、雜貨集散中心的杭州，山五商即負責收購中國內地特產，並將商貨源源不絕的運往廈門出海；海五商則由仁、義、禮、智、信等五行所組成，總部設廈門，專責接收山五商蒐購的貨品，將之轉運至日本及南洋各地，賺取貿易利潤。爲了貿易品的運輸之用，五商組織之下尚配有東、西兩洋等兩隻規模龐大的船隊。其中，東洋船隊專司日本航線的經營，西洋船隊則負責菲律賓、暹羅等南洋航線的轉運任務。[13] 1656年，清廷爲了避免中國民眾以物資接濟台灣的鄭氏王國，並斬斷其對中國沿海貿易的經營，實施海禁政策，全面禁止沿海人民出海活動；1661年更進一步發布遷界令，將山東至廣東海岸地帶的居民往內地遷徙，企圖堅壁清野，對台灣的鄭氏進行徹底的經濟封鎖。[14] 然而，清廷的海禁對鄭氏王國貿易發展的影響有限，此因鄭氏一方面以賄賂誘使駐守海口的清兵協助取得內地貨物，另一方面即透過五商的嚴密組織，突破清廷設下的貿易障礙，貨源不致斷絕之下，鄭氏的海外貿易活動仍可暢行無阻。[15] 甚至在1664年鄭經喪失中國沿海據點、退守台灣之後，組織位於內地的山五商雖然被清廷所查抄消滅，[16] 但海五商轉以台灣作爲經營對外貿易的基地，仍活躍於東亞海域貿易圈，未受海禁的影響。[17] 由此可知，五商組織爲鄭氏王國經營對外貿易的主力，特別是在鄭成功轉進台灣之後，海五商更是突破中國海禁、確保貿易活動得以順利進行的重要組織。

二、鄭氏王國對外貿易的對象

鄭氏王國的對外貿易範圍，幾乎遍及東亞海域各國，其中日本是最主要的貿易對象，而南洋的菲律賓、暹羅、大年、柬埔寨、廣南、東京及巴達維亞等地，皆爲鄭氏船隊的重要貿易地，至鄭經時代更突破中國海禁的限制，打開與中國沿岸的走私貿易管道，並與英國東印度公司發展貿易關係。[18] 如此，延續荷治時期以台

Authorship

12. 劉廷獻，《廣陽雜記選》（台北市：台灣銀行經濟研究室，1979），台灣文獻叢刊第219種，頁32。
13. 南棲，〈台灣鄭氏五商之研究〉，頁43-51。
14. 朱德蘭，〈清初遷界令時中國船海上貿易之研究〉，《中國海洋發展論文集．第二輯》（南港：中研院三民主義研究所，1986），頁106-108。
15. 張勝彥等著，《台灣開發史》，頁88。
16. 曹永和，〈鄭成功之通商貿易〉，頁79。
17. 蔡郁蘋，〈鄭氏時期台灣對日貿易之研究〉，國立成功大學歷史研究所碩士論文（2005.06），頁64。
18. 曹永和，〈十七世紀作為東亞轉運站的台灣〉，《台灣早期歷史研究續集》（台北：聯經，2000），頁128-129。

灣爲轉運中心進行轉運貿易的型態，鄭氏王國廣開航路，貿遷四方，以多點的對外貿易抗衡中國的海禁封鎖，海外貿易的收益成爲了鄭氏王國賴以生存的養分來源。以下即分就鄭氏與日本、英國東印度公司及東南亞之貿易往來情形加以探討，藉以瞭解鄭氏王國時代台灣對外貿易的發展。

（一）日本

鄭氏海商集團自「開基祖」鄭芝龍以來即與日本淵源極深，自來就是鄭氏船隊海外貿易的重要據點，再經過鄭成功、鄭經兩代對台日航線的銳意經營，日本已成爲台灣鄭氏王國最主要的貿易對象。

鄭氏王國在台灣經營對日貿易的興衰，常隨東亞政治局勢的變化而迭有變遷。鄭經退守台灣之後，清廷再以遷界令封鎖沿海人民接濟鄭氏，迫使鄭氏只得往其他國家發展海外貿易，以取得物資與糧食。是時，戰國時代告終、經濟逐漸復甦的日本，其國內對中國絲織品的需求大增，致使中國生絲在日本的利潤高達100%至200%。因此，鄭經派遣水軍占領舟山群島的普陀山、廣東十字門及福建廈門等中國沿海的小島，在此與沿海人民進行走私貿易，這些島嶼即取代被清廷消滅的山五商，成爲鄭氏王國蒐購中國物資的基地。[19] 而在台灣方面，1666年鄭經政權已趨穩固之後，開始授權陳永華全力發展台灣的農業屯

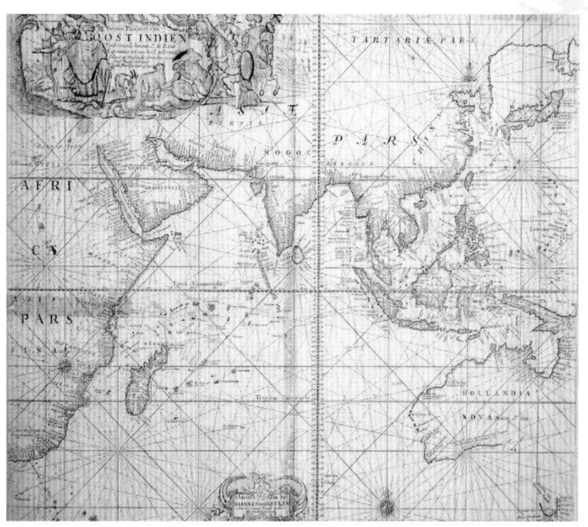

東印度全圖（1680年）
資料來源：石守謙主編，《福爾摩沙—十七世紀的台灣、荷蘭與東亞》，（台北：故宮博物院，2003），頁67。

墾，並開展對外貿易的通商範圍，台灣的海外貿易因而漸上軌道。[20] 江日昇《台灣外紀》形容此時台灣貿易的景況是：

> 上通日本，製造銅貢、倭刀、盔甲，並鑄永曆錢；下販暹羅、交趾、東京各處以富國。從此台灣日盛，田疇市肆不讓內地。[21]

Authorship

19. 朱德蘭，〈清初遷界令時期明鄭商船之研究〉，《史聯雜誌》，7（1985.12），頁34-35。
20. 蔡郁蘋，〈鄭氏時期台灣對日貿易之研究〉，頁23-28。
21. 江日昇，《台灣外紀》（台北市：台灣銀行經濟研究室，1979），台灣文獻叢刊第60種，頁237。

除正常的通商行爲之外，爲求壟斷對日貿易，鄭氏王國經常派遣戰船於台灣海峽洋面巡弋，扣押未持有鄭氏通行證的商船，此舉也讓南洋的商船無法順利抵達日本貿易，進而引發巴達維亞荷蘭人的不滿，使鄭氏船隻前往東南亞一帶經商的安全性飽受荷人威脅，卻也因而強化了對日貿易的依賴性。[22]

台灣的鄭氏王國在中國海禁之下，雖然可以透過走私貿易取得日本市場上最熱門的生絲，但在數量上已不如鄭芝龍及鄭成功時代可以直接從中國本土取得的多，導致鄭經時代輸出日本的生絲貿易額降低不少。爲彌補此一差額損失，鄭氏也將日本的商貨轉運至南洋一帶牟利，馬尼拉海關的紀錄中即可常見鄭氏船隊中載來日本的毛毯、鐵、銅及價值較高的俵物，至當地販售。

另一方面，台灣本地的產業在鄭氏的積極經營下發展有成，砂糖及鹿皮等特產的輸出成爲對日貿易的另一利源，當時台灣的產糖量每年平均約爲一百萬斤，雖較荷治時期有所萎縮，但此時砂糖的利潤在日本可高達300%，一艘開往日本的鄭氏船隻光販售砂糖即可淨賺200萬兩之多，是爲莫大的利益；而台灣年產5至10萬張的鹿皮在日本同樣可以賣出高價，利潤也在300%以上，對於鄭氏王國的財政收入大有裨益。[23]

從下頁表3-1駛日船數的統計可知，鄭氏王國對日貿易的榮景，在1672年之後轉趨平淡，這有幾項因素使然。首先是1672年琉球王國將朝貢的對象轉向清廷，引發鄭經不滿而下令禁止船隻前往日本長崎貿易，讓台日貿易降到冰點，導致1673年僅有一艘商船到達日本；後雖因鄭經欲西征中國，需要對日貿易利潤的支持，而與之修好，但兩國間的關係已不如鄭芝龍、鄭成功時代之緊密。

另一方面，1674年鄭經響應三藩之亂，西征中國沿岸，占領漳州、泉州及潮州三郡，但後來遭受清軍反擊，領地盡失。此後，清廷加強查緝走私，鄭氏商船屢遭清軍攻擊，使赴日船隻大爲減少，而部分商船甚至被徵調爲戰船，對日貿易只能改以小型船隻取代，載貨量因而萎縮，導致整體貿易額大不如前。同時，日本幕府爲減緩本國金銀的流失，開始以市場貨物交易法抑制對外貿易量。鄭氏王國的對日貿易就在此內外環境的不利影響下，漸形衰微。其後，清廷採用施琅布署大軍，意圖消滅台灣的

Authorship

22. 楊佳瑜，〈從英國東印度公司史料看鄭氏來台後國際貿易地位的變化（1670-1674）〉，《台灣風物》48:4（1998.12），頁47。
23. 蔡郁蘋，〈鄭氏時期台灣對日貿易之研究〉，頁29-37。

表3-1 鄭氏王國駛往日本之商船數量表（1661-1683）

年代	1661	1662	1663	1664	1665	1666	1667	1668	1669
船數	0	2	3	5	8	14	11	12	10
年代	1670	1671	1672	1673	1674	1675	1676	1677	1678
船數	11	20	16	1	6	11	8	13	8
年代	1679	1680	1681	1682	1683	合計			
船數	8	7	5	9	13	201			

資料來源：岩生成一，〈近世日支貿易に関する數量的考察〉，《史學雜誌》62：11（1953.11），頁12-13。

鄭氏王國，清軍戰船不斷在中國東南海面追捕鄭氏商船，中國物資的取得陷入困難，甚至於船隻的出海皆大受阻撓，此時的對日貿易更加大受打擊。至1683年，施琅在澎湖大敗鄭氏軍隊，第三代的鄭克塽投降清朝，鄭氏王國正式滅亡，隨後施琅派遣人員召回仍在日本貿易的鄭氏船隻，鄭氏王國的對日貿易遂告中止。[24]

在對日的航行時程方面，鄭氏王國的商船通常在農曆5、6月乘著西南季風航向日本，一趟航程大約四個月左右，也就是說在8、9月間可抵達當時開放給中國船隻貿易的主要港口長崎；卸貨交易完畢之後，再於冬春之際順東北季風返航。至於在貿易路線上，鄭氏船隊與日本有兩條主要航路，其一是直線貿易路線，即從台灣直接航至日本長崎；另一條爲三角貿易路線，又可區分爲「台灣—長崎—南洋」及「台灣—南洋—長崎」兩線，前者是從台灣出航至長崎載運日本銅條，再裝載中國絲織品運至菲律賓，從菲律賓回航時則載運銀條與銀幣回到台灣；後者則是先到東南亞載運日本需要的香料，到日本販賣之後，再轉運日本的金銀回台。三角貿易爲鄭氏船隊的主力航線，航行於該航線的船數較直線貿易路線爲多，此因鄭氏王國最需要的是日本的銅及鳥銃、腰刀、盔甲、硝鉛等軍需物品，如以台灣本地所產的砂糖及鹿皮作爲資本，透過三角貿易可先至南洋交換香料、胡椒等貨品，再運到長崎貿易，換回鄭氏所需的軍需品。[25] 因此，日本爲鄭氏王國多角貿易體系中不可或缺的核心據點。

Authorship

24. 同23註，頁38-63。
25. 鄭瑞明，〈台灣明鄭與東南亞之貿易關係初探：發展東南亞貿易之動機、實務及外商之前來〉，《歷史學報（師大）》，14（1986.06），頁81。

整體而言，鄭氏王國在台灣經營的對日貿易，與荷治時期相比已有所萎縮。台灣的鄭氏王國平均一年約有10艘左右的船隻抵達長崎，[26] 已遠不如鄭成功在中國時期一年約50艘船的貿易規模；另一方面，台灣的特產品砂糖及鹿皮雖為輸出日本的主力貿易品，但為解決軍糧問題，鄭氏派遣軍隊四處屯墾，將鹿場及蔗園闢為稻田，卻也導致鹿皮及砂糖的輸出量不及荷治時期。

然而，台灣在鄭氏治下仍是東亞貿易的轉運中心之一，直到鄭氏降清之後，中國海禁隨之解除，中國商船可自由航至日本，台灣於是喪失其轉運地位，對日貿易的盛況從此中衰。[27]

（二）英國東印度公司

1664年，鄭經退守台灣之後，除主動派遣船隊至東亞各地發展商務關係外，也積極邀請各國前來台灣貿易；1670年，以蘇門達臘島萬丹（Bantam）為東南亞貿易基地的英國東印度公司收到鄭經的招商信函，決定派遣船隊與人員來台接洽雙方通商條款的簽訂事宜，並在1672年於大員設立商館，與鄭氏王國正式建立起貿易伙伴的關係。[28]

1613年曾在日本平戶開設商館的英國東印度公司，曾委託海商李旦代為經營與台灣的貿易，但後遭李旦欺騙而虧損嚴重，1623年遂關閉商館，退出日本；1672年，英國在第三次荷英戰爭中擊敗荷蘭，逐漸取代荷蘭的海上霸權，並積極在萬丹經營東南亞貿易，1660年重開日本商館，試圖以毛織品換取日本白銀，再度嘗試東亞貿易的開展。此時，萬丹的英國人接到鄭經招攬外商前赴台灣貿易的信函，英方遂以Ellis Crisp為代表，率領兩艘商船航向台灣，於1670年6月23日抵台，隨後與鄭經會面，出示以英王名義致意鄭經申請在台貿易及開設商館的信函，並於9月23日與鄭經簽訂20條通商協議條款。從這些條款的內容可知，英方所需要的是透過鄭氏王國的勢力及台灣轉運站的地位，在當地建立倉庫及商館，取得中國生絲與日本銅等貨品，藉以在東亞海域發展自由貿易，此外也可與鄭氏王國聯合，對抗宿敵荷蘭；而鄭氏所需要的是英方提供的槍炮及火藥等精良武器，以加強對抗中國的軍事力量，另一方面也可避開與鄭氏交惡的荷蘭之攻擊，透過英方取得東南亞物資，以確保對日貿易所需的商品來源。因此，對於英國的來台貿易，鄭氏王國甚表歡迎。[29]

Authorship

26. 岩生成一，〈近世日支貿易に関する數量的考察〉，《史學雜誌》，62：11（1953.11），頁12-13。
27. 蔡郁蘋，〈鄭氏時期台灣對日貿易之研究〉，頁85。
28. 賴永祥，〈台灣鄭氏與英國的通商關係史〉，《台灣文獻》，16：2（1965.06），頁2-4。
29. 曹永和，〈英國東印度公司與台灣鄭氏政權〉，《中國海洋發展史論文集（六）》（台北：中央研究院中山人文社會科學研究所，1997），頁395-397。

雖然與鄭氏王國簽訂通商條款，並在大員設置商館，但英國在台灣的貿易發展並不順利。如1670年英國的兩艘商船來到台灣，但所載胡椒並無法與中國商人及萬丹王的貨品競爭，使胡椒的價格低落而無甚利潤，而英國布料的銷售狀況也不是太好，1671年再派出3艘船航向大員及長崎，但僅有一艘戎克船順利到達台灣並回歸萬丹，其他兩艘皆遇海難失事，英方的第二次嘗試亦遭到失敗。然而，英國並未因此放棄台灣貿易的經營，此因英國東印度公司將位於中國、日本及馬尼拉三地中心的台灣，視為發展中國及日本貿易的跳板。當時的中國陷入三藩之亂，貿易不易開展，所以英國更重視的是打開日本市場，取得日本的金、銀與銅等貴金屬，作為推動貿易的資本，另外英方也瞭解到鄭氏與日本的關係親密，希望鄭氏能夠居中牽線，開展對日貿易的途徑。因此，英方竭力維持著與台灣方面的貿易關係，等待與日本貿易的機會。[30]

1672年，英方第三度派遣商船抵台，在大員著手進行開設商館事宜，並與鄭氏討論通商條款的修訂，將英方可以購買鹿皮及砂糖等台灣物產運至日本、馬尼拉等地的條款，改為鄭氏保證提供年產量3分之1的砂糖及各種皮革給英方。這三艘船上的英人也肩負著重開日本貿易的任務，他們離開台灣後在1673年抵達長崎，但所載貨品全為不符日本商情的英國毛料，並遭受駐日荷蘭商館的阻礙，加上嚴禁天主教的日本得知英國王后為天主教國葡萄牙之王女，遂不許英國在日本開設商館，[31]而當時鄭氏王國由於琉球朝貢事件與日本關係低迷，且不希望英方搶奪鄭氏對日貿易的商機，並無對其作出任何協助。[32]在這種種不利因素的影響之下，英國東印度公司欲透過台灣鄭氏開展對日貿易的意圖，終歸失敗。

1674年鄭經西征中國，對於軍火的需求甚為殷切，遂於1675年與英方改訂協約，要求英方提供200挺槍及100擔鐵的軍火供應，英方則趁機透過台灣商館推銷毛料作為東亞貿易的主力商品，但毛料在東亞並無銷路，而其他商品如砂糖及鹿皮的貿易，又與鄭氏王國的東亞貿易產生利益衝突，貨源及物價皆為鄭氏所嚴格管控，造成英國在東亞的貿易受其限制而無法進一步拓展。1676年，英國在鄭經占領的廈門獲准設立商館，初次在中國本土取得貿易據點，期待在此發展中國與東亞的貿易活動；1680年，廈門再度被清軍攻陷，英國的東亞貿易美夢再度破滅。鄭氏降清之後，英國仍對施琅施以關說賄賂，試圖維持台灣商館的運作，但並未成功。[33]

Authorship

30. 楊佳瑜，〈從英國東印度公司史料看鄭氏來台後國際貿易地位的變化（1670-1674）〉，頁25-26。
31. 曹永和，〈英國東印度公司與台灣鄭氏政權〉，頁399-400。
32. 林偉盛，〈貿易與變遷：比較荷蘭與明鄭時期的台灣貿易〉，國科會補助專題研究計劃成果報告（2002.01），頁6。
33. 曹永和，〈英國東印度公司與台灣鄭氏政權〉，頁400-401。

整體而言，英國與鄭氏王國貿易關係的發展，對於鄭氏而言獲得了軍火及東南亞物資，對其軍力的強化及對日貿易的貨源供應有所幫助，但英方卻面臨鄭氏的嚴格控制及對日貿易一直無法打開的惡劣局面，在東亞進行自由貿易的企圖，終17世紀仍無法實現。[34]

（三）東南亞（南洋）

如前所述，鄭氏王國在台灣的貿易活動以日本爲主要對象，但台灣的轉運貿易型態如無東南亞的物資供應及銷售配合，對日貿易將難以持續進行。因此，物產豐饒、商業發達、華僑眾多的東南亞地區，亦成爲了鄭氏王國重要的貿易對象。

鄭氏海商集團自鄭芝龍時代以來，即與東南亞保持著密切的貿易關係，當時鄭氏船隊活躍於東南亞的眞臘、占城及三佛齊等地。鄭成功繼承其海上勢力後，更將貿易範圍拓展至印度洋東岸的麻六甲之地，鄭氏船隊的通商圈已遍及整個南洋，1650至1662年之間，每年約有16至20艘鄭氏商船前往南洋各地貿易。[35]其後歷經鄭經及鄭克塽時代，台灣與東南亞的貿易持續擴張，主要貿易地有呂宋（馬尼拉）、汶萊、交趾、東京、廣南、柬埔寨、暹羅、柔佛、萬丹、巴達維亞及麻六甲等地。[36]

鄭氏王國在東南亞最主要的貿易對象，是以呂宋島馬尼拉作爲東亞貿易基地的西班牙人，墨西哥白銀及菲律賓稻米爲支撐鄭氏王國軍餉及糧食供應的主要來源，欲從西班牙人手中得到這兩項物資，鄭氏就必須與馬尼拉發展貿易關係。鄭氏海商集團在1630年代鄭芝龍掌握福建沿海的對外貿易權後，對馬尼拉的貿易頗爲興盛，每年約有16至40艘戎克船至馬尼拉貿易，同時鄭氏也允許西班牙人至廈門貿易。但到了鄭成功時期，情勢有所轉變，雖說爲了籌措軍糧而維持著馬尼拉貿易，但貿易量已較鄭芝龍時代萎縮，每年赴馬尼拉的鄭氏商船平均僅有8艘左右，這與當時中國內部戰亂導致商品生產減少，以及西班牙人壓迫中國商人在馬尼拉的商業活動，促使鄭成功於1655年對馬尼拉下達禁航令，皆有關連。其後，西班牙菲律賓總督無法承受該抵制行動造成的物資缺乏窘境，於是派出使節向鄭成功求和，雙方的貿易關係始得以重建，自菲律賓持續運來的糧食也成爲鄭氏

Authorship

34. 鄭瑞明，〈台灣明鄭與東南亞之貿易關係初探：發展東南亞貿易之動機、實務及外商之前來〉，頁91。
35. 楊彥杰，〈1650年-1662年鄭成功海外貿易額和利潤估算〉，《福建論壇》1982年四期，頁82。
36. 鄭瑞明，〈台灣明鄭與東南亞之貿易關係初探：發展東南亞貿易之動機、實務及外商之前來〉，頁60、74。

軍隊的兵糧來源之一。[37] 然而，1662年鄭成功占領台灣之後，並不鼓勵與東南亞發展貿易，還計劃進一步攻占呂宋，整個行動卻因情報洩露及鄭成功去世而告中止，但雙方的貿易關係也因此破裂，從此時無任何台灣船隻進入馬尼拉貿易的情況，可知鄭氏與馬尼拉的貿易已陷入低迷狀態。[38] 鄭經繼位之後，由於中國實施海禁及荷蘭在東南亞海域的武力威脅，台灣的鄭氏王國急須尋求其他貿易伙伴，以拓展其生存空間，因此，鄭經積極向台灣周邊國家示好，以建立多邊貿易關係。[39]其中，與台灣一衣帶水、密邇相連的呂宋更是鄭經所欲修好的對象，鄭經希望透過馬尼拉貿易取得白銀和糧食，而西班牙方面也有意重建彼此間的貿易往來，以獲得可以換取美洲白銀的中國生絲，遂於1666年派遣使節抵台致意，雙方的貿易情況始逐漸改善。[40]

次是1665年的五次，1668、1672、1673及1681年各有4次，僅1669這一年沒有任何鄭氏商船抵達馬尼拉。

此外，從1674年至1680年這段鄭經西征中國期間的紀錄來看，台灣與馬尼拉的貿易明顯受到戰事的影響而呈現衰退的趨勢。[41]

Authorship

37. 李毓中，〈明鄭與西班牙帝國：鄭氏家族與菲律賓關係初探〉，《漢學研究》，16：2（1998.12），頁34-41。
38. 方真真，〈明鄭時代台灣與菲律賓的貿易關係－以馬尼拉海關紀錄為中心〉，《台灣文獻》，54：3（2003.09），頁66。
39. 李毓中，〈明鄭與西班牙帝國：鄭氏家族與菲律賓關係初探〉，《漢學研究》，16：2（1998.12），頁47-48。
40. 方真真，〈明鄭時代台灣與菲律賓的貿易關係－以馬尼拉海關紀錄為中心〉，頁66。
41. 同上註，頁67。

表3-2 大員駛往馬尼拉之商船數量表（1664-1684）

年份	1664	1665	1666	1667	1668	1669	1670	1671	1672
船數	1	5	2	2	4	0	8	1	4
年份	1673	1674	1675	1676	1677	1678	1679	1680	1681

資料來源：方真真，〈明鄭時代台灣與菲律賓的貿易關係－以馬尼拉海關紀錄為中心〉，頁89-90。

從表3-2可知，1664年後的二十年間，尤其在鄭氏的中國貿易因沿海據點盡失而斷絕的那幾年，台灣與馬尼拉之間的貿易達到了高峰。其中，以1670年的通商次數最高，有八次之多，其

至於在台灣與馬尼拉之間流通的貿易品方面，西班牙輸入台灣的貨品以白銀和糧食爲主、製船用的木材爲輔，台灣輸出至西班牙的貨品則以生絲爲主力，另外從中國、日本轉運而來

的原料、民生用品及奢侈品等，亦爲大宗。鄭氏王國時代台灣輸出馬尼拉的商品，大多是從中國及日本轉運而來，不僅量大，種類也相當繁雜。其中，中國輸入台灣再轉運至馬尼拉的貨品有：生絲、麻、布、鐵、麥、紙、煙草、鞋、茶、杯、碗、盤、木棍及小神像等；從日本轉運而來的則是：布、銅、鐵、麥、棉花、寫字檯、碗、鍋、酒、釘子、木材、麵粉、沙丁魚、箱子、木棒油、鐵犁及陶壺等。此外，尙有部分自東南亞各地集中至馬尼拉再輸入台灣的物資，如交趾支那布、印度棉麻布、東南亞胡椒及象牙等。[42]

總結鄭氏王國在台灣的貿易發展，自荷治時期以來台灣作爲東亞貿易轉運站的地位已逐漸喪失，此因當時的台灣並無太多可供流通的高價商品，只能依靠主要來自中國的貨物供應，但鄭清之間的長期對峙及後期的戰亂皆讓此一管道無法保持暢通，台灣的轉運貿易因此無法正常運作，導致鄭氏王國後期台灣的對外貿易額持續減少。[43]鄭氏降清後，中國海禁解除，商船大量湧入日本直接貿易，台灣轉運站的功能自此一去不返。此後，台灣的出口貿易必須到18世紀初才有重振的跡象，再至19世紀中期清廷開港通商之後，台灣始重新回到國際貿易的舞台上。[44]

Authorship

42. 方真真，《明末清初台灣與馬尼拉的帆船貿易（1664-1684）》（台北縣板橋市：稻鄉，2006），頁115-117。
43. 方真真，〈明鄭時代台灣與菲律賓的貿易關係－以馬尼拉海關紀錄為中心〉，頁88。
44. 楊佳瑜，〈從英國東印度公司史料看鄭氏來台後國際貿易地位的變化（1670-1674）〉，頁48-49。

第3章

鄭氏王國時代的貿易
（1661-1683）

[Chapter 4]

▸▸清帝國統治前期的貿易（1684-1860）

台灣收歸清帝國版圖後，中國大陸成爲清治前期台灣主要的貿易對象，海峽兩岸間的區域貿易是爲清治前期台灣對外貿易發展的主軸，與其他地區的貿易則以日本爲主。因中國海禁的開放，台灣從荷治時期以來作爲中國生絲轉運站的地位已然喪失，但在砂糖及鹿皮的供應方面，台灣仍是重要的產地。

1683年，甫底定三藩之亂的清帝國，隨即派遣鄭氏王國叛將施琅進攻台灣，並在同年6月的澎湖一役大破劉國軒水師，眼見大勢已去的鄭克塽遂於7月15日出降，鄭氏王國告終。攻占台灣的清廷朝野，經過一番棄留台灣的爭議後，康熙帝最終採納施琅的建議，決定保留台灣，以保障東南海域的安全，這是台灣首度被納入中國版圖，也爲台灣史上長達211年之久的清帝國統治時期揭開序幕。棄留爭議的出現正反映出清帝國這個大陸性格強烈的外來政權，對於海洋性格濃厚的海島台灣之輕視與防備，從而表現在治理台灣政策上的消極與防範，其統治目的僅在於鞏固東南海防與防止奸民叛亂，並不樂見台灣的繁榮興盛。此一「爲防台而治台」的政策取向，以「禁海封山」措施爲骨幹，對閩粵移民的渡台及生業活動層層設限，影響往後台灣的歷史發展甚爲深遠。[1]

台灣在1680年開港通商之前，也就是清帝國統治的前期(以下簡稱爲「清治前期」)，清廷恐懼台灣人民勾結外夷、海盜爲禍東南，不許台灣人民與外國從事貿易，[2] 並對海防嚴格布置，僅允許正口的對渡貿易，因而限制了台灣對外貿易的發展。[3] 台灣貿易國際性的喪失導致19世紀中期之前，台灣的帆船貿易呈現長期衰退的趨勢。[4] 此外，受到中國沿岸禁海令因鄭氏已滅而解除的影響，中國船可直接赴日貿易，台灣東亞貿易轉運站的地位從此喪失，加上東亞整體貿易環境的轉變，中國幾乎成爲台灣對外貿易的唯一對象。

Authorship

1. 戴寶村，《台灣政治史》(台北：五南，2006)，頁82。
2. 陳國棟，〈台灣歷史上的貿易與航運〉，收於氏著，《台灣的山海經驗》(台北：遠流，2005)，頁76。
3. 黃富三、翁佳音，〈導論〉，《台灣商業傳統論文集》(南港：中研院台史所籌備處，1999)，頁III。
4. 陳國棟，〈清代中葉（約1780-1860）台灣與大陸之間的帆船貿易：以船舶為中心的數量估計〉，《台灣史研究》1：1（1994.06），頁91-92。

第4章

清帝國統治前期的貿易 (1684-1860)

此時台灣與東亞貿易圈互動的背景是：日本在銀產逐漸耗減、不能大量出口之後，轉而步入鎖國時期，台灣對日貿易的優良傳統逐漸沒落，而歐洲各國所需要的中國絲茶並不產於台灣，加上南洋產品與台灣極爲類似，也是以米、糖爲主，與台灣之間不太需要互通有無，使台灣的南洋貿易也不復以往。[5] 加上此時中國閩粵人民不顧渡台禁令的封鎖，大量東渡台灣冒險逐利、拓墾定居，移民與母國之間緊密的經貿關係，遂凌駕於其他地區之上。台灣需要中國的手工業品及日用雜貨的輸入，而缺糧的中國大陸也需要台灣米穀的供應，[6] 台灣海峽兩岸之間形成一種「區域分工」的流通關係，致使台灣最重要的商業活動，主要集中於和中國大陸之間的貿易往來。[7] 這個局面直到台灣開港通商、西方列強紛至沓來之後，始發生轉變。

以下即就清帝國統治台灣的政策及閩粵漢人的移墾、台灣和大陸之間的區域貿易，以及台灣與其他地區的貿易等面向，探討清治前期台灣對外貿易活動的發展歷程。

第一節 清國治台與漢人移墾

一、「雙重外來」的統治性格及「禁海封山」的治台政策

1684年4月，台灣成爲清帝國福建省轄下的一個府，設台灣、鳳山及諸羅三縣作爲統治台灣人的地方行政機關，正式將台灣納入中國版圖。清帝國的統治階層主要以人口占少數的滿族所組成，多數的漢族則淪爲被統治者，身爲外來者的滿人爲有效統治人口眾多的漢人，採取一連串高壓政策，來防範漢人反抗並保護自身免於被推翻，清廷對於台灣的治理亦延續此一壓制漢人發展的統治取向，此爲其異族外來者統治性格的一大特徵。另一方面，滿人興起於中國東北，自古遊牧維生，以強騎驍兵橫掃中國，其後更延續明代以來的海禁政策，限制人民往海洋發展，重陸輕海的大陸性格極爲強烈；相對的，台灣爲一座四面環海的島嶼，歷史發展自然與海洋息息相關，從南島語族的遷入、各國海商海盜的經營、海上強權荷蘭與西班牙的東來，到海商起家的鄭氏王國之統治，雖與清帝國同爲外來政權，卻能積極向海洋發展，延續並強化台灣濃厚的海洋性格，而清帝國以一大陸政權將勢力延伸至海島台灣，派駐來台的官員及兵丁皆爲內地的中國人，其封閉的思考模式與對台灣認識的薄弱，並無法瞭解台灣民間社會的活力及特殊性，遠在天邊的北京中央政府更一心只求台灣不起亂事，因而制

Authorship

5. 林滿紅，《四百年來的兩岸分合—一個經貿史的回顧》(台北：自立晚報，1994)，頁22-29。
6. 陳國棟，〈台灣歷史上的貿易與航運〉，頁76。
7. 戴寶村，《近代台灣海運發展—戎克船到長榮巨舶》(台北：玉山社，2000)，頁33。

訂了一系列違逆潮流的壓制政策，爲其大陸統治海島之外來性格的具體呈現。要之，「滿人—漢人、原住民」及「大陸中國—海島台灣」此一「雙重外來」的統治特性，造成清帝國的治台政策圍繞於防範叛亂的目標而展開，即以「禁海封山」的行政措施爲核心，發展「爲防台而治台」的統治訴求，對於中國移民的渡台及台灣內部的拓墾事業皆產生深遠影響。

清帝國將台灣納入版圖之初，鄭氏王國時代移居台灣的漢人大多棄地返回中國，良田因此荒蕪，清廷並一再限制閩粵人民渡台，約束在台漢人的墾殖範圍，也就是以渡台禁令不許人民偷渡，降低台灣因人口日繁而滋生亂源的機會，再行封山劃定漢人活動區域，避免漢人與山區原住民接觸致生衝突。此一「禁海封山」的政策，在清治初期確實限制了漢人在台的生業發展，較鄭氏王國時代10萬以上的人口減少許多。然而，中國閩粵地區在明末已面臨可耕地嚴重不足、人口壓力巨大的窘境，當地人民爲求生計，深受台灣地曠人稀、沃野千里的良好謀生條件之吸引，紛紛冒險東渡台灣，渡台禁令形同具文，完全無法壓制民間充沛而持續的移民潮，至道光年間台灣人口已達250萬之眾，咸豐、光緒年間更增至300萬左右；[8] 而封山禁令也在漢人將台灣平原地帶開墾殆盡之後，遭遇嚴重考驗，台灣墾民大量湧入山區，開闢荒地，與原住民爲競爭生存空間而發生的衝突事件屢見不鮮。[9]

二、漢人的移墾

清代漢人移墾台灣的成果與進程，可從台灣田園面積增加的情形見其趨勢。從下頁表4-1可知，清代台灣平原地區的拓墾方向，是從台灣縣由南往北逐漸擴展。南部的台灣、鳳山與諸羅三縣的拓墾事業開始較早，在荷治及鄭氏王國時期即有進展，進入清代後持續墾闢，雍正（1723-1735）末年已完全開發，田園面積的成長逐漸停滯。台灣中部的彰化縣雖開墾較晚，但至乾隆（1736-1795）、嘉慶（1796-1820）之際土地也大致墾成，北部的淡水廳的大部分土地則在乾隆末年開闢完成，東北部的噶瑪蘭廳的墾成時間最晚，道光（1821-1850）末期始完成開墾。

Authorship

8. 許毓良，〈清代台灣的軍事與社會—以武力控制為核心的討論〉，國立台灣師範大學歷史學系博士論文（2003.06），頁37。
9. 戴寶村，《台灣政治史》，頁84-89。

表4-1 清代台灣歷年田園面積表（1684-1859）

地區 年代	台灣縣 （台南縣市）	鳳山縣 （高雄屏東）	諸羅縣 （嘉義雲林）	彰化縣 （台中彰化）	淡水廳 （大甲溪以北）	噶瑪蘭廳 （宜蘭縣）
1684年	8562甲	5048甲	4844甲			
1693年	10345甲	7249甲	8866甲			
1710年	10458甲	9229甲	10861甲	370甲	499甲	
1735年	12244甲	10944甲	15129甲	11665甲	555甲	
1744年	12204甲	10960甲	15038甲	13030甲	1819甲	
1755年	11994甲	11064甲	15352甲	13110甲	3609甲	
1776-81年				18315甲	7567甲	
1792年					7585甲	
1804年				18621甲		
1810年						2444甲
1846年						7274甲
1859年					7596甲	

資料來源：溫振華，〈清代台灣漢人的企業精神〉，收於張炎憲等編，《台灣史論文精選（上）》（台北：玉山社，1996），頁326。

由此可知，經過漢人移民的積極墾殖，台灣西部平原的土地大約在乾隆末年已大致開墾成田園，於是台灣的山地與原住民居住的番屯地，逐漸成爲漢人拓墾目光的焦點，漢人大舉進入山區開墾的時間集中於道光年間以後。全台的土地就在漢人移民這種墾荒冒險精神的驅使下，闢地成田，而漢人聚落、市鎭及港口也在拓墾的過程中逐漸成形；另一方面，隨著田園面積漸廣，稻米與蔗糖的產量也大爲增加，成爲了清治前期台灣外銷中國大陸的主要貿易品。[10]

Authorship

10.溫振華，〈清代台灣漢人的企業精神〉，《台灣史論文精選(上)》（台北：玉山社，1996），頁325-350。

第二節 台灣、大陸之區域貿易

如前所述，中國大陸爲清治前期台灣主要的貿易對象，台灣海峽兩岸的區域貿易也就成爲當時台灣貿易發展的主軸。在對渡航線方面，台灣海船航至中國進行貿易的地點，幾乎遍及中國南北整道的海岸線，其渡航地南起福建的漳洲、泉州、興化及建寧，北至浙江、江南、上海、蘇州、華北、山東及東北等地諸海口，甚爲遼闊；至於兩岸貿易的經營者，多爲福建出身的漳州與泉州商人，他們在台灣各個主要港口組成各式「行郊」貿易組織，負責中國各地與各類商品的運銷工作；輸往中國的貿易品方面，則以台灣盛產的米穀與砂糖爲主，米穀大多爲官米，先輸至福建廈門，再轉運各地，砂糖則中國南北各地皆有運銷，而台灣的茶在清治前期主要銷往東北地區。[11] 以下即分就對渡航線、行郊組織、港口市鎮及米穀台運等面向加以探討，藉以究明清治前期台灣、中國區間貿易發展之概況。

一、對渡航線

清代台灣航運的發展與其對外貿易密不可分，島內所產物資必須透過水陸路集中至沿海各個港口，以海港爲陸基、海洋爲通路，再藉由帆船爲主的載具與熟稔航海技術的海事人員，將貿易品渡海運至中國沿岸各港銷售。[12] 因此，清治前期台灣與東亞各地的貿易逐漸沒落之後，海峽兩岸的對渡航線有如台灣的生命線，維繫著島內外物資的流通行販，對於當時台灣的貿易發展而言，扮演著串聯產地與市場的重要角色。

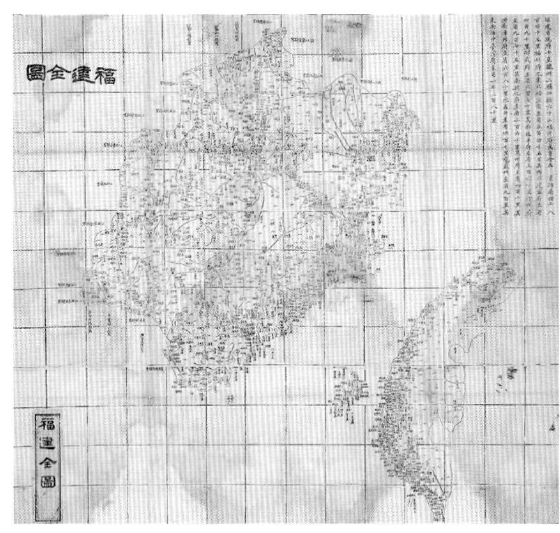

清代福建全圖
資料來源：秋江紀念博物館籌備處

清治前期台灣航運的特色，是依賴帆船航行於海峽兩岸之間，穿梭在台灣與中國各個港口的對渡往來。[13] 溝通台灣與中國兩地商貨人員的航線概況，如表4-2所示：

Authorship

11. 松浦章，〈清代台灣航運史初探〉，《台北文獻》直字125期（1998.09），頁212-213。
12. 戴寶村，《近代台灣海運發展—戎克船到長榮巨舶》，頁19。
13. 同上註，頁52。

表4-2 清治時期台灣與中國對渡航線表

台灣港口	中國港口(所在府縣)
烏石港	獺窟（泉州惠安）、祥芝、永寧、深滬（泉州晉江）
基隆	寧波、温州、福州、泉州、漳州、鎮海（漳州海澄）、海山、銅山（漳州漳浦）
淡水	温州、五虎門（福州）、蚶江（泉州晉江）、台州、石塘（福州羅源）、沙埕、烽火門（福寧福鼎）、崁門（泉州莆田）、寧波、鎮海、瑞安、海山、沙堤（泉州晉江）、北茭（連江）
舊港	福州、獺窟、蓮河（泉州南安）、廈門、鎮海
許厝港	廈門、福州
南崁港	閩安（福州府）
香山港	福州、泉州、頭北（泉州惠安）、上海、寧波、鎮海、獺窟、香港
中港	蚶江、獺窟、崇武（泉州惠安）、安海（泉州晉江）
後壟	獺窟、福州、蓮河、海山、南日（興化）
大安港	獺窟、蚶江、石尋（泉州同安）、金門、深滬
塗葛窟（台中梧棲）	獺窟、祥芝、蓮河、福州
鹿港	蚶江、深滬、梅林、獺窟、安海、崇武、祥芝、廈門、福州
北港	寧波、泉州、廈門、興化
東石港	獺窟、蚶江、祥芝、永寧、崇武、深滬
安平	廈門、汕頭、泉州、拓林（漳州漳浦）、蚶江、獺窟、永寧、石尋、安海
打狗(高雄)	拓林、金門、南澳（漳州詔安）、汕頭、石井（泉州同安）、福州、廈門、泉州、寧波
東港	汕頭、拓林、安海、下蓁（漳州海澄）、石尋、石井、東石（泉州晉江）、古螺（漳州漳浦）、銅山
媽宮（澎湖馬公）	汕頭、香港、拓林、獺窟、晉江、蚶江、金門、深滬、崇武

資料來源：陳淑均，《噶瑪蘭廳志》（台北：台灣銀行經濟研究室，台灣文獻叢刊第160種，1961），頁352。臨時台灣舊慣調查會，《調查經濟資料報告　下卷》（東京：臨時台灣舊慣調查會，1905.05），頁136-343。王必昌，《台灣縣志》（台北：台灣銀行經濟研究室，台灣文獻叢刊第113種，1961），頁60-61。伊能嘉矩，《大日本地名辭書續編　台灣》，（東京：富山房，1923），頁52-194。

從表4-2可知，台灣與中國大陸沿海各港口的對航區，北起錦州、牛莊、煙台、蓋平、上海、寧波及溫州，而航線最集中的對渡區域為福建省所屬府縣的各港口。台灣與福建的對渡區域，北起福寧府的沙埕、烽火門，往南依序為福州府的五虎門、北茭、閩安、石塘、海壇及南日；興化府的崁頭；泉州府晉江縣的祥芝、深滬、蚶江、安海、梅林、永寧、沙隄、東石，惠安縣的獺窟、崇武、小蚱、沙格，同安縣的圍頭、廈門、金門、石尋，以及南安縣的蓮河；最南則可達廣東省的汕頭及香港。[14] 至於台灣與對渡航線最集中的福建各港口之間的距離，大多在200浬之內，船隻在正常風候下約有每小時5至7浬的航速，從台灣各港出發的帆船一天一夜即可抵達對岸。[15] 台灣與中國大陸各主要港口的航線距離如表4-3所示：

Authorship

14. 戴寶村，〈台灣大陸間的戎克交通與貿易〉，《台灣史研究暨史料發掘研討會論文集》，(高雄：中華民國台灣史蹟研究中心，1986)，頁390-391。
15. 戴寶村，《近代台灣海運發展—戎克船到長榮巨舶》，頁54-55。

表4-3 清治時期台灣與中國各港對渡航程表

台灣港口	中國港口(航程，單位：浬)
基隆	福州（150）、廈門（220）、香港（400）
淡水	福州（140）、廈門（200）、香港（500）、上海（500）
舊港	福州（150）、獺窟（120）、沙格（120）、蓮河（200）、廈門（230）、鎮海（350）
後壟	獺窟（48）、福州（66）、蓮河（66）
塗葛窟	獺窟（66）、祥芝（65）、蓮河（83）、福州（91）
鹿港	蚶江（119）、深滬（102）、梅林（107）、祥芝（104）、獺窟（105）、崇武（100）、廈門（143）、福州（156）
安平	上海（650）、福州（380）、廈門（180）、香港（300）
打狗	福州（234）、廈門（165）、汕頭（240）、香港（325）

資料來源：淡水稅關編，《淡水稅關要覽》（台北：淡水稅關，1908），頁24-101。臨時台灣舊慣調查會，《調查經濟資料報告下卷》（東京：臨時台灣舊慣調查會，1905），頁160-166。

二、行郊貿易組織

「行郊」是指由從事對外貿易的商人或同業商人所組成的團體，有如現代的商業公會。台灣各重要海港皆有行郊組織的形成，各自訂立郊規並設置會所，或仲裁商業糾紛、維護郊商利益，或類似今日代理商處理外來貨物在島內的配運事宜，[16]皆發揮著共同經營島內外商品輸出入事業的功能，爲清治前期台灣對外貿易發展的主要推進力量。[17]

清治前期台灣經營中國大陸貿易的行郊，大致可分爲三類：一爲前往中國大陸特定區域從事貿易的商人所組成者，如北郊、南郊、港郊及泉郊等；二是同業商人所組成的郊，如油郊、布郊、糖郊及茶郊等；三是專指某港口市鎮在地商人所共同組成者，如塹郊、艋郊及澎湖郊等。[18]

行郊組織成立的基礎在於有一定數量的郊商聚集，從行郊的多寡及規模即可反映一地對外貿易的發達情形。[19]台灣最初的行郊成立於開發最早的台南地區，台南的外港鹿耳門是清治初期台灣與中國之間，政府開放海運交通的唯一正口，欲前往中國貿易的商船皆需從鹿耳門出海，商業因此極爲鼎盛。鹿耳門至雍正年間逐漸發展出大型的行郊組織，也就是著名的「台南三郊」，道光年間隨著貿易成長更出現種類繁多的行郊。其中，台南三郊由北郊、南郊及港郊所組成，爲鹿耳門諸郊的領袖，北郊的公號爲「蘇萬利」，以經營砂糖貿易爲主，對外貿易之地顧名思義集中於中國北方，如天津、煙台、牛莊、上海及寧波等港市；南郊公號「金永順」，以油、米及雜貨的進出口經營爲主，貿易地區集中於福建的金門、廈門二島，以及廣東的香港、汕頭與南澳等地；港郊則專

Authorship

16. 溫振華，〈清代台灣漢人的企業精神〉，頁342。
17. 林玉茹，《清代竹塹地區的在地商人及其活動網絡》(台北：聯經，2000)，頁183、344。
18. 卓克華，《清代台灣行郊研究》(福州：福建人民出版社，2006)，頁30-36。
19. 溫振華，〈清代台灣漢人的企業精神〉，頁343。

司採購台灣各港市的商品，集中於鹿耳門，再行配銷至中國各地。至於道光之後興起的其餘諸郊規模較小，大多爲同業商人所組成，經營同類商品的運銷，如藥郊、絲線郊、布郊及碗郊等。[20]台南三郊與中國大陸貿易的商品輸出入情形，如表4-4所示：

表4-4　清治時期台灣行郊輸出入貨物品項表

行郊名	輸出商品	輸入商品
北郊	白糖、福肉、薑黃、樟腦	寧波綢緞、上海綌紗、蘇杭絲帶、四川藥材、浙江雜貨、中莊膏藥、火腿、江西紡葛、寧波紫花布、上海年羽、香港大、小塗、天津綿花什貨
南郊	苧麻、豆、菁子、米筍干、青糖、魚膠、魚翅膠、豆箕	漳州生原煙、泉州綿布、龍巖州紙類、福州衫本、香港洋布什貨、廈門藥材磁器、永寧葛、汀州條絲、漳州絲線、深滬鹽魚、神南什貨、泉州磚瓦石
港郊	漳州豆機、泉州豆、紙（本地所產）、米（本地所產）、青糖（本地所產）、筍干（香港所產）、黃（本地所產）、菁子（泉州所產）、麥（本地所產）	豆箕、豆、紙、米、青糖、筍干、麻、菁子、麥

資料來源：臨時台灣舊慣調查會，《台灣私法》第三卷附錄參考書，臨時台灣舊慣調查會第一部第三回報告書（台北：臨時台灣舊慣調查會，1910），頁52。

從表4-4所見台南三郊的輸出入商品，可知從台灣輸出者大多爲本地所產之物產，但也有從香港運來的筍干，再經港郊轉銷中國大陸；輸入品大多爲來自中國的手工業品及日用雜貨，此皆爲當時產業以農爲主的台灣所缺乏的物資，而值得注意的是，輸入台灣的中國商品並非僅爲沿海省份所出產，亦有從四川藥材及江西紡葛等內陸產物，可見當時中國內陸與沿海地區的商業轉運已頗活躍，台灣透過沿海港市的貿易即可取得中國內陸的商品。[21]

台南鹿耳門之北的笨港（古稱北港，今雲林縣北港鎮），在清代亦爲郊行林立的大港埠，時人譽之爲「小台灣」。笨港貿易發展得以繁盛，肇因於開發較早，物產積蓄豐富，致有餘力外銷，當地人口生養眾多，也需向中國購入生產工具及消費用品。發達的商業也促成笨港行郊的興起，當地主要的行郊有經營笨港與泉州間貿易的泉郊金石順、經營廈門貿易的廈郊金正順，及經營與福建龍溪間貿易的龍江郊金晉順，此外尚有糖郊、米郊、布郊、油郊等同業郊行。笨港行郊的貿易地區集中於泉州，因此當地行郊的出資者多爲泉州商人，在海峽兩岸穿梭經營著台灣與中國間的區域貿易。[22]倪贊元於光緒年間纂修的《雲林縣採訪冊》，對於清代笨港行郊經營貿易的狀況有著以下的記載，繁盛之市況躍然紙上：

Authorship

20. 卓克華，《清代台灣行郊研究》，頁65-66。
21. 溫振華，〈清代台灣漢人的企業精神〉，頁344。
22. 蔡相煇，〈清代北港的閩台貿易〉，《空大人文學報》10（2001.12），頁109-122。

> 北港街，即笨港，因在港之北，故名北港。東、西、南、北共分八街，煙戶七千餘家。郊行林立，廛市毘連。金、廈、南澳、安邊、澎湖商船常由內地載運布疋、洋油、雜貨、花金等項來港銷售，轉販米石、芝麻、青糖、白豆出口；又有竹筏為洋商　運樟腦前赴安平，轉運輪船運往香港等處。百物駢集，六時成市，貿易之盛，為雲邑冠，俗人呼為小台灣焉。[23]

笨港之北的中部大港爲鹿港（今彰化縣鹿港鎭），1784年（乾隆49年）清廷爲堵絕走私，在鹿港設正口與泉州蚶江對渡，開放正口貿易不久之後，即有行郊的成立。最初成形的行郊爲泉郊，隨著鹿港商業的繁榮發展，至1816年（嘉慶21年）已設有八郊。[24] 鹿港八郊經營中國貿易的概況，如表4-5所示：

Authorship

23. 倪贊元，《雲林縣採訪冊》(台北：台灣銀行經濟研究室，台灣文獻叢刊第37種，1961)，頁47。
24. 戴寶村，《鹿港鎭志．交通篇》（鹿港：鹿港鎭公所，2000），頁20-21。

表4-5　清治時期鹿港八郊對中國貿易概況表

行郊名	公會名稱	貿易地區與商品種類	商號家數	主要商號名稱
泉郊	金長順	與蚶江、深滬、獺窟及崇武對渡，從事與泉州地區的貿易，以進口石材、木材、藥材、絲布與白布為大宗	道光、咸豐年間最盛時達200餘家，清末約100餘家	林日茂、萬合號、林盛隆、泉合利、黃金源、蔡永茂、蘇源順、施長發、施謙利、許謙和、蔡隆興、歐陽泉勝、施益源
廈郊	金振順	主要與廈門、金門及漳州等地貿易，輸出米、糖，輸入杉木、布衣與紙捆，兼營布郊、糖郊與染郊	100餘家	海盛號、陳慶昌、陳恆吉、施合和、施瑞成、莊謙勝
南郊	金進益	與廣東、澎湖及南洋等地貿易，多輸入鹹魚類、雜貨、鰱及草魚苗等商品	約100家	施自順、林源和、林永泰等
郊	金長興	從是日用雜貨及海產仔貨（南北貨）之貿易	100餘家	長源
油郊	金洪福	輸出花生油、麻油等	40~50家	黃五味
糖郊	金施興	輸出砂糖往寧波、上海、煙台、天津	18家	不詳
布郊	金振萬	輸入細布	70~80家	不詳
染郊	金合順	輸入染布	30~40家	勝興、元昌

資料來源：卓克華，《清代台灣行郊研究》，頁70。

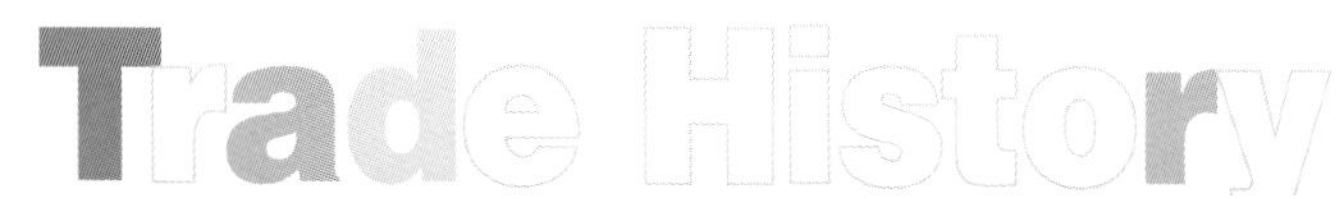

由表4-5可知，鹿港八郊中的泉郊、廈郊及南郊是由同往泉州、廈門及廣東等地貿易的商人所共同組成，而油、糖、布、染等郊則是同業商人的組合。至於在鹿港八郊的貿易營運方面，依其貨物的種類及運送過程，各郊之間逐漸形成一個有系統的分工體系。[25] 其中，泉郊與廈郊為體系中負責運輸島內外貨物的運送者，因此兩郊的事業以船頭行的經營為主，自置船隻航行於海峽兩岸，並訂立規約律定會館公費的收繳、船難損失的賠償、船戶與貨客的分攤比例及船隻出入港規則等事項，來確立航運貿易的規範。[26] 在航運範圍方面，泉郊以泉州地區的蚶江、深滬、獺窟及崇武等港口的對渡為主，廈郊主要與廈門、金門及漳州等地進行貿易，南郊則以廣東、香港及澎湖為航運範圍。再從貿易品的種類來看，鹿港八郊出口以米、糖、樟腦、麻等農產品為主，進口則多為日常用品或建材，如泉郊就以石材、木材、藥材及絲布與白布的進口為大宗；其他如糖郊輸出砂糖，油郊則買入花生再加工輸出，染郊進口布料加工染製，再售予布商。因為鹿港是台灣中部的貨物集散中心，當地郊商大多從事整貨批發的生意，也就是所謂的武市或大賣，與零售商（文市或小賣）的經營型態有所不同。[27]

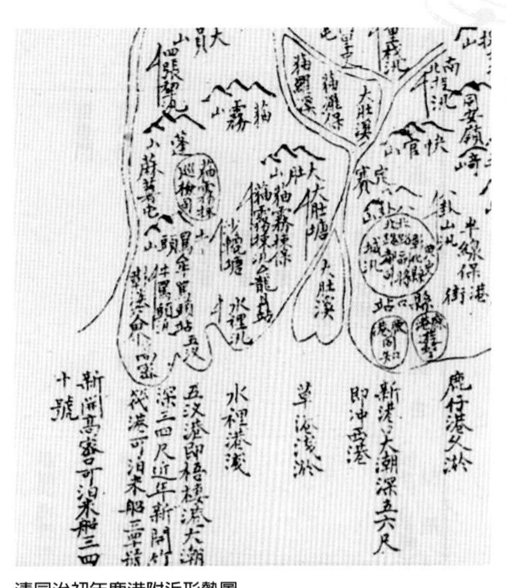

清同治初年鹿港附近形勢圖
資料來源：不著撰人，「彰化縣圖」，收於《台灣府輿圖纂要》，台文叢第33種（台北：大通書局），頁209。

至於台灣北部的行郊，以新莊及艋舺兩港市共同成立的「新艋泉郊」金進順最早，其後新莊因淡水河淤積而沒落，北部的商業中心從此轉移至水運地位優越的貨物集散中心艋舺。艋舺的行郊多由擁有巨資的船頭行所組成，以泉郊為先，繼有北郊，大稻埕建街後，廈郊隨之而興，以上三郊合稱「淡水三郊」，其後經營與鹿港貿易的鹿郊及香港郊相繼成立，與淡水三郊合稱為「台北五郊」。[28] 其中，公號「金晉順」的泉郊（又稱「頂郊」）主要與泉州地區進行貿易，泉

Authorship

25. 施懿芳，〈從郊行的興衰看鹿港的社經變遷，1661~1943年〉，中山大學中山所碩論(1991.06)，頁56。
26. 張炳楠，〈鹿港開港史〉，《台灣文獻》，19：1(1968.03)，頁37。
27. 戴寶村，《鹿港鎮志．交通篇》，頁32-33。
28. 卓克華，《清代台灣行郊研究》，頁72-73。

州土地貧瘠，生活物資大多依賴進口，所以艋舺泉郊的輸出品多於輸入品，其輸出商品以大菁、藤、米、苧麻、砂糖及木材爲主，輸入品則以以金銀紙、布帛、陶瓷器、鹹魚及磚石爲大宗；北郊公號「金萬利」，貿易地區以中國北方諸省爲主，該郊前往天津、錦州、蓋平的船稱「大北」，赴上海、寧波者則被稱爲「小北」，其輸出品以大菁、苧麻、樟腦及木材爲主，進口則多爲布帛與綢緞。大稻埕的廈郊（又稱「下郊」）公號爲「金同順」，經營者多爲泉州同安人，專營對廈門與香港等地的貿易。[29]

各港市的行郊將中國貨品輸入台灣之後，透過島內的市場體系，即可將台灣與中國兩地的貿易市場連爲一體。此一市場體系如下圖所示：

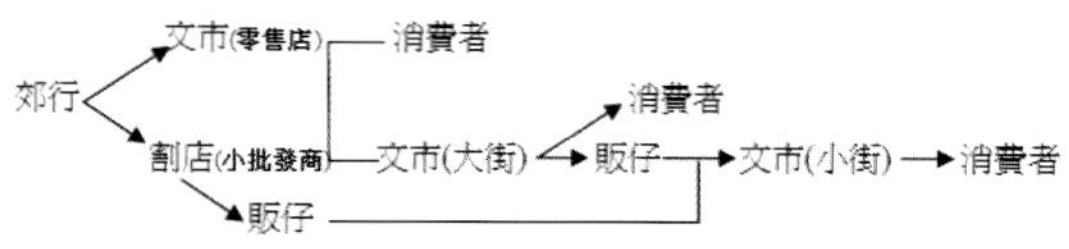

上圖顯示，從中國大陸輸入的貨品，可直接由大批發商的郊行分售零售店的文市，再透過商業行爲而進入一般消費者的手中；此外，最常見的模式是經由小批發商的割店轉售至文市，其中一部分商品零售給消費者，一部分透過販仔之手轉售於鄉間小街的文市，另一部分則直接自割店將貨品轉售鄉間小街的文市，再售給消費者。[30] 台灣的行郊即在此一市場體系中，扮演著溝通海峽兩岸區間貿易的重要角色。

三、港口市鎮的興起

清治時期，整個台灣並未形成單一的市場體系，而是以港口市鎮作爲商業據點，逐漸發展出獨立的市場圈，各自與中國大陸的對渡口岸貿易往來，島內各地之間的商貨流通雖也依靠陸路交通，但主要仍依賴沿海航運的溝通，因此，港口市鎮對於島內外的人口、資訊與商貨的流動，以及對外貿易的發展，實居舉足輕重的地位。[31] 以下即略述清治時期台灣港口市鎮的興起歷程，及其與中國大陸貿易的關係。

台灣爲一海島，對外的交通與貿易皆依賴港口作爲出入的基地，清代台灣由於與中國之間的人口與物資移動之需求，促成了台灣沿岸港口市鎮的發展，而港口的規模、腹地與市場圈之拓展，更帶動了對外貿易的進一步提升，港

Authorship

29. 卓克華，〈艋舺行郊初探〉，《清代台灣行郊研究》，頁355。
30. 溫振華，〈清代台灣漢人的企業精神〉，頁349。
31. 林玉茹，《清代台灣港口的空間結構》（台北：知書房，1996），頁2-3。

口市鎮與對外貿易相互依存，關係密不可分。[32] 影響台灣港口市鎮興起與發展的因素眾多，大致可歸結爲下列四點：

（一）移民拓墾的背景：

中國大陸移民東渡來台拓墾，大多自港口登陸，致使港口周邊地區常成爲最早開墾之地，而港口市鎮往往位於河流的出海口，提供墾民沿河向內陸發展便利的交通路線；另一方面，墾闢之後農產品的運銷及生活用品等物資的流通，也經由港口出入。因此，移民的拓墾爲港口市鎮興起的首要條件。

（二）航運與貿易的需求：

台灣對外貿易的發展甚早，歷經荷蘭東印度公司及鄭氏王國的經營，台南的鹿耳門在清治之初已成爲東亞海域知名的國際商港。自古即擅於海上貿易的閩粵移民在清治時期大量渡海來台，其重商的海洋性格促成台灣與中國原鄉間航運貿易的發達。而閩粵移民在台的農墾事業也帶動了對外貿易的發展，耕地日廣，農產增加，人口成長觸發生產力與消費力的提升，台灣的農林產品運銷大陸，而台灣移墾社會所需的手工業品更仰給於中國大陸。這種區域分工的關係帶動了台灣對外貿易的發展，[33] 從而提供港口市鎮成形與發展的優良環境。

（三）地理交通條件：

台灣西部海岸多屬平直沙岸，天然條件優良的港灣甚少，台灣的港口常遭沖積淤塞及航道變易之苦，但清治前期的海船噸位較小，遇港道淤淺即更改泊岸地點或用轉駁方式登岸，因此台灣各地區均有港口與對岸的大陸港口建立固定的航線對渡往來，而台灣海峽寬度僅62至245浬，在風候順利的一般狀況下，來往於海峽兩岸的船隻均可於一晝夜間抵達目的地。此外，台灣地形南北狹長，西流入海的大小河川眾多，這些時常氾濫成災的河流多爲舟楫之利，反而形成南北交通的阻礙，並將台灣西部的平原與丘陵地帶切割爲封閉孤立的社會經濟空間，南北陸路交通的困難促使每一分隔地域的物產均流向海岸的港口市鎮集中，以港口爲據點構成各自的市場圈，彼此之間並無統屬或重疊關係，各自與對岸的廈門、泉州等對渡口岸進行貿易往來，甚至於台灣的南北交通對於海運的依賴度亦高。[34] 區域空間的孤立，也促使台灣沿海的港口呈現擴散式的空間分布與發展。

Authorship

32. 戴寶村，〈近代台灣港口市鎮之發展與變遷〉，《台灣史論文精選(上)》（台北：玉山社，1996），頁425-426。
33. 林滿紅，〈貿易與清末台灣的經濟社會變遷〉，《食貨》，9：8（1979.04），頁148。
34. 戴寶村，〈近代台灣港口市鎮之發展—清末至日據時期〉，台北：國立台灣師範大學歷史研究所博士論文(1988)，頁28。

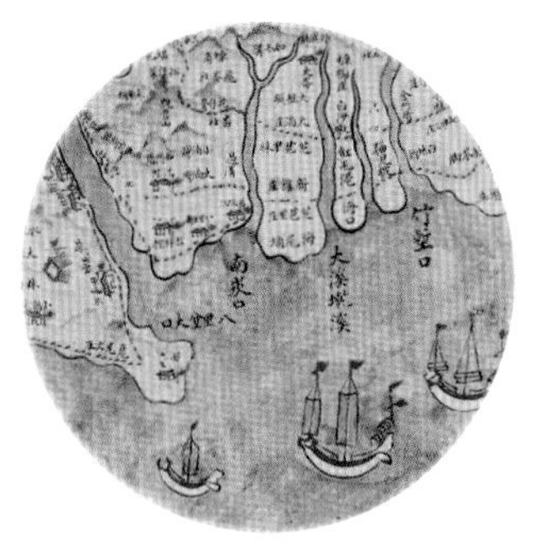

道光年間八里坌正口形勢圖
資料來源：國立歷史博物館，《美麗之島—台灣古地圖與生活風貌展》（台北：國立歷史博物館，2003.08），頁60。

（四）清帝國政府的港口管理政策：

受清帝國消極治台政策的影響，初期對閩粵移民渡台的限制頗爲嚴厲，但移民仍陸續渡海入台，兩岸人民的往來與物資的流通，促使台灣海峽的航運與貿易需求日益殷切，走私偷渡的情形也漸趨頻繁，清廷因應時勢發展，陸續開放台灣南北各地與大陸對渡的正口。清廷的台灣港口管理政策，對於島內南北港口之間沿岸貿易的管制較不嚴格，考慮到本島南北陸路交通的不便，早在1731年（雍正9年）即開放鹿仔港（鹿港）、海防（海豐港）、三林港（鹿港附近的番仔挖）、勞施港（大安港）、蓬山港（苑里港）、後壟港、中港、竹塹港（舊港）及南崁港等九座港口，以供沿岸貿易。[35] 然而，對於台灣港口與中國大陸、南洋及日本的對外貿易，則採取限制政策，亦即繼承明代貢舶貿易中設置對渡口岸的慣例，只開放特定港口作爲登陸地點，以利稽查與徵稅。清初僅開放鹿耳門單口與廈門對渡，乾隆年間爲配撥台運的兵眷米穀，並顧及商船必須遠赴鹿耳門出入的不便，以及防範走私偷運的猖獗，又陸續開放鹿港（1784年）、八里坌（1794年）、海豐港（1824年）及烏石港（1824年）等四港爲正口，與大陸的蚶江及五虎門對渡。這些官方選定與大陸對渡的台灣港口，大多適合通商貿易，港深利於大船出入，且航線與大陸的易達性高，亦即具備發展爲大港的基本條件，而經官方開放爲正口之後，既提高其官方等級，也加強了港口的各種機能，使其得以加速發展，港口規模更加擴大，從而凌駕其餘未開放的港口。[36]

上述四個因素促使港口市鎮在台灣的興起與發展，這些港口隨著時間的推移，逐漸在台灣沿岸呈現出擴散式分布的狀態。19世紀末以前台灣西海岸主要港口的分布，如表4-6所示：

Authorship

35. 臨時台灣舊慣調查會，《調查經濟資料報告．下卷》(東京：臨時台灣舊慣調查會，1905)，頁71。
36. 林玉茹，《清代台灣港口的空間結構》，頁71-73；馬有成，〈閩台單口對渡時期的台灣港口管理(1684-1784)〉，《台灣文獻》，57：4(2006.12)，頁38-85。

表4-6 清治時期台灣西海岸港口分布表

地區	港口名稱		現在位置
台北	基隆		基隆市
	淡水		台北縣淡水鎮
桃園	南崁港		大園鄉竹圍村
	許厝港		大園鄉北港、南港村
新竹	竹塹港		竹北鄉新港村
	紅毛港		新豐鄉新豐村
	香山港		香山鄉鹽水村
苗栗	中港		竹南鎮中港里
	後壟港		後龍鎮南龍、中龍、北龍里
	通宵港		通宵鎮通東、通西里
	苑里港(蓬山港)		苑里鎮苑港里
台中	大安港		大安鄉海墘村
	梧棲港		梧棲鎮
	塗葛窟港		龍井鄉麗水村
彰化	鹿港		鹿港鎮
雲林	海豐港(海口港)		麥寮鄉海豐村
	五條港		不詳
	笨港(下湖口)		口湖鄉
嘉義	東石港(土地公港)		東石鄉港墘村
台南縣市	鹽水港		台南縣鹽水鎮
	鹿耳門	安平	台南市
		大港	
		國姓港	
		四草湖	
高雄	打狗港		高雄市
屏東	東港		東港鎮

資料來源：戴寶村，〈近代台灣港口市鎮之發展與變遷〉，頁429。

如表4-6所示，台灣西海岸在19世紀以前約有11個主要港口，以台灣南北長385公里平均之，每35公里即有一個港口，兩港之間的貿易區劃分點距離不到20公里，符合傳統市場圈的步程活動範圍。其中，鹿耳門、鹿港及艋舺分居台灣南、中、北三地，相對位置優異，充分發揮第一層級的港口機能，19世紀初期出現的「一府二鹿三艋舺」俗諺，正是清治前期台灣港口市鎮繁興的最佳寫照。居住在這些港口市鎮的商人，大多經營與中國大陸間的帆船貿易，他們多數結合運輸與貿易，開設商號或整船販運，很多是出身漳泉的富商，財力雄厚；有些則往來於台閩之間，宛如客商，也有人在中國大陸、商號卻設在台灣者，他們招股集資置船運貨，可增加利潤並降低風險損失。與大陸之間航運與貿易的發達，台灣的港口市鎮自然隨之繁興。[37]

四、米穀的台運

清治前期台灣與中國大陸區間貿易的商品方面，輸出品以盛產於嘉南平原的米穀及砂糖爲主，輸入品則以手工業品及日常生活用品爲大宗。[38] 其中，米穀更是維繫當時台灣與中國貿易最重要的貨品。

清代台灣與福建地區的米穀貿易，主要興起於當時的台灣爲一百業待興的移墾社會，急欲藉著輸出農產品或原料等產物以換取中國的手工業成品，以維持移墾社會的正常運作，而此時的米穀並不僅止於原有的農產品性質，對當時的台灣而言，米穀的商品性更甚於其農產品性格。此外，移墾社會的台灣，由於初期移入的人口不多，米穀生產相較於福建省各府不僅自足且仍有餘，是故官方規定從台灣輸出米穀以濟福建各府之不足。[39]

1724年（雍正2年），清廷本需配給台灣班兵家眷的米糧，因內地米產減少，於是動用台灣產米，雇船運至廈門，交地方官按戶發放；次年開放商船赴台貿易，但規定回程需依船隻大小配載米穀運回中國大陸。此後，載運米穀成爲赴台商船的義務，官方規定歲穀由北、中、南三口運出，總運量依序爲鹿耳門、鹿港及八里坌，是爲米穀的「台運」制度。[40] 此一米穀配運制度讓中國大陸的船戶深以爲苦，爲躲避查驗，遂不由正口出入，轉由台灣沿岸各大

Authorship

37. 戴寶村，〈近代台灣港口市鎮之發展與變遷〉，頁428-431。
38. 林滿紅，《四百年來的兩岸分合──一個經貿史的回顧》，頁55。
39. 邱欣怡，〈清領時期台閩地區米穀貿易與商人(1685-1850)〉，國立中央大學歷史研究所碩士論文(2002)，頁19-54。
40. 王世慶，〈清代台灣的米產與外銷〉，《台灣文獻》，9：1(1958.03)，頁25。

小港灣私自登岸，但這些「偏港船」的增加，卻也促成台灣沿岸各大小港口市鎮的廣泛成長。[41]

另一方面，由於「貨船不放空」的原則，中國大陸的商船往返於台灣各港口採買米穀的同時，也載運台灣所需商品，透過港口販運至台灣各地，造成「無內渡之米船，即無外來之貨船」的情況產生。清代台閩二地的米穀貿易藉此供需關係，興盛於乾隆、嘉慶及道光年間，鹿耳門、鹿港及八里坌等正口港市，亦因米穀貿易的繁盛而蓬勃發展。[42]

第三節 台灣與其他地區之貿易

清治前期，台灣與其他地區的貿易主要以日本爲主。除了官方控制下的鹿皮與砂糖貿易之外，台灣商船大多先至大陸沿岸港口停泊，載運中國絲貨後再轉赴日本貿易，貿易商品則以台灣的砂糖、鹿皮及江浙絲貨爲主。[43] 因此，清治前期台灣的對日貿易，與中國大陸貿易的關係頗爲密切。

清帝國領有台灣之初，鄭氏王國時代培養的台灣商人幾乎全部被遣返中國，無法在台灣從事任何實質性的貿易事業，台灣的商業經濟也因此陷入停頓，加上施琅派遣艦隊四處搜捕鄭氏船隻，台灣船隻難以出海。[44] 此時除了福建官方掌控的商船赴日貿易之外，1684年至1687年間，沒有任何戎克船從台灣開抵當時日本對外貿易的主要港口長崎，荷治時期以來台灣的對日貿易傳統因而中衰。當時施琅爲了籌措台灣駐軍的軍費開支，建議中央沿用鄭氏王國貿易養兵的政策，試圖將台灣所產的鹿皮及砂糖，在官方的控制之下出口到日本，以貿易利潤作爲政府的收益，以達台灣自給自足的目標。1684年，福建官方對台灣砂糖設定了每年兩萬擔（200萬斤）的運輸限額，命令台灣的砂糖及鹿皮運送到廈門及福州，再由官船裝載轉運至長崎貿易，但到了1685年日本幕府決定維持鎖國政策，拒絕與清帝國保持任何官方關係，要求載有清廷官員的中國商船原船返回，此後不再有任何官員隨貨物赴日，清治初期台灣對日貿易中的官營模式因此被中止，其後漸由私人海商接手經營。[45] 台灣的對日貿易轉由私人經營後，從康熙年間（1684-1722）台灣開抵長崎船隻數量的變化，即可窺得清治前期台灣對日貿易發展的概況：

Authorship

41. 戴寶村，《近代台灣海運發展—戎克船到長榮巨舶》，頁50。
42. 邱欣怡，〈清領時期台閩地區米穀貿易與商人(1685-1850)〉，頁43-106。
43. 朱德蘭，〈清康熙年間台灣長崎貿易與國內商品流通關係〉，《東海大學歷史學報》，9(1988.07)，頁56-59。
44. 鄭瑞明，〈清領初期的台日貿易關係(1684-1722)〉，《師大歷史學報》，32(2004.06)，頁47。
45. 曹永和，〈十七世紀作為東亞轉運站的台灣〉，《台灣早期歷史研究續集》(台北：聯經，2000)，頁137-138。

表4-7 康熙年間台灣開抵長崎船隻數量表（1684-1722）

年代(西元)	台灣赴日船隻數	唐船(中國船+台灣船)總數	台船占唐船總數之比率(%)
1684	0	24	0
1685	0	85	0
1686	0	102	0
1687	2	137	1.5
1688	5	194	2.6
1689	1	79	2.6
1690	2	90	2.2
1691	2	90	2.2
1692	1	73	3.8
1693	3	81	3.7
1694	1	73	1.4
1695	1	61	1.6
1696	3	81	3.7
1697	5	103	4.9
1698	2	71	2.8
1699	5	73	6.8
1700	5	53	9.4
1701	3	66	4.5
1702	4	90	4.4
1703	12	80	15.0
1704	15	84	17.9
1705	3	88	3.4
1706	17	93	18.3
1707	5	84	6.0
1708	11	104	10.6
1709	3	57	5.3
1710	5	54	9.3
1711	8	57	14.8
1712	2	62	3.2
1713	3	49	6.1
1714	9	51	17.6
1715	7	20	35.0
1716	2	26	7.7
1717	2	50	4.0
1718	2	41	4.9
1719	1	40	3.1
1720	2	37	5.4
1721	2	33	6.1
1722	2	33	6.1
總計	158	2769	5.7

資料來源：鄭瑞明，〈清領初期的台日貿易關係(1684-1722)〉，《師大歷史學報》，32（2004.06），頁46-47。

由表4-7所呈現的數字變化可知，1684年至1686年間並無任何台灣船隻抵達長崎，原因如前所述，與台灣商人返回中國及施琅追捕鄭氏船隻有關。1687年以後，對日貿易狀況回穩，漢人經濟商機再現，赴日船隻漸增；1692年至1711年間，台灣的政治經濟環境已然穩定，中國移民大量渡海前往地廣人稀的台灣墾殖，主要經濟作物砂糖的產量大增，中國與台灣兩地船隻往來頻繁，互相購買對方的蔗糖與絲織品，再轉運至長崎營利，致使此時台灣、中國及長崎三地的貿易往來極爲頻繁，締造台灣赴日船數的高峰，一年最多可達17艘（1707年），占所有赴日「唐船」數（含中國船與台灣船）的18.3%。然而，在1712年之後情況有所轉變，1716年德川幕府爲阻止日本的白銀及銅等貨幣原料，因對外貿易而大量流失的狀況，並防遏長期以來猖獗的走私問題，發布降低赴日外國船隻數量以限縮貿易額的「正德新令」，規定赴日唐船必須取得日本發給的信牌始得貿易，其中台灣船的配額僅得每年兩艘，並限制每艘的貿易額不得超過白銀13000兩，此後每年赴日的台灣船數即被限於兩艘之內，導致台灣對日貿易的情況大爲衰微。[46]

Authorship

46. 朱德蘭，〈清康熙年間台灣長崎貿易與國內商品流通關係〉，頁59；鄭瑞明，〈清領初期的台日貿易關係(1684-1722)〉，頁47-49。

對日貿易的商品方面，輸出品以台灣砂糖、鹿皮的直銷及江浙絲貨的轉運為大宗，輸入品則主要為銀、銅、海產品及生活用品等。從日方記載對外貿易輸出入情形的《唐蠻貨物帳》當中資料最明確的1711年之紀錄，可略見台灣對日貿易商品種類的概況。輸出品方面如下表4-8所示：

表4-8 1711年台灣輸入日本貨物品項與數量表

商品種類	台灣船所載貨品數量（8艘）	唐船（含台灣船）所載貨品數量（54艘）	兩者比率（%）
糖類	1412530斤	4475490斤	31.56
絲類	1640斤	50276.05斤	3.26
紗綾類	7703疋30塊	92800疋562塊	8.30
縮綿類	2874疋	64192疋2塊	4.48
綸子類	1639疋	13391疋73塊	12.24
紗類	14疋	944疋1塊	1.41
布類	473疋	7342疋	6.44
其他織品類	108疋	31152疋47塊	0.34
鹿皮革類	14392疋	67625枚	21.28
藥材類	9890斤	778860斤	1.27

商資料來源：鄭瑞明，〈清領初期的台日貿易關係（1684-1722）〉，頁62。

由表4-8顯見，台灣對日貿易的輸出品以砂糖、鹿皮及絲貨為主，尤其是土產的砂糖及鹿皮最重要，分占所有唐船輸日同類商品的三成及兩成以上，顯示台灣的砂糖及鹿皮在日本市場擁有相當的壟斷性。[47]而絲貨也具有一定比率，清治前期的台灣海商通常會先在本島裝載砂糖與鹿皮，再航向江浙附近的生絲產地，以低廉價格購入絲貨，並招集客商共同赴日貿易，或是在台灣等候大陸商船進口的絲貨，再轉運至日本賣出。[48]然而，台灣海商的絲貨貿易，畢竟不如江浙商

Authorship

47. 鄭瑞明，〈清領初期的台日貿易關係(1684-1722)〉，頁62-63。
48. 朱德蘭，〈清康熙年間台灣長崎貿易與國內商品流通關係〉，頁67-68。

人可直接在產地批貨的優勢，清治前期中日之間的絲貨貿易便由全面控制貨源的江浙商人所主宰，台灣從荷治時期以來作爲中國生絲轉運站的地位已然喪失，但在砂糖及鹿皮的供應方面，台灣仍是重要的產地，這也是此時台灣對日貿易的優勢所在。[49]

總結本章的討論，可知中國大陸爲清治前期台灣主要的貿易對象，海峽兩岸間的區域貿易是爲清治前期台灣對外貿易發展的主軸，與其他地區的貿易則以日本爲主。在與中國的對渡航線方面，台灣海船航至中國進行貿易的地點，幾乎遍及中國南北整道的海岸線，其渡航地甚爲遼闊；至於兩岸貿易的經營者，多爲福建出身的漳州與泉州商人，他們組成各式「行郊」貿易組織，負責中國各地與各類商品的運銷工作；輸往中國的貿易品方面，則以台灣盛產的米穀與砂糖爲主，米穀大多爲官米，先輸至福建廈門，再轉運各地，砂糖則中國南北各地皆有運銷，而中國輸入台灣的商品則以手工業品及日常用品爲主，中國與台灣兩地間在商品生產上的區域分工明顯，透過貿易溝通有無。與日本的貿易方面，台灣對日貿易的輸出品以砂糖、鹿皮及絲貨爲主，輸入品則主要爲銀、銅、海產品及生活用品等，因中國海禁的開放，台灣從荷治時期以來作爲中國生絲轉運站的地位已然喪失，但在砂糖及鹿皮的供應方面，台灣仍是重要的產地。

進入日本貿易的唐船

資料來源： 國立歷史博物館，《海洋台灣—人民與島嶼的對話》（台北：國立歷史博物館，2005），頁111。

Authorship

49. 曹永和，〈十七世紀作為東亞轉運站的台灣〉，頁139-140。

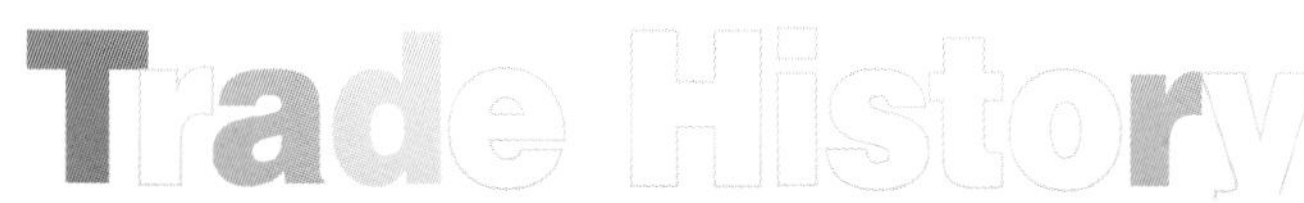

01

第4章
清帝國統治前期的貿易（1684-1860）

[Chapter 5]

▶▶清帝國統治後期的貿易發展（1860-1895）

1858至1860年間，清帝國陸續與西方列強簽訂天津條約與北京條約，在其要求下開放了台灣南北的淡水、雞籠、安平及打狗等四座通商口岸，此後海關、洋行與領事進駐四港，取代傳統經營兩岸貿易的郊商，台灣特產的茶、糖與樟腦成為出口商品的大宗，對外貿易再度回到以國際貿易為主軸的型態，台灣的社會經濟也因開港通商而產生了巨幅的變遷。

如前四章所述，台灣自史前時代以來，由於海島地理環境所致，與海洋關係特深，加以島內物產並不豐富，需要外界的供應補充，又因位居東亞海域航路要津，經濟型態深具「商品化」與「國際化」的性格，對外貿易自然成爲台灣歷來的生命線所繫。史前人類與南島語族原住民頗擅行舟航至鄰近島嶼與中國大陸以有貿無，荷蘭人與西班牙人更以台灣作爲其於東亞海域的貿易轉運站，鄭氏王國的軍需財政來源則以在台的海外貿易所得加以維繫，然清帝國領有台灣之後，爲了適應其閉關自守的政策，台灣的經濟發展從向來的對外貿易發達之地，逐漸轉變爲中國大陸經濟圈的一環，海峽兩岸貿易成爲了台灣對外貿易的主軸，國際貿易自此中衰。然而，1858至1860年間，清帝國陸續與西方列強簽訂天津條約與北京條約，在其要求下開放了台灣南北的淡水、雞籠、安平及打狗等四座通商口岸，海關、洋行與領事進駐四港，取代傳統經營兩岸貿易的郊商，[1] 台灣特產的茶、糖與樟腦成爲出口商品的大宗，對外貿易再度回到以國際貿易爲主軸的型態，[2] 台灣的社會經濟也因開港通商而產生了巨幅的變遷。[3] 本章即主要探討清帝國統治後期，也就是從1860年台灣正式開港通商，至1895年清帝國將台灣割讓日本這段期間，台灣對外貿易發展的具體樣貌及開港後台灣傳統貿易的演變情形。

第一節 清治後期的涉外關係

台灣在1860年代的開港通商，是在西方列強的共同企圖下所造成的結果，開港一方面可滿

Authorship

1. 東嘉生著、周憲文譯，《台灣經濟史概說》（台北：帕米爾書店，1985.08），頁53。
2. 薛化元，〈清代台灣經濟社會變遷的一個考察—以開港貿易為中心（1860-1895）〉，《「台灣歷史與經濟發展」研討會論文集》（南投：台灣省諮議會，2004），頁37-38。
3. 林滿紅，《茶、糖、樟腦業與台灣之社會經濟變遷（1860-1895）》（台北：聯經，1997），頁1-14。

足各國的商業貿易需求，另外對於清帝國來說，開港是在列強覬覦台灣的情勢之下最佳的選擇，藉由門戶的開放，造成各國相互牽絆制衡的局面，不使任何一國得以占領台灣。因此，台灣開港的過程實與19世紀清帝國與西方列強的涉外關係息息相關，而開港後的台灣由於與外人的接觸更加頻繁，涉外事件越發複雜多端，這些事件多與此時台灣對外貿易的發展緊密相關。[4]以下即簡要考察清治後期的涉外關係，以及在此背景下台灣開港通商的過程。

一、台灣開港通商的背景與過程

1840年，英國在鴉片戰爭中擊敗清帝國，並在隨後簽訂的南京條約中，要求長期閉關自守的清帝國開放五口通商，在中國沿岸獲得貿易基地的英國，不久之後也注意到台灣潛在的商機，多次派出艦艇赴台灣港口外海加以窺伺，但皆爲守軍所擊退而不遂，這類事件也反映出台灣在航運及商貿上的優越地位，引發英國、美國、德國及法國等殖民列強的興趣，並在其後戰勝清帝國而簽訂的條約中要求開放台灣港口，與各國自由貿易。列強爭取台灣開港通商的背景大致可分爲以下四個層面：

（一）航運需求與領土企圖

清帝國開放五口通商之後，外國船隻經常航行通過台灣海峽海域，對於台灣島的形勢特別注意，而台灣北部的雞籠之地產煤，煤炭爲供應船舶燃料的主要來源，雞籠煤礦遂引起英、美兩國的重視。1847年，英國海軍少校戈登（Liutenant Gordon）來台調查雞籠煤產，提出報告認爲該地煤質優良且容易挖掘，但英方初以運費高昂而不甚重視，後因煤價上漲，英國駐華公使文翰（S. G. Bonham）遂向兩廣總督徐廣縉要求赴台購煤，但不被接受，後再由英國駐福州領事金執爾（W. R. Gingell）提出採煤權的申請，亦爲閩浙總督劉韻珂所拒。其後，英國向清廷要求台灣開港通商，或以福州與台灣作爲交換，皆爲兩廣總督徐廣縉與廣東巡撫葉名琛反對而作罷，英國只得另尋新機。此外，美國對於台灣的覬覦之心亦頗爲強烈，美商基頓．奈（Gideon Nye）曾透過美國駐華代理公使伯駕（Peter Parker）敦促美國政府派兵占領台灣，至1854年，美國東印度艦隊司令伯理（H. C. Perry）派員至雞籠調查海難事件及當地煤礦，伯理也提出占領台灣以建立軍事基地的建議，同時美國寧波領事則建議美方購買台灣，這些提議雖皆未曾實現，卻反映出美國軍方與外交相關人士在開港之前即已相當重視台灣。[5]

Authorship

4. 葉振輝，《清季台灣開埠之研究》（台北：標準書局，1985），頁1-38。
5. 戴寶村，《清季淡水開港之研究》（台北：師大歷史研究所，1984），師大歷史研究所專刊（11），頁29-31。

（二）商業市場利益與貿易需求

台灣位居東向中國、北往日本、南通菲律賓等地的貿易航線要津，且擁有米、茶、糖及樟腦等高價物產可供出口，而台灣成長中的鴉片吸食人口亦爲可觀的鴉片進口市場，爲商貿利益而遠赴亞洲的西方列強自然對台灣甚爲青睞，進而積極向清廷提出台灣開港通商的貿易需求。列強在18世紀後半葉即體認到台灣具有直接貿易的商業價值，駐廣州的美國領事蕭新民（Samuel Shaw）在1789年林爽文事件甫平定之際，注意到缺米兩年的廣州此時有大批來自台灣的米穀運至，讓他認識到台灣米穀的輸出具有龐大的商業利益。德籍傳教士郭士立（Charles Gutzlaff）也在1833年著書指出，台灣島產米之豐富，是爲福建一省的穀倉，蔗糖的生產也成爲出口外銷的主要商品，而台灣特產的樟腦運銷歐洲各國已行之有年，眾所周知，可知在開港之前列強在台的私下貿易已頗爲盛行。此外，獲得五口通商利權的英國，卻發現中國市場只對鴉片及少數南洋土產有需求，爲彌補損失並擴展市場，英方注意到台灣的商業價值。自從1842年得到香港之後，英國商船便從汕頭、福州或廈門運貨來台貿易，以鴉片及紡織品換取台灣的米、糖、樟腦、硫磺、靛青和麻，且發現台灣出產的高利潤商品每每使其出口值大於進口值，台灣潛在的高度商業利益吸引了英國的目光。[6]至於在進口商品方面，台灣一直相當依賴中國的手工業品，而台灣社會普遍存在著吸食鴉片的情形，鴉片需求量頗爲可觀，對於列強而言爲一値得開發的新市場。由此可知，台灣豐富的物產與當地人民生活所需用品的潛在市場，均吸引了列強的商業目光，試圖爭取私下貿易轉爲合法公開，將在台的貿易事業進一步拓展，於是在1858年的天津條約中，英、法、美、俄等國皆要求開放台灣港埠，以行正式合法的通商貿易活動。[7]

（三）海難處理的人道理由

五口通商之後，外國船隻來往台灣海峽者漸增，導致台灣海域海難頻傳，外人漂流至台灣沿岸而遭劫掠者亦時有所聞，因此外國船舶在台海遇難，即有該國船艦主動赴台搜尋與調查。其中較受矚目的海難事件如下：

1. 1848年10月美國船隻「克爾比號」（Kelpie）失事，美國商人請託華人歐祥（Oe-Siang)赴台調查，但無結果。
2. 1850年，英國船隻「拉邊特號」（Larpent）在紅頭嶼（今蘭嶼）附近海域失事，英國駐廈門領事巴夏禮（Harry

Authorship

5. 戴寶村，《清季淡水開港之研究》（台北：師大歷史研究所，1984），師大歷史研究所專刊（11），頁29-31。
6. 葉振輝，《清季台灣開埠之研究》，頁13-15。
7. 戴寶村，《清季淡水開港之研究》，頁31。

Parker）來台調查，確認台灣官員有以人道方式處理此件海難。

3. 1850年代，美國軍艦陸續抵台勘查，如1852年有「普里茅斯號」（Plymouth）、1854年有「馬其頓號」（Macedonia）赴台調查；1855年，美國商船「高飛號」（High Flyer）、「釦揆號」（Coquette）失事，美國東印度艦隊司令阿姆斯壯（James Armstrong）亦有派艦來台之意。

基於航行安全的需求及海難事件的人道處理，台灣若能對外開放，外國則可在台派駐外交領事人員，即能確保各類涉外事件得到妥善的處理。[8]

（四）列強角逐台灣，迫使清帝國開港

19世紀以來，列強如英、美、德、法、日等國皆對台灣感到興趣而加以進窺覬覦，互不相讓，這種列強紛起角逐爭奪台灣的局勢，讓清帝國當局感到緊張不安。其中，美國在亞洲的發展晚於歐洲各國，因此提出使台灣成爲美國保護地、主張台灣獨立、購買台灣及出兵攻占台灣等種種想法，這皆讓已在台擁有最大商業利益的英國有所不滿，進而加以阻撓，使美國的所有構想最終均告落空。面對列強對台灣的強烈企圖，讓台灣開港通商，一則安撫各國，使其均霑商業利益，另可造成各國相互牽絆制衡的局面，不使任何一國得以獨自占有台灣，台灣開港於是成爲了在列強進逼的局勢下，清帝國所能做的最佳選擇。[9]

1856年，「亞羅號事件」及「西林教案」的接連發生，給予英、法兩國出兵中國的口實，兩國聯軍在同年5月攻陷大沽，進逼天津，清廷在震驚之餘派遣大臣至天津接受各國所提條款，簽訂「天津條約」。[10] 1858年，清廷與英、法、美、俄四國爲天津條約正式簽字生效，其中最早與清廷訂約的是俄國，俄國本以中俄邊界問題爲條約重點，但受到英國影響，增列開放台灣府（以安平爲通商港口）爲通商口岸的條文，使得「中俄天津條約」成爲首先提及台灣開港的條約。其後與清廷訂約的是美國，美國提出開設台灣府及滬尾（今淡水）爲通商口岸的要求，但遭到清廷拒絕，只允許美國比照俄國擇一口岸通商，最終美國只得接受台灣府爲通商口岸。

Authorship

8. 葉振輝，《清季台灣開埠之研究》，頁7-13。
9. 戴寶村，《台灣政治史》（台北：五南，2006），頁153。
10. 戴寶村，《清季淡水開港之研究》，頁31-32。

美國之後簽約的是英國，英商在簽約之前即已建議英國外交部將台灣的打狗、台灣府城、雞籠及滬尾等四港，訂爲通商口岸，另在呈交英國駐華公使的備忘錄中，則要求開放府城及滬尾兩港，但與清廷協調之後卻只開府城一口。清廷對之開放最多港口的國家爲法國，府城及滬尾成爲法國在台的通商口岸。但在法約之後，清廷陸續與普魯士、葡萄牙、丹麥、西班牙、比利時、義大利及奧匈帝國簽約，皆比照法約開放府城及滬尾二口。[11]

台灣府城與滬尾開放之後，因雞籠與打狗已有不少外商進駐經商，若只開放府城與滬尾兩口，其餘港口的貿易勢必因走私的查緝而停擺，對於外商極爲不利。因此，福州海關稅務司美理登（Baron de Meritens），於1862年向清廷南洋大臣李鴻章建議在二口之外增設打狗與雞籠爲子口，以外人擔任稅務司，對於清帝國的關稅收入將大有裨益，清廷准予所請，從寬認定條約，於府城的安平港、滬尾、打狗及雞籠設立海關，名義上滬尾與雞籠的海關合稱「淡水關」，安平及打狗則合稱爲「台灣關」，台灣從此進入開放四口通商貿易的時代。[12]

二、領事、海關與洋行的進駐

台灣開港通商之後，1861年12月18日英國駐台灣副領事館正式開設於淡水，雞籠的副領事也在1869年10月27日正式設立，南部的打狗及安平的領事館則在1865年同時設置；領事職在保護派遣國僑民和商業利益，並享有外人裁判權，爲各國政府在台的外交機關，領事的派駐與開辦即代表著台灣開港的正式實施。[13] 至於綜理船舶出入與徵稅業務的海關也在開港後陸續設立，淡水海關在1862年7月18日設立，雞籠海關在1863年10月1日設立，打狗、安平海關則分別在1864年8月1日及1865年1月1日開設。領事館和海關正式開設之後，各國外商也紛紛在四座通商口岸設置洋行，作爲經營貿易、拓展商務的業務機構。[14]

（一）領事

清廷依天津條約規定，允許各國派遣領事駐守台灣各口岸，並依照國際公法賦予領事的權責，規定：本國商船水手等，無論在口岸洋面，遇有罪名，領事例應查辦；本國船隻駛進口岸，領事有接收船主報單之責；本國船隻受損，領事例應立案，交地方官蓋印爲證，遇船隻有沉溺等患，該員即率人前往拯救。此外，清廷更給予領事審判排解外人在台糾紛的裁判

Authorship

11. 葉振輝，《清季台灣開埠之研究》，頁63-85。
12. 戴寶村，《台灣政治史》，頁154。
13. 葉振輝，《清季台灣開埠之研究》，頁119。
14. 戴寶村，〈第十章 對外貿易〉，收於張勝彥等著，《台灣開發史》（蘆洲市：空中大學，1996），頁161。

淡水英國領事館
資料來源： 國立歷史博物館，《海洋台灣—人民與島嶼的對話》（台北：國立歷史博物館，2005），頁111。

權，以約束在台外人的行動。[15]

台灣自開港通商至割讓日本爲止，除德國、荷蘭派有領事之外，其餘各國並無領事駐台，一切領事職責均由英國代理，至1878年，英國在淡水、打狗分設正副領事淡水正領事管轄淡水、雞籠等港口，打狗副領事則管理台灣府、安平及打狗等口事務。[16]各國駐台灣領事的人選除直接任命外，尚有下列幾種產生的情況：1.領事暫時委託外商代辦，如英國領事郇和(Robert Swinhoe)及其助理卓柏枝（George P. Braune），均曾在離台時自行委託外商代理領事業務；2.外商兼任領事，如美利士洋行的老闆美利士（James Milisch）即以商人身份擔任北德三邦駐淡水領事，因此他敢於挑戰台灣的樟腦專賣制度，威脅地方官員；3.外商兼任他國領事，如英商麥斐兒（James W. McPhail）兼任過法國副領事，以及英商杜德（John Dodd）也曾擔任美國駐淡水副領事；4.領事兼領他國領事，如郇和既是英國領事，同時也受理他國事務，曾兼任西班牙、葡萄牙、普魯士、奧地利、丹麥及北德諸邦等國的領事。台灣開港通商之後，領事的權力甚大，且逐漸膨脹，不僅侵犯海關的權限，也因對外人的偏袒維護而激台灣人民的仇外情緒，中外反對開港的聲浪也隨之高漲。[17]

（二）海關

1862年7月18日，台灣第一個海關在淡水設立，雞籠海關在1863年10月1日開關，1864年8月1日打狗海關成立，安平海關則於1865年1月1日開設。海關的主要職掌在於徵收關稅與查緝走私，開港通商之後，海關對於外人的查緝也有所加強，致使海關人員在執法之際不可避免與領事發生衝突。此因清廷賦予領事管理外人法律事務的裁判權，但領事常因偏袒、縱容己國人，以致干預海關執行公務的情形層出不窮，造成台灣涉外關係的複雜化。[18]

Authorship

15. 葉振輝，《清季台灣開埠之研究》，頁119。
16. 戴寶村，《台灣政治史》，頁38。
17. 戴寶村，《台灣政治史》，頁155。
18. 葉振輝，《清季台灣開埠之研究》，頁176-177。

林立於大稻埕淡水河碼頭旁的洋行（1901年）
資料來源： 張建隆，《看見老台灣　續篇》（台北：玉山社，2004），頁10。

（三）洋行

台灣開港前的對外貿易大權掌握於行郊之手，主要經營台灣與中國之間的農產品及日常用品交易，開港後外商大舉進入台灣市場，以洋行爲其駐台的企業總部，以雄厚資金強力介入某些商品的貿易，並透過其廣大的行銷體系，將台灣商品售至世界各地，從中獲取鉅利。洋行的興起改變了台灣傳統的對外貿易型態，台灣在地的行郊組織也因抵擋不住洋商的競爭而漸形沒落。[19]

開港後外國洋行在台灣的經營方式，以「商務代理人制」（business agent）爲主。以首先來台經營貿易的英商怡和洋行（Jardine, Matheson & Co.）爲例，其經營方式是先在台灣要港建立據點與貨棧，直接進入本地市場，加以拓展貿易，並派遣駐台商務代理人深入當地推展商務。[20]另一方面，由於中國的商業習慣、語言、貨幣及度量衡等商貿制度的混亂，以及與官方私下的交往，皆需要仰賴台灣在地的買辦與銀師之協助，洋行始能順利推展貿易，但也因買辦與銀師的舞弊，從中上下其手牟利，造成許多洋行因而倒閉。此外，洋行還需面對與洋商及華商的競爭，以及許多商業風險，經營洋行成功者往往大爲致富，但失敗倒閉者亦不在少數。[21]但大致而言，洋行對於台灣對外貿易的發展頗有貢獻，首先是在鄭氏王國滅亡、台灣對外貿易中衰之後，重新將台灣與世界的貿易體系加以連結，並促進了台灣經濟作物的產業發展，如北台灣茶葉的產銷；再者，洋行亦提升了台灣整體的商業水平，如引進汽船航運所帶來的交通與通訊工具的改善。[22]

開港之後，外商在台灣南北四個通商口岸廣設洋行，主要的洋行如表5-1所示：

Authorship

19. 卓克華，《清代台灣行郊研究》（福州：福建人民出版社，2006），頁179-184。
20. 黃富三，〈台灣開港前後怡和洋行對台貿易體制的演變〉，《台灣商業傳統論文集》（南港：中研院台史所籌備處，1999），頁89-101。
21. 戴寶村，《台灣政治史》，頁156。
22. 黃富三，〈台灣開港前後怡和洋行對台貿易體制的演變〉，頁104。

表5-1 開港後台灣各港洋行資料表

通商口岸	洋行中文名稱	洋行外文名稱(國籍)	創設時間	主要業務
臺南府城	天利行	Macphail & Co.(英國)	1864年	樟腦
	瑞興洋行	None (德國)	1886年	樟腦
安平	德記洋行	Tait & Co. (英國)	1867年	茶
	和記洋行	Boyd & Co. (英國)	1867年	不明
	水陸洋行	Brown & Co.(英國)	1869年	茶
	嘉時洋行	Case & Co. (英國)	1869年	茶
	怡記洋行	Bain & Co. (英國)	不明	保險、電線工程
	記號	Wright & Co.(英國)	不明	糖、雜貨
	東興洋行	Julius Mannich & Co. (德國)	不明	樟腦、糖及輪船
打狗	怡和洋行	Jardine,Matheso & Co. (英國)	1860年	樟腦
	甸德洋行	Dent & Co. (英國)	1860年	樟腦、糖
	老鈐行	Lessler & Co. (德國)	1864年	樟腦、糖
	怡記洋行	Elles & Co. (英國)	1866年	樟腦、茶
	德記洋行	Tait & Co. (英國)	1867年	茶
	柯爾曼亞力基洋行	Kielmann & Co. (德國)	1865年	不明
大稻埕(淡水內港)	怡和洋行	Jardine, Matheson & Co. (英國)	1860年	樟腦、茶、糖、保險
	德記洋行	Tait & Co. (英國)	1867年	保險
	水陸洋行	Brown & Co.(英國)	1869年	保險
	嘉時洋行	Case & Co. (英國)	1869年	保險
	寶順行	Dodd & Co. (英國)	1869年	茶
	路透布羅格爾曼洋行	Renter Brockelmann & Co. (德國)	不明	不明
	公泰洋行	Buttler & Co.(德國)	不明	樟腦
	和記洋行	Boyd & Co. (英國)	1867年	保險
淡水	美利士洋行	Milisch & Co.(德國)	1865年	樟腦、鴉片、海運
	甸德洋行	Dent & Co. (英國)	1860年	樟腦
	公泰洋行	Buttler & Co.(德國)	不明	樟腦
	寶順行	Dodd & Co. (英國	1869年	茶
	德記洋行	Tait & Co. (英國)	1867年	茶、硫磺
	費爾・哈士迪斯洋行	Field Hast & Co.(美國)	1865年	樟腦
	得忌利時洋行	Douglas Lapraik & Co.	不明	航運
雞籠	費爾・哈士迪斯洋行	Field Hast & Co.(美國)	1865年	煤

資料來源：戴寶村，〈近代台灣港口市鎮之發展—清末至日據時期〉，國立台灣師範大學歷史研究所博士論文（1988.06），頁78-84。

由表5-1可知，開港後外商設於台灣各通商口岸的洋行共有31家。以所在港埠而言，設於淡水內港的大稻埕者最多，[23]共有8家之多，安平及淡水各有7家，打狗有6家，台南府城有兩家，雞籠則僅有一家；原設於打狗的怡和洋行與德記洋行後遷至大稻埕，甸德洋行又關閉，導致打狗的洋行僅剩4家。就國籍而言，英國洋行最多，達22家之多，幾達總數的7成，德國次之，設有7家洋行，美國則有2家。

開港通商之後，外商在台灣各口透過洋行的經營，從事茶、糖、煤、樟腦、硫磺及鴉片的進出口貿易，兼及航運、保險及電線工程等事業，觸角頗爲多元，而台灣北部新興的茶葉與樟腦貿易蓬勃發展，商業利益吸引洋行移往北部，也相對提升了北部的經濟地位。[24]

第二節 開港通商後的國際貿易

1855年，清帝國爲求外人協助緝捕海盜，已允許外商在打狗開設洋行通商，[25]因此，1860年天津條約正式獲得批准後台灣的開港通商，是爲清治時期台灣首度對東亞及東南亞以外的國家開放貿易。開港通商之後台灣的國際貿易發展，主要以茶、砂糖及樟腦爲三大出口品，1868年至1895年間，此三項商品的出口總值占總出口值的94%；[26]進口品則以鴉片爲主，以淡水一口而言，開港初期鴉片的進口值占該港總進口值的六至八成。[27]以下即針對此四項進出口商品的貿易額概況、產銷組織與貿易地區加以分析，藉以究明開港後台灣對外貿易的發展。

一、貿易概況

台灣開港通商之後的貿易額成長速度頗爲可觀，超越同期中國大陸各地區，成爲19世紀後半葉清帝國對外貿易發展最迅速的地區之一。依據英國海關報告的統計，1868年至1895年間，台灣對外貿易總值的年平均成長率爲7.99%，同期清帝國對外貿易總值的年平均成長率僅有3.43%，不到台灣的一半，可見台灣貿易成長速度之驚人。此外，台灣的每人分攤貿易額，亦即對外貿易參與度，在1868年至1895年間的年平均爲每人3.9海關兩（1海關兩=1.114兩、1.53

Authorship

23. 1860年，依據天津條約淡水開港，至1862年，清廷允許將淡水港界擴充，包括淡水河流域的重要河港艋舺及大稻埕在內，外商可上溯至艋舺及大稻埕經商貿易，有如淡水之內港；又因艋舺人民性排外，以及大稻埕茶業貿易的興盛，外商紛紛至大稻埕沿河一帶開設洋行，市面極為繁榮。參見王世慶，《淡水河流域河港水運史》（南港：中研院中山人社所，1996），頁92-95。
24. 戴寶村，〈近代台灣港口市鎮之發展─清末至日據時期〉（國立台灣師範大學歷史研究所博士論文1988），頁84。
25. James Wheeler Davidson（戴維生，1872-1933）原著、蔡啓恒譯，《台灣之過去與現在》（台北：台灣銀行經濟研究室，1972（1903）），台灣研究叢刊第107種，頁277。
26. 林滿紅，《茶、糖、樟腦業與台灣之社會經濟變遷（1860-1895）》，頁1-2。
27. 戴寶村，《清季淡水開港之研究》，頁43。

元），至於全中國至1901年爲止的每人平均分攤貿易額，則僅有1.09海關兩，[28]不到台灣的3分之1，由此可知，台灣的經濟發展在開港之後已與世界市場密不可分。最後就進出口值的比率來看，台灣的對外貿易在1870年、1872年及1876年已達出超（出口值大於進口值），自1878年之後即呈現持續出超的態勢，爲台灣賺取了大量的外匯。開港通商之後，台灣的出口值左右了整體貿易總值，突顯此時台灣出口導向經濟的特色。[29]1868年至1895年台灣進出口貿易的相關統計，如表5-2所示：

Authorship

28. 林滿紅，〈貿易與清末台灣的經濟社會變遷〉，《食貨月刊》，9：4（1979.07），頁136。
29. 戴寶村，〈打狗開港通商後的航運與貿易（1868-1895）〉，《台灣文獻》，57：4（2006.12），頁120。

表5-2 開港後台灣進出口貿易統計表（1868-1895）

單位：萬海關兩（萬英鎊）

淨值／年份	進口			出口			出口－進口
	淡水	打狗	總計	淡水	打狗	總計	
1868	51 (18.77)	64 (23.55)	115 (42.32)	27 (9.94)	61 (22.45)	88 (32.39)	27 (-9.94)
1869	49 (18.03)	85 (31.28)	134 (49.31)	25 (9.2)	73 (26.86)	98 (36.04)	-36 (-13.25)
1870	56 (20.61)	89 (32.75)	145 (53.26)	40 (14.72)	125 (46)	166 (61.09)	21 (7.73)
1871	70 (25.76)	109 (40.11)	179 (65.87)	51 (18.77)	119 (43.79)	170 (62.56)	-9 (-3.31)
1872	72 (26.5)	96 (35.33)	168 (61.82)	77 (28.34)	119 (43.79)	197 (72.5)	28 (10.3)
1873	89 (32.75)	90 (33.12)	179 (65.87)	55 (20.24)	93 (34.22)	148 (54.46)	-23 (-8.48)
1874	91 (33.49)	110 (40.58)	201 (73.97)	61 (22.45)	120 (44.16)	181 (66.61)	-20 (-7.36)
1875	102 (37.54)	120 (44.16)	222 (81.7)	73 (26.86)	108 (39.74)	182 (66.98)	-40 (-14.72)
1876	119 (43.79)	128 (47.1)	247 (90.9)	121 (44.53)	142 (52.26)	263 (96.78)	15 (5.52)
1877	132 (48.58)	151 (55.57)	283 (101.14)	143 (52.62)	133 (48.94)	276 (101.57)	-7 (-2.58)
1878	130 (47.84)	137 (50.42)	275 (101.2)	167 (61.46)	112 (41.22)	279 (102.67)	4 (1.47)
1879	155 (57.04)	178 (65.5)	333 (122.54)	209 (76.91)	204 (75.07)	413 (151.98)	80 (29.44)
1880	160 (58.88)	199 (73.23)	359 (132.11)	231 (85)	356 (131)	487 (179.22)	128 (47.1)
1881	173 (63.66)	237 (87.22)	410 (150.88)	241 (88.69)	175 (64.4)	416 (153.09)	6 (2.21)
1882	145 (53.36)	165 (60.72)	310 (114.08)	253 (93.1)	152 (55.94)	405 (149.04)	95 (34.96)

淨值／年份	進口			出口			出口 進口
	淡水	打狗	總計	淡水	打狗	總計	
1883	120 (44.16)	140 (51.52)	260 (95.68)	234 (86.11)	177 (65.13)	411 (151.25)	152 (55.94)
1884	123 (45.26)	132 (48.78)	255 (93.84)	240 (88.32)	177 (65.13)	417 (153.46)	162 (59.62)
1885	176 (64.77)	140 (51.52)	316 (116.29)	274 (100.83)	108 (39.74)	382 (140.58)	66 (24.29)
1886	203 (74.7)	151 (55.57)	354 (130.27)	338 (124.38)	107 (39.38)	445 (163.76)	92 (33.86)
1887	223 (82.06)	157 (57.78)	380 (139.84)	337 (124.02)	119 (43.79)	456 (167.81)	76 (27.97)
1888	261 (96.05	138 (50.78	399 (146.83)	306 (112.61)	148 (54.46)	454 (167.07)	59 (21.71)
1889	218 (80.22)	142 (52.26)	360 (132.48)	309 (113.71)	133 (48.94)	441 (162.29)	81 (29.81)
1890	222 (81.7)	162 (59.61)	384 (141.31)	330 (121.44)	195 (71.76)	426 (156.77)	141 (51.89)
1891	220 (80.96)	150 (55.2)	370 (136.16)	310 (114.08)	163 (59.98)	474 (147.43)	104 (38.27)
1892	235 (86.48)	140 (51.52)	375 (138)	343 (126.22)	153 (56.3)	496 (182.53)	121 (44.53)
1893	309 (113.71)	172 (63.3)	481 (177)	477 (175.54)	157 (57.78)	634 (233.31)	153 (56.3)
1894	342 (125.86)	203 (74.7)	545 (200.56)	488 (179.58)	236 (86.85)	725 (266.8)	189 (69.55)
1895	190 (69.92)	918 (337.82)	281 (100.41)	188 (69.18)	154 (56.67)	342 (125.86)	61 (22.45)
合計	4439 (1633.55)	3878 (1427.1)	8317 (3060.66)	5948 (2188.86)	402 1(1479.73)	9969 (3668.59)	出口/進口=120

資料來源：林滿紅，《茶、糖、樟腦業與晚清台灣》（台北：台灣銀行經濟研究室，台灣研究叢刊第115種，1978），頁76。張惠信，《中國貨幣史話目錄》（台北：著者發行，1982），頁44-45。根據1894年之幣值，1海關兩約等於0.368英鎊，本表即依此匯率加以轉換，（）內之數字以萬英鎊為單位，（）上方數字之單位則為萬海關兩，小數點第三位以下四捨五入計算。

二、進口商品分析

開港之後，台灣的進口商品以鴉片爲大宗，次爲紡織品，其他尚有雜貨類商品。原爲禁售的鴉片在開港通商之後成爲合法正當的貿易商品，可自由進口，因其利潤極大，而爲外商大量輸入牟利。[30] 1868年至1881年間，鴉片進口總值占台灣進口總值的60~80%，1881年之後降至40~60%，1868年至1895年的平均值爲57%（詳細數字請見表5-3），是台灣開港通商之後最主要的進口商品。[31]

19世紀中葉台灣的總人口數約200萬人，吸食鴉片者即有50萬人，占總人口的4分之1，據此可推知台灣鴉片消耗量之多，從而吸引外商大量進口。台灣的鴉片進口量在全中國15個通商口岸中，歷年排名在9至14位間升降，[32]可知與中國相較，台灣的鴉片進口量並不算多，但以人口比例而言，其消耗量則相當可觀。台灣開港後的鴉片進口量，在1868年至1881年間呈現節節上升的趨勢，其原因有四：（1.）開港之後，茶、糖與樟腦的出口爲台灣人民帶來極大利潤，財富的增加帶動了鴉片消費量的成長；（2.）移民與本地人口的增加，亦促使鴉片消耗量增多；（3.）清末人民嗜吸鴉片成風，服役的兵丁也不能免，駐台軍隊大量購買鴉片，促使鴉片的銷售量大增。（4.）1874年牡丹社事件之後，清廷爲加強台灣海防，以及隨後台灣巡撫劉銘傳推動開山撫番事業，皆派遣大批軍隊來台駐守，鴉片消耗量也隨之增加。但到了1881年之後，台灣鴉片的進口量則有所下降，其原因大致有三：（1.）厘金之設，1881年清廷在大甲設站徵收厘金，每擔鴉片厘金達80海關兩，促使鴉片價格上漲，幾乎使鴉片貿易陷入停頓；（2.）中國所產鴉片的進口，中國產之鴉片以走私方式進口，未經海關徵稅，故未能反映在進口量上，據估計每年約有1000擔的中國鴉片走私來台；（3.）中法戰爭的影響，1884年，中法戰事波及台灣，法軍占領基隆，並攻擊淡水，並於同年十月全面封鎖台灣海岸，進出口貿易皆受影響，鴉片進口量自然驟減。[33]

開港後台灣的鴉片輸入由英國商人主導，將產自印度、土耳其、波斯及中國等地的鴉片進口，1884年以前以印度產者進口較多，1884年之後土耳其鴉片取代印度鴉片，成爲台灣鴉片市場的主流。[34]在台灣經營貿易的外商每以鴉片作爲購買茶、糖及樟腦的支付代金，使得人們將辛勤種植茶葉、甘蔗及採集樟腦所得的收入，投注於昂貴的鴉片消費，[35]有礙於台灣本地發展經濟所需的資本累積。[36]鴉片進口對於台灣的唯一正面價值，在於鴉片進口稅及後來增設的鴉片厘金成爲台灣官方的一大收入，可充作清末台灣籌辦海防軍費及近代化建設的財源基礎。[37]

Authorship

30. 戴寶村，《清季淡水開港之研究》，頁53。
31. 林滿紅，《茶、糖、樟腦業與晚清台灣》（台北：台灣銀行經濟研究室，1978），台灣研究叢刊第115種，，頁77。
32. 林滿紅，〈清末社會流行吸食鴉片之研究〉，國立台灣師範大學歷史研究所博士論文（1985.07），頁103。
33. 戴寶村，《清季淡水開港之研究》，頁54。
34. 同上註，頁54-57。
35. 東嘉生著、周憲文譯，〈清代台灣之貿易與外國商業資本〉，收於《台灣經濟史初集》（台北：台灣銀行經濟研究室，1954），台灣研究叢刊第25種，頁125。
36. 林滿紅，《茶、糖、樟腦業與台灣之社會經濟變遷（1860-1895）》，頁159。
37. 戴寶村，《清季淡水開港之研究》，頁58。

表5-3 開港後台灣鴉片進口值統計表（1868-1895）

單位：萬海關兩（萬英鎊）

年代	打狗	淡水	鴉片進口總值	台灣進口總值	百分比
1868	48（17.66）	38（13.98）	86（31.64）	116（42.69）	74
1869	48（17.66）	48（17.66）	96（35.33）	133（43.94）	72
1870	59（21.71）	42（15.46）	101（37.17）	145（53.36）	70
1871	76（27.97）	52（19.14）	128（47.1）	119（43.79）	72
1872	77（28.33）	58（21.34）	136（50.05）	168（61.82）	81
1873	74（27.23）	63（23.18）	137（50.42）	179（65.87）	77
1874	90（33.12）	69（25.39）	159（58.51）	201（73.97）	79
1875	93（34.22）	55（20.24）	149（54.83）	222（81.7）	67
1876	102（37.54）	66（24.29）	168（61.82）	248（91.26）	68
1877	115（42.32）	72（26.5）	187（68.82）	283（104.14）	66
1878	144（52.99）	104（38.27）	209（76.91）	275（101.2）	76
1879	127（46.74）	83（30.54）	210（77.28）	333（122.54）	63
1880	145（53.36）	82（30.18）	226（83.17）	356（131）	63
1881	154（56.67）	93（34.22）	246（90.53）	404（148.67）	61
1882	119（43.79）	60（22.08）	179（65.87）	310（114.08）	58
1883	98（36.06）	51（18.77）	149（54.83）	259（95.31）	57
1884	90（33.12）	60（22.08）	150（55.2）	255（93.84）	59
1885	90（33.12）	71（26.13）	161（59.25）	316（116.29）	51
1886	108（39.74）	76（27.97）	185（68.08）	353（129.9）	53
1887	115（42.32）	76（27.97）	191（70.29）	381（140.21）	50
1888	95（34.96）	73（26.86）	168（61.82）	399（146.83）	42
1889	96（35.33）	89（32.75）	185（68.08）	360（132.48）	51
1890	110（40.48）	88（32.38）	198（72.86）	384（141.31）	52
1891	95（34.96）	82（30.18）	177（65.14）	370（136.16）	48
1892	86（31.65）	80（29.44）	166（61.09）	375（138）	44
1893	118（43.42）	94（34.59）	211（77.65）	481（177）	44
1894	128（47.1）	105（38.64）	233（85.74）	545（200.56）	43
1895	66（24.29）	50（18.4）	116（42.69）	281（103.41）	41
合計	2766（1017.89）	1940（713.92）	4706（1731.81）	8317（3060.66）	57

資料來源：林滿紅，《茶、糖、樟腦業與台灣之社會經濟變遷》（台北：聯經，1997），頁161。張惠信，《中國貨幣史話目錄》（台北：著者發行，1982），頁44-45。根據1894年之幣值，1海關兩約等於0.368英鎊，本表即依此匯率加以轉換，（）內之數字以萬英鎊為單位，（）左側數字之單位則為萬海關兩，小數點第三位以下四捨五入計算。

鴉片之外，紡織品與雜貨類商品亦爲開港後外商輸入台灣的重要商品。輸入台灣的紡織品主要來自於英國，英國在18世紀中葉工業革命之後，成爲世界最先進的紡織業大國，進口台灣的英國紡織品以曼徹斯特（Manchester）出產的棉紡織品之灰襯衣料（Grey Shirtings）及白襯衣料（White Shirtings）最多，另外，T字布（T Clothes）則被製成裝裹茶葉的茶袋，英國棉紡織品的大量進口，幾乎完全取代了由大陸運銷來台的中國棉布（Nankeens），而英國毛織品的絲毛料（Camlet English）及長毛羽紗料（Long Ell），也在開港後進口到台灣。英國紡織品的進口讓台灣成爲全中國衣著品質最佳之地，甚至連農民、礦工及苦力皆能穿上歐洲產的衣物。[38] 至於雜貨類商品則以金屬類製品及雜貨爲主，金屬類以鉛的進口數量最多，主要用於焊接茶箱，爲開港後隨著製茶業逐漸興盛而衍生出的進口商品；雜貨則包括華洋百貨、食品、衣飾、日常用品及建築材料等，其中，英國產的藥劑與火柴等工廠工業製品的輸入，逐漸取代了開港前由大陸輸入的手工業品，成爲台灣人民日常用品的主流。[39] 這類雜貨商品的進口量與品質之逐步攀升，可反映出台灣人民的生活在開港之後更爲富裕，使用物品也更加多樣化。

三、出口商品分析

根據1868年至1895年的海關統計資料，茶、糖與樟腦等三項商品，其出口值合占台灣出口總值的94%，其中茶以53.49%居首，其次爲糖的36.22%，樟腦則以3.93%居末，此三項商品與第四位的煤（1.58%）相較，出口值之差距頗爲懸殊。[40] 由此可知，茶、糖與樟腦是爲台灣開港之後最主要的出口商品，以下即分項探討之。

（一）茶

台灣的亞熱帶氣候適宜茶樹生長，早期漢人移民已知採集野生茶烘焙製作茶葉，但開港前後商品化流通的茶則是來自於福建。19世紀初葉，柯朝將福建武夷山的茶種移至今台北縣深坑一帶繁殖，至開港後的1865年，英商杜德（John Dodd）來台，發現台灣北部的丘陵地帶適宜種茶，於次年自福建安溪引進烏龍茶的種苗，並提供貸款鼓勵農民植茶；第一批茶葉收穫之後，杜德向農民收購粗製茶，運往福州精製，再輸往澳門試銷，頗獲市場好評。1868年，發現台灣茶有利可圖的杜德，開始在艋舺創設精製茶廠，成爲台灣精製烏龍茶的肇始。1869年，

Authorship

38. 戴寶村，〈第十章 對外貿易〉，收於張勝彥等著，《台灣開發史》，頁165。
39. 東嘉生著、周憲文譯，《台灣經濟史概說》（台北：帕米爾書店，1985），頁53。
40. 林滿紅，《茶、糖、樟腦業與台灣之社會經濟變遷（1860-1895）》，頁2。

杜德積極開展海外市場，以兩艘帆船載運精製烏龍茶共127,800公斤，以「台灣茶」（Formosa Tea）的商標直接運銷美國紐約，台灣茶在紐約的售價頗高，頗受市場好評，杜德因此獲得鉅利，也爲台灣烏龍茶打開運銷美國的市場。此外，台灣另一名茶包種茶在台灣的種植，始於1881年福建茶商吳福元的引進，包種茶的產地主要在台北盆地周緣的山坡地和桃園、新竹的台地與丘陵地區，所收茶葉由各產地集中至大稻埕加工精製，再轉運至淡水出口。[41]

台灣茶的出口以烏龍茶爲主力，約占總值的90%，主要銷往美國（90%），包種茶則銷往南洋（5%），另外英國（5%）也是台灣茶的輸出地之一；茶的輸出主要集中於淡水港，再轉運各地銷售，因淡水港的淤淺無法讓遠洋輪船進入停泊，致使台灣茶必須先運往港灣設備較佳、茶葉買賣機會較多的廈門，再轉運至美國，[42]至於銷往英國的茶葉則透過香港的轉運。因美國市場偏好台灣茶的特殊風味，[43]1869年杜德直銷美國成功之後，出口量逐年持續增加，至1896年，台灣的茶葉輸出量位居世界第5，已在全球市場上占得一席之地。[44]

茶是北台灣最重要的出口商品，由於靠近產地的區位因素，淡水成爲台灣茶葉的主要輸出港，其中烏龍茶的出口值占1868年至1895年淡水港出口總值的88%，從淡水出口的茶葉價值占全

北部山區的茶園
資料來源： 張建隆，《看見老台灣》（台北：玉山社，1999.10），頁130。

台出口總值的54.49%，超過出口貿易總額的一半，可知茶葉的出口對於開港後台灣對外貿易發展的重要性。[45]從下頁表5-4可知，茶葉出口不但位居開港後台灣對外貿易額的首位，其成長率亦頗爲快速，若以首度有統計資料的1866年爲基數，1871年的出口量爲1866年的10倍，1875年驟增至30倍，1877年攀升至50倍，至1892年更擴增至100倍；特別是在1878年之後，茶葉出口值提升至全台出口總值的74.90%，也成爲1878年以後台灣對外貿易得以出超的主因。[46]

Authorship

41. 戴寶村，《清季淡水開港之研究》，頁76-78。
42. 劉至耘，〈清末北台灣的茶葉貿易（1865-1895）〉，國立暨南大學歷史研究所碩士論文（2005.12），頁86。
43. 林滿紅，《茶、糖、樟腦業與台灣之社會經濟變遷（1860-1895）》，頁21。
44. 劉至耘，〈清末北台灣的茶葉貿易（1865-1895）〉，頁42。
45. 戴寶村，《清季淡水開港之研究》，頁76。
46. 戴寶村，〈第十章 對外貿易〉，《台灣開發史》，頁166。

表5-4 開港後台灣茶葉出口數量統計表
(1866-1895)

年份＼數量	烏龍茶		包種茶	
	出口量（擔）	成長率	出口量（擔）	成長率
1866	1359.57	—	—	—
1867	2053.93	49.38	—	—
1868	3961.58	95.06	—	—
1869	5469.26	38.06	—	—
1870	10540.11	92.72	—	—
1871	14868.08	41.06	—	—
1872	19513.51	31.24	—	—
1873	15609.93	-20.00	—	—
1874	24610.00	57.66	—	—
1875	41573.55	68.93	—	—
1876	58876.79	41.62	—	—
1877	69230.66	17.59	—	—
1878	80261.43	15.93	—	—
1879	85032.83	5.94	—	—
1880	90485.88	6.41	—	—
1881	96446.01	6.59	305.76	—
1882	90303.35	-6.37	—	—
1883	99050.45	9.69	1142.86	—
1884	98674.36	-0.38	—	—
1885	122730.31	24.38	—	—
1886	121287.07	-1.18	5784.44	—
1887	126474.87	4.28	—	—
1888	135740.90	7.33	—	—
1889	130707.52	-3.71	10282.58	—
1890	128628.91	-1.59	—	—
1891	135752.84	5.54	—	—
1892	136719.03	0.71	—	—
1893	149718.50	9.51	14918.50	—
1894	136825.79	-8.61	17176.83	15.14
1895	47367.53	-65.38	4449.90	-74.10

資料來源：林滿紅，《茶、糖、樟腦業與台灣之社會經濟變遷》（台北：聯經，1997.04），頁45。

大稻埕揀茶婦女
資料來源： 張建隆，《看見老台灣》（台北：玉山社，1999.10），頁131。

在茶葉的產銷組織方面，1869年美商爲節省運輸成本，將台灣茶直接由淡水出口銷美，台灣茶在市場上的價格也由每擔平均15元提升至30元，其高額利潤吸引了大量外商來台經營茶葉生意，1872年即有寶順、德記、水陸、和記及怡和等5家洋行，在精製茶廠群聚的大稻埕設行經商，而原設於艋舺的精製茶廠受到當地排外風潮的推移，大多遷至大稻埕設廠，洋行與精製茶廠的集中也成爲了清末大稻埕代艋舺而興的主因。[47]

Authorship

47. 溫振華，〈淡水開港與大稻埕中心的形成〉，《師大歷史學報》，6（1978.08），頁256。

開港後台灣茶業發展的資金幾乎全由廈門的外國銀行所提供，尤其是英國匯豐銀行（Hong Kong and Shanghai Bank）更為當中的主力。其資金的流通狀況是，由外國銀行貸款予洋行，再由洋行放款給廈門洋行買辦在台所設的茶業金融機構「媽振館」（“merchant”之譯名），媽振館再放款給茶館，由茶館向茶販收購由茶農生產的茶葉。如此，媽振館介於大稻埕茶館與廈門洋行之間，代銷茶葉並提供資金，由茶館貸款給生產者茶農；茶農既從媽振館獲得生產資金，其所生產的粗製茶葉就不得自由賣出，必須優先賣予媽振館，而媽振館即將收購而來的茶葉轉賣給洋行，再由洋行銷往海外市場。[48] 此外，茶販作為中間商，負責將茶分別優劣，優者售予洋行、茶館及媽振館進行精製加工，劣者則透過主要負責將粗製茶裝袋的茶棧，[49] 銷往台灣的本地市場。[50] 開港後台灣茶的產銷關係如下圖所示：

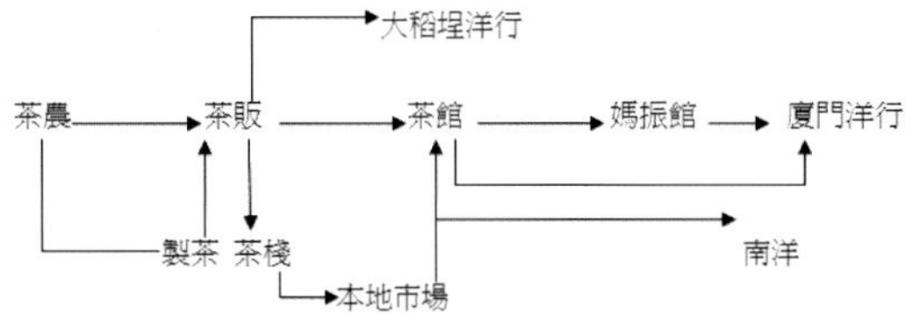

1875年以前，台灣茶葉的貿易主要由外商所壟斷，其後大量華商加入茶葉的買賣，使得媽振館的中介角色漸形沒落，逐漸為熟悉台灣在地市場的華商所取代。然而，華商的經營卻讓茶葉摻雜的情形日漸嚴重，導致台灣茶的品質大為低落，在世界市場上的聲譽也嚴重受損，加上印度與錫蘭紅茶的興起，至日本統治時期，台灣茶葉的外銷市場逐漸為南亞紅茶所奪取。

開港之後，茶樹在北台灣淺山地區為人所廣泛種植，並在大稻埕進行茶葉的精製與轉運，再透過淡水港出口外銷至世界各地，此一藉由茶葉的產銷連結起來的體系，促使大嵙崁、三角湧等沿山市鎮興起，大稻埕也因茶葉加工業及茶葉貿易而繁榮，在1895年超越艋舺，成為全台第二大街市。而就總體貿易現象來看，清末台灣的經濟重心由府城、打狗逐漸轉移到淡水、雞籠，亦即得力於北台灣的茶葉貿易的繁盛，[51] 連帶促使劉銘傳推動的各項近代化建設也集中於北台灣，[52] 由此顯見開港之後台灣對外貿易的發展，對於政治、社會與經濟各層面的深刻影響。然而，茶農因應茶葉貿易的需求，在北部山區大面積的開闢茶園，對於山地的水土

Authorship

48. 林滿紅，《茶、糖、樟腦業與台灣之社會經濟變遷（1860-1895）》，頁105-111。
49. 劉至耘，〈清末北台灣的茶葉貿易（1865-1895）〉，頁24-25。
50. 戴寶村，《清季淡水開港之研究》，頁83。
51. 戴寶村，〈打狗開港通商後的航運與貿易（1868-1895）〉，頁120。
52. 戴寶村，《清季淡水開港之研究》，頁85-86。

保持極為不利，從山區帶來的泥沙沖積促使淡水河航運因淤淺而衰落，這讓必須透過淡水河集中北部物產的淡水港，在日治時期漸告沒落的原因之一。[53]

糖廍
資料來源：張建隆，《看見老台灣》（台北：玉山社，1999.10），頁138。

（二）糖

荷治時期以來，砂糖一直是台灣對外貿易的重要輸出品，開港通商之後，糖的出口值占台灣出口貿易總值的36.22%，是僅次於茶的出口商品。台灣的蔗糖主要產於中南部，此因中南部的地形平坦，土壤含沙較多，尤其是濁水溪以南地區更是甘蔗的主要種植區，濁水溪以北之地由於雨量較為豐富，以種植稻米為主。

台灣的蔗產區又可分為「台灣府產區」及「打狗產區」，由於接近產地、運輸成本較低的區位因素，台灣的糖皆就近由台灣府的安平港及打狗港出口，[54]其中又以打狗港出口糖的數量較多，開港後逐年攀升，歷年出口的平均值均占該港出口貿易總值的8成以上，此一現象反映了糖業與南台灣經濟關係的密切性。[55]糖對於打狗港出口貿易的重要性，與茶之於淡水港相彷，1868年至1895年之間，糖通過打狗港出口的貿易概況，如下頁表5-5所示：

台灣糖業的生產過程，是先由蔗農種植甘蔗，待甘蔗長成，再採收運至糖加工製成糖。糖依照加工方法的不同，製成品可分為紅糖與白糖兩種，紅糖是以牛隻拖拉的石磨將甘蔗搾出蔗汁，再經煮糖室將蔗汁分餾結晶而成；白糖則是以製成紅糖中品質最差者，去除糖蜜加工再製而成。蔗糖的運銷體系較茶來得單純，通常是糖販採購後，轉售予糖行或洋行，再運至港口進行出口。[56]

台灣糖的出口以紅糖為主，紅糖供應中國、日本食用或加工製成糖果，也提供歐洲、美國及澳洲等地區用以再行精製的原料；白糖則主

Authorship

53. 王世慶，《淡水河流域河港水運史》，頁124-125。
54. 林滿紅，《茶、糖、樟腦業與台灣之社會經濟變遷（1860-1895）》，頁60-63。
55. 戴寶村，〈打狗開港通商後的航運與貿易（1868-1895）〉，頁117。
56. 林滿紅，《茶、糖、樟腦業與台灣之社會經濟變（1860-1895）》，頁83-89、117。

表5-5 開港後打狗港砂糖出口值統計表（1868-1895） 單位：萬海關兩（英鎊）

年 份	糖出口值	年出口總值	比率(%)
1868	514,410(189302.88)	613,616(225810.69)	83
1869	494,744(182065.79)	732,220(268456.96)	68
1870	1,081,339(397932.75)	1,252,218(46080.22)	86
1871	1,175,813(433699.18)	1,222,898(450026.46)	96
1872	1,135,180(417746.24)	1,228,977(452263.54)	92
1873	891,639(328123.15)	954,357(351203.38)	93
1874	1,168,962(430178.02)	1,238,790(455874.72)	94
1875	1,040,902(383051.94)	1,083,780(398831.04)	96
1876	1,371,204(504603.07)	1,416,262(521184.42)	97
1877	1,282,944(472123.39)	1,330,600(489660.8)	96
1878	1,020,853(375673.9)	1,121,020(412535.36)	91
1879	1,912,682(703886.98)	2,039,710(750613.28)	94
1880	2,155,058(793061.34)	2,561,382(942588.58)	84
1881	1,676,146(616821.73)	1,755,509(646027.31)	96
1882	1,421,222(523009.7)	1,518,514(558813.15)	94
1883	1,652,146(607989.17)	1,771,126(651744.37)	93
1884	1,629,395(599617.36)	1,767,050(650274.4)	92
1885	955,987(351803.22)	1,080,983(397801.74)	88
1886	930,387(342382.42)	1,074,709(395492.91)	87
1887	1,076,183(396035.34)	1,191,500(438472)	90
1888	1,316,898(484618.46)	1,484,812(546410.82)	89
1889	1,209,170(444974.56)	1,327,044(488352.19)	91
1890	1,754,638(645706.78)	1,953,893(719032.62)	90
1891	1,463,144(538436.99)	1,634,498(601495.26)	90
1892	1,306,663(480851.98)	1,532,892(564104.26)	85
1893	1,272,757(468374.58)	1,572,891(578823.89)	81
1894	1,897,966(698451.49)	2,361,466(869019.49)	80
1895	1,244,608(458015.74)	1,544,265(568289.52)	81

資料來源：戴寶村，〈打狗開港通商後的航運與貿易（1868-1895）〉，《台灣文獻》57：4（2006），頁117-118。張惠信，《中國貨幣史話目録》（台北：著者發行，1982），頁44-45。根據1894年之幣值，1海關兩約等於0.368英鎊，本表即依此匯率加以轉換，（）內之數字以英鎊為單位，（）左側數字之單位則為海關兩，小數點第三位以下四捨五入計算。

要供給中國華北地區食用，僅有小部分輸出至日本。1860年至1895年間，中國與日本一直是台灣糖的主要出口市場，其中，中國偏好台灣府產區的糖，日本則較喜好甜度更高之打狗產區的糖；1870年以前，出口至中國的糖占台灣糖出口總值的9成以上，1871年至1895年間則降至60%以上，其中1877至1883年間更降至30%以下的谷底。台灣糖輸入中國之比重下降的因素，主要是外國市場在1870年代以後逐步擴大，台灣糖已可銷至日本、澳洲、香港、美國及加拿大等世界各地。然而，由於澳洲本身也開始產糖，英國已可自歐陸各國購入甜菜糖，以及美國爲保護夏威夷糖業而減少輸入等因素，僅餘中國華北及日本等市場吸收台灣糖的出口，加上1886年起，清廷開始在台灣徵收砂糖厘金，砂糖貿易更受影響，促使經營砂糖出口的英國商人，因利潤驟降而紛紛撤離台灣。[57]這些內外因素的交互影響，導致台灣糖的出口值自1881年之後成長趨於緩和。[58]

（三）樟腦

台灣是世界天然樟林的主要分布區，尤其是中北部地區的樟樹極富開採價值，是製作樟腦的重要原料，樟腦的製作流程爲砍伐山地樟樹，切成碎片，再放入腦灶蒸煮出樟腦氣，冷卻後結晶即成樟腦，樟腦最初用以製藥、防蟲及殯殮，並可用來製造煙火、香水、油漆及印度香，至1890年又發展出作爲製造合成塑膠「塞璐璐」（Celluloid）之原料的用途。[59]

清治時期，台灣樟腦採行專賣制度，其背景源自1725年閩浙總督覺羅滿保奏請朝廷在台設軍工料館，爲製造軍船而砍伐樟樹，從此台灣的樟樹成爲軍工料館所需的官木而漸受重視，同時爲了支應造船經費，清廷勉強准許台灣官方製作樟腦，銷售則採行官方專賣制度，私製樟腦屬於違法行爲。[60]清治時期台灣的樟腦專賣主要採取承包制，有時也由清廷自己經營，收入則全歸台灣道所有，是台灣道相當重要的財源。

Authorship

53. 王世慶，《淡水河流域河港水運史》，頁124-125。
54. 林滿紅，《茶、糖、樟腦業與台灣之社會經濟變遷（1860-1895）》，頁60-63。
55. 戴寶村，〈打狗開港通商後的航運與貿易（1868-1895）〉，頁117。
56. 林滿紅，《茶、糖、樟腦業與台灣之社會經濟變遷（1860-1895）》，頁83-89、117。
57. 周憲文，《台灣經濟史》（台北：台灣開明書店，1980.05），頁336。
58. 林滿紅，《茶、糖、樟腦業與台灣之社會經濟變遷（1860-1895）》，頁23-47。
59. 戴寶村，《台灣政治史》，頁161。
60. 程士毅，〈軍工匠人與台灣中部的開發問題〉，《台灣風物》，44：3（1994.09），頁13-49。

由於台灣樟腦的商業價值具有壟斷地位，且樟腦用途多元，相當吸引外商的商業眼光。1838年，英商即已在基隆利用鴉片走私樟腦，而外商最早來台購買樟腦者爲居於香港的美國商人W. M. Robinet，他在1855年來台採購樟腦，並在台灣西海岸設置代辦店，包攬樟腦輸出，每年約有1萬擔台灣樟腦輸往香港，獲利甚豐；W. M. Robinet並聯合兩家美國商行，向台灣道台裕鐸私下約定協助捕捉海盜，以換取樟腦經銷權。開港通商之後，英商怡和及甸德洋行相繼來台經營樟腦貿易，台灣樟腦的出口貿易遂逐漸爲洋行及買辦所掌握，卻也加速了台灣樟腦的生產效率。[61]

在樟腦專賣制度之下，台灣官方直接向製腦業者收購樟腦，再賣給外商，但當時官方收購價格爲每擔6元（1元=0.728兩）左右，卻賣給外商16元上下，台灣樟腦在香港市場的價格僅有18元，外商尙需負擔運輸成本，因而引發外商對台灣官方的強烈不滿。1866年，駐安平的英國副領事向台灣兵備道吳大廷建議廢止樟腦專賣制不遂，在台經營洋行的外商於是聯合起來對台灣官方提出抗議，進而引發諸多糾紛，終在1868年造成台商、外商及民教衝突的「樟腦事件」，最後各國與清廷訂立「樟腦條款」，廢止樟腦專賣制度，始平息糾紛。依據樟腦條款，外商可憑通行證深入內山，自由收購樟腦，致使台灣樟腦業的實權逐漸落入外商之手。[62] 1887年，台灣巡撫劉銘傳爲充實撫番經費，恢復樟腦專賣制度，規定欲入山採樟者須經撫墾局同意，禁止私熬私售，所產樟腦由腦務局收買，轉售特約商人。至1890年，由於外商與台灣官方之間常因專賣制度引發糾紛，樟腦專賣制度再度被迫廢止。[63]

台灣樟腦的出口市場主要爲歐美地區，大多經由淡水港出口。1856年至1867年間台灣的全部樟腦均由淡水出口，1868至94年間由淡水出口的樟腦占全台樟腦出口總量的89.02%，其間有9年全台樟腦更均由淡水出口。[64] 出口量方面，1863年至1881年間的樟腦出口量約爲1861年的1至2.5倍；但在1882年至1889年的8年間，由於山地樟樹產區的原住民與採樟漢人之間衝突的激烈化，加上擁有先進製造技術的日本樟腦業之競爭，出口量均少於1861年，1885年的出口量更趨近於零，導致1877年之前台灣在世界樟腦市場的壟斷地位，拱手讓予日本；1890年之後，由於塞璐璐工業的建立，急需樟腦原料的供應，促使樟腦市場進一步擴大，台灣樟腦的出口量因

Authorship

61. 周憲文，《台灣經濟史》，頁332-333。
62. 戴寶村，《台灣政治史》，頁162。
63. 周憲文，《台灣經濟史》，頁333。
64. 林滿紅，《茶、糖、樟腦業與台灣之社會經濟變遷（1860-1895）》，頁33-34、48。

而驟增，1893至1894年間的出口量約爲1861年的5至6倍，加上日本樟樹於此時砍伐殆盡，台灣因此得以重操世界樟腦的壟斷權。[65]但因樟腦的生產過程費工費時，出口值僅占開港後台灣出口總值的3.93%，出口貿易的重要性居於茶與糖之後。

促進台灣中北部山區的開發及當地漢人社會經濟狀況的改善，是開港後台灣樟腦貿易的正面價值；但對於山區原住民而言，樟腦業的日益開發只有迫使他們被逼退深入內山，生存空間的壓縮引發原住民的仇恨，造成樟腦生產幾乎與「番害」密不可分的現象。[66]

第三節 傳統貿易的演變

台灣在1860年開港通商之後，由於外商挾著歐美列強的政治勢力與雄厚資本，介入台灣貿易市場的經營與經濟作物的產銷，並將清治前期以來已然斷裂的世界市場重新連結，促使清治前期台灣傳統的貿易型態，在開港之後產生劇烈的轉變。以下即就台灣對外貿易在開港後出現的諸多現象與特徵，一窺傳統貿易在1860年之後的演變狀況。

一、經濟作物的生產與外銷促使轉口貿易轉變為出口導向經濟

台灣自荷治時期以來，是以東亞海域的貿易轉運站作爲其生存的基礎，轉口貿易成爲台灣對外貿易的主要型態，此因島內物產不足，且缺乏高價值的經濟作物，需仰賴外界物資的供應，且台灣地理位置優越，適合發展轉口貿易；但在開港通商之後，外商發現台灣擁有商業價值極高的茶、糖與樟腦等經濟作物，以雄厚資金投入這些作物的生產與外銷，出口貿易遂成爲台灣對外貿易的主流。1860至1895年間，台灣的轉口貿易並不重要，故開港後台灣的貿易以出口與進口爲主，而其中出口總值又是進口總值的1.2倍。台灣在開港後從轉口貿易，轉變爲出口導向經濟的因素，主要得力於茶、糖與樟腦的出口，共占台灣出口總值的94%，是造成台灣出超的主要因素，尤其是1878年之後茶的出口值占台灣總出口值的比率增爲74.90%，更是讓台灣在1878年以後對外貿易持續出超的關鍵。[67]

Authorship

65. 林滿紅，《茶、糖、樟腦業與台灣之社會經濟變遷（1860-1895）》，頁33-34、48。
66. 戴寶村，《清季淡水開港之研究》，頁92。
67. 林滿紅，《茶、糖、樟腦業與台灣之社會經濟變遷（1860-1895）》，頁153、163。

二、出口市場由中國大陸擴及全球

1860年至1895年，歐美外商紛紛在台設立洋行，經營商業貿易，也打開了台灣對外貿易的市場。開港後，台灣的貿易對象遍及全球，台灣的茶葉跨越太平洋出口到美國舊金山、紐約及波士頓，糖可輸出到澳洲、紐西蘭及日本，樟腦則出口至德國、英國與印度等地不再只侷限於中國大陸。由此可知台灣的對外貿易市場，在開港之後再度與荷治時期以來的世界市場體系加以聯結，甚至在外商的經營下更為擴張。[68]

三、清治前期的米穀貿易衰落 茶、糖與樟腦成為主要出口商品

清治前期台灣對外貿易的主要出口品為米穀，18世紀後半每年維持著100萬石的輸出，鼎盛之際的19世紀初期，出口量更可達300萬石，[69]台灣米穀的主要出口地為中國大陸，藉以換取手工業品與日常百貨。至開港之後的1860年代，米穀的出口雖然仍占出口總值的10%左右，但與清治前期相較萎縮甚多，且出口量逐年持續下降。

米穀貿易萎縮的原因，主要源自於東南亞的廉價米掠奪了台灣米在中國東南沿海的市場，[70]且開港之後因島內市場的擴大，導致北部與南部的米出口量大幅下降，1879年之後台灣的米穀不但沒有出口，反而需要仰賴進口，也讓1868年至1894年間米穀的出口總值小於進口總值。[71]米穀貿易的衰弱，致使台灣外貿出口商品的主力轉變為商業價值較高的茶、糖與樟腦。

四、外商主導台灣對外貿易 郊商逐漸沒落，買辦、豪紳崛起

開港通商之後，雖然中國商人及其資本對於台灣的對外貿易發展仍然重要，[72]但與清治前期由郊商全面壟斷的局面相較，外商以雄厚資本、靈通訊息及先進產銷技術介入台灣貿易圈，確實對傳統郊商構成了嚴重的威脅。

Authorship

68. 林滿紅，《四百年來的兩岸分合—一個經貿史的回顧》（台北：自立晚報，1994），頁30。
69. 陳國棟，〈清代中葉（約1780-1860）台灣與大陸之間的帆船貿易：以船舶為中心的數量估計〉，《台灣的山海經驗》（台北：遠流，2005），頁227-230。
70. 陳國棟，〈台灣歷史上的貿易與航運〉，《台灣的山海經驗》，頁80。
71. 林滿紅，《茶、糖、樟腦業與台灣之社會經濟變遷（1860-1895）》，頁10。
72. 林滿紅，《四百年來的兩岸分合—一個經貿史的回顧》，頁90-92。

此外，洋行的興起改變了台灣傳統的對外貿易型態，在地的行郊組織也因抵擋不住洋商的競爭而漸形沒落，外商逐漸主宰了台灣的對外貿易權；[73]而外商賴以經營貿易的買辦如大稻埕的茶葉巨商李春生等人，也因外貿的經營而致富崛起，成為台灣的新貴階級。

豪紳亦為開港後得利於茶與樟腦貿易而快速累積財富的一群，原本以土地為主要財富來源的傳統豪紳大族，因參與新式產業的發展而增加了財富累積的多元性，並以獲取的資本及跳脫傳統的經營方法，得以在日治時期轉化為現代化的產業經營，此輩如在北部經營茶業的板橋林家，中部經營樟腦業的霧峰林家，及南部經營糖業的陳福謙、陳中和家族皆然。[74]

五、外商引進汽船取代帆船 航行速度與載貨噸位大幅提升

台灣的對外貿易亦在開港後透過航運效率的改善，讓出口量大為增加，外商引進汽船逐漸取代帆船，促使台灣航運從傳統的風帆動力轉變為近代的煤汽動力，整體航運速度及載貨噸位產生大幅度的躍升。以北部茶葉集中至淡水港的運輸為例，山區生產的粗茶通常以人力搬運至沿河小市鎮，再順淡水河而下，將茶葉集中於大稻埕精製，再循淡水河主流運往淡水出口。

日治時期淡水港內輪船與戎克船並存的情景
資料來源： 張建隆，《看見老台灣・續篇》（台北：玉山社，2004.09），頁47。

為加快運輸速率及提升載貨量，1886年已有華商引進四條汽船經營往返大稻埕與淡水之間的航運，另外一家外國貨船公司也在戎克船業者的反對聲浪中成立，以9至10艘船經營茶的運輸；而在淡水至廈門、香港之間的航線，從1875年起外商以汽船航行於淡水、香港與大陸之間，導致1887年以後已無以風帆動力航行的戎克船之運茶紀錄。[75]由此可知，載貨量大、速度較快且安全性高的汽船，在開港後逐漸取代傳統風帆動力的戎克船，成為台灣對外貿易的主流運輸載具。

Authorship

73. 卓克華，《清代台灣行郊研究》（福州：福建人民出版社，2006），頁179-184。
74. 戴寶村，〈第十章 對外貿易〉，《台灣開發史》，頁167。
75. 戴寶村，《清季淡水開港之研究》，頁85。

此外，利用台灣1867-1895年間淡水與打狗兩港的船隻載貨數據，也可觀察到傳統帆船與新式汽船之間載貨能力的差距：

表5-6 打狗、淡水兩港帆船與汽船載貨能力比較表（1867-1895）

汽船平均載貨噸數	3,794,144噸÷6,932噸＝547.3噸/艘
帆船平均載貨噸數	1,970,007噸÷6,716噸＝293.3噸/艘
打狗汽船平均載貨噸數	1,500,799噸÷2,435噸＝616.3噸/艘
淡水汽船平均載貨噸數	2,293,345噸÷4,497噸＝509.9噸/艘
打狗帆船平均載貨噸數	1,335,081噸÷4,674噸＝285.6噸/艘
淡水帆船平均載貨噸數	634,926噸÷2,042噸＝310.9噸/艘
台灣全部船隻平均載貨噸數	5,764,151噸÷13,648噸＝422.3噸/艘

從上述數據顯示，汽船的載貨能力明顯優於帆船，也看出淡水因爲汽船較多的關係，而在總體噸數上領先打狗，但是我們也可以清楚看出，打狗汽船的載貨能力，高於淡水，平均多出100多艘，但因打狗的汽船數較少，故在整體噸數上落後。

另一方面，關於汽船與帆船爲主的分析，1867至1895年間，兩港汽船的載貨噸數爲3,794,144噸，帆船爲1,970,007噸，比值爲66%：34%，兩者差距達32%，在船隻的比例中，帆船還勝過汽船4%，由此又可證明，汽船載貨能力的確優於帆船。[76] 因此，開港後汽船逐漸取代帆船的趨勢，讓載貨量及運輸速度大幅提升，也成爲台灣對外貿易出口量大爲增加的主因之一。

六、淡水成為全台第一大貿易港，牽引經貿重心向北移轉

台灣開港之後，由於產地的區位因素，南部的出口貿易以糖爲主，以打狗、安平爲主要出口港埠，北部的出口貿易則以茶與樟腦爲大宗，以淡水爲出口港。糖的利潤遠低於茶與樟腦，使得北部經濟相對南部來得富庶活絡，[77] 這讓淡水港的貿易總值在1881年之後超越安平與打狗(見表5-6)，成爲全台最大貿易港，清治前期以來台灣經貿發展偏重南部的局勢從此逆轉。[78]

北部經貿地位在開港之後的抬升，牽引清末台灣的經濟重心由府城、打狗逐漸轉移到淡水、雞籠，[79] 北部以淡水爲基地的對外貿易所帶來的鉅額稅收，連帶促使劉銘傳推動的各項近代化建設也集中於北部；[80] 1887年台灣的首府更自台南遷移至台北，政治重心亦隨著經貿重心而北移，可見開港通商之後的對外貿易影響台灣整體歷史發展之深刻。

Authorship

76. 戴寶村，《近代台灣海運發展─戎克船到長榮巨舶》（台北：玉山社，2000），頁102-117。
77. 林滿紅，〈海外貿易與台北的崛興(1860-1895)〉，《第二屆台北學國際學術研討會論文集》（台北：台北市文獻委員會，2006），頁34-35。
78. 戴寶村，〈第十章對外貿易〉，《台灣開發史》，頁168。
79. 戴寶村，〈打狗開港通商後的航運與貿易(1868-1895)〉，頁120。
80. 戴寶村，《清季淡水開港之研究》，頁85-86。

第5章

清帝國統治後期的貿易（1860-1895）

台灣在1860年開港通商之後，由於外商挾著歐美列強的政治勢力與雄厚資本，介入台灣貿易市場的經營與經濟作物的產銷，並將清治前期以來已然斷裂的世界市場重新連結，促使清治前期台灣傳統的貿易型態，在開港之後產生劇烈的轉變。根據本章的研究，開港之後台灣對外貿易的變遷現象共有六項：（1.）經濟作物的生產與外銷，促使轉口貿易轉變爲出口導向經濟；（2.）出口市場由中國大陸擴及全球；（3.）清治前期的米穀貿易衰落，茶、糖與樟腦成爲主要出口商品；（4.）外商主導台灣對外貿易，郊商逐漸沒落，買辦、豪紳崛起；（5.）引進汽船取代帆船，航行速度與載貨噸位大幅提升；（6.）淡水成爲全台第一大貿易港，牽引經貿重心向北移轉。開港也使台灣的對外貿易型態邁入近代化，成爲日治時期台灣外貿進一步發展的基礎。

表5-7 打狗與淡水貿易淨值比較（1868-1895）

單位：萬海關兩（萬英鎊）

年度	打狗貿易淨值	淡水貿易淨值	（打狗貿易淨值÷淡水貿易淨值）×100
1868	126(46.37)	78(28.7)	162
1869	158(58.14)	73(26.86)	216
1870	214(78.75)	96(35.33)	223
1871	234(86.11)	121(44.53)	193
1872	222(81.7)	149(54.83)	149
1873	188(69.18)	144(52.99)	131
1874	237(87.21)	152(55.94)	156
1875	228(83.9)	175(64.4)	130
1876	270(99.36)	241(88.69)	112
1877	284(104.51)	275(101.2)	103
1878	249(91.63)	304(111.87)	82
1879	375(138)	363(133.58)	103
1880	453(166.7)	391(143.89)	116
1881	406(149.41)	414(153.35)	98
1882	317(116.66)	398(146.46)	80
1883	317(116.66)	354(130.27)	90
1884	309(113.71)	363(113.58)	85
1885	248(91.26)	450(165.6)	55
1886	258(94.94)	540(198.72)	48
1887	276(101.57)	560(206.08)	49
1888	286(105.25)	567(208.66)	50
1889	275(101.2)	527(193.94)	52
1890	358(131.74)	552(203.14)	65
1891	313(115.18)	530(195.04)	59
1892	293(107.82)	577(212.33)	51
1893	330(121.44)	785(288.88)	42
1894	439(161.55)	831(305.81)	53
1895	246(90.53)	378(139.1)	65

資料來源：林滿紅，《茶、糖、樟腦業與台灣之社會經濟變遷》（台北：聯經，1997.04），頁181。張惠信，《中國貨幣史話目錄》（台北：著者發行，1982.10），頁44-45。根據1894年之幣值，1海關兩約等於0.368英鎊，本表即依此匯率加以轉換，（）內之數字以萬英鎊為單位，（）左側數字之單位則為萬海關兩，小數點第三位以下四捨五入計算。

Section

02

台灣貿易史

第2篇 日治時代

Chapter 6

日治初期的經濟制度整編與貿易發展

本章主要說明，日治時期的殖民政權如何重新整編台灣的經濟，以及台灣的貿易對象和物流的轉換情形，而海運航路又是怎樣地重接與擴展。進而希望探討殖民政權在台灣的經濟政策中所扮演的角色，區域經濟的發展對台灣產業的衝擊與影響，以及日本殖民統治下的台灣所面臨的國際競爭。

第一節 日治初期的基礎建設與經貿制度發展

1895年日本領台之初，台灣財政是屬於日清戰爭的臨時軍事費的一部分，1896年才被編入了日本的一般會計，1897年開始成立台灣總督府特別會計，[1]隨著土地調查、專賣制度、事業公債法、地方稅制等的實施，以及茶、糖等生產量的增加，台灣的歲入超過領台之初的預估。1905年日俄戰爭的爆發，日本增加了大量的軍費支出，乃不得不中止對台灣的年度補助金，台灣財政也因此在1905年自立，1907年台灣的歲入達到領台時的3倍，1942年則達到44倍之多。[2]

一、基礎建設的內容

台灣總督府配合著日本的殖民地政策，階段性地在台灣推動各項經濟建設。依其目的大致可分為兩大期：（一）初期的「基礎建設」。（二）1930年代以後的工業化建設。

（一） 初期的「基礎建設」

台灣總督府在鎮壓反抗勢力，綏靖治安後，陸續展開各項基礎建設，包括土地制度、幣制改革、度量衡統一、交通建設、人口調查等資本主義的前置工作。1899年，日本中央通過賦予與台灣總督府得以發行事業公債之「台灣事業公債法」法律案（明治32年3月「法律第75號」）[3]，規定土地調查事業和興建縱貫鐵路、基隆築港、廳舍建設等四項事業，均可發行公債。

Authorship

1. 1897年4月法律第二號台灣總督府特別會計法。
2. 根據1899年度的財政計劃，原本設計1897-1909年度共13年間，將由日本的國家一般會計裡支出3,740萬圓來補助台灣財政。參見：外務省條約局法規課編，《日本統治五十年の台湾》「外地法制誌」第5卷（東京：文生書院，1990），頁354。
3. 井出季和太，《台湾治績志》上（東京：青史社，1988），頁368。

因爲所需資金不虞匱乏，業務進展頗爲順利。後來水利建設、高雄築港、專賣、米穀增產的補助金等事業，也都以發行公債的方式籌募經費。[4]

1.土地調查

1898年台灣總督府公布「台灣地籍規則」（明治31年「律令第13號」）、「台灣土地調查規則」（明治31年「律令第14號」），設置臨時土地調查局，全面實施地籍調查、三角測量、地形測量等工作。1903年發布「關於大租權確定之件」（明治36年「律令第9號」），造冊登錄大租權，並禁止新設與提高租額。1904年公布「關於整理大租權之件」（明治37年「律令第6號」），取銷大租權，以公債券補償。[5]台灣原有的「一田兩主」的土地所有權結構全然改觀，原本大租戶的土地權收歸總督府所有，小租戶成了實際的地主，方便日本資本家來台投資買賣。1910-1914年總督府實施爲期5年的林野調查，凡未領有地券或所有權證的山林原野均收官有，建立了「無主地國有」的原則。[6]

2.統一度量衡及整頓貨幣金融

1895年10月，台灣開始進口與販賣日式的度量衡器。[7]1900年總督府公布「台灣度量衡條例」（明治30年「法律第30號」），於翌年正式實施。1906年4月起，新度量衡器的製造、修理、販賣一律收歸官營，以確立和普及新制度。[8]

1897年10月，日本內地實施金本位制度，台灣亦隨之進入金本位制時期。日治初期台灣的幣制極爲紊亂，當時形成了兩個貨幣集團，一是日人與總督府間的專用日幣，一是台人之間的秤量貨幣。[9]因此，總督府乃制定以台灣銀行爲中心的貨幣及金融制度：[10]成立於1899年的台灣銀行，除了改革台灣幣制外，還發行了16次的總督府的事業公債。此外，也在南洋、華南設置分行，擴展對外的貿易金融。1904年，允許台灣銀行發行黃金兌換券。1906年停止銀圓的收兌。[11]從此，台灣幣制與日本內地完全統一。

Authorship

4. 外務省條約局法規課編，《日本統治五十年の台湾》「外地法制誌」第5の台湾（東京：文生書院，1990年），頁355-357。
5. 當時的補償金額為3,779,479圓，其中債卷為3,672,436圓，現金為107,043圓（用於支付補償金的零頭）。關於土地調查事業的內容，可參見：外務省條約局法規課編，《日本統治五十年の台湾》「外地法制誌」第5卷（東京：文生書院，1990），頁365-368。
6. 東嘉生著，周憲文譯，《台灣經濟史概說》。轉引自：周憲文，《台灣經濟史》（台北：台灣開明書店），頁405。
7. 台灣總督府，《台灣事情》（1928年版），頁420-421。轉引自：矢內原忠雄，《日本帝國主義下之台灣》，頁28。
8. 矢內原忠雄，《日本帝國主義下之台灣》，頁29。
9. 吳聰敏、高櫻芬，〈台灣貨幣與物價長期關係之研究：1907年至1986年〉《經濟論文叢刊》19:1（1991），頁25。
10. 涂照彥，《日本帝國主義下的台灣》（台北：人間出版社，1991），頁41。
11. 井出季和太，《台湾治績志》上（東京：青史社，1988），頁135-136。

貨幣和度量衡的統一，不但促進了台灣與日本間的貨物與資本的流通，也加速了台灣地區資本主義的成長。

3.交通建設

日治時期的三大建設事業爲：基隆港、打狗港、縱貫鐵路。台灣總督府以修築港灣、鐵道，配合命令航路，企圖改變貿易流向，掌握航權和貿易權。

（1）鐵路

後藤新平擔任民政長官時，以「台灣事業公債」的方式，於1899年開始10年2,880萬圓的台灣鐵道國有計劃。1908年4月完成了基隆－高雄間405公里的縱貫線鐵路。縱貫鐵路保留了清代既有的鐵路建設，在北部進行部分路線修改後向南延伸，該線的通車是台灣首次的「空間革命」，讓過去台灣南北往來需耗費數日的交通，縮短爲一日。

日治時期台灣鐵路在架設之初，以「軍事線」爲目的，其後因爲經濟發展使得運輸量激增，陸續增建了數條的副線，台灣鐵路的性質已完全轉型爲「產業鐵道」。而且，大約在1902年左右就開始轉虧爲盈，鐵路的收益占了總督府歲入的10-20%，成了總督府重要的財源之一。[12]

台灣鐵路的營業收入有一大半是來自於貨車收入。鐵路運送的貨物前5名爲：砂糖、米、煤、木材、肥料。這些貨物正是總督府「殖產興業政策」裡的重點產業，於是利用台灣鐵路量身定作了「貨物運賃政策」，提供半價的運費。廉價的鐵路運費除了是發展米糖等產業的必要手段外，也有打壓台灣本地運輸業者的目的。[13]中南部的米糖由生產地的各個車站，運送到出口的基隆、台北、台南、高雄等港灣的目的站，再運到日本以及世界。煤、木材、肥料、火柴、金屬物、織品等進口商品，則反方向由產地或港灣運送到台灣的內陸各地。

（2）公路

日治時期台灣公路的修建與軍事有很大關係。領台至1896年4月軍政時期結束爲止，工兵所修築的各區間的公路，共430公里。1900年總督府公布「道路橋樑準則」，同時強迫住民「出工」（保甲出役）、「捐地」、「獻金」，並增課戶稅，作爲築路財源。自1899至1942年，44年間公路由6,734公里，增加至17,409公里。[14]

Authorship

12. 高橋泰隆，〈植民地の鉄道と海運〉，頁267。
13. 高橋泰隆，〈植民地の鉄道と海運〉，頁268。
14. 井出季和太，《台湾治績志》上，頁117-118。周憲文，《台灣經濟史》，頁848-849。

（3）港灣

基隆港雖然具天然良港之素質，但因水淺，千噸的小船只能停泊港外1浬處而無法進港。總督府自1899年開始先後展開了三期的整建工程，第三期完工後的基隆港可以停靠1萬噸巨輪，一年有45萬噸的貨物吞吐量。[15]

高雄港的築港工程由1908-1934年。高雄港設計之初本爲45萬噸的貨物吞吐量而已，其間因爲市場需求量的增加和鐵路的完工，使得米、糖、木材等貨物的進出量急速增加，港口規模乃一再擴大。1918年度進出高雄港的船隻已有400艘，總噸數達70萬噸。[16]

基隆港
資料來源：國家圖書館

日月潭取水塔
資料來源：國家圖書館

4.專賣事業

台灣財政的自立，與專賣事業的龐大收入有很大關係。專賣的項目，自1897年的鴉片開始（明治30年1月「律令2號—台灣鴉片令」），逐年增加。到了1944年計有十種，涵蓋範圍極廣。1945年的台灣總督府的特別會計收入，專賣收入就占了49%。[17]

5.綠色革命

台灣對日本而言，是熱帶經濟作物和糧食的生產地。1900年前後，總督府積極在台灣進行綠色革命，制定了與農業相關的各項法規、設立農業研究機構、創立新的農業組織（農會、水利組合）、興修水利工程等，致力於農業改革，發展農業，建立以農業爲主的殖民資本主義經濟。[18]

Authorship

15. 井出季和太，《台湾治績志》上，頁113-114。
16. 井出季和太，《台湾治績志》上，頁115-116。
17. 矢内原忠雄，《日本帝國主義下之台灣》，頁68。外務省條約局法規課編，《日本統治五十年の台湾》，頁396-397。
18. 張勝彥等編，《台灣開發史》，頁228。

（二） 1930年代以後的工業化建設

除台灣的製糖業之外，1930年以前日本對各殖民地的工業投資都很少，而且都以運輸部門爲主要的基幹建設。但也由於台灣的製糖業起步甚早，反而未多樣化地發展其他業種，以致於重化工業的進展皆比不上滿洲和朝鮮。根據1923年的《台灣商工統計》，製糖業就占了製造業部門的44%，其他諸如酒精、肥料等製造業也與農業有關，也就是說台灣的製造業其實是以農業的相關產業爲主流。[19]

1934年日月潭發電所的完成，可說是台灣工業化的里程碑。從此，水泥、金屬、肥料、窯業得到廉價的電費優惠。1937年機械、造船、石化業等新工廠紛紛設立，次年纖維業及大規模水泥業也引進台灣。台灣的工業化雖是在日本軍國主義「南進基地」政策下所發展的工業化，但是除了軍需工業和相關產業以外，台灣也開始有了輕工業。

1931年工業化之初，台灣的工業生產總值已達2億490萬圓，稍遜於農業的2億990萬圓。但是，1939年時，工業爲5億7,070萬圓，超過農業的5億5,180萬圓。但就工業產值的個別項目來看，農產加工業始終居於各類工業生產之首。[20]

殖民地統治的重大原則是絕不在殖民地發展重工業，日本帝國當然也不例外。所以，台灣主要的工業以農產品加工業爲主，其中糖業又占大半。可是中日戰爭爆發後，情勢丕變。因爲原料供給的地理性因素，以及避免工廠過度集中，台灣總督府先在高雄、汐止設製鐵工廠，後來又設了金屬、機械、化學等工業，並擴充紡織、窯業、木材、印刷等工業設施。1942年，這些工業的生產量和農產品加工業不分軒輊。其中，日本鋁業株式會社的工廠，是昭和電工的橫濱工廠之外，第二大規模的製鋁工廠。[21]

二、經貿制度的發展

日本領台之初，台灣的主要貿易對象是中國、香港、美國，與日本關係薄弱。1897年台灣總貿易額爲3,000萬圓，其中約80%爲對日本以外國家的貿易。這當然與日台之間的交通設施、關稅、貨幣、匯兌等制度的不完備有關。

Authorship

19. 金子文夫，〈植民地投資と工業化〉，《近代日本と植民地３》（東京：岩波書店，1993），頁34-35。笹本武治、川野重任編，《台湾経済総合研究（下）》（アジア経済研究所，1968）。以及，久保文克，《植民地企業経営史論》（日本経済評論社，1997）。
20. 張勝彥等編，《台灣開發史》，頁228-238。
21. 黃昭堂，《台灣總督府》（東京：教育社，1981年），頁200。

但這些缺陷隨著製糖業等新興產業的導入而逐年改善，貿易重心也由進口轉為出口，1906年台灣的總貿易額為5,640萬圓，其中出口額為3,390萬圓約占了60%。台灣財政得以在1905年自立，與貿易上的成長也有相當大的關係。[22]

台灣自開港以來，歐美資本的勢力凌駕了華商資本，掌握了貿易與金融的大權。外商資本多以廈門為據點，台灣的貿易對象主要是中國與香港。日本領台之後所致力的改革是，驅逐外國資本，扶植日本資本，將貿易的流向轉向日本國內。這些政策的安排大致在1907年完成。[23]

（一）關稅政策

台灣的貿易之所以能轉向日本，雖然與投資、金融、海運、總督府的政策、日本人的往來有關，但影響最大的，還是關稅制度。[24]

總督府將日本的關稅法與國定稅率推行於台灣。除了甲午戰爭勝利所帶來的自信，日本也透過種種外交途徑，努力爭取關稅自主權，1899年將輸入稅增為三倍（尚有一百多種商品受到「協定關稅」的限制），1911年日本與締約各國的通商航海條約期滿後，終於完全擺脫不平等的關稅協定。

如此一來，日本和台灣的商品，在相互的市場上受到進口關稅的保護，中國或其他國家的產品進口到台灣時，因為要承受更高的稅率而必須提高售價，削弱了商品的競爭力。1899年關稅的提高，對和日本有稅率協定的歐美各國影響尚小，不過，對非日本最惠國的中國打擊甚大。過去經香港進口到台灣的日本商品，在1899年關稅提高後都直接由日本進口到台灣。[25] 1911年廢止協定關稅後，再度調高輸入稅，日本和台灣的商品得以建立更高的關稅壁壘，相互地保護彼此的市場。[26]

（二）稅關的調整

稅關的設置上也作了相關安排，1899年制定台灣關稅規則，並重新指定特別開港。1901年將淡水、基隆、安平、高雄四處稅關裁減為淡水和安平兩處，統一全島稅關事務，稅關本關

Authorship

22. 楠井隆三，《戰時台灣經濟論》（台北：南方人文研究所，1944），頁32-33。
23. 矢內原忠雄，《日本帝國主義下之台灣》（台北：帕米爾書店，1985），頁32-36。
24. 矢內原忠雄，《日本帝國主義下之台灣》，頁114。
25. 矢內原忠雄，《日本帝國主義下之台灣》，頁115。
26. 矢內原忠雄，《日本帝國主義下之台灣》，頁114。李文環，《高雄海關史》（高雄：財政部高雄關稅局，1999），頁152－158。林滿紅，〈光復前台灣對外貿易之演變〉，《台灣文獻》第36卷第3期（南投：1985），頁58。

設在淡水，隨著淡水貿易額漸減及基隆港的完工，1921年起稅關本關遷移到基隆，後來因爲高雄港的貿易額日增，1934年起也在高雄設關，[27]於是有南北二稅關。1897以後，台灣的稅關直屬於總督府由總督管轄。[28]

（三）貿易港

1. 開港（條約港）

1858、1860年的天津條約、北京條約的簽訂，迫使台灣開放：淡水、雞籠、安平、打狗四港對外貿易。[29]日治時期，基隆、高雄成了國際貿易的專用港、日本商品的轉口港、砂糖的集貨港（高雄），取代了淡水、安平的地位。

2. 特別開港

1896年2月起，總督府規定外人與船隻不得進入安平、淡水、基隆、高雄等四個通商口岸之外的其他港口。唯有中國的戎克船根據「支那形船舶取締規則」得往來於通商口岸之外的特別港。[30]根據1898年的「特別開港場制度」，只留下8個對中國的貿易舊河港：蘇澳、舊港、鹿港、後壠（後龍)、梧棲、東石港（東石）、東港、媽宮（馬公），同一年廢蘇澳增設下湖口，1939年增設花蓮港。特別開港是戎克船的停泊港和貿易港，並設置稅關出張所（後改名「稅關支署」）加以管理，[31] 1907年隨著戎克船貿易的衰退，特別開港逐步被裁廢，至1943年實行「港務局制度」，正式廢止「特別開港場制度」，[32]花蓮港是日治後期興建的新港口，在廢除特別開港後，改爲「基隆港務花蓮支局」。日治後期的重要貿易港除南北兩大港之外，依序爲安平、花蓮、淡水。[33]

3.不開港

原本在清領時期與中國有貿易往來的次要港口，總督府以其設關課稅不符經濟效益爲由，予以關閉，稱之爲「不開港」。有些「不開港」是作爲台灣物資移出日本內地的專屬港口，例如：布袋、北門是鹽的移出港，花蓮、大板埒是木材、鯨魚的移出港。[34]

Authorship

27. 根據1934年「昭和9年6月「勅令第183號」」。外務省條約局法規課編，《日本統治五十年の台湾》「外地法制誌」第5卷，頁458-459。
28. 台灣總督府淡水稅關編，《台灣稅關十年史》（台北：台灣總督府淡水稅關，1907），頁57-59。
29. 戴寶村，《近代台灣海運發展——戎克船到長榮巨舶》（台北：玉山社，2000）一書對清代台灣的貿易史有相關詳實的描述。
30. 戎克船（Junk），清代以來往來於中國和台灣之間的華商或台商所擁有的小型木造商船。
31. 外務省條約局法規課編，《日本統治五十年の台湾》「外地法制誌」第5卷，頁459。
32. 昭和18年「府令258號」。
33. 外務省條約局法規課編，《日本統治五十年の台湾》「外地法制誌」第5卷，頁461。
34. 井出季和太，〈領台以來の台湾貿易大観〉，《台灣時報》第68，大正14年5月，頁120-121。轉引自：許世融，《兩岸關稅政策與貿易發展（1895-1945）》（台北：台灣師範大學歷史學系，2005），頁55。

（四）海運政策

日本於明治時期，大肆發展海運業，在第一次世界大戰後達到驚人的成長，1938年時僅次於英國、美國，成了第三大海運國。日本政府對於商社、金融機關、海外航路等海運相關產業的補助與扶持，不但是一種貿易戰略，其實也是社會性基礎建設的整備。

台灣海運附屬於日本海運之下，有強烈的政策導向性格。日治初期台灣總督府的航運政策，主要依據兩大目標：1.增加日台之間的聯繫，排除外國資本。2.以台灣為進出華南的基地。因此，除了強化海運業的力量外，也要與英國等外國勢力競爭。[35] 這個海運策略：包括了台日航路的建立、台灣沿岸航路的構築、進而爭取台中航線以及華南沿海航線的優勢。其執行的方式是採行「命令航路」的制度，以日本為中心，台灣為基地，逐步向外擴張，推動了台灣與華南、華北、南洋的海上交通。

日本領台後，總督府開設的命令航路，主要由日本郵船和大阪商船負責。其中大阪商船除了日本一台灣航路之外，還擔當了台灣的沿岸航路、中國航路、東南亞的航路。1925年後，台灣的砂糖、米開始大量地移出到日本，海運業一片榮景。

第一次世界大戰的爆發，使歐洲強權無暇東顧，日本海運業得此時機之便，進入了高度成長期。也趁機以台灣為跳板，向南洋擴張。世界經濟大恐慌，也讓日本海運業陷入了不景氣，連動地也影響到台灣海運界，由台灣出發的南洋航路萎縮。

1930年代，正值台灣工業化的成長期，南洋成了台灣工業產品首要出口地區，也是重要的工業原料來源地，因此南洋航路的地位更形重要。大阪商船採取更新船舶以提升競爭力的策略，成功地又帶動海運界的景氣，也展開了另一波南進熱潮。另一方面，滿洲國建立後，台灣—滿洲—日本，串連成日本區域經濟的重要運輸線。

1937年中日戰爭爆發，日本推行戰時統制經濟，台灣海運也進入了統制期。殖民政府透過船隻分配、運輸效率提升等手段，在區域經濟體之間進行運輸活動。台灣的命令航路有了極大改變，被新的國策會社吸收，大阪商船不再支配這個經濟區域的海運交通。1943年後，盟軍攻勢的加強，大量的日本船隻被擊沈，台灣海運系統也成為美軍攻擊的焦點，在潛艇封鎖和空襲的雙重威脅之下，台灣對外航線在戰爭結束前夕已完全斷絕，本島航線最後也陷入癱瘓。

Authorship

35. 片山邦雄，《近代日本海運とアジア》，頁219-221。

第二節 台灣對外貿易關係的重整

1896年台灣對中國貿易占對外貿易的64%，但是到了1901年日本已超越中國，成了台灣最大的貿易對象，而且比重逐年增加。[36]政治上的改朝換代，使台灣與日本建立起新的「國內貿易」關係，而原本與中國之間的「國內貿易」則變成了「國際貿易」。[37]

台灣對外的貿易關係在日治時期有了結構性的重整，其內容主要表現在三方面：一. 航路的重整、二. 貿易關稅、三. 航路與貿易商品。

一、航路的重整

（一）營運方式

1. 自由航路

所謂「自由航路」是指民間業者自行開闢的航路，即社外船的營運航路。自由航線包含台灣人私人擁有的戎克船及小型汽船的沿岸航運，以及日資商船會社於命令航路開始實施前的航運。此外還有，命令航路開始後，不包括在命令航路之內的商船會社的航路。[38]台灣物產的運送雖然以命令航路的社船為主，但是還是有以運送香蕉為主，米糖為輔的自營定期航路，此外，砂糖、米、鹽等的裝載，常常是臨時船。例如：三井、山下的汽船。

2. 命令航路

所謂「命令航路」是指有助成金補助的定期航路，其船隻噸位、速度、停靠港、航路、出海次數、運費等都受到規定。日本政府在1896年發布造船獎勵法及航海獎勵法，航海獎勵法分為一般補助和命令航路補助。台灣總督府也採用了命令航路的政策，航路可分為四大類：台日航路、沿岸航路、台中航路（含朝鮮、滿洲）、東南亞航路。

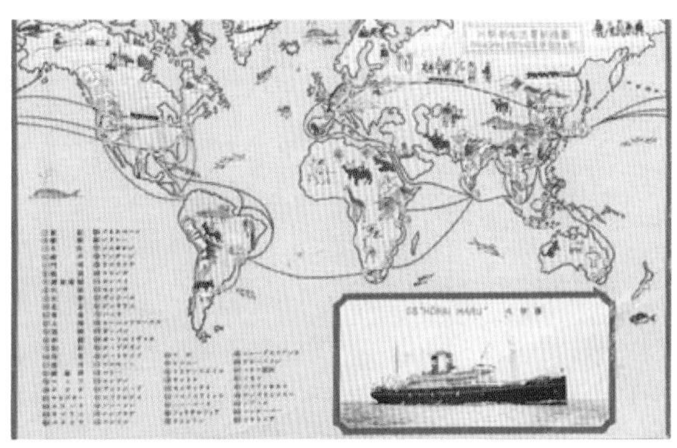

大阪商船主要航路圖
資料來源：國家圖書館

Authorship

36.《台灣省通志》卷四經濟志商業篇。
37. 部分學者將日治時期台灣的貿易關係，沿用日文的稱法分為：「內國貿易」、「外國貿易」。本書採台灣主體之立場，分別稱之為：「對日貿易」、「國際貿易」（即對日以外國家之貿易）。
38. 戴寶村，《近代台灣海運發展——戎克船到長榮巨舶》（台北：玉山社，2000），頁237。

台灣總督府爲了與英國爭奪華南地區的航路，在1899年起開設了數條連接台灣華南近海的命令航路，形成了完全包圍道格拉斯的航運網[39]，參見表6-1「台灣總督府命令航路表」。

大阪商船雖然在台灣—華南航路上成功地排除英商道格拉斯輪船的勢力。但是在中國的華南沿岸航路上，由於英商在華南已有穩固的勢力，加上1902年日英同盟的成立，在日本政府的授意之下，台灣總督府停止了與英商之間的競爭。[40] 1915年香港—福州線廢航後，華南地區沿岸的重要性大爲降低，台灣對中國的命令航線轉而以華北線、東北線爲主。[41]

Authorship

39. 道格拉斯為英國的商船公司，19世紀以來即掌握了英國在遠東地區的海運貿易。日治初期仍獨占台灣的海運市場。
40. 片山邦雄，《近代日本海運とアジア》，頁239。
41. 小風秀雅，《帝國主義下の日本海運--国際競争と対外自立》，頁267。戴寶村，《近代台灣海運發展——戎克船到長榮巨舶》，頁165。

表6-1　台灣總督府命令航路表

台灣日本船線	基隆——（經沖繩、鹿兒島）——神戶（1896）　[大阪商船] 基隆——（經長崎、門司、宇品）——神戶（1897）[日本郵船] 沖繩——基隆——神戶（1897）┐ ├橫濱——打狗（1902）（1914併入基隆神戶） 宇品——基隆——神戶（1897）┘ 高雄——橫濱（1925）
台灣中國航線	淡水——香港（1899）　基隆——香港（1915） 安平——香港（1900）　打狗——香港（1905）　打狗——廣東（1911） 福州——三都（1900）　（1904）× 福州——興化（1901）　（1904）× 香港——福州（1900）　（1904）× 廈門——內灣（1902）　（1904）× 香港——上海（1905）　┌打狗——上海（1911）　打狗——天津（1912） └福州——香港（1911）　（1915）× 淡水——福州(1905)　（1908）× 高雄——大連——天津[華北線]（1914） 高雄——滿洲——朝鮮（1927）　高雄——仁川（1935）
台灣南洋航線	基隆——爪哇（1916）　南洋甲線（1919） 南洋乙線（1919） 基隆——海防（1921）　南洋丙線（1922）
台灣沿岸航線	基隆——東迴線——基隆（1897）┐　┌東部沿岸——打狗（1914） ├（1913）×　基隆┤ 基隆——西迴線——基隆（1897）┘　└西部沿岸——打狗（1914） 基隆——（經澎湖、安平）——打狗（1897）　（1900）× 基隆——（經淡水、大安）——塗葛窟（1897）　（1899）× 淡水——塗葛窟（1900）　（1902）×

（開始年）——（廢止年）×
資料來源：歷年總督府統計書。曾汪洋，《台灣交通史》，頁20-39。小風秀雅，《帝國主義下の日本海運》，頁260。劉素芬，〈日治初期台灣的海運政策與對外貿易（1895-1914）〉，頁647。戴寶村，《近代台灣海運發展——戎克船到長榮巨舶》，頁131。

太平洋戰爭期間，日本實行戰時統制經濟，台灣航路被新的國策會社所支配，結束了大阪商船獨大的時代。請參考，表6-2：「1942年的命令航路」。1938年台灣拓殖株式會社成立船舶課，租用山下汽船會社的船隻，運送印尼的鐵礦、錳礦，同時管理總督府移交的「金令丸」（原赤崁號）。藉由台拓對海運事業的經營，將華南與南洋地區的資源運回台灣與日本內地加工生產，以維持戰時經濟的運作。台拓先後投資了：台灣海運株式會社（1937年）、南日本汽船株式會社（1940年）、開南航運株式會社（1941年）。1941年，台灣海運會社唯一的商船「拓南丸」被海軍徵調。1943年，海軍爲了單一化海運經營，要求台拓讓出開南航運會社的股份給軍方主導的東亞海運。太平洋戰爭前夕，因爲基隆港、高雄港優先支援南方作戰船隻的出擊準備的政策，南日本汽船的定期航線的港口作業受到影響，所屬船隻也陸續被徵用，船隻嚴重不足。此時，台灣的煤、原木的運送量極大，南日本汽船採取彈性航行的方式，利用主要港口的區間船班的運送策略，本島航路的營收，並未因船隻不足而減少，反而有增加之勢。[42]

表6-2 1942年的命令航路

營運會社	航路	補助金額 1,000圓	百分比
大阪商船	基隆—神戶線 高雄—神戶線 高雄—東京線 曼谷航路 (台灣停靠港)	200 25 20 20	14.4 1.8 1.4 1.4
日本郵船	基隆—神戶線 高雄—神戶線 高雄—東京線	200 25 10	14.4 1.8 0.7
南日本汽船	基隆—花蓮港線 蘇澳—花蓮港線 沿岸東線 沿岸西線 高雄—馬公線 新港—紅頭嶼線 基隆—海南島線	25 50 50 30 184.35 20 120	1.8 3.6 3.6 2.2 13.2 1.4 8.6
東亞海運	高雄—天津線 高雄—上海線 基隆—廈門線 基隆—汕頭線 基隆—廣東線 台灣—海南島線	18 95 40 40 80 120	1.3 6.8 2.9 2.9 5.7 8.6
大連汽船	高雄—大連線	20	1.4
	總　　計	1392.35	100

資料來源：
台灣總督府，《台湾統治概要》（1945），頁182。轉引自：片山邦雄，《近代日本海運とアジア》，頁239。

Authorship

42. 蕭明禮，《戰爭與海運——戰時南進政策下台灣拓殖株式會社的海運事業》（南投：暨南國際大學歷史研究所，2004）。

（二）貿易航路的開設

1. 台日航路

日本人來台數每年大致都超過萬人，台灣人到日本則至1917年才達到千人。後來因貿易激增、乘客多，為加速了兩地間的聯絡，總督府乃逐年補助船隻的更新，老齡船扶桑丸由日本國產的新船高千穗丸替代，是此一航路的新紀元。1934年的運送貨量約60萬噸，乘客約12萬，收入約600萬圓。[43]

2. 沿岸航路

1895年6月開設陸軍御用船的定期航線，是以基隆為起點的沿岸航路。1897年4月總督府發布沿岸航路的命令航路，同時廢止了御用船航路及郵件航路。沿岸航路由大阪商船承接營運，並開始定期航路。開設：基隆——打狗間的西迴線、東迴線、以及基隆——大安線。1919年安平港因為港勢惡化，不再是西迴線的停靠港。[44]

台灣的港灣狹小，大型輪船無法靠岸。加上鐵路、道路的整備，整體看來台灣沿岸航路的重要性並不大。沿岸航運中自由航路的主要航路：包括基隆淡水線、塗葛窟線、東部沿岸諸線、高雄馬公線、高雄海口大板埒線、以及淡水河的河川航運。[45]

3.台中航路

中國在1863年的丹麥條約，失去了沿岸貿易權。日本在1873年的「日清友好條約」，取得出入中國港口的權利。之後，三井就以社外船的方式在華北頻繁地不定期活動，1884年三菱也曾開設香港航路。[46]但是，日本在取得台灣後，才真正加入了這場對中國市場的商權爭奪戰。

（1）台灣——華南航路

a. 道格拉斯公司的退出

日本領台時，台灣——華南間的航路還是由道格拉斯公司獨占。1899年大阪商船會社在開設淡水——香港航線後，以總督府的補助為後盾，開始與道格拉斯公司展開運費的削價競爭。[47]

Authorship

43. 台灣總督府交通局遞信部，《台湾の海運》（台北：台灣總督府交通局遞信部，1936），頁14-15。
44. 井出季和太，《台湾治績志》上（東京：青史社，1988），頁103-104。
45. 戴寶村，《近代台灣海運發展——戎克船到長榮巨舶》，頁242-249。
46. 片山邦雄，《近代日本海運とアジア》，頁111。
47. 二商社之詳細的運費競爭內容，請參見：劉素芬，〈日治初期台灣的海運政策與對外貿易（1895-1914）〉，頁652。

1901年起又開設了數條連接台灣華南近海的命令航線，形成了完全包圍道格拉斯的航運網，1904年此4條航線於任務達成後廢止。[48] 參見表6-1「台灣總督府命令航路表」。

道格拉斯公司在1903年結束了淡水代理店，1904年完成退出台灣與華南間的航線，將經營主力放在香港—福州線上。[49] 台灣因此成了日本對華南、美國、南洋的主要轉口港之一。此外，隨著台灣產業的發展，台灣往返於華南的航路起點也有變更。[50]

b.戎克貿易

領台之初日本的渡洋輪船數量尚少，因此與中國之間的貿易由戎克船所獨占。後來因爲補助航路的發達，及政府的海運保護獎勵和造船獎勵，汽船漸漸取代戎克貿易。不過，因爲安平、淡水等港口的對中國貿易已有相當的歷史，而且這些港口的設施不充足也不方便輪船的進出，[51] 所以戎克貿易依然存在。

（2）華南沿岸航線

日本雖然成功地將道格拉斯公司排除在台灣—華南的航路之外，但是因爲道格拉斯公司在中國的華南沿岸的基礎穩固很難撼動，所以總督府決定退出，當然這也與當時的日英同盟有關。大正時期放棄了打倒道格拉斯公司的政策，乃在1915年3月廢止了福州—香港線，也就是說台灣終究未能取代香港成爲遠東的轉運站。不過，透過米糖的出口，台灣的經濟與日本內地緊密地結合，也減弱了台灣與中國的貿易關係。[52]

（3）華北、滿洲國

華北航線從1911年開始由打狗到上海，翌年延長到大連及天津。[53] 滿洲國成立後，與台灣的產業貿易關係日益重要。除了變更了高雄天津線及朝鮮滿洲線等。由大連汽船會社於1932年經營的高雄大連線也以命令航路的型態，連絡南滿。北滿方面，則新設高雄清津線。[54]

4.東南亞航路

1916年大阪商船開設基隆——爪哇命令航路。1890年日本開始馬尼拉航路，停靠台灣、華南等地；1893年開始孟買航路，停靠新加坡、香港等地。不過，都是不定期的航路。[55]

Authorship

48. 淺香貞次郎，《台灣海運史》，頁267-269。
49. 淺香貞次郎，《台灣海運史》，頁283-290。
50. 台灣總督府交通部遞信部，《台湾の海運》，頁10。
51. 台灣總督府交通局遞信部，《台湾の海運》
52. 片山邦雄，《近代日本海運とアジア》，頁231。
53. 台灣總督府交通部遞信部，《台湾の海運》，頁10。
54. 台灣總督府交通部遞信部，《台湾の海運》，頁16。
55. 片山邦雄，《近代日本海運とアジア》，頁311。

甲午戰後，日本船主積極參與東南亞航線，不過一直要到第一次世界大戰時，歐洲船主撤出亞洲，日本海運才得到空前的好機會。大阪商船在台灣總督府的支持下，開設爪哇航路。[56] 爪哇航路，點燃了日本政府的南進野心，大阪商船在台灣總督府的授意之下，展開一連串的調查工作。

開設南洋航路的目的，是爲了出口台灣的包種茶、米、雜貨、及來自日本和華南的貨物到菲律賓、印尼（荷領東印度）。再將當地的砂糖、貝殼、藤、雜貨等進口到香港、台灣及日本內地。[57] 1919年增設航路，分南洋甲線和乙線，甲線聯絡印尼、菲律賓。乙線航行印度（法領印度支那）、暹羅、新加坡、台灣之間。[58]

不過，一次世界大戰後的世界不景氣也使得日本海運界大受打擊，1926年廢南洋乙線。不景氣只有兩三年，南洋航路雖受打擊，但日台航線很快就復甦了。[59]

二、貿易關稅

除了航路的改變之外，關稅制度也是將台灣的貿易導向日本的重要關鍵。

（一）「台灣輸出稅及出港稅」

1897年，日本根據「日英通商航海條約」的內容，進行第一次「關稅定率法」（明治30年3月「法律第14號」）。[60] 1899年日本內地公布實施國定稅率，台灣也同時施行（明治31年9月「勅令第213號」）。[61] 不過在台灣以「政府進口的藥用鴉片」的名義將鴉片從進口違禁品的名單上剔除，而由總督府獨攬了鴉片專賣的豐厚利潤。[62]

1899年，日本內地在新關稅法實施之後廢止了輸出稅，但是爲了充實台灣的財源，同一年，台灣總督府評議會卻決議通過「台灣輸出稅及出港稅規則」（明治32年「律令第19號」）。除了運貨至日本還需繳納出港稅，對

Authorship

56. 片山邦雄，《近代日本海運とアジア》，頁317。
57. 淺香貞次郎，《台灣海運史》，頁352-353。
58. 淺香貞次郎，《台灣海運史》，頁354-356。
59. 戴寶村，《近代台灣海運發展——戎克船到長榮巨舶》，頁174-180。
60. 日本與英國簽署了「日英通商航海條約」，英國於1899年7月起放棄領事裁判權，而日本也可以調高關稅。
61. 台灣總督府稅關編，《台灣稅關要覽》（台北：台灣總督府稅關，1912），頁2。以及，外務省條約局法規課編，《日本統治五十年の台湾》「外地法制誌」第5卷，頁376-377。
62. 平井廣一，《日本植民地財史研究》（京都：ミネルヴァ書房，1997年），頁43。

於台灣的特有產品（茶、糖等）的出口也課徵輸出稅，[63] 出港稅和輸出稅的稅率大致相同，唯有茶的出港稅比輸出稅率稍低。[64] 此舉引起當時與台灣貿易的外商們的強烈批評。

課徵輸出稅的商品有33種；移出到日本內地，需課徵出港稅的則有14種。[65] 這些應課徵輸出稅或出港稅的物品，只限本島所產，從外國輸入的中繼貨物並不包括在內。[66]

其中出口量極大的茶（每百斤55錢至1圓60錢）、糖（每百斤15至21錢），龍眼（每百斤39至54錢），稅率過高，從事茶、糖交易的外商抱怨連連，當時香港的外文報紙不時地刊載這些激烈的批判言論。[67] 值得注意的是，米、糖兩大出口品，都只有輸出稅而無出港稅，於是米糖的出口地區因而轉向日本。

「台灣輸出稅及出港稅規則」在施行後歷經了數度的修正，後來由於台灣總督府的財政日漸充實，台灣的產業日益發展，因爲砂糖生產過剩爲了拓展對中國的銷路，以及獎勵茶葉出口，終於根據明治43年11月的「律令第9號」，在1910年11月廢止了此法律。[68] 輸出稅（1895～1910）、出港稅（1899～1910）廢止後，台灣與日本內地的關稅制度才眞正地一致。

（二）「台灣特別輸入稅」

1906年，日本政府第二次全面地修改關稅稅率（明治39年3月「法律第19號」），但是，由於台灣與日本內地的風俗習慣不同，因此進口物品也多所不同，兩地進口品的品質和價格也有差異，加上日本與台灣各自的產業經濟情形，台灣無法直接套用這個新稅法。日本帝國議會依據明治40年3月的「法律第30號」，於1907年通過「台灣特別輸入稅之相關法律」，並公布10類進口物品的從量稅目。[69]

1894年甲午戰爭前夕，日本與英國締結了「日英通商航海條約」，成功地廢止了治外法權。由於國力的增強和海運業的發達，1911年與歐美各國間的通商航海條約屆滿後，終於廢止了過去由列強片面主導的協定稅率，得到關

Authorship

63. 外務省條約局法規課編，《律令總覽》「外地法制誌」第4卷（東京：文生書院，1990），頁342-344。
64. 台灣總督府淡水稅關編，《台灣稅關十年史》（台北：台灣總督府淡水稅關，1907），頁618-623。
65. 外務省條約局法規課編，《律令總覽》「外地法制誌」第4卷，頁343。
66. 井出季和太，《台湾治績志》上（東京：青史社，1988），頁377。
67. 外務省條約局法規課編，《律令總覽》「外地法制誌」第4卷，頁350-351。
68. 台灣總督府淡水稅關編，《台灣稅關十年史》，頁239-242。
69. 外務省條約局法規課編，《日本統治五十年の台湾》「外地法制誌」第5卷，頁380。

稅自主權。日本政府乃著手重新修正關稅稅則，並於前一年的1910年公布並施行法律第54號。因爲該法已針對台灣的特殊情形制定了相關規定，因此廢止了1907年制定的「台灣特別輸入稅之相關法律」。

（三）噸稅

日本與各條約國的通商條約1896年起也適用於台灣。依條約規定，對於外國通商船皆徵收出入港的手續費。在台灣除了西洋式、日本式的船舶之外，還有中國式的船（即戎克船）的出入。當時各開港的入港手續費爲15圓，出港手續費爲7圓，對小容積的戎克船而言負擔過重。於是在1897年公布實行「出入開港的中國形船舶之出入港手續費」（明治30年1月「府令第3號」），其入港費2圓，出港費1圓。[70]

1899年日本實行改正條約，公布了「噸稅法」（明治32年「法律第88號」），同一年7月台灣也公布了「台灣噸稅規則」（明治32年「律令第22號」）。廢止之前的出入港手續費，另外規定進入開港時，西洋式船舶每噸課5錢的噸稅，日本式或中國式的船的噸稅則每千石課5圓，不滿千石課3圓。[71] 1916年又追加了修正：若船舶只是停靠補充煤、水、食物，或者爲了裝卸貨物在基隆、高雄入港，這些情況不必課噸稅(大正5年「律令第3號」)。[72] 因爲基隆、高雄的築港工程即將告一段落，所以這些新規定是爲了招攬外國船入港的策略。大東亞戰爭時期因爲與外國的貿易量銳減，1945年的預算額僅僅9000圓而已。[73]

高雄港碼頭香蕉裝載運送
資料來源：國家圖書館

日本領台之初雖立即將台灣併入其關稅圈中，但直到1911年7月第三次「關稅定率法」爲止，台灣仍有「台灣關稅規則」、「台灣輸出稅及出港稅規則」、「台灣特別稅法」等法。

Authorship

70. 外務省條約局法規課編，《日本統治五十年の台湾》「外地法制誌」第5卷，頁379-380。
71. 外務省條約局法規課編，《律令總覽》「外地法制誌」第4卷，頁350-351。
72. 台灣總督府淡水稅關編，《台灣稅關十年史》，頁239-242。
73. 外務省條約局法規課編，《日本統治五十年の台湾》「外地法制誌」第5卷，頁380。

這些稅法廢止後，台灣與日本的關稅政策才眞正一致。日本利用在台灣的統治經驗，於戰爭時期將海外的殖民地整編入同一關稅圈，並將之聯結成以日圓爲媒介的貿易集團，形成所謂的「圓域貿易圈」。

三、航路與貿易商品

日治時期台灣成爲日本的米糖供應地，而日本紡織品及其他工業產品則逐漸取代中國產品供應台灣所需，台灣人的生活方式多少也因此而改變。[74]清領時期，台灣由中國輸入大量的生活用品，可是在進口稅率提高後，由日本移入的商品反而便宜，台灣人生活也逐漸日本化。而且，1907年總督府對台灣人日常生活所必需的14種中國產品，規定了較低的輸入稅率。1911年的國定稅率上，又給予這些物品無稅或輕稅的優待。[75]

（一）農產品的輸日

台灣運往日本的貨物主要是農產品，因此島內農產品的豐饒與否，就直接影響到對日貿易的配船。加上，農產品的收穫有季節性，所以運送也集中在特定的時期，因此其運送方式，常常依賴自由航路。

米糖的外銷：砂糖的出貨期約在12月-翌年5月。第一期米，8、9月-10月。第二期米，12月至翌年2、3月。1934年由高雄及基隆出口的貨物總噸數爲420萬噸，其中約有1／3是移出到日本的米糖。每年的出貨期，糖業聯合會和米移出業者都會與船會社事先訂定運賃協定，協定運送數量比例及調整貨物與船的積載量。米糖出貨期，是台灣海運界最繁忙的時期，特別是定期自由航路。

香蕉的種植，受總督府的保護獎勵，年產約3百萬籠以銷日爲大宗，其他的輸出朝鮮、滿洲、中國，以及台灣島內消費。[76]香蕉的運送，因爲生鮮的特性需要速達，因此要有對大量消費地的直通航路，1925年開設的高雄—橫濱線，即是爲此目的。之後的2、3年，則有自營的定期航路，這些航路除了運送生鮮水果之外，也是米糖出口期的運送主力。[77]

Authorship

74. 林滿紅，〈光復前台灣對外貿易之演變〉，《台灣文獻》第36卷第3期（南投：1985），頁58。
75. 矢內原忠雄，《日本帝國主義下的台灣》，頁116。
76. 片山邦雄，《近代日本海運とアジア》，頁229。
77. 台灣總督府交通部遞信部，《台湾の海運》，頁22-26。

（二）國際貿易商品

1.對中國以外的貿易

1930年代，台灣的國際貿易約占總貿易額的1/8。台灣對各國的主要輸出物品，如下：

（1）煤、鹹魚乾：中國。

（2）香蕉、蜜柑：關東州、滿洲、中國。

（3）包種茶：南洋、中國。

（4）烏龍茶、紅茶：美國、英國。

各國輸入台灣的商品爲：

（1）大豆、油糟：滿洲國、關東州

（2）麻布袋：印度、中國、關東州

（2）麩：中國

（2）礦油：荷屬印度、北美

（5）肥料（硫安）：英獨等歐洲各國。

基隆一帶的煤，約有140萬噸的輸出口量。其輸出北到上海，南到菲律賓、新加坡。

1934年輸出16萬噸，高達138萬圓。煤是船的燃料，以1931年爲例，其中有9成是供給基隆港。基隆的入港船舶，其中有不少爲了補充水與煤而靠港的。煤的運送除了定期船之外，還有三井船舶部的船及社外船，活躍於廣東、香港、廈門、汕頭、福州、上海等地。

米的輸入主要由山下、三井、大阪商船營運。臨時船及大阪商船自1926年參與經營，後來因已無外國米的進口，原本以運米爲目的的自由定期的西貢曼谷線，自1930年9月以後，其往返途中都停靠基隆港，以便宜的運費裝載包種茶。大豆油糟，除了定期船外，有社外船及關東州籍船運送。尿素肥料，則多由自由船輸入。[78]

2.對中貿易

所謂對中貿易，係指中國地區的意思。包括了：清國及1912年以後的中華民國，還有1930年代以後的滿洲國、關東州、以及1937年以後日本在華中、華北建立的政權。

日本透過關稅和命令航路等相關制度的操控，順利地將外商和華商排除於台灣之外，並且改變了台灣對外貿易的流向。不過，日本雖然取代中國成爲台灣主要的貿易對象，但是對中貿易還是占台灣對外貿易相當大的比重。1932年，關東州成了台灣僅次於日本的貿易對象。1937年後，日本將中國占領區編入「圓域貿易圈」，台灣對中國的貿易在1944年達到高峰。[79]

Authorship

78. 台灣總督府交通部遞信部，《台湾の海運》，頁27-30。

79. 許世融，《兩岸關稅政策與貿易發展（1895-1945）》（台北：台灣師範大學歷史學系，2005），頁11。

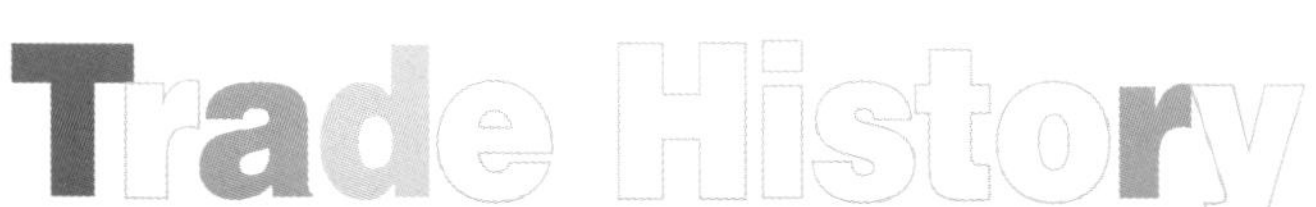

（1）貿易商品

1902年至1937年台灣對中國的貿易中，由台灣運到中國的商品實際也多半是日貨的轉口，如紡織品、海產、火柴等。[80] 台灣轉口到中國的日貨數值尚且多於中國貨品進口到台灣的數值。[81]

由日治時期台灣主要的貿易貨物來看，輸入的中國貨明顯減少，台灣的貿易輸出品的流向也有很大轉變。本來經由中國福建轉口到歐美的茶和樟腦，改爲由日本神戶直接外銷歐美。本來大量輸出到中國的米、糖，因爲必須課徵輸出稅，移出到日本則連出港稅都不必課徵，於是轉向移出到日本。煤炭自清領以來一直是台灣重要的輸出品，日治時期煤炭產量大幅成長，不過台灣自身的需求也增加，1908年4月縱貫鐵路全線貫通後，北炭南送，因此減少了對中國的輸出。1914年第一次世界大戰爆發後，台灣煤炭大量輸往廈門、福州、廣東及香港等地。不僅輸出量高達41,500餘噸，載運也由戎克船改爲輪船。後來的銷路更達馬尼拉、菲律賓、新加坡等地。[82] 1921年以後因爲受到九州、撫順、印度等地煤炭的競爭，台灣煤炭外銷的榮景不再。

至於來自中國的輸入品則以油糟爲最大宗，其中九成爲滿洲輸入的大豆油糟，作爲甘蔗、稻米的肥料，剩下一成爲來自福建、浙江的茶油糟，是魚飼料。木材大部分是福州、漳州所產，供建築及棺木用。唐紙除了因關稅和銀價騰貴而減少，還受到日本內地的「擬洋紙」（連史紙）的競爭，但是中國所出產的紙錢因爲品質佳，依然持續輸入。陶磁器是戎克貿易中的重要產品，1910年以後北部市場被日本內地移入的便宜碗盤所侵蝕，中南部影響不大，且缽、甕等粗大容器仍由中國輸入。大正時期仍以木材、紙錢、煙草、苧麻布等較多。昭和時期除木材、稻穀、包蓆之外，多爲雜品。[83]

Authorship

80. 林滿紅，〈清末台灣與我國大陸之貿易型態比較（1860－1894）〉，《國立台灣師範大學歷史學報》第6期，（台北：1978年5月），頁210；轉引自，林滿紅：〈光復前台灣對外貿易之演變〉，《台灣文獻》第36卷第3期，頁58。
81. 林滿紅，〈光復前台灣對外貿易之演變〉，《台灣文獻》第36卷第3期，頁58。
82. 許世融，《兩岸關稅政策與貿易發展（1895-1945）》，頁19-21。
83. 許世融，《兩岸關稅政策與貿易發展（1895-1945）》，頁23。以及，井出季和太，《台湾治績志》上，頁184。

（2）貿易值

由圖6-1「1896-1945年台灣出口貿易總值」（參見：附錄表6-1「1896-1945年台灣對外輸出值」），和圖6-2「1896-1945年台灣進口貿易總值」（參見：附錄表6-2），可以看出是日治時期台灣對日本、中國、以及其他國家貿易總值的變化情形。

日治時期台灣對中國貿易的重要性，不但被台日貿易所取代，甚至在外國貿易中的比重也逐年下降。1903年以前還占台灣對外貿易一半以上（不含日本），1904-1906年維持在45%左右，1907年降至31%，1910年前後爲25%上下，1914-1926期間曾回升至35%。1927-1937期間，其重要性再度減低，1937年中日戰爭爆發時僅占對外貿易的13%。[84] 但是，1938-1944年間，台灣對中國地區的貿易占了對外國貿易比重的85%，特別是輸出方面最明顯，當時台灣貿易往來的輸出除了日本之外，只剩下滿洲國、關東州、以及日本在中國的占領區了。也就是說，台灣的貿易對象只有「圓域貿易圈」的成員而已，「圓域貿易圈」也隔絕了台灣與其他國家的貿易往來。[85]

圖6-1　1896-1945年台灣出口貿易總值

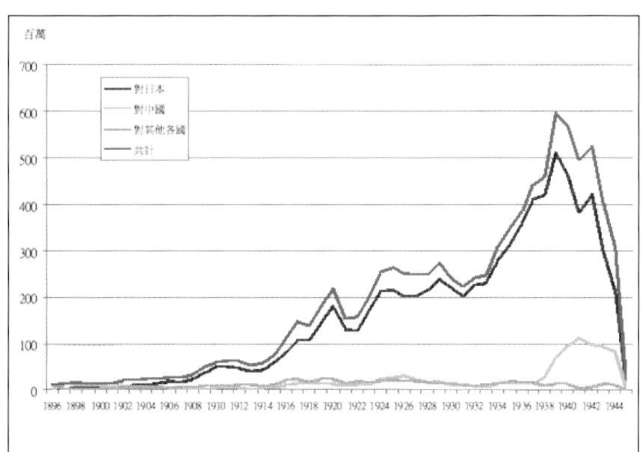

資料來源：根據台灣省行政長官公署統計室編，《台灣省五十一年來統計提要》，第918-919頁「表321歷年輸出入貨物價值」、第962-965頁「表328歷年輸出貨物價值按國別之分配」作成。
備　　註：1945年數值係指一月至八月底止。

圖6-2　1896-1945年台灣進口貿易總值

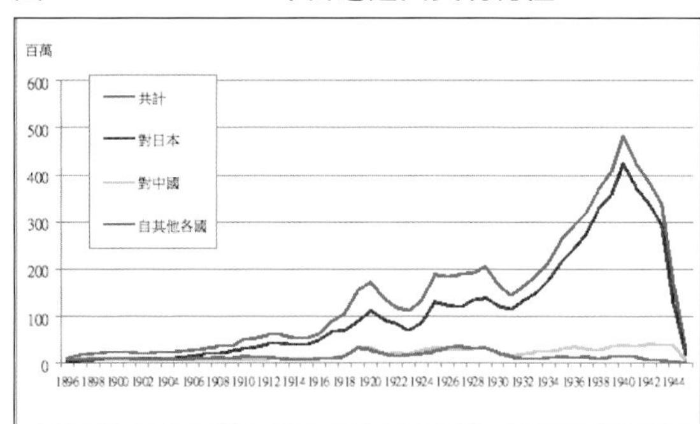

資料來源：根據台灣省行政長官公署統計室編，《台灣省五十一年來統計提要》，第918-919頁「表321歷年輸出入貨物價值」、第966-969頁「表329歷年輸入貨物價值按國別之分配」作成。
備　　註：1945年數值係指一月至八月底止。

Authorship

84. 許世融，《兩岸關稅政策與貿易發展（1895-1945）》，頁24。
85. 許世融，《兩岸關稅政策與貿易發展（1895-1945）》，頁45。

Taiwan Trade History

第三節 台灣與日本貿易關係

日本經貿制度的目的在於追求連動性的多重利益，日本資本為了與外國資本和台灣土著資本競爭，其方法是：1. 在國際貿易上：補助命令航路以爭奪商權，進而改變貿易物流的方向。2. 在台灣：擴建港灣，以排除英國勢力。建設鐵路，以低運費優待打壓本土運輸業。港灣、鐵路的相配合，以高效率和低價格達到獲利。

一、對日貿易的發展

（一）貿易流向的變動：

日本領台後，台灣的對外貿易起了結構性的變化。廈門台茶貿易的沒落正是這一連串變化的結果。

台灣茶葉的外銷，過去一向是由淡水運至廈門，再轉運至其他國家。這種由廈門商人主導的台茶轉口貿易，在修築了基隆港、以及基隆一大稻埕間的鐵路完工後，有了不同的發展。1902年基隆港初期工程完成後，改變了台灣國際貿易的貨物運送流向。具有世界市場的台灣茶葉，其外銷的航運路徑的改變如下，參照表6-3「台灣茶輸出路線變動表」：

1.美國市場：

1909年後，烏龍茶完全由基隆出口到美國，不再由淡水出口。基隆直接出口後，途經太平洋或蘇伊士運河，取代廈門出口或神戶轉口的路線。其中太平洋航路由日本取得優勢；英商雖然掌握了蘇伊士運河航線，而且因費時較長，變數多，1914年第一次世界大戰爆發後，此航路的運輸成本更為增加。

表6-3 台灣茶輸出路線變動表 （單位：磅）

年次	淡水一廈門	基隆一蘇伊士一美國	基隆一太平洋一美國	基隆一神戶一美國
1903	15,760,000	—	3,828,000	972,000
1904	11,968,160	3,809,960	1,669,760	664,960
1905	10,865,256	4,432,951	3,321,391	250,957
1906	8,366,620	—	4,748,280	224,531
1907	2,488,229	7,754,134	6,088,667	753,093
1910	—	8,480,000	8,731,000	—
1911	—	9,817,000	9,703,000	—

資料來源：《英國領事報告》，1903-1911年。轉引自：劉素芬，〈日治初期台灣的海運政策與對外貿易(1895-1914)〉，頁654。

2. 英國市場：

隨著廈門轉口茶的沒落，運往英國的茶也改由淡水經香港轉口，再經蘇伊士運河到倫敦。

3.南洋：

過去由淡水經廈門到南洋的包種茶，也有由基隆直接輸出到爪哇的情形。

台茶外銷歐洲路徑的轉變，正好是港灣與總督府補助的命令航線，相輔相成的成果展現。

（二）產業與航線的配合

日治初期台灣的貿易額尚且不大，隨著基礎建設的完備、產業的開發，特別是米、糖產業的興盛帶來了大幅的貿易成長。1908年開始修築的高雄港，是砂糖的出口港。對台灣南部的產業，特別是製糖業的發展助益更大。

明治時代日本政府將海運的發展視爲國家發展的重點，在大日本帝國整體的海運整備過程中，殖民地的台灣也被視爲其中的一環。17世紀以來，海洋貿易一直是台灣重要的經濟活動，鄭氏政權的商戰集團、清代的兩岸貿易、清末列強的開港，台灣被納入更廣大的國際貿易圈。日治時期台灣的貿易就在這樣的歷史背景上進一步地發展，台灣總督府在台灣島內積極地從事相關的基礎建設：整備港灣、鋪設鐵路、建設道路等；對外，則以海運補助金支援「社船」營運「命令航路」拓展貿易市場。整編台日貿易、台中貿易、本島河港貿易的航路，形成了更有組織、效率的貿易網。

清領時期無論是農產品加工或貿易出口，華商、外商皆有參與。日治時期除茶葉之外，均由日商控制，日資不僅控制商品交易，也介入生產過程。這種現象以新式製糖最爲明顯，種種的優惠與保護政策：「糖業獎勵規則」、「原料採取區域制度」等，使日本資本得以擊敗土著資本與外國資本，獨占了生產設備、原料來源、銷售管道、價格決定權，順利地壟斷了台灣的製糖業。關稅政策的保護、獎勵輸出的制度，強化了台灣砂糖的競爭力。鐵路動線迅速地從各產地集貨到高雄港，「社船」營運的大型的蒸汽輪船，由命令航路販運到日本或世界各地。

如前所述，關稅保護政策不僅使台灣糖在日本市場以優勢的地位和爪哇糖或其他外國糖競爭；而關稅制度更使得台灣的貿易路線由中國轉向日本，也就是說日本取代了中國成了台灣的主要貿易對象。

日治時期，台灣與日本之間的內國貿易遠比國際貿易來得興盛。由圖6-3「1925-1934年間的貿易額」（參見：附錄表6-3），可以看出對日貿易總額大約是國際貿易的5-7倍。此外，圖6-4「1925-1934年貿易進出口貿易額」（參見：附錄表6-4），也可看出此時期台灣的對外貿易一向是出口大於進口的現象。

圖6-3 1925-1934年間的貿易額

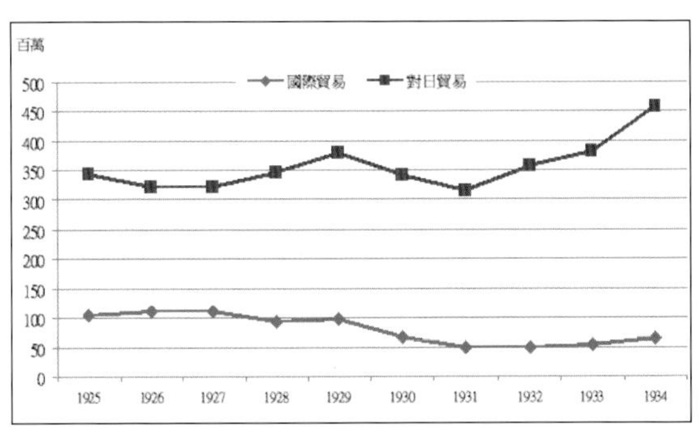

資料來源：台灣總督府交通局遞信部編，《台灣の海運》（臺北：同編者，1935年），頁20。

圖6-4 1925-1934年台灣進出口貿易額

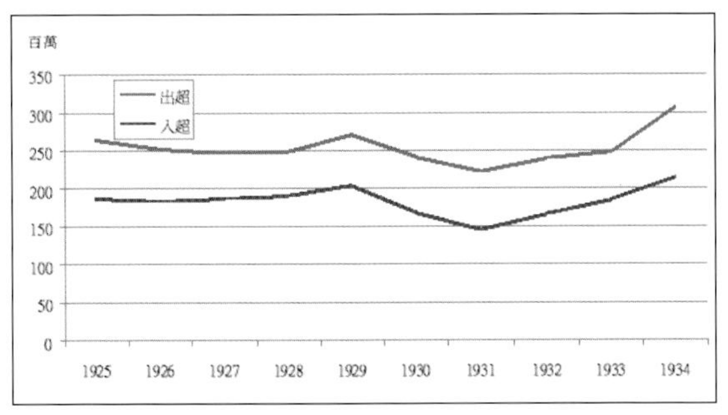

資料來源：根據台灣總督府交通局遞信部編，《台灣の海運》（台北：同編者， 1935 年），頁21，同見台灣省行政長官公署統計室編，《台灣省五十一來統計提要》，第918-919頁「表321歷年輸出入貨物價值」作成。
備註：1945年數值係指一月至八月底止。

二、圓域貿易圈的編成與戰時貿易統制

1929年，日本設立了「拓務省」，以圖謀海外發展。1936年台灣成立了「台灣拓殖株式會社」，台灣拓殖會社具有濃厚的國策會社性格，以官民合股的方式經營，並提供資金給台灣及華南、東南亞的開發殖民事業。[86] 1939年台灣總督府發布「米穀移出管理令」(昭和14年「律令第5號」，1943年廢止)、「台灣糖業令」(昭和14年「律令第6號」)，1943年發布「台灣食糧管理令」(昭和18年「律令第25號」)，在台灣推動嚴格的經濟統制。[87] 在貿易方面，實施了「貿易統制令」、「南洋貿易調整規則」、「臨時輸移入調整規則」，並設置相應的統制機關。[88]

第一次世界大戰前後，日本商品趁機取代了歐洲商品，台灣成了日本商品進口到中國的轉運站，對中國的貿易品內容以紡織品、火柴、海產爲主。1915年這些貿易品達到3,000餘萬圓，占當年對中國貿易的3/5以上。對中國的轉口貿易在

Authorship

86. 久保文克，《植民地企業経営史論——「準国策会社」の実証的研究》(東京：日本経済評論社)，頁230-231。
87. 外務省條約局法規課編，《日本統治五十年の台湾》「外地法制誌」第5巻，頁141、148。
88. 水津彌吉，〈本島内外の経済情勢に就いて〉，轉引自：許世融，《兩岸關稅政策與貿易發展（1895-1945）》，頁40。

1926年達到高峰，占2/3。後來對中國的貿易雖然沒落，但對中國的轉口貿易還是占一半以上。[89]

日本將取得的海外殖民地陸續整編入自己的關稅圈，並且將各殖民地聯結成以日圓爲媒介的貿易集團，並逐漸形成所謂的「圓域貿易圈」，與英鎊、美元的貿易圈鼎足而立。「圓域貿易圈」的貿易成員，隨著日本軍事占領地的擴張而增加，1930年代是由日本（包括台灣）、中國的東北、華北、華中組成。1940年代太平洋戰爭爆發後，日本掠奪了歐美在東南亞的殖民地，「圓域貿易圈」由原本只有4個貿易單位的「日滿中集團」擴展爲11個貿易成員[90]的「大東亞共榮圈」。

「圓域貿易圈」內的貿易關係，與日本長久以來的殖民地經濟政策一致，也就是移出原料到日本、移入製成品進入殖民地的形式。「圓域貿易區」的成員並無自主性，只是對日本供應資源、提供市場的協力角色而已。

1937年以後「圓域貿易圈」的編成，日本產品不再需要透過台灣轉口中國，轉口貿易不再重要，砂糖、米、包種茶、煤炭、鳳梨罐頭等再度成爲輸出中國地區的主要產品。1938年台灣的米躍居滿洲輸入品的第四名，砂糖則不管是對滿洲或整個圓域貿易圈，都是最大的輸出品[91]。

戰爭初期的「準戰時體制」下，日本貿易統制的目的爲了取得軍需資材，並設法獲取外幣以平衡國際收支。爲了避免對「圓域貿易圈」過度出口，阻礙外幣取得，導致入超過大，所以並不鼓勵對圈內貿易。等到「戰時體制」確立，特別是1941年7月25日，美國凍結日本在美資產，同時英、印、緬、加等國也相繼斷絕對日通商，日本對外貿易被完全隔絕在美元、英鎊集團之外。獲取外幣已不可能了，因而轉向積極發展「圓域貿易圈」內的貿易，台灣對中國的貿易也因此迅速成長，1944年達到1億圓，是爲日治時期的最高峰。[92]圖6-5-1「1929-1941年日本圓域貿易圈出口及其收支淨値」、圖6-5-2「1929-1941年日本圓域貿易圈進口及其收支淨値」、圖6-5-3「1929-1941年日本圓域貿易圈入出超變遷圖」（參見：附錄表6-5）。圖6-1-1及6-1-2「1928、1936年日本圓域貿易主要進口貨物價値比較表」）（參見：附錄表6-6）都是日本與圓域貿易往來的參考資料。

Authorship

89. 許世融，《兩岸關稅政策與貿易發展（1895-1945）》，頁259。
90. 包括：滿洲國（東北）、關東州（華中）、中華民國（華南）、香港、澳門、英領馬來、法印、蘭印、甸、菲律賓、泰國。參見：許世融，《兩岸關稅政策與貿易發展（1895-1945）》。
91. 許世融，《兩岸關稅政策與貿易發展（1895-1945）》，頁259。
92. 許世融，《兩岸關稅政策與貿易發展（1895-1945）》，頁254。楠井隆三，《戰時經濟論》（台北：南文人研究所，1944）。

圖6-5-1 1929-1941 年日本圓域貿易圈出口及其收支淨值

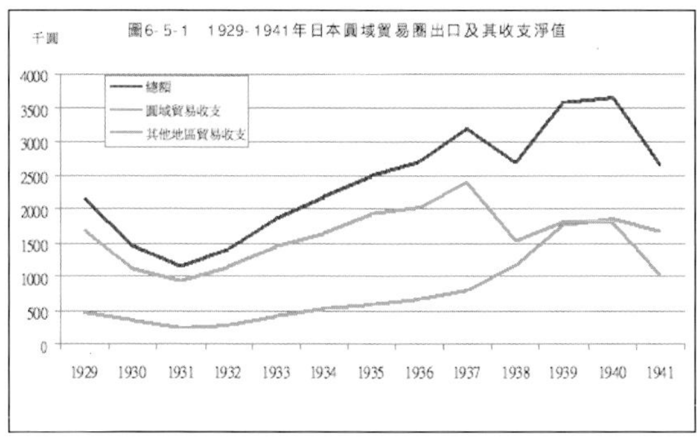

圖6-1-1 1928、1936 年日本圓域貿易主要出口貨物價值比較表

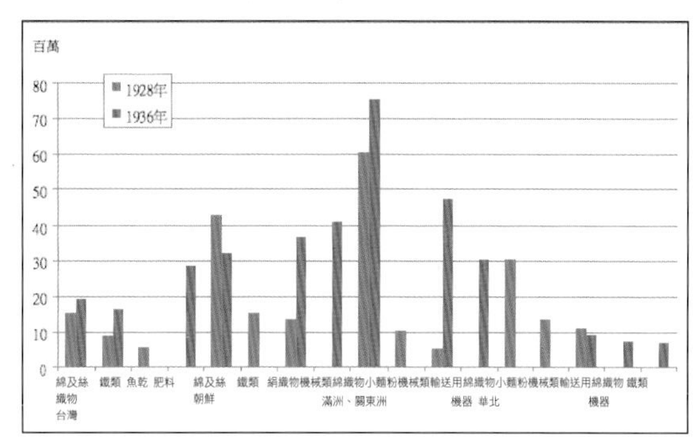

圖6-5-2 1929-1941年日本圓域貿易圈進口及其收支淨值

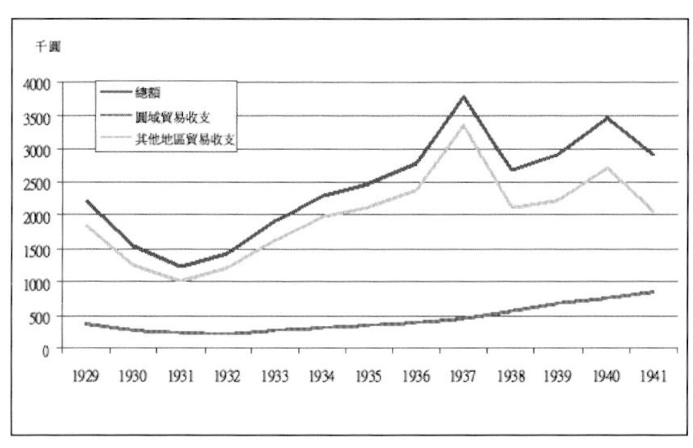

圖6-1-2 1928、1936 年日本圓域貿易主要進口貨物價值比較表

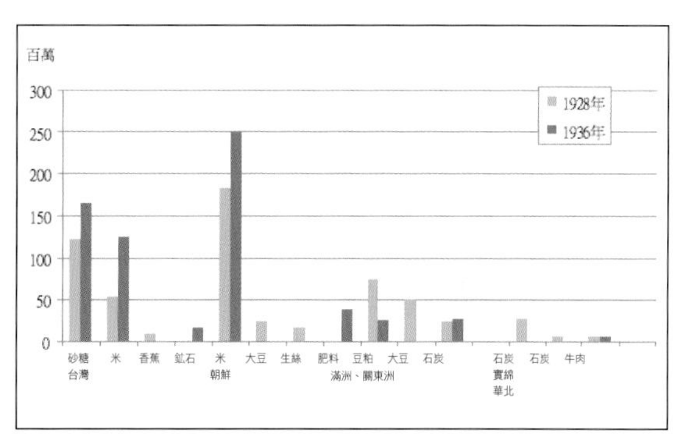

圖6-5-3 1929-1941 年日本圓域貿易圈入出超變遷圖

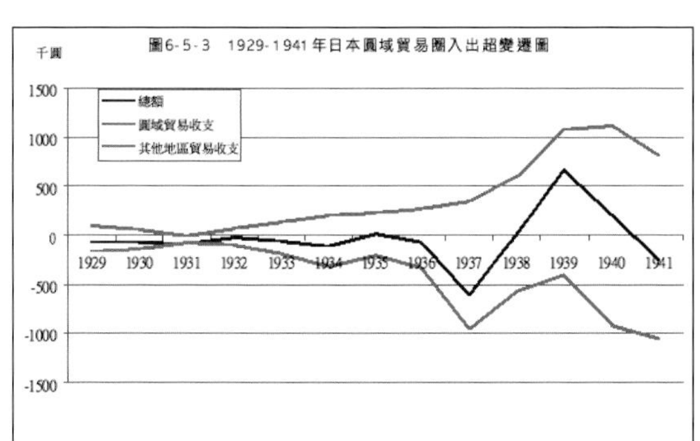

以上圖6-5-1～圖6-1-2
資料來源：武田晴人，〈現代日本経済史講義：第13回第2章 戦時経済下の日本経済 2-1日中戦争と円ブロック〉，2004年冬学期，網址：http://www.e.u-tokyo.ac.jp/~takeda/kyouzai/2004LEC/2004MJEH13.pdf

Chapter 7

▶▶日治時期台灣米糖經濟主軸下的對外貿易

本章主要討論的是，日治時期台灣以米與糖兩大商品性農產品爲主軸的經濟貿易發展。兩種產品主要的市場都是日本，糖業又先行於稻作發展，然而當1920年代稻米生產具優勢時，卻是威脅到糖業資本發展的最重要因素。「米糖相剋」的問題嚴重化，更重要的是突顯了日本政策的內在矛盾性格。

第一節 日本官方的經貿政策與台灣米糖經濟的發展

一、日本經貿政策與台灣糖業發展

已故著名研究台灣經濟的學者矢內原忠雄曾說過，「甘蔗糖業的歷史，就是殖民的歷史」，以及「重商主義下的殖民地活動可稱爲砂糖時代」[1]等，這兩句話可說簡明地指出了日本對於殖民地台灣在經濟上的期待。[2]日本對於砂糖的需求，以領台前的1894年的情形來看，當年消費量爲400萬擔，國內生產額僅80萬擔，[3]也就是說日本國產砂糖的供給嚴重小於需求，有80%的砂糖必須仰賴進口。因此，日本領台後首先就注意到台灣糖業發展的可能性。然而台灣糖業在日本占領台灣以前，於1880年輸出高達106萬擔，但到日本領台當時年產額僅剩下70-80萬擔左右。因此如何促進台灣糖業的發展，成爲台灣總督府的重要問題。

（一）台灣糖業之獎勵與保護政策

1898年2月台灣總督兒玉源太郎（任期1898.2.26-1906.4.11）、民政長官後藤新平（任期1898.3.2-1906.11.13）到任後，以振興產業爲台灣殖民政策重心，獎勵糖業便是其中最重要的項

Authorship

1. 矢内原忠雄著，周憲文譯，《日本帝國主義下之台灣》（台北：台灣銀行經濟研究室，1965），頁96。
2. 儘管如此，日本將現代化製糖業移植台灣仍是有其歷史的必然性。凃照彥認為其理由在於：（1）當時日本的製糖業正處於使原有產業走向加工進口原料的產業轉換期，確保原料（粗糖）的來源非常重要；（2）日本民間資本對於當時台灣其他的特產商品（如茶、樟腦、米等），並沒有如砂糖那樣地興趣，例如三井財閥就認為，砂糖與稻米不同，即使增產也無須擔心會擾亂市場，又能獲得穩定利益；（3）對台灣總督而言，砂糖的利益是取得台灣財政獨立的最有效方法；（4）台灣傳統的製糖業已經相當發達。參見凃照彥著，李明峻等譯，《日本帝國主義下的台灣》（台北：人間出版社，1992），頁56-58。
3. 矢内原忠雄，《日本帝國主義下之台灣》，頁102。

目。[4] 1900年受台灣總督府補助的「台灣製糖株式會社」[5]成立，為台灣最早的新式機械製糖工廠。1901年2月，總督府邀請農政學者新渡戶稻造博士來台，為改良台灣糖業提供意見，9月提出了「糖業改良意見書」。該意見書之主旨在於必須改良台灣甘蔗品種及製糖方法，並藉政府力量實行保護政策。新渡戶稻造的意見除了蔗農的製糖合作組織之組成、甘蔗公定價格的制定、甘蔗保險之外，其餘幾乎皆獲得台灣總督府的採用。[6]總督府採用的糖業改良與補助政策有三方面：甘蔗品種改良、糖業補貼措施、確保原料取得措施。

首先，蔗種改良方面，主要是繼續引進爪哇等地之優良蔗種，[7]進行品種改良。

第二，糖業補貼政策方面，總督府於1902年6月以律令第5號頒布「台灣糖業獎勵規則」，並公布「臨時台灣糖務局組織規程」，設置臨時台灣糖務局掌管甘蔗種植及砂糖製作之改良與獎勵補助。根據「台灣糖業獎勵規則」，總督府採取以下措施：（1）以現金或實物獎勵補助甘蔗苗費、肥料費、開墾費、灌溉費與排水費、製糖機械器具費；（2）使用一定數量製糖原料之業者，總督府給予補助金；（3）免費租借官有地給種植甘蔗的業者，開墾成功後贈與其業主權；（4）種植甘蔗而必須實施的灌溉與排水工程，若有使用到官有地的情形，總督府免費將此官有地租借給開發水利工程的業者。[8]這些措施使握有新式機械設備的製糖廠逐漸興起。

第三，為保障原料的取得，使新式製糖廠更容易設立或擴充，總督府於1905年6月以府令第38號公布「製糖所取締規則」，規定原料採集區域，限制傳統糖廍與促進新式製糖廠的設立。此規定使得原料採集區域內，糖廠成為製糖原料

Authorship

4. 有學者指出，雖然振興糖業為其中最重要項目，但振興方針卻並未有定見，毋寧也是處於摸索的階段，因此這有可能影響之後來台灣的新渡戶稻造，在提出改良台灣糖業意見之時，難免顧慮總督府的想法而對若干問題有所迴避。（黃紹恆，〈從對糖業之投資看日俄戰爭前後台灣人資本的動向〉，《台灣社會研究季刊》，第23期（1996年7月），頁99，或參考黃紹恆，〈明治後期日本治糖業的「雙重構造」〉，《國立中央圖書館台灣分館館刊》，第2卷第1期（1995年9月）。
5. 台灣製糖株式會社於1902年1月投產，並受到總督府補助金的獎勵。其資本額100萬圓，分2萬股。其持股比例為，三井物產（2500股）、皇室及毛利家（各1000股）、原六郎、鈴木藤三郎、藤田傳三郎、住友吉左衛門（各500股）、台灣人糖商陳中和（750股）、王雪農（250股）出資。（資本額持股比例參考石井寬治，《日本經濟史》（東京：東大出版會，1991），頁276-277。）
6. 矢內原忠雄，《日本帝國主義下之台灣》，頁103。涂照彥，《日本帝國主義下的台灣》，頁58。
7. 尚有澳洲、日本小笠原、琉球所栽培的爪哇種，但並未普遍栽培。參見井出季和太著，郭輝編譯，《日據下之台政卷一》（台北：海峽學術出版社，2003），頁377。
8. 根據条約局法規課編《律令総覧（「外地法制誌」第三部の二）》（東京：文生書院，1960），第1、2、3、5條。

（甘蔗）的獨買者、原料價格的決定者，也是該區域生產（製糖）的獨占者。此外，糖廠有以一定價格收購該區域內甘蔗的義務；而區域內農民可以自由選擇種蔗或種稻或其他作物。表面上看，似乎是原料的供給與需求雙方皆得到保障，況且供給者（農民）有選擇的自由，不至於被剝削；實際上並非如此，由於土地適合種植甘蔗以及甘蔗帶來較高的經濟利益，所以農民只能種植甘蔗。[9] 一旦選擇種蔗，農民就成了蔗價的價格接受者，受糖廠支配。值得注意的是，農民考慮是否種甘蔗的因素，並非甘蔗本身的價格也不是砂糖的市價，而是如矢內原忠雄所言的「米、甘藷等甘蔗的競爭作物的市價」[10]，也就是說糖廠對於甘蔗的訂價，是受到競爭作物市價的影響。這點與日後「米糖相剋」問題之激化，有非常大的關聯。

（二）台灣糖業獎勵與保護之規模與成果

1900年代以後台灣糖業發展迅速的原因，一般可歸納爲三點：（1）日本資本的蓄積與投資使資本家大企業勃興；（2）第一次世界大戰，歐洲甜菜糖減產，成爲台灣糖業飛躍發展的機會；（3）日本並未參加如西歐國家於1898年所簽定的Brussels協約，故總督府得以直接補助糖業，獎勵生產。那麼這個獎勵與保護政策，其規模如何？

台灣總督府對台灣糖業的直接補助，整理如表7-1。自1900-1935年間，台灣總督府對糖業的各項直接現金補助累計達1,290萬餘圓，這個金額大約是1914年台灣歲出的27%。[11] 此外尚有無償配給蔗苗，以及對一般農民直接的蔗苗實物無償配給，延續到1930年代。[12] 此期間總督府有關糖政的事業經費支出亦達1,200萬圓，加上直接現金補助金額，總督府對糖業獎勵的支出將近2,500萬圓。[13]

其中，對於原料糖的補助（包括製造原料糖與消費原料糖），是台灣總督府臨機應變的措施。由於日俄戰爭之後台灣糖的生產量不斷增加，需要擴張日本銷路。於是總督府對需要製糖原料的糖廠，給予其生產成本的補助，也就是對原料甘蔗的收購給予補助，又對原料糖輸

Authorship

9. 矢內原忠雄，《日本帝國主義下之台灣》，頁103。
10. 矢內原忠雄，《日本帝國主義下之台灣》，頁103。
11. 1914年台灣的歲出約為4,769萬餘圓。（參見黃通、張宗漢、李昌槿合編，《日據時代台灣之財政》（台北：聯經出版社，1987），頁2。
12. 例如，1900-1913年間對一般蔗園實施的蔗苗實物補助72,888,419株、1922-1930年代對中間苗圃實施的蔗苗實物補助501,845,480株（參見川野重任，《日據時代台灣米穀經濟論》（台北：台灣銀行，1969），頁85。
13. 矢內原忠雄，《日本帝國主義下之台灣》，頁105。

表7-1 台灣總督府各項主要補助糖業之內容（1900-1935）

補助項目	期 間	補助金額(圓)
1.製糖會社及製糖所（1）	1900-08年	368,172
2.購買製糖機械	1902-09年	551,155
3.改良糖廍（2）	1908-10年	202,909
4.製造原料糖	1910-11年	3,111,934
5.原料消費	1910年	1,351,983
6.製造冰糖	1914,1915,1917-20年	27,334
7.補助種苗	1902-13年	720,828
8.補助中間苗圃	1916-26年	532,686
9.肥料	1902-16年	4,120,286
10.灌溉排水（3）	1902-04,1907-30年	1,861,906
11.開墾	1902-07年	15,534
12.農具	1908,1910-1914,1916	27,795
13.模範蔗園標本	1911-1914	1,856
14.補助甘蔗品評會	1909,1910,1913,1915	14,300

資料來源：根據台灣總督府殖產局，《台灣之糖業》，1939年，頁16，轉引自川野重任，《日據時代台灣米穀經濟論》，頁85。

（1）此資料根據台灣總督府殖產局，《台灣糖業概觀》，1927年， 35-41頁，補助年度為1900-1908年（共9年），補助金額為454,093圓。轉引自涂照彥，《日本帝國主義下的台灣》，頁59。

（2）此資料根據台灣總督府殖產局，《台灣糖業概觀》，1927年，35-41頁，補助金額則是209,929圓。轉引自涂照彥，《日本帝國主義下的台灣》，頁59。

（3）此資料根據台灣總督府殖產局，《台灣糖業概觀》，1927年，頁35-41，補助年度為1902-04,1907-08,1910-26年共22年，補助金額則是1,651,230圓。轉引自涂照彥，《日本帝國主義下的台灣》，頁59。

出到日本給予銷路擴張的補助，也就是市場價格補助。[14] 這使台灣的原料糖得以在日本市場與外國進口的原料糖相競爭。1911年7月16日以後日本關稅改正，廢止進口原料糖的補助。因此這項補助可以說是總督府在關稅改正以前的應變措施。

此外，吾人亦可看出，總督府在進行補助之初期，集中在對製糖會社及製糖所的補助，即對於以資本家為主的工業部門補助先行於農業部門。[15] 這使得糖業中工業部門與農業部門產生

Authorship

14. 參見矢內原忠雄，《日本帝國主義下之台灣》，頁106，及涂照彥，《日本帝國主義下的台灣》，頁59-60、67。
15. 有學者指出這是因為實際上，在1902年6月獎勵規則公布之後，台灣農民及製糖業者並未有積極反映，僅在能快速收到效果的壓榨機械及甘蔗栽培面積上收顯示較大興趣。而其原因，可歸諸於台灣農民對日本統治者的不信任、灌溉水路尚未完全、1901年下半期糖業不景氣等因素。參見黃紹恆，〈從對糖業之投資看日俄戰爭前後台灣人資本的動向〉，《台灣社會研究季刊》，第23期（1996年7月），頁101。

發展不平衡的現象。[16] 但是，到了1907年，年間達25萬2,000圓的工業補助，銳減爲2萬7,000圓左右；而農業補助（蔗苗、肥料等）則自10-13萬不等，劇增至23萬8,000圓。[17] 可以說以1907年爲轉折點，自1907年以後，總督府的補助重點轉向振興蔗作生產方面，包括對肥料、蔗苗、以及灌溉及排水等方面的補助。

惟總督府對糖業的獎勵與補助並非一直持續著，對糖廠的直接補助大約到1911年7月爲止。其原因在於1911年7月，日本關稅改正，此後得以用關稅壁壘來保護製糖會社。且台灣糖業資本已足以在關稅保護下自行完成其蓄積，[18] 因此自關稅提高以後，總督府便停止了對製糖會社的直接補助及廢除臨時台灣糖務局。但對蔗作農業的補助則一直持續到1920年代中葉以後。

第二，金融上的支援最重要的是透過金融機構（主要是台灣銀行）對製糖業者的資金融通。

第三，對台灣糖業出口到日本影響最大的則是關稅保護政策。因爲若沒有關稅保護，台灣糖的製作成本偏高，無法與爪哇糖或其他進口糖在日本市場上競爭。日本領台之後第二年（1896）2月開始，台灣關稅依據從清朝制度轉換成日本制度。也就是說，此後台灣被納入到日本國內市場，並且隨著日本關稅政策逐漸具有保護國內產業的色彩，台灣糖業也享受到關稅上的優勢。1899年以後，日本數次提高進口稅，台灣糖由於適用日本稅法，受到關稅保護，得以與外國糖競爭。而1911年7月16日起日本恢復關稅自主權，廢止過去進口關稅中的協定稅率並且提高進口稅，取消進口原料糖的退稅制度。[19] 這使得台灣糖作爲原料糖出口至日本，得到決定性的優勢，逐漸取代爪哇糖在日本的市場。

台灣銀行
資料來源：〈台北市老照片〉系列，《台灣歷史記憶》照片資料庫，台北市文獻會授權國家圖書館進行數位化典藏，國家圖書館。

Authorship

16. 矢內原忠雄認為，這種糖業跛行的主要原因在於總督府補助的不平衡。參見矢內原忠雄，《日本帝國主義下之台灣》，頁106。而涂照彥則進一步認為，「本地人曾確立過土地所有制」亦是不可忽略的原因。參見涂照彥，《日本帝國主義下的台灣》，頁67。
17. 參見《第一次台灣糖業統計》，1916年，頁8-9。轉引自涂照彥，《日本帝國主義下的台灣》，頁67。
18. 矢內原忠雄，《日本帝國主義下之台灣》，頁106。
19. 進口原料糖的退稅制度，是由於日本領台前，自1890年代中葉起，大日本製糖株式會社等製糖業者，即以進口爪哇粗糖為原料，提煉精糖。1902年日本政府為推動製糖業的發展，一面對外國進口精糖徵收高額關稅，一面對以進口爪哇粗糖為原料的製糖業，實施進口原料退稅制。（習五一，〈1895-1931年台灣食糖貿易研究—台灣、日本、大陸三角貿易考察〉，《近代史研究》號5（1995），頁187。）

第四，爲促進出口，開闢新航路。例如，1910年，爲了促進台灣糖出口，總督府命令大阪商船株式會社開設航路。該航線爲原有的打狗（高雄）—上海線的延長，自打狗經上海、大連等地至天津，1912年4月開始航行。[20]

而糖業獎勵政策的成果，不論是台灣人資本與日本資本對台灣製糖業的投入均有增加。但是兩者投入的時期與方向不同，大致上是以日俄戰爭（1904年2月-1905年10月）爲分界點。日俄戰爭結束以前，機械製糖廠非常少，台灣人資本主要投入在傳統糖廍或改良糖廍方面，日俄戰爭以後，日本工商界對經濟景氣的預期，日本資本對台灣糖業的投資亦轉爲積極，紛紛進入台灣設立新式機械製糖工廠。[21]惟日後隨著日本資本進入台灣，改良糖廍仍然必須面對增資改組、併入日本資本會社或關閉的命運。

台灣糖產量增加後，輸往日本的出口量也大增。如表7-2可以看出，在糖業獎勵規則公布的隔年（1903），台灣的砂糖生產量占日本（含殖民地台灣廍總生產量的37.4%，占日本總消費量的9.9%，到日本恢復關稅自主權的1911年，已達79.8%與81.1%。

此外，矢內原忠雄的研究數據亦可顯示糖業獎勵政策的結果，以及台灣糖產量增加的情況：日本領台之初的1897-1898年度，台灣的糖產量爲65萬擔，其中輸向日本爲38萬擔，約占

Authorship

20. 井出季和太，《日據下之台政卷二》，頁524。
21. 黃紹恆，〈從對糖業之投資看日俄戰爭前後台灣人資本的動向〉，《台灣社會研究季刊》，第23期，1996年7月，頁131。

表7-2 台灣砂糖生產占日本總消費量的比率

單位：10萬斤

年別 / 數量（%）		日本總生產量			日本總消費量
		台灣	其他	合計	
1903年	數量（占總消費量%）	507（9.9%）	850（16.6%）	1,357（26.5%）	5,117
1908年	數量（占總消費量%）	1,092（26.5%）	900（21.8%）	1,991（48.3%）	4,121
1911年	數量（占總消費量%）	4,506（81.1%）	1,143（20.6%）	5,648（101.6%）	5,558

資料來源：涂照彥，《日本帝國主義下的台灣》，頁64。

日本消費額（575萬擔）的12%；1924年12月糖務課廢止之時，1924-1925年度台灣糖產量約800萬擔，其中輸向日本爲740萬擔，約占日本消費額（1,190萬擔）的67%；而在昭和經濟恐慌期間的1928-1929年度台灣糖產量增至1,296萬擔，已足夠日本帝國的自給（1925年砂糖消費額爲1,262萬擔）。[22] 顯示台灣糖業在總督府強力干涉之下，糖產出增加，作爲原料糖輸往日本的量，已足確保日本國內製糖業的原料來源，而台灣糖也增加出口到日本以外的國家。

（三）砂糖貿易的變化

如前所述，台灣糖出口到日本取得決定性的優勢在於補助與關稅制度。台灣被納入到日本關稅制度下之後，主要貿易對象也開始由中國大陸轉向日本。1900年台灣糖輸往中國大陸等地區的出口額約占糖總出口額的53%，1902年下降至27.7%；而輸往日本的台灣糖占糖總出口額的比率由47%上升至72.3%左右。[23] 1905年台灣糖輸往日本占糖出口總額的比率已達99.6%，而後除了少數年份之外也幾乎皆高達98%，1909年與1913-1914年度甚至達到100%，可以說完全出口到日本。[24] 1914年第一次世界大戰爆發，歐洲甜菜糖產量銳減，國際糖價高漲，也刺激台灣糖業加速發展，再加上1916年台灣蔗糖增產，於是向中國、印度、澳洲、英屬加拿大等，擴張銷路，[25] 故1916-1919年間輸往日本的比率減少到90%以下。[26] 此外，1939-1943年間砂糖輸往日本的比率亦下降到90%以下，此期間砂糖對日出口值減少，對日本之外國家的出口值上升，這可能是當時日本使台灣增加對東北（或滿州國）貿易往來之故。[27]

台灣砂糖大量出口到日本，受影響最大的或許就是中國大陸，由食糖的出口國變成食糖的進口國。1905年中國大陸自日本進口精糖價值約爲96萬海關兩，僅占當年精糖進口總額的6.92%；1915年已達到721萬6,000海關兩，占中國進口精糖總額的34.42%。且1915年中國大陸進口自日本的各類食糖總計爲102萬5,000擔，總額約爲738萬海關兩，占中國進口食糖總額的24.26%。當時中國進口自日本的各項產品中，食糖僅次於棉織品與棉紗，且增加速度相當快。[28]

Authorship

22. 矢內原忠雄，《日本帝國主義下之台灣》，頁106。
23. 習五一，〈1895-1931年台灣食糖貿易研究—台灣、日本、大陸三角貿易考察〉，頁189。
24. 根據台灣行政長官公署，《台灣省五十一年來統計提要》之數據計算出。
25. 參見井出季和太，《日據下之台政　卷二》，頁584-585。
26. 根據台灣行政長官公署，《台灣省五十一年來統計提要》之數據計算出。
27. 有關1930年代以後台灣與東北間的貿易情況可參考林滿紅，〈台灣與東北間的貿易（1932-1941）〉，《中央研究院近代史研究所及刊》，第24期下冊，（1995年6月）。
28. 本段說明之數據根據習五一，〈1895-1931年台灣食糖貿易研究—台灣、日本、大陸三角貿易考察〉，頁192。

（四）台灣殖民地生產的特徵

殖民地的生產有一種特徵，即是爲了將商品輸出而生產，特別是輸往母國的商品生產，故常形成單一耕作（mono-culture）的現象。但是矢內原忠雄認爲，台灣主要產物砂糖在日本領台灣以前，早已商品經濟化；此外，樟腦與茶亦早在日本領台之前就已經商品經濟化，米、香蕉及蕃薯等都有商品經濟化的顯著傾向。也就是說，日治時期台灣的產業，雖大部份是靠糖業支持，但仍不屬於單一耕作型態，只能說是具有輸出商品生產的殖民地特徵。

二、台灣米作的開發

（一）在來米的改良

米的試驗研究，雖然也是日本自領台以後就已經開始設置若干研究機構進行，但成果並不佳，當時米的品質並不良，單位面積的產量也少。日治初期台灣米的產量，以1896年爲例，約計150萬石。除台灣消費外，剩餘運銷中國大陸，日治之後生產面積與產量增加，對外國出口大幅減少，對日本出口則大幅增加。1900年稻米種植面積，達33萬5,700餘甲，收穫量215萬石，生產額爲886萬6,000餘圓。到了1905年，土地調查事業完成後，稻米的種植面積增加至46萬1,308甲，收貨量達435萬3,845石，出口額爲2,891萬8,000圓。出口方面，1900年對外國出口量爲32萬3,400石，至1905年減至8萬3,600石，出口額從227萬6,000圓減至59萬3,000圓。對日出口則從1900年的9,700石、出口額9萬3,000圓，1905年增加至62萬9,000石、出口額530萬3,000圓。[29]

（二）蓬萊米的引進

1912年農業專家磯永吉任職台灣總督府農事試驗場，從事台灣米的改良工作，經過多年研究與培育並考察馬來西亞、爪哇、印度等地之稻作經驗，於1922年研發出名爲「台中65號」的新品種。這就是日後在1926年「日本米穀會議第十九次大會」上，台灣總督伊澤多喜男選定名稱的「蓬萊米」。[30]

蓬萊米成功引進台灣的原因一般而言有兩方面，一是適應日本帝國的需求，另一方面是蓬萊米的利潤較傳統在來米高，台灣本地地主或農民可以有較高的獲利。以下分別說明之。

Authorship

29. 本段說明之數據參見井出季和太，《日據下之台政卷一》，頁380-381。
30. 楊彥騏，《台灣百年糖紀》（台北：貓頭鷹出版社，2001），頁71。

第一，蓬萊米的引進與其發達，基本上是適應於日本國 內要求所產生的。由於明治以後日本隨著工業化的進行，農產品價格逐漸上漲，不得不進口廉價農產品。並且從日俄戰爭之後，這個問題更爲深化。另一方面，台灣傳統的「在來米」不具黏稠性，不合日本人口味，因而不受日本人歡迎，也就不鼓勵生產。然而日本種的水稻，又很難在台灣普遍種植，故在初期台灣稻米發展受到很大限制。[31] 台灣總督府必須先改良台灣稻米，以適應日本國內市場。

農民將收割後的稻米放在打穀機打脫稻穀
資料來源：彰化縣文化局

第二，台灣本地地主制的發達對於稻作農業，特別是對蓬萊米的普及所起的作用不可忽略。日治時期總督府施行的土地調查事業，雖然使地主的權利縮小，但地主仍然具有相當大的實力。蓬萊米的高收益性，地主們促使佃農改種蓬萊米，以便賺取差額利潤。[32] 引進蓬萊米的利益可以從台灣的蓬萊米所具有的商品市場的特殊性來看。首先，蓬萊米的第一期稻，是從5月下旬到7月，其出口正好處於日本國內的內地米穀市場青黃不接的時期，因此在價格方面，遠比朝鮮米具有市場競爭性，處於絕對有利的地位。[33] 其次，對自耕農與佃農而言，蓬萊米收益比在來米高，根據1926年及1927年台灣總督府殖產局的調查，當時平均每千斤碾好的蓬萊米的利潤比在來米高出約3-21圓。[34] 此外，從價格變動來看，1920年代不論是砂糖的市場價格或是甘蔗的收購價格，相對米價而言是在下降，也就是說米價相對地高漲，種蓬萊米比種甘蔗有利。[35]

如此一來，市場環境醞釀出使蓬萊米登台的適合環境，甚至有可能取代原有的甘蔗種植的地步。

（三）米的相關政策與其成果

台灣總督府對於米作開發的介入，包括品種改良的投入、耕種補助以及水利事業的興建

Authorship

31. 楊彥騏，《台灣百年糖紀》，頁71。
32. 參見涂照彥，《日本帝國主義下的台灣》，頁73。
33. 參見涂照彥，《日本帝國主義下的台灣》，頁73。
34. 參見涂照彥，《日本帝國主義下的台灣》，頁74。
35. 參見涂照彥，《日本帝國主義下的台灣》，頁74。

表7-3 台灣米種類別出口量之變化（1926-1938）

	蓬萊米		在來粳米		圓糯米		長糯米		合計	
年度	出口量（千石）	比率	出口量（千石）	比率	出口量（千石）	比率	出口量（千石）	比率	出口量（千石）	比率
1926	891	40.56%	470	21.39%	836	38.05%			2197	100.00%
1928	1017	42.95%	513	21.66%	748	31.59%	90	3.80%	2368	100.00%
1930	1070	48.20%	351	15.81%	756	34.05%	43	1.94%	2220	100.00%
1932	2210	66.21%	341	10.22%	641	19.20%	146	4.37%	3338	100.00%
1934	3847	76.16%	352	6.97%	801	15.86%	51	1.01%	5051	100.00%
1936	3632	75.86%	110	2.30%	960	20.05%	86	1.80%	4788	100.00%
1937	3754	77.53%	172	3.55%	819	16.91%	97	2.00%	4842	100.00%
1938	4113	84.32%	150	3.08%	551	11.30%	64	1.31%	4878	100.00%

資料來源：根據川野重任，《日據時代台灣米穀經濟論》，頁151重新計算。

等。其中，台灣總督府對灌溉排水設施的投資約占稻米增產事業資金的98%，累計金額達4,600萬圓以上。[36]因爲水利灌溉設施不僅爲稻作的重要基礎設施，同時也影響蔗作。而台灣總督府透過對水利事業的控制，也可操縱台灣稻作及蔗作農業。水利灌溉的整備，也可擴大耕地的邊界範圍，從而增加農作物產量。例如，1928年耕種面積603,056甲、收穫稻米679萬餘石；到了1930年耕種面積增加爲632,903甲、收穫稻米737萬石。[37]

蓬萊米引進成功後便大量生產，並出口到日本。由表7-3可見得1926年蓬萊米出口的比重約爲40%，在來粳米的出口比重已降到21%左右，而圓糯米尙占有38%的出口比重，到了1938年，米穀出口種類中蓬萊米已高達84%。蓬萊米量產取代了原來的在來粳米及糯米，成爲米穀出口的最大宗。

1920年代以蓬萊米爲中心的米作發展，使得台灣原本就存在的米糖「競爭」關係更爲深化，亦即所謂「米糖相剋」之問題被突顯出來。有關此一問題留待下一節討論。

Authorship

36. 參見凃照彥，《日本帝國主義下的台灣》，頁76。
37. 井出季和太，《日據下之台政 卷二》，頁784。

（四）台灣米的貿易活動

台灣米的對外貿易活動，量的增加表現可以從表7-4看出隨著產量的增加，出口亦隨之增加。1900-1904年間平均生產量爲298萬4,000石，出口量爲45萬2,000石，出口占生產的比率爲15.1%。1910-1912年間發生大風暴，1910-1914年，導致收成未如預期增加，平均出口量減少11萬9,000石。1920年代後半，由於蓬萊米的開發成功，大量生產的結果，出口有非常大的成長。1925-1929年間，平均生產量爲646萬石，爲1900-1904年平均產量的2.16倍，成長率爲25.6%；出口量爲239萬石，爲1900-1904年平均出口量的5.29倍，成長率爲114.0%，顯示出口大幅成長。且歷年出口量占生產量的比率也有上升，自1900-1904年期的15.1%，到1925-1929年期達到37.0%，到1935-1938年期更達到50.8%；出口增加量占生產增加量的比率，除了1910-1914年期爲-371.9%之外，其餘年度皆爲正，且其比率自1925年以後皆相當高，1925-1929年甚至高達96.8%，1935-1938年期更高達99.1%。也就是說自1920年代後半以後，台灣米（尤其是蓬萊米）的生產，幾乎有一半是爲了出口，而此時期生產增加的部份也主要是提供出口的。

表7-4 台灣米出口量之變化

五年平均	生產量			出口量			出口量占生產量之比率 %	出口增加量占生產增加量之比率 %
	數量（千石）	指數	對前期生產增加量（千石）	數量（千石）	指數	對前期之出口增加量（千石）		
1900-1904	2,984	100		452	100		15.1%	
1905-1909	4,384	147	1,400	875	194	423	20.0%	30.2%
1910-1914	4,416	148	32	756	167	-119	17.1%	-371.9%
1915-1919	4,785	160	369	950	210	194	19.9%	52.6%
1920-1924	5,145	172	360	1,117	247	167	21.7%	46.4%
1925-1929	6,460	216	1,315	2,390	529	1,273	37.0%	96.8%
1930-1934	8,060	270	1,600	3,478	769	1,088	43.2%	68.0%
1935-1938（4年平均）	9,344	313	1,284	4,750	1051	1,272	50.8%	99.1%

資料來源：根據川野重任，《日據時代台灣米穀經濟論》，第137表台灣米輸出量之變遷（一），頁147、第138表台灣米輸出之變遷（二），頁147。

矢內原忠雄對於此問題，認為此出口增加的部份未必是台灣人民先滿足自己的消費之後以其剩餘輸出的結果，而是台灣人為得到較高的價格，將之輸出。台灣米輸出到日本換取貨幣，然後再購買便宜的外國米進口，以維持台灣本地每人米的消費量。[38] 而這其中所產生的問題，也是值得注意的。

第二節 日本政策的內在矛盾與台日貿易關係的轉折

一、日本政策的內在矛盾

涂照彥認為，日治時期現代製糖業移植與蓬萊米引進到台灣，其根本必須要從日本資本主義的發展階段以及由此而產生的殖民地經營來看，才能抓住其地位。第一，日本資本主義隨著工業生產力的增大，不得不相對地將其工業製品向殖民地廉價出口，而隨著其國內農產品價格逐漸上漲，又不得不相對地從殖民地進口較廉價的農產品。第二，從台灣內部來看，統治國經濟發生這種變化的情況下，台灣的殖民地經濟，則以甘蔗栽培為中心而發展起來的商業性農業為基礎，容易適應於日本帝國主義。[39]

日本在日俄戰爭之後，產業內水平整合興盛，壟斷資本主義成為趨勢。同時面臨國內農產品價格下跌，農村人口過剩的壓力過大、進口農產品競爭激烈等問題，無法避免地成為糧食（稻米）進口國。這種在資本主義發達的情況下所必然產生的結果，以第一次世界大戰為契機，更加明顯化。

另一方面，台灣的稻米農業受日本的關稅制度之惠，得以在日本市場取得競爭優勢。但是這也是問題所在。表面上，台灣似乎受惠於日本的米價政策（關稅保護政策）。但是，若從台灣內部來看，由於日本政府在統治之初便積極地鼓勵台灣農民生產甘蔗以促進台灣糖業（原料糖）的發展，隨著稻米（蓬萊米）的發達，台灣農家在甘蔗與稻米兩大商品作物之間如何選擇，意味著將與日本資本主義產生矛盾的重大問題。

二、「米糖相剋」問題的深化

所謂「米糖相剋」，簡單來說是指在日治時期米與甘蔗皆為台灣兩大經濟作物的情況下，因為栽培稻米而影響蔗作栽培的問題。實際上其背後隱含了台灣總督府不均衡的產業政策的問題。

Authorship

38. 矢內原忠雄，《日本帝國主義下之台灣》，頁61。
39. 參見涂照彥，《日本帝國主義下的台灣》，頁69-70。

如前所述，日本在統治台灣之初，便致力於台灣糖業（原料糖）的發展，同時爲了製糖原料甘蔗的取得，積極鼓勵農民種蔗。但1918-1919年間，日本米價騰貴，激勵台灣農民種稻意願，種蔗面積縮小，嚴重影響到製糖會社甘蔗原料供給，當時甚至產生了「停止台糖生產」之論，「米糖相剋」問題開始嚴重化。而台灣總督府爲了保護糖業，於1919年頒布「台灣米移出限制令」，意在使農民改種甘蔗。1922年蓬萊米栽培成功後，更推廣普及至全台，耕作面積亦大受影響，導致1920年代後半米糖相剋的問題更爲嚴重，且以當時的台南州與台中州最爲明顯。爲了解決米糖相剋的問題，確保甘蔗種植面積，總督府曾以嘉南大圳之三年輪種制來改善問題。

1930年代日本米穀豐收，台米輸日對日本本土的米價亦產生威脅，於是日本又透過一連串的米穀統制規則促使台米減產。其後，中日戰爭爆發，台灣總督府開始獎勵特種作物的種植，使農業朝多角化發展，事實上這也是壓抑米作的措施。米糖相剋的結束，大約是到戰爭末期糧食增產刻不容緩，許多蔗田改種糧食作物以後，米糖相剋的問題才得以平緩。[40]

三、台日貿易關係的轉折

1919年所總督府所頒布「台灣米移出限制令」與1939年第二期稻作開始實施的「台灣米穀移出管理令」，雖然都在於限制台灣米的輸日，但其背後的原因與效果是不同的。1919年的「台灣米移出限制令」旨在保護台灣糖業；但是1939年的「台灣米穀移出管理令」是要在日本國內的糧食政策下來檢討。

1930年代末的台灣米穀移出管理政策，其實是發源於台灣總督府所謂「重要產業調整」的要求。根據當時殖產局長田端幸三郎的論文，指出米穀管理法與米穀自治管理法爲基軸的日本米穀政策，對於台灣經濟的一般關係已經不是發展的，相反地有成爲阻止發展的事態[41]，所以1939年日本施行的「台灣米穀移出管理令」是台灣產業調整政策的基礎。

結果米生產是最直接受到影響的，「台灣米穀移出管理令」的實行，作爲商品作物的稻米的生產意願變大爲低落，導致米的產量減少。值得注意的是，台灣與日本貿易關係開始轉變，圖7-1可看出，台灣出口到日本的米與砂糖自1938-1939年間開始便大幅減少，但是出口到日本以外其他國家的砂糖卻大幅增加。

Authorship

40. 參考李力庸撰「米糖相剋」，《台灣歷史辭典》（台北：遠流，2004）。
41. 田端幸三郎〈台湾米穀移出管理案に就て〉，《台灣農會報》，1939年1月，轉引自川野重任，《日據時代台灣米穀經濟論》，頁169。

圖7-1 日治時期台灣出口到日本及其他國家之主要貨物價值的比較及變化　　單位：千圓

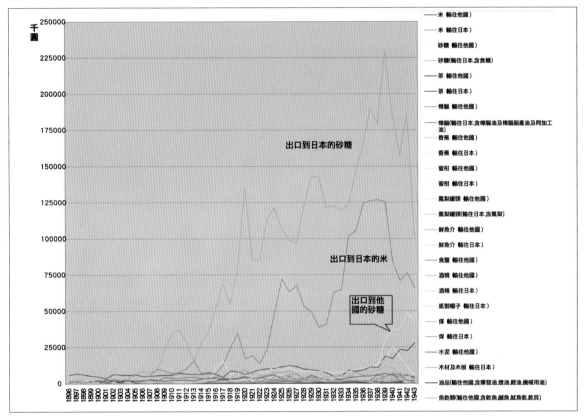

資料來源：《台灣省五十一年來統計提要》。1939-1943年的酒精出口價值之數值，包括無水酒精及其他酒精在內。

台灣嘉南大圳：烏山頭堰堤工程
資料來源：國家圖書館

第三節 台灣對外貿易的發展

日治時期台灣的對外貿易之中，米與糖的出口值之中高達95%以上是輸往日本，可以說米糖的對日貿易構成台灣經濟的根幹。但是另一方面，台灣對其他國家的貿易關係在日治時期也有相當程度的發展。

如前所述，關稅保護政策不僅使台灣糖在日本市場得以與爪哇糖或其他進口外國糖競爭；同時關稅制度更重要的影響是使得台灣的貿易路線由中國轉向日本。也就是說台灣貿易由主要對中國往來，轉變為主要對日本往來。

一、政策與相關促進措施

促進對外貿易的政策與措施，例如金融機關設立、海上保險的政策的施行、航線補助措施等，而首先影響台灣貿易轉向日本的最重要因素，就是關稅制度。

台灣自1896年3月起，改以日本關稅為依據。當時日本的關稅，還是根據不平等條約的協定稅率，稅率為從價稅5%。日本藉中日甲午戰爭戰勝機會，1899年開始提高稅率，平均增加三倍，同時廢止輸出稅。

而台灣，則一面適用改正關稅稅率，同時卻繼續徵收輸出稅，並對輸向日本的商品，制定出港稅。徵收出港稅的商品為米、乾魚、鹹魚、鰭、龍眼、苧麻、麻線、籐，都是專門輸出外國市場的特產品。這一制度，具有如下的效果：

（1）日本及台灣的商品，在相互市場上，受到輸入稅的保護。過去經過香港輸入台灣的商品，在1899年關稅提高以後，改由日本直接輸入台灣。

（2）有輸出稅而無出港稅的台灣商品，被日本市場所吸收。如米、糖及茶等重要商品都屬這一範圍之內，其影響很大。

（3）在1899年提高關稅之時，與歐美各國雖有特別稅率的協定，但中國因未受到最惠國條款的優惠，故由中國大陸輸入的商品大受打擊。[42]

二、貿易發展的概況

（一）對其他國家貿易的概觀

台灣除了日本以外的國際貿易對象，首要為中國大陸。[43]又，根據井出季和太之調查，1926年對中國貿易超過3,970餘萬圓，占總貿易額的三成以上。台灣與華南貿易關係密切，1926年貿易額達2,992萬圓，其中，轉口出口貿易就占了1,500萬圓。1933年對中國之貿易，因九一八東北事變，中國各地排日運動盛行，以致出口銳減至1,000萬圓。1935年又增至1,870餘萬圓，轉口出口貿易亦超過1,000萬圓。對於華南部份，在1933年最低，為480餘萬圓；1935年增加至976萬圓。對於關東州（東北地方），在1919年為

Authorship

42. 以上說明參考自內原忠雄，《日本帝國主義下之台灣》，頁122-123。
43. 可參見台灣省行政長官公署編《台灣省五十一年來統計提要》。

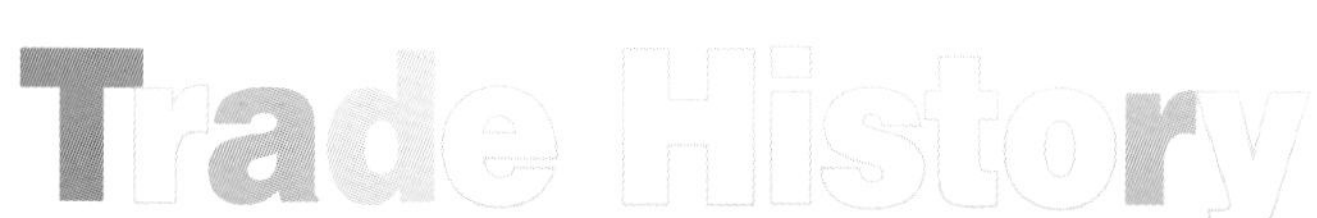

1,800萬圓，1935年增至2,600萬圓。對於華南，1926年達到最高的916萬圓，1935年則減至半數以下的418萬圓。

（二）貿易項目

各項貿易項目而言，除了前述的米與糖之外，分爲出口類及進口類兩類來說明。進口產品主要是黃豆、油品、砂糖相關產品（包括包裝砂糖的包蓆、麻袋、肥料相關的豆餅等）、肥料、木材、鴉片、紡織品等。出口產品主要是茶、樟腦、煤炭、紡織品、鮮魚介與魚乾製品、鳳梨與鳳梨罐頭等項目。其中出口項目中茶、樟腦、煤炭之變化列舉如下：

（1）茶：

茶早在日本統治台灣以前已經是台灣重要出口的商業性農產品。

1918年起台灣總督府對於擁有一定面積的合作社或公司，利用機械聯營製茶者，貸與製茶機械的設備；1922-1925年度，對茶商發給補助其建設工廠及購買機械的補助金。此外，爲減少茶交易過程中重複多次的中間商輾轉販賣，1923年成立台灣茶共同販賣所，爲合作社性質，總督府亦每年補助之。台灣茶出口的概況，在1920年代前半以前，茶的出口相對較穩定，經過1920年後半期的不景氣之後，進入1930年代以後復甦並快速成長。[44]其中，茶的出口種類以烏龍茶、包種茶爲主。烏龍茶主要銷往美國，包種茶主要銷往南洋。[45]

（2）樟腦：

日本領台之初樟腦的商業利權在外國商人手上，日本爲驅逐外國資本勢力對樟腦貿易的掌控，曾多次採取措施。1895年10月公布「樟腦製造取締規則」，規定領有清代許可執照者，准予製造樟腦。1896年3月公布「樟腦規則」。

1899年8月5日實施專賣法，終自外國商人手中收回樟腦的商權。當時世界樟腦的需求量約爲500萬斤，而台灣產量達到450萬斤，占9成左右。[46]但第一次世界大戰爆發後，樟腦市況受到影響，產量與出口量皆下跌，尤其戰後不景氣，樟腦事業更形萎縮。

總督府爲挽回第一次世界大戰後樟腦業的頹勢，加強控制製腦業及節省成本，於1919年對樟腦生產，採取民間經營官方監督的手段，由日本人聯合製腦業者組織「台灣製腦株式會社」。[47]其間德國的人造樟腦問世之後，由於製

Authorship

44. 井出季和太，《日據下之台政　卷三》，頁1148。
45. 井出季和太，《日據下之台政　卷一》，頁179。
46. 井出季和太，《日據下之台政　卷一》，頁179。
47. 周憲文，《台灣經濟史》，頁606。

作成本較低廉，成為台灣樟腦的競爭對手，影響台灣樟腦的產銷。1930年日本樟腦株式會社在台北設立分社（分公司），[48] 精製樟腦，統籌產銷。由於1930年代「賽璐珞（Celluloid，一種合成樹脂）」工業興起，樟腦需求量大增，台灣樟腦因此再度得到出路。[49]

樟腦是台灣總督府的專賣事業，故其出口受到總督府的控制。樟腦出口（出口到日本之外的國家），在1909年以前是由外商經營，1909年之後由總督府委託三井物產會社經營，而1918年以後則由日本樟腦株式會社經營，美國則是台灣樟腦的重要市場。至於樟腦主要副產品，則大多輸往日本，由日本香料藥品株式會社與高砂化學株式會社加工後，銷往歐美。[50]

樟腦的出口量與出口值，於日本領台第二年（1896）為439萬台斤，224萬圓；1916年最高曾經出口是586萬台斤，466萬圓；1921年卻銳減到只剩24萬4,000台斤，28萬圓。而後因「賽璐珞」工業的興起，出口得以再度擴大。1932年出口量增加至292萬台斤，出口額為296萬圓。

（3）煤：

煤大多是產自基隆、台北附近，遠自西班牙領台時即已開採。日本領台後於1895年9月發布「礦業規則」（礦業臨時規則），規定除了過去已開採的煤礦區之外，其餘一概不准開採。翌年9月發布「礦業規則」之後，才准許一般人民申請開採。但是日治初期煤礦業的開採規模小，大多數仍是日本進口煤炭與中國大陸撫順煤炭為主。

第一次世界大戰期間煤的需求增加、1920年代前半的銀價上漲、1920年代後半華南地區的反英運動，為台灣煤礦業帶來了好景氣。但1928-1930年間的排日運動，以及世界煤礦業的不景氣，使台灣的煤礦業大受影響。

1930年代中期以後隨著軍需工業的發展，台灣煤礦產量盛極一時，總督府為統制煤礦，於1940年設立台灣石炭株式會社，欲增加煤礦開採與統籌分配。[51]

綜合以上所述，日治時期中期最主要的經貿發展，雖然是圍繞在米與糖兩大商品性農產品為主，但是在這兩大出口商品之外，其他的貿易活動也是活絡地進行。尤其是1930年代南進政策確定之後，台灣對華南與南洋貿易的擴大與展開，不論是經濟上或是軍事上的目的，都將使商品貿易交流更為多樣化。

Authorship

48. 周憲文，《台灣經濟史》，頁606。
49. 井出季和太，《日據下之台政　卷三》，頁1150。
50. 周憲文，《台灣經濟史》，頁610。
51. 周憲文，《台灣經濟史》，頁701-702。

02

第7章

日治時期台灣米糖經濟主軸下的對外貿易

[Chapter 8]

▶▶日本的南進政策與戰爭體制下的台灣經貿發展

到1930年代初期爲止，台灣主要出口地爲日本、出口品項主要爲農產品與農業加工製品，進入1930年代中葉之後雖然仍舊大致維持著相同的貿易關係，但隨著日本對外侵略戰爭的展開、以及台灣工業化的推動，台灣與日本之間的貿易從長期的出超，轉變成極不穩定的狀態，而台灣與日本以外其他各國的貿易關係，則從長期的入超轉爲出超。

第一節 南進政策下的經貿政策取向

一、日本的南進政策與台灣的地位

近代日本對於南方的關心與開拓，在歷史上包括明治、大正與昭和三次蓬勃發展的時期。日本的南進政策起源於明治時期，由民間的論客田口卯吉、萱沼貞風等人所提倡，主張日本在對外擴張時應以「南方」地區爲主。所謂「南方」指華南、台灣、東南亞各國等大南洋地區。在進入昭和時期後「南進」始正式成爲日本國策。

對日本而言，取得殖民地台灣的意義在於確保了南進的基地。以地理關係而論，台灣與華南、南洋甚爲接近，且台灣人與華南、南洋經濟具有深切的關係，要取得對華南、南洋的控制，台灣是一個重要的基地。雖然南進論在日本明治中期即由民間人士所提起，但直到日本在1895年中日戰爭獲勝取得台灣作爲殖民地後，在一部份日本軍方、政界與財經界人士的推動下，日本政府才以台灣爲據點，正式採用南進論作爲對外政策的基本方針。

《南進漫畫昭和十一年史》

在政策面，台灣總督府從日本據台初期即開始有計劃的進行南進的準備，例如勸業共進會的召開、南洋觀光團的派遣、貿易協會調查課的設置、南洋航路的開拓與補助、以及《台灣時報》的創刊等，同時爲培養南進人才更廣設醫學、商業、農林各種專門學校。若觀察表8-1總督府各年度「南支那及南洋設施費」[1]，也可

見其金額逐年增長。1914年時僅有6萬7千餘圓，1915年一舉大幅增至11萬5千餘圓，隨後逐年大幅增加至1920年。1920年之後到1926年爲止大約維持在一年80-90萬圓左右，昭和初年則受經濟不景氣的影響而減少。但至1937年中日戰爭開始之後迅速攀升，太平洋戰爭開戰的1941年更突破了八百萬元。

表8-1　各年度別「南支那及南洋施設費」預算總額

年度	金額	年度	金額	年度	金額
1914	67,152	1925	760,923	1936	617,718
1915	115,950	1926	753,273	1937	1,061,995
1916	115,495	1927	762,621	1938	1,552,729
1917	292,210	1928	662,698	1939	4,073,587
1918	296,277	1929	762,955	1940	5,387,445
1919	595,685	1930	688,079	1941	8,182,948
1920	737,695	1931	566,088	1942	7,618,861
1921	828,390	1932	582,263	1943	7,756,515
1922	848,876	1933	582,565	1944	7,281,603
1923	896,915	1934	582,682		
1924	899,723	1935	582,821		

資料來源：台灣總督府，《台灣統治概要》（東京：原書房，1973復刻版），頁505-506。

從大正到昭和初期的十幾年間，台灣總督府的各項政策與作爲，其意義在於爲南進政策奠定基礎，台灣成爲日本南進的據點則是到了1930年代後半。換言之，台灣總督府初期透過各種官方與非官方的機關，如台灣總督府的官房外事課、調查課、總督府的外部團體南洋協會等，致力於南洋相關資訊網絡的建立，一方面與日本外務省保有良好關係，在南進的工作上維持一定程度的相對自主性。到了1936年8月5日「國策基準」的制定、1937年中日戰爭的爆發、「新東亞秩序」的發表、以及1940年8月1日所發表的「大東亞共榮圈」的構想等一連串的事件使得日本的南進政策產生了重大的轉變。基本上，日本的南進政策是建立在台灣總督府對南洋的研究基礎之上，隨著戰爭的進行，台灣總督府的南進政策逐漸變成日本「國策」的一環，外務省與軍部的介入不斷加強，台灣總督府的自主性也隨之消失。

二、南進政策中的經貿政策

如上述，到1930年代初期爲止的南進政策是殖民地政策的延長，主要由台灣總督府主導，其意義在於爲「南進」奠定基礎，1930年代之後則是有計劃的被編入日本對南方的武力擴張過程當中，因此經貿政策也隨著外在環境的不同有著根本上的差異。由於1930年代中葉之前的南進工作由台灣總督府所主導，屬於開發南洋

Authorship

1. 台灣總督府的《財政報告書》中，從1912年開始有「南清及南洋貿易擴張費」的項目，1913年度的預算改為「南清及南洋施設費」，1914年起再度更名為「南支那及南洋設施費」。

地區的基礎建設，經貿政策以基礎調查工作、關稅、通商金融網絡的建立、航路的整編等爲重點項目；1936年「南進」正式成爲日本的「國策」之後，台灣做爲南進據點的角色再度受到注目，「南方協會」與「台灣拓殖株式會社」相繼成立，日本政府與台灣總督府開始積極的運用政府的力量主導台灣對東南亞的經貿投資。

（一）1930年代初期為止的基礎建設

1.關稅

日本在1895年取得台灣後至1896年二月止，仍沿用滿清關稅率，之後才改用日本關稅規定。當時日本也受不平等條約的束縛，徵收關稅必須按照所謂「協定稅率」，日本被資本主義各國強制接受從價5%的稅率。中日戰爭的結果，使得日本得以進入資本主義強國之林，1899年日本始得提高稅率，平均較前增加三倍，同時並廢止輸出稅以獎勵輸出。當時台灣也適用「改正關稅定率法」，但仍繼續徵收輸出稅，而對日輸出品則制定出港稅。課徵出港稅的商品包括茶、乾魚及鹹魚、魚翅、苧麻、麻線、藤等，都是專銷日本以外各國市場的特產，其稅率與輸出稅率相同，僅茶葉一項的出港稅較輸出稅率爲低，而糖與米則不徵收出港稅。換言之，日本以外的國家或地區產品進口到台灣時，要比日本產品承受較高的稅率。台灣米糖等大宗的出口到日本以外的地區，要課徵出口到日本所無需支付的輸出稅。這種關稅制度的實施，其目的就是要獨占台灣的貿易。[2]

此一關稅上的對外的障壁使得台灣的貿易品（特別是糖與米）可輸往日本，這樣的關稅制度之下，日本資本與從事台灣貿易的外國資本（主要是西洋商業資本）互相競爭約十年左右，日本終於驅逐了外國資本，獨占了台灣的貿易。日本於1910年將台灣的出口稅與輸往日本的出港稅完全廢除，但仍保留外國商品的進口稅，台灣與日本之間在關稅上達成統一，毫無障礙。[3]

日治時期台灣的對外貿易，由於台灣爲日本殖民地，因此在各項統計與關稅制度等方面，可分爲外國貿易（不包含日本）與對「內地貿易」（即對日本）二類。在對外國貿易部分設有五個「開港場」與三個「特別輸出入港」，但內地貿易部分則無特別的規定。

Authorship

2. 張庸吾，〈台灣商業之特徵〉，，《日據時代台灣經濟之特徵》（台北：台灣銀行經濟研究室，1957），頁101。
3. 周憲文編，《日據時代台灣經濟史(第一冊)》（台北：台灣銀行經濟研究室，1958），頁129。

台灣的「開港場」起源於1896年2月日本與各列強所訂立的通商條約適用於台灣之際，開放淡水、基隆、安平、與基隆四港作爲通商港口，之後花蓮港於1935年10月完工的同時也開放通商，至此台灣對外貿易港口增爲五個。此外，1896年特別針對中國的船隻允許其進出舊港與鹿港，稱之爲「特別輸出入港」，1897年1月再追加開放蘇澳、後壠、梧棲、東石、東港、馬公等六個港口爲「特別輸出入港」，1989年1月再增開下湖口一處。但之後陸續關閉蘇澳等港，至1936年爲止僅剩後壠、鹿港與東石三處「特別輸出入港」。[4]不論是對日貿易或對其他國家貿易，台灣最大的貿易港爲基隆與高雄兩港。

2.通商金融網絡的建立

日本透過台灣對南洋的拓殖與通商金融機關方面來看，日本統治台灣後二年（1897年），在制定台灣銀行法的理由書中，即以台灣銀行爲開發台灣經濟的支柱，並「進而擴張其營業範圍至南洋各地，以作此等國家商業貿易的機關」，從1912年於新加坡設立辦事處開始，如表8-2所示陸續在南洋各地廣設辦事處與分行。台灣銀行在南洋的這些據點肩負著南洋方面一般商業貿易金融的任務，且扮演企業投資南洋的金融機關，如在馬來半島對於橡皮栽植事業，1916年時即有一千萬圓的放款，亦有爲數不少的礦業、商業等其他方面的放款。

表8-2　日治時期台灣銀行在南洋設立據點年表

時間	地點	備註
1912年9月	新加坡設立辦事處	1927年改為分行
1915年	爪哇泗水（Surabaya）設立辦事處	1916年改為分行
1916年	三寶壠（Samarang）設立特派員事務所	1917年改為辦事處 1924年改為分行
1918年	巴達維亞（Batavia）設立辦事處	1921年改為分行
1919年	暹羅的盤古設立辦事處	1925年關閉

資料來源：澹庵，〈台灣經濟與南洋〉，收於台灣銀行經濟研究室編，《日據時代台灣經濟之特徵》（台北：台灣銀行，1957），頁131。

除了台灣銀行之外，1919年日本在「日華提攜」的口號之下，設立華南銀行，做爲僑居南洋的台灣人之金融機關，助長台灣對南洋貿易的發展，並於三寶壠、越南西貢及海防等地設立分行或辦事處。

台灣銀行與華南銀行在南洋的活動，在1927年爆發金融恐慌之後，進入了徹底收縮與整理的局面。台灣銀行將其業務方針消極的改爲

Authorship

4. 台灣總督府，《台灣事情（昭和17年版）》（台北：成文出版社，1985年復刻版），頁55。

「以供給台灣產業資金爲中心，僅以餘力來經營南洋方面的國外匯兌業務」。華南銀行也於1928年關閉西貢及海防二分行，新加坡及三寶壠二行亦縮小業務範圍，致力於過去放款的整理。[5]

3.航路的整編

日治初期，台灣與日本的交通仰賴軍用船。1896年3月航運恢復自由，但無定期船隻。1896年5月，台灣總督府給予大阪商船株式會社補助年額六萬圓，令其每月三次派定期船航行於台灣與日本間，同時給予伊萬里運輸會社二萬二千圓之補助金命其開闢沿岸航線，爲「命令航路」之始。[6]之後，如表8-3所示，台灣總督府積極的開拓台灣的對外航運路線，至1911年日本船隻已獨占台灣的航運。如此台灣航線的整編至1910年代中期，總共包括了日本線、沿岸線、華南線與華北等四線，共有輪船16艘，計五千三百餘噸。其中除日本線有日本郵船參加之外，其餘三線乃爲大阪商船所獨占。

隨著日本的運輸與航線的整編，台灣與日本的貿易，逐漸增加。台日航運加強台日貿易，由以下的統計可見一般。1908年木材與木板由日本進口到台灣的數量激增47%，除因土木建築業發達及南部地震影響之外，也因日台間通航輪船增加，使日本商品輸入台灣更加便利。尤其日本輪船公司低價競爭，更使台灣貿易轉移對象。大阪商船會社與日本郵船會社協議調降台日間與台灣沿海的運費。其中台灣特有物產（樟腦、腦油、砂糖、海草、烏龍茶、食鹽）輸往日本運費半價。[7]

相較於日本線、沿岸線、華南線與華北等四線，台灣總督府對台灣－南洋航線的開拓則較爲落後，到了1916年才開始。[8]自第一次世界大戰爆發後，日本商品輸往南洋有顯著的增加，台灣與南洋貿易亦有增進。隨著台灣銀行南洋金融網的擴張，1920年台灣倉庫公司的南洋倉庫股份有限公司的設立，於新加坡、爪哇的巴達維亞、三寶壠 、泗水、西里伯（Celebes）的馬加撒（Macassar）等本支店倉庫業的開始，[9]台灣總督府終於在1916年5月給予年額十萬圓的補助金命大阪商船開闢南洋航路。[10] 1919年與1921年，基隆盤谷線與越南的海防航線亦先後成爲「命令航線」。

Authorship

5. 澹庵，〈台灣經濟與南洋〉，收於台灣銀行經濟研究室編，《日據時代台灣經濟之特徵》（台北：台灣銀行，1957），頁131。
6. 台湾総督府，《台灣統治概要》（台北：南天書局，1945），頁179。
7. 〈台湾特有物産の運賃〉，《台灣日日新報》，明治32.9.6，第2版（日文版），號330，頁118。
8. 戴寶村，《近代台灣海運發展－戎克船到長榮巨舶－》（台北：玉山社，2000），頁131-133。
9. 澹庵，〈台灣經濟與南洋〉，《日據時代台灣經濟之特徵》，頁132。
10. 林思敏，《近代日本の南進政策―台湾総督府を中心に―》，頁93。

表8-3 日治初期日本、中國與沿岸航線之開設

時間	命令航路之開設	備註
1896年5月	（1）神戶－馬關－長崎－鹿兒島－大島－沖繩－八重山－基隆 （2）神戶－鹿兒島－沖繩－基隆	每月二次
1897年	（1）基隆－神戶線（日本郵船） （2）台灣沿岸定期航路（大阪商船）	1914年加強基隆－神戶線，由原來6000噸級船4艘增為6艘，每月往來次數由8次增為12次。
1899年4月	淡水－香港線（大阪商船） （1915年4月改為基隆－香港線）	與英商競爭之並行線 每月航行三至四次 年補助金125,000圓
1900年4月	安平－香港線 （1905年改為打狗－香港線）	月航二次 年補助金60,000圓
1905年	淡水－廈門－福州線	1909年廢止
1911年	打狗－香港線，延長至廣州 香港－上海線，改為打狗－上海線 加闢打狗－橫濱線	
1912年	打狗－上海線，延長至天津	1923年華北線復由天津延長至青島及大連。

資料來源：周憲文編著，《台灣經濟史》（台北：台灣開明書店，1980），頁853。

表8-4 南洋航路補助金一覽

年度	金額（圓）	年度	金額（圓）	年度	金額（圓）
1916	100,000	1923	360,000	1930	200,000
1917	100,000	1924	360,000	1931	200,000
1918	100,000	1925	360,000	1932	200,000
1919	120,000	1926	240,000	1933	200,000
1920	240,000	1927	240,000	1934	180,000
1921	360,000	1928	200,000	1935	200,000
1922	360,000	1929	200,000	1936	200,000

資料來源：林思敏，《近代日本の南進政策─台湾総督府を中心に─》（東京：東京外国語大学大学院地域文化研究科博士論文，2005），頁93。

1916年的南洋航線起點為基隆，經高雄、馬尼拉、山打根而達爪哇。1919年南洋航路分為甲乙兩線，甲線以連絡荷屬東印度北Borneo Celebes及菲律賓為主，乙線則行駛於法屬安南、暹羅、新加坡，均由大阪商船所壟斷。航行條件皆為每月一次、一年至少12次。1921年5月，台灣總督府又命山下汽船株式會社開闢基隆與海防間之定期航線，補助金額同甲、乙兩線，每年12萬圓。1922年後改稱為南洋丙線。

第一次世界大戰結束後在世界經濟景氣普遍蕭條的影響之下，甲、乙兩線面臨巨額的赤字，[11] 1924年底南洋乙線不得不止於曼谷，1926年南洋乙線停航。而南洋甲線則於1928年變更部分路線，並改名為爪哇線。同年丙線改為香港海防線，於1932年停航，取而代之的是基隆菲律賓線的新設，從1935年開始給予補助。此外，1939年再度新闢經由基隆或高雄的日本與曼谷航線。

南洋航線的開通促進了台灣與東南亞之間的直接貿易，逐漸取代香港的轉口貿易。1911年9月南洋航路開始後，直接由台灣出口至南洋者逐漸增加。日本據台之初，台灣的包種茶先由淡水出口至廈門，再經由香港轉口至印尼爪哇等地。1911年先有日本政府補助神戶出發到東南亞的航線，經過基隆、香港，運輸部份台灣的包種茶到東南亞。1913年日本政府更直接開闢基隆、爪哇的直接航線，使得原來經廈門、香港轉運時多由華商轉手的台灣包種茶生意，也漸轉而由台灣本島商人直接經手。[12] 但整體而言，在日治時期台灣與南洋的經濟關係，仍不能忽略轉口貿易的重要性。[13]

（二）1930年代中期之後的積極策動

在1936年日本的「國策基準」中，正式訂定「南進」路線之後，台灣作為南進據點的價值再度受到重視。在「南進」正式成為日本的「國策」之前，台灣總督府已開始積極推動南進的相關措施。1935年是日本領台40周年，總督府舉辦了「始政四十周年記念台灣博覽會」（1935年10月10日-11月28日）與「台灣總督府熱帶產業調查會」（1935年10月19日-23日），明確的展現總督府「南進」的企圖心。「熱帶產業調查會」促成了「台灣拓殖株式會社」（以下簡稱「台拓」）的成立（1936年11月25日）。「台拓」是台灣第一個「國策會社」，

Authorship

11. 赤字額度約為50至70萬圓。浅香貞次郎，《台湾海運史》（台湾海務協会，1941），頁356-357。
12. 林滿紅，〈日本殖民時期台灣與香港經濟關係的變化〉，《中央研究院近代史研究集刊》第36期，頁77。
13. 瀘庵，〈台灣經濟與南洋〉，《日據時代台灣經濟之特徵》，頁132。

與朝鮮的「東洋拓殖株式會社」以及中國東北的「滿州鐵道株式會社」相同，皆肩負著日本國家政策上的重要使命。

「熱帶產業調查會」的主要目的希望透過調查會的舉辦促進台灣產業的發達，同時利用台灣的地理位置積極開拓與華南及南洋的經濟關係。總督府事前爲「熱帶產業調查會」特別編製了「熱帶產業計劃要綱」與「熱帶產業計劃要綱說明書」，其內容主要分爲六大項，包括「貿易振興」、「企業投資與助成」、「工業振興」、「金融改善」、「交通設施的改善」與「文化設施的改善」。從上述「台拓」誕生的藍圖中可以看出，「台拓」的主要事業主要在於推動台灣的工業化，以及以台灣爲根據地發展與華南、南洋的經貿關係。

1930年代後半台灣的工業化過程，「台拓」扮演著重要的角色。[14] 除此之外「台拓」更在華南與南洋的經貿拓展上有重要的成果。「台拓」能在1930年代後半短期內即展現「南進」的重大成果，除了受小林躋造總督所提的「皇民化、工業化、南方基地化」之三大政策的影響外，也與當時日本軍占領華南與南洋部份地區有關。

首先、在華南方面，主要以福建省與海南島爲中心。1938年5月日軍占領廈門、10月廣東，1939年2月攻陷海南島。在中日戰爭陷入長期戰的情況下，日本期待軍方的作戰與「台拓」的經濟開發能夠發揮互補的功能。1937年12月在福建省設立「福大公司」，統籌福建當地金融統制、礦物與農產資源的開發、交通機關的開發等所有事業。1938年10月日軍占領廣東、1939年6月占領汕頭之後，「台拓」亦派員前往進行各項事業。[15] 至於海南島的部份，1939年2月日軍占領海南島後，「台拓」隨即派遣調查人員前往，進行農林開發、畜產、汽車、建築、製冰事業等工作。[16]

其次、在南洋方面，「台拓」的事業版圖遍及了印尼、泰國、馬來半島、菲律賓及荷屬東印度等地，所投資的產業包括礦業、棉業、橡膠業、畜產等非常多樣化。[17] 整體而言，相較於

Authorship

14. 張靜宜，《台灣拓殖株式會社之研究》（國立中央大學歷史研究所碩士論文，1997），頁191。
15. 台灣拓殖株式會社文書課，《事業概況書》（1942），頁46-48、頁63。
16. 台灣拓殖株式會社調查課，《事業要覽》（1941），頁32-41。台灣拓殖株式會社調查課，《事業要覽》（1942），頁26。
17. 台灣拓殖株式會社調查課，《事業要覽》，頁46-48。台灣拓殖株式會社調查課，《事業要覽》，頁28-30。台灣拓殖株式會社文書課，《事業概況書》，頁34-39。台灣拓殖株式會社調查課，《事業要覽》（1944），頁39-42。

華南的開發，「台拓」在南洋較注重礦業的發展。[18]

第二節 戰爭體制下的經貿統制

1937年日本對中國發動了第二次中日戰爭，從此殖民地台灣的經營也進入了另一個新階段。以下即以戰爭的不同發展階段爲基礎，探討日本在不同的戰爭需求之下所進行的經貿統制。區分爲1931年到1937年的備戰階段、1937年到1941年的戰爭前期、1941年到1945年的戰爭後期三個階段。

一、備戰階段（1931-1937）

1930年代在世界經濟區域化的發展潮流之下，日本經濟也面臨必須制定全新的對外經濟發展策略的挑戰，而這個課題迫使日本更急需將中國收編至自己的勢力範圍內。1932年滿州國的成立對日本而言即是一個重大的起點，之後更進一步取得對華北的控制，將華北畫入其勢力範圍。簡而言之，1930年代前半，日本的主要目標在於用武力進犯華北來鞏固其在中國東北的既得利益。但這也同時意味著日本已無餘力積極進行以海軍爲主力的「南進」。此時期台灣的角色主要在輔助日本向華南進行經濟滲透。爲達此目的，台灣總督府必須先完成對於台灣的經濟控制，掌握主導權，以鞏固其在之後遂行戰爭動員的權力基礎。

此一時期日本頒布的經貿統制法案包括了「重要產業統制法」（1931年）、「米穀統制法」[19]（1933年）、以及「貿易調節及通商擁護法」[20]（1934年）。其中影響台灣最大的法案是「米穀統制法」。由於日本資本主義經營台灣殖民經濟的基本特徵爲米糖兩大輸出指向商品作物的展開，因此米穀統制在備戰階段影響台灣的程度不言可喻。

（一）「重要產業統制法」與「貿易調節及通商擁護法」

1931年所公布「重要產業統制法」主要在於加強日本政府對重要產業的掌控能力。其內容包括被指定爲重要產業中的大型企業必須向政府提出登記；受到政府生產限制的產業在新設企業或擴張設備時必須先得到政府的許可；生產銷售數量、價格等受政府管控；政府得以對企業進行檢查或要求提報告等；若違反上述規定則處以3百圓到8千圓不等的罰金。

Authorship

18. 林思敏，《近代日本の南進政策—台湾総督府を中心に—》，頁190。
19. 「米穀統制法」（昭和8年法律第24号），中野文庫＜http://www.geocities.jp/nakanolib/hou/hs08-24.htm＞。
20. 「貿易調節及通商擁護二関スル法律」（昭和9年法律第45号），中野文庫＜http:www.geocities.jp/nakanolib/hou/hs12-73.htm＞。

1934年的「貿易調節及通商擁護法」，其主要給予政府透過關稅（輸入稅）調整的權利獎勵或減少特定商品的進口、限制或完全禁止特定商品的進出口。此外、針對被限制或禁止的商品，政府得要求廠商提出相關報告或進行帳簿等相關檢查。若違反規定則可處二年以下的徒刑或7千圓以下的罰金（若其違反的商品價值的三倍超過7千圓，則以價格的三倍爲罰金的上限）；而拒絕檢查或做虛僞不實報告者，則處六個月以下徒刑或3千圓以下罰金。

從「重要產業統制法」與「貿易調節及通商擁護法」的規範內容，可看出在1930年代前半日本著實的建立起經貿統制體系，以作爲發動大規模戰爭的的重要基礎。其中，「貿易調節及通商擁護法」的相關規範更延伸至台灣與朝鮮等海外殖民地。[21]

（二）米穀統制

1920年代蓬萊米在台種植成功，台灣農業以米作經濟爲中心快速成長。而台灣生產的蓬萊米，其兩大特色爲商品化比率高與出口導向（主要輸往日本）。但到了1930年代，日本出現了米穀大豐收而導致價格暴跌，地主和農民都因而陷入困境，如何解決此一「豐作貧乏」的問題成爲日本政府的重要課題。台灣出口至日本的蓬萊米，由於價格遠低於日本本身所產的稻米，與日本產的米處於競爭關係，因此當日本米生產過剩時，基於保護日本農民的立場，自然出現限制殖民地米進口的論點。

日本於1933年3月29日公布「米穀統制法」，其中主要規定政府爲調節米穀的數量及價格，得以進行米穀的買賣（第一條）；且可公訂每年米穀買賣的最高價格與最低價格（第二條）；此外日本政府可依法令所訂每月平均數量買賣國內各縣（都道府）產米銷售至其他縣、或台灣與朝鮮產米出口至日本本土的米穀（第四條）。

台灣米穀統制的實施是依據日本國內法而非殖民地特別法。[22]日本頒布「米穀統制法」後，台灣總督府於7月在殖產局內設立「米穀統制係」，8月18日殖產局召開秘密會議，針對米穀政策、替代作物可能性等問題，與日本農林省進行協商。同年8月，日本農林省設立直屬的「米穀事務所」，企圖不經由台灣總督府直接控制輸日米穀的買賣。10月11日農林省和拓務省

Authorship

21. 「貿易調節及通商擁護ニ関スル法律ヲ朝鮮、台湾及樺太ニ施行スルノ件」（昭和9年勅令第192号）。
22. 「米穀統制法ノ一部ヲ朝鮮、台湾及樺太ニ施行スルノ件」（昭和8年勅令第279号）。

協議促使台灣在1934、1935年度實行米作減產。11月1日，台灣、朝鮮兩殖民地與日本本土全面實施「米穀統制法」。[23]

對台灣總督府而言，米穀統制的實施擴大了其引進替代性軍需作物的能力，進而得以建立戰時經濟體系。在實施米穀統制之前，總督府並無法完全控制農民的生產選擇，「米糖相剋」的問題是最佳代表。而米穀統制的實施使得總督府可以透過控制米穀價格，進而影響農民的生產意願及生產作物的選擇。在日本正式取得南洋的控制前，台灣是唯一生產熱帶農產品的地區，如麻、棉花、酒精原料等，都是戰爭中不可或缺的物品。換言之，米穀統制政策具有濃厚的軍事國防意涵。例如無水酒精是戰時重要的燃料來源，在台灣無水酒精的製造以製糖業爲主，製糖業的原料爲甘蔗，而甘蔗與稻米則爲對抗作物，米價是製糖業者決定蔗價的標的。換言之，總督府在米穀統制體制之下，有更大的空間可以透過稻米價格的設定，來達到戰爭體制下的總體需求。[24]

二、戰爭前期（1937-1941）

（一）總動員體制

1937年 7月日本軍隊與中國軍隊在北京郊外的盧溝橋發生武裝衝突事件，使得中日兩國正式開戰。爲了遂行戰爭的目的，日本在翌年1938年4月1日公布「國家總動員法」，於5月5日開始實施。並於5月4日頒布「國家總動員法」於台灣施行令，[25] 使「國家總動員法」與日本本土同樣於5月5日生效。於是日本本土、台灣與日本所屬其他地域進入戰時總動員體制之內，且隨著戰局的激化，總動員體制也漸次被強化。

戰時總動員體制是一般參與戰爭國家所採取的非常時期體制，主要在有效調度戰時所需物資。而日本的戰時總動員體制，與英、美等國相較有其重要的特色。日本由於重工業的生產能力較英、美、德等國爲弱，因此其戰時總動員體制除了規劃物資分配計劃之外，進行生產擴充以增加軍需物資供給量，成爲戰時總動員體制的核心目標。[26]

Authorship

23. 林繼文，《日本據台末期戰爭動員體系之研究》，頁56。
24. 但根據研究，總督府殖產局真正採取動作介入米價是在1937年5月「台灣米穀移出管理令」公佈前後。詳細請參照高淑媛，〈戰時經濟體制下台灣糖業與無水酒精之發展〉，「產業發展與社會變遷國際學術研討會」論文，台北：中央研究院台灣史研究所，2007年6月21-22日。
25. 「国家総動員法ヲ朝鮮、台湾及樺太ニ施行スルノ件」（昭和13年勅令第316号）。
26. 林佛澍編，《戰時下の台湾経済》（台北，台灣經濟通信社，1939年2月1日），頁45；原朗，〈日本の戦時経済—国際の比較視点からー〉，《日本の戦時経済—計画と市場》（東京：東京大学出版会，1995年2月），頁3-38。

在中日開戰之初，台灣雖然沒有被直接劃入戰區，但軍人總督（小林躋造）的上台暗示了台灣將不可避免的被編入這場戰爭中，1937年8月上任的台灣軍司令官古莊幹郎更直接宣布台灣進入「防衛的戰時體制」。[27] 總動員體制初期在台灣特別著重於國民精神總動員運動、強化警備及防空設施；之後，隨著戰爭的長期化與國際情勢的改變，總動員體制的重點轉移至實質的經濟動員。所謂的經濟動員即透過台灣本島生產的增強、輸入的限制、輸出的振興、配給消費價格的統制、勞務的合理配置、海陸輸送的計劃化等經濟體制的整編與確立，以配合日本的戰爭需求。而這些橫跨物資、勞務、交通、貿易等動員計劃則隨著戰局的激化，一年比一年強化。[28]

爲了使各項動員計劃能夠有效率的執行，1938年7月將一直以來掌管資源調查工作的「官房調查課」擴大改組爲「官房企劃部」，由「官房企劃部」統合管理各部會所分別負責的動員工作。到了戰爭後期，爲更強化動員計劃，於1941年1月進行總督府官制的改革，設立企劃部，於企劃部下再分設企劃、物資、勞務與統計四課，全權負責總動員計劃。其中物資與勞務課分別掌管物資及勞務動員計劃的執行，企劃課則負責動員計劃以外的交通、電力、資金與貿易等統合總動員計劃的工作。[29]

在總動員法之外，日本經貿統制的相關法案尙包括「貿易及關係產業調整法」（1937年）[30]，「輸出入品等臨時措置法」[31]（1937年）、「臨時資金調整法」（1937年）、「軍需工業動員法適用相關法」[32]（1937年）、「米穀應急措施相關法」（1937年）、「米穀配給統制法」（1939）、「石炭配給統制法」（1940）等。其中適用於台灣的包括「貿易及關係產業調整法」、「輸出入品等臨時措置法」、「軍需工業動員法適用相關法」。[33] 此三法主要賦與政府得以限制或禁止特定期間、特定物品的進出口；亦可限制或禁止特定物品原料的製造、配給、讓渡、使用及消費；違反相關規定者可處以徒刑、懲役或罰金。

Authorship

27. 林繼文，《日本據台末期戰爭動員體系之研究》，頁107。
28. 台灣總督府，《台灣事情（昭和17年版）》（台北：成文出版社，1985年復刻版），頁205。
29. 台灣總督府，《台灣事情（昭和17年版）》（台北：成文出版社，1985年復刻版），頁206。
30. 「貿易及関係産業ノ調整ニ関スル法律」（昭和12年法律第73号），中野文庫<http://www.geocities.jp/nakanolib/hou/hs12-73.htm>。
31. 「輸出入品等ニ関スル臨時措置ニ関スル法律」（昭和12年法律第92号），中野文庫<http://www.geocities.jp/nakanolib/hou/hs12-92.htm>。
32. 「軍需工業動員法ノ適用ニ関スル法律」（昭和12年法律第88号），中野文庫<http://www.geocities.jp/nakanolib/hou/hs12-88.htm>。
33. 「貿易及関係産業ノ調整ニ関スル法律ノ一部ヲ朝鮮、台湾及樺太ニ施行スルノ件」（昭和12年勅令第721号）、「輸出入品等ニ関スル臨時措置ニ関スル法律ヲ朝鮮、台湾及樺太ニ施行スルノ件」（昭和12年勅令第515号）、「軍需工業動員法ノ適用ニ関スル法律ヲ朝鮮、台湾及樺太ニ施行スルノ件」（昭和12年勅令第505号）。

（二）米穀管理

隨著戰爭的進行，日本爲了確保因應戰爭所需要的糧食，於1939年5月公布「台灣米穀移出管理令」（同年11月開始實施），同時根據「輸出入品等相關臨時措置法」制定「稻穀收穫量調查規則」及「米穀配給統制規則」，[34] 實施了一連串的稻米管理政策。

此一階段台灣所面臨的米穀問題與前述1930年代前期的米穀問題具有根本上的差異。30年代前期的米穀統制的主要目的在於抑制1920年代過度成長的米穀經濟，以保護日本本國的農業；而1937年中日戰爭爆發後，日本國內稻米供應不足的問題逐漸浮現，米穀政策旨在增加日本稻米的供給。而導致日本國內稻米供應不足的原因包括了軍隊糧食需求的增加、因應戰爭而發展的重工業化增加都市中被供養的人口、徵兵導致農村勞動力不足而減少產量等。[35]

根據「台灣米穀移出管理令」，台灣產的稻米不論是出口或在島內消費，一律集中管理。台灣的米穀生產必須配合日本中央的米穀政策，樹立各年度的生產目標，使得米穀的生產具有計劃性，此外更依照每月輸往日本米穀的計劃，進行米穀的對日貿易。對日本而言台灣米穀移出管理主要的目的在於積極的擴充台灣土地的生產力，徹底的開發利用台灣的農業資源，以達到台灣做爲殖民地的產業使命。

至於米穀移出的管理工作，1939年5月成立負責重要事項審議的「台灣米穀移出管理委員會」，同年7月設置「米穀局」（1942年改爲「食糧局」）主管米穀管理的工作，同時在台灣各主要稻米產地與集散地設置「米穀事務所」或「出張所」，且於日本的米穀重要集散地如東京、大阪與門司等地設「米穀事務所」，於名古屋設「出張所」[36]。

爲使米穀移出管理事業得以順利推動，確立台灣島內產稻米的收購、配給的調整以及價格政策是前提要件。首先由1939年4月1日改組而成的各州「米穀商同業組合」及「米穀關係產業組合」訂立稻穀與糙米自肅價格，之後由於米穀的發展情勢日益緊迫，於是根據「米穀配給統制規則」第二條的規定，設定了稻穀、糙米及白米的最高收購價。從1940年的第一期稻

Authorship

34.「籾收穫高調查規則」、「米穀配給統制規則」。
35. 林繼文，《日本據台末期戰爭動員體系之研究》，頁117-118。
36. 台灣總督府，《台灣事情（昭和19年版）》，頁301-310

作開始實施了各項措施，包括調查工作、稻穀的收購與管理米制度、台灣島內消費米的配給體制的建立。

首先、調查工作主要根據「輸出入品等相關臨時措置法」而訂的「稻穀收穫量調查規則」（1940年6月），針對稻農的個別生產量、繳納地租的稻米量、各農家的自用量、可販賣量等進行綿密的調查，確實掌握稻米生產的相關數字以確保米穀管理事業得以順利推動。

其次、有關稻穀的收購，首先各地區的碾米業者以州、廳爲單位組成「米穀納入組合」，「米穀納入組合」的功能在於向農民購買稻穀，經過加工後繳納給政府，再由總督府米穀局負責出口至日本。根據「米穀統制令」的規定，農民只能將稻穀販賣給「米穀納入組合」，價格則根據總督府所訂「標準收購價格」（表8-5）。

第三、台灣島內消費米的配給。關於消費米的部份，則統合島內所有的碾米業者及米穀商，以州、廳爲單位組成「米穀配給組合」，負責向「米穀納入組合」購買米穀，加工後再賣給島內的消費者。至於其配給量則根據各州、廳消費量的調查結果，由政府訂定之。此外爲能有效提高稻米的使用效率，實施「米穀搗精限制規則」（1939年12月），規定原則上糙米精製成白米的比率爲「七分」（70%），可使用「屑米」與「碎米」時，禁止使用「良米」。更近一步組成「屑米配給組合」，訂定「屑米」的價格，以增加食用米的供給量。[37]

表8-5　食糧管理體制下稻米收購價格表

單位：圓/每石糙米

期作別	標準收購價	生產獎勵金	確保生產補助金	合計
1939年第二期作	28.55	-	-	28.55
1940年第一期作	28.72	-	-	28.72
1940年第二期作	30.81	-	-	30.81
1941年第一期作	31.96	-	-	31.96
1941年第二期作	33.55	2.00	-	35.55
1942年第一期作	33.55	2.00	-	35.55
1942年第二期作	33.55	2.00	-	35.55
1943年第一期作	34.36	4.20	-	40.56
1943年第二期作	36.35	-	9.20	45.55

資料來源：台灣總督府，《台灣事情（昭和19年版）》（台北：成文出版社，1985年復刻版），頁305。

Authorship

37. 台灣總督府，《台灣事情（昭和17年版）》，363-364。

三、戰爭後期（1941-1945）

1941年太平洋戰爭爆發，日本在東亞的擴張開始逆轉。在1941年6月24日的日本內閣會議訂定了「南方政策中的台灣地位」（「南方政策ニ於ケル台湾ノ地位ニ関スル件」）後，台灣被賦予軍事上重大的使命。在戰爭情勢緊迫之下，總督府更加緊經貿統制政策。

（一）食糧管理

進入戰爭後期，以稻米爲主的糧食確保更形重要。食糧管理大致延續戰爭前期米穀管理的基調，但爲因應緊迫的食糧供給，因應的管理措施在稻米方面包括提高稻米的使用效率與獎勵生產。

首先，就提高稻米的使用效率而言，根據1939年12月開始實施的「米穀搗精限制規則」，糙米的白米精製比率原本訂爲70%，但從1943年1月起降爲50%。此外，同年4月開始營業用及學生宿舍等所消費的米，在配給時除白米之外必須配合一定比例的糙米。

而獎勵生產的措施，從1941年第二期作開始根據「米穀生產獎勵規則」每石糙米發放二圓的生產獎勵金持續至1942年第二期作，到1943年第一期作時提高爲4.2圓。從1943年第二期作開始更廢除「米穀生產獎勵規則」，改爲發放每石9.2圓的補助金。[38]從表8-5可以看出，隨著戰爭的進行，糧食供應的日益緊迫，不論是稻米的標準收購價格、生產獎勵金或確保生產補助金皆逐年升高。

除了稻米的管理之外，戰爭後期的食糧管理的重要發展即是將稻米以外的主要糧食管理體制一元化。在中日開戰之初，食糧管理是以稻米爲中心展開，在稻米之外，主要糧食的配給統制僅規範甘薯與樹薯，有關其他的食糧品與雜貨的統制管理，不論是價格、管理機關、或生產配給措施等，皆雜亂不堪。總督府爲強化食糧管理的能力於是在1941年12月制定「台灣米穀移出管理會計特例相關法」[39]與「台灣米穀等應急措置令」，至此政府也名正言順的得以進行稻米之外的主要食糧作物及其加工品的買賣。至於主要糧食的配給統制則根據「物資統制令」制定了「小麥配給統制規則」與「小麥

Authorship

38. 台灣總督府，《台灣事情（昭和19年版）》，頁304。
39. 「台湾米穀移出管理特別法の特例に関する法律」。

粉等配給統制規則」。在食糧管理體制之下，稻米以外的食糧主要包括小麥、小麥粉、甘薯、澱粉類、雜穀、糖果餅乾巧克力、砂糖、醬油等。在食糧管理行政上，從1941年起由「米穀局」主管食糧的管理事務與配給統制。至此戰時的食糧管理體制完全確立。[40]

經濟統制宣導小梅庄於（昭和十七）1942年9月23日「經濟法令遵奉週間」的化妝遊行宣傳人員

（二）貿易統制

1941年5月14日又根據「國家總動員法」頒布「貿易統制令」，[41]於翌日開始實施。至於日本殖民地台灣、朝鮮及南洋群島等地則遲自5月25日開始實施。

經濟統制宣導日治時期「經濟法令遵奉週」期間宣導隊伍的遊行

「貿易統制令」規定，日本政府在戰時因國家總動員的需要，可限制、禁止、命令特定物品的進出口，該當物品的讓渡、處分、持有或移動等亦同（第一條）；進口或出口的命令則由總督府所發行的「輸出令書」或「輸入令書」，交由進出口業者辦理（第二條）；若發生損失則依「國家總動員法」第二十七條的規定辦理補償（第五條）；總督府有權要求提出進出口相關報告，或至商店、倉庫等場所臨檢，以及檢查帳簿與業務狀況等（第六條）。

戰時經濟統制時的商業奉公運動

從「貿易統制令」的規範內容可看出，進入戰爭後期，日本終於將貿易也納入了政府的管理之下。

Authorship

40. 台灣總督府，《台灣事情（昭和19年版）》，頁305-310。
41. 「貿易統制令」（昭和16年勅令第581号），中野文庫<http:www.geocities.jp/nakanolib/rei/rs16-581.htm>。

第三節 台灣對外貿易的發展

一、對日貿易

日治時期台灣對外貿易的發展，其實就是對日貿易的發展。1897年台灣貿易總額中，對其他各國貿易額達81%，而對日本貿易額僅占19%。到了1905年，對日貿易已占台灣貿易總額之56%，日本超過半數取得優勢地位。此後，台灣與日本之間的貿易發展愈來愈緊密。[42]

1930年代之後，從表8-6可看出，整體而言台灣的對外貿易仍舊是維持過去以日本為主要對象，占台灣對外貿易的80%-90%，但1940年代之後，所占貿易比重開始下降，到戰爭結束前已降至70%左右。

Authorship

42. 張庸吾，〈台灣商業之特徵〉，《日據時代台灣經濟之特徵》，頁101。

表8-6 歷年台灣對外貿易比重

單位：%

年度	總計			輸出			輸入		
	共計	對日本	其他各國	共計	對日本	其他各國	共計	對日本	其他各國
1930	100%	83.42%	16.58%	100%	90.55%	9.45%	100%	73.18%	26.82%
1931	100%	86.27%	13.73%	100%	91.19%	8.81%	100%	78.81%	21.19%
1932	100%	87.89%	12.11%	100%	92.50%	7.50%	100%	81.13%	18.87%
1933	100%	87.75%	12.25%	100%	92.89%	7.11%	100%	80.86%	19.14%
1934	100%	87.61%	12.39%	100%	91.33%	8.67%	100%	82.31%	17.69%
1935	100%	86.72%	13.28%	100%	89.58%	10.42%	100%	82.91%	17.09%
1936	100%	88.55%	11.45%	100%	92.51%	7.49%	100%	83.31%	16.69%
1937	100%	90.27%	9.73%	100%	93.20%	6.80%	100%	86.27%	13.73%
1938	100%	90.88%	9.12%	100%	92.04%	7.96%	100%	89.44%	10.56%
1939	100%	86.60%	13.40%	100%	85.97%	14.03%	100%	87.51%	12.49%
1940	100%	84.46%	15.54%	100%	81.14%	18.86%	100%	88.36%	11.64%
1941	100%	81.84%	18.16%	100%	76.90%	23.10%	100%	87.59%	12.41%
1942	100%	83.43%	16.57%	100%	80.21%	19.79%	100%	87.80%	12.20%
1943	100%	79.04%	20.96%	100%	73.01%	26.99%	100%	86.18%	13.82%
1944	100%	70.80%	29.20%	100%	69.31%	30.69%	100%	73.63%	26.37%
1945	100%	66.83%	33.17%	100%	59.41%	40.59%	100%	74.84%	25.16%

資料來源：根據台灣行政長官公署，《台灣省51年來統計提要》，「表321歷年輸出入貨物價值」作成。（http://twstudy.iis.sinica.edu.tw/twstatistic50/commerce.htm，2007/5/3）

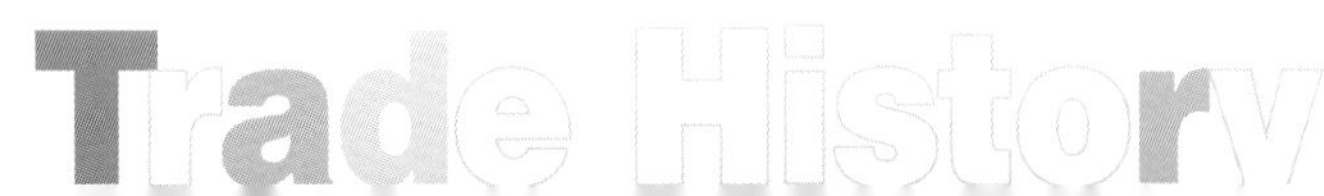

表8-7 歷年台灣貿易入出超

單位：台幣元

年度	出超（+）或入超（−）				
	共　計	指數	對 日 本	指數	對其他各國
1930	+73,182,994	100	+95,506,224	100	-22,323,230
1931	+75,250,743	103	+86,660,800	91	-11,410,057
1932	+76,230,218	104	+89,225,791	93	-12,995,573
1933	+63,024,391	86	+80,834,516	85	-17,810,125
1934	+90,906,979	124	+102,419,547	107	-11,512,568
1935	+87,624,927	120	+96,059,646	101	-8,434,719
1936	+95,263,030	130	+115,063,469	120	-19,800,439
1937	+118,051,253	161	+132,363,962	139	-14,312,709
1938	+89,794,645	123	+92,153,864	96	-2,359,219
1939	+184,288,359	252	+152,136,564	159	+32,151,795
1940	+842,41,565	115	+33534,736	35	+50,706,829
1941	+69,396,325	95	+7,952,446	8	+61,443,879
1942	+138,619,679	189	+82,008,839	86	+56,610,840
1943	+52,176,305	71	+786,378	1	+51,389,927
1944	+14,648,2222	200	+9.440,5883	99	+52,076,339
1945	+6,544,831	9	-2,373,976	—	+4,170,855

資料來源：根據台灣行政長官公署，《台灣省51年來統計提要》，「表321歷年輸出入貨物價值」作成。（http://twstudy.iis.sinica.edu.tw/twstatistic50/commerce.htm，2007/5/3）。

就對日貿易中的出口與進口而言，台灣對日本貿易主要是出口多於進口，因此對日本一直維持出超的關係（表8-7），但同樣在1940年代之後，台灣的對日貿易出超呈現極不穩定的狀態。反而在同一時期開始，台灣與日本以外其他各國的貿易關係，從一直以來的入超轉為出超。簡而言之，台灣的貿易發展，在1930年代中期之後，明顯的受到了戰爭的影響而有著重大的轉變。

（一）對日出口

如圖8-1所示，對日出口以飲食物、煙類、穀物、穀粉、澱粉類及種子及動植物等為最大宗，而其他的鐘錶、船舶機械類、藥材、化學藥、絲縷、布帛等工業製品則占不到10%。但到了1930年代末期，上述的狀況有了改變，即飲食物等農產加工品所占比重開始下降，取而代之的是工業製品的增加。

圖8-1 1930-1945年台灣對日本出口重要類別數值圖

單位：台幣元

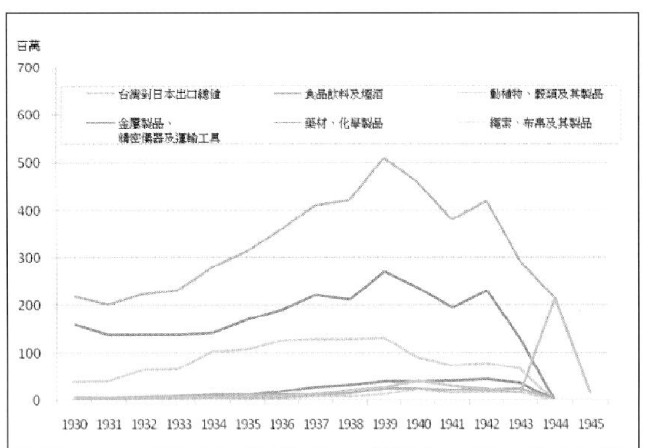

資料來源：根據台灣省行政院公署統計室編《台灣省五十一年來統計提要》，第934-935頁「表324歷年輸出價值按種類之分配-1。輸出日本」作成。

備註：1945年數值係指一月至八月底止。

台中香蕉集散地

鳳梨罐頭

這與台灣對日本以外國家出口的重要商品結構有極大的差異。對日本以外國家出口的重要商品較爲分散，礦物及陶磁器製品、玻璃及金屬製品、藥材、化學藥、製染料、顏藥、其調料、塗料合品及爆及塡充料炸藥等爲最大宗，在1930年代初期仍占將近30%以上，之後開始減少，到1940年則降至10%左右。而1940年之後穀物、穀粉、澱粉類、飲食物、煙類及種子則有明顯的成長。[43]

至於占對日出口最大宗飲食物、煙類、穀物、穀粉、澱粉類及種子、植物及動物等之內容，如表8-8所示，最大宗的輸出爲砂糖、其次爲米。此外香蕉、酒精、鳳梨罐頭亦爲數不少，但米與糖所占比例即高達80%以上，但米與糖所占比率自1937年開始明顯下降，至1943年降至55.85%。另一方面，對日本以外國家出口的品目中，主要的包括茶、砂糖、煤、樟腦與鳳梨罐頭等。[44]與輸往日本的商品比較，有二大特徵：首先最大的差異在於輸往日本的重要商品米，在輸往其他國家時角色被茶所取代；其次則是砂糖的出口，對日本的出口從1930年開始逐漸減少，而對其他各國則在1937年之後成爲主要的出口商品，所占比率超過30%，更在1943年達到47.6%。

Authorship

43. 台灣行政長官公署，《台灣省51年來統計提要》，「表324歷年輸出貨物價值按種類之分配-.輸往其他國家」。（http://twstudy.iis.sinica.edu.tw/twstatistic50/commerce.htm，2007/5/3）。
44. 台灣省行政長官公署統計室編，《台灣省五十一年來統計提要》，第948-951頁「表326歷年輸出主要貨物價值-2.輸往其他各國」。

表8-8 台灣對日出口主要商品

年度	台灣對日輸出總計（台幣元）	砂糖	米	香蕉	酒精	鳳梨罐頭
1930	218,633,341	64.89%	17.70%	3.83%	1.19%	1.59%
1931	201,424,107	59.81%	20.40%	4.14%	1.52%	2.06%
1932	222,682,738	54.66%	28.33%	3.14%	1.34%	2.31%
1933	230,746,911	51.40%	28.01%	3.42%	2.36%	2.08%
1934	279,410,271	43.78%	36.44%	2.91%	2.49%	1.62%
1935	314,200,483	46.46%	33.59%	3.02%	2.15%	2.33%
1936	358,894,998	45.56%	34.64%	2.95%	1.57%	1.63%
1937	410,258,886	46.07%	30.75%	2.86%	1.81%	1.85%
1938	420,103,914	42.27%	30.16%	3.06%	2.32%	2.01%
1939	509,744,571	44.97%	24.58%	3.24%	3.24%	2.20%
1940	459,287,582	40.41%	18.34%	5.58%	3.13%	2.27%
1941	379,794,861	41.21%	18.62%	4.68%	3.48%	0.98%
1942	419,628,216	43.97%	18.15%	2.63%	3.51%	1.47%
1943	292,712,955	33.29%	22.56%	1.85%	5.47%	0.77%
1944	215,690,666	—	—	—	—	—
1945	—	—	—	—	—	—

資料來源：根據台灣行政長官公署，《台灣省51年來統計提要》，「表326歷年輸出主要貨物價值-.輸往日本」作成。（http://twstudy.iis.sinica.edu.tw/twstatistic50/commerce.htm，2007/5/3）。

（二）對日進口

相較於出口商品項目集中於米、糖較為單純，對日進口方面商品項目種類較多，主要包括了棉及絲織物、肥料、木材及木板、酒類、紙等（圖8-2）。

圖8-2 1930-1945年台灣對日本出口重要商品數值圖

單位：台幣元

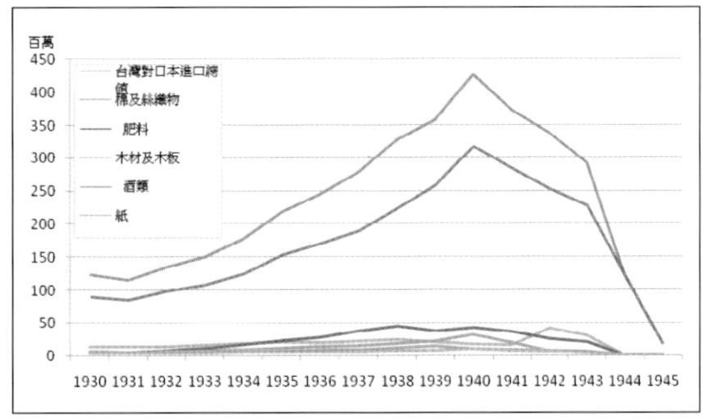

資料來源：根據台灣省行政院公署統計室編《台灣省五十一年來統計提要》，第934-935頁「表324歷年輸出價值按種類之分配-1。輸出日本」作成。
備註：1945年數值係指一月至八月底止。

二、對中貿易——東北貿易的興起

日治時期台灣對外貿易，如前述，以對日貿易為主，約占80%-90%。而日本占領台灣之前，台灣的主要貿易對象為中國，日本占領台灣後則以日本為主要貿易伙件，台灣與中國的貿易關係退居其次。至1930年為止，台灣與中國的貿易總額大體上占日本以外進出口貿易總額的50%左右。1930年之後，如表8-9、表8-10所示，對中國的出口占對日本以外國家出口，在1937年之前平均超過40%，1938年後則迅速攀升至80%以上，自中國進口則始終維持在50%以上，且逐年攀升，至戰爭後期更提高到80%-90%的水準。

表8-9 台灣對中國出口貨物價值與所占比重

年度	對日本以外出口總計（台幣元）	對中國出口	
		金額（台幣元）	比重（%）
1930	22,807,963	10,713,335	46.97%
1931	19,448,759	8,531,181	43.86%
1932	18,045,250	8,533,494	47.29%
1933	17,666,418	6,725,365	38.07%
1934	26,518,409	11,709,110	44.15%
1935	36,544,190	17,538,506	47.99%
1936	29,053,980	12,737,835	43.84%
1937	29,916,109	11,834,258	39.56%
1938	36,349,923	27,295,197	75.09%
1939	83,193,628	69,960,658	84.09%
1940	106,766,866	94,153,487	88.19%
1941	114,108,675	109,937,434	96.34%
1942	103,510,715	97,283,098	93.98%
1943	108,189,878	92,589,287	85.58%
1944	95,513,426	83,824,610	87.76%
1945	9,785,411	9,440,907	96.48%

資料來源：根據台灣行政長官公署，《台灣省51年來統計提要》，「表328歷年輸出貨物價值按國別之分配（1）」作成。（http://twstudy.iis.sinica.edu.tw/twstatistic50/commerce.htm，2007/5/3）。

表8-10 台灣對中國進口貨物價值與所占比重

年度	對日本以外進口總計（台幣元）	對中國進口	
		金額（台幣元）	比重（%）
1930	45,131,193	23,480,744	52.03%
1931	30,858,816	17,078,320	55.34%
1932	31,040,823	20,543,560	66.18%
1933	35,476,543	24,230,424	68.30%
1934	38,030,977	24,723,513	65.01%
1935	44,978,909	30,517,541	67.85%
1936	48,854,419	35,118,798	71.88%
1937	44,228,818	30,474,278	68.90%
1938	38,709,142	27,662,450	71.46%
1939	51,041,833	36,633,294	71.77%
1940	56,060,037	39,921,785	71.21%
1941	52,664,796	36,508,,502	69.32%
1942	46,899,875	42,897,091	91.47%
1943	46,799,951	40,882,338	87.36%
1944	43,437,087	40,280,501	92.73%
1945	5,614,556	4,789,022	85.30%

資料來源：根據台灣行政長官公署，《台灣省51年來統計提要》，「表329歷年輸入貨物價值按國別之分配（1）」作成。（http://twstudy.iis.sinica.edu.tw/twstatistic50/commerce.htm，2007/5/3）。

從清末開始，台灣與中國的貿易關係，基於地理位置與文化關係，台灣在中國的貿易對象以福建為主，日本領台後至1930年代初為止亦是如此。1902年至1912年間，台灣對福建的貿易值占台灣對中國貿易總值平均為72.73%，1913年至1931年之間，較為減少平均為51.3%。[45]

相對的台灣與中國東北之間的貿易值在1932年之後長期明顯的超越台灣對華南（以福建爲主）的貿易總值。在1932至1939年間，台灣對東北的貿易值占台灣對中國貿易值的比例，平均爲67.6%，台灣對華南的貿易值占台灣對中國貿易值得比例平均爲11%。換言之，在日治後期，台灣對中國的貿易重心，已從華南轉移至東北。[46]

位處寒冷乾燥的東北與亞熱帶濕熱地的台灣，在貿易關係上有很多的物產可以互通有無，是一個台灣與東北之間貿易發展的自然條件。台灣與中國東北間的貿易，在日俄戰爭結束之後即已展開，第一次大戰期間與之後成長速度較快，但整體而言雙方貿易往來並不頻繁。[47] 台灣與東北的貿易快速發展是在台灣1932年滿州國成立之後，這樣的展開與日本的政策有密切的關係。1932年滿州國成立之後，中國東北成爲日本的勢力範圍，在日本大力加強台灣與中國東北間的基礎建設，如金融網路的建立、加強海運設施、交通運輸的一體化、關稅與匯兌的特殊安排後，台灣在中國的主要貿易對象發生重大轉變，由華南轉向東北。[48]

1930年代之前，台灣出口至東北的商品以酒精爲大宗，1930年占對東北出口總額的71%。其他的則包括香蕉、柑橘、紙板與砂糖等。台灣自東北進口商品則以豆貨爲主，另有硫安、鐵、石炭、水泥等。在貿易收支方面，台灣處於入超狀態，以1931年爲例，台灣對東北的出口總額爲311,000圓，而自東北進口的總額爲10,480,000圓。東北貿易值占台灣對其他國家出口總額的比例在1931年時爲1.6%，自東北進口總額占其他國家對台灣進口總額的34%。[49]

Authorship

45. 台灣省文獻委員會，〈經濟志商業篇〉，《台灣省通誌》卷4，頁170-171。
46. 林滿紅，〈台灣與東北間的貿易（1932-1941）〉，《中央研究院近代史研究所集刊》第24期，頁658。
47. 台灣總督府財政局，《台灣貿易四十年表（1896-1935）》（台北：台灣總督府財政局，1935），頁394。
48. 林滿紅，〈台灣與東北間的貿易（1932-1941）〉，《中央研究院近代史研究所集刊》第24期，頁665-669。
49. 增田秀吉，〈台灣對滿州貿易の近狀〉，《台灣時報》，1933年1月號，台灣時報發行所，台北市，頁68-69。

1932年滿洲國成立之後，台灣與東北的貿易迅速成長。貿易額由1932年的15,835,000圓，增至1938年的45,519,000圓，增加了三倍。這樣快速的貿易關係的發展又以台灣對東北出口較自東北進口的發展來得迅速，從1932年到1938年台灣對東北的出口成長了十倍，而自東北的進口僅增加了二倍。在1932年之後，台灣自東北輸入的物品中，以豆餅居首，豆餅主要用來充當豬與其他家畜飼料及農田肥料，是東北盛產而台灣甚爲缺乏的商品，占台灣自東北進口商品比重一直維持在50%-60%之間。其次爲大豆，第三爲化學肥料硫安。而台灣對東北的出口依序爲砂糖、茶、青果、米，以農產品爲主，這與1931年之前以酒精等工業品爲大宗的出口品在結構上明顯不同。[50]

圖8-3 1930-1945年台灣對日本以外國家出口貨物價值

單位：台幣元

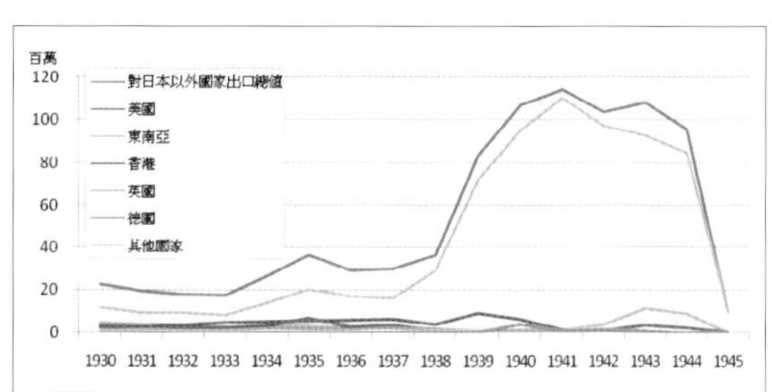

資料來源：根據台灣省行政長官公署統計室編，《台灣省五十一年來統計提要》，第962-965頁「表328歷年輸出貨物價值按國別之分配」作成。

備註：1. 1945年數値係指一月至八月底止；2. 東南亞包括安南、暹邏、海峽殖民地及婆羅洲、英領印度、菲律賓、荷領東印度等國家。

三、其他地區貿易

如圖8-3、圖8-4所示，台灣在1930年代之後，對日本與中國以外貿易地理分佈，南洋、香港、英國、美國、德國方面均有相當的數量。

圖8-4 1930-1945年台灣對日本以外國家出口貨物價值

單位：台幣元

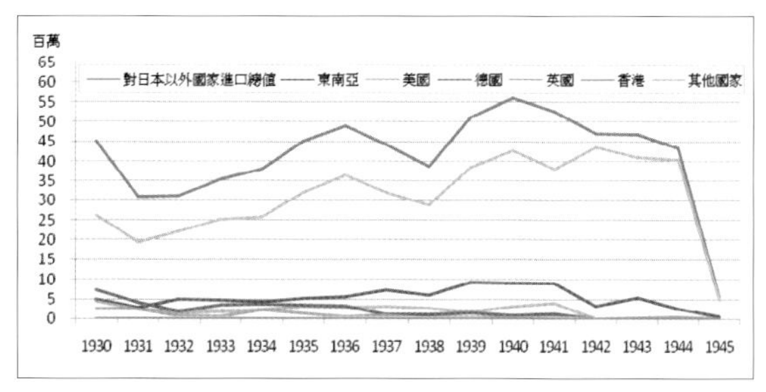

資料來源：根據台灣省行政長官公署統計室編，《台灣省五十一年來統計提要》，第966-969頁「表329歷年輸入貨物價值按國別之分配」作成。

備註：1. 1945年數値係指一月至八月底止；2. 東南亞包括安南、暹邏、海峽殖民地及婆羅洲、英領印度、菲律賓、荷領東印度等國家。

Authorship

50. 林滿紅，〈台灣與東北間的貿易（1932-1941）〉，《中央研究院近代史研究所集刊》第24期，頁671-675。

（一）香港

自清末開始，台灣與香港之間的貿易關係以轉口貿易爲主。如經由香港轉口的樟腦即占台灣樟腦出口的九成以上，銷往歐、美、澳市場的糖也以經由香港轉口。而台灣進口的洋貨要也是經由香港轉口而來，約占八成左右。[51]

1930年之後，台灣與香港的貿易關係以出口爲主，在1937年之前約占台灣對日本以外國家出口的10%強，但在中日戰爭爆發之後則迅速萎縮至1%左右。而與出口相較，自香港的進口則顯得較不重要，幾乎都占台灣對日本以外國家進口的1%以下。

（二）東南亞

日本領台初期台灣對南洋貿易，延續清末的狀況，直接交易並不發達，多是經由香港轉口。換言之，台灣與南洋的貿易，實質上雖具有深切關係，但直接交易較不振。[52] 而對香港的進出口品之中，進口石油的大部分來自荷屬東印度，出口的包種茶大部分輸往新加坡及荷屬東印度，尤其是爪哇。相較之下直接貿易的出口微不足道，進口則以越南的米與荷屬東印度的石油爲主。[53]

1912年之後，台灣與南洋的貿易開始快速增加。出口以包種茶爲主，進口品目則爲糖、米、石油。如表8-11、表8-12所示，台灣與南洋貿易的60%-70%是與荷屬東印度的交易，除與荷屬東印度有比較穩定的關係之外，在進口方面，與英領印度在1941年爲止保有深厚的關係維持與南洋其他地區的貿易關係則年有高低，尤其是台灣對南洋的出口特別顯著。主要原因在於台灣與南洋產業的發展階段都是以農業爲主的原始產業階段，且台灣產業中心的糖、米、茶等皆爲南洋各地的大宗產業，所以台灣對南洋的貿易，即受台灣及南洋的產業政策影響，而見盛衰消長。[54]

Authorship

51. 林滿紅，〈日本殖民時期台灣與香港經濟關係的變化〉，《中央研究院近代史研究所集刊》第36期，頁53。
52. 葉理中，〈台灣經濟在中國〉，《日據時代台灣經濟之特徵》，頁117。
53. 澹庵，〈台灣經濟與南洋〉，《日據時代台灣經濟之特徵》，頁133。
54. 澹庵，〈台灣經濟與南洋〉，《日據時代台灣經濟之特徵》，頁135。

表8-11 台灣歷年對南洋出口貿易額與比重

年度	總計 (台幣元)	安南	暹羅	荷領東 印度	海峽殖民地 及婆羅洲	英領 印度	菲律賓
1930	4,362,107		0.98%	95.72%	1.87%	0.03%	1.41%
1931	3,596,954	2.48%	3.70%	90.68%	1.04%	0.01%	2.10%
1932	1,897,728	0.19%	6.04%	84.36%	4.21%	0.88%	4.31%
1933	1,784,115	9.03%	12.86%	61.38%	11.09%	1.01%	4.64%
1934	2,892,632	11.73%	14.40%	53.44%	19.06%	0.97%	0.40%
1935	2,871,848	10.56%	17.81%	42.95%	24.26%	0.08%	4.33%
1936	2,082,683	13.04%	30.15%	17.76%	23.68%	10.62%	4.75%
1937	2,128,705	13.13%	31.13%	15.27%	15.61%	8.22%	16.63%
1938	693,841	22.56%	15.51%	34.93%	2.85%	5.19%	18.96%
1939	511,786	13.58%	28.38%	50.51%	0.11%	5.63%	1.78%
1940	1,035,803	6.64%	22.54%	20.55%	1.60%	45.97%	2.70%
1941	1,192,376	24.12%	24.88%	11.37%	0.12%	37.69%	1.83%
1942	3,669,701	18.26%	81.70%	0.03%	—	—	—
1943	11,096,567	31.01%	52.16%	1.19%	2.99%	—	12.65%
1944	8,734,880	56.39%	27.62%	0.99%	9.62%	—	5.39%
1945	—	—	—	—	—	—	—

資料來源：台灣行政長官公署，《台灣省51年來統計提要》，「表328歷年輸出貨物價值按國別之分配」。(http://twstudy.iis.sinica.edu.tw/twstatistic50/commerce.htm，2007/5/3)

表8-12 台灣歷年自南洋進口貿易額與比重

年度	總計 (台幣元)	菲律賓	荷領東 印度	海峽殖民 地及婆羅洲	安南	暹羅	英領 印度
1930	4,907,702	0.60%	24.69%	2.53%	6.09%	21.00%	45.09%
1931	2,792,168	0.82%	36.70%	4.46%	4.39%	6.11%	47.52%
1932	4,911,990	0.22%	33.04%	3.63%	3.31%	28.31%	31.49%
1933	4,778,813	0.25%	29.06%	5.51%	4.28%	13.28%	47.61%
1934	4,298,671	5.02%	35.87%	2.90%	2.51%	3.71%	49.99%
1935	5,157,484	0.33%	34.30%	4.53%	2.26%	4.56%	54.02%
1936	5,653,201	0.57%	32.60%	3.52%	3.05%	3.67%	56.59%
1937	7,216,927	0.89%	45.48%	2.61%	7.17%	2.87%	40.98%
1938	6,129,175	7.60%	34.28%	3.43%	1.85%	0.52%	52.31%
1939	9,248,479	3.50%	48.97%	0.01%	4.13%	1.73%	41.66%
1940	8,978,422	3.66%	48.92%	8.11%	7.28%	4.42%	27.62%
1941	8,957,994	0.91%	25.36%	6.38%	16.01%	16.08%	35.26%
1942	3,268,174	10.87%	11.94%	11.31%	33.64%	26.33%	5.91%
1943	5,458,453	15.42%	40.42%	25.21%	17.27%	1.33%	0.35%
1944	2,636,801	11.15%	47.82%	33.76%	2.23%	5.04%	—
1945	709,.969	96.99%	2.91%	0.08%	0.01%	0.01%	—

資料來源：台灣行政長官公署，《台灣省51年來統計提要》，「表329歷年輸出入貨物價值按國別之分配」。(http://twstudy.iis.sinica.edu.tw/twstatistic50/commerce.htm，2007/5/3)。

第8章 02

日本的南進政策與戰爭體制下的台灣經貿發展

Section

03

台灣貿易史

第3篇

第二次世界大戰以後

[Chapter 9]

▶▶戰後初期的接收與對外經貿問題

1945年8月15日日本投降之後，面臨政治與經濟體系轉換期的台灣，物資缺乏，對外貿易嚴重衰退。本章主要探討戰後初期國民政府接收形成公營企業爲主體的經濟體系，以及經濟統制政策、惡性通貨膨脹的籠罩下，台灣對外貿易的發展狀況與所面臨的難題。

中國戰區台灣省受降典禮
資料來源：文建會

中國戰區台灣省受降典禮會場外
資料來源：文建會

第一節 國民政府的接收與經貿政策

1945年8月15日日本投降之後，台灣面臨政治與經濟體系轉換期，對外貿易亦產生許多難題。首先，國民政府派員接收台灣，切斷了台灣與日本的經濟關係，欲使台灣經濟轉而與中國產生聯繫。在這過程中，台灣原有經濟機構與經濟制度面臨必須重新整編的複雜問題。第二，第二次世界大戰期間，台灣受到盟軍轟炸，生產力受到相當嚴重的損失。如圖9-1所示，若以戰前1937年爲基期，到1945年度，除了林業之外各產業的生產皆呈現衰退情形，總生產水準僅達1937年的45%左右，1946年以後才逐漸增加生產力，到了1950年度也僅回復到1937年的90%左右。[1] 也就是說台灣的主要貿易商品（例如米與砂糖等）產出低落，幾乎沒有出口的餘地。第三，是受到戰後中國大陸的影響。戰後中國大陸情勢不穩，國共衝突加劇，物價與貨幣價値不穩定，再加上財政困難，通貨膨脹加速惡化等，中國大陸的經濟問題，亦衝擊到戰後台灣經濟。[2] 此外，除了前述大環境

Authorship

1. 即使是林業也於1946年度呈現極大幅度的衰退。惟林業的生產指度變動非常大，暫不列入此處討論範圍。
2. 翁嘉禧，《台灣光復初期的經濟轉型與政策1945-1947》（高雄：高雄復文圖書，1998），頁2。

圖9-1 日治末期至戰後初期台灣各產業的生產指數與總生產指數（1937-1950）

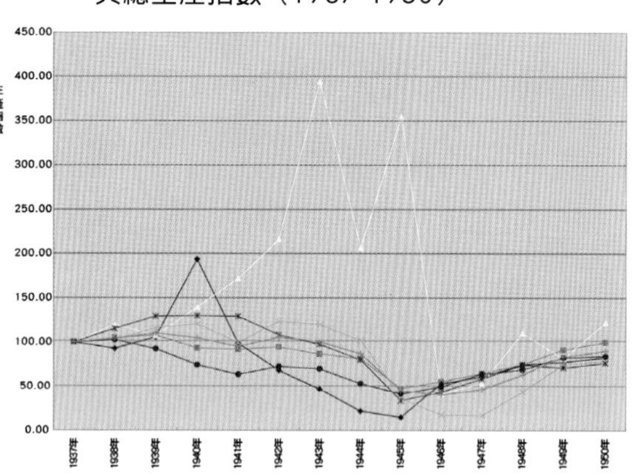

資料來源：根據夏霽成，〈論發行、物價、生產〉，《財政經濟月刊》，1卷8期，1951年，59頁（轉引自翁嘉禧，《台灣光復初期的經濟轉型與政策1945-1947》，頁21）之數據作成。

的問題，戰後初期台灣的貿易商品的出口，尚須面對以下的難題：（1）台灣的物價水準高於海外，使得出口商品的價格較高，國際競爭力相對低下[3]；（2）戰後初期台灣缺乏船隻與沒有定期的航行路線，使得台灣的貿易商品輸出困難。特別是農產品如香蕉、鳳梨等，由於容易腐敗，若沒有準確與定時的航期，極易影響出口貨物到港時的品質，進而影響交易[4]；（3）台灣的匯兌管制措施、支援貿易的金融機構（或海外分支機構）不足。戰後初期台灣的對外貿易不僅幾乎中斷，連對中國大陸的貿易也產生諸多問題與矛盾。

一、國民政府的對台接收

1945年8月15日日本宣布投降，國民政府於8月29日宣布任命陳儀為台灣省行政長官，9月7日又任命陳儀兼台灣警備總司令，陳儀於是成為集軍權、行政、立法、司法大權於一身的台灣首長。[5] 如此一來，陳儀的政治經濟理念對戰後初期台灣政治經濟有一定的影響。

1945年10月25日以陳儀為首的國民政府派遣來台官員，在台北成立了台灣省行政長官公署。1945年11月台灣省行政長官公署與台灣警備總司令部組織了「台灣省接收委員會」，同年底該委員會接收了台灣總督府所有的公有產業。翌年1月該委員會成立「日產處理委員會」進行日本人私人財產的接收及處理工作。總計到1947年2月接收日本人財產的結果如下：除土地之外，公務機關財產593件，帳面價值台幣29億3,850萬元[6]；企業財產1,295件，帳面價值台幣71億6,360萬元；個人財產4萬8,968件，帳面價值台幣8億8,880萬元。[7] 此三項合計的帳面價值達台幣約110億元。而後，接收的這些財產依據業種與規模，賣給民間或是收歸公有。

Authorship

3. 張庸吾，〈台灣商業之特徵〉，《台灣銀行季刊》，創刊號（1947年6月），頁122。
4. 張庸吾，〈台灣商業之特徵〉，頁122。
5. 翁嘉禧，《台灣光復初期的經濟轉型與政策1945-1947》，頁55。
6. 台幣（或稱舊台幣）與日治時期台灣流通的台灣銀行券兌換比率為1對1。
7. 劉進慶著，王宏仁等中譯，《戰後台灣經濟分析》（台北：人間出版社，1995），頁24。

表9-1 主要日本人企業改組成公營企業一覽表（1945-1946）

日治時期之日本人企業			國民政府接收改組成的公營企業	
金融機構	銀行	台灣銀行、台灣儲蓄、日本三和	省營	台灣銀行
		日本勸業銀行在台支店	省營	台灣土地銀行
		台灣商工銀行	省營	台灣第一商業銀行
		華南銀行	省營	華南銀行
		彰化銀行	省營	彰化商業銀行
	金庫	產業金庫	省營	台灣省合作金庫
	人壽保險	千代田、第一、帝國、日本、明治、野村、安田、住友、三井、第百、日產、大同、富國徵兵、第一徵兵	省營	台灣人壽保險股份有限公司
	產物保險	大成、東京、同和、日產、日本、大倉、大阪、住友、興亞、海上運輸、安田、日新、千代田、大正	省營	台灣產物保險股份有限公司
	無盡會社	台灣勸業、台灣南部、東台灣、台灣住宅	省營	台灣合會儲蓄股份有限公司
生產企業	日本海軍第六燃料廠、日本石油株式會社、帝國石油株式會社、台灣石油販賣株式會社、台拓化學工業株式會社、台灣天然瓦斯研究所等		國營	中國石油股份有限公司
	日本鋁業株式會社		國營	台灣鋁業公司
	台灣電力株式會社		國營	台灣電力有限公司
	大日本製糖株式會社、台灣製糖株式會社、明治製糖株式會社、鹽水港製糖株式會社		國營	台灣糖業公司
	台灣電化株式會社、台灣肥料株式會社、台灣有機合成株式會社		國營	台灣肥料公司
	南日本化工業會社（日本曹達、日本鹽業、台灣拓殖）、鐘淵曹達會社、旭電化工株式會社		國營	台灣鹼業公司
	台灣製鹽會社、南日本鹽業會社、台灣鹽業會社		國營	中國鹽業公司
	台灣船渠株式會社（三井重工業）、基隆造船所		國營	台灣造船公司
	株式會社台灣鐵工所、東光興業株式會社高雄工廠、台灣船渠株式會社高雄工廠		國營	台灣機械公司
	專賣局（煙、酒）		省營	台灣省菸酒公賣局
	樟腦局、日本樟腦株式會社		省營	台灣省樟腦局
	淺野水泥株式會社、台灣合成工業株式會社、南方水泥工業株式會社、台灣水泥管株式會社		省營	台灣水泥公司
	台灣興業株式會社、台灣紙漿工業株式會社、鹽水港紙漿株式會社、東亞製紙工業株式會社、台灣製紙株式會社、林田山事業所		省營	台灣紙業公司
	農林關係企業（茶業8單位、鳳梨業8單位、水產業9單位、畜產業22單位、共計45單位）		省營	台灣農林公司
	工礦關係企業（炭礦業24單位、鐵鋼機械業31單位、紡織業7單位、玻璃業8單位、油脂業9單位、化學製品業12單位、印刷業14單位、窯業36單位、橡膠業1單位、電氣器具類5單位、土木建設業16單位、共計163單位）		省營	台灣工礦公司

資料來源：劉進慶著，《台灣戰後經濟分析》，頁26-27。

台灣的日產接收以兩個單位為中心負責辦理，一是國民政府資源委員會，一是台灣省行政長官公署。收歸公有的企業其後的整理狀況，列於表9-1。由此可見，日治時期金融與工業部門中最具生產規模的日本人企業在戰後皆改組成公營企業。這成為戰後初期台灣經濟發展的出發點。此外，其他並未列在表中者，尚有貿易、商業、交通、運輸等部門的日產企業，亦被收編入公營企業之中。

二、戰後相關貿易機構的改組

前述對日治時期日本人資產的接收改組中，有關貿易部門的接收改組與其後的經營狀態，此處詳細說明。

（一）台灣省貿易局

「台灣省貿易局」（以下簡稱貿易局）成立於1945年10月底，隸屬於台灣省行政長官公署，初成立時名為「台灣省貿易公司」，1946年2月11日更名為「台灣省貿易局」[8]，1947年5月30日裁撤，另行成立「台灣省物資調節委員會」。當時的行政公署長官陳儀認為，貿易局的設立主要有三項目的：充裕國庫、調節物資以平抑物價、協助生產。[9] 雖然貿易局的存續期間相當短暫，但是作為戰後接收日本人貿易機構的組織，以及戰後初始國民政府在台灣的最高貿易機構，其歷史地位不可忽視。當時一般人多認為貿易局是「統制機構，或為一營利之獨占性壟斷組織」。[10] 但貿易局將自身定位為「名雖為省公營業務機構，但其性質純為一商業組織」。[11] 貿易局所根據的理由在於，其應用資金僅憑商業行為及商業方式，向台灣銀行融通，政府並未給予其他權利[12]；其業務方式與一般商人立於同等地位，力求自由競爭；雖屬商業機構，而並非以營利為目的。[13] 即使如此，如後所述貿易局統制進出口業務，而官員又涉及貪污，對當時台灣經濟實際上帶來相當多負面影響。

另一方面，陳儀雖主張採取統制貿易，但在實際執行上，為不使台灣人民產生與日治末期的統制經濟相同印象，貿易局採取了較緩和的手段。貿易局（當時為台灣貿易公司）於1945年12月，擬定了「台灣省貿易政策意見書」呈給行

Authorship

8. 以下為行文方便起見，皆稱「貿易局」。
9. 翁嘉禧，《台灣光復初期的經濟轉型與政策1945-1947》，頁44。
10. 貿易局，〈台灣光復後之貿易設施〉，《台灣銀行季刊》，創刊號（1947年6月），頁213。
11. 貿易局，〈台灣光復後之貿易設施〉，《台灣銀行季刊》，創刊號，頁213。
12. 貿易局與台灣銀行訂立透支台幣5000萬元的合約，為其主要營運資金。參見貿易局，〈台灣光復後之貿易設施〉，《台灣銀行季刊》，創刊號，頁213-214。
13. 貿易局，〈台灣光復後之貿易設施〉，《台灣銀行季刊》，創刊號，頁214。

政長官公署。從其內容來看，貿易局當時原本主張嚴格地實行計畫貿易，以收統籌之效，但礙於國內外之情勢，及民間對於計畫貿易之難以理解，於是改採重點主義，逐漸推進計畫貿易政策。而所謂重點主義，是指凡是與台灣省計民生有關之重要物資，除了由貿易局集中辦理進出口業務之外，商人亦得經營；其餘一般物資暫時依法概歸商人自由貿易；政府在此期間則全力維護並促進省營貿易公司發展，使之掌握優越地位而能領導台灣貿易。[14] 其具體的經營方針有四點：

（1） 省營生產成品，除特許外，應通令一律交由貿易公司集中輸出，所需輸入之機械原料用品，亦應委託貿易公司辦理進口；
（2） 所有與貿易發生密切關係之財政、金融、交通各部門，應取得緊密聯繫，於貿易公司需資金週轉及配備運輸工具時，盡量優先供應；
（3） 合辦生產事業的產品在省內販賣時儘可能委託貿易公司承辦，以促進生產者與消費者之合理聯繫；
（4） 日本官商貿易機構交由貿易公司接收，歸其統籌合併集中財力人力，促成高度發展，使之掌握實力，俾較國內外商人在貿易上居於優越地位而資領導。[15]

以下針對貿易局的主要業務分別討論之。

第一，接收工作方面，貿易局成立之後的首要業務，便是1945年11月5日接收日治時期作爲戰時統治台灣貿易的最高機構，「台灣重要物資營團」。之後並陸續接收日本官商貿易機構，其中最主要的有：三井物產株式會社、三菱商事株式會社、南興公司、菊元商行、台灣纖維製品統制株式會社、台灣織物雜貨卸賣組合、台灣貿易振興會社。[16] 所接收的日人貿易機構之財力人力可以爲貿易局所利用者，貿易局採取重點主義，辦理其進出口及配銷等事宜。[17] 也就是說，貿易局接收日治末期台灣最主要的貿易機構並繼續經營。從這點來看，貿易局本身的實力已超過其他一般貿易商的地位，其壟斷的歷史色彩是相當強的。

Authorship

14.〈貿易公司總經理于百溪呈報長官公署貿易政策意見書及貿易公司暫行組織規程〉，收錄於薛月順編《台灣省貿易局史料彙編　第一冊》（國史館，2001），頁2。
15.〈貿易公司總經理于百溪呈報長官公署貿易政策意見書及貿易公司暫行組織規程〉，收錄於薛月順編《台灣省貿易局史料彙編　第一冊》，頁2-3。
16. 台灣省貿易局編，《一年來之台灣貿易局》（台北市：台灣省行政長官公署宣傳委員會，1946），頁2。參見附錄表9-1。
17. 薛月順編，《台灣省貿易局史料彙編　第一冊》，頁203。

第二，設立分支機構。分支機構的設立主要是爲了辦理對外貿易或物資交換的事宜。1945年11月貿易局於上海設立辦事處。[18] 然後於基隆、台中、嘉義、台南、高雄及香港、東京等地設辦事處；並於天津派員會同中國植物油廠、於福州派員會同福建省銀行，專門辦理台灣省貿易公司的進出口業務。[19] 貿易局與政府機構的交易，多採取物物交換或委託方式辦理，例如將食糖、煤炭運往中國大陸，用以交換進口物資到台灣。（1）食糖：運往上海的食糖多委託中央信託局代售，或是交由蘇浙皖區敵僞產業處理局，交換進口布匹、麵粉等；運往天津的食糖，委託中國植物油料廠天津辦事處，然後會同貿易局人員依牌價銷售，所得價款採購物資運台；運往福州的食糖則委託福建省銀行會同貿易局人員依牌價銷售。[20]（2）運往青島的煤炭，與魯青區敵僞物資處理局交換肥料。[21] 其後，隨著戰後公營的台糖公司、糧食局、鹽管局的成立與開始營運，糖改由台糖公司負責外銷，米改由糧食局、鹽改由鹽管局專管。

第三，貿易局之業務。貿易局的經營原則爲：（1）根據台灣省供求實際情況，調劑全省物資之盈虛；（2）顧及民生需要及各生產交通機關之委託使命；（3）維持本省生產品推銷，不使外來物資價格降低。[22] 根據此三項原則，貿易局擬定年度營業計劃，按時作成週報告、月報告、年報告等上呈。主要的業務爲出口、進口及配銷三方面。

貿易局的營業狀況，以1945年10月至1946年11月底這段期間來看，如表9-2所示，（1）進口方面：經辦進口之物質主要爲布匹、肥料、麵粉、汽油、香煙紙、柏油、鋼鐵材料、阿摩尼亞、炭酸、啤酒花與重油等。進口方式主要爲交換物資，其次爲購進作爲內銷之用。[23] 進口地以上海爲最多，其次爲天津、青島，少數從美國進口。[24]（2）出口方面：出口物資主要爲台灣之農產加工品或資源物資，如茶葉、食糖、樟腦、煤炭、鳳梨罐頭、水菓、木材、大甲帽與大甲蓆等。主要銷往上海，部分銷往香港、福州與天津。[25] 出口地區以上海最多，其次是香港、福州與天津。（3）代銷或配銷方面：代銷台灣省產品，主要是銷售公營企業所委託銷售之產品。另外，配銷物資，主要是進口台灣所需要資物資，1945年11月到1946年10

Authorship

18. 薛月順編，《台灣省貿易局史料彙編　第一冊》，頁199。
19. 貿易局，〈台灣光復後之貿易設施〉，《台灣銀行季刊》，創刊號，頁213。
20. 〈本年盈餘五億元　貿易局于瑞熹副局長報告業況〉，《民報》，第510號，台北市，1946年11月28日，第3版。
21. 薛月順編，《台灣省貿易局史料彙編　第一冊》，頁214。
22. 薛月順編，《台灣省貿易局史料彙編　第一冊》，頁203。
23. 貿易局，〈台灣光復後之貿易設施〉，《台灣銀行季刊》，創刊號，頁215。
24. 貿易局，〈台灣光復後之貿易設施〉，《台灣銀行季刊》，創刊號，頁215。
25. 貿易局，〈台灣光復後之貿易設施〉，《台灣銀行季刊》，創刊號，頁215。

表9-2 貿易局業務概況（1945年10月-1946年11月）

進 口(1945.11-1946.11.)			出 口(1945.10.-1946.10.)			代銷台灣省產品(1945.11.-1946.11.)		
物資名稱	數量	性質	物資名稱	數量	性質	物資名稱	數量	委託代銷機關
肥料	8,457.24噸	購銷物資	食糖	10,265.14噸	購銷物資	石灰窒素	2,014噸	台灣肥料公司第一廠
布匹	123,540.9匹	〃	茶葉	159,920公斤	〃	過磷酸石灰	1,000噸	〃
麵粉	90,900袋	〃	煤炭	10,265.14噸	〃	過磷酸鈣	1,520噸	〃
汽油	265,000加侖	〃	木材	474噸	〃	皮革	10,500斤	台灣畜產公司
汽車	228輛	代購物資	鳳梨罐頭	583,020罐	〃		29,784坪	〃
	(已到78輛)		水果	395.09噸	〃	肥皂	358箱	台灣油脂工業公司
鋼鐵材料	92噸	〃	大甲帽	562.5打	〃	橡膠製品	381,575件	台灣化學製品公司橡膠工廠
阿摩尼亞	2.85噸	〃	大甲蓆	400張	〃			
炭酸鈉	50噸	〃	樟腦	8,911箱	代銷物資			
啤酒花	10噸	〃						
油漆	355加侖	〃						
火柴	180,000盒	〃						
洋燭	32箱	〃						
電燈泡	90,700個	〃						
香煙紙	45,600,000公尺	〃						
車胎	19個	〃						
內車胎	17個	〃						
洋釘	2,400磅	〃						
柏油	31.5噸	〃						
重油	150噸	〃						

資料來源：薛月順編，《台灣省貿易局史料彙編　第一冊》，頁211-213。
上述若干數據在不同的資料中有所不同，列舉如下：根據貿易局，〈台灣光復後之貿易設施〉，《台灣銀行季刊》，創刊號，頁215之資料，(1)進口物資：布匹123,664匹；汽油26,500加侖；阿摩尼亞10,500磅；(2)出口物資：煤30,055公噸；樟腦1,044,671磅。

月底，計配銷物資包括，布匹（49,420匹）、麵粉（90,382袋）、汽油（194,298加侖）、肥料（1,015噸）、膠製品（381,575件）、電石（48,651罐）、皮革（541公斤）、鳳梨（21,000罐）、砂糖（56,303公斤）、肥皂（8,336塊）與蚊帳（138床）等。[26] 配銷對象以一般人民及合作社爲主，少數是承銷商。[27]

從貿易額來看，1946年台灣的貿易總額爲台幣35億6,700萬元，而透過貿易局所辦理貿易額爲台幣12億5,000萬元，占35.0%。即貿易局所處理的貿易額約占台灣貿易總額的三分之一左右。個別來看，當年台灣進口物資總額約爲台幣10億8,500萬元，貿易局辦理的進口額約爲台幣4億300萬元，占37.1%；出口物資總額約爲台幣24億8,200萬元，貿易局辦理的出口物資額約爲台幣8億4,700萬元，占34.1%。[28]

（二）台灣省物資調節委員會

1947年2月的二二八事件之後，同年5月魏道明接任首長，爲首任台灣省主席，隨即著手修改有關專賣與貿易的規定，貿易局的存廢即是其中被討論的對象。5月30日於第三次省政府委員會議，通過裁撤貿易局，另外成立「台灣省物資調節委員會」[29]（以下簡稱物調會）。物調會爲省營貿易機構，成立之時台灣經濟處於物資缺乏，經濟混亂的時期，故物調會併同其他機構負責管制台灣貿易。然而，物調會對於台灣貿易的管制，似乎比貿易局有過之而無不及。因爲貿易局僅於1947年2月15日到3月19日爲了平抑物價而管制貨物進口；但是物調會是將物資管制列爲經常性的工作項目。[30] 及至1950年，省政府於建設廳下設立貿易科，專掌貿易行政，物調會才調整成專司貿易經營之機構。

（三）台灣航業有限公司

1945年5月起台灣各航運機構全部停止營業，由日本船舶運營會統制接管。戰後，台灣省行政長官公署交通處設立「航務管理委員會」，接收並管理台灣航務。同年12月，接收日人「船舶運營會」，並將之改組爲「船運處」，經營福建與台灣的航運。1946年1月行政長官公署將「航務管理委員會」改組爲「航務管理局」，並同時設立「台灣航業有限公司籌備處」，接收日人所設的七家商船會社。1946年

Authorship

26. 貿易局，〈台灣光復後之貿易設施〉，《台灣銀行季刊》，創刊號，頁215。
27. 貿易局，〈台灣光復後之貿易設施〉，《台灣銀行季刊》，創刊號，頁215。
28. 李文環，〈戰後初期台灣關貿政策之分析（1945-1949）（下）〉，《台灣風物》，第50卷第1期，2000年3月，頁69-70。
29. 薛月順編，《台灣省貿易局史料彙編　第三冊》編序（國史館，2001），頁2-3。
30. 薛月順編，《台灣省貿易局史料彙編　第三冊》編序，頁3。

7月1日台灣航業有限公司正式成立，並接管「航務管理局」的業務。[31]

（四）台灣之關務機構

關務手續與稅率與進出口貿易業務是息息相關的。戰後台灣的關務由國民政府海關總稅務司署派員接收。1945年12月1日海關總稅務司署在台北與高雄，分別設立台北關稅務司公署及台南關稅務司公署。前者管轄濁水溪以北的通關事務，並設立基隆支關、淡水支關；後者管轄濁水溪以南的通關事務，並另設台南支關與安平支所。[32] 而後，又陸續在台灣各地設支關或支所，辦理關務事項。

Authorship

31. 徐肇基，〈台灣的航運港務〉，收入中國新聞出版公司編，《台灣經濟年報--中華民國四十二年》（台北市：中國新聞出版公司，1953），頁156。
32. 財政部關稅總局編，《中華民國海關簡史》（台北市：財政部關稅總局，1995），頁63-67。

表9-3 1945-1949年間各類貨物關稅之平均稅率變動情形

貨品類別		1945年9月	1948年8月		1949年1月	
		國定稅率	國定稅率	協定稅率	國定稅率	協定稅率
第一類	棉及其製品	23.4%	60.46%	--	35.74%	--
第二類	亞麻、苧麻、火麻及其製品	19.7%	34.13%	10.00%	34.13%	10.00%
第三類	毛及其製品	35.8%	52.22%	7.17%	45.09%	7.17%
第四類	絲及其製品	64.4%	124.30%	--	124.3%	--
第五類	金屬及製品類（含礦砂、機器、車輛）	16.5%	29.38%	--	29.13%	--
第六類	食品、飲料、草藥類	30.1%	74.00%	63.33%	72.63%	63.33%
第七類	菸草類	35.0%	127.1%	15.06%	98.57%	15.06%
第八類	化學產品及染料類	15.7%	28.8%	38.75%	28.35%	38.75%
第九類	燭、皂、油、脂、蠟、膠、松香類	15.3%	28.79%	18.81%	28.79%	18.81%
第十類	書籍、地圖、紙及紙漿類	19.2%	34.93%	13.18%	34.93%	13.18%
第十一類	生熟獸畜產品及其製品	17.5%	38.63%	19.79%	38.63%	19.79%
第十二類	木材、木、竹、藤、草、及其製品	19.6%	34.51%	13.06%	34.51%	13.06%
第十三類	煤、燃料、瀝青、煤膏類	13.3%	18.13%	16.58%	18.13%	16.58%
第十四類	磁器、搪磁器、玻璃等類	24.0%	53.25%	10.37%	53.25%	10.37%
第十五類	石料、泥土、及其製品類	16.4%	30.79%	22.50%	29.50%	22.50%
第十六類	雜貨類	21.9%	48.01%	21.74%	47.50%	21.74%

資料來源：（1）1945年稅率表係依據1945年9月24日海關總稅務司署通令第6727號附表統計。
（2）1948年稅率依據1948年上海海關總稅務司署統計科印行,《中華民國海關進口稅則－民國37年8月》，3-47頁各類稅率統計而成。
（3）1949年稅率係依據1950年台北海關總稅務司署重印本，《中華民國海關進口稅則－民國37年8月》，3-47頁各類稅率統計而成。
轉引自李文環，〈戰後初期台灣關貿政策之分析（1945-1949）（上）〉，《台灣風物》49卷4期，133頁。

三、相關貿易政策與措施

（一）關稅制度的整編

1945年12月1日國民政府的海關總稅務司署宣布，台灣之進出口貨物的關稅按照中央現行法令徵收，[33] 將台灣納入中國的關稅制度之下，其具體內容如下。出口稅則方面，依據1943年修正的稅則，貨物分成六類，210稅目，稅率爲5%的從價稅。[34] 1946年9月以後出口稅停止徵收。[35] 進口稅則方面，依據1934年的修正稅則，貨物分爲16類，672稅目，從量稅率490餘項，從價稅率400餘項，免稅9項，最低稅率爲5%，最高稅率爲80%，平均稅率爲25%。[36] 1948年8月，重新修正進口稅則，貨物分爲16類，672號別，1051項稅目，取消從量稅率，全部採用從價課稅及複式稅率，最高稅率爲200%，稅率分級增加，故進口關稅負擔較以前爲重。[37] 由表9-3可以看出1948年8月的新稅率其平均稅率較1945年9月者高出許多，也顯示政府欲促進出口與減少進口，增加財政收入的意圖。

台灣納入中國的關稅制度之後，對中國大陸貿易變成內國貿易，不需要課徵關稅；但對日貿易由內國貿易變成外國貿易，必須課徵高關稅，因此對外貿易的市場由日本轉向中國大陸。由表9-4可以看出1946-1948年間，台灣對中國大陸的貿易額占對外貿易總額的比率，平均超過90%。顯示台灣的對外貿易的最主要對手與市場皆由日本轉向中國大陸。

（二）經貿管制政策

戰後台灣對外貿易市場從日本轉向中國大陸的因素，除了上述的關稅制度之外，還有一項重要因素就是貿易管制措施。不過貿易管制措施除了限制台灣的主要物資的進出口數量與對象，亦對島內販賣活動設限，其影響更爲嚴重。

行政長官公署接收台灣後，立刻施行台灣兩大商品農產品－米與砂糖的出口管制措施。1945年10月31日公布管理糧食臨時辦法，之後於11月30日公告嚴禁砂糖走私。[38] 1946年1月更進一步管制專賣品的進出口，規定菸、酒、鹽、火柴、樟腦、度量衡器具等專賣品，若無專賣局許可，一律禁止進出口。[39] 同年4月，台灣省行

Authorship

33. 李文環，〈戰後初期台灣關貿政策之分析（1945-1949）（上）〉，《台灣風物》，第49卷第4期，1999年12月，頁132。
34. 財政部關稅總局編，《中華民國海關簡史》，頁125-126。
35. 財政部關稅總局編，《中華民國海關簡史》，頁126。
36. 財政部關稅總局編，《中華民國海關簡史》，頁126。
37. 財政部關稅總局編，《中華民國海關簡史》，頁126。
38. 台灣銀行經濟研究室，〈台灣光復後之經濟日誌〉，《台灣銀行季刊》，創刊號，頁230。
39. 李文環，〈戰後初期台灣關貿政策之分析（1945-1949）（上）〉，《台灣風物》，第49卷第4期，頁155。

表9-4　1946-1949年台灣進出口貿易變動情形

單位：%

	貿易總額			進口額			出口額		
	合計	對中國大陸比重	對外國比重	合計	對中國大陸比重	對外國比重	合計	對中國大陸比重	對外國比重
1946年	100.0%	94.1%	5.9%	100.0%	96.4%	3.6%	100.0%	93.0%	7.0%
1947年	100.0%	90.8%	9.2%	100.0%	88.3%	11.7%	100.0%	92.5%	7.5%
1948年	100.0%	86.5%	13.5%	100.0%	91.1%	8.9%	100.0%	82.7%	17.3%

資料來源：根據李文環，〈戰後初期台灣關貿政策之分析（1945-1949）（上）〉，《台灣風物》，第50卷第1期（2000年3月），頁70，表5與表6而得。

政長官公署公布「暫行禁運出口材料清單」，列舉鋼料、鐵板、銅、鋅、鉛、鋁、水銀、電線、生橡皮、電動機、發電機、變壓器、變壓器油、焊條、錫塊、硫酸等各類五金、工業材料及戰略用物資，禁止出口。[40] 同年7月20日台灣省行政長官公署對黃麻出口也加以管制。[41] 惟這些物資之進出口管制，雖然一方面阻斷了對日貿易，但另一方面也阻擋了對中國大陸的貿易，而這對當時國民政府的中央財政稅收而言，卻是一大障礙。因此，台灣省長官公署的貿易管制措施，似乎並未受到國民政府的大力支持，相反地國民政府還透過在台的海關稅務司署抵制這些貿易管制措施。[42]

第二節 政經發展與二二八事件

如上所述，戰後初期台灣的經貿政策，基本上以管制爲基調。管制的原因雖是爲了解決經濟混亂與物價上漲的問題；但是成效有限，甚至更爲惡化，使得民間不滿的情緒不斷累積。終於，因爲1947年2月27日台北市的查緝私煙衝突，爆發了全省性的「二二八事件」。

Authorship

40. 李文環，〈戰後初期台灣關貿政策之分析（1945-1949）（上）〉，《台灣風物》，第49卷第4期，頁155。
41. 李文環，〈戰後初期台灣關貿政策之分析（1945-1949）（上）〉，《台灣風物》，第49卷第4期，頁155。
42. 相關論文參見李文環，〈戰後初期台灣關貿政策之分析（1945-1949）（上）〉，《台灣風物》，第49卷第4期，1999年12月。該文指出，國民政府於1946年3月公布「進出口貿易暫行辦法」，其附表規定了向海關申請許可後得輸入之物品、加徵50%稅率的奢侈附加稅物品、禁止輸入之奢侈品、政府核准才可出口之物品。代表國民政府的海關稅務司署認為所有進出口管制物品均應比照該辦法的三個附表處理。亦即在台灣僅米不得出口外，其他對台灣進出口重要物質的管制幾乎沒有。因此海關對於行政長官公署的貿易管制措施，實際上是沒有配合辦理的。（參見附錄表9-2）

一、通貨膨脹的惡化－糧食管制與糧價上漲

此處暫且以糧食價格的變化來說明戰後通貨膨脹惡化的情形。根據台灣省糧食局的調查，1945年台灣產米僅63萬8,829噸（447萬1,000日石），而當時全台灣年消費米量約爲88萬8,714噸（620萬日石)，不足量達24萬6,885噸（172萬8,000日石）。[43] 換言之，戰後台灣的產米根本無法滿足需求。因此，台灣省行政長官公署一成立，爲解決米荒問題，立刻於10月31日公布管理糧食臨時辦法，徵購民間的米穀。但是，因爲（1）當時物價不斷上漲，米穀的收購價格卻無法隨時提高；（2）10月31日公布該辦法時，已過了收成時期，沒有事先測定徵購額，農民不肯繳納徵穀；（3）前年米穀欠收，民眾產生恐慌心理；（4）糧食運輸受到阻撓，民間囤米情況嚴重，所以管理糧食臨時辦法的成效並不彰，市場上仍然糧食缺乏。[44]

糧食管制的結果，米穀反而流向黑市，被米商所囤積販賣，造成黑市的米價不斷上漲。根據《民報》的調查，1945年接收當時的火食米價格，每斤1元8角，到10月底漲到每斤3元3角，若與配給米價相比，則更高出十數倍。[45] 管理糧食臨時辦法公布後，米價略降至每斤3元1角，但僅維持1個月。12月1日起米價開始上漲，12月15日已達到每斤6元5角，12月30日更達到每斤8元。[46] 至此，民間希望停止食米配給制，改爲自由販賣制的聲音四起。[47] 於是，1946年1月11日長官公署公布修正管理糧食臨時辦法，准許1月12日起全省食米自由販賣。而糧價也有所下跌，1946年1月15日，每斤跌至5元。[48] 但是，此景維持不了幾天，就因爲年關需求增加的影響，米價又再度上漲，1946年2月7日米價達每斤15元。[49] 此後，米價便在重複的市場預期心理下，漲跌互見，但始終維持在每斤16元以上。[50] 而米的配售在此期間有再度恢復的情況，花蓮縣在1月14日就恢復配售食米；台北市則在3月9日開始廉價

Authorship

43. 糧食局，〈台灣光復後之糧政措施〉，《台灣銀行季刊》，創刊號（1947年6月），頁211。此外，米的供需尚有不同的估計結果。例如，于景讓之估計，台米年產量僅500餘萬石，日據時期台省年消費稻米量至少須700萬石，缺口約150萬石。于景讓，《台灣之米》（台北：台灣銀行金融研究室，1949），轉引自檔案管理局編印，吳若予撰文，《二二八事件與公營事業》（台北：檔案管理局，2007），頁130。
44. 糧食局，〈台灣光復後之糧政措施〉，《台灣銀行季刊》，創刊號，頁211。
45. 〈收回浮動鈔票，創建健全財政，以抑高物價並安定民生〉，《民報》，1945年10月31日1版。
46. 檔案管理局編印，吳若予撰文，《二二八事件與公營事業》，頁131。
47. 根據台灣廣播電台對食糧配給問題所做的民意測驗，贊成配給制者24,404票；反對者32,656票。（台灣銀行金融研究室，〈台灣光復後之經濟日誌〉，《台灣銀行季刊》，創刊號，頁231。）
48. 檔案管理局編印，吳若予撰文，《二二八事件與公營事業》，頁131。
49. 檔案管理局編印，吳若予撰文，《二二八事件與公營事業》，頁132。
50. 例如福建米將運入台灣的傳聞，則另米價下跌，屆時福建米未運至台灣的話，則米價又上漲等循環，直到6月新米上市。期間3月米價曾一度上漲到每斤18元5角（參見檔案管理局編印，吳若予撰文，《二二八事件與公營事業》，頁132。

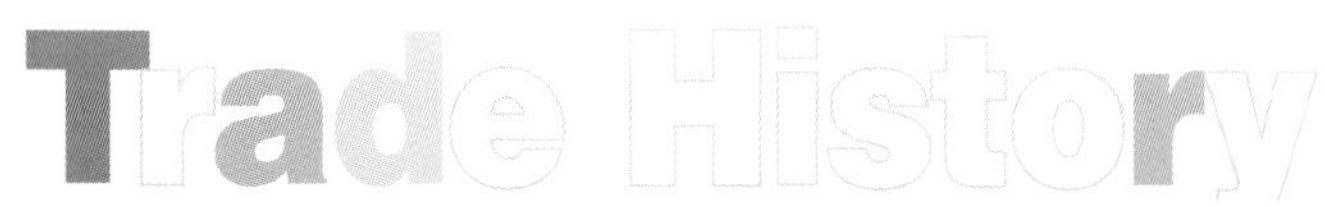

配售食米。[51] 6月新米上市之後，7月初米價跌回至每斤10元。[52] 10月以後米價又再度上漲。直到「二二八事件」發生前，黑市米價每斤36元，但有行無市，糧食局限定米價最高價爲23元9角，也未見成效，甚至有「若干市民無米可炊」。[53] 米的供需與價格如此失調，市場大爲混亂，引起人民不滿。

二、公營事業的壟斷經營

如前所述，戰後的接收與改組形成龐大的公營企業，爲戰後初期台灣經濟發展的出發點。台灣人民對於這樣的公營企業，最初的支持是大力支持的，例如《民報》在1945年11月2日曾經以「專賣事業須繼續，大企業應歸國營，以期節制資本減少稅捐」爲題，表示支持公營事業與專賣經營的立場。 但是不過短短的時間，已經產生失望不滿。《民報》是目前一般認爲可以用來代表戰後初期民間言論的報紙，從當時民報的新聞報導與社論，可以看出戰後社會經濟日漸不安定的狀況，導致民間對於公營事業壟斷與官員貪腐行爲的不滿、以及對公營事業人事的不信任，本省人工作權受到歧視的積怨日深的軌跡。[54]

三、「二二八事件」發生前的台灣經濟

「二二八事件」之前，當時台灣民間對公營事業的不滿包括人事問題、貪污腐敗的問題。其中問題最大的公營事業，可以說是專賣局與貿易局。1946年貪瀆案件後來經司法審理提起公訴的9個案件，都集中在貿易局、專賣局與鹽業公司三個公營事業，而且皆爲高階主管。[55] 在這情況下，民眾對於專賣局與貿易局的職能產生懷疑與不滿。但是專賣局與貿易局皆是長官公署實施管制經濟的重要單位。1947年台灣的通貨膨脹逐漸加速，爲了強化實施管制經濟，陳儀於1月22日召集各部會議，指示設立經濟警

Authorship

51. 台灣銀行金融研究室，〈台灣光復後之經濟日誌〉，《台灣銀行季刊》，創刊號，頁231、233。
52. 檔案管理局編印，吳若予撰文，《二二八事件與公營事業》，頁132。
53. 〈米價問題仍然嚴重，市民多有無米可炊，各種貨色價格依然堅挺〉，《民報》，1946年2月15日，三版。
54. 相關報導可參見《民報》：〈社論：接管勿忘生產〉（1946年1月19日）；〈社論：檢討省營事業〉（1946年2月1日）；〈社論：抑平物價與活用合作社〉（1946年3月4日）；〈社論：國家資本與官僚資本〉（1946年3月21日）；〈社論：國營事業經理人〉（1946年5月30日）；〈社論：金融人才的登用〉（1946年7月8日）；〈社論：須防經濟崩潰危機〉（1946年12月14日）；〈社論：面臨經濟危機〉（1947年2月14日）〈社論：掃除官僚資本化〉（1947年2月24日）。
55. 參見檔案管理局編印，吳若予撰文，《二二八事件與公營事業》，頁107及頁256-262附表6。

察，配合專賣局與貿易局查緝私煙私酒與糧食囤積。[56] 所謂的經濟警察是模仿日本統合鐵路警察、鹽務警察、礦物警察等，協助貫徹經建政令的一元化警察制度，由警務處訓練委派。1947年2月13日長官公署開始禁止黃金買賣，同時也實行平抑物價的緊急措施。[57] 這個緊急措施分爲金融、公營事業產品價格、進出口管制三方面著手。貿易局在這緊急措施中擔任進出口管制的重要任務。也就是說，在這樣嚴格限制進出口之中，貿易局是唯一可以辦理進出口物資的貿易機構。然而民間此時對貿易局的不滿已深，更甚者認爲以貿易局爲首的公營事業的生產品，常常價格比普通商人的價格更貴。[58] 人民如此不信任貿易局，這樣的平抑物價的緊急措施不但無法達成目的，經濟更爲緊縮。

▲台北車站於二二八當日
資料來源：文建會

◀1947年2月28日台灣省警備總司令宣布戒嚴企圖壓制各地蜂起的抗議聲浪
資料來源：文建會

在經濟日益緊縮的情況下，專賣局或貿易局等協同警察查緝專賣品私下買賣與走私等也不遺餘力。這可以說是1947年2月「二二八事件」的導火線。1947年2月28日，台北查緝私菸卻引發了全省性的衝突事件。事件過後，監察院派遣閩台區監察使楊亮功來台調查事件的經過與處理。根據楊亮功之調查報告，事件是因1947年2月27日台灣省專賣局會同警察查緝私煙而引發。又根據該調查報告，3月5日「二二八事件官民處理委員會」開會決定通過政治改革草案，要點爲：

Authorship

56. 薛月順編，《台灣省貿易局史料彙編　第一冊》，頁30-33。貿易局於1947年1月29日提出需要經濟警察協助與擔任課程事項。（薛月順編，《台灣省貿易局史料彙編　第一冊》，頁33-36。）
57.〈台灣省行政長官公署代電　（陸丑寒署財秘字第一五四四一號，民國三十六年二月十四日）〉，收錄於薛月順編，《台灣省貿易局史料彙編　第一冊》（國史館，2001），頁289。
58.〈熱言〉，《民報》，1947年2月18日。（轉引自檔案管理局編印，吳若予撰文，《二二八事件與公營事業》，附表6，頁256-262。

（1）公署秘書長及民政財政工礦農林教育警務等處處長級法制委員會過半數之委員應以本省人充任；（2）公營事業歸本省人負責經營；（3）立刻實行縣市長民選；（4）撤銷專賣局；（5）撤銷貿易局及宣傳委員會；（6）保障人民之言論及出版集會自由；（7）保障人民生命身體財產之安全。[59]

這政治改革草案後續的成案與執行情形，此處暫且不提，但是值得注意的是，此草案是官民共同決議的，從其中可看出當時人民面對公營事業、專賣局、貿易局等的不滿，以及行政長官爲安撫民心所作的妥協決議。

第三節 惡性通貨膨脹籠罩下的台灣經貿

二二八事件發生後，台灣的經濟沒有好轉，反而越來越惡化。戰後行政長官成立之後，爲了避免台灣受到中國大陸通貨膨脹的影響，不准中國大陸流通的法幣在台灣發行流通。因此台灣所使用的貨幣是1946年5月台灣銀行所發行的台幣。亦即台灣使用獨自的貨幣金融系統，建立所謂的防波堤。但，由於另一方面又建立台幣與法幣的匯率與台灣銀行跟中國大陸的匯兌關係，以維持貨幣金融上台灣與中國大陸的經濟的關係。因此實際上，台灣依然受到中國大陸經濟惡化的影響，通貨膨脹不斷惡化。

台幣發行大幅增加，1948年的台幣的發行額已達1945年台灣銀行接收前2日（1945年5月18日）的4,825倍，若再加上定額本票發行額的話，則更多。[60]通貨增加的原因相當錯綜複雜。一般而言，一是台灣銀行對軍事、公營事業與建設經費的財政支援過於龐大，台銀代墊款增加，以增加發行來因應；二是因爲中國大陸法幣幣值崩潰的影響。1948年8月19日大陸施行金融緊急措施方案並發行金圓券，然而三個月後金圓券的幣值開始下跌，使得1948年11月以後大量的大陸避險資金湧進台灣，搜購台灣物資。這兩個因素，使得台幣發行激增，物價空前上漲，台灣亦陷入惡性通貨膨脹的循環裡。以台北市躉售物價指數來看，1948年12月的物價指數是1946年11月的9,955倍；而1949年6月的物價指數則是1946年11月的118,371倍。[61]

Authorship

59.〈事由：據閩台區監察使楊亮功等呈報調查台灣事件情形及建議善後辦法呈請〉，收錄於中研院近史所編，《二二八事件資料選輯（二）》（台北：中研院近史所，1992），頁263-328。
60. 根據台灣銀行經濟研究室編，《台灣之金融史料》（台北：台灣銀行，1953），頁3計算而得。（參見附錄表9-3）
61. 根據潘志奇，《光復初期台灣通貨膨脹的分析》（台北：聯經出版社，1980），頁27，計算而得。（參見附錄表9-4）

在這樣惡性通貨膨脹環境之下，台灣的對外貿易主要是以二二八事件之後成立的台灣省物資調節委員會來主導。而台灣省政府爲解決物價問題，繼續對進出口物資加以管制。物資調節委員會辦理的進出口物資情況，總計1947年6月到1948年6月期間，辦理出口的物資共計15類，出口總値爲台幣10億7,328萬餘元。此外，尚有美元337萬餘元的購買美國肥料的物資價款(樟腦、茶葉、鳳梨罐頭等)並未列入出口總值。各項主要出口物資的比率爲：糖29.45%、媒26.08%、鳳梨罐頭16.29%、樟腦13.95%、墨灰6.78%、其他7.45%。[62] 出口主要由物資調節委員會的上海、天津與青島三辦事處經銷；惟運銷到國外者則因中央管理外匯政策之限制，未曾依照計劃運銷。[63]

至於物資調節委員會辦理進口物資方面，計有13類，約台幣36億9,029萬元。其中，各項主要進口物資比率爲：肥料類30.45%、交通工具及主要零件類19.37%、衣著用品類16.23%、食用品類9.03%、機械類8.97%、電氣器材類2.32%、化工原料及礦油類2.29%、金屬類2.90%、其它8.43%。[64] 進口物資主要購自上海、青島與天津。自國外進口之物資，須經輸出入管理委員會之許可，數量相當少。[65]

本章檢討戰後國民政府接收台灣後，台灣受到戰後經濟衰退、政治經濟制度轉變以及中國大陸經濟混亂的影響下，貿易機構的變遷與對外貿易的問題。1948年11月中國大陸金圓券改革失敗之後，導致台灣物價上漲更形惡化。 1949年以後，6月新台幣改革、12月中央政府遷台，台灣經濟貿易發展進入了新的局面。

Authorship

62. 台灣省物資調節委員會，〈台灣省政府成立以來之物資調節概況〉，《台灣銀行季刊》，第2卷第2期（1948年12月），頁133。
63.-64. 台灣省物資調節委員會，〈台灣省政府成立以來之物資調節概況〉，《台灣銀行季刊》，第2卷第2期，頁133。
65. 台灣省物資調節委員會，〈台灣省政府成立以來之物資調節概況〉，《台灣銀行季刊》，第2卷第2期，頁134。

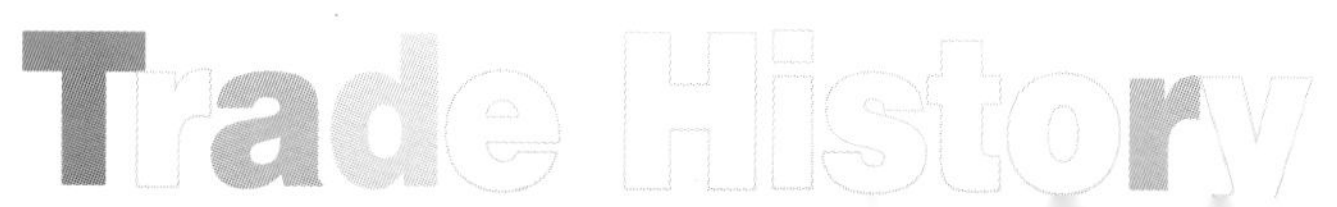

03

第9章

戰後初期的接收與對外經貿問題

Chapter 10

▶▶1949年與台灣經貿的轉捩點

1949年是影響台灣發展的關鍵年代，其中最大的變數，是中華民國政府敗退來台。在此之前，透過台灣省主席陳誠的施政，台灣已經實施戒嚴、三七五減租和新台幣幣制改革。這些政策改變台灣內部的經貿體制和結構，切斷台灣和中國大陸的經貿往來，先後和日本及稍後的美國建立密切的經貿關係。

陳誠在1949年年初就任台灣省省主席後，面對中國大陸國共內戰國民黨當局情勢日漸不利，以及台灣被捲入中國大陸嚴重通貨膨脹的情勢，如何穩定台灣的經貿情勢，加強對台灣政治、社會的控制，以強化對台灣的統治，成為其施政的重點。

在經貿方面，1945年10月國民政府接收台灣以後，積極建立台灣與中國大陸之間的經貿網絡。大量的糖、茶、香蕉與鳳梨等產品，輸往中國各省。但是，國民政府發行的貨幣（法幣、金圓券改革後此一狀況依然）對台幣明顯高估，[1]且因中國大陸嚴重惡化的通貨膨脹及貨幣劇烈貶值，在買方付款的延遲，貿易局壟斷對外貿易的狀況下，導致經貿利潤遭到嚴重侵蝕。[2]而與中國大陸的經貿、匯兌，更是造成台灣嚴重通貨膨脹的主因。這些問題不僅僅是二二八事件發生的重要背景，在二二八事件過後，雖然代表國民政府來台宣撫的白崇禧承諾推動經貿改革，但是無法根本地扭轉台灣受到中國嚴重通貨膨脹影響的情勢。除了原有的問題外，1948年8月中央政府推動金圓券改革，同時實施的經濟管制，不僅沒有改善台灣的經濟，反而進一步傷害台灣的經濟。金圓券改革實施後，中央政府於8月25日實施物價管制，規定全台物價以8月19日金圓券所標示的各項定價為準。台幣對法幣的比率與貨物售價之調整皆需經行政院核定。[3]由於此一政策的實施，當時的文獻便指出：「採購外國貨物，在8月19日以前，是要結匯，美金一元結匯法幣800萬元；8月19日以後，結匯須1,200萬元，即8月19日後的美鈔黑市商人要多花400萬元，才能買到同樣美金一元的東西。成本提高，售價不提

Authorship

1. 除了1948年1月15日至8月18日，及1948年11月12日至1949年6月15日之外，台幣對法幣或是金圓券的匯率都是由中央政府決定。林鐘雄，〈1940年代的台灣經濟〉，張炎憲等編，《二二八事件研究論文集》（台北：吳三連台灣史料基金會，1998），頁46。
2. 劉士永，《光復初期台灣經濟政策的檢討》（台北：稻鄉出版社，1996），頁71。
3. 台灣銀行金融研究室，〈幣制改革在台灣〉，《台灣銀行季刊》，第2卷第1期（1948年9月），頁109。

高，商人是無人敢去採辦的；此外腳踏車零件、車胎、西藥也有同樣的情形。」[4]

透過前述的管制機制，台灣的物價受到相當大的影響，因爲不僅是台灣的物價直接受制於京滬市場，更因爲工業品多係由中國大陸輸入，使台灣成爲高物價區域。原本1948年8月19日的台灣物價比起中國大陸京滬市場，不但輸入品的價格與原採辦地的價格有距離，而且台灣特產品的價格也偏低。結果以當日的水準作爲限價的起點，對台灣的商人和生產者就造成嚴重的損失。[5]

陳誠上任後爲了安定台灣的經濟、社會情勢，爭取人民支持，除了下令戒嚴，加強社會控制外，在內部的財經措施方面，則透過三七五減租開啓了土地改革的序幕，並進行新台幣的幣制改革。另一方面，台灣區生產事業管理委員會的設立，更使陳誠主持的政府公權力進一步深入主導台灣整體經濟的發展。

第一節 三七五減租與戰後土地改革的開端

有關台灣土地改革的研究指出，在陳儀任內，台灣行政長官公署曾於1947年發文至各縣市，下令開始實施三七五減租，不過並沒有頒布具體執行辦法。[6]所以，1949年實施的三七五減租仍被視爲台灣戰後土地改革的開端。

陳誠在1949年2月4日正式宣布實施「三七五減租」。[7]主要的內容爲「耕地租額不得超過土地主要作物正產品全年收穫量千分之三百七十五」，[8]終極的目的之一在於爭取可能成爲中共潛在社會基礎的農民勢力的支持。[9]此一政策在「中國農村復興聯合委員會」（簡稱「農復會」）的協助下，於1949年的第一期稻作

Authorship

4. 台灣銀行金融研究室，〈幣制改革在台灣〉，《台灣銀行季刊》，第2卷第1期（1948年9月），頁103。
5. 韓麗珍，〈幣制改革後的台灣經濟〉，《台灣經濟月刊》（1948年10月10日），頁7。
6. 一般將台灣的土地改革限定在1949-1953年間，然而這樣的定義其實過於狹隘，因為在1947年即已開始實施公地放租政策，隔年又辦理公地放領的政策，這些早於1949年的土地政策，也應一併納入土地改革的考量範圍。參見徐世榮、蕭新煌，〈台灣土地改革再審視：一個「內因說」的嘗試〉，《台灣史研究》，第8卷第1期（2001年10月），頁96。
7. 陳誠，〈實施減租增產改善農民生活—三十八年二月四日在台灣省農民節紀念大會講詞〉，《陳辭修先生言論集初輯—如何實現耕者有其田》，附錄（甲）三（台北：出版資料不詳，政大社資中心微捲NF 982.886 7287），頁99-100；李永熾監修，薛化元主編，《台灣歷史年表：終戰篇Ⅰ》，頁74；《公論報》，1949年2月4日；《台灣省政府公報》38年夏季號第8期，頁118；徐濟德，《陳誠的軍政生涯》，頁202；Thomas B. Gold, State and Society in the Taiwan Miracle, p.54.
8. 蕭錚、吳家昌，《復興基地台灣之土地改革》（台北：正中書局，1987），頁7。
9. 伊原吉之助，《台灣の政治改革年表覺書（1943-1987）》，頁65；黃俊傑以為，台灣土地改革係基於台灣特殊之政治社會條件，如當時的政策制定者與土地所有者二分等因素而有所成並引起穩定社會的效果，參見：黃俊傑，《農復會與台灣經驗，1949-1979》（台北：三民書局，1991），頁87-95。

期間便開始實施。[10]「三七五減租」雖然只是一個減租政策，卻已對台灣以地主出身爲主的菁英階層造成威脅。當時仍在「二二八事件」陰影下的台灣地主階級雖然掌控省級的民意機構，[11]但面對陳誠的壓力，[12]卻仍然無力反抗。[13]減租運動確實也削弱了傳統主要立基於土地的台灣士紳的力量。林獻堂於1949年流亡日本，不願返台，似乎也可看作地主出身的菁英對陳誠土地政策無言抗議。[14]面對部份的地主不合作，陳誠除多次表達嚴懲態度外，6月中，省政府更通電下級機關，「地主如違背規定」將移送警備總司令部軍法處理。[15]

就陳誠而言，爲了避免農村租佃關係惡化，成爲中共利用「貧窮」發展的溫床，[16]因此推動三七五減租，希望「改善農民的生活」，並解決「社會問題」，[17]相對地，也可以爭取農民的支持以鞏固國民黨當局的統治。[18]實施三七五減租之後，佃權獲得國家法令進一步的保障，租額亦有最高額之限制，對於佃農的收入，發揮保護的作用。相對地，投資購買農地再佃租，所能得到的投資報酬便受到壓制，這對以後原本投資於農地的資金，轉而投資其他產業，提供重要的制度性條件。

三七五減租只是土地改革的序幕，陳誠從台灣省主席到行政院長任內，持續推動的政策還包括1951年實施的公地放領，及1953年的耕者有其田政策。[19]土地改革的結果的確削弱台灣的地主階級，同時則因將土地給予農民，取得台灣人民支持國民黨當局的正當性基礎。[20]「三七五減租」實施以後，陳誠認爲不僅改善了農民

Authorship

10. 蔣夢麟，《新潮》（台北：傳記文學出版社，1967），頁15；Simon Long, Taiwan: China's Last Frontier, p.78。
11. 台灣當時的省參議會議長便提出當時省參議員幾乎都是各地有名的地主，李筱峰，《台灣戰後初期的民意代表》（台北：自立晚報，1986），頁243。
12. 鄭牧心，《台灣議會政治四○年》，頁131，鄭指出以地主與士紳為主體的省參議員乃是在戒嚴的陰影及陳誠手握軍政權下所鎮服的。至於詳細的討論，請參見後文。
13. 劉進慶指出，經歷「二二八事件」之後的政治鎮壓及大中戶餘糧徵收的打擊後，地主階層變得相當弱體化，而這正是戰後台灣進行土改的重要條件，參見劉進慶、李明峻等譯，《台灣戰後經濟分析》(台北：人間出版社，1992)，頁73；黃俊傑也分析了地主階層的反應，見：黃俊傑，《農復會與台灣經驗，1949-1979》，頁89-90。
14. 葉榮鐘，〈杖履追隨四十年〉，收入：林獻堂先生紀念集編纂委員會編，《林獻堂先生紀念集》卷3（台中：編者自印本，1960），頁109。
15.《公論報》，1949年6月15日；陳新民，〈參加三七五地租督導追記〉，收入吳生賢，《台灣光復初期土地改革實錄專集》，頁511。
16. 吳生賢，《台灣光復初期土地改革實錄專集》，頁282-283。陳誠事後亦回憶，減租提出前，正當中國大陸情勢逆轉之時，農村明顯不安的現象。陳誠，《台灣土地改革紀要》（台北：台灣中華書局，1961），頁42。
17. 陳誠，〈推動三七五減租政的動機與成效〉，收入吳生賢，《台灣光復初期土地改革實錄專集》，頁344-345。
18. 隅谷三喜男、劉進慶、涂照彥，《台灣之經濟——典型NIES之成就與問題》（台北：人間出版社，1995），頁34-35；Simon Long, Taiwan: China's Last Frontier, pp. 77-78。

的生活，也使中共的「煽惑技倆，已無所施展」，對台灣農村社會的安定，發揮積極的作用。[21]

從另一個角度來看，三七五減租的實施，壓縮傳統地主投資耕地獲利的空間，在後來台灣工、商業進一步發展的年代，此一政策對於土地資本轉而投資工、商業，發揮一定的政策導向功能。

第二節 新台幣改革與經貿政策轉向

戰後台灣經濟問題與中國大陸財經狀況關係密切，不過，從國民政府接收以來，台灣在財經制度方面與中國大陸並不一致，而且採取不同程度的隔離措施。此一現象之所以形成，與戰後國民政府注意到台灣的特殊狀況有關。根據「台灣省行政長官公署組織大綱」規定，台灣行政長官可以制定台灣單行法規，這是後來台灣省的各項行政措施與中國各省迥然不同的重要法律依據。[22]但更重要的是，在以黨訓政的體制下，不僅「法治」的觀念不足，連「依法而治」的理念也未能落實，而充滿「人治」的色彩。在此一背景下，陳儀爲了維持台灣與中國大陸各省不同的經濟體制，並減少中國大陸既有財經體制對台灣經濟的衝擊，[23]便在國民政府主席蔣中正的支持下，於台灣另行使用台幣(台幣發行前使用日治時期的台銀券、日銀券)，而不使用中國大陸的法定貨幣。[24]1945年11月由台灣省警備總司令部再次通告嚴禁中央政府的法幣在台灣流通，以貫徹在台灣必須使用台灣銀行發行的貨幣政策。[25]

Authorship

19. 蕭錚，吳家昌，《復興基地台灣之土地改革》，頁114；陳誠對此三政策的關聯曾表示「因佃農由於三七五減租，增加了收益，政府的公地又行放領，地價勢將普遍跌落……」，「辦理公地放領……此一政策的意義，是政府為要達到『耕者有其田』的目的……。」見陳誠，《陳誠言論集》（台北：出版資料不詳，政大社資中心微捲NF 982.886 4401-w）
20. 隅谷三喜男、劉進慶、涂照彥，《台灣之經濟——典型NIES之成就與問題》，頁34-35。關於進行土地改革，取得人民對新政治體制的支持，在世界史上，不論是法國大革命，或是俄國大革命，也都有此一效果。參見：王曾才，《西洋近世史》（台北：國立編譯館，1979），頁371；Mackenzie and Curran, *A History of Russia and the Soviet Union*（Illinois: The Dorsey Press, 1977）, p. 457、476。頁142；陳誠，《台灣土地改革紀要》，頁43-49。
21. 陳誠，《台灣土地改革紀要》，頁42。
22. 鄭梓，〈戰後初期台灣行政體系的接收與重建——以行政長官公署為中心的分析〉，《台灣史論文精選》下冊，頁250。
23. 隅谷三喜男、劉進慶、涂照彥，《台灣之經濟——典型NIES之成就與問題》（台北：人間出版社，1995）頁33-34；賴澤涵、馬若孟、魏萼著，羅珞珈譯，《悲劇性的開端——台灣二二八事變》，頁147；陳翠蓮，〈「大中國」與「小台灣」的經濟矛盾〉，《二二八事件研究論文集》（台北：吳三連基金會，1998），頁68。
24. 李永熾監修，薛化元主編，《台灣歷史年表：終戰篇Ⅰ》，頁4、14。
25. 李永熾監修，薛化元主編，《台灣歷史年表：終戰篇Ⅰ》，頁6；《台灣新生報》，1945年11月9日。

一、新台幣改革

不過，前述台灣與中國大陸貨幣區隔的效果是有限的。戰後台灣維持獨立的通貨制度，主要目的之一是希望建構貨幣的防火牆，避免被中國大陸混亂的經濟波及。因此，在台幣與法幣之間實施官定匯率，希望通過調整匯率來控制兩地的貿易收支和物價，以求得經濟穩定。但是，官定的匯率調整跟不上實際形勢的變化，台幣對法幣（及其後的金圓券）的匯率常常被大幅度低估，透過台灣與中國大陸貿易產生的匯兌，帶來通貨膨脹的後果。而且從匯票匯款及通匯方面，中國大陸通貨膨脹也波及到台灣。這是因爲透過匯兌，台灣銀行仍然必須增加台幣的供給，來兌換法幣。一旦中國大陸的貨幣幣值不穩定，或是發生嚴重的財經危機，台灣根本不可能倖免於難。更嚴重的問題則在中國大陸實施金圓券的改革後發生。

根據金圓券發行準備移交保管辦法第四條規定：（一）台灣糖業公司資產總資額計值美金1億2,000萬元，其中由資源委員會及台灣省政府股份內劃撥美金4,300萬元；（二）台灣紙業公司資產總額計值美金2,500萬元，其中由資源委員會及台灣省政府股份內劃撥美金800萬元。[26]其次，如同過去法幣高估一樣，金圓券對台幣的幣值也有明顯高估的現象，中國大陸與台灣貿易取得的金圓券（之前的法幣）以及投機套匯的活動，使得台幣發行量大增，通貨膨脹壓力更趨沉重，台灣經濟也更加惡化。[27]隨著中國大陸國共內戰激化，政府軍費支出越趨龐大，財政赤字亦大幅增加。因此，台灣官營企業利潤，幾乎全部被拿來支持龐大的軍費支出。至於，官營企業不足的投資和營運資金，則依賴來自台灣銀行的貸款。如此，便有台灣銀行增發紙幣而引起通貨膨脹的危機。[28]

1948年12月，中國大陸金圓券改革失敗，中國大陸巨額資金迅速流入台灣，進行避險或謀取匯兌上的利益。這股熱錢流入，透過匯兌導致台灣的通貨膨脹更加激烈起來。[29]整體而言，當時台灣經濟情況不佳，民間更只有小型工商業活動，民間部門的融資很難獲得官營銀行的支持。因此，既有的研究便指出，台灣惡性貨幣膨脹的兩個主要原因都是外來的。一是

Authorship

26. 台銀金融研究室，〈幣制改革在台灣〉，《台灣銀行季刊》2卷2期（台北：台灣銀行金融研究室，1948年3月），頁101，轉引自林鐘雄，〈1940年代的台灣經濟〉，收入《二二八事件研究論文集》，頁46。
27. 隅谷三喜男、劉進慶、涂照彥，《台灣之經濟——典型NIES之成就與問題》，頁32-33。
28. 隅谷三喜男、劉進慶、涂照彥，《台灣之經濟——典型NIES之成就與問題》，頁32。
29. 隅谷三喜男、劉進慶、涂照彥，《台灣之經濟——典型NIES之成就與問題》，頁33；林鐘雄，〈1940年代的台灣經濟〉，收入《二二八事件研究論文集》，頁46。

台灣銀行以省庫的角色，採取增加通貨發行的方式而墊付中央政府的各項墊支款項；二是台灣銀行係以法幣（後來改爲金圓券）作爲發行準備，且台幣與法幣、金圓券之間長期採用固定匯率制度，因而法幣及金圓券在中國大陸之惡性通貨膨脹乃藉固定匯率而輸入台灣，轉變成舊台幣的惡性通貨膨脹。由此可知，陳誠主政的台灣省政府如欲壓制台灣的通貨膨脹，先須控制貨幣供給額的增加；而爲控制貨幣供給額的增加，則須斷絕這兩項外來不利影響因素的關係。[30]從1948年8月至1949年5月，不到一年的時間，台幣從1,835比1兌換金圓券，成爲1比2,000，[31]這是台灣被迫推動新台幣以一元兌換舊台幣4萬元之幣制改革的重要背景。

1949年5月，財政廳嚴家淦廳長以台灣情況特殊，向中央力爭，中央政府同意對台灣財政予以特別支持，關於過去台灣省替中央在台機關所墊款項，中央政府特准全部以存台黃金、美鈔歸還。[32]此一政策爲後續新台幣的幣制改革，提供重要的基礎。6月15日，台灣省政府以中央銀行撥還台灣銀行的80萬兩黃金作爲發行準備，並撥借1,000萬美元外匯作爲進口貿易資金，公告新台幣發行辦法，進行幣制改革[33]。其中除舊台幣4,000元折合新台幣一元之外，並規定新台幣最高發行額爲兩億元，及一美元兌換新台幣五元。[34]此一政策對台灣被捲入中國大陸經濟風暴所引發的通貨膨脹，有相當程度的改善效果，但是此一效果之所以產生並不是因爲4萬元舊台幣換新台幣一元這種單純面額的改變，更重要的是，台灣貨幣供給額的控制基本上必須切斷與中國大陸的匯兌關係，以及台灣銀行不再藉增加通貨發行墊付中央政府各項墊支款項，才得以根本解決。

因此就在新台幣幣制改革的第二天，陳誠主政的台灣省政府下令停止與金圓券及中國大陸其他貨幣的匯兌措施。[35]此後，台灣雖曾恢復與中國大陸通匯，但是不僅時斷時續，而且商匯更見限制。[36]加上中共政權已經逐漸控制中國大陸的大部分區域，因此，台灣與中國大陸的經貿關係幾乎中斷。

Authorship

30. 林鐘雄，《台灣經濟發展四〇年》（台北：自立晚報，1987），頁34。
31. 李永熾監修，薛化元主編，《台灣歷史年表：終戰篇I》，頁70、84；《台灣新生報》，1948年12月22日；《中央日報》，1949年5月27日
32. 《台灣新生報》，1949年5月26日。
33. 《台灣省政府公報》38年夏字第62期，頁770-774。
34. 《台灣新生報》，1949年6月15日；《中央日報》，1949年6月15日。
35. 李永熾監修，薛化元主編，《台灣歷史年表：終戰篇I》，頁86；《中央日報》，1949年6月16日。
36. 《台灣新生報》，1949年11月9日、10日。

二、外匯政策管制

外匯管制制度是影響台灣戰後經貿發展的重要因素，此一制度重要變革及相關機制的建立主要也是在1949年。1月11日，前一年年底制訂的「管理外匯條例」正式公告，[37]取代1947年8月18日公布的「中央銀行管理外匯辦法」，[38]中華民國的外匯管理進入新的階段。3月18日，台灣省政府奉行政院卅八穗六字第六〇四號訓令，廢止「中央銀行外幣外匯存款支付辦法」。[39] 6月5日，正式在原有國家行政體制外成立「台灣區生產管理事業委員會」，[40]此後「台灣區生產管理事業委員會」便開始介入台灣經貿、生產事務。

1949年6月15日，新台幣改革後，即與中央政府發行的貨幣脫鉤，如此一來與舊台幣時期不與外幣發生直接聯繫，而必須透過法幣（金圓券）折兌的情形有所不同。因此，同日台灣省政府公布「台灣省進出口貿易及匯兌金銀管理辦法」，[41]此後中央銀行授權台灣銀行辦理國際匯兌業務，而新台幣對外幣的匯率，均由台灣銀行秉承主管部門的意旨決定。[42]

1950年1月10日由台灣區生產事業管理委員會設立產業金融小組（以下簡稱產金小組），專責處理外匯事宜。這個小組成立的目的，起初是爲了審議公營事業機構的外匯申請與分配，但爲防止黑市不法炒作外匯，因此產金小組的職權更擴大到民間產業的進出口結匯業務的審議，負責進口外匯申請的優先順序。此外，又在其下另設「進口外匯初審委員會」及「普通匯款初審委員會」，前者負責商人進口物品所需具結外匯之初審工作；後者負責各種普通匯款申請案件的初審工作。[43]簡言之，外匯的管制、配額標準、結匯證明、匯率調整都由產金小組負責決策。

由於外匯不足，而在產業金融小組設立之初，即訂定供給進口外匯的優先順序[44]：

第一優先為生產所需的原料、肥料及器材

第二優先為重要的生活必需品

第三優先為次要必需品

第四優先其他物品

Authorship

37.《總統府公報》第200號，第1版。
38.《台灣省政府公報》36年秋字第56期，頁874-877。
39.《台灣省政府公報》38年春字第65期，頁905。
40. 陳思宇，《台灣區生產事業管理委員會與經濟發展策略（1949-1953）—以公營事業為中心的探討》（台北市：政治大學歷史系，2002），頁92。
41.《台灣省政府公報》38年夏字第62期，頁770, 772-774。
42. 潘志奇，《光復初期台灣通貨膨脹的分析（民國三十四年至四十一年）》（台北：聯經出版事業公司，1980），頁122。
43. 陳思宇，《台灣區生產事業管理委員會與經濟發展策略（1949-1953）》，頁125-126頁。
44.《產業金融小組會議記錄》，〈產業金融小組第一次會議〉，1950年1月10日，參見陳思宇，《台灣區生產事業管理委員會與經濟發展策略（1949-1953）》，頁359-360。

除了外匯使用的管控外，生管會還針對匯率進行二元的調節。1950年2月，產金小組放棄「釘住匯率」的政策，改採逐週議定價格的政策，並規定進口商申請一般貨品進口時，其外匯須購用公營事業結匯證，而代購公營事業結匯證的價格，以美金折合新台幣7.5元結售。[45] 2月22日，行政院通過「物資外匯調配委員會組織規程」，建立中央政府對外匯的掌控機制。[46] 不過，基本上產金小組仍然繼續有力地行使職權，該年5月，產金小組又訂定「美金寄存辦法」，其寄存證初訂價格，爲1美元繳款新台幣8.35元。在寄存證辦法訂定後，產金小組又規定一般物品進口適用於美金寄存證價。[47] 換言之，台灣的外匯制度已經改採二元的複式匯率。7月1日，台灣省政府則公布「台銀辦理普通外匯暫行辦法」，做爲台灣銀行辦理普通外匯的依據。[48]

然而由於出口並不順暢，而國內物資仍仰仗進口，上項措施並未解決外匯申請擁擠的問題，因而產金小組於1950年12月，再改變外匯政策，將自由結匯改爲外匯審核制度，亦即「國外匯款審核辦法」。其主要辦法如下：[49]

（一）審核進口貨品的原則

1.各類貨物是否核准，視省內需要的情形而定。

2.同類貨品之核准，視進口報價之高低與是否合理而定。

3.同類貨品若價格相同，則以申請先後爲準。

（二）普通匯款的申請限於下列三項

1.贍家費用

2.出國留學匯款

3.旅行匯款

12月26日，基於執行業務的需要，生產事業管理委員會再制定「外匯審核補充辦法」。[50]

整體而言，自1949年6月15日起至1952年間，台灣的外匯管制雖歷經不同的階段與方式，然而大致上可分爲結匯證制度與外匯審核制度兩種。性質上，雖兼有數量與價格的管制，惟較偏重於價格的管制。就外匯審核制度而言，採取差別價格即複式匯率。[51]

Authorship

45.《外匯問題檢討會記錄》，〈匯率調整問題〉，1950年2月，參見陳思宇，《台灣區生產事業管理委員會與經濟發展策略（1949-1953）》，頁365。
46.《中央日報》，39年2月23日，第1版。
47.陳思宇，《台灣區生產事業管理委員會與經濟發展策略（1949-1953）》，頁368。
48.《台灣省政府公報》39年秋字第2期，頁15。
49.〈產金小組49次會議〉，1950年12月19日，參見陳思宇，《台灣區生產事業管理委員會與經濟發展策略（1949-1953）》，頁365。
50.《中央日報》，1950年12月27日，第5版。
51.潘志奇，《光復初期台灣通貨膨脹的分析（民國三十四年至四十一年）》，頁122-123。

三、經貿政策轉向

1949年12月中華民國政府敗退來台，以紡織業爲主體的財團也隨之進入台灣。財政部遂宣布15項貨物機動調降稅率，包括粗布、斜紋布、本色綢布、棉呢料、嗶嘰、棉直貢、未列名棉布等，由30%降爲20%；棉紗由15%降爲5%；食油由40%降爲20%；棉花則自1950年1月14日起至1951年1月13日止免稅一年。免稅期屆滿後，以最低稅率5%計徵關稅，此乃因應台灣人口大量激增的民生考量，以及爲台灣紡織工業草創的過渡期。[52]

在新台幣改革之後，影響台灣經貿發展的重點，則是與日本貿易關係的重建與強化，至於其發展，則可以追溯到1947年。此時日本係處於被占領狀態下，並沒有擁有主權，而由盟軍總部遂行對日本的統治。在此狀況下，盟軍總部掌握日本對外貿易管理的權力，沒有盟軍總部的批准，不得進行任何物品的進出口貿易。[53] 1947年6月盟軍總部與經營對外貿易的中央信託局簽訂契約，向台灣購買台糖25,000噸，以供應日本民間之消費，每噸糖價爲200美元；隨後又購買台鹽102,100公噸，算是戰後台灣對日本貿易的開端。基於雙方面的需要，國民政府委員會於1947年8月1日決議通過開放對日貿易的三項原則，有限度的開放台日貿易。[54] 1948年政府爲了適應台灣特殊情形，決定有限制地開放私人對日貿易，施行「商人對日貿易簽證記帳辦法」詳細規定各項貿易手續，其中第三條規定：輸出入之貨品應以易貨爲原則，出口貨物免結外匯，並由輸出入管理委員會在經濟部核定貿易計劃及貨品數額範圍發給輸出入許可證。[55] 而對日貿易之商人，應依照經濟部核定之輸出入貨品之最高限額營運，規定可供出口貨物有鐵砂、油漆、糖、鹽、雜糧、大豆、樟腦、藥材、水果等；可供進口貨物有交通工具及器材、化學原料、肥料、金屬原料、木材等，營運貨品非經事先呈准經濟部不得自行變更。[56]

Authorship

52. 李文環，〈戰後初期台灣關貿政策之分析（1945-1949）（上）〉，《台灣風物》，第49卷第4期（1999年12月），頁142-143。
53. 日本貿易研究会編，《戰後日本の貿易20年史——日本貿易の発展と変貌》（東京：通商産業調査会，1967），頁1。轉引自強永昌，《后日本貿易展的政策与制度研究》（上海市：复旦大学出版社，2001），頁20。
54. 瞿荊洲，〈台灣之對日本貿易〉，《台灣銀行季刊》，第15卷第3期（台北市：台灣銀行，1964年9月），頁52。對日貿易的三項原則為：一、可組織商務代表團，其名額及人選由行政院與經濟界協商核定之；二、對日貿易輸入輸出種類及數量，以不妨害中國國民經濟為標準；三、我國對日所需物質，應儘可能先在賠償物資中取得之。另參見紀平，〈對日貿易新頁〉，《台灣新生報》，第969號，1948年6月26日，第5版面。
55. 〈商人對日貿易簽證記帳辦法〉，《台灣經濟月刊》，第1卷第2期，（台北市：台灣經濟月刊社，1948年5月15日），頁28。
56. 〈私人對日貿易辦法和交換物資的名單〉，《台灣經濟月刊》，第1卷第4期（台北市：台灣經濟月刊社，1948年8月1日），頁23-24。

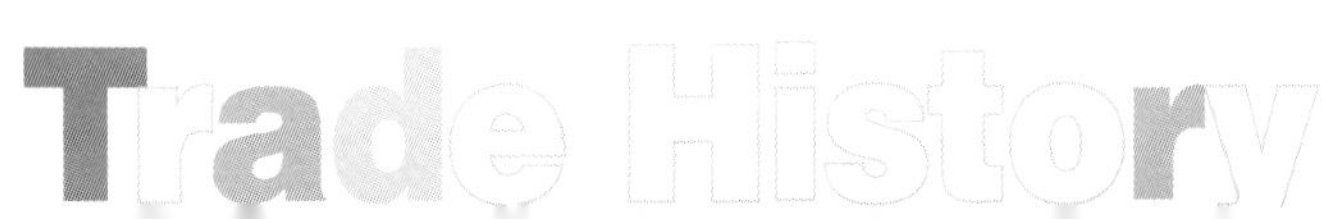

隨著國際政治環境的變化，美國對日本占領政策由過去的限制日本經濟發展轉為扶植日本經濟，美國占領軍開始將對外貿易管理權逐步移交給日本政府，日本對外貿易也隨之由以往的「政府貿易」轉變為「民間貿易」。日本政府通過單一匯率的設定，通商產業省的組建和「外匯及外貿管理法」的頒布等一系列措施，逐步完成貿易制度、組織和法令。[57] 1948年12月1日起，盟軍總部准許日本開放出口貿易，正式打開台灣對日本貿易的大門。[58]

1949年5月間，台灣青果運銷合作社聯合社鑒於台灣年產香蕉150萬籠，除供島內消費最多50萬籠外，尚餘100萬籠可供外銷，但因中國大陸處於戰亂而銷路阻塞，消費市場改向日本發展，但日本政府對台灣運售之青果採易貨為主之貿易管制。11月18日，台灣省政府委員會第一二五次會議通過「台灣省商人對日貿易辦法」。[59] 12月1日核准「輸日易貨貿易辦法」，台灣始正式開始辦理對日易貨貿易。根據政府規定，出口貨品有香蕉、鳳梨、柑桔、西瓜、柚子等製品；進口貨物則以西藥、農機具、漁具、海產、教育體育用品、螺肉松茸罐頭及澱粉類為主。[60]

此後，1950年5月，生管會副主委尹仲容以經濟部顧問名義赴日與駐日盟軍總部商洽「中日貿易協定」[61]，希望擴展台灣與日本的貿易，1950年9月6日簽訂「台日貿易協定」。從此商人往來於台日間從事商業活動，不受以往易貨貿易之限制。該協定限定年輸出入貿易總額在一億美元之內，出口品主要為砂糖、糖蜜、酒精、樟腦、蓬萊米、茶葉與青果等物品；進口品有化學肥料、紡織物、工業及交通器材與民生日用必需品等。[62]

整體而言，1949年台灣與中國大陸的貿易關係日趨淡薄，而最後中斷。另一方面，台灣則重建、深化與受盟軍總部統治的日本之間的經貿關係，為日本成為台灣1950年代最重要的出口貿易地區打下基礎。[63]

Authorship

57.強永昌，《后日本易展的政策与制度研究》，頁21。
58. 瞿荊洲，〈台灣之對日本貿易〉，頁52-53。
59.《台灣省政府公報》38年冬字第50 期，頁676。
60. 林水樹編，《台灣文獻輯覽（三）經濟部門：商業》（台北：台灣省文獻委員會，1962），頁28-29。
61. 陳思宇，《台灣區生產事業管理委員會與經濟發展策略（1949-1953）》（台北市：政治大學歷史系，2002），頁379。
62. 林水樹編，《台灣文獻輯覽（三）經濟部門：商業》，頁29。
63.「商人對日貿易辦法」，「台灣新生報」，1949年6月6日；隅谷三喜男、劉進慶、涂照彥，《台灣之經濟——典型NIES之成就與問題》，頁34。

第三節 非常體制下的經貿管制

台灣戰後非常體制下的經貿管制，早於國民政府接收之初即已如此。在陳儀的主導下，台灣管制之嚴格，讓因二二八事件來台宣撫的白崇禧都主張放寬。閩台監察使楊亮功貿易統制對台灣的影響，（在二二八調查報告中批評）。[64] 不過，隨著1947年7月的動員戡亂，開始實施總動員法體制，加上1949年5月的戒嚴，台灣的經貿管制遂長期處於非常體制。

1947年7月18日，國民政府國務會議通過行政院於16日提出的「動員戡亂完成憲政實施綱要」案。此一命令的公布，正式宣告國民政府以「國家總動員法」作爲主要依據，針對經濟物資的統制、徵收物資的方式、交通工具之管制加以規範、限制。而總動員體制的實施，使國民政府將原本在抗戰實施的非常時期經濟統制的法令，重新正式復活使用。縱使同年12月25日宣布正式行憲，相關法規並未因此失效。1949年5月20日起全台戒嚴，基隆港與高雄港實施宵禁，此後台灣進入長達38年之久的戒嚴統治。5月28日，台灣省警備總司令部進一步發布有關戒嚴時期之相關法令：防止非法行動；管理書報；非經許可不准集會結社；禁止遊行請願、罷課、罷工、罷市、罷業等一切行爲。以下擬以1949年前後實施的非常體制相關法規加以說明。

一、「國家總動員法」制定前的法規

在總動員法制定之前，有關經貿部分的非常法規，以1937年的「非常時期農礦工商管理條例」最具代表性。該條例以戰爭期間(國用)與軍用爲理由，對所有的物資、土地、機器、房屋、動力、材料、工具等做全面性的控管，包括：「各項原物料、燃料、日用品之製造、生產或經營、運銷、售價與利潤、儲藏」。除了物資的控制之外，也確保商業被囊括在軍事體系當中，並可以將民間企業收歸國營。對民間企業亦可以令其增資、合併、縮減範圍、停業與遷移，進一步掌握整個商業組織。在人民的相關權利方面，由於嚴格限制工時、待遇、不得罷市罷工等，故勞工權益亦受到相當程度的侵犯。對於特殊發明或專利等智財權，亦全部收歸國有並禁止公布。而根據本法第13條的規定，對輸入輸出也可以任意地禁止與限制。

Authorship

64. 楊亮功、何漢文，〈二二八事件調查報告〉，收入陳芳明編，《二二八事件學術論文集》（台北：前衛出版社，1989），頁217-218。

其次，則是1941年的「非常時期取締日用重要物品囤積居奇辦法」、「非常時期取締日用重要物品囤積居奇辦法實施注意事項」，以及1948年的「實施取締日用重要物品囤積居奇辦法補充要點」等三項法規，統一規定人民所能夠持有的非有價證券之財產多寡及時限（非商人），並針對商人嚴格規定其售價與利潤。違反者除將物品全數沒收之外，亦可根據「非常時期農礦工商管理條例」第31條判處徒刑（五年以下）及罰金。而沒收物品所得之貨款或罰鍰，五成撥充當地辦理平價資金，五成依情況分配給查獲機關或告密檢舉者。

二、「國家總動員法」制訂後相關的補充法令

1942年的「國家總動員法」及「國家總動員法實施綱要」進一步詳細規定各分項資源的主管單位以及業務範圍。最高指導單位爲行政院，並設立一個「國家總動員會議」來綜理、推動、連繫、配合、審議與考核各部門。其中總動員法條文中的主要限制，以及1949年底以前依總動員法所頒布的相關補充法令包括[65]：

- 妨害國家總動員懲罰暫行條例(1942/06/29)
- 取締違反限價議價條例(附解釋及釋例)(1945/02/15)
- 出口及進口貿易商外幣收入登記及處理規則(1945/10/11)
- 台灣省查禁私運糧食出省辦法(1947/09/15)
- 台灣省收購糧食辦法(1948/07/30)
- 台灣省收購糧食辦法施行細則(1948/07/30)
- 台灣省進出口貿易及匯兌管理辦法(1949/06/15)
- 台灣省保安司令部監視沿海船舶動態暫行辦法(1949/10/28)
- 台灣省戒嚴期間加強沿海各港區漁船管制監視辦法(1949/12/30)

至於在1950年以後根據「總動員法」頒布的管制法規相當龐雜，且對人民自由限制頗多。連1957年成立的總統府臨時行政改革委員會，都認爲大有改善的空間，主張最好另行立法，否則行政命令的頒布也應該力求審慎，各單位不宜在行政院院會未曾通過的狀況下，自行公布實施。

除了總動員法爲中心的管制法規之外，1949年還有其他重要的經貿管制措施，茲整理如表10-1，以供參考。

Authorship

65. 章逸天（編），《總動員法規彙纂》（台北：編者，1960），頁1-21、70-72、76-79、84、154-155、159、419、429、433-435、460-462、471、676-677。

表10-1 1949年經貿相關限制一覽表

日期	內容
1月11日	公告「管理外匯條例」。
1月17日	公布「台灣省境內黃金外幣買賣取締及兌換辦法」。
1月19日	規定餘糧戶及糧商出售糧食期限等事項，希嚴密察究辦理。
1月20日	公布「台灣省赤糖廠商申請赤糖出口交換物資辦法」。
1月22日	轉准糧食部解釋，以非糧商超越糧區販運糧食或提高糧價者，依違反糧食管理治罪條例處斷。
1月28日	台灣省政府暨台灣省警備總司令部公布「台灣省准許入境軍公人員及旅客暫行辦法」。
2月9日	修正頒布「台灣省收購糧食辦法」及「台灣省收購糧食辦法施行細則」，規定：收購大戶、中戶餘糧採用累進法。
2月21日	公布「台灣省准許入境軍公人員及旅客暫行辦法」。
4月5日	台灣省政府代電：奉行政院令修正「請領無線電材料進口護照辦法」第六、十、十一及十四條。
4月19日	台灣省政府代電，為維護農民利益並防止砂糖競銷糖價跌落，訂定基本辦法。
4月21日	台灣省政府代電，本省境內黃金外幣買賣取締及兌換辦法業已廢止，外幣仍予查禁。
5月9日	公布廢止「加強金融業務管制辦法」。
5月28日	台灣省警備總司令部頒布「出境登記辦法」。
6月5日	台灣省政府為管制煙酒進口，設審核委員會。
6月7日	「戒嚴期間台灣省港口船舶管理辦法」公布。
6月8日	行政院通過台灣區入境辦法准予試辦。
6月13日	公布「台灣省買賣銀元管理辦法」。
6月14日	訂定「台灣省出境軍公人員及旅客登記辦法」。
6月15日	公布「台灣省進出口貿易及匯兌金銀管理辦法」。
6月15日	公布「台灣省幣制改革方案」、「新台幣發行辦法」、「新台幣發行準備監理委員會組織規程」。
6月15日	台灣省政府公布修正「台灣銀行黃金儲蓄辦法」。
6月18日	台灣省政府代電，實施所有民生日用品嚴禁囤積居奇抬高價格。
6月18日	公告，規定遷台各省人民團體登記辦法。
6月28日	台灣省政府奉行政院令，抄發「台灣省准許入境軍公人員及旅客暫行辦法」。
7月1日	台灣省政府代電，抄發「銀元及銀元兌換券發行辦法」。
7月15日	台灣省政府代電，飭金銀外幣私帶出境應予嚴緝。
7月21日	公告分配美援肥料。

7月28日	轉准司法行政部解釋，違反糧食管理案件適用其他法令，如總動員法等所處罰金，仍移送當地糧食主管機關執行。
8月2日	台灣省政府代電，以違法新設之銀樓一律勒令停業。
8月4日	台灣省政府規定金圓券收兌限期。
8月11日	台灣省政府代電，「違反糧食管理治罪條例」以全國為實施地區。
8月31日	台灣省政府代電，禁止紡織機器出口，飭嚴密查緝。
9月7日	台灣省政府代電：抄發「請領無線電材料進口護照辦法」修正條文。
9月19日	公布「出口貿易及匯兌管理辦法附表」。
10月7日	台灣省社會處代電，抄附「內地來台難民安置辦法原則」。
10月15日	台灣省政府代電，對於違反規定買賣外幣及私帶外幣出境者，申令嚴密查緝沒收。
10月20日	台灣台灣省政府代電，為安定本省經濟，確保治安，規定對於取締擾亂本省金融案件之處理辦法。
10月26日	台灣省政府核准台灣省物資配銷審議小組組織規程。
10月27日	台灣保安司令部決定四項措施：1.強化入境檢查，2.嚴禁放火、破壞，3.肅清匪諜，4.切斷與中共區的電信往來。
10月29日	台灣省政府代電，公布「台灣省徵兵期間限制役男出境辦法」。
11月18日	台灣省政府委員會第一二五次會議通過「台灣省商人對日貿易辦法」。
11月19日	台灣省政府代電，抄送「海南特區各界人士入境暫行辦法」。
11月24日	台灣省政府代電，嚴禁軍公人員假借任何名義由省外購運非生活必需品，走私牟利。
12月30日	台灣省政府代電，除了台灣銀行以外之金融機關，勿再有收受軍政及公營機關存款。

本表係林忠蔚協助根據國史館出版中的《戰後台灣人權年表》整理而成

整體而言，1949年台灣進入戒嚴時期，戒嚴與動員戡亂複合而成的非常體制，從此長期支配台灣（經貿）的發展。同年年底中華民國政府遷台，在此前後自中國大陸來台的一百多萬軍民，成爲影響此後台灣發展的要素。除此之外，在台灣長期經貿發展的脈絡中，這一年也是戰後台灣脫離中國經貿圈的關鍵時刻，台灣擺脫中國嚴重通貨膨脹，及結束位居中國經貿體制邊陲，經貿利益遭到汲取的階段。台灣與日本、美國的貿易關係成爲此後數十年，台灣經貿關係的重心。

Chapter 11

農業與台灣經貿發展

土地改革改變了台灣的經濟結構，在「以農業培養工業，以工業發展農業」政策下的三次「四年經濟建設計劃」期間（1953-1964），農業部門的剩餘是台灣資本積累的重大來源。台灣經濟由內向型轉化外向型的過程中，農業結構也隨之變化。50年代，米糖的出口爲台灣賺取了大量外匯；60、70年代，鮮果蔬菜、農產加工品是出口大宗；80年代以後，漁牧業品成了主要輸出品。出口導向型的農業，加深了台灣農業對世界市場的依賴。

第一節 耕者有其田與農業發展

一、 戰後台灣的農業發展概況

1930年代，台灣雖已發展工業化，日治後期甚至有重工業的發展，但是戰爭的破壞與產銷網路的解體，使戰後台灣的經濟一度陷入停頓，而有賴農業生產力的恢復才帶動整個經濟的復甦，50、60年代的農業更孕育滋養了日後工商業的高度發展。

台灣農業生產的增加，並不是耕地增加的結果，而是來自於單位生產量的提升。土地改革後出現了大批的自耕農階層，雖然以零細小農爲主，但是農民在日治時期就已有水利灌溉、施肥、作物選擇等現代化的農業知識，一旦成爲自己農地的經營者，也能立刻上手管理。此外，自有農地以及耕牛、種籽、農具等實物農貸，提高了農民的生產意願。[1] 國民黨政權藉由「土地改革」的推動與農會組織，與台灣的農村社會產生聯結，得到了農民的支持。

台灣的農業生產在1953年恢復到了戰前的最高水準。1952年當時的「美援會」爲了爭取美援，提出了所謂「經濟自立」的計劃作爲援助的依據。政府在1953年8月成立「經濟安定委員會」來負責推動執行，本計劃立下了往後20年台灣經濟成長的策略取向，爲「以農業培養工業，以工業發展農業」。[2] 雖然這20年來，農業部門的成長還是很可觀的，但是在整個經濟成長體系裡，其重要性一再降低。政策也一再要

Authorship

1. 「耕者有其田政策」後10年間，農民繳交土地銀行的地價償還率高達99.5%以上。當時，土地銀行的實物貸款共有十八種。參見：蕭錚，《土地改革五十年》（台北：中國地政研究所，1980），頁396-398。
2. 沈宗瀚，《農業發展與政策》（台北：商務印書館，1975），頁163。

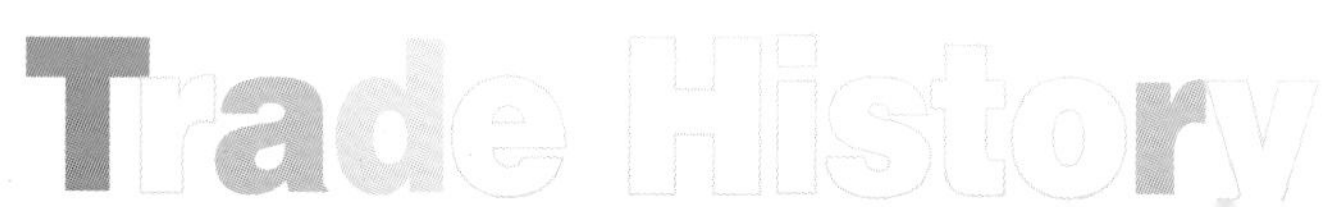

求農業繼續支持工業成長，但政府對農業的投資卻持續下跌。這表示了政策的「擠壓」取向還是很明顯。[3]

戰前農業改革所蓄積的生產力和戰後土地改革所產生農業「剩餘」(surplus)，透過「田賦徵實」、「隨賦徵購」、「分糖法」、「肥料換穀」等政策，不斷地被汲取到工業部門。1950、60年代農產品和農產加工品是台灣主要的出口商品，賺取了大量的外匯。這些外匯被使用在整備軍備、以及進口工業化所需的機械和材料。但是，直到1972年爲止工業對農業並未有任何具體的回饋政策。

戰後台灣這種以「發展的榨取」（developmental squeeze）爲基軸的農業政策，長達20年左右。雖然帶動了工業的成長與賺取了大量外匯，但卻也導致了1960年代後期的農業衰退，爲解決層出不窮的農業問題，政府在1970年代提出了多項農業政策，以推動農業現代化。1972年9月公布的「農業發展條例」明白指出「加速農業現代化，促進農業生產，增加農民所得，提高農民生活水準」。1976年的「六年經濟計劃」提出了「保證收購餘糧價格」之措施。1978年宣布「提高農民所得加強農村建設方案」(1978-1982年7月)。1982年7月開始，執行「第二期提高農民所得加強農村建設方案」。姑且不論這些新農業政策的實施成效，如果純就其目標來看，「加速農村建設重要措施」確實有從「壓榨」走向「平衡」的意義。[4]

二、土地改革

戰後台灣，政府透過土地改革，重新整頓了田賦制度與掌握了農業組織，順利地掌握了農業和農民。

1946年時，台灣耕地面積爲83萬1,951公頃，總人口數爲649萬7,734人，農業人口爲352萬2,880人，占人口的58.6%，平均每戶有6.7人，即每戶之平均耕地只有1.6公頃。農地分布不均，95%在西部平原，自耕農僅1/3，佃農及半自耕農高達2/3。[5]

Authorship

3. 蕭新煌，〈三十年來台灣農業政策的演變：1953-1982〉《思與言》20：6，頁17。
4. 廖正宏、黃俊傑、蕭新煌，《光復後台灣農業政策的演變》（台北：中央研究院民族學研究所，1986），頁11-12。
5. 台灣省政府農林廳編印，《台灣省農業組織調查報告書》未刊打字油印本（1950年1月）。轉引自：黃俊傑，《農復會與台灣經驗》（台北：三民書局，1991），頁91。

在此背景下，政府先後推動了三階段的土地改革：第一階段是1949年的「三七五減租」，規定佃農對地主繳納的地租，以全年收穫量的37.5%爲上限。第二階段是1951年的「公地放領」，將沒收的日人土地以公有地的名義轉賣給農民，1951-1976年共辦理了9期的公地放領，連同1948年的試辦部份，共計放領13萬8,957公頃，承領農戶28萬6,287戶。[6]第三階段是1953年的「耕者有其田」。

政府在1953年1月先後公布「實施耕者有其田條例」(1954年修正公布第16條條文，同年12月修正公布第28條條文)、及其配套的相關條例「台灣省實物土地債券條例」以及「公營事業移轉民營條例」。規定台灣省爲耕者有其田的施行區域，其條例要點如下：

一、徵收放領之耕地

徵收地主、祭祀公業、宗教團體之超過保留標準的耕地，放領給現耕農民。徵收與放領的過程是爲了防止業佃直接受授，根絕黑市地價。

二、徵收地價之補償

耕地的出售價格是耕地主要作物年收穫的2.5倍，地主得到七成的實物土地債券(年息4%，分10年20次給付)，及三成的公營事業股票（水泥、紙業、農林、工礦四公司，一次補償）。

三、放領地價之徵收

現耕農民則向政府繳納實物來充當土地代金，以年息4%分10年20次，於1963年繳清。

四、地主土地之保留

個人地主可保留7-12則等的水田3甲、旱田6甲，祭祀公業及宗教團體則爲兩倍。

「耕者有其田」的實施結果，共徵收了10萬6,049戶地主（地主的59%）14萬3,568甲的佃耕地（佃耕地的57%），轉賣給19萬4,823戶（佃農的64%）。[7]這一連串的土地改革，使總耕地面積裡的佃耕地比例由1949年的41%降至1961年的10%。[8]不過，土地改革後，台灣小農經濟並未改變，反而因爲農地擴大的限制和農業人口的增加，農地規模更加零細化。[9]

Authorship

6. 台灣省文獻委員會，《台灣土地改革紀實》（台中：台灣省文獻委員會，1989）。
7. 笹本武治、川野重任編『台湾経済総合研究』（上，亞洲經濟研究，1968），頁166。轉引自：石田浩，《台湾経済の構造と展開——台湾は「開発独裁」のモデルか》（東京：大月書店，1999），頁74。
8. 陳仁端，〈曲がり角の台湾農政〉，轉引自：石田浩，《台湾経済の構造と展開——台湾は「開発独裁」のモデルか》，頁55。
9. 劉進慶，《台灣戰後經濟分析》，頁133。

台灣的土地改革之所以順利進行，乃是因爲「土地所有者」與「政策制定者」的不重疊，土地所有權、立法權、政治權力當時並未集中於同一群的社會領袖手中。[10] 1947年「二二八事件」的流血衝突事件，對本土人士而言餘悸猶存，地主也很少公開反對，使得土地改革的推行毫無窒礙。這無異是戰後的歷史背景下所形成的特殊的「台灣經驗」。

陳誠於土地改革成果展覽會致詞
資料來源：《台灣土地改革文集》（台北：內政部，2000）。

臺灣農林股份有限公司股票
壹股
資本總額 新台幣壹億伍千萬元
股份總數 壹千五百萬股
每股金額 新台幣拾元
登記日期 民國三十九年六月十五日
變更登記日期 民國四十二年八月十五日
新台幣壹拾元整
董事長 [illegible]
董事 [illegible]
董事 [illegible]
董事 [illegible]
董事 [illegible]
董事 [illegible]
董事 [illegible]
中華民國　年　月　日

實施耕者有其田補償徵地之股票
資料來源：劉寧顏主編，《台灣土地改革實紀》（南投：台灣省文獻委員會，1989）。

當時農復會的角色只是指導性的角色，而不是實際的執行者。土地改革的執行，是由台灣省政府的地政局以及各縣市的地政事務所負責。農復會對土地改革的經費補助，以1954年的「32萬戶自耕農保護計劃」最具代表性。1949年實施土地改革以來，新產生的半自耕農及純自耕農約有32萬戶。但是，1951年以後，有若干農民開始將其所得之土地出售，根據農復會的調查發現這種非法處理承領地的動機，一部分是因爲經濟上的困難，一部分是爲了牟利。於是，農復會就推動這項保護自耕農的計劃，也就是在十年的分期繳付地價期間，由政府調查員在每年的兩次徵收放領地價時，同時調查農民的地籍、地權或土地使用情形，以防止流弊。[11]

以「耕者有其田」爲主軸的土地改革，具有以下幾點意義：

Authorship

10. 1988年11月19日的謝森中訪談記錄：「……土地改革成功的另一個原因，在於政權的所有者和土地的所有者不是同一群人」。黃俊傑，《中國農村復興聯合委員會史料彙編》（台北：三民書局，1991），頁147。
11. 黃俊傑，《農復會與台灣經濟》（台北：三民書局，1991），頁104-105。

1. 農民擁有自己的土地，提高了生產意願，使農業生產力大增，穩定糧食的供給。
2. 農業生產力的增加，增強了農民的購買力，促進工業產品的國內市場的形成。
3. 國家向農民徵收實物地價，排除了地主的介入，得以直接取得糧食。
4. 對地主的補償，是將地價的30%換算米、糖的平均市場價格，交付等值的公營事業的股票。藉由高估公營企業資產的方式，獲取巨額資金，同時將地主資產轉化爲產業資本的一部分。[12]

1953年，行政院的「實施限田政策對台灣金融之影響」之研究報告案，提出若干配合限田政策的主張：除與外匯關係重大的事業外，公營事業應儘速出售民營，以減輕台灣銀行之負擔。爲因應發行實物土地債券產生的影響，應控制糧食，維持低物價政策，防止通貨膨脹。[13]諸如以上的這種立場，加上由「耕者有其田政策」中的地主保留地，以及地價的補償政策等看來，台灣的土地改革是「由上而下」的改革，當時外有中共的威脅，因此整個過程是以安定爲首要目標，所謂的改革只是確立了自耕農階層而已。[14]

農地改革對台灣的地主佃農制帶來很大的變化。由圖11-1「農業人口中自耕農與佃農之比例」（參見附錄表11-1），可看出自耕農增加，佃農減少的傾向。但是根據1953年立法院「耕者有其田」審議案的答辯：「本條例草案的基本特色是將農地所有權移轉耕作者，但不破壞農業的現狀」，[15]可以了解到國家的政策只爲了讓舊地主讓出土地權，而自耕農的出現並不會改變台灣農地零細化的現象。由表11-1「耕地面積的變化」來看：1952年的耕地面積爲88萬公頃，其間只略增減，1977年達到最多的92萬公頃。在此之後，耕地面積逐年減少，至1986年爲89萬公頃。因爲1979年以前農戶逐年增加，使每戶農家的平均耕地由1952年的1.29公頃，逐年減少至

圖11-1 農業人口中自耕農與佃農之比例

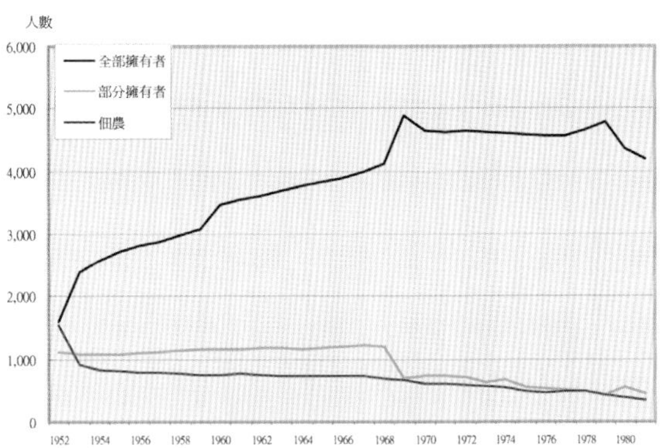

資料來源：*Taiwan Statistical Data Book*, 1982, 頁57。

Authorship

12. 石田浩，《台湾経済の構造と展開——台湾は「開発独裁」のモデルか》，頁55。
13. 國史館，《土地改革史料》（台北：國史館，1988），頁649-651。
14. 劉進慶，《台灣戰後經濟分析》（台北：人間出版社，1992），頁86。
15. 《中華民國年鑑》（1953），頁153。轉引自：劉進慶，《台灣戰後經濟分析》，頁89。

表11-1　耕地面積的變化　　單位：公頃

年度	耕地面積	土地利用率(%)	耕地面積		
			農家每戶	農家每人	每一農業從業人口
1952	876,100	173.6	1.29	0.21	0.53
1956	875,791	176.3	1.17	0.19	0.52
1961	871,759	185.0	1.09	0.16	0.50
1966	896,347	188.2	1.05	0.15	0.52
1971	902,617	179.4	1.03	0.15	0.54
1976	919,680	174.6	1.06	0.17	0.56
1977	922,778	169.7	1.06	0.17	0.58
1981	900,662	155.3	1.10	0.18	0.72
1986	887,451	142.8	1.17	0.21	0.67

資料來源：*Taiwan Statistical Data Book*, 1989. pp.63-64.

1972年左右的1.02公頃。1960年代前期減少的速度很快，但是1974年以後反而每年增加，至1986年爲1.17公頃。這是因爲耕地面積雖然減少，可是農家戶數的減少速度卻又比耕地減少的速度快很多。[16]

政府方面的人士強調土地改革達成了三個目標：減輕農民負擔、保證地主利益、將地主資金轉移到工業資本。[17]農民的地價負擔是年收穫量的25%，雖然比之前的地租輕，但繳交給最大地主＝「政府」的田賦，卻在「榨取」的原則之下，以「田賦徵實」、「隨賦徵購」等方式，剝奪了農民合理的市場利潤。

再就地價補償政策來看，「水泥」、「紙業」、「工礦」、「農林」四大公司，號稱出售給地主，但四大公司加起來還有18.6%的股份爲政府所有。「水泥」是統合了戰前的淺野、化成、南方、台灣等4家股份公司；「紙業」是由戰前的台灣興業、台灣紙漿、鹽水港紙漿、東亞製紙、台灣製紙等5家股份公司；「工礦」是由11項業種163家企業組成；「農林」是由4項業種45家企業所構成。「水泥」、「製紙」雖然是日治時期的日本獨占資本，但在國家整體的比例並不大；而「工礦」、「農林」幾乎是日治時期的日人中小企業。也就是說，戰前的日本大型的獨占資本，戰後被重組爲國家資本，即政府的「公營企業」與國民黨的「黨營企業」。而原先的日資中小企業則以土地改革爲契機，由台灣本土的舊地主階層所繼承。[18]

Authorship

16. 石田浩，《台湾経済の構造と展開—台湾は「開発独裁」のモデルか》，頁68。
17. 謝森中、李崇道、張憲秋等人的訪談紀錄。參見：黃俊傑，《中國農村復興聯合委員會史料彙編》，頁137-160。
18. 劉進慶，《台灣戰後經濟分析》，頁83-85。

戰後台灣的民間資本因歷史與社會等因素，可分爲大陸資本、本地資本、外國資本。大陸資本是以1950年代初期大舉來台的紡織業爲主；而本地資本則以1950年代中期的土地改革爲契機，由土地資本轉型爲產業資本；1960年代在積極引進外資的政策下，以美、日及華僑爲中心的外國資本，也急速擴大在台灣的勢力。

土地改革造成的土地制度的改變和財產的再分配，啓動了「農工部門間資本流動」的第一步，不僅剝奪了地主的土地，順利地使鉅額的土地資本投資於工業生產，政府成了最大的地主掌握了農業剩餘的終極支配權，土地改革的成功是日後整個農業榨取機制得以圓滑順暢進行的關鍵。

第二節 農業剩餘的擠壓與產業的轉移

開發中國家往往是以擠壓剝削農業的方式，來累積工業發展的資本。戰後台灣的工業發展自然也不例外，其發展進程是：透過土地改革的方式強制將地主資產轉化爲產業資本，利用「田賦徵收實物條例」、「隨賦徵購稻穀辦法」、不等價的肥料換穀等制度榨取米糧、以「分糖制」壓搾蔗農，以及擴大農產品與工業製品間價格差距。1960年代中期農產品和農產加工品賺取大量的外匯挹注到工業部門，1970年代又有大批的勞動力由農業移轉到工業部門。1972年《加速農村建設九大重要措施》的公布，象徵農業已完成了「以農業培養工業」的階段性任務。

一、農業剩餘的擠壓

（一）強制收購米糧

爲了供應龐大軍公教人員的糧食，確保穩定的糧食來源，戰後農業政策的重心就是強制收購米糧。1945年根據「管理食糧臨時辦法」設立了台灣省食糧局，1946年實施「台灣省田賦徵收實物實施辦法」，1947年實行「台灣省收購糧食辦法」，1948年公布實行「台灣省政府化學肥料配銷辦法」（即肥料換穀制），有系統地確立了米穀的徵收體制。1952年土地改革後更進一步強化了米糧的強制收購。1954年制定「台灣省田賦徵收實物條例」、「隨賦徵購稻穀辦法」，規定了以稻穀等實物繳納田賦的相關條文。

1946年戰時立法時的「田賦徵實」，土地稅1賦元折換成8.85公斤的稻穀。1947年爲供應公務員糧食，追加了2.655公斤，1950年以捐獻國防獻金爲由追加了2.655公斤，共計14.16公斤。接著比例持續提高，1961年爲19.37公斤，1967年爲26.35公斤，1968年又以實施九年國民義務教育爲由追加了0.65公斤。最後農民竟然必須繳納27公斤的稻穀才能折抵1賦元的土地稅[19]。

「田賦徵實」之外，還有「隨賦徵購稻穀辦法」。政府以所謂的公定價格，按照農民所繳納地租稅額的比例來強制收購稻穀，規定每1賦元的土地稅可收購12公斤的稻穀。政府的公定價格，不僅低於市場價格甚至比生產者價格還要低。1949年政府的收購價竟然比消費者價格低了38%，1950年以後每年的公定價格大約只有消費者價格的60%-70%，其中20%-30%的價差就成了政府的收入。政府以「隨賦徵購」爲手段不但確保了糧食來源，還可以將低價收購的差價納入財政資金。[20] 由圖11-2「1950-1968年糧食局米穀徵收總量及徵收量占產量百分比」（參見：附錄表11-2）可看到政府強制徵購的米糧約占了總產量的1／3。

政府徵收來的米，其公定販賣價格也約低於自由市場2成，主要販售對象是軍糧和公務人員配糧，因爲和一般市場的關聯很薄弱，所以政府的公定收購價格及販賣價格都比自由市場低廉。也就是說政府利用由農民那裡無償取得的這部份勞動剩餘，來減輕其財政負擔。[21]

（二） 肥料換穀制度

食糧政策中最重要的是肥料換穀制度，米、蔗和肥料的交換制對台灣在主要作物的增產、確保糧食和財政資金等方面上具有相當大的意義。戰後初期因爲肥料不足，政府乃採行所謂的「肥料換穀制度」，將進口的肥料配給於生產重點的糧食作物。政府透過肥料換穀制度，不但確保了60多萬軍人的配給米，也得到了莫大的財源。

1946年台灣省行政長官公署公布實行了「肥料分配統制規定」，1948年台灣省政府修定公布「化學肥料配銷辦法」。米和肥料的交換比例由政府決定，並非市場價格。1949年爲1.5公斤的肥料（硫酸錏）對1公斤的米，但是1950-1960年的一期作成了1公斤的肥料對1公斤的米，之後因爲肥料的國際價格下滑，自1960年的二期作起來到肥料1對米0.9的比例。此後這比率仍逐漸變動，1967年爲1:0.85。[22] 1960年的國際價格每噸硫酸錏爲41美元，每噸米爲145美元。二者的價格比爲1:3.5，但政府卻將米肥的交換比例設定爲1:1，也就是說以1公噸肥料的代價得到了3.5噸米。根據農村復興聯合委員會的記錄，1957年7月至1958年8月基隆港的進口肥料每噸價格爲

Authorship

19. 任廣福，〈台灣之田賦〉，《台灣銀行季刊》13：4，頁22-23。
20. 石田浩，《台湾経済の構造と展開——台湾は「開発独裁」のモデルか》，頁57。
21. 劉進慶，《台灣戰後經濟分析》，頁141。
22. 王友釗，〈肥料換穀制度之檢討〉《台灣農業發展問題》（台北：中國農村復興聯合委員會，1971），頁79。

2,340元，進口米每噸價格爲4,680元，二者價差有兩倍之多。1962年硫酸錏的到岸價格(CIF)爲1,625元，政府的取貨價格爲2,200元，但卻將配給價格定成和國產價格一樣的3,700元。[23]

1972年行政院公布了九大項「加速農村建設重要措施」，其中第一項就是自1973年1月起廢止「肥料換穀制度」。[24] 自1946年以來26年間，政府透過「肥料換穀制度」保護了公營的肥料產業，也由其中賺取了莫大的財源。這個惡名昭彰的「肥料換穀制度」更是導致1960年代末農業衰退的重要原因之一。

早期爲了發展台灣的肥料工業，大幅提高進口肥料的價格，強迫農民接受價格昂貴的省產肥料。50年代國內肥料工業因爲成本過高、設備老舊等因素，還是無法提供低廉的肥料。根據農復會的報告，1965年時台灣硫酸錏的售價是日本的1.63倍，美國的1.55倍，西德的1.54倍。即使和開發中國家相比，仍爲印度的1.17倍，南韓的1.58倍，菲律賓的1.20倍。當時南韓的肥料工業雖然落後於台灣，但是政府以補貼的方式提供農民廉價的肥料。[25] 由圖11-3「1965年各國農民支付袋裝肥料之價格」（參見：附錄表11-3），可以看到台灣農民支付了異常高昂的肥料價格，但這並不能只看作是台灣政府對肥料工業的保護政策而已。其更深刻的意義是，圖11-2a「糧食局的米穀徵收量」（參見：附錄表11-2）裡肥料換穀占了最大的比重的這個事實，也就是說「肥料換穀」裡懸殊的米肥不等價的交換關係，具有肥料專賣和糧食徵收的雙重強制功能。

圖11-2 1950-1968年糧食局米穀徵收總量及徵收量占產量百分比

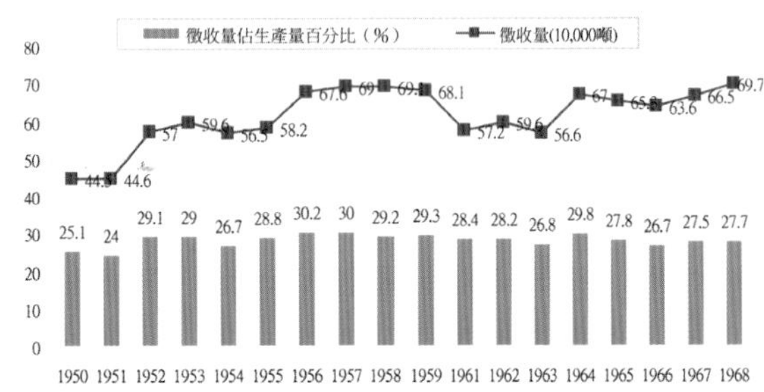

資料來源：1950-59年是根據笹木武治、川野重任編，《台灣經濟綜合研究》上（東亞：亞洲經濟研究所，1968），頁281；1961-68年是根據王友釗，〈肥料換穀制度之研究〉，收入：中國農村復興聯合委員會《台灣農業發展問題》（1971），頁74。轉引自石田浩，《台湾経済の構造と展開：台湾は「開發独裁」のモデルか》（東京都：大月書店，1999），頁57。

Authorship

23. 石田浩，《台湾経済の構造と展開—台湾は「開発独裁」のモデルか》，頁57。
24. 請參照：廖正宏、黃俊傑、蕭新煌『光復後台灣農業政策的演變』（中央研究院民族學研究所，1986），頁136。
25. 彭作奎，〈台灣肥料產銷制度之改善〉，《台灣銀行季刊》43：3期，頁125-127。

圖11-2a 1950-1968年糧食局徵收米穀來源百分比

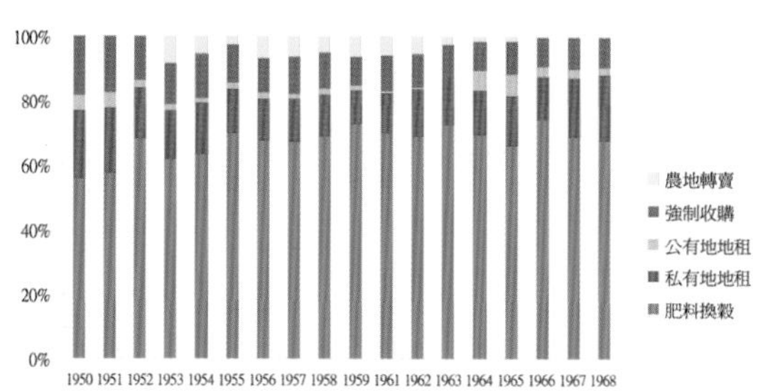

資料來源：1950-59年是根據笹木武治、川野重任編，《台灣經濟綜合研究》上（東亞：亞洲經濟研究所，1968)，頁281；1961-68年是根據王友釗，〈肥料換穀制度之研究〉，收入：中國農村復興聯合委員會《台灣農業發展問題》(1971)，頁74。轉引自石田浩，《台湾経済の構造と展開：台湾は「開發独裁」のモデルか》（東京都：大月書店，1999），頁57。

圖11-3 1965年世界主要國家農民支付袋裝肥料價格比較

單位：美元/公

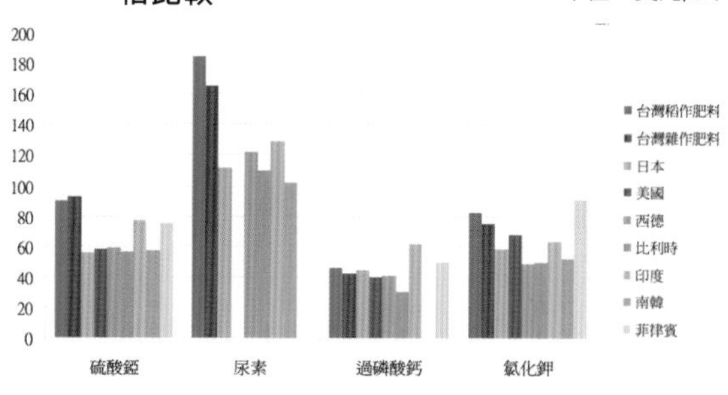

資料來源：王君穆，《改進本省肥料配銷制度之芻議》，農復會油印報告，轉引自紀潔芳，〈台灣稻作肥料換穀價格與肥料施用量之研究〉，《台灣銀行季刊》，第22卷第1期，1971年3月，頁214。

李登輝估算1952年糧食局經由「肥料換穀」所賺取的利潤爲4.2億元。郭婉容估算1953-1971年「肥料換穀」的隱藏稅約10億元。邊裕淵估算1952-1969年的「肥料賺款」爲6.4億元。[26]各學者對肥料換穀隱藏性賦稅的推算雖不儘相同，但是，政府每年由此獲得相當鉅額的收益，是不爭的事實。

（三）分糖制

政府對農業剩餘的擠壓，除了強制徵收米穀之外，另一項則是針對蔗作經濟的「分糖制」。

戰後的台灣糖業公司爲一公營企業，是接收了大日本製糖、台灣製糖、明治製糖、鹽水港製糖等四大製糖株式會社而設立。台灣糖業公司爲了確保製糖原料甘蔗的數量，採行「分糖制」。「分糖制」是指農民提供甘蔗給台灣糖業公司加工，加工後的糖由農民與台灣糖業公司依比例拆分（平均爲50：50）的制度。也就是說農民除了得獨自負擔甘蔗的生產成本外，還要將一半的甘蔗當作加工費付給台糖，剩下來的砂糖才是農民的所得。台灣糖業公司是公營企業，也是糖業的獨占企業體，農民的甘蔗只能賣給這個唯一的買主。而且，農民手中的糖有六成被國家依公定價格強制收購，剩下的四成雖然可以在國內市場販售，可是台灣的國內需求量極少，最後還是得賣回給政府，政府又刻意壓低出口的外匯比率（比一般匯率低20-30%），[27]到頭來農民還是最大的輸家。

Authorship

26. 邊裕淵，〈台灣農業在經濟發展過程之貢獻及地位〉，《台灣銀行季刊》23:2。郭婉容，〈台灣的經濟結構〉，《經濟論文叢刊》1。李登輝，〈台灣農工部門間之資本流通〉（台灣銀行經濟研究室，1972）。
27. 石田浩，《台湾経済の構造と展開——台湾は「開発独裁」のモデルか》，頁60。

日治時期的兩大農產品米、糖，在戰後台灣被國民黨政權以更積極的方式剝削搾取，爲台灣的資本累積竭盡奉獻。

（四）勞動力的供給

工業的從業人口由1952年增加爲20%，1972年爲30%，1979年以後大約維持在40%左右，1986爲42%弱。農業從業人數的變化傾向和農家人口是一致的。農業從業人數從1952年的164萬增加到1964年的181萬後開始減少。農業從業人數在1952年達到最高峰占總從業數的56%，但之後就逐年下降，至1986年只剩17%。1952-1964年的12年間共減少6.6%，1964-1976年的12年間則大幅減少了20.5%。1960年代前期農業的勞動力雖然已開始流向工業，但是農村裡還存在著潛在性的過剩勞動力，農村人口的自然增加也帶動農業從業人口的增加，1960年後半不只剩餘勞動力連原本的基幹勞動力也要釋出，這使得農業從業人數的絕對數也跟著減少了。

根據人口普查（「戶別及住宅普查報告」），1956-1970年期間總從業人數增加了80%，就產業別來看：農業從業人數增加了24%，工業從業人數增加了124%，服務業從業人數增加了165%。農業從業人數雖有增加，但和其他產業相比成長實在有限，這也意味著勞動力由農村流向都市的現象。1970-1980年10年間總從業人數增加了38%，農業從業人數卻減少了27%，另一方面工業從業人數增加了147%，服務業從業人數也增加了43%。這10年間工業從業人數的增加正是來自於農業從業人數的轉職。

1960年代前期農業從業人數增加的期間，工業只將農村裡潛在的剩餘勞動力吸引到都市。此後，勞動力開始由收入低的農業流向收入高的工業，使農業從業人數絕對性地減少了。不只是年輕勞動力，連基幹勞動力也不得不由農業部門流出。農工間的所得差距，導致農業勞動力流向非農業部門，形成了零細的兼業農家，及勞動力的高齡化、女性化。[28]

二、農工部間的資本流動

美援團曾以隱藏性重稅指責「肥料換穀制」。[29]而郭婉容則提出了「隱藏穀稅」一詞，用以測量農業剩餘以田賦徵實（實物土地稅）、肥料換穀、隨賦徵購、地價償還、貸款償還等方式向政府移轉的程度。她假定政府歷

Authorship

28. 石田浩，《台湾経済の構造と展開―台湾は「開発独裁」のモデルか》，頁61-66。
29. 陳誠，《台灣土地改革紀要》（台北：中華書局，1961），頁102。

年以低於市場20%-40%的價格，向農民徵集稻穀。因此界定「隱藏穀稅」為（市場價格和政府收購價格的）價格差額與政府一個年度徵集稻穀總量的乘積。1963年以前，台灣歷年的「隱藏穀稅」分別大於同年全台灣所得稅的總和；隱藏穀稅是促成1952年至1960年間農作物多樣化和稻穀產值比重下降的最重要因素。[30]

不過，這個「隱藏穀稅」的概念還是低估了政府對農村的榨取程度，因為「田賦徵實」是無償榨取，「肥料換穀」其交易價格由省糧食局所壟斷，所以「隱藏穀稅」雖然大於全年所得稅總和，但比起政府由農村榨取來的總收益少太多了。[31]

李登輝在研究農業資本外流問題時，將之分為「有形資本流出」和「無形資本流出」。前者指通過政府機制榨取的農業剩餘；後者指因不利交易條件引起的資本流出。農業淨實質資本流出（包括有形資本和無形資本），戰前1911-1915到1936-1940，每年增加3.8%，戰後1951-1955至1956-1960年間，年增長率為10%，而1950-1955年間從農業部門流向非農業部門的價值，約占農業總生產額的22%；據他的估計1950-1960年這10年間，每年約有10億元從農業部門流向非農業部門。梁國樹和李登輝二人推算，由農業部門流出的價值，1950-1955年平均每年有9億1,605萬元，1956-1960年每年有9億4,834萬元，1961-1965年每年有13億4,604萬元，1966-1969年則達到每年20億789萬元。[32]

此外，1953-1964年間，台灣一般物價水準上漲一倍多，米價上漲不到20%。1966年至1973年間，批發物價上漲了42%，醫療費上漲64%，米價只上漲14.5%。由於政府的干涉控制才有這種物價漲幅不均的現象。工業品的價格上漲和農產品的價格無關。1960年代下半期以後，農業開始萎縮，農工所得差距擴大。

1970年代以後，由於國人飲食習慣的改變和出口的停頓，開始有食米過剩的現象。政府於1974年設立保證價格制度，除了米糖之外還有14種左右的農產品。至此，農業長年的沒落不振使其成了需要受補助的對象。

Authorship

30. 郭婉容，〈土地改革、農產品價格和經濟成長對台灣復種作物受樣化之影響〉，《經濟論文集》（台北：台灣大學，1973年11月）。轉引自，陳玉璽，《台灣的依附型發展》（台北：人間出版社，1992年），頁130。
31. 陳玉璽，《台灣的依附型發展》，頁130。
32. 李登輝，《台灣農業發展的經濟分析》（台北：聯經出版，1980年），頁311。李登輝「農工不平衡發展癥結與解決途徑──兼論農業結構改善問題」前引『台灣農業發展問題』p.30。Liang, Kuo-Shu and Lee, Teng-Hui, “Taiwan”, Ichimura, Shinichi ed., *The Economic Development of East and Southeast Asia*, Honolulu, University Press of Hawaii, 1975，p.306。

圖11-4為「1952-1981年台灣總生產的部門組成情形」（參見：附錄表11-4），大約在1960年代中期以後，農業與工業呈現互相消長的情形。另外，在台灣經濟發展的分期上，劉進慶根據各項經濟指標和各相關經濟因素，認為1964-1973年是台灣經濟的高速成長期，而1964年是重要的轉折點，台灣開始有2位數的經濟成長率，工業產值首次超過農業產值，貿易第一次出現順差，進口貿易總額第一次占國民生產值比重50%以上，引進外資等開放的經濟政策約在1964左右產生效果。[33]

圖11-4 國內總生產的產業部門組成（1952-1981）

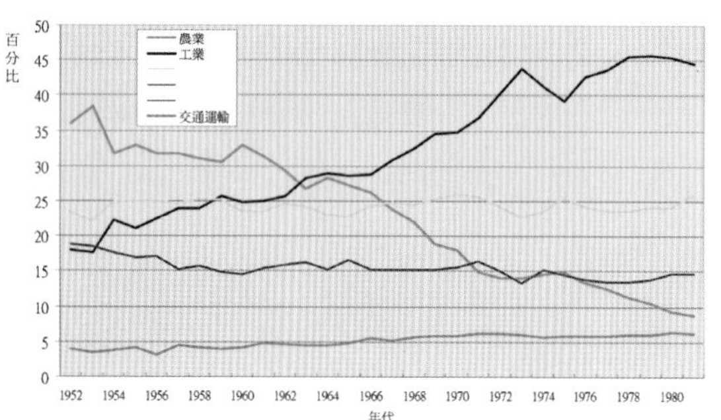

資料來源：*Taiwan Statistical Data Book*, 1982, 頁34。

第三節 農產品輸出的經濟史意義

在實施一系列土地改革後，在「以農業培養工業」的基調下，1953年政府設立「經濟安定委員會」，開始策劃台灣經濟建設計劃，直到1964年為止，共實施三期「四年經濟建設計劃」。在這20年間，農業扮演的角色可劃分為兩階段，第一階段為「進口代替」（import substitution），即1953-1960年的前兩期經建計劃。第二階段為「出口代替」（export substitution），即1961-1964年的第三期經建計劃。在「進口代替」階段，農產品及農產加工品外銷賺取外匯，以償付進口的工業生產設備與物資，扶植了國內的初級工業。在「出口代替」階段，農業提供製造業充分的糧食資源和農村外流的勞動力。[34]

雖然1960年代台灣工業快速成長的原因，並不是農業所促成，而是和政府決策（「十九點財經改革措施與投資條例」）以及國際市場經濟有關。但是農業的剩餘和勞力卻是整個工業發展的基礎。

一、農產品的出口與外匯的賺取

農業支援工業建設的具體事例，展現在1953-1960年兩次四年經濟建設計劃裡進口替代的產業政策，其目的是為了扶植公營企業、及上海來台的民間大企業。這段時期從國外進口機械、設備所需的外匯，都是靠美援、或是出口農產品和農產加工品所得來的。

Authorship

33. 劉進慶，（張正修譯）〈戰後台灣經濟的發展過程〉，《台北文獻》3:22，頁29-30。劉進慶，《台灣戰後經濟分析》（台北：人間出版社，1992）。
34. 蕭新煌，〈三十年來台灣農業政策的演變：1953-1982〉《思與言》20：6，頁15。

戰後台灣的經濟政策由內向型轉化爲外向型，農業結構也朝著出口導向而變化。1965年前糧食作物的稻米和經濟作物的甘蔗是農業的主體，稻米、甘蔗、甘薯占了農業產值的85%，1952-1965年間農業生產穩定，農產品的大量出口，賺取了大量的外匯。1953年米糖占了出口總值的77.8%。[35]戰後政府的林業政策以經濟利益爲優先，和美方建議的森林保育原則大相逕庭。在這政策下使得木製品與米、糖並列，成了1950-1960年代換取外匯的有力出口商品。[36]1960年代前期米、糖是出口的主力商品。砂糖的最高出口額是1953年的67%，米在1955年達到最高的23%。1960年米糖的出口額還占了總出口額的47%，不過米早在1960年就低於10%，1966年時砂糖也不到10%了，1987年米已無出口，砂糖也只剩下0.1%，二者至此已完成了出口商品的階段任務。[37]

1966年前農產品和農產加工品是賺取外匯的出口主力商品。1966年以後，農業的種植結構發生變化，糧食作物和經濟作物的比重下降，而以出口爲目的的園藝作物（蔬菜、果樹、花卉）的比重大增。60年代中期開始，外銷的鮮果蔬菜量大幅成長，園藝作物的種植面積不斷擴大，其中以香蕉、鳳梨、柑桔最明顯。1974年，洋菇、蘆筍罐頭的出口值達到1.3億美元。70年代，香蕉、鳳梨以及洋菇、蘆筍到國際市場同類產品的競爭，外銷量大減，種植面積和產量隨之下降。1970年代，漁產品和冷凍豬肉的出口量大增，占了農業出口的第2位，1980年則躍居首位。這種出口導向的農業結構，使台灣農業對世界市場的依賴日深，並朝向高度商品化之路前進。[38]

香蕉出口日本
資料來源：中央社。

Authorship

35. 段承璞，《台灣戰後經濟》（台北：人間出版社，1992），頁307。
36. 參見：陳士勇，《美援與台灣之森林保育（1950-1965）─美國與中華民國政府關係之個案研究》（台北：稻鄉出版社，2000），頁153-163。
37. 石田浩,《台湾経済の構造と展開─台湾は「開発独裁」のモデルか》, 頁60。
38. 段承璞，《台灣戰後經濟》，頁310-314。

圖11-5 農工產品的出口比例（1952-1981）

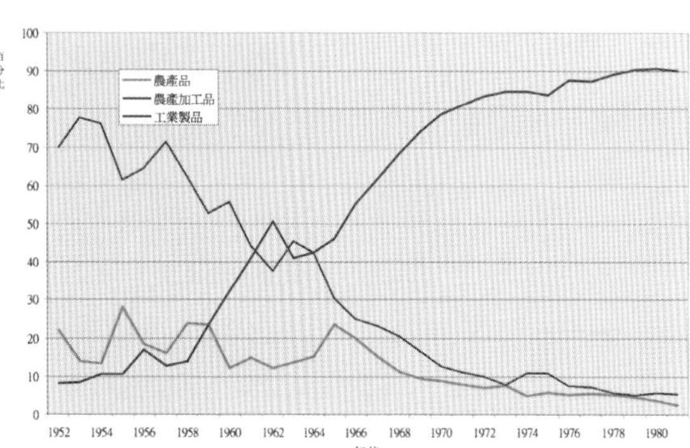

資料來源：*Taiwan Statistical Data Book*, 1982, 頁189。

從出口產品的結構來看，農產品由10%逐年增加到了20%，1969年後跌破10%。農產加工品在1952-58年約占全部的2/3以上，1961年降到50%，1966年開始跌破30%。另一方面，工業製品在1952年只有8%，1958年達到20%後持續穩定地上升。繼1950年代的進口代替工業之後，1960年代開始發展加工貿易型的出口產業，促成了工業製品的出口量增加。[39]圖12-5爲1952-1981年間農工產品出口比例的變化情形（參見：附表11-5）。

二、擠壓政策下的農業與農民

農業經濟學家史濟增，對土地改革後20年內農業政策的風貌，作了以下描寫：

「在『農業培養工業』的導向下，顯而易見的政策目標，大致不外開發農業資源、增加農業生產、改善國民營養、供應工業原料、和拓展出口貿易等數端。其主要手段，概括來說，就是藉由生物性的技術革新來提高農業生產力，創造大幅農業剩餘，然後再由政府運用租稅（包括變相稅捐，如肥料換谷、田賦征實等）和「低糧價政策」來吸取農業剩餘，以轉用於公共投資和工業部門的擴張。結果，在產出方面，農業供應廉價的糧食和工業原料；在因素方面，農業提供了勞動和資金，甚至宜耕之地亦被工廠侵用；在市場方面，農村的購買力做了工業產品國內市場的有力支柱；在貿易方面農產品和農產加工品的輸出能力成為工業發展初期購進機器設備所需外匯的主要來源。十多年下來，是農業「燃燒了自己」，把原來黯淡無光的工業前途給照亮了。統計資料顯示，在民國41年，即第一期計劃開始的前一年，台灣農業人口占總人口的52%，農業就業人口在總人口就業人口中的比率更高達61%，至第四期計劃告成的民國57年，這兩項比率分別降至44%和49%。次就農產品和農產加工品在總輸出值中所占的比例而言，由民國41年的92%，而45年的83%，而49年的68%，而53年的58%，遞減至民國57年的32%，「葉落木降」的景象一再預報：

Authorship

39. 石田浩，《台湾経済の構造と展開——台湾は「開発独裁」のモデルか》，頁60。

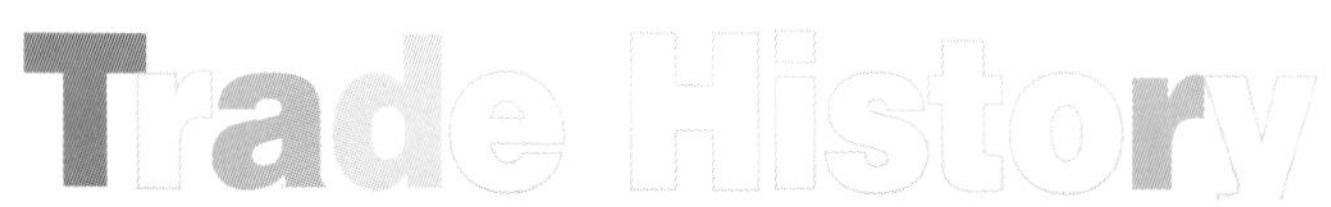

一個「農業的秋天」即將在「工業的春天」裡來臨。」[40]

三、貿易流向的轉變

1945年終戰後，台灣國際貿易的流向再度由日本轉向中國，1950年代以後再度與中國斷絕關係。美援期間台灣經濟相當受到美國的影響與支配，甚至與日本產生連動關係。

日本是台灣米穀的最大出口市場，1952年以前肥料的進口是依賴美援，後來的主要來源還是日本。當時美軍占領下的日本為解決米糧及外匯不足的困境，1950年9月在盟軍總部的安排下台灣和日本簽定了貿易協定，採「以貨易貨」的方式，要求台灣對日本輸出稻米並交換肥料進口，且規定1965年以前肥料到台灣的進口稅固定爲5%，這是所有進口項目中的最低稅率。[41] 每年協議米的出口金額與肥料進口的金額大致接近，1954年米是2,300萬美元，肥料是22,000美元。1959年也是米2,300萬美元，肥料22,000美元。[42]

爲了輸出更多的稻米到日本，農復會除了致力推動於稻米增產計劃外，美國也藉著進口美援農產品的方式來減少台灣的稻米的消費。美援民用小麥製成麵粉後，其中45%被用來交易食米，大麥則全部換米輸日。以重量來比的話，1965年前的美援小麥多於台灣稻米。[43]

1953年3月，當時的台灣區生產事業管理委員會副主任委員尹仲容發起了「多吃麵粉少吃白米」的運動，主張以低廉的麵粉爲主食，節省市場價值較高的白米，以出口賺取外匯。尹仲容的這個主張除了麵粉的價格低於白米之外，還因爲美援提供了大量的麵粉是無需動用外匯即可取得的，而米和糖一樣是當時政府外匯收入的重要來源。[44]

不過1980年代，台灣稻米生產過剩而出口對美國的海外農產市場產生影響時，美國即迫使台灣降低稻米出口量。[45] 可見美國藉美援鼓勵台灣稻米外銷，只是戰後一時的措施而已。

Authorship

40. 史濟增，〈台灣農業發展問題之重點檢討〉，《台灣經濟發展方向及策略研討會》（台北：中央研究院經濟研究所，1976），頁121。
41. 文馨瑩，《經濟奇蹟的背後—台灣美援經驗的政經分析（1951-1965）》（台北：自立晚報，1990），頁174。
42. 參見：《中華民國年鑑》1956年，頁274-275。同書，1959年，頁242-243。
43. 文馨瑩，《經濟奇蹟的背後—台灣美援經驗的政經分析（1951-1965）》，頁174。
44. 《中央日報》，1953年3月25日，第3版。
45. 蕭國和，《台灣農業興衰40年》（台北：自立晚報，1987），頁103。

[Chapter 12]

▶▶美援與經濟復甦

台灣接受來自美國的援助雖始於1948年，惟首批針對台灣正式撥款的美援則在韓戰爆發之後。就援助物資到達時點以1968年爲迄，美國對台援助則至少長達21年。美援對台灣基礎建設與民間資本發展的走向乃至於經貿發展之影響，目前相關既有研究則多抱持肯定之見解。

第一節 美援的到來

「美援」一詞，乃「美國對外援助」之簡稱。作爲二次大戰後美國對外政策之一環，根據「美國外交政策百科全書」一書的定義，「美援」係指透過美國政府所設立的機構與計劃，所進行的美國政府與他國政府之間的軍事與經濟援助。[1]

一、美國援台主要的法令依據

二次大戰後美援的發展淵源，可追溯至戰時的租借法案（Lend Lease Act of 1941）。就政治層面而言，美國向38個國家提供高達492億美元的軍事援助，即反映在外交政策上已拋卻國際孤立主義的傳統[2]。就經濟層面而言，當1940年12月美國總統羅斯福向大眾呼籲「我們必須成爲民主主義的兵工廠」時，即埋下戰後美國政府爲維持戰時空前繁榮而大舉援外的起因。[3]

戰後美援的發展，依據法案的變遷則可分爲3個時期：戰後初期的經濟合作法、1950年代的共同安全法、1960年代的國際開發法。每一時期所對應的國際結構分別爲：戰後復興／美國獨霸、東西冷戰／美蘇對峙、南北對立／美蘇和解。

自1948年美國對外援助法案起，中美間關於經濟援助有關協定，較重要者如下：（1）1948年援外法案中美間之協定。（2）1951年間共同安全法案中美雙方換文。（3）中美訂立關於投資保證制度之協定。（4）中美共同防禦條約。

美國對台援助以第二次世界大戰時之租借法案及戰後之聯合國善後救濟計劃爲嚆矢。1945年大戰終止，租借法案隨之結束，復以美蘇關係逆轉，聯合國善後救濟計劃亦陷於停頓。

Authorship

1. Ian J. Bickerton,, "*Foreign Aid*" ,in Alexander DeConde (ed.) ,Encyclopedia of American Foreign Policy ,Vol.II,(N.Y.:Charles Scribner's Sons,1978):372.
2. 增田猛，1979:12。
3. 文馨瑩，《經濟奇蹟的背後——台灣美援經驗的政經分析（1951-1965）》（台北市：自立晚報社文化出版部，1990），頁43。

1947年6月，美國國務卿馬歇爾提出大規模對歐援助，乃於1948年經美國第八十屆國會通過，成立美國援外法案，該項法案之第四章即爲對華援助部分，其第四○一款規定：「本章得稱爲一九四八年援華法案」（China Aid Act of 1948）。該法案並規定應於3個月內，由各受援國與美國政府訂立協定，作爲執行之依據。1948年7月3日，中美兩國政府依據上述所稱之一九四八年援華法案，在南京簽訂「中美經濟援助協定」，簡稱中美雙邊協定。[4] 全文計有12條，其重心在推行中國政府各項自助計劃，利用資源，促進生產，穩定幣制，改善經濟狀況，俾達成穩定與發展經濟之目的。

美國政府爲執行經濟援外計劃，於1948年國會通過援外法案後，即成立經濟合作總署，並在中國設立中國分署。行政院亦因此設立『美援運用委員會』，執行美援運用工作，成爲「美國經濟合作總署中國分署」的對口機構。[5] 美國1948年援外法案，第一章通稱爲「一九四八年經濟合作法案」。其中，第一一一條（乙）項第三款規定，經濟合作總署得對美國公民或法人在歐洲各自由國家之投資提供保證。此種保證之主要目的有二：（1）解決投資人因投資所得當地貨幣不能兌換成美元之困難；（2）對投資人因遭受投資所在地政府充公或沒收所造成之財產損失予以補償。因此，投資保證制度，實爲獎勵美人私人對外投資而設，而其實行復有賴於美國政府與接受美國私人投資之自由國家間締結協定。[6]

「經濟合作法案」之對象爲歐洲，故美國投資保證制度之適用範圍原亦僅限於歐洲。1951年美國鑒於歐洲各受援國家經濟已逐漸改善，同時由於國際情勢之演變，有對各民主國家擴大

Authorship

4. 美援會秘書處，《中美合作經援概要》（台北：美援會，1960.6），頁1。中美經濟援助協定，此協定全名為「中華民國政府與美利堅合衆國政府間關於經濟援助之協定」，原文共12條。1948年7月3日，由中華民國政府代表王世杰與美利堅合衆國代表司徒雷登（John L. Stuart）在南京簽署。在約首明白指出，美國政府乃依照「一九四八年援華法案」之規定，對中華民國人民及政府提供經濟援助。同時鑑於我政府的政策，乃在推行一種有力的自助計劃，以創造較為穩定的經濟情況，並改善我國與其他國家的商務關係，因此美國與中華民國政府同意議定12條協定的條款，有效期間至1950年6月30日為止。協定中也明定若未在有效日期屆滿前6個月以前通知對方"，則協定繼續有效，直到任何一方通知對方政府終止以後6個月為止。此後，美國曾在1949年停止執行此一協定，直到韓戰爆發以後，才又決定恢復執行，這也是當年美國對台灣提供美援的重要依據。參見許雪姬，《台灣歷史辭典》，頁126。
5. 美援會成立以後，皆由行政院長兼任主任委員，另有副主任委員負責實際工作。尹仲容、嚴家淦、李國鼎、張繼正、費驊等人皆是美援會的核心人物。1963年9月隨著美援即將停止等原因，美援會改組為經合會。參見許雪姬，《台灣歷史辭典》，頁319。
6. 『美國私人投資保證協定』，正式名稱為「中美關於保證美國投資制度換文」。為中美雙方依據1948年「經濟合作法案」中所規定的保證制度舉行商談，而於1952年由雙方換文的協定。依該文，美國政府得向美國人在台灣投資的事業提供保證。參見許雪姬，《台灣歷史辭典》。

與加強軍援之必要，乃於該年10月間由國會通過軍經援助自由國家共同安全計劃法案，並按照該項法案之規定，於12月底結束「經濟合作總署」。1951年美國國會通過「一九五一年共同安全法案」，該法案第五二〇節將投資保證制度之適用範圍推廣及於與美國有共同安全關係之任何地區。1952年3月，中美雙方為此進行商洽，於同年6月25日中美訂立關於投資保證制度之協定。

1952年1月1日另設「共同安全總署」，處理經濟援外及軍援聯繫配合工作。中美雙方於1952年1月2日在台北換文，即1951年共同安全法案中美雙方換文。原在我國之經濟合作分署，則同時改稱為「共同安全總署中國分署」。本換文雙方同意參加促進國際間諒解及善意，並維持世界和平。在兼顧其本身政治及經濟之穩定，以及在其人力、資源、設備與一般經濟情況許可範圍內，對發展與維持其本身防衛力量及自由世界之防衛力量，做充分貢獻。[7]

根據美國經辦援助事項的「共同安全署」在1953年對美國國會的報告指出，美國經援台灣的目的有三：（一）求經濟的穩定；（二）協助美方的軍事活動；（三）促進台灣自給自足的能力。[8]

就早期共同安全計劃的執行，主要是以軍援為主，經援為輔。因為就早期美蘇的利益衝突，主要是在於區域性的武裝衝突。蘇聯的軍事擴張已成為美國安全上的嚴重威脅，面臨此項挑戰，美援主要的任務就是在軍事上協防盟邦，鞏固集體安全組織的防務，故美援以軍援為主，而經援被視為「只是在協助落後地區建立區域防務時，減輕一些政治、經濟的負擔而已。主要的目的是在安全的考慮」。[9]換言之，經濟援助僅在於彌補軍事援助的不足而已。

故艾其遜國務卿即曾指出：「經濟援助與技術援助必須以能充分支持軍事援助計劃為主，以協助其達成武器所不能達成的難題」[10]。因此，在共同安全計劃執行的初期，軍援占有絕對的比重，直到1955年，此種現象開始發生轉變，因為落後地區的經濟開發已逐漸成為維持該地區政治安定、軍事安全的穩定因素。

Authorship

7. 周開慶，《自由中國之經濟》（國際經濟出版社，1956）。
8. Jacoy, *The U.S. Aid to Taiwan:A study of foreign Aid ,Self-Help and Development*（New York: Praeger,1966）,31.
9. Walt W. Rostow, "*The Stages of Growth as a key to policy*," The Economic of National Security:New Dimension in the Cold War（Washington D.C:Industrial College of the Armed Forces,1963）:17。
10. Robert S. Walter,American & Soviet Aid :*Comparative Analysis*（Pittsburgh:University of Pittsburgh Press,1970）,16. 轉引自邱金專，〈五十年代美援政策的運用:共同安全計劃的發展〉（台北：中國文化大學中美關係研究所碩士論文，1980）。

中美共同防禦條約，係於1954年12月2日由我國外交部長葉公超與美國國務卿杜勒斯在華盛頓簽訂，1955年3月在台北互換批准書，該條約亦即於是日開始生效。該約第三條規定：「締約國承允加強其自由制度，彼此合作以發展其經濟進步與社會福利，並爲達到此等目的而增強其個別與集體之努力。」。

二、美國援台之始末

有關美國援助台灣大致可分爲四個階段：由國共內戰到韓戰、由軍事模式到經濟模式、經援的終止，以及經援終止後的延續措施。

1948年度美國對華援款，經台灣省交通處處長兼美援會委員嚴家淦向美方交涉，提出將部分工業部門援款撥交台灣之建議，美國經濟合作署中國分署即成立工業調查團，於1948年6月25日抵台，以1週時間考察分布於全台之台糖、台電、鐵路、港阜等設施之後，決定自分配於中國大陸之工業部門的援款7,500萬美元中，劃出一部分用於台灣。該年9月1日，台糖、台電、台灣鐵路局先後獲得美國對台的第1批援款。此項美援工業器材採購款，核配予台糖100萬美元；9月13日，台灣鐵路局獲配150萬美元，及台灣電力公司獲配250萬美元。[11]

隨著大陸局勢逆轉，美政府發表「白皮書」，因此第一期的美援並未核撥完畢。1950年6月韓戰爆發後，對台之美援才再度恢復。

美援首批針對台灣正式撥款則在韓戰爆發之後。1949年國民黨政府撤退來台，美國原意存觀望，1950年度時美國對外援助預算內，並未列有對我國的援款金額。根據李文志之研究指出，二次世界大戰後美國乃發展出將對外貸款與牽制蘇聯合起來操作的援外政策，因此將援華的前提條件假定爲：中國必須成爲美國擴大輸出與牽制蘇聯的一員。換言之，援華政策僅是美國全球利益下的布局，惟因中國不能滿足於美國利益的實踐，導致美國在有限資源配置的考量下，最後決定以消極觀望的援華政策來落實其放棄中國的政策立場。[12]

迨1950年韓戰爆發，中共堅持反美並介入韓戰，美國基於區域安全之考慮，將台灣納入西太平洋的圍堵陣線之一環，於是恢復對台灣的軍事與經濟援助，宣布於將對華援款於1949年度，未用援款金額之運用期限，延長至1950年6

Authorship

11. 趙既昌，《美援的運用》（台北：聯經出版事業公司，1985年6月），頁9-11。
12. 李文志，《外援的政治經濟分析:重構美援來華的歷史圖像（1946-1948）》（台北：憬藝企業有限公司，2003），頁193。

月止。文馨瑩認為，美援該次的再度抵台，是以東西冷戰的國際局勢為背景，且以共黨擴張所引發的韓戰為轉機。[13] 因此，1950年代台灣成為美國軍援的第二大受援國家。[14]

1950年2月15日起至6月30日止，美國政府對我國共撥款850萬美元，全部用於採購進口物資，以助我穩定經濟，此為美援第一批專門針對台灣之正式撥款，此款與1948年間自大陸援款中劃撥一部分支持台灣復原工作之情形有別。此筆援款之運用，大部分係自美國直接採購原棉、肥料、黃豆、小麥等物資進口，非為支持某一特定計劃之用。趙既昌指出，此類物資雖然並非生產資財，但肥料是糧食增加生產的必需用品，原棉、黃豆、小麥等則為紡織、榨油及麵粉工業之原料，此三項物資乃美援前十年間進口物資之大宗，對台灣民營工業之發展有重大貢獻。[15] 惟台灣真正獲得較大量且持續之美國經濟援助，應從1951年開始，後來一直持續到1965年美國經援結束為止，前後至少達15年，每年援助金額平均維持在1億美元左右，惟美援動用科目之名稱、條件與內容有所經常調整。

中美雙邊協定之有效日期，原協定第十二條規定自簽訂之日起至1950年6月30日止，但同條有「倘在一九五〇年六月三十日至少六個月以前未經任何一方以書面通知他方政府，聲明於該日廢止本協定之意旨時，本協定應於該日以後繼續生效，至上述通知發出之日起滿六個月為止」。[16]

美國對外經濟援助至少120個國家，台灣是少數成功從「依賴」走向「自力持續成長」。因此，1960年代美國援外預算履受國會責難的背景下，AID即選擇台灣為「美援成功的典範」，希望藉由終止援台來贏得各界對「美援有助於受援國經濟發展」的肯定。[17]1964年5月28日美國國務院發表聲明，於1965年6月終止在台的經援計劃。[18]

Authorship

13. 文馨瑩，《經濟奇蹟的背後—台灣美援經驗的政經分析（1951-1965）》，頁91。
14. 國際經濟資料社，〈美國公布十年來的軍事援助〉，《國際經濟資料月刊》第四卷第六期，1960，頁104-105。
15. 趙既昌，《美援的運用》，頁11。趙既昌曾擔任美援會主任稽核、財務處副處長、參事等要職。
16. 美援會秘書處，《中美合作經援概要》，台北：美援會，1960年6月，頁1。
17. Jacoby，1966:230。
18. 全文可參考審計部，《中華民國中央政府總決算審核報告書》（台北：審計部編印，1964），頁522。未公開發行。

美國宣布1965年6月底終止對華經援之後，直至1968年仍有部份已簽約而尚未運台之美援物資，以及四八〇號公法下之剩餘農產品繼續進口。美國從宣布到終止經援台灣，有1年的緩衝時間，事實上在1960年代，經援由減少到終止的過程幾乎持續長達10年之久。因此，總的來說，台灣接受來自美國的援助，始於1948年，惟就援助物資到達時點是以1968年爲迄，因此前後至少長達21年。[19]

由內戰到韓戰的援台背景與軍事到經濟的依賴模式變遷來看，美國中止經援台灣的意義，正如劉進慶所指出的，是基於台灣已可自行負擔反共軍力，且台灣對美日的依賴體制已可自行運作。台灣本身的經濟條件，更是免於經援中止副作用的最主要因素。[20] 因此，在「十九點財經改革」建議爲政府所接受之後，美國已開始準備終止對台援助。[21] 在援助方式方面主要由貸款取代原來的贈與方式，進入1960年代更是以美金償還作爲貸款條件，這亦展現台灣至此已有以外匯償還美元貸款的能力。[22]

第二節 美援之內容類型與運用

美援原始資料皆是依據每年援外法案撥款的項目予以列舉，因此數字最爲正確，惟彙整各年美援時分類標準不同，如表12-1所示。若以貸款性質區分，則可分爲3階段：（1）贈與性的援助階段：1957年之前；（2）贈與與貸款並行時期：1957年起；（3）以貸款爲主的階段：1961年之後。

表12-1 美援種類與項目

分類標準	分類項目
援助程序	計劃型、非計劃型
援助貨幣	原始性美援（美金）、滋生性美援（台幣）
物資性質	農產、非農產；資本財、農工原料、消費品
援助方式	贈與、貸款、購買

資料來源：林鐘雄，〈台灣經濟建設計劃與美援〉，收錄於台灣銀行經濟研究室編，《台灣經濟發展之研究》第一冊（台北：台灣銀行經濟研究室，1970），頁111-114。

Authorship

19. 1970年代以後，美援計劃已日漸減縮，惟歷屆總統仍無法終止之，總計自1946-1978年，計33年間，美援總共支出2,060萬美元。其中經援1,273萬美元，軍援786萬美元。Statistical Abstract of United States,p857，轉引自邱金專，〈五十年代美援政策的運用:共同安全計劃的發展〉，頁167-168，表十。
20. 文馨瑩《經濟奇蹟的背後—台灣美援經驗的政經分析（1951-1965）》，頁104。轉引自劉進慶，《戰後台灣經濟分析—1945年から1965年まで》（東京：東京大學出版會，1975）。
21. 文馨瑩，《經濟奇蹟的背後—台灣美援經驗的政經分析（1951-1965）》，頁102。轉引自Jacoby,Neil H,U.S.Aid to Taiwan: A Study of Foreign Aid Self-Help and Development（New York: Praeger,1966）
22. 文馨瑩，《經濟奇蹟的背後—台灣美援經驗的政經分析（1951-1965）》，頁102。轉引自劉進慶，《戰後台灣經濟分析—1945年から1965年まで》（東京：東京大學出版會，1975）。

一、美援對台援助之內容與到達金額

美國對外經濟援助包括以直接贈與（grants），雙邊或多邊開發貸款（loans）及技術合作等方式來達成財貨與勞務之移轉與流通。[23] 至於純粹基於美國國內剩餘農產品消費考慮的「糧食和平計劃」（Food-for-Peace Program），亦即眾所皆知的「四八〇號公法」（Public Law 480），及美國進出口銀行（Export-Import Bank）等，亦往往被視爲經援的重要部分。軍事援助則包括對外提供軍事顧問、訓練與武器裝備之移轉與銷售，並協助受援國之國防建設等。[24] 以下即逐項予以進行說明。

（一）美援進口農產品─美國剩餘農產品援外法案，又稱「四八〇號公法」

1954年美國國會通過「發展農業貿易及援助法案」，又稱「四八〇號公法」，亦即「剩餘農產品援外法案」，授權美國政府在1950年的「共同安全案」之外，另以剩餘農產品援助友好國家。美國政府得以剩餘農產品售予受援國家，收取當地貨幣，再以售得款項贈與或貸給受援國家作爲各種經建發展計劃用途，以加強其外交政策，此項業務由美國農業部主持，不屬一般經援。根據「四八〇號公法」規定，美國售予我國農產品所得之新台幣仍可用在以下用途：協助發展美國農產品新市場，資助我國境內國際教育交換措施、購買共同防禦之軍事裝備、辦理農村建設、開拓產業道路等經濟與社會發展計劃。1965年以後，一般經援停止，「四八〇號公法」剩餘農產品仍繼續供應，直至1968年方完全結束。[25] 「四八〇號公法」的誕生，爲美援進入第2階段的關鍵，亦即由原先用於軍事考量的贈予轉爲經濟援助的貸款。

台灣歷年在此兩法案項下進口之物資，包括：小麥、黃豆、棉花、肥料、奶粉、麵粉及油脂等等，折合共達11億餘美元，[26] 占美援總數（按實際到達數計算）14億8,200餘萬美元之74%，爲美援項目中數額最爲龐大者。其中，就最重要物資小麥、原棉、黃豆、油脂及肥料等5項而言，在1950-1961年之12年間，進口總值（包括美援及非美援進口）共爲8億2,700餘萬美元，屬於美援進口者高達5億200萬美元，約

Authorship

23. 相較於一般銀行業務之「硬性」（hard）貸款，此處之貸款係指長期、低利，且多以受援國貨幣償付的所謂「軟性」（soft）貸款。
24. Ian J.Bickerton, 1oc.cit. ;John W. Sewell, *The United States and World Development : Agenda1977*（N. Y. : Praeger Publishers ,1977）,134. 轉引自高碩泰，〈美援與一九七〇年代美國外交政策之研究〉（台北：政治大學外交研究所碩士論文，1980）。
25. 趙既昌，《美援的運用》，轉引自許雪姬，《台灣歷史辭典》，頁603。
26. *Taiwan Statistical Data Book*（行政院經濟設計委員會，1977），219-220。轉引自趙既昌《美援的運用》，頁91。

占60.7%。若以個別商品而論，此一期間由美援供應者，小麥占90.3%，原棉占77.9%，黃豆占73.9%，油脂占49.2%，肥料占23.1%，[27] 可知美援物資之大量進口，對於紓解戰後台灣民生物資缺乏之困境，應有直接助益。

（二）美援資金進口資本設備

如表12-2所示，美援期間利用美援資金進口資本設備（以機械設備及生產工具等為主）及其他物資，連同前述物資在內，共為13億3,700餘萬美元。其中，農工原料最多，計9億7,800餘萬美元，占73.1%；資本財次之，計2億7,700餘萬美元，占20.8%；消費財數額最少，計8,100餘萬美元，僅占6.1%。[28]

（三）開發貨款基金

美國國會於1957年授權美政府設立"開發貸款基金"（Development Loan Fund），以促進自由世界開發中國家之經濟發展。美援的內容在

表12-2 美援物資器材進口統計金（1950-1970）

年	金額（單位：千美元）				%		
	資本財	農工原料	消費財	總計	資本財	農工原料	消費財
1950	435	19,564	546	20,545	2.1	95.2	2.7
1951	5,827	48,459	2,335	56,621	10.3	85.6	4.1
1952	7,199	78,867	2,996	89,062	8.1	88.6	3.4
1953	12,561	69,074	2,372	84,007	15.0	82.2	2.8
1954	14,529	70,363	2,948	87,840	16.5	80.1	3.4
1955	16,741	66,147	6,282	89,170	18.8	74.2	7.0
1956	24,747	65,880	5,859	96,486	25.6	68.3	6.1
1957	27,532	64,102	7,111	98,745	27.9	64.9	7.2
1958	19,514	52,867	9,958	82,339	23.7	64.2	12.1
1959	24,177	44,336	4,911	73,424	32.9	60.4	6.7
1960	26,245	59,215	5,432	90,892	28.9	65.1	6.0
1961	36,767	63,054	8,355	108,176	34.0	58.3	7.7
1962	18,328	56,202	5,580	80,110	22.9	70.2	7.0
1963	8,228	63,924	3,917	76,069	10.8	84.0	5.1
1964	2,402	33,311	3,957	39,670	6.1	84.0	10.0
1965	11,771	50,071	4,066	65,908	17.9	76.0	6.2
1966	4,874	26,442	3,002	34,318	14.2	77.0	8.7
1967	10,733	18,102	1,735	30,570	35.1	59.2	5.7
1968	3,674	15,771	356	19,801	18.6	79.6	1.8
1969	1,314	12,433	56	13,803	9.5	90.1	0.4
1970	-	61	-	61	0.0	100.0	0.0
合計	277,598	978,245	81,774	1,337,617	20.8	73.1	6.1

資料來源：行政院經濟建設委員會：*Taiwan Statistical Data Book*，1981。轉引自趙既昌，《美援的運用》，1985年6月，頁92。

Authorship

27. 尹仲容，〈美國對華經援趨勢及現況（在國防研究院講詞）〉，《陽明山講習錄》（國防研究院編印，1962），頁211-232。
28. 趙既昌，《美援的運用》，頁91。

1957年開始增加了開發貸款基金，不同於以往的美援項目，開發貸款基金有以下特色：援助對象不限於政府，還包括個人、民營公司或其他機構，並須以美金償還，這是美援政策的一大轉變。當時台灣正處於以國內市場爲發展中心的進口替代階段，卻受到島內市場狹小的限制而陷入經濟低潮，使得台灣面臨開發出口市場與資金不足的轉換期，因此開發貸款基金的出現具有特別意涵。凡向貸款基金申請之計劃總值至少應達20萬美元，其中申請貸款之最低額應達10萬美元。小於10萬美元的貸款案則另立小型民營工業貸款計劃，由開發貸款基金另外撥款。貸款金額超過台灣接受開發貸款基金總額10%的大型計劃包括石門水庫，中華開發信託公司及台電南部火力發電廠。[29]

相對於先前各種經濟援助，該基金之運用較具彈性，且不以國家爲目標，而是以個別計劃爲對象；撥予開發基金之款項得循環運用，不以某年度爲限；收回之貸款得再行貸出，不需經由國會再行授權；但該基金須逐年向國會提出國別計劃報告。

（四）美援商業採購物資

自1950年6月至1965年7月1日爲止，15年間台灣平均每年獲得美援1億美元（另外還有軍事援助）。當時美國對台經援的種類可分爲三類：（1）美援商業採購物資；（2）計劃型美援生產設備貸款；（3）非計劃型美援工業原料。美援商業採購物資就是以美援資金購買美國物資供應我國，最初此項業務係由美援機構辦理，後來與外匯貿易管理機構(外貿會)的商業採購外匯合併運用。這些物資對促使當時的物價穩定、國際收支平衡，扮演重要地位。[30]

（五）美援小型民營工業貸款

我國金融機構辦理融資業務，在美援之前並未有小型工業貸款之名稱，亦從未按客戶規模之大小作統計分類，但大體上金融機構均以大企業爲對象，而小型工業則不易獲得融資。1954年中美雙方執行美援之機構一方面爲激發台灣民間投資意願，一方面鑒於世界各國對於中小型工業輔導之重視，尤其美國成立小企業署以後，政策上強調對小型工業融資之協助，仍推動「美援小型民營工業貸款」。此項貸款

Authorship

29. 文馨瑩，《經濟奇蹟的背後：台灣美援經驗的政經分析》，1990。轉引自許雪姬，《台灣歷史辭典》，頁911。
30. 劉鳳文，《外匯貿易政策典貿易擴展》，1980。轉引自許雪姬，《台灣歷史辭典》。

分美金與台幣兩種，均是委託三商銀及中央信託局，以簽訂供應合約方式辦理融資，目的是爲協助中小企業向國外採購所需機器設備及零件。當時每筆貸款最高額度爲6萬美元，如果是整套設備一次購買，超出此一額度時，可增加至7萬2,000美元。至1965年美援結束爲止，受貸廠商約有800餘家。[31]

（六）技術援助

美援經濟援助中之「技術援助」（Technical Assistance），係由我國派遣人員出國受訓、考察、訪問、見習、深造等，俾實際接受有關之技術及專門訓練，以期學成返國後，對國家經濟資源之開發及成長有所貢獻。技術合作援款金額雖較其他援助爲少，惟效果較爲持久，對於人力資源之培養及開發深具意義。[32]

根據1954年共同安全法第302款，「技術合作計劃」一詞「係指國際間專門學識及技術交流之計劃，其要旨在促進經濟落後地區之經濟資源及生產能力之平衡與普遍發展。此類技術合作應限於經濟、工程、醫藥、教育、勞工、農業、林業、漁業、礦務及財政之調整、示範、訓練；其他類似計劃足以促進發展落後地區之經濟資源、生產能力、及貿易者；以及公共行政訓練等。」[33]

技術合作之目的既在「使受援國共享各種技術上之智識與技能，俾有效發展其經濟，提高生活水準。」，其援助範圍包括「增加農工生產、土地改革、文化交流、改善教育衛生、電化鄉村、開發森林及改良漁業畜牧等項目。」。[34]範圍之廣，惟所能運用的經費卻相當有限，根據楊翠華之統計，每年約爲200餘萬美元，外加相對基金項下的3、4千萬元台幣，占總預算的2%強。[35]

（七）計劃型

凡美援爲協助我國各項基本建設及促使工業與經濟起飛，對於特定計劃所提供之援款稱之。此種援款必須由執行單位先提出計劃概要及其經濟價值，經核准後成立計劃，並指定開始及完成期限。

Authorship

31. 趙既昌，《美援的運用》，1985。轉引自許雪姬，《台灣歷史辭典》，頁604。
32. 例如：經濟學教育、經濟決策者的培育與經濟決策思維的養成。
33. 美援技術協助委員會編印，〈申請美援技術協助考察研習辦法〉（1958年11月），頁2，國營事業司檔35-25-320，中研院近史所藏。
34. 行政院美援運用委員會編印，《中美合作經援概要》（1960年6月），頁6。
35. 1954年度技術協助的經費為270餘萬美元，相對基金3,100萬餘元台幣；1955年度則是美金230萬元，台幣4,100萬元。〈民國四十三年會計年度〉。楊翠華，〈美援技術協助：戰後台灣工業化開端的一個側面〉，收錄於陳永發主編，《兩岸分途：冷戰初期的政經發展》（台北：中央研究院近代史研究所，2006）。

（八）非計劃型

由於當時政府外匯不足，美國乃以援款供我採購物資，在國內分配出售，因其非爲支持某一特定計劃之用，故稱非計劃型援助。

美國對台經濟援助之到達金額（截至1970年12月底），如表12-3、圖12-1與圖12-2所示。除了1959、1960、1961年，計3年有開發貸款基金項目之外，自1951年開始，初期以一般經濟援助爲主，「四八○號公法」剩餘農產品項目爲次。整體而言，一般經濟援助項目占約7成，「四八○號公法」剩餘農產品則占2.6成。1961年之前，一般經濟援助項目占5成以上，1962年之後，「四八○號公法」剩餘農產品項目則取而代之超過1/2。1966-1968年則僅有「四八○號公法」剩餘農產品項目。

一般經濟援助的構成項目有三：防衛支助或開發貸款（非計劃型與計劃型）、技術合作、軍協（非計劃型與計劃型），如表12-4所示。整體而言，中美防衛支助或開發貸款項目爲一般經濟援助之主要構成（82.73%），軍協爲次（14.35%），技術合作爲更次（2.92%）。不過，值得注意的是，防衛支助或開發貸款與軍協兩項目皆是以非計劃型爲主，幾占7成，計劃型則僅占3成左右。

表12-3　美國對台經濟援助主要項目之到達金額（截至1970年12月底）　單位:百萬美元，%

年度	一般經濟援助	開發貸款基金	四八○號公法剩餘農產品	總計
1951	90.8 (100.00)	0 (0.00)	0 (0.00)	90.8 (100.00)
1952	75.4 (99.47)	0 (0.00)	0.4 (0.53)	75.8 (100.00)
1953	100.3 (100.00)	0 (0.00)	0 (0.00)	100.3 (100.00)
1954	107.8 (99.54)	0 (0.00)	0.5 (0.46)	108.3 (100.00)
1955	129.4 (98.03)	0 (0.00)	2.6 (1.97)	132 (100.00)
1956	92 (90.55)	0 (0.00)	9.6 (9.45)	101.6 (100.00)
1957	87.1 (80.57)	0 (0.00)	21 (19.43)	108.1 (100.00)
1958	64.6 (79.17)	0 (0.00)	17 (20.83)	81.6 (100.00)
1959	71.2 (55.24)	30.6 (23.74)	27.1 (21.02)	128.9 (100.00)
1960	74.4 (73.59)	19.1 (18.89)	7.6 (7.52)	101.1 (100.00)
1961	50.1 (53.18)	16.1 (17.09)	28 (29.72)	94.2 (100.00)
1962	6.6 (10.02)	0 (0.00)	59.3 (89.98)	65.9 (100.00)
1963	21.6 (18.73)	0 (0.00)	93.7 (81.27)	115.3 (100.00)
1964	57.7 (68.77)	0 (0.00)	26.2 (31.23)	83.9 (100.00)
1965	0.4 (0.71)	0 (0.00)	56.1 (99.29)	56.5 (100.00)
1966	0 (0.00)	0 (0.00)	4.2 (100.00)	4.2 (100.00)
1967	0 (0.00)	0 (0.00)	4.4 (100.00)	4.4 (100.00)
1968	0 (0.00)	0 (0.00)	29.3 (100.00)	29.3 (100.00)
合計	1,029.4 (69.45)	65.8 (4.44)	387 (26.11)	1,482.2 (100.00)

資料來源：本文根據行政院經濟設計委員會：“*Taiwan Statistical Data Book,1977,*”，頁219，統計而得。（）表示所占%。

圖12-1 美國對台經濟援助之主要項目之到達金額（截至1970年12月）

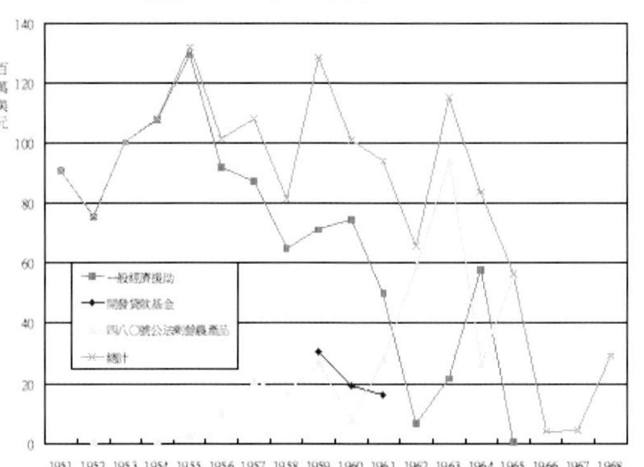

資料來源：本文根據行政院經濟設計委員會：“*Taiwan Statistical Data Book,1977*”，頁219，統計而得。

圖12- 2 美國對台經濟援助之主要項目所占比重（截至1970年12月底）

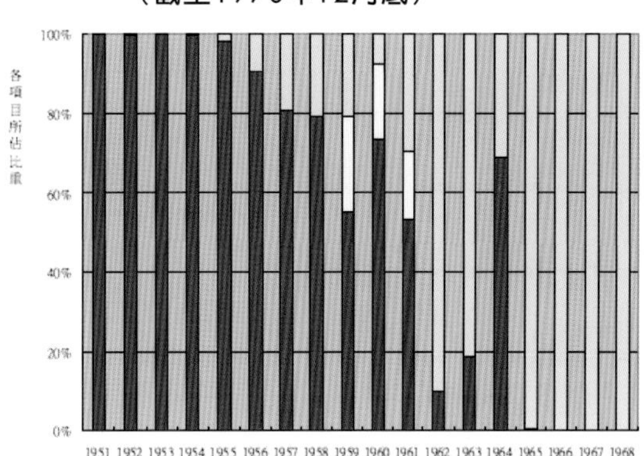

資料來源：本文根據行政院經濟設計委員會：“*Taiwan Statistical Data Book,1977* ”，頁219，統計而得。

□四八〇號公法剩餘農產品
□開發貸款基金
■一般經濟援助

表12-4 美國對台經濟援助中「一般經濟援助」到達金額之主要構成（截至1970年12月底）單位:百萬美元，%

<table>
<tr><th>年</th><th>防衛支助或開發貸款
A=B+C</th><th>非計劃型或物資借款
B</th><th>計劃型或計劃借款
C</th><th>技術合作
D</th><th>軍協
E=F+G</th><th>非計劃型
F</th><th>計劃型
G</th></tr>
<tr><td>1951</td><td>80.1 (88.22)</td><td rowspan="4">230.3（79.66）</td><td rowspan="4">58.8 (20.34)</td><td>0.2 (0.22)</td><td>10.5 (11.56)</td><td>9.4 (89.52)</td><td>1.1 (10.48)</td></tr>
<tr><td>1952</td><td>62.5 (82.89)</td><td>0.2 (0.27)</td><td>12.7 (16.84)</td><td>10.6 (83.46)</td><td>2.1 (16.54)</td></tr>
<tr><td>1953</td><td>72 (71.78)</td><td>1.8 (1.79)</td><td>26.5 (26.42)</td><td>22.9 (86.42)</td><td>3.6 (13.58)</td></tr>
<tr><td>1954</td><td>74.5 (69.11)</td><td>1.9 (1.76)</td><td>31.4 (29.13)</td><td>26.4 (84.08)</td><td>5 (15.92)</td></tr>
<tr><td>1955</td><td>97.5 (75.35)</td><td>68.9 (70.67)</td><td>28.6 (29.33)</td><td>2.4 (1.85)</td><td>29.5 (22.80)</td><td>24.9 (84.41)</td><td>4.6 (15.59)</td></tr>
<tr><td>1956</td><td>78.7 (85.54)</td><td>49.9 (63.41)</td><td>28.8 (36.59)</td><td>3.3 (3.59)</td><td>10 (10.87)</td><td>9.9 (99.00)</td><td>0.1 (1.00)</td></tr>
<tr><td>1957</td><td>77 (88.40)</td><td>37.7 (48.96)</td><td>39.3 (51.04)</td><td>3.4 (3.90)</td><td>6.7 (7.69)</td><td>6.5 (97.01)</td><td>0.2 (2.99)</td></tr>
<tr><td>1958</td><td>53.3 (82.51)</td><td>27.1 (50.84)</td><td>26.2 (49.16)</td><td>3.5 (5.42)</td><td>7.8 (12.07)</td><td>7.8 (100.00)</td><td>0 (0.00)</td></tr>
<tr><td>1959</td><td>62.2 (87.36)</td><td>40.1 (64.47)</td><td>22.1 (35.53)</td><td>2.6 (3.65)</td><td>6.4 (8.99)</td><td>6.4 (100.00)</td><td>0 (0.00)</td></tr>
<tr><td>1960</td><td>68.2 (91.67)</td><td>57.4 (84.16)</td><td>10.8 (15.84)</td><td>2.4 (3.23)</td><td>3.8 (5.11)</td><td>3.8 (100.00)</td><td>0 (0.00)</td></tr>
<tr><td>1961</td><td>45.7 (91.22)</td><td>40 (87.53)</td><td>5.7 (12.47)</td><td>2 (3.99)</td><td>2.4 (4.79)</td><td>2.4 (100.00)</td><td>0 (0.00)</td></tr>
<tr><td>1962</td><td>3.9 (59.09)</td><td>- -</td><td>3.9 (100.00)</td><td>2.7 (40.91)</td><td>- -</td><td>- -</td><td>- -</td></tr>
<tr><td>1963</td><td>19.8 (91.67)</td><td>19.8 (100.00)</td><td>- -</td><td>1.8 (8.33)</td><td>- -</td><td>- -</td><td>- -</td></tr>
<tr><td>1964</td><td>56.2 (100.00)
(97.40)</td><td>12.1 (21.53)</td><td>44.1 (78.47)</td><td>1.5 (2.60)</td><td>- -</td><td>- -</td><td>- -</td></tr>
<tr><td>1965</td><td>- -</td><td>- -</td><td>- -</td><td>- -</td><td>- -</td><td>- -</td><td>- -</td></tr>
<tr><td>1966</td><td>- -</td><td>- -</td><td>- -</td><td>- -</td><td>- -</td><td>- -</td><td>- -</td></tr>
<tr><td>1967</td><td>- -</td><td>- -</td><td>- -</td><td>- -</td><td>- -</td><td>- -</td><td>- -</td></tr>
<tr><td>1968</td><td>- -</td><td>- -</td><td>- -</td><td>- -</td><td>- -</td><td>- -</td><td>- -</td></tr>
<tr><td>合計</td><td>851.6（82.73）</td><td>583.3 (68.49)</td><td>268.3 (31.51)</td><td>30.1 (2.92)</td><td>147.7 (14.35)</td><td>131 (88.69)</td><td>16.7 (11.31)</td></tr>
</table>

資料來源：本文根據行政院經濟設計委員會：“*Taiwan Statistical Data Book,1977*”，頁219。（）表示所占%。

二、美援對台援助之運用

（一）美援對公營事業資金的挹注

1950年代共同安全法時期，美援援助係以政府爲主，因此對公營企業的擴展產生了優厚條件。四年經建計劃的實施，即是爲了配合美援所制定。美援資金亦多運用於公營事業的建設。以美援1956年會計年度爲例，公營事業受援款項占全部工建計劃的92.37%。如表12-5所示，1955-1958年，公營企業固定資產增加的部份來自美援援助的金額與比重均呈現顯著增加的現象，金額由1955年的6億元，增加至1958年的13.8億元，所占比重亦由21.96%，大幅提高至86.65%。[36]

表12-5 美援歷年支助公營事業固定投資金額

單位：新台幣百萬元，%

年度	1955	1956	1957	1958
固定資產增加額	2,732 (100.00)	993 (100.00)	1,396 (100.00)	1,595 (100.00)
美援借款金額	600 (21.96)	657 (66.16)	1,114 (79.80)	1,382 (86.65)
自籌資金金額	2,132 (78.04)	336 (33.84)	282 (20.20)	213 (13.35)

資料來源：本文統計自美援會秘書處編，〈美援會會議49年度第2次會議議程〉，《美援會49年第1-10次會議簡報》（台北：美援會，1960），頁20-21。轉引自陳麗珠，《從台銀與美援資金分配探討公民營事業之發展（1945-1965）》（國立清華大學歷史研究所碩士論文，2001），頁49。1957年的自籌資金金額所占比重經本文核對應為20.2%，陳麗珠誤植為30.2%。

其次，就四年經濟建設計劃的內容而言，凡是大規模的重點工業計劃大多是公營企業，其中除了電力與交通建設外，在工礦、製造兩類中，又以肥料工業發展居首位，其次爲化學、製糖、航運、鐵路、木材、石油、造紙、煤、機械、水泥等。[37] 整體而言，1950年代台灣公營事業的發展實可說美援應發揮相當程度的後盾作用。

1950年代末期由於美國經濟陷入嚴重衰退，商業清淡、工廠減產、證券市價跌落、失業人數驟增等一連串的經濟危機，不但迫使美方必須調整美援由以往的贈與改爲貸款方式，以減少經濟上的沉重負擔之外，並且必須爲美國的民間資本尋覓海外投資據點。[38] 因此，相較於1950年代前期美援完全是贈與性質，1957年起美援型態逐漸轉變爲贈與與貸款兩種方式，進入1960年代，則以貸款爲主。惟美國在維護本身利益的同時，爲兼顧受援國外匯收支的困境，因而對償還貸款方式十分寬厚。諸如，自借貸

Authorship

36. 陳麗珠，《從台銀與美援資金分配探討公民營事業之發展（1945-1965）》，（新竹：國立清華大學歷史研究所碩士論文，2001），頁48-49。
37. 尹仲容，〈台灣經濟建設問題〉，《我對台灣經濟的看法（續篇）》（台北：美援會，1963），頁69。
38. 周琇環編，《台灣光復後美援史料（三）－技術協助計劃》，頁217。

起前10年不必歸還本金，第11年起再分30年償還債務，且利息全免，僅收千分之7.5的貸款費用，以避免驟然增加受援國外匯支出上的沉重負擔。[39] 因此，在美援利率低於市場甚多的優厚條件下，即使美援由贈與轉爲借貸方式，基本上對於公營事業至少在短期上並不十分顯著。

1950年代受到美援援助最多的公營企業，分別是台電、台肥、台糖等。1960年代台電更是美援援助的重點，其他方面，則是石油工業取代台肥及台糖的地位。以台電而言，其爲最早利用美援進行建設的部門，當時運用美援數額亦爲最大宗。自1951-1961年止，申請核准的美金援款高達1億5,200餘萬美元，利用美援台幣部分亦高達新台幣20億3,000萬元。[40] 在電力的總投資中，美援投資即占73.4%。[41] 且美援在貸款償還期限方面，通常給予電力建設計劃貸款較長的償付期限。以相對基金貸款而言，貸款償還期限最長達25年，若與小型民營工貸的貸款期限最長不超過10年相比較，美援著實提供了公營事業長期發展所需要的資金融通，亦相當程度解決了部份公營事業長期發展所面臨資金短缺的問題。[42]

其次，就肥料工業來看，戰後初期政府雖已積極從事肥料工業的復原及擴展，但受制於公營企業與通貨膨漲，使得台肥在發展上亦遭受若干瓶頸。1950年後美援的大量到達，方使台灣肥料工業獲得進一步發展的契機。肥料工業包括台肥公司戰前原有工廠的修復，新工廠的擴建，以及高雄硫酸亞公司的擴廠計劃，其他機器設備的採購等，皆在美援的大力支持得以完成。[43] 歷年來美援支持肥料工業累計美金部份達2,700餘萬美元，新台幣2億8,500萬元。至1962年爲止，美援占肥料總投資的60%。[44] 很顯然地，肥料工業爲美援大量挹注的事業之一。

至於戰後曾爲國庫賺取最多外匯的台糖公司，在發展過程中，亦接受不少美援的資助。諸如戰後美援首先支持台糖從事復原工作，待復原工程告一段落後，又能繼續支持台糖的各項擴充工程，計有：製糖設備的擴充，各項副產品加工業的建立、原料增產及運輸設備之改善、新式包裝設備的添置等。並利用糖蜜生產酵母與酒精，利用蔗渣製造蔗漿及甘蔗板，以及推動企業化養豬事業，製造飼料、鳳梨罐頭，使台糖公司成爲多角化經營的事業。[45]

Authorship

39. 尹仲容，〈美援情形簡述〉，《我對台灣經濟的看法（四篇）》，頁22。
40. 尹仲容，〈美國對華經援趨勢與現況〉，《我對台灣經濟的看法（三編）》，頁280。
41. 尹仲容，〈台灣經濟十年來的發展與展望〉，《我對台灣經濟的看法（三編）》，頁58。
42. 趙既昌，《美援的運用》，頁43。
43. 〈美援會48年第7次會議議程〉，《美援會48年會議紀錄（五）》（台北：美援會，1959），頁31-35。
44. 陳金滿，《台灣肥料的政府管理與配銷（1945-1953）—國家與社會關係之探討》，頁119。
45. 行政院美援會，《中美合作經援發展概況》（台北：美援會，1956），頁41-52。

1962年，美援會秘書長李國鼎先生等人參觀彰化溪州糖廠，右二起李國鼎先生、沈宗翰先生、尹仲容先生、左二為謝森中先生、左四起張仁滔先生、蔣彥士先生、楊繼曾先生。
出處：李國鼎先生紀念活動推動小組，《李國鼎的一生》（台北：李國鼎科技發展基金會／台灣李國鼎數位知識促進會，2004）。

總的來說，美援爲戰後初期20年內經濟社會建設的主要資金來源，自1953至1976年爲止連續六期的四年經濟計劃期間內，其最初二期（1953-1960）經建計劃期間內，美援所占地位非常重要，凡規模較大，需要資金較多之計劃，無不需要美援支助，事實上當時所指的大規模事業幾乎都是公營事業，美援所投入最多的電力、交通、工礦事業中，公營部門比重即高達80-90%，[46] 且政府的投資有50%以上是依賴美援。[47] 從美援投入全體產業的分配比率來看，用於公營事業比重達66.7%，公民營混合者占27.2%，用於民營企業則僅爲6.1%。[48] 因此，公營事業無論在基礎之復健或經營範圍之擴展上，皆可說是以美援爲主要的資金來源。

（二）美援對民營企業扶植
——美援意識形態的轉變

1950年5月美國國家安全總署署長謝亨克（Habort G. Schenk）曾表示「台灣經濟必須要有更多的自由企業及自由競爭」，[49] 這其實相當程度體現當時台灣整體經濟的面貌，由於政治和經濟的糾結，公營、國民黨黨營、以及靠政府保護及補貼政策而發跡的少數民間大企業集團，幾乎控制了台灣所有產業的上游部門，內銷通路及金融部門。廣大的民營企業始終無法公平分享國內市場這塊大餅。[50]

1954年8月派遣來台的美國經濟顧問團團長史蒂芬（Roger Steffen）亦向台灣政府重申「自由主義企業最重要的條件是民間資本，若沒有充分的民間資本，自由主義企業根本無法建立起來」。[51] 事實上在1950年代期間，美援之支持對象大多集中於以公營事業爲主之大型企業以

Authorship

46. 劉進慶，頁362。
47. 伊東和久，〈金融體系與資金籌措〉，收錄在《國際加工基地的形成》（台北：人間，1992），頁61。
48. 周志懷，〈論台灣公營事業及其角色轉換〉，頁38。
49. 陳式銳，〈繁榮的雙腿—工業與農業〉（《自由世紀》1:2，台灣:自由世紀，1952）。
50. 周添城、林志誠，頁117-118。
51. 經建會編，《自由中國之工業》2:3（台北:經建會，1954），頁9。

及少數幾家較大型之民營企業。舉例來說，台塑因得到美援的幫助而設立大型PVC塑膠廠，奠立了今日台塑、南亞集團的基礎。[52] 其他如新竹玻璃公司、裕隆汽車公司、大同機械公司、台灣紙業公司、亞洲水泥公司、台灣鳳梨公司、唐榮鐵工廠、中國人造纖維公司等，也都得到美援在人力技術與資金方面的協助。[53] 然則這些少數大型民營企業占當時島內所有民營企業總數之比率，尚不到1%。換言之，其他99%民營企業並未得到合理的照顧。

由於金融之高度管制，絕大多數之民營企業在資金融通上居於劣勢。即便開發貸款基金設立之目的在促進私人企業發展。但該基金的受援單位絕大多數是公營事業。如表12-6與圖12-3所示，1959-1961年所動用之基金6,581萬餘美元中，石門水庫舉借金額最多，占總額之32.64%。[54] 其次，爲電力開發，占總額之21.88%，再次爲鐵路運輸之改善，占14%，而直接貸與民營企業之小型工業貸款僅占3.7%[55]，很顯然地，開發貸款基金之原始目的並未眞正被落實。[56]

整體而言，有關美援貸款的情形，本文根據行政院國際經濟合作發展委員會1964年所出版的《美援貸款概況》進行逐筆統計結果發現，如表12-7所示，會計年度1950-1963年，美援貸款之總額分爲台幣與美金兩部份，台幣總計64億餘

表12-6 開發貸款基金各受援單位之借款合約金額（1959-1961）

單位：千美元

受援單位	借款合約金額	所占比重
亞洲水泥公司設廠貸款	2,992	4.55%
石門水庫建設計劃	21,485	32.64%
鐵路設備擴充計劃	3,026	4.60%
土銀轉貸建造漁船冷凍冷藏及漁用引擎計劃	683	1.04%
小型工業貸款計劃	2,483	3.77%
啟業化工公司計劃	1,000	1.52%
台鋁煉鋁更新計劃	1,343	2.04%
採購柴油電力機車計劃	5,896	8.96%
中華開發信託公司	8,780	13.34%
建設台灣南部微波幹線系統	1,979	3.01%
台電南部火力發電廠	14,399	21.88%
新竹玻璃公司計劃	1,516	2.30%
台電蘇澳火力發電設備	234	0.36%
總計	65,816	100.00%

資料來源：行政院國際經濟合作發展委員會，《公務統計季報1970年度》（台北：行政院，1970），頁4-8。

Authorship

52. 林忠正，〈威權主義下弱勢團體相互剝削的循環—台灣經濟體系的解剖〉，收錄在《解剖台灣經濟威權體制下的壟斷與剝削》（台北：前衛，1992），頁170。
53. 段承璞編，《台灣戰後經濟》（台北:人間，1993），頁214-215。另參考行政院美援會〈美援會47年第1次會議議程〉，《美援會會議紀錄（二）》，台北：美援會，1958，頁149。
54. 美國參議院對開發基金撥款案辯論之要點中，提及石門水庫之計劃即屬至不經濟之經援，參見行政院美援會〈美援會47年第7次會議議程〉，《美援會會議紀錄（二）》，台北：美援會，1958，頁149。
55. 趙既昌，頁31-32。行政院美援會秘書處，〈已申請開發貸款基金各優先計劃〉，《美援會會議紀錄（五）》（台北：美援會，1959），頁228。
56. 陳麗珠，〈從台銀與美援資金分配探討公民營事業之發展（1945-1965）〉（新竹：國立清華大學歷史研究所碩士論文，2001）。

圖12-3 開發貸款基金各受援單位之借款合約金額所占比重（1959-1961）

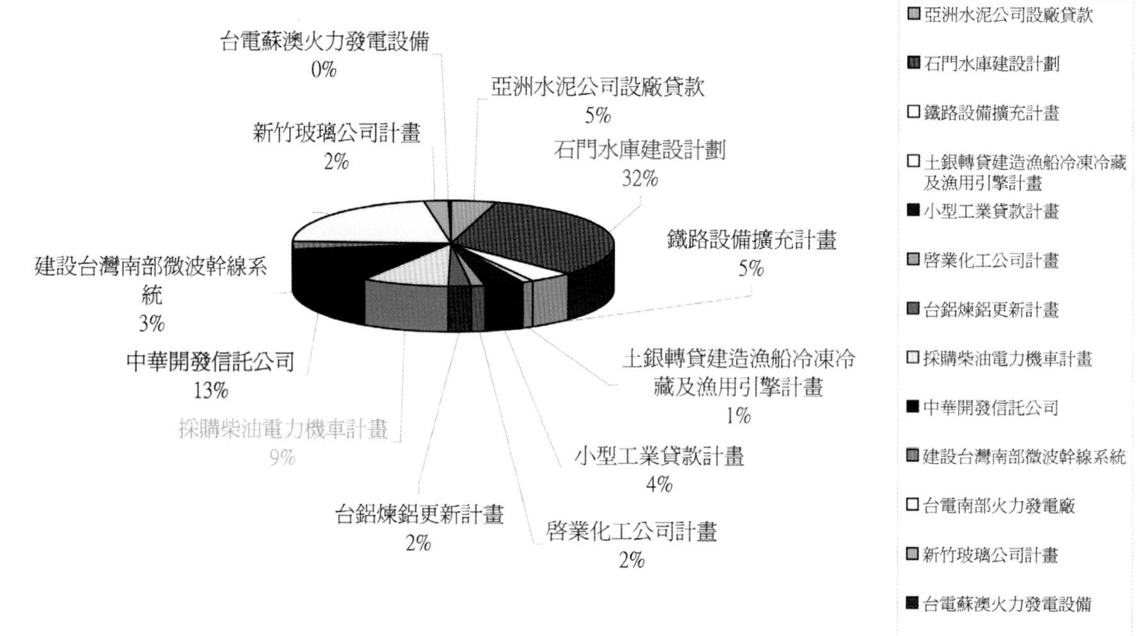

資料來源：行政院國際經濟合作發展委員會，《公務統計季報1970年度》（台北：行政院，1970），頁4-8。

表12-7 美援貸款公民營事業之金額

事業別	會計年度	貸款金額/元（台幣部份）	所占比重	會計年度	貸款金額/元（美金部份）	所占比重
公營事業	1952-1963	4,406,328,185.39	68.08%	1950-1963	284,768,455.97	91.87%
民營事業	1952-1963	2,065,888,267.65	31.92%	1950-1961	25,201,882.32	8.13%
總計	1952-1963	6,472,216,453.04	100%	1950-1963	309,970,338.29	100%

資料來源：本文逐筆整理統計自行政院國際經濟合作發展委員會，《美援貸款概況》，1964年。《美援貸款概況》第1頁美援貸款量總表第5欄-公營事業貸款-美金部份-貸款金額為284,786,455.97美元，經本文加以比對，應為284,768,455.97美元。

元，美金總計3億900餘萬美元。其中公營事業分別占台幣與美金總額的68.08%與91.87%，民營事業則分別僅占31.92%與8.13%。

首先，就公營事業接受美援貸款的產業別而言，如表12-8與圖12-4、12-5所示，接受美援台幣貸款的主要公營事業依序爲電力58.81%、工礦業15.72%、運輸業12.71%、石門水庫6.90%；接受美援美金貸款的主要公營事業則依序爲電力39.92%、工礦業25.71%、運輸業17.01%、石門水庫6.14%。因此不論就台幣或美金的部分，美援貸款公營事業的產業別是以電力爲主，其次依序爲工礦業、運輸業、石門水庫。本文此點發現不同於與表12-6開發貸款基金（1959-1961）是以石門水庫爲主要舉債者、電力開發爲次，鐵路運輸爲其次。究其原因，本文推測可能是前表12-6與表12-7所屬的會計年度有所不同所致。

值得注意的是，接受美援貸款的公營事業之工礦業中，如表12-8所示，台幣的部份是以肥料33.93%、糖業27.94%、鋁業10.39%、煤礦7.48%爲主；美金的部分則是肥料53.07%、糖業19.98%、石油6.45%、硫酸氫5.97%爲主。亦即，公營事業的工礦業中肥料與糖業皆爲主要的受援單位。

表12-8 美援貸款各公營事業金額與所占比重（1950-1963）

產業別	會計年度	貸款金額/元（台幣部份）	所占比重 %	會計年度	貸款金額/元（美金部份）	所占比重 %
1.工礦業	1952~1961	692,613,128.84	(15.72)	1950~1963	73,199,836.75	(25.71)
（1）煤礦	1952~1961	51,803,923.12	(7.48)	1958~1962	1,798,234.27	(2.46)
（2）金屬礦	1954~1963	33,788,920.89	(4.88)	1951~1961	1,561,509.88	(2.13)
（3）石油	1954~1958	30,249,332.13	(4.37)	1951~1963	4,722,391.95	(6.45)
（4）肥料	1952~1958	235,037,957.03	(33.93)	1950~1962	38,843,751.73	(53.07)
（5）硫酸氫	1952~1958	41,629,149.47	(6.01)	1953~1962	4,373,174.46	(5.97)
（6）紙業	1952~1954	5,558,755.41	(0.80)	1954	999,569.57	(1.37)
（7）業	1952~1959	10,372,161.71	(1.50)	1951~1962	975,618.78	(1.33)
（8）糖業	1951~1954	193,483,868.80	(27.94)	1951~1963	14,624,750.85	(19.98)
（9）鹽業	1952~1954	11,434,994.52	(1.65)	1952~1955	96,683.54	(0.13)
（10）鋁業	1952~1962	71,984,065.76	(10.39)	1951~1961	2,676,030.64	(3.66)
（11）橡膠	-	0	(0.00)	1957	243.51	(0.00)

產業別	會計年度	貸款金額/元（台幣部份）	所占比重%	會計年度	貸款金額/元（美金部份）	所占比重%
（12）機械	1953~1954	7,270,000.00	（1.05）	1951~1962	2,527,877.57	（3.45）
2.電力	1952~1963	2,591,349,957.12	（58.81）	1951~1961	113,668,526.32	（39.92）
3.石門水庫	1959~1962	304,141,000.00	（6.90）	1956~1963	17,472,733.00	（6.14）
4.運輸	1952~1963	560,255,893.93	（12.71）	1951~1962	48,438,068.25	（17.01）
（1）鐵 路	1952~1960	143,054,737.80	（25.53）	1951~1960	28,747,647.95	（59.35）
（2）公路	1954	2,306,121.40	（0.41）	1951~1956	3,253,889.58	（6.72）
（3）造船	1952~1961	34,060,864.57	（6.08）	1952~1959	3,498,834.99	（7.22）
（4）港埠	1954~1963	253,778,762.50	（45.30）	1952~1962	1,621,109.85	（3.35）
（5）電信	1954~1959	55,047,777.08	（9.83）	1951~1962	11,091,571.81	（22.90）
（6）公共汽車	1954~1958	29,344,313.54	（5.24）		(0.00)	-
（7）航空	1955~1963	42,663,317.04	（7.61）	1955	225,014.07	（0.46）
5.農林漁業	1954~1959	17,662,014.32	（0.40）	1951~1962	6,716,956.28	（2.36）
（1）農業	-	0	（0.00）	1952~1957	2,375,329.70	（35.36）
（2）林業	1954~1959	12,798,152.32	（72.46）	1951~1962	3,802,244.39	（56.61）
（3）漁業及冷藏	1957	4,863,862.00	（27.54）	1953~1960	539,382.19	（8.03）
6.給水計劃	1956~1963	196,459,178.37	（4.46）	1955~1963	1,944,589.34	（0.68）
7.美軍剩餘建築器材計劃	-	0	（0.00）	1958~1963	1,503,681.34	（0.53）
8.其他	1956~1963	43,847,012.81	（1.00）	1950~1962	21,824,064.69	（7.66）
總　計	1952-1963	4,406,328,185.39	（100.00）	1950-1963	284,768,455.97	（100.00）

資料來源：本文逐筆整理統計自行政院國際經濟合作發展委員會，《美援貸款概況》，1964年。

1. 《美援貸款概況》第1頁，公營事業貸款-台幣部份-貸款金額為4,406,328,385.39元，經本文逐筆核對，應為4,406,328,185.39元。本文研判應為打字排版之誤，理由為總額部份之誤差應是來自於以下第5點說明。
2. 第1頁美援貸款彙總表第2欄-公營事業貸款-台幣部份-電力-貸款金額為2,581,349,957.12元，經本文加以加總比對，應為2,591,349,957.12元，相同的錯誤亦出現在第23頁，電力-台幣部份-貸款總額為2,581,349,957.12元，將本文加以比對，應為2,591,349,957.12元。本文研判應為打字排版之誤，理由為總額部份之誤差應是來自於之誤，參見以下第5點說明。
3. 第1頁美援貸款彙總表第5欄-公營事業貸款-美金部份-貸款金額為284,786,455.97美元，經本文加以比對，應為284,768,455.97美元。本文研判應為打字排版之誤。
4. 第44頁，台灣省公路局-1958年-台幣部分-貸款金額-243,696,783.33元，經本文加以加總比對，應為24,696,783.33元。研判應為打字排版之誤，理由為才能符合加總金額，同時從「已還金額」亦為24,696,783.33元，亦可找到證據。
5. 第48頁，大雪山林業公司-1957-1959-台幣部分-貸款金額-11,477,230.03元，經本文加以加總比對，應為11,477,030.03元。研判應為打字排版之誤。此疑誤，應亦是造成 總額差距200元之理由。
6. 第52頁，台北市自來水管理委員會-1959-1963-台幣部分-貸款金額-109,186,426.67元，經本文加以加總比對，應為119,186,426.67元。

圖12-4 美援貸款—台幣部份—各公營事業所占比重（1950-1963）

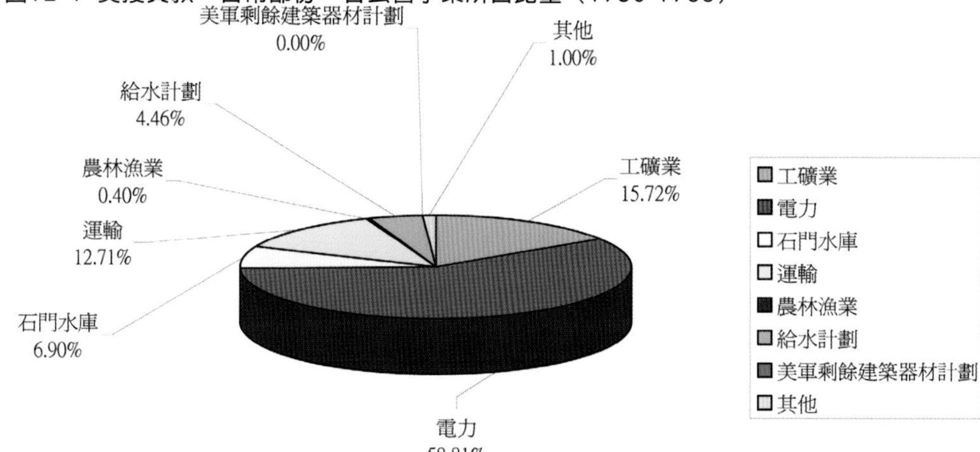

資料來源：同表12-8。

圖12-5 美援貸款—美金部份—各公營事業所占比重（1950-1963）

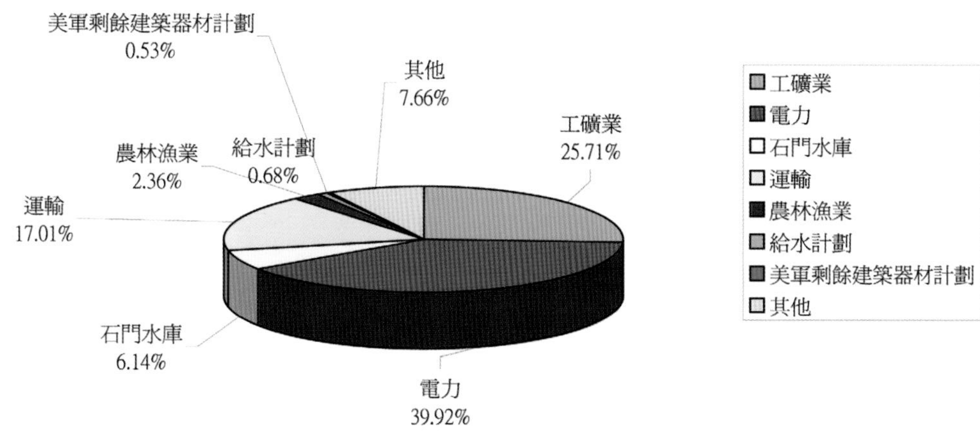

資料來源：同表12-8。

其次，就民營事業接受美援貸款的產業別而言，如表12-9與圖12-6、圖12-7所示，就產業別而言，接受美援台幣貸款的主要民營事業依序爲農林漁業57.25%、中小型工業23.67%、工礦業8.31%、民營工業票據貼現貸款6.78%；接受美援美金貸款的主要民營事業則依序爲工礦業58.01%、中小型工業30.05%、農林漁業11.82%。

必須要注意的是，接受美援台幣貸款的主要民營事業中—比重高達57.25%的農林漁業，農復會便獲得其中90.94%的貸款。換言之，美援貸款民營事業台幣的部分，農復會即占了全部的52.06%（將57.25%*90.94%得之）。行政院國際經濟合作發展委員會所出版的《美援貸款概況》的第90頁，指出：「農業計劃大部由農復會所主持，其活動範圍至爲廣泛，包含畜產改良，病蟲害防治，農村調查，鄉村衛生農民組織，水資源開發等，漁業計劃以發展遠洋及近海漁業爲前題，以外並兼顧漁船之改良，漁船之補充及漁民生活之改善等，林業計劃側重林業政策之研究，造林及原始林區之開發，並辦理八七水災後農村及漁船重建，該會主持各項計劃頗有貢獻。」

接受美援美金貸款的主要民營事業是以比重高達58.01%的工礦業爲主，其中又分別以水泥業25.75%、紙漿及紙業19.16%、木業及合板業12.33%、鋼鐵10.98%、煤礦10.68%爲主。

表12-9美援貸款各民營事業所占比重（1950-1963）

產業別	會計年度	貸款金額/元（台幣部份）	所占比重 %	會計年度	貸款金額/元（美金部份）	所占比重 %
1.工礦業	1952~1960	171,728,438.41	(8.31)	1950~1961	14,619,164.72	(58.01)
（1）煤礦	1952~1960	50,594,174.92	(29.46)	1950~1959	1,561,588.15	(10.68)
（2）鋼鐵	1954~1960	17,708,997.63	(10.31)	1952~1957	1,604,815.61	(10.98)
（3）鋁業	-	299,876.77	(0.17)			(0.00)
（4）紡織染工業	1956	20,000,000.00	(11.65)	1951~19610	1,004,433.91	(6.87)
（5）水泥	1957~1960	25,174,567.87	(14.66)	1951~91957	3,764,496.53	(25.75)
（6）木業及合板業	1954	7,096,482.18	(4.13)	1951~1957	1,802,159.60	(12.33)
（7）玻璃	1952	5,999,874.63	(3.49)	1952~1956	455,146.78	(3.11)
（8）紙漿及紙業	1952~1958	26,217,711.72	(15.27)	1951~1956	2,801,453.97	(19.16)
（9）塑膠及橡膠	1955	859,500.00	(0.50)	1952~1958	787,193.38	(5.38)

(10) 化工業	1959	11,012,802.86	(6.41)	1952~1955	112,628.06	(0.77)
(11) 印刷	1957~1959	6,764,449.83	(3.94)	1957	725,248.73	(4.96)
2運輸	1952~1956	12,790,924.98	(0.62)			(0.00)
(1) 造船及修船	1952~1956	11,691,756.22	(91.41)			
(2) 公共汽車	1954	1,099,168.76	(8.59)			
3農林漁業	1959~1963	1,182,751,287.03	(57.25)	1952~1956	2,978,143.49	(11.82)
(1) 農業		3,060,000.00	(0.26)	1952~1955	1,657,485.11	(55.65)
(2) 漁業及冷藏	1951~1959	104,122,692.31	(8.80)	1952~1956	1,051,385.13	(35.30)
(3) 農復會貸款	1950~1963	1,075,568,594.72	(90.94)	1955	269,273.25	(9.04)
4中小型工業		488,950,314.23	(23.67)		7,573,492.72	(30.05)
(1) 中型民營工業貸款	1960~1962	303,016,666.67	(61.97)			
(2) 小型民營工業貸款	1954~1963	185,933,647.56	(38.03)		7,573,492.72	(100.00)
5民營工業票據貼現貸款	1962~1963	140,000,000.00	(6.78)			(0.00)
6房屋貸款	1955~1957	63,177,303.00	(3.06)			(0.00)
7其他	1952~1958	6,490,000.00	(0.31)	1952~1959	31,081.39	(0.12)
總計		2,065,888,267.65	(100.00)		25,201,882.32	(100.00)

資料來源：本文逐筆整理統計自行政院國際經濟合作發展委員會，《美援貸款概況》，1964年。

1. 《美援貸款概況》第1頁，公營事業貸款-台幣部份-貸款金額為4,406,328,385.39元，經本文逐筆核對，應為4,406,328,185.39元。本文研判應為打字排版之誤，理由為總額部份之誤差應是來自於以下第5點說明。
2. 第1頁美援貸款彙總表第2欄-公營事業貸款-台幣部份-電力-貸款金額為2,581,349,957.12元，經本文加以加總比對，應為2,591,349,957.12元，相同的錯誤亦出現在第23頁，電力-台幣部份-貸款總額為2,581,349,957.12元，將本文加以比對，應為2,591,349,957.12元。本文研判應為打字排版之誤，理由為總額部份之誤差應是來自於之誤，參見以下第5點說明。
3. 第1頁美援貸款彙總表第5欄-公營事業貸款-美金部份-貸款金額為284,786,455.97美元，經本文加以比對，應為284,768,455.97美元。本文研判應為打字排版之誤。
4. 第44頁，台灣省公路局-1958年-台幣部分-貸款金額-243,696,783.33元，經本文加以加總比對，應為24,696,783.33元。研判應為打字排版之誤，理由為才能符合加總金額，同時從「已還金額」亦為24,696,783.33元，亦可找到證據。
5. 第48頁，大雪山林業公司-1957-1959-台幣部分-貸款金額-11,477,230.03元，經本文加以加總比對，應為11,477,030.03元。研判應為打字排版之誤。此疑誤，應亦是造成　總額差距200元之理由。
6. 第52頁，台北市自來水管理委員會-1959-1963-台幣部份-貸款金額-109,186,426.67元，經本文加以加總比對，應為119,186,426.67元。

圖12-6 美援貸款—台幣部份—民營事業各類別所占比重

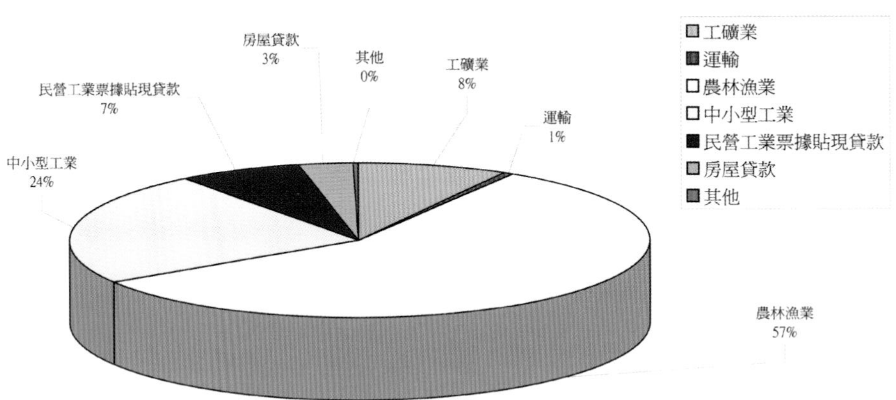

資料來源：同表12-8。

圖12-7 美援貸款-美金部份-民營事業各類別所占比重

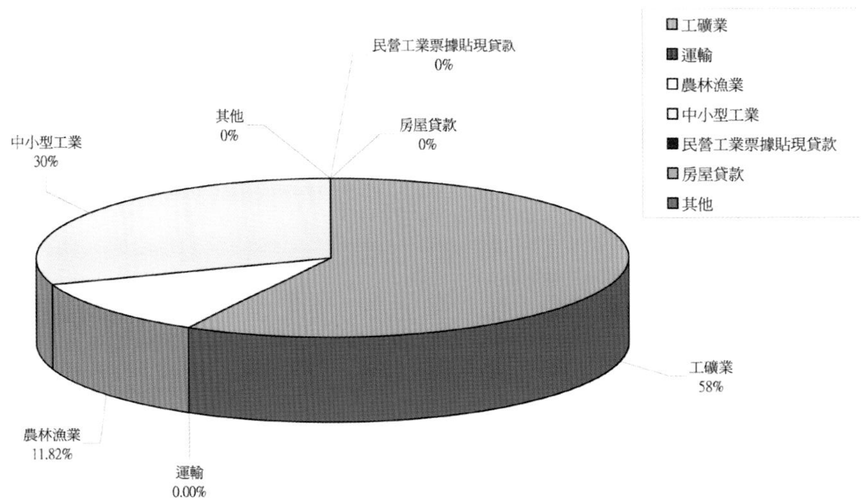

資料來源：同表12-8。

就接受美援貸款的民營工礦業而言，美援援助民間企業的對象似乎集中於進口替代的保護策略下，壟斷或寡占台灣市場的大型民營企業。如表12-10所示，新竹玻璃、台塑、中國人纖、啓業化工、中華彩色印刷等幾乎完全吸收該產業的美援貸款。此外，台灣紙業亦占紙漿及紙業之台幣與美金貸款的44%與74%；亞洲水泥、嘉新水泥、台灣水泥則約呈現3家均分的態勢。可見這些企業不但接受美援的資金或技術，獲致與其他同業競爭的優勢外，也進而分享美援貸款的分配權力。[57]

表12-10 主要民營工業經援貸款占該產業總額比重

產業別	受援單位	貸款金額/千元(台幣部份)	占該產業比重(%)	貸款金額/千元(美金部份)	占該產業比重(%)
玻璃	新竹玻璃	5,999	100	455	100
塑膠及橡膠	台灣塑膠	0	0	758	96
紙漿及紙業	台灣紙業	11,617	44	1,340	74
水泥	亞洲水泥	15,473	61	0	0
	嘉新水泥	6,742	27	2,104	56
	台灣水泥	2,960	12	1,661	44
紡織染工業	中國人造纖維	20,000	100	0	0
印刷	中華彩色印刷	6,764	100	725	100
化工	啟業化工	11,013	100	0	0
鋼鐵	唐榮鋼鐵	6,070	34	267	17
	大同機械	5,510	34	349	22
	裕隆汽車	3,000	17	194	12
農業	台灣鳳梨	3,060	100	1,172	71

資料來源：行政院國際經濟合作發展委員會，《美援貸款概況》，1964年。本表第2列第2欄玻璃產業的受援單位應為新竹玻璃，陳麗珠，頁77之表5-5誤植為台灣玻璃。

第三節 美援與台灣之經貿發展

有關美援對台灣經貿發展之影響，大致主要可從美援期間台灣貿易結構之變動、美援與進出口貿易、美援與國際收支、美援與我國國際貿易及收支、美援與進出口貿易值之關係等幾個層面進行說明。

一、美援期間台灣貿易結構之變動

就美援期間進口品（包括美援物資在內）結構之消長情形加以觀察，如表12-11與圖12-8所示，可以發現：在此期間內政府為實施反通貨

Authorship

57. 劉進慶，《台灣戰後經濟分析》，頁333。文馨瑩，頁259。

表12-11 台灣進口結構之變動（1950-1965）單位：%

年別	資本財	農工原料	消費財	總計
1950	13.3	40.7	46.0	100.0
1951	13.1	45.7	41.2	100.0
1952	14.2	65.9	19.9	100.0
1953	15.6	67.1	17.3	100.0
1954	15.1	72.3	12.6	100.0
1955	16.5	74.7	8.8	100.0
1956	18.7	73.9	7.4	100.0
1957	20.6	72.5	6.9	100.0
1958	21.8	71.8	6.4	100.0
1959	25.1	67.5	7.4	100.0
1960	27.9	64.0	8.1	100.0
1961	26.4	63.5	10.1	100.0
1962	23.4	68.3	8.3	100.0
1963	21.4	72.1	6.5	100.0
1964	22.1	71.8	6.1	100.0
1965	29.3	65.6	5.1	100.0

資料來源：行政院經濟建設委員會： Taiwan Statistical Data Book，1981 ，對外貿易及美援統計資料推算而得。轉引自趙既昌，《美援的運用》，頁90。

圖12-8 台灣進口結構之變動（1950-1965）

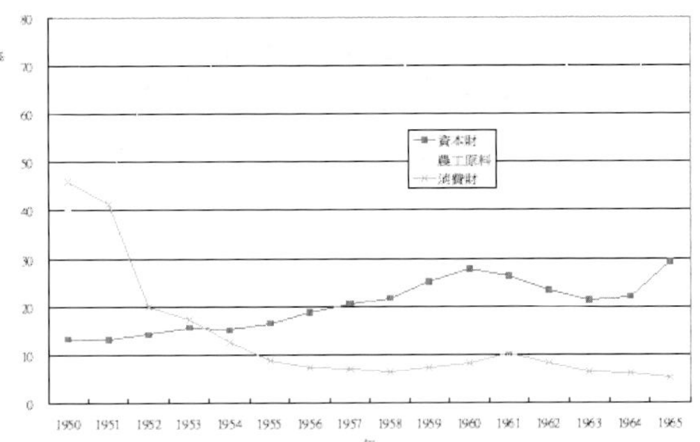

資料來源：本文根據行政院經濟建設委員會：Taiwan Statistical Data Book，1981，對外貿易及美援統計資料推算而得。轉引自趙既昌，《美援的運用》，頁90。

膨脹政策，對消費品係採管制及抑制措施，而對進口生產性物資（包括農工原料及資本財）則予積極鼓勵。消費財之進口比重，由1950年之46%，急速下降至1954年之12.6%。之後，除1961年爲10.1%之外，其餘各年消費財進口比重均在10%以下。1965年則低至5%左右。農工原料之進口比重，1950年爲40.7%，至1952年急遽提高爲65.9%，其後各年均維持在60~70%之間。資本財之進口比重，1950年僅爲13.3%，其後呈現直線上升至1965年之29.3%，此乃由於政府推動各項工業發展計劃，歷年進口機器設備需求增加所致。

二、美援與台灣國際收支

美國對華經濟援助最重要目的之一，即爲節省外匯基金之消耗，並求國際收支之平衡。[58] 究其主因實乃戰後台灣經濟一直遭受通貨膨脹壓力，外貿長期逆差，國際收支嚴重失衡，以致外匯貿易政策幾全爲應付國際收支平衡問題而費盡心機。1949年幣制改革時，政府公布「台灣省進出口貿易及匯兌金銀管理辦法」，並申明以「增加生產，節約消費，促進出口貿易，俾省內經濟得以穩定，對外貿易收支得以平衡」

Authorship

58. 尹仲容，〈美國對華經援趨勢及現況（在國防研究院講詞）〉，《陽明山講習錄》（國防研究院編印，1962年），頁211-232。

爲目的；但實際上僅在應付外匯之不足。惟因通貨膨脹影響，此一辦法未能收到實效，而外匯準備旋於1950年底即陷於枯竭狀態。爲圖挽救外匯枯竭之危機，政府復於1951年4月宣布外貿新措施：（1）進一步嚴格管制外匯及貿易特別加強進口物品之審核；（2）建立差別匯率制度，對生產器材和民生必需品給予較低匯價進口，其他物品則按較高匯價進口。1958年4月再實施“外匯貿易改革方案”，其主要目標有2：（1）簡化匯率，逐漸達成單一匯率；（2）隨經濟漸趨穩定，儘可能放寬對貿易不必要之管制，以促進貿易發展。[59]

上述改革方案，在政府反通貨膨脹政策積極鼓勵出口，以及美援大力支援農工生產等措施相互配合之下，促使出口增加率逐漸超越進口增加率，如表12-12所示，商品貿易逆差（若依經調整之國際收支統計觀察），由1961年之最高峰1億3,000餘萬美元逐年減低，至1963年銳減爲2,400餘萬美元，1964年更呈現2,700萬美元之順差。惟1965年復呈逆差7,200萬美元，1968年逆差則增加爲7,390萬美元。

總的來說，1951至1968年18年間，經常帳（商品及勞務貿易）餘額，除了1964年略見盈餘（800餘萬美元）之外，其餘年份均呈逆差，其中1954 至1962年情況更爲明顯嚴重，平均每年逆差高達1億1,000萬美元強；而18年間經常帳逆差累計爲16億900萬美元，以其他淨收入4億4,900餘萬元抵補之後，綜合差額（Overall balances）尙不足約11億6,000萬美元。該期間內，美援資助總數（內含贈款與貸款之結匯數額）高達14億8,220萬餘美元，相抵之後，銀行體系國外資產淨額尙約有3億2,230萬餘美元之結餘。換言之，在此期間內，美援彌補經常帳差額高達9成，而彌補綜合差額則高達1.28倍，從而國際收支累計數尙有淨盈。因此，吾人可知，美援對戰後台灣外匯枯竭之貢獻。[60]

有關美援對台灣經貿發展之影響，除了上述主要以趙既昌所列舉之相關統計數據作爲說明的依據之外，以下本文則依時間順序列舉相關既有研究針對美援對台灣經貿影響之論述。

尹仲容（1961），指出1950-1960年10年之間美援概況，以及評估美援對此10年台灣經濟發展之影響。（1）美援從1954年度起，擔負起經濟建設及促進經濟發展之任務，實際到達美援物資中資本財之比重持續增加。1950年美援進口中資本財比重占29.81%，至1960年比重已上升

Authorship

59. 尹仲容，〈兩年來的外匯貿易改革〉，《國際經濟月刊》，1960年7月。
60. 趙既昌，《美援的運用》，頁95-98。

表12-12 美援期間台灣國際收支（1951-1968） 單位：百萬美元，%

年	(1) 商品及勞務						(2) 其他贈與及資本收支	(3) 誤差及省略	(4) 美援彌補前綜合差額 (1)+(2)+(3)	(5) 美援	(6) 美援彌補後綜合差額 (4)+(5)	(7) 銀行體系國外資產淨額變動	(8) 美援占彌補前綜合差額比例 (5)/(4) %
	出口 (A)	進口 (B)	非貨幣性黃金 (C)	貿易差額 (A)+(B)+(C)	勞務收支 (D)	合計 (A)+(B)+(C)+(D)							
1951	102.3	-149.2	0.6	-46.3	-5.2	-51.5	3.1	0	-48.4	90.8	42.4	-42.4	-187.60
1952	119.5	-208.3	1.9	-86.9	-12.6	-99.5	5.4	2.1	-92	75.8	-16.2	16.2	-82.39
1953	128.6	-192.9	1.6	-62.7	-18.2	-80.9	14.5	-1.7	-68.1	100.3	32.2	-32.2	-147.28
1954	95.9	-204.9	1.3	-107.7	-23.7	-131.4	10.1	-0.4	-121.7	108.3	-13.4	13.4	-88.99
1955	127.1	-184.7	1.1	-56.5	-14.4	-70.9	6.6	2.2	-62.1	132	69.9	-69.9	-212.56
1956	124.1	-222.1	1.4	-96.6	-11	-107.6	2.6	-7.3	-112.3	101.6	-10.7	10.7	-90.47
1957	148.3	-244.7	0.9	-95.5	-0.8	-96.3	5.7	1.2	-89.4	108.1	18.7	-18.7	-120.92
1958	155.8	-273.5	1.3	-116.4	-8.5	-124.9	52	1.3	-71.6	81.6	10	-10	-113.97
1959	156.9	-264.0	-2.1	-109.2	-13.8	-123	36.2	-7.7	-94.5	128.9	34.4	-34.4	-136.40
1960	164.0	-286.5	-0.7	-123.2	-8.4	-131.6	50.5	-8.6	-89.7	101.1	11.4	-11.4	-112.71
1961	196.3	-330.3	0.2	-133.8	0.4	-133.4	26.6	-10.6	-117.4	94.2	-23.2	23.2	-80.24
1962	218.2	-341.0	-0.3	-123.1	-2.6	-125.7	18.2	-5.6	-113.1	65.9	-47.2	47.2	-58.27
1963	331.7	-359.8	3.7	-24.4	10	-14.4	33.6	5.6	24.8	115.3	140.1	-140.1	464.92
1964	434.5	-407.8	0.4	27.1	-18.5	8.6	19.4	-11.4	16.6	83.9	100.5	-100.5	505.42
1965	450.8	-522.8	-0.4	-72.4	-23.3	-95.7	25.5	-4.9	-75.1	56.5	-18.6	18.6	-75.23
1966	542.7	-585.6	0.4	-42.5	16.3	-26.2	88.3	-4.9	57.2	4.2	61.4	-61.4	7.34
1967	653.7	-716.3	1.0	-61.6	-9.4	-71.1	59.6	-5.4	-16.8	4.4	-12.4	12.4	26.19
1968	825.9	-899.8	-	-73.9	-59.7	-133.6	35.4	11.9	-86.3	29.3	-57	57	-33.95
合計	4,976.3	-6,394.2	12.3	-1,405.6	-203.4	-1,609.1	493.3	-44.2	-1,159.9	1,482.2	322.3	-322.3	-127.79

出處：經合會："Taiwan Statistical Data Book"歷年統計綜合整理。轉引自趙既昌，《美援的運用》，頁97-98。

達41.22%；（2）美援對財政收支及國際收支的平衡有正面幫助，台灣自1951-1958年國際收支發生120餘億元的逆差，平均每年約有15億元之逆差，而同期間有爲數94億元的美援贈與，使此項逆差減爲30億元，使得外幣值得以維持及對外貿易得以進行。[61]

Authorship

61. 尹仲容，〈十年來美國經濟援助與台灣經濟發展〉，1961。

林鐘雄（1970），將美援19年間依台灣各期經建計劃之時期，區分爲5個階段：1950-1952年、1953-1956年、1957-1960年、1961-1964年、1965-1968年。藉由觀察美援資料發現：（1）美援有助產業別資本形成。1951-1968年農業部門資本形成中美援所占比重約10.2%，電力部門資本形成中美援所占比重約34.4%，交通運輸部門資本形成中美援所占比重約13.4%，4個產業合計美援占資本形成比率約17.2%。（2）美援彌補國際收支逆差。1953-1968年16年間，輸出入差額達12億8,370百萬美元，經常帳逆差額達14億5,650百萬美元，外匯差額達17億4,060百萬美元，同時期美援贈與及貸款達12億7,270百萬美元，恰值彌補輸出入差額的99.1%，經常帳差額的87.4%，外匯差額的73.1%。[62]

Jacoby（1966）爲探討1951-1965年美援對台灣經濟成長率的影響效果，建構無援助Harrod-Domar成長模型，模擬出無美援援助時，台灣1951-1965年假想狀況之成長率及GNP水準，推估結果：1951-1965年實際經濟年成長率爲7.6%，無美援假想狀況下，進口大量減少，使資本財進口降低，因此年平均投資比率由實際18.4%降爲7.0%，所以經濟年成率僅達3.5%，1964年的GNP僅爲實際的58%，換言之，美援使得台灣的GNP年成長率提高1倍餘。[63]

林海達（1967），探討美援對台灣總體經濟成長率及產業結構變遷方向之影響。（1）利用Chenery雙缺口模型估算1951-1966年，美援是否造成台灣經濟發展的限制因素，得到「貿易缺口」是經濟發展之限制因素，而美援彌補「貿易缺口」，使經濟得以持續成長。（2）利用Jacoby的方法，不過採取不同於Jacoby之假設條件下，推估出無美援援助時，假想經濟年成長率僅達2.8%，1965年的GNP僅爲實際的50%。（3）美援計劃型援助金額在農業、工礦業、公共服務業及其他業之間配置的成長趨勢，與國內產業生產結構變遷方向不相關。[64]

郭婉容（1967），認爲美援是台灣經濟發展不可缺少的決定性因素，利用Jacoby的方法，不過採取不同於Jacoby之假設條件下，推估出無美援援助時，假想經濟年成長率僅達3.99%，1965年的GNP僅爲實際的60%，整體就業量僅及實際的85%。[65]

Authorship

62. 林鐘雄，〈台灣經濟建設計劃與美援〉，1970。
63. Jacoby,Neil "*H,U.S.Aid to Taiwan:A Study of Foreign Aid Self-Help and Development*"（New York: Praeger,1966）。
64. 林海達，"*U.S. Aid and Taiwan's Economic Development,*" 1967。
65. 郭婉容，〈台灣經濟發展—總論〉，1967。

梁國樹（1971），認爲戰後台灣經濟發展中，美援扮演雙重角色，一面彌補所需輸入支出與輸出收入之間的貿易缺口，另一方面填補所需投資與國內儲蓄之間的儲蓄缺口。（1）1953-1969年間台灣是貿易缺口還是儲蓄缺口限制了經濟成長？文中利用McKinnon模型進行檢定，該模型是受限制的Harrod-Domar成長模型，在模型中先估計邊際資本產出率、儲蓄率、固定投資進口係數等參數，而後經由模型檢定限制成長因素，檢定結果指出，在1950年代外匯構成台灣經濟成長的限制因素，在1960年代國內儲蓄構成台灣經濟成長的限制因素。（2）利用McKinnon模型推估美援對經濟成長率之貢獻程度，推估結果發現，1953-1969年間，美援對實際經濟成長率之貢獻程度達20%。[66]

徐芳霞、郭迺鋒、朱雲鵬（1991），模擬結果：（1）美援到達金額減少，無論採取何種外匯缺口調整機制，GNP皆下跌；（2）原因爲產業調整時勞動由生產力高的營造業、金屬工業及民生工業移向生產力低的農業，換言之，1966年美援對生產效率具有提升之效果。[67]

接著，有關美援對總體經濟面的影響，郭迺鋒（1996）更進一步以無美援援助分別與匯率貶值、進口貼水上升、進口配額率下降之模擬結果歸納出，1951-1964年美援，使政府儲蓄提高，增加總固定資本形成，不僅使1951-1971年總體經濟成長率提高，而且使1951、1956年紡織食品木材業、基本及服務業等產業之產量趨於擴張。[68]

三、美援與台灣進出口貿易

就歷年美援物資器材進口值占各該年份進口總值之比重來看，如表12-13與圖12-9所示，美援進口總值之比重，在1951至1957年間係屬高峰期，每年均占進口總值4-5成左右。此一期間正值舉國努力恢復戰前生產水準，並積極控制通貨膨脹，而國內物資倍感缺乏，美援物資器材適時大量湧入，對其後台灣經濟安定及發展之貢獻，並不難想見。相較於1958年以後，美援進口比重隨經濟之茁壯成長而逐年降低。就美援進口貨品之各類比重而言，資本財由1950年之18.9%急遽上昇至1956年72.1%之高峰，其後則逐年下降。農工原料則以1951年之97.1%爲最高，嗣後各年亦陸續降低。消費財比重之走勢與資本財類似，最初數年較低，其後快速增加

Authorship

66. 梁國樹，〈台灣經濟發展過程上的限制因素〉，1971。
67. 徐芳霞、郭迺鋒、朱雲鵬，〈外匯短絀、匯率調整與進口設限：民國五十五年台灣之一般均衡分析〉，1991。
68. 郭迺鋒，〈台灣經濟發展初期政府干預及美援援助之評估，1951-1971：米糖隱藏稅、高估匯率及美援援助之實證分析〉（台北：中興大學經濟學研究所博士論文，1996）。

至1957年的58.2%；惟自1958年起則逐年減低，至1968年僅爲0.50%。[69]

如上所述，戰後因農工生產低落，台灣經濟仍屬農業型態，出口係以農業產品爲主，爲數亦甚有限；另因生產及消費資源缺乏，須進口大量物資，以應需要。就出口總值而言（海關統計），如表12-14所示，1961年以前每年僅約1億餘美元左右；在政府積極實施鼓勵工業產品輸出之措施下，其後各年出口總值急速增長，至1965年已增加至4億4,900餘萬美元。惟與進口總值相比較，則美援期間，除1964年外，商品貿易均呈入超狀態。進口總值由1950年之1億2,200餘萬美元，持續增加至1965年之5億5,600萬美元。逆差數額由1950年之4,400萬美元擴增至1965年之1億600餘萬美元，累積逆差總額則高達10億7,800餘萬美元；與此同時，美援資金融通進口數額累計爲12億3,900萬美元，恰足彌補逆差數額而略有餘裕。若以美援資金融通進口結匯之最後1期（1970年）爲截止期予以觀察，則貿易逆差累計數達17億300餘萬美元，而美援資金融通進口累計則爲13億3,700餘萬美元；換言之，自1950年起，至1970年爲止，21年間，美援彌補貿易逆差總數達78.5%。

Authorship

69. 趙既昌，《美援的運用》，1985年6月，頁91。

表12-13 美援物資器材進口占進口總值之比重估計（1950-1969）

單位：%

年別	資本財	農工原料	消費財	總進口
1950	18.9	68.1	2.5	31.6
1951	34.8	97.1	4.6	50.9
1952	37.2	60.0	7.2	46.3
1953	45.2	54.2	8.2	44.8
1954	48.8	44.7	17.3	41.9
1955	62.4	43.9	34.7	46.2
1956	72.1	45.4	45.1	50.4
1957	53.7	38.0	58.2	42.7
1958	44.2	29.9	51.0	34.4
1959	43.4	33.1	30.4	35.5
1960	38.1	32.2	28.5	33.5
1961	32.4	29.1	21.5	29.2
1962	18.7	29.0	18.6	25.7
1963	6.8	18.6	16.7	16.0
1964	7.5	13.6	15.3	12.3
1965	5.1	10.5	12.3	9.0
1966	4.3	5.5	7.6	5.2
1967	2.8	3.3	2.6	3.1
1968	0.9	2.5	0.5	1.9
1969	0.2	0.8	0.0	0.6

資料來源：行政院經濟建設委員會：*Taiwan Statistical Data Book*，1981，頁184，185，225，對外貿易及美援統計資料推算而得。轉引自趙既昌，《美援的運用》，頁93。

圖12-9 美援物資器材進口占進口總值之比重估計（1950-1969）

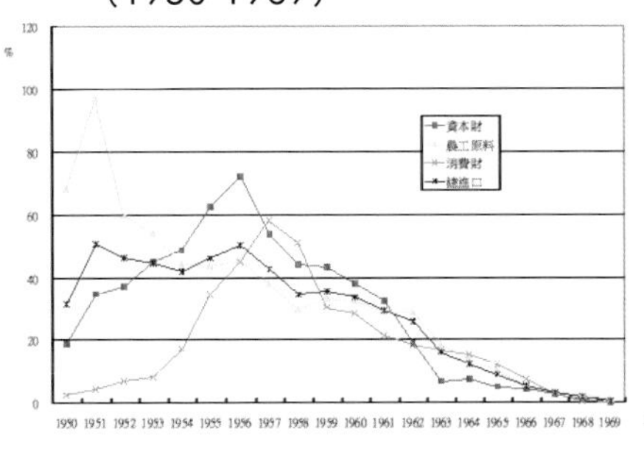

資料來源：本文根據行政院經濟建設委員會：*Taiwan Statistical Data Book*，1981　，頁184，185，225，對外貿易及美援統計資料推算而得。轉引自趙既昌，《美援的運用》，頁93。

表12-14 美援與進出口貿易值（1950-1970）

單位：百萬美元，%

年別	出口	進口	出超（+）或入超（-）	美元融通資金（結匯金額）	由美元資金融通之進口比重（%）	美元資金融通之貿易差額比重（%）
1950	78.8	122.8	-44.0	20.5	16.7	46.6
1951	100.3	143.3	-43.0	56.6	39.5	131.6
1952	116.5	187.2	-70.7	89.1	47.6	126.0
1953	127.6	191.7	-64.1	84.0	43.8	131.0
1954	93.3	211.4	-118.1	87.8	41.5	74.3
1955	123.3	201.0	-77.7	89.2	44.4	114.8
1956	118.3	193.7	-75.4	96.5	49.8	128.0
1957	148.2	212.2	-64.0	98.7	46.5	154.2
1958	155.9	226.2	-70.3	82.3	36.4	117.1
1959	156.9	231.4	-74.5	73.4	31.7	98.5
1960	164.0	296.8	-132.8	90.9	30.6	68.4
1961	195.1	322.1	-127.0	108.2	33.6	85.2
1962	318.2	404.0	-85.9	80.1	26.3	*
1963	331.6	361.6	-30.0	76.1	21.0	253.7
1964	433.0	428.0	5.0	39.7	9.3	*
1965	449.7	556.0	-106.3	65.9	11.9	62.0
1966	536.3	622.4	-86.1	34.3	5.5	39.8
1967	640.7	805.8	-165.1	30.6	3.8	18.5
1968	789.2	903.3	-114.1	19.8	2.2	17.4
1969	1,049.4	1,212.7	-163.3	13.8	1.1	8.5
1970	1,428.3	1,524.0	-95.7	0.1	0.0	
累計1950-1965	3,110.7	4,189.4	-1,078.7	1,239.0	29.6	114.9
累計1950-1970	7,554.6	9,257.6	-1,703.0	1,337.6	14.4	78.5

資料來源：進出口資料，依據經濟部統計處：進出口月報；美元融通資金（結匯金額）依據行政院經濟設計委員會：*Taiwan Sta-tistical Data Book*，1976。轉引自趙既昌，《美援的運用》，頁95。1.＊1962年、1964年為（出超），故不計算美援資金融通之貿易差額比率。2.1962年的進口，趙文為304.0，經本文核對應為404.0。3.1950 -1970年美元資金金融通之貿易比率差額趙文為74.1，經本文核對應為78.5；出口累計趙文為7,454.6，經本文核對應為7,554.6；出入超累計趙文為-1,803.1，經本文核對應為-1,703.0；美援結匯金額趙文為1336.6，經本文核對應為1337.6。4.1950-1965年美元資金金融通之貿易比率差額趙文為105.1，經本文核對應為114.9；出口累計趙文為3,010.7，經本文核對應為3,110.7；出入超累計-1,178.8，經本文核對應為-1,078.7。

第12章

美援與經濟復甦

Chapter 13

▶▶從進口替代到出口擴張

本章主要是論述1950到1960年間，台灣如何從進口替代發展到出口擴張的過程。從最先穩定政府遷台後的震盪經濟情勢開始，逐步爲節省外匯而實施產業進口替代政策，其中紡織業扮演極爲重要的角色，同時大量民營工業也陸續茁壯。但隨著政府管制措施所衍生的種種問題，終於在1958年之後由尹仲容主導進行外匯貿易等一連串的改革，貶値與逐步自由化使台灣經濟有另一番發展契機。嗣後在外部導向階段進行到相當時日後，才發展成出口擴張，其中美方的「八點財經改革建議」，以及政府的「十九點財經改革措施」、「獎勵投資條例」也發揮重要關鍵。有別於過往政府以主導者的單一論述，本章凸顯此時台灣本省與外省籍企業家，對經濟發展有著深遠影響。換句話說，此時期美方、中華民國政府、企業家以及勤奮的台灣人民，共同構建出日後台灣經濟奇蹟的基礎。

第一節 進口替代工業化政策的形成

一、中華民國政府遷台後因應震盪的經濟情勢

1949年中華民國政府遷台，來台後要解決的問題極多。當時台灣的經濟情況，尹仲容[1]認爲：大陸來台之人甚多，同時尚有六十萬眾的陸海空軍，和一個統治四億五千萬人口的政府，以一個這樣小的省份，使其有這樣大的負擔，當然是入不敷出，就發生通貨膨脹與國際收支不能平衡的現象。[2]此時政府在經濟方面的努力，只好集中在穩定經濟方面，一切財經措施都是以穩定經濟、阻止通貨膨脹爲前提，當然對於經濟建設工作，政府並沒有放鬆，但主要著眼點還是在迅速增加生產，以緩和物資短缺與通貨膨脹的局勢，而非長期有計劃的發展經濟。[3]

Authorship

1. 尹仲容，曾任台灣區生產管理委員會常務委員兼副主任委員，1950年兼任中央信託局長；1953年出任經濟安定委員會工業委員會召集人，主持第一期經濟建設四年計劃工業部門設計；1954年任經濟部長；1955年因揚子木材公司一案短暫下台；1957年任行政院經濟安定委員會委員兼秘書長，推動發展進口替代工業及扶植民營工業；1958年任外匯貿易審議委員會主任委員，推動外匯貿易改革，同年兼任美援運用委員會副主任委員；1960年兼任台灣銀行董事長；1963年因積勞病逝，身後享有台灣經濟發展的第一功臣、領港人、工業保母等美譽。袁穎生，《光復前後的台灣經濟》（台北：聯經出版社，1998），頁206。
2. 尹仲容，〈台灣工業投資的來源與通貨膨脹〉，《我對台灣經驗的看法(續編)》（台北市：美援運用委員會，1960），頁1。
3. 尹仲容，〈台灣經濟十年來的發展之檢討與展望〉，《我對台灣經驗的看法（三編）》（台北市：美援運用委員會，1962），頁46。

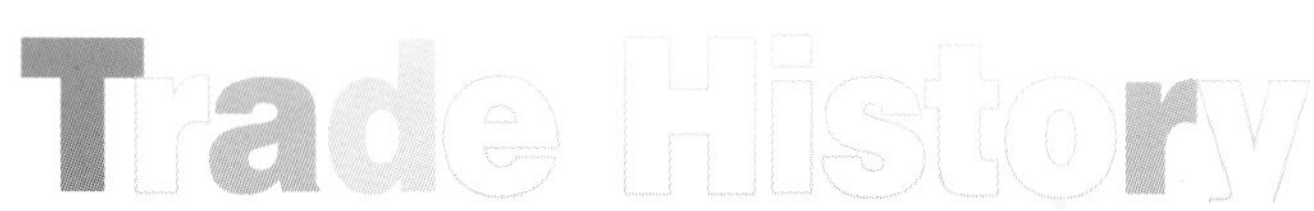

王作榮[4]指出，此時期的預算赤字與惡性通貨膨脹形成惡性循環，預算赤字是因稅收來源有限，加上支出浩繁，包括大量的國防支出與爲恢復生產的經濟建設支出。[5] 尹仲容提到：台灣自光復以來，通貨膨脹就成爲主要經濟問題之一。[6]王作榮指出，在第二次大戰期間及結束後一段時間，世界各重要國家除美國之外，無論參戰與否，都是物資與外匯（即美元）奇缺，不得不厲行外匯、貿易、物資、生產管制工作，重要物資如糧食、布匹、日用品等也實施定量配給及限價。[7]在此艱困時期，美援發揮相當重要的穩定角色。學者林鐘雄提到，總計自1951年至1968年間，實際到達的援助及貸款物資爲14.82億美元，其中1951至1960年爲10.28億美元，占69.4％，占同一期間我國進口總額的47.9％，對當時台灣經濟有深遠影響。[8]

另外，1949年成立的「台灣區生產事業管理委員會」（生管會），在此時期也發揮重要的關鍵角色。生管會以台灣省主席爲主任委員，尹仲容任副主任委員，在他主持下，工業、農業、交通、貿易、外匯、金融無所不涉，幾乎囊括經濟部、財政部、資源委員會、建設廳、及各企業的董事會職權。[9]當時生管會曾確定若干原則：凡產製下列各項物資的事業，應予增產：（1）國防需用及民生必需品；（2）外銷用品；（3）進口貨代用品。當時台灣的主要外銷產品是糖、米、鹽、茶、鳳梨、香茅油、樟腦等，大部分是農產品或農產加工品，而供應不足者爲煤、肥料及紡織品等，因此政府決定三個優先發展的工業——電力、肥料和紡織。此外還鼓勵發展國內需要的原料、非耐久性消費品以及技術簡單的耐久性消費品。[10]

談到台灣工業，在歷經1930年代末期發展後，在二次大戰前已有一定的基礎。台灣後來以重建被戰爭摧毀的產業，展開戰後工業發展的序幕。[11] 王作榮提到，政府首先確定三個發展

Authorship

4. 王作榮，1953年進入工業委員會協助尹仲容，是當時重要的經濟幕僚，對台灣經濟發展貢獻極大。從1953至1963年，尹仲容公開發表的文章、演講及重要文件，十之八九出自王作榮之手，另外的十之二三，多半是會議或尹仲容的簡要演講紀錄，由尹仲容秘書王昭明追記。林笑峰，《台灣經濟發展不是奇蹟－採訪經濟新聞四十年的省思》（台北：文雲出版社，1994），頁152－153。
5. 王作榮，《我們如何創造了經濟奇蹟》（台北：時報出版，1978），頁10－11。
6. 尹仲容，〈我對台灣通貨膨脹問題的看法〉，《我對台灣經驗的看法(續編)》，頁125。
7. 王作榮，《壯志未酬－王作榮自傳》（台北：聯經出版社，1999），頁314。
8. 林鐘雄，《台灣經濟經驗一百年》（台北：三通圖書，1995），頁13。
9. 嚴演存，《早年之台灣》（台北：時報文化，1991），頁52－53。
10. 施敏雄、李庸三，〈台灣工業發展方向與結構轉變〉，收入馬凱主編，《台灣工業發展論文集》（台北：聯經出版社，1994），頁21。原載於《自由中國之工業》，46：2（1976），頁2－20。
11. 葉淑貞、劉素芬，〈工業的發展〉，收入李國祈總纂，《台灣近代史－經濟篇》（南投：台灣省文獻委員會，1995），頁212。

重點，對台灣經濟發展產生深遠的影響。第一是電力；第二是肥料工業；第三是紡織工業。[12] 曾任工業委員會專任委員，主管化工與食品工業的嚴演存提到，在生管會成立時，台灣的糖、電、肥料以及各項公營企業，已修復到恢復戰前之產能。[13] 曾在工業委員會任職的葉萬安指出，電力與肥料因需大量投資，利潤薄而由政府經營，紡織業則由民間經營，在民間與政府全力發展下，此三種工業進展神速。[14]

除這些事務亟待處理之外，此時期最重要的事項還是要解決因爲國共內戰，而逐漸切斷的兩岸貿易，因此啓動與日本的貿易就成爲相當重要的關鍵。李國鼎[15] 提到：在生管會時期，我們的外匯不夠必須依賴美援，尹仲容想到用「易貨外匯」的辦法來解決。[16] 1950年8月6日至1953年6月12日，中日簽訂貿易協定。1952年4月簽訂「中日和約」後，設「中日貿易專戶」（The China–Japan Open Account）。[17] 同時也靠美國援助，李國鼎提到：政府剛剛遷到台灣時，經濟還不穩定，需要解決如何穩定經濟、增加外匯等問題。稅收還沒有規模，不夠用的部分，則由「相對基金」支援。[18] 依台美協議，這種相對基金對阻止貨幣供給更快速的增加貢獻極大，同時減低國內重要進口財貨之匱乏。[19]

1953年，尹仲容提到在艱困經濟情況下，有幾個目標要做：一是使預算收支平衡；二是使國際收支平衡；三是增加就業及達到充分就業；四是社會保險制度。[20] 這時期政府的政策，

1958年，美援會開會，副主席尹仲容先生（左一）、秘書長李國鼎先生（左三）。

Authorship

12. 王作榮，《我們如何創造了經濟奇蹟》，頁23－25。
13. 嚴演存，《早年之台灣》，頁53。
14. 葉萬安，《二十年之台灣經濟》（台北：台灣銀行經濟研究室，1967），頁73－74。
15. 李國鼎，1953年轉任行政院經濟安定委員會工業委員會專任委員，對尹仲容、嚴家淦協助極多；1958年任行政院美援委員會秘書長，倡導〈獎勵投資條例〉及加工出口區對台灣經濟發展影響深遠；1965年任經濟部長，1969年任財政部長，1976年任行政院政務委員，開展台灣高科技產業發展；2001年逝世，被推尊為台灣經濟發展的工程師、台灣經驗的共創人、台灣科技教父。袁穎生，《光復前後的台灣經濟》，頁208。
16. 李國鼎，《李國鼎：我的台灣經驗－李國鼎談台灣財經決策的制定與思考》（台北：遠流出版社，2005），頁65。
17. 蘇震、盧采謙，〈台灣之外匯〉，《台灣銀行季刊》，20：1（台北，1969年3月），頁144。
18. 李國鼎，《李國鼎：我的台灣經驗－李國鼎談台灣財經決策的制定與思考》，頁60。
19. 蔣碩傑，〈匯率利率與經濟發展－台灣的經驗〉，收入薛琦編，《台灣對外貿易發展論文集》（台北：聯經出版社， 1994），頁262。選自《台灣經濟研究月刊》，1：9（1978年9月），頁9－30。
20. 尹仲容，〈代序〉，《我對台灣經驗的看法（初編）》，頁2。

就是推行經濟自給自足計劃。最重要地就是力求國際收支平衡，在經過各方開源與節流之後，入超銳減。平衡的方法有二：一是增加輸出，二是減少輸入，如台灣歷年來外匯用於輸入肥料者最鉅，亟需早日建立本身肥料工業，以減少輸入。[21] 因此政府發展工業的目的，主要是充裕國內物資的供應，以節省外匯（替代進口的工業化），其次是增加可供出口的農工礦產品，擴大傳統輸出品的出口。[22]

1953年7月行政院成立「經濟安定委員會」（簡稱「經安會」）負責經濟和工業方面的事務。美國的經濟顧問團（Economic Advisory Group,EAG），也在1954年8月來台訪問，對於經濟發展、財政、稅收、外匯政策等提出改革意見。當時政府爲配合美國經濟顧問團的到來，同時邀請劉大中與蔣碩傑（國際貨幣基金專家，中央研究院院士）回來協助。經安會的性質是協調性的機構，主要負責草擬第一期四年經濟建設計劃（1953－1956），同時也討論如何運用美援來改善財政、經濟、金融、外匯等情況。[23] 第一期「台灣經濟建設四年計劃」，實際就是一個申請美援的計劃，內容特別著重節省與賺取外匯，以求達成國際收支平衡。[24]

二、進口替代政策的提出與相關措施

1953年8月成立的工業委員會（1958年7月結束），由尹仲容擔任召集人，李國鼎提到：尹先生理解經濟要穩定、工業要發展，就要以生產代替進口的產品來節省外匯，也就是要發展進口替代的工業。[25] 所謂「進口替代」，李國鼎認爲就是拓展內銷代替工業，本來需要進口的成品，由國內自己設廠，進口原料加工後，就可以代替進口，減少外匯需要。這些進口替代工業多半還是與食、衣、住、行有關的民生工業，如紡織工業。[26]

從學理上來看，前台大校長孫震觀察當時情況，提出政府採行進口替代政策的緣由。他指出：當時政府的政策，在於限制進口，節省外匯，將稀少的外匯用於進口國防、民生與經濟發展所需的物資，並在保護措施下，發展技術簡單、需要資本少、勞力多，爲國內所需而有國內市場的產品，以代替自國外的進口。

Authorship

21. 尹仲容，〈致東京友人書〉，《我對台灣經驗的看法(初編)》，頁28。
22. 施敏雄、李庸三，〈台灣工業發展方向與結構轉變〉，《台灣工業發展論文集》（台北：聯經，1994），頁21。
23. 李國鼎，《李國鼎：我的台灣經驗－李國鼎談台灣財經決策的制定與思考》，頁60－62。
24. 王作榮，《我們如何創造了經濟奇蹟》，頁30－31。
25. 李國鼎，《李國鼎：我的台灣經驗－李國鼎談台灣財經決策的制定與思考》，頁63。
26. 李國鼎，《李國鼎：我的台灣經驗－李國鼎談台灣財經決策的制定與思考》，頁317。

這種用限制與保護的手段發展本國產業的策略，叫作「進口代替策略」（import substitution strategy），由此發展起來的產業叫作「進口代替產業」（import substitution industries）。[27]曾任職工業委員會的潘鋕甲提到，研究台灣工業發展的學者習慣上把1953至1960年這一段期間，也就是第一、二期四年經濟建設計劃的施行期間，稱爲「進口代替階段」，也有人稱爲「輕工業輸入代替階段」。[28] 此時人口平均年增率高達3.6％，失業率在5％以上，因此政府就提出「發展勞力密集的輕工業，以取代消費品進口」的工業發展政策。[29]

爲藉進口替代促進工業發展，幾乎動用各種可用的財經措施，乃至於動員大部份可用資源。自1949年至1951年代末期，曾經實施多種保護和鼓勵措施，如進口管制、保護關稅、限制設廠及類似措施：減免所得稅、低利貸款、複式匯率、保留外匯配額、出口退稅、外銷產品貸款、便利出口工業原料進口等。[30]對發展當時經濟較有直接關係者有四：

一是採「複式匯率制度」。自1951年至1958年間實施複式匯率制度，進口匯率高於出口匯率是常態。[31] 1950年3月起實施複式匯率制度，這種差別待遇也是進口代替品工業迅速發展的力量。[32]

二是「進口管制」。1951年即已實施極嚴格的進口管制政策，抑制消費品進口，使進口替代業獲得確定的國內市場。[33] 同時對擬定發展的國內產品實施進口管制。[34]

三是「優惠資金融通」。爲減輕資金不足及高利率對進口替代工業發展的不良影響，政府透過公營金融機構對若干進口替代業給予優惠資金融通的方便，對進口替代業的投資及成長都有積極的促進作用。[35]

四是「提供原料」。早期的易貨貿易美援商業採購項目以原棉、小麥、黃豆、牛油等原料品爲大宗，爲相關進口替代工業提供所需原

Authorship

27. 孫震，《台灣經濟自由化的歷程》（台北：三民，2003），頁40。
28. 潘鋕甲，《民營企業的發展》（台北：聯經出版社，1983），頁16。
29. 葉淑貞、劉素芬，〈工業的發展〉，收入李國祈總纂，《台灣近代史－經濟篇》，頁230。
30. 施敏雄、李庸三，〈台灣工業發展方向與結構轉變〉，《台灣工業發展論文集》，頁21。
31. 林鐘雄，《台灣經濟發展40年》（台北：自立晚報，1987），頁46。
32. 于宗先，《當代中國對外貿易》（台北：中央文物供應社，1984），頁84－85頁。
33. 林鐘雄，《台灣經濟發展40年》，頁46
34. 施敏雄、李庸三，〈台灣工業發展方向與結構轉變〉，《台灣工業發展論文集》，頁22。
35. 林鐘雄，《台灣經濟發展40年》，頁47。

料，對整個1950年代的進口替代工業發展有積極的貢獻。[36]

除上述四種之外，「限制設廠」也是重要的措施。1953年開始採行「限制設廠規定」，選定橡膠等六種工業，停止新廠的設立與舊廠擴充。[37] 總計在1961年以前，與設廠限制有關的行政命令計有下列幾種：（1）暫停接受設廠申請；（2）工廠設廠標準；（3）工業設廠輔導標準。[38]

在這段時間，尹仲容認爲台灣歷年外匯，用於輸入物資最鉅者，首爲肥料，次爲紗布。政府扶植紡織工業的結果，已漸能接近自給自足之地步。[39]李國鼎提到：我們主管經濟的人，最重要的是執行民生主義，包括食、衣、住、行。1950年代我們的糧食不夠，除米之外，還進口其他各種雜糧，如小麥、玉米、黃豆等，所以食是第一。與食有相關的是肥料，我們也生產肥料，就是進口替代興建肥料工廠；衣就是紡織；住包括水泥、三夾板、塑膠。水泥工業和食、衣、住、行各方面都有關係。[40]

政府積極扶植民間企業，對於推展進口替代政策非常重要。早在1948年6月政府就成立「台灣省民營企業輔導委員會」，是戰後積極輔導民營企業的第一個專門性機構。[41] 生管會時期，扶植民營事業是重要政策，只要是生產民生必需品或替代進口品的工業，生管會均會支持，例如原屬兵工廠的一套氨合成設備，能力僅每天五噸，生管會仍鼓勵其安裝，成立高雄硫酸銨廠，後來尹仲容又撥美援一百萬元生產肥料。另外，耀華玻璃廠有四套製造平板玻璃設備，尹仲容令中信局墊款建廠安裝，完成後再交由民營，成爲新竹玻璃公司。尹仲容也用中信局資金扶助利源化工廠。就資源利用的觀點來看，開放民營是成功的。[42]

在工業委員會時期，尹仲容主張政府對經濟作較大的干預，例如利用美援的物資或技術開展工業，再售予民營，管制外匯與進口以保護本國工業，以信用進口及原料的優先分配制度，來發展優先工業。[43] 事實上在工業委員會這

Authorship

36. 林鐘雄，《台灣經濟發展40年》，頁48。
37. 馬凱，〈台灣工業政策之演變〉，《台灣工業發展論文集》，頁135。
38. 施敏雄、李庸三，〈台灣工業發展方向與結構轉變〉，《台灣工業發展論文集》，頁22。
39. 尹仲容，〈致東京友人書〉，《我對台灣經驗的看法(初編)》，頁30。
40. 李國鼎，《李國鼎：我的台灣經驗－李國鼎談台灣財經決策的制定與思考》，頁70－71。
41. 潘誌甲，《民營企業的發展》，頁13。
42. 嚴演存，《早年之台灣》，頁54－57。
43. 康綠島，《李國鼎口述歷史》，（台北：卓越文化事業公司，1993），頁88。

段時間推動且完成的計劃，除一、二個肥料計劃、酵母及蔗板計劃外，包括PVC廠、純廠、四個新紙廠、新竹水泥擴充、兩個新水泥廠、人造纖維廠、東台灣鳳梨廠等，均是民營。[44]在政府積極保護與獎勵扶植下，到1961年前，棉紗、棉布、毛紗、毛呢、麵粉、人造絲、人造棉、合成纖維、尿素、硫酸錏、純鹼、塑膠、合板、水泥、平板玻璃、汽車輪胎、縫衣機、耕耘機、電風扇及汽車等，以代替進口目的之各類工業先後建立起來。[45]

三、台灣企業家的茁壯與進口替代產業發展情形

政府的積極推動，對台灣民間企業家有相當的鼓舞作用。王作榮提到，在整個過程中，可以由政府單獨進行，成功後轉為民營，或開始時由民間經營，政府輔導。這一工作，在1950至1960年代，政府做得很好，台灣玻璃工業的發展是一個代表性的例子，（台灣塑膠公司）是另一個成功的例子。[46]潘鋕甲提到，政府實行「土地改革」與「耕者有其田」政策後，把一部份公營事業移轉民營，使地主出讓土地所得的價款，在政府的誘導下，投向工業；同時由於農產收入的增加，提高農村大眾的消費能力，無形中為工業產品的銷路鋪路，促使各種民營生產事業如雨後春筍般興起。[47]

1950年代的台灣民營企業，可就來歷分為五類：日治時代留下的、大陸遷台的、自公營事業開放而來的、美援計劃成立的、民間自行籌組而成的。日治時代留下的民營企業，大多數在戰後被政府接收成為公營事業，只有少數屬台灣人所有，但規模不大，礦業方面有顏欽賢的台陽礦業、李建興的煤礦及其他若干小礦；機械方面有唐傳宗的唐榮、林挺生的大同、李清枝的台北、劉阿禎的台灣齒輪、翁金護的台南、張騰飛的興亞、鄭芳勝的大成、黃土英的大豐等；紙業方面有何傳、何義等兄弟之永豐，後成為永豐餘。大陸遷台之民營企業，絕大多數是紡織工業，另外較著名的就是顧士奇的梅林食品廠。由公營企業開放而成的民營企業，主要就是四大公營公司轉民營。美援計劃下成立的民營企業，最有名就是台灣塑膠公司的PVC計劃（此計劃除深刻影響台灣經濟，也啓發若干開發中國家創辦相關工業），此外還有東南鹼業公司的純鹼計劃，嘉新及亞洲兩公司的水泥計劃，啓業化工公司的煤焦計劃及四個造紙計劃（久大、倫義、中國、大中）。最後就是民間自行籌組的工業，有吳火獅創辦的

Authorship

44. 嚴演存，《早年之台灣》，頁63－64。
45. 施敏雄、李庸三，〈台灣工業發展方向與結構轉變〉，《台灣工業發展論文集》，頁22－24。
46. 王作榮，《壯志未酬－王作榮自傳》，頁75。
47. 潘鋕甲，《民營企業的發展》，頁4。

新光紡織及後來的企業集團；其他紡織則有台南紡織、中興紡織、穩好印染；麵粉廠最著名的有僑泰興、聯華；水泥廠有建台、環球；調味粉業有味全、津津味粉及中國醱酵（後改名爲味王）等；機電方面是嚴慶齡創辦的裕隆汽車，其他有東元電機、太平洋電纜、台灣日光燈、聲寶等；橡膠有新新橡膠、沈雲階主持的中台橡膠等；化學方面有長春（廖銘昆、鄭俊義、林書鴻創辦）、南僑、民生、利台及王民寧創辦的中國製藥等。[48]

各產業進口替代最重要的就是發展紡織業。尹仲容認爲肥料、紗布，是進口物資中支用政府外匯最多的兩項物資，因此決心發展自身紡織工業。[49] 此時從大陸來的紡織業者扮演重要角色，1948年後由青島及上海地區，若干紡織廠將設備及人員移來台灣，並帶來紗件原料，此爲以後紡織業能發展的最早基礎。[50] 總計至1953年，共有11家棉紡企業在此前後設立。[51] 政府於1950年一面實施棉紡織品進口管制，一面實施「代紡代織」辦法。[52]「代紡代織」是政府批發美援的棉花、棉紗給業者，並支付業者一筆加工費，最後成品也由政府收購，加工費通常會定得很高，以降低紡織業的風險，保障利潤。[53] 經過這些措施，才使紡織業能迅速成長並健壯。[54] 遠東集團創辦人徐有庠提到，政府實施第一期四年經建計劃，國內紡織業發展相當快。台灣在1954年後，紡織工業已達到進口替代的目的。[55] 自給自足的目標至1956年時大致完成，政府爲避免業者惡性競爭，於1955到1959年曾限制紡織廠的設立。[56]

從表13－1，在1953－1960年這段時期，糖與米幾乎占出口的半數以上，但比例逐年下降。茶、香蕉、香茅油、食品罐頭也在出口的前幾名，顯見此時出口仍以農產品與農產加工品爲主。基本金屬主要是台鋁公司的鋁錠，化學品一項扣除鹽後，出口以由鹽衍生的化學品居多，如酸、碱等。從1955年起，紡織品首先擠進輸出的前十名，甚至在1960年躍居輸出的第二位，顯見1950年代政府的一連串政策已見成效。

Authorship

48. 嚴演存，《早年之台灣》，頁91－97。
49. 尹仲容，〈發展本省紡織工業問題的檢討〉，《我對台灣經驗的看法（初編）》，頁35。
50. 陸民仁，〈工業發展策略之評估〉，《台灣經濟發展總論》（台北：聯經出版社，1994），頁144。
51. 劉進慶，王宏仁、林繼文、李明俊漢譯，《台灣戰後經濟分析》（台北：人間，1992），頁207。
52. 潘鋕甲，《民營企業的發展》，頁15－16。
53. 康綠島，《李國鼎口述歷史》，頁81。
54. 陸民仁，〈工業發展策略之評估〉，《台灣經濟發展總論》，頁144。
55. 徐有庠口述、王麗美執筆，《走過八十歲月：徐有庠回憶錄》（台北：聯經出版社，1994），頁118。
56. 周大中，〈台灣地區對外貿易產品結構之演變〉，《台灣銀行季刊－台灣對外貿易特輯》（台北：台灣銀行經濟研究室，1976），27：4，頁88－89。

表13-1 1953－1960年台灣輸出前十位主要產品

	1953	1954	1955	1956	1957	1958	1959	1960
1	糖 67.23%	糖 58.03	糖 49.85	糖 52.21	糖 62.37	糖 51.83	糖 40.65	糖 44.01
2	米 10.56	茶 10.01	米 23.34	米 14.07	米 12.08	米 16.92	米 14.90	紡織品 13.87
3	茶 5.34	米 7.79	茶 4.37	食品罐頭 4.96	茶 3.85	食品罐頭 4.39	紡織品 8.80	食品罐頭 4.79
4	香蕉 2.39	香蕉 4.36	食品罐頭 4.24	香茅油 4.51	食品罐頭 2.77	茶 4.08	食品罐頭 4.97	香蕉 3.70
5	食品罐頭 1.92	食品罐頭 4.23	香蕉 3.06	茶 4.18	香茅油 2.42	香蕉 3.66	茶 4.41	茶 3.69
6	香茅油 1.73	香茅油 2.89	香茅油 2.91	紡織品 2.86	香蕉 2.39	水泥 2.58	香蕉 3.84	基本金屬 3.16
7	鹽 0.91	鹽 1.41	基本金屬 1.36	香蕉 2.33	紡織品 1.95	香茅油 2.30	基本金屬 2.58	米 3.08
8	蔬菜 0.75	基本金屬 1.20	鹽 1.28	基本金屬 2.25	石油煉製品 1.77	紡織品 1.65	香茅油 1.97	化學品 2.95.
9	基本金屬 0.72	化學品 0.95	紡織品 1.03	化學品 1.58	基本金屬 1.38	木材及製品 1.25	木材及製品 1.67	香茅油 2.10
10	水泥 0.68	蔬菜 0.85	化學品 0.72	鹽 1.15	鹽 1.01	基本金屬 1.18	合板 1.65	木材及製品 1.88
百分比	92.23	91.72	92.16	90.10	91.99	89.84	85.44	83.23

資料來源：周大中，〈台灣地區對外貿易產品結構之演變〉，《台灣銀行季刊－台灣對外貿易特輯》，27：4，頁63。

紡織工業的成功對後來的工業有帶動作用，尹仲容提到今後整個工業之發展，亦宜循此路線進行。[57] 另一個較重要的進口替代產業是水泥。台灣水泥工業自1953年以來，年有擴充，至1957年時，其產量已能完全替代進口品。[58] 另一個重要的替代工業爲化學肥料，直到1964年才完成進口替代的目標。[59]

Authorship

57. 尹仲容，〈台灣工業政策試擬〉，《我對台灣經驗的看法（續編）》，頁9。
58. 周大中，〈台灣地區對外貿易產品結構之演變〉，《台灣銀行季刊－台灣對外貿易特輯》，27：4，頁92。
59. 周大中，〈台灣地區對外貿易產品結構之演變〉，《台灣銀行季刊－台灣對外貿易特輯》，27：4，頁93。

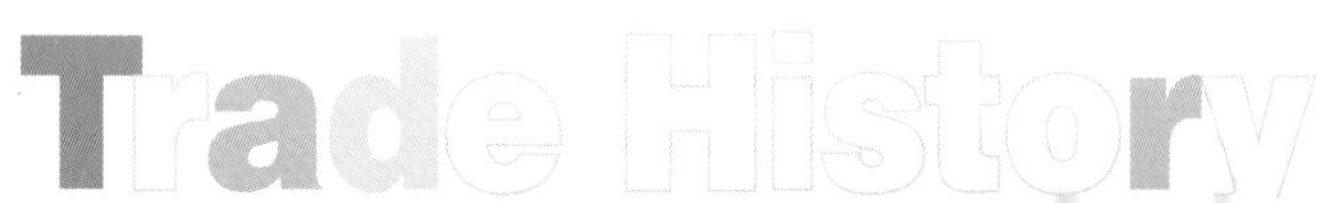

李國鼎提到，尹仲容在工業委員會5年的時間，最大的貢獻有二：一是發展進口替代工業，二是扶植民營工業的發展。5年內，台灣共增加6千家民營企業，而公、民營企業總生產值的比例也從1946年的60：40，降到1958年的38：62。[60] 直到1958年民營產值始超過公營，民營企業能如此加速發展，一方面由於政府的鼓勵，但他方面民間工業本身的努力，功亦不可滅。[61]

四、進口替代政策的優缺與效果

這段期間台灣整體經濟的表現似乎令人感到樂觀，從1952到1958年，台灣製造業生產量提高一倍，平均每年成長12.7%；同時期實質國內生產總額以每年7.1%的增加率穩定成長，通貨膨脹抑制，就業人口以及實質工資也在穩定增加中。[62] 行政院的研究也指出，在進口替代（1953－1960年）這個時期，「以農業培養工業，以工業發展農業」的策略下，實施耕者有其田，增加農業生產。工業是以選擇技術簡單、資本較少、勞力較多的工業，如紡織、合板及家電裝配等產業加以發展，以充裕國內需要，替代進口。本階段的進口替代發展策略相當成功，農、工生產大幅提昇，平均每年增產幅度，分別為4.5％及11.7％，經濟成長率平均每年亦達7.6％，每年物價上漲率則下降至10％以下，與上一階段（1945－1952）物價暴漲情形比較已有顯著的改善。[63]

這些進口替代策略也有負面效果。包括產能過剩、缺乏效率與造成壟斷。[64] 經濟學者李登輝與梁國樹也指出相關缺失：進口替代政策產生一些負面的影響，採行複雜的複式匯率造成相當的行政成本。此外藉由外匯制度壓取農業部門利潤，也降低農民的所得及消費力。[65]

林鐘雄認為，進口替代政策雖有若干缺失，但仍有正面意義，有其一定的功效。正如戰前日本的紡織業及其戰後的汽車工業一樣，國內市場規模不大的國家，在國際收支捉襟見肘之際，總是須選擇一些有前途的產業，在進口替代政策掩護下進行投資，雖負擔一些經濟代價，至少能克服當時的國際收支困窘情況，有朝一日可能成為主力出口品。台灣的紡織工業是在1950年代藉美援棉花支持而發展的典型進口替代產業，故問題不在於進口替代產業政策對

Authorship

60. 康綠島，《李國鼎口述歷史》，頁85。
61. 葉萬安，《二十年來之台灣經濟》，頁91－92。
62. Maurice Scott，〈台灣的貿易發展〉，《台灣對外貿易發展論文集》，頁9。
63. 行政院經濟建設委員會經濟研究處編印，《中華民國台灣地區經濟現代化的歷程》（台北：行政院經濟建設委員會，1986），頁2。
64. Maurice Scott，〈台灣的貿易發展〉，《台灣對外貿易發展論文集》，頁8－9。
65. 李登輝、梁國樹，〈台灣的發展策略〉，《台灣對外貿易發展論文集》，頁64。

或不對，而是在國際收支壓力下，是否選對該保護的進口替代產業。[66] 這段中肯的評論，是此時期最佳的詮釋。

第二節 經貿配套措施的展開

一、進口替代時期的相關經貿配套措施

進口替代前後這個時期，開展相當多的經貿配套措施，政府冀望透過這些政策來達到穩定經濟的效果，其中外匯與進出口貿易等相關制度的演變，就成為其中極為重要的關鍵。

中央研究院于宗先院士指出，在台灣經濟發展初期，經常發生貿易逆差，為改善此一情勢，政府往往採取外匯政策。外匯制度演變，自1950年後可分三個時期：一是自1950年至1958年3月，採行複式匯率和嚴格管制外匯。二是自1958年至1978年7月政府實施外匯改革，分期統一匯率，逐步解除進口管制。三是自1979年2月後，政府實施機動匯率制度。[67] 其他學者也指出，台灣為一海島經濟，由於資源缺乏，需進口必要原料與資本設備；國內市場狹小，端賴出口以刺激生產。為促進出口，減緩進口物價上漲的壓力及改善貿易赤字，解決外匯短缺，故實施複式匯率。[68]

這種制度在第二次世界大戰後是相當常見的方式。外貿會的研究提到，二次世界大戰後，各國為重建經濟貿易，多採用複式匯率，作為過渡期的匯率制度，如西歐國家、義大利、法國、荷蘭、奧地利。[69] 台灣同樣也採取一系列措施，同時主管對外貿易與匯兌機關也不斷更迭。1947年7月台灣銀行接受中國銀行委託，代理經辦台灣外銷物資的結匯業務，同年8月「中央輸出入管理委員會」在台設立台灣區辦事處，才有對外貿易的主管機關；1948年8月，台灣銀行為外匯收支代理銀行；1949年6月，台灣銀行直接經營國際匯兌，新台幣對外匯率也由該行掛牌，台灣銀行即與國外銀行直接開戶往來，集中保有外匯，統籌運用；1950年1月生管會下成立「產業金融小組」，為對外貿易的審議機構，另外在台灣省政府建設廳下設貿易科，辦理貿易行政事務。1953年6月，台灣省產金小組改組為外匯貿易審議小組；同年7月15日正式成立「台灣省外匯貿易審議小組」；1955年2月行政院公布「調整外匯貿易審議機構方案」及「行政院外匯貿易審議委員會組織規程」，

Authorship

66. 林鐘雄，《台灣經濟經驗一百年》，頁125。
67. 于宗先，《當代中國對外貿易》(台北：中央文物供應社，1984)，頁8。
68. 陳寶瑞，〈台灣地區對外貿易與經濟發展〉，《台灣銀行季刊－台灣對外貿易特輯》，27：4，頁36。
69. 行政院外匯貿易委員會編印，《外貿會十四年》（台北：行政院外匯貿易委員會，1969），頁91。

將授權台灣省政府管理多年的外匯貿易管理業務，收回由中央政府來主管（一直到1968年9月，才撤銷該機構）。[70]

前台灣銀行經濟研究室副主任袁穎生指出，從二戰結束到1949年初，由於舊台幣惡性膨脹，以致幣性蕩然，已難以維持經濟正常的運轉。1949年6月，公布「台灣省幣制改革方案」與「新台幣發行辦法」，匯率訂為一美元等於新台幣5元；同時公布「台灣省進出口貿易及匯兌金銀管理辦法」，於是台灣初有單行的外匯貿易管理法規。但1949年中期後，因大陸局勢惡化，外匯的供應與調度已日趨困難，勢必要加以管制。[71] 1950年2月底，美鈔黑市高漲，其兌換率為1：9.4。該年3月1日，政府公布「代購公營事業結匯價格」，實施差別結匯價格，即為複式匯率之濫觴。[72] 因此實際匯率演變為官價、結匯證價及出口結匯價等三種，為「三元」複式匯率。[73]

政府實施多元複式匯率相當複雜，于宗先指出：在進口結匯方面，因物價仍不斷上升，匯率亦數度調整，且官價匯率與黑市匯率仍有相當的距離，故申請進口結匯者依然擁擠，外匯管理措施因而有下列措施：（1）規定外匯供給之優先順序；（2）採用代購公營事業結匯證辦法；（3）採用美金寄存辦法；（4）規定結匯證買賣價格。[74]總計此時因外匯短缺，在1950年2月14日到7月24日，已有超過五個月的時間採行「三元」或「二元」的複式匯率。儘管後又回復單一匯率，但基本的外匯供需形勢並無改變，產金小組遂於同年12月19日訂定審核外匯辦法，但仍未遏阻擁擠的進口外匯申請。[75] 1951年3月美鈔黑市已接近20元，套匯及走私非常嚴重。該年4月9日及19日，政府先後公布新金融措施，採用二元複式匯率制度。[76] 出口結匯方面，對公營事業與民營事業產品出口匯率規定不同。[77]經過這些變動後，大致上無論公、民營事業出口或匯入款的買入匯率，已相當一致而單一化，維持至1955年2月底。[78]

1951年幾乎所有的進口和民間企業的出口，適用1美元兌15.6元台幣的匯率，而對公營企業所壟斷的砂糖、米的出口則適用1美元兌10.3元台幣的匯率（匯率本身在慢慢降低）。為什麼會產生對砂糖、米採用過大匯率的問題呢？

Authorship

70. 姚玉章，《台灣貿易史－台灣的對外貿易》（台北：三民，1977），頁95－103。
71. 袁穎生，《光復前後的台灣經濟》，頁235－236。
72. 于宗先，《當代中國對外貿易》，頁85。
73. 袁穎生，《光復前後的台灣經濟》，頁238。
74. 于宗先，《當代中國對外貿易》，頁85－86。
75. 袁穎生，《光復前後的台灣經濟》，頁239。
76. 于宗先，《當代中國對外貿易》，頁86－87
77. 于宗先，《當代中國對外貿易》，頁87。
78. 袁穎生，《光復前後的台灣經濟》，頁240。

有兩大原因，一是當時初級產品價格的彈性很小；二是政府靠課徵出口稅來獲得財政收入。[79] 另在匯出入款方面，政府機關匯出入款原是按官價匯率，自1953年2月起匯出款按結匯價格結匯，同年8月匯入款改按結匯價格結匯。1953年6月又公布「進口結匯加徵防衛捐辦法」，所有申請物品結匯案，都按照結匯證價格加徵20%的防衛捐，以增加財政收入。[80] 但這項績效紀錄制度造成許多不必要進口，同時也未能顧及一些新興產業的需要；另外，在嚴格的外匯及進口管制下，擁有進口特許執照的人，得以在許多工業原料及消費性產業，獲得優厚利潤。[81]

二、確認外匯貿易的專責機構及相關外銷規定

1955年3月1日，「行政院外匯貿易審議委員會」成立，政府中終於有專責的常設管理機構。[82] 依據外貿會的記載：1954年秋，台灣省政府曾簽報行政院，建議撤銷授權，將外匯貿易管理業務移回中央辦理。1955年2月11日，財政部簽呈行政院：「因台美簽訂共同防禦條例，今後美援款項與本國外匯資源的配合運用，自將更趨密切。外匯貿易管理機構，宜調整簡化，重新部署，以資適應。」經行政院決定，外匯貿易管理業務，即移歸中央辦理。自設置外匯貿易管理機構以來，主持人雖屢有更易，但均係由財經首長兼任。[83]

1955年2月至1958年3月，公布「結售外匯及申請結購外匯處理辦法」，依此辦法所實施的匯率，除基本匯率外，結匯證有牌價與市價之分，輸出依產品的性質發給不同比率的結匯證，輸入需附交市價結匯證及加徵防衛捐，甚至給予某些特別困難出口產品貼補，外匯貿易管理措施變得極複雜。[84] 此時財政部於1954年6月訂定「外銷品退還原料進口稅捐辦法」（早期外銷退稅可追溯到1952年），是對利用進口原料或半成品加工出口者，於成品出口後退還原來進口原料或半成品的關稅及貨物稅，適用一切外銷品，對帶動貿易有一定影響。[85] 這項政策是為促進進口原料加工出口工業的發展，

Authorship

79. 佐藤幸人，〈貿易的作用〉，《國際加工基的形成－台灣工業化》（台北：人間出版社，1992），頁79。
80. 于宗先，《當代中國對外貿易》，頁88。
81. 李登輝、梁國樹，〈台灣的發展策略〉，《台灣對外貿易發展論文集》，頁64。（本文節譯自李登輝、梁國樹合著，「Development Strategies in Taiwan,」 in Development Strategies in Semi-Industrial Economies, edited by B. Balassa et al., pp.310~383, Baltimroe：Johns Hopkins University Press，1982）。
82. 袁穎生，《光復前後的台灣經濟》，頁242。
83. 行政院外匯貿易委員會編印，《外貿會十四年》，頁59－60。
84. 于宗先，《當代中國對外貿易》，頁88－90。轉引劉鳳文，《外匯貿易政策與貿易擴展》（台北：聯經，1980）；李庸三、陳上程，〈台灣金融政策對工業化之影響〉（台北：中央研究院經濟研究所，1980）。
85. 于宗先，《當代中國對外貿易》，頁97。

規定只要是外銷品即可適用。[86] 出口退稅是將國內廠商原於進口原料時所付的稅捐，在製成產品外銷時全部退回，使他們能按國際價格獲得原料，並與國外廠商得到同等待遇，以利競爭。[87] 外銷退稅對廠商最直接的效果就是降低成本，如1956年外銷退稅僅2,000萬元，1961年度爲4億2,000萬元。[88] 但此辦法也有許多缺失：第一，獎勵辦法有欠合理；第二，原料核退標準複雜，易起糾紛；第三，核退程序及作業法規過於繁雜，廠商所受資金積壓損失甚大。[89]

此外，外銷貸款也是另一重要政策。外貿會爲加強輔導加工品的輸出，1957年7月實施「加工廠商貸借原料外匯辦法」，低利貸予廠商用以輸入原料，減輕資金負擔。[90] 「加工廠商貸借原料外匯辦法」，由台灣銀行撥墊外匯資金400萬美元，以年息6%，貸予廠商進口原料。[91] 不久台灣銀行擬定「外銷貸款通則」及「台灣銀行辦理外銷產品貸款實施辦法」，將貸款分爲兩種：一爲計劃性貸款，二爲臨時性貸款，外銷貸款的項目，由外貿會核定，由台灣銀行直接辦理。[92] 外銷低利貸款規定，短期外幣貸款年息6%，短期台幣貸款年息11.88%；當時一般銀行對民營企業的質押貸款年息爲19.8%，信用貸款年息爲22.32%。[93] 這些辦法對外銷廠商減低輸出成本及增強營運能力，極有助益。

三、相關管制措施衍生的弊端與改革呼籲

于宗先認爲政府採行複式匯率，完全是應付當時的複雜局面，以爲複式匯率可以解決當時問題，但這種匯率制度運作相當複雜，隨著外貿增加，在實行此種匯率時更加麻煩，且流於弊端。當匯率有利於進口時，卻不利於出口，政府雖採補貼辦法以資彌補，但終非長久之計。[94] 當時學術界已指出問題並提出改革之聲，值得注意。

例如，中央研究院邢慕寰院士在1954年的文章中，就提出當時台灣所面對的經濟問題並提出建言，對比後來的改革步調更顯現先見之明。他提到：台灣若干重要內銷工業實際上享受雙層直接保護，一層是對外關起大門，不許

Authorship

86. 康綠島，《李國鼎口述歷史》，頁99。
87. 施建生，〈政府在經濟發展中的功能〉，《台灣經驗40年》（台北：天下文化出版社，1994），頁95。
88. 陳寶瑞，〈台灣地區對外貿易與經濟發展〉，《台灣銀行季刊－台灣對外貿易特輯》，27：4，頁38。
89. 鍾甦生，〈台灣地區對外貿易策略之分析〉，《台灣銀行季刊－台灣對外貿易特輯》，27：4，頁176－177。
90. 行政院外匯貿易委員會編印，《外貿會十四年》，頁19。
91. 蘇震、盧采謙，〈台灣之外匯〉，《台灣銀行季刊》，20：1（台北，1969年3月），頁145。
92. 行政院外匯貿易委員會編印，《外貿會十四年》，頁19。
93. 蕭峯雄，《我國產業政策與產業發展》（台北：植根雜誌社，2001），頁218。
94. 于宗先，《當代中國對外貿易》，頁90。

外國貨進來競爭，另外一層是對內限制設廠，維持少數廠家壟斷，工業本身完全沒有新陳代謝作用，自然談不上效率與改進，生產資源也就免不了浪費和誤用。[95] 蔣碩傑指出：劉大中教授和我於1954年夏天回國提供對經濟發展意見時，勸說政府採行貶值和貿易自由化政策，亦即將匯率貶至合理水準，並放棄以嚴格的進口數量管制及高保護關稅來勉強維持貿易平衡的作法。[96]

前台大校長孫震在回顧這段歷史時，也指出其中的潛藏問題。當時限制進口與保護本國產業所用的手段基本上有三種，就是數量管制、保護關稅、複式匯率，形成一套非常複雜的外匯與貿易管理制度。至少有以下三種重大弊端：（1）對不同進出口商品的差別待遇，都缺乏客觀公平的標準，使利益分配不均；（2）行政程序複雜，主管官員權力膨脹，易成為濫權腐化的根源；（3）價格機制受到扭曲，這是人為的管制制度對經濟效率與經濟發展所造成的最大傷害。回歸經濟秩序的首要之圖，在於匯率單一化，從多元回歸一元。[97]

1958年以前台灣對外匯貿易的管制方式，是以數量管制（如進口限額制度）及成本管制（如複式匯率）雙管齊下的混合管理制度。當時國際收支發生巨額逆差及嚴重的通貨膨脹，採用上述有利於進口替代的外匯混合管理制度，實爲一種自然的趨勢。但這種管制卻產生種種流弊，主要有管制手續的複雜、進口商的暴利、牌照頂讓、轉售工業原料、生產事業不正常發展、出口停滯、過度消費等。[98]

這些問題使政府必須做出因應，學者馬凱指出台灣經濟第一次要求自由化的行動，其實正是高度干預政策的必然後果。在那一套管制措施中，爲節用外匯而採取的複式匯率、外匯管制、高關稅、禁止進口等等後來所謂的「進口替代政策」，不但限制進口，也由於繁苛的行政手續及匯率的高估，使出口意願受到損傷，這基本上是一個封閉經濟的作法。這劃地自限造成的困境，終在1950年代後期引發普遍要求改變的呼聲。[99]

四、外匯貿易的改革與相關政策的影響

1957年底，陳誠、俞鴻鈞、徐柏園、尹仲容、江杓等組成小組，檢討外匯貿易政策，檢討結果決定放棄管制保護，回歸價格機制，於

Authorship

95. 邢慕寰，《台灣經濟策論》（台北：三民，1993），頁11。
96. 蔣碩傑，《台灣經濟發展的啓示》（台北：經濟與生活出版社，1985），頁155。
97. 孫震，《台灣經濟自由化的歷程》，頁41－42。
98. 行政院經濟建設委員會經濟研究處編印，《中華民國台灣地區經濟現代化的歷程》，頁56。
99. 馬凱，〈台灣工業政策之演變〉，《台灣工業發展論文集》，頁139。

是有1958年的外匯貿易改革。這次改革使台灣經濟從進口代替走向出口擴張，是台灣經濟成功的一個重要關鍵，也是台灣經濟自由化的一個重要步驟。當時台灣經濟，由於規模狹小，在保護政策下，日愈陷入困境，必須加以改革，固然是一個重要原因，但經濟學家蔣碩傑多年來的建議和自由經濟的思想，發生很大的影響。[100] 1958年2月，尹仲容擔任外貿會主任委員，主持外匯改革，同年4月及11月，分別調整新台幣匯率，將匯率定爲40：1。這項外匯改革措施，對台灣轉型爲外銷出口經濟，貢獻很大。[101] 1958年的改革朝兩個目標進行，一爲簡化匯率，以逐漸達成單一匯率；二爲儘可能放寬對貿易不必要的管制，以促進貿易的順利發展。[102] 曾任行政院秘書長的王昭明回憶：尹仲容要締造逐漸開放自由的外貿環境，使嚴格的管理沒有必要。[103]

于宗先指出這次改革以實施單一匯率爲目標，但爲兼顧穩定，曾先採用二元匯率及外匯結匯證自由買賣制度作爲過渡時期的權宜之計，再逐漸實施單一匯率制度，對鼓勵出口有積極的效果。[104] 這次外匯改革的具體內容：（1）匯率的簡化與調整分三次進行（第一次於1958年4月12日實施；第二次於同年10月21日實施；第三次於1959年8月10日實施，將24.78元的基本匯率與11.60元的結匯證牌價合併成爲36.38元的基本匯率，對出口結匯則核發代表全部出口價值的新結匯證，可在市場買賣）；（2）放寬進口限制；（3）改善工業原料核配及增配修護器材外匯；（4）加強鼓勵輸出辦法；（5）除前措施外，尚有放寬自備外匯進口、廢除不必要的法令四十餘種。[105] 到1960年7月1日通知國際貨幣基金，我國已重建完成單一匯率。[106] 表13－2即爲1952到1961年新台幣兌美元匯率的演變情形：

這次貶值對通貨膨脹的直接影響到底有多大？由於戰後初期在大陸經歷過慘痛的惡性通貨膨脹，政府一直極力避免採取任何可能刺激通貨膨脹的政策。當時劉大中與蔣碩傑曾經指出，只要同時採取進口自由化，貨幣貶值並不一定會引起通貨膨脹，當時尹仲容也同意這個看法。[107] 王作榮提到：不要小看這項改革，是創造台灣經濟奇蹟的起跑點，可媲美艾爾哈特

Authorship

100. 孫震，《台灣經濟自由化的歷程》，頁50。
101. 康綠島，《李國鼎口述歷史》，頁836。
102. 尹仲容，〈兩年來的外匯貿易改革〉，《我對台灣經驗的看法（三編）》，頁6。
103. 王昭明，《王昭明回憶錄》（台北：時報文化，1995），頁89。
104. 于宗先，《當代中國對外貿易》，頁90。
105. 尹仲容，〈對當前外匯貿易管理政策及辦法的檢討〉，《我對台灣經驗的看法(續編)》，頁133。
106. 袁穎生，《光復前後的台灣經濟》，頁247。
107. Maurice Scott，〈台灣的貿易發展〉，《台灣對外貿易發展論文集》，頁18。

表13-2 1952 1961年新台幣兌美元匯率

	出口			進口		
	平均匯率	貿易匯率	國民所得匯率	平均匯率	貿易匯率	國民所得匯率
1952	14.93	12.60	10.30	12.98	13.53	10.30
1953	15.55	15.55	15.55	15.65	14.37	15.55
1954	15.55	15.55	15.55	17.35	15.63	15.55
1955	23.18	15.55	15.55	23.78	15.65	15.55
1956	24.71	24.78	24.78	24.78	24.78	24.78
1957	25.53	24.78	24.78	24.78	24.78	24.78
1958	34.14	24.78	24.78	33.90	24.78	24.78
1959	39.38	36.38	36.38	39.53	36.38	36.38
1960	39.73	36.38	36.38	39.73	36.38	36.38
1961	39.83	40.03	40.00	39.83	40.03	40.00

資料來源：Maurice Scott，〈台灣的貿易發展〉，收入薛琦編，《台灣對外貿易發展論文集》，頁17。（註：原表列至1976年，此處節錄）

對戰後西德經濟的改革。他又提到：當改革進行時，我不在國內。當我回國後，尹先生告訴我，當時因調整匯率，放寬管制，會造成通貨膨脹及國際收支赤字加大，政府官員大都持反對或懷疑態度，因此猶豫不決。是讀到我出國前寫的一篇報告，奠定他的改革理論基礎，才毅然放手一搏的。這篇報告的題目爲〈改善經濟現狀之基本途徑〉（1957.12），以後1960年代之獎勵投資，鼓勵出口政策，即由此而來。[108]持平來看這次改革，劉大中與蔣碩傑多年的提倡改革絕對有其重要地位，但王作榮對尹仲容臨門一腳的關鍵影響也不能忽視。

實施「外匯貿易改革方案」之目的，在逐漸建立自由貿易制度，及刺激出口事業，以帶動國內經濟發展，逐漸改善國際收支。[109]從1958到1961年，這時期平均經濟成長率爲6.9％，較

Authorship

108. 王作榮，《壯志未酬－王作榮自傳》，頁193－194。
109. 行政院經濟建設委員會經濟研究處編印，《中華民國台灣地區現代化的歷程》，頁56。

上一期（1949－1957）的8.6％爲低，且民間消費與政府消費的平均成長率分別爲6.0％與4.6％，均較上一期的平均成長率爲8.1％與9.6％低許多，已顯示這一階段經濟績效的確出問題。但由於同時有這一波自由化改革運動的推動，也逐漸帶動經濟活力，使得固定資本形成及輸出與輸入之成長率均高出前一時期甚多，例如輸出成長率爲19.8％（前時期爲7.0％），輸入成長率爲14.4％（前時期爲7.2％），並且爲下一階段（1962－1973）貿易導向的蓬勃發展，開創無限新機。[110]

這連串的改革產生三個重要影響。第一，許多進口的數量管制被廢除了，分配的辦法也大幅改善；第二，採用多年的複式匯率制度慢慢被廢除，一個新的單一匯率制度則逐漸建立起來，匯率單一化，無形中使匯率制度運作更方便簡易，也可順便去除原先複式匯率下，對一些進口半製成品或零組件所課徵的隱藏關稅；第三，對私人企業適用的進出口匯率，從原來1美元兌25元新台幣貶値1美元兌40元新台幣，對台灣出口商無疑是一個有利的因素。[111]

1958年改革之後，台灣貿易政策的重點逐漸從進口管制轉變爲鼓勵外銷。[112] 李登輝與梁國樹指出，1958年的改革希望達到降低關稅及廢除外匯分配管制的目標，政府逐步推行自由化，最後終於完全廢止商品進口配額制度，外銷所需原料及設備的進口限制大幅減少，之後也終於完全取消。由於關稅的降低，關稅收入毛額對進口總額的比例從1955年的42.3%，降至1960年的28.1%。（1965年爲22%，1970年爲18%，到1976年爲13.6%，關稅收入毛額包括進口稅、國防捐及港口捐）。[113] 從上述這一重要的外匯貿易改革，對台灣後續經貿自由化跨出重要的一步，因此不能忽視這次改革的影響。

第三節 從進口替代到出口擴張的轉折

一、進口替代轉折到出口擴張的論爭與意涵廓清

1958年9月，主管台灣經濟計劃與發展的「經濟安定委員會」（經安會）撤銷，影響原有經濟決策單位彈性的運作，但最終仍未阻止台灣經貿改革的步調。這項行政革新是由行政院副院長王雲五在考察美國行政改革後提出，

Authorship

110. 孫克難，〈台灣賦稅制度與經濟發展〉，《經濟政策與經濟發展：台灣經濟發展之評價》（台北：中華經濟研究院，1997），頁104。
111. Maurice Scott，〈台灣的貿易發展〉，《台灣對外貿易發展論文集》，頁18。
112. 葉萬安，《二十年之台灣經濟》，頁114。
113. 李登輝、梁國樹，〈台灣的發展策略〉，《台灣對外貿易發展論文集》，頁68。

目的是爲裁併職權重複的機構，以重振行政院各部會的職能，促進政府機關的效率。但這項改革也出現一些後遺症，最終由美援會承接類似經安會的角色，並發揮極大的功能。[114] 美援會功能因之加強，也使經貿與工業發展的步調能持續下去。除行政革新外，這段時期正是由「進口替代」發展到「出口擴張」（或稱「外向發展」、「外銷導向」），此一轉折究竟是人爲的操作？還是情勢不得不然的問題？是觀察的重點。

1950年代末，學者、業者、政府官員對工業政策是否應該及早改弦更張，以適應新的經濟情勢，出現熱烈的討論。一個策略是從勞力密集的輕工業，轉變爲資本密集的重工業；另一策略是繼續發展勞力密集產業。[115] 學者康綠島提到：一般人認爲台灣在1950年代末期從進口替代轉爲出口擴張的工業化，主要有兩個原因，一是來自美國的壓力與利誘，一是台灣市場已達飽和。這兩個原因雖然都有些影響力，但並不能充分解釋台灣財經官員爲何採取擴張外銷工業的政策，例如美國並沒有特別建議外銷工業的自由化。國內市場飽和方面，像許多第三世界國家在推行進口替代政策一段時期之後，解決的辦法不是擴張出口，而是進一步深化進口替代，爲什麼台灣卻單獨走上外銷？最主要的原因，就是尹仲容在1954年發表的〈台灣經濟的困難與出路〉與1955年〈台灣經濟建設問題〉，以外銷工業來增加就業機會。[116] 李國鼎也很早就注意到外銷的問題，他在1956年秋天發表的〈對工業產品外銷有問題之管見〉一文中，提出「將來工業的發展，無疑的未來期望一定寄在外銷」，並提出「出口第一」的口號。[117] 顯見康綠島支持台灣官員影響的立論。

事實上，這樣的轉折在學界有許多解釋，包含外力影響、整體情勢與官員的認知等等。但是中央研究院費景漢院士的觀察，卻提供一個極佳解釋，他提到：台灣在1958到1963年間修正經濟政策時，並未具有先見之明，預知經濟可以邁向全新的外部導向的成長階段。依據當時的政策轉變意識型態的形成紀錄，證實此等改革僅係基於解決失業、外匯短缺等眼前問題有限的考慮。一直到外部導向階段進行相當時間之後，大家才認識清楚以勞力密集製造品出口爲基礎的新階段業已開始。[118]

Authorship

114. 康綠島，《李國鼎口述歷史》，頁127－128。
115. 葉淑貞、劉素芬，〈工業的發展〉，《台灣近代史－經濟篇》，頁232。
116. 康綠島，《李國鼎口述歷史》，頁119－121。
117. 康綠島，《李國鼎口述歷史》，頁90－99。
118. 費景漢，〈台灣經濟發展政策的演變過程〉，《台灣工業發展論文集》，頁121。

因此在進口替代階段，政府雖已注意到出口的發展前景，但當時仍受限於整個經濟結構的關係，實施管制措施。其後因為越管制問題越多，因此有1958年的外匯改革走向匯率單一化，也為開拓外銷打開一條捷徑。但當時台灣要走向現代化還有許多困難，例如人口成長率太高、國內儲蓄太低、工業土地取得不易、申請投資手續太繁瑣、外資出入境不易等。因此綜觀這一轉折的發展，可以歸納出幾個因素，同時彼此之間再產生關聯互動，終而使台灣走向出口擴張的階段。這一過程，首先還是來自美國方面的重大影響，特別是美援可能停止的訊息，使政府必須嚴肅面對此一變局。緊接著政府提出「十九點財經改革措施」及「獎勵投資條例」，一面應付變局，一面鼓勵與吸引外資、僑資及台灣民間業者的發展與投資意向。顯見過往台灣相關研究偏重於將功勞歸給政府的單一解釋，實際上有修正的必要，以下分述之。

二、美方的建議與台灣政府對政策的因應調整

首先就是美國方面的壓力與影響。1958年隨著「發展貸款基金會」成立，美國國會正式以刺激經濟發展的眼光看待美國對台援助，同年國際開發總署也設立民間企業發展辦公室，連帶對台灣經濟決策產生很大的影響。[119] 李國鼎提到：1959年發生八七水災，美國政府提供很多穀物援助；年底的時候，先後有副國務卿狄倫來台訪問，然後是美援總署副署長薩啓奧和主管東亞地區的助理署長格蘭特一起訪台。他們希望我們經濟發展好轉之後，尋求經濟上的自給自足，可以不依賴美援，所以才產生「十九點財經改革措施方案」，並進而成為財經政策的指導原則，包括財政、經濟、公營事業等相關事情，都在它的規範之下。[120]

在此之前，美國駐華安全分署署長郝樂遜，對台灣當時的經濟已提出呼籲，深刻影響日後政府的決策。他在1959年6月應建設雜誌社之邀以〈台灣之經濟發展〉為題發表演講。[121] 當時這場演講之後，各界的反應情形非常踴躍，顯見引起很大的衝擊。[122] 該年12月，他向政府提出八點財經改革建議，李國鼎提到：草擬十九點財經改革措施的動機和美國安全分署署長郝樂遜提出八點建議有關，是他與美國駐華大使館經濟參事葉格爾（Joseph A.Yager）一同到陳誠

Authorship

119. 高棣民著、胡煜嘉譯，《台灣奇蹟》（台北：洞察出版社，1988），頁143。
120. 李國鼎，《李國鼎：我的台灣經驗－李國鼎談台灣財經決策的制定與思考》，頁268。
121. 林笑峰，《台灣經濟發展不是奇蹟》，頁25。
122. 林笑峰，《台灣經濟發展不是奇蹟》，頁25－26

副總統的官邸提出來的。[123] 1959年12月「十九點財經改革措施」，王作榮正是原案起草人，他提到：自1961至1964年，應爲第三期四年計劃期間。由於美援將要停止趨勢十分明顯，美方一再催促我方迅速採取經濟改革措施，作爲早日結束美援之準備。我遂奉命於1959年草擬「加速經濟發展大綱」，即成爲以後的第三期四年計劃之藍本。此一大綱就當時整個經濟情勢加以評估後，分別擬定國民生產毛額、個人所得、就業人口、國際收支目標，及計算所需投資數額與美援需要，希望在此一計劃執行完成後，台灣經濟能夠自立，不再依賴美援。投資小組於1960年草擬並頒行「獎勵投資條例」，實際上即是此一改革措施有關各點之條文化。[124]

李國鼎提到：十九點財經改革措施是政策性宣布，多數項目還需要有法律依據，才能付諸實行，因此後來有獎勵投資條例的制定，這就與美方沒什麼關係，而是我們看到有此需要，然後執行。[125] 同時，台灣民間企業家及僑胞對此條例的誕生也發揮深刻的影響。李國鼎提到：八七水災（1959年）重建之後，雙十節很多僑胞回來參加，他們和陳誠先生談起，如果台灣的投資環境在稅制上有所改正的話，很多香港僑胞願意到台灣來投資。陳誠先生了解這個情形之後，就決定簡化手續。此外，工業發展投資研究小組隨時找工商界的人士來座談，尤其新工廠的投資人如果有問題，就會找投資研究小組設法幫他解決，同時也藉這個機會發現不合理的法律，以供進一步修改，法律的研擬和修改就是獎勵投資條例的開始，也是獎勵投資條例產生的依據。[126]

李國鼎又提到：一個國家在開始工業化時，所有規定都很繁瑣，因此投資小組在那時候就發揮很大的作用：第一，從大陸帶來的法令在台灣不大適用；第二，必須考慮到台灣的國內市場很小，必須向外發展。當初有（「改善投資環境條例」——嚴家淦改成「獎勵投資條例」）這樣的構想，是參考波多黎各的情形。負責推動波多黎各經濟發展方案的人是莫斯科所（Teodoro Moscoso），他也是利用通過法律的方式，鼓勵國外的人到波多黎各投資，效果很好，足供我們參考。獎勵投資條例牽涉到影響投資環境的財政部門，其中牽涉租稅的法律

Authorship

123. 李國鼎，《李國鼎：我的台灣經驗－李國鼎談台灣財經決策的制定與思考》，頁269。關於十九點財經改革措施與郝樂遜署長意見，見前引書表13-4，頁561－568。
124. 王作榮，《壯志未酬》，頁194－195、208。
125. 李國鼎，《李國鼎：我的台灣經驗－李國鼎談台灣財經決策的制定與思考》，頁271。
126. 李國鼎，《李國鼎：我的台灣經驗－李國鼎談台灣財經決策的制定與思考》，頁105－106。

有八項，牽涉土地的法律有四項。[127] 獎勵投資條例一方面透過租稅減免來鼓勵儲蓄與投資，以塡補美援即將停止的缺口；一方面提供民間業者設廠所需的工業用地。其中在租稅方面，主要有對營利事業所得五年免稅，並且保證稅負不超過某一上限之納稅限額，以及對二年期儲蓄存款利息免稅來鼓勵投資與儲蓄；並且對外銷品免徵營業稅與印花稅。[128]

三、台灣紡織業的引領角色與影響

李國鼎提到：當時美援鼓勵紡織業發展，原是爲進口替代，但獎勵投資條例通過之後，紡織品就都可以出口了。等到（美援停止）我擔任經濟部部長的時候，無論建造工廠也好，擴充工廠也好，完全都是爲出口。[129] 其實早在政府倡導出口時，民間紡織業者已積極拓展本身產品的外銷，顯見民間業者的卓越見識與積極性；其次民間業者對政府政策的影響也極大，例如紡織業在1960年前後適逢世界性棉紡織業不景氣，台灣紡織業受挫，政府手足無措之餘如何能主導外銷？此時若非政府在1950年代中葉扶植的民間紡織業者提出建言，適時解決問題，後果不堪設想。以下試舉二例說明。

首先在台灣紡織品的外銷方面，徐有庠提到：台灣市場消費能力終究有限，如果不及早做外銷準備，等到供應過剩，便措手不及。因此1950年，我將兩百打棉毛衫外銷到加拿大，這是台灣成衣首次外銷的紀錄。1955年，我們又創下紗支外銷的紀錄，成功將一批「阿里山」牌三十二支紗外銷到香港，數量是三百件，這項突破，把台灣紡織工業帶向出口的道路，證明台灣紡織工業的外銷能力，也開了工業品外銷的先河，幾年以後外銷市場逐漸成爲工業品的天下。[130] 此外，新光集團創辦人吳火獅也提到紡織品外銷的情形，他說到：我認爲台灣的經濟除自給自足之外，必須打入外銷市場才能繼續生存。我的紡織事業打入外銷市場，首由「中和紗廠」開拓銷往美國的生意，後來紡織品有打入泰國，還有最先銷往韓國也是我們「新光」的紡織品。[131] 台南幫的吳尊賢提到：我們的坤慶紡織公司早先因麻紡極難經營而轉成爲台灣最早紡亞克力紗的公司，爲我國發展毛衣的外銷作了不少的貢獻。[132]

Authorship

127. 李國鼎，《李國鼎：我的台灣經驗－李國鼎談台灣財經決策的制定與思考》，頁272－274。
128. 孫克難，〈台灣賦稅制度與經濟發展〉，《經濟政策與經濟發展－台灣經濟發展之評價》，頁105。
129. 李國鼎，《李國鼎：我的台灣經驗－李國鼎談台灣財經決策的制定與思考》，318。
130. 徐有庠口述、王麗美執筆，《走過八十歲月：徐有庠回憶錄》，頁120－123。
131. 黃進興，《半世紀的奮鬥－吳火獅先生口述傳記》（台北：允晨文化，1992），頁254。
132. 吳尊賢，《吳尊賢回憶錄：一位慈善企業家的成功哲學》（台北：遠流出版社，1999），頁104－105。

其次，就是民間紡織業者解救台灣紡織業的實例，主角是台南幫的吳修齊。他在回憶錄提到：當時台灣紗錠約二十餘萬錠，在勉強自給自足下，棉紗非常暢銷，利潤優厚，紗廠都大賺其錢，因此遠景看好，同業紛紛向政府申請增設紗錠，但政府外匯缺少，加上種種顧慮，堅持不准增設。至1959年，屢經業者極力交涉，政府遂開放准許增設二十萬錠，台南紗廠獲准增設一萬四千錠。1960年各廠新增設的紗錠全部開工，適逢棉紡織業世界性不景氣，紡織業先進國家如日本、美國、英國都因滯銷，庫存堆積如山，叫苦連天，於是削價求售。本省紡織業，歷史淺、規模小、管理差、成本貴，尚無穩定的外銷市場，而內銷市場有限，無法容納倍增的產量，於是紛紛削價求售，惡性競爭越演越烈，結果雖已虧本亦無法售出，從1960年起，報紙每日都以大標題呼籲：「如何解救棉紡危機！」當時尹仲容為解救棉紡織業，認為生產過剩，削價競爭不是辦法，不如「封錠減產」以求度過難關。台南紡織公司所有錠數才二萬餘錠，只占全省總錠數的二十分之一強而已，影響力甚微，雖曾提出紓解方案，都未受重視。1961年某日，棉紡公會理事長李占春在台北召開會議，我提出「內銷補貼外銷」方案，就是不管什麼廠的產品，只要能外銷出去，都可免除內銷的削價惡性競爭，但此案除台元紗廠代表贊成外，其餘皆反對。當時美援會工業發展投資研究小組編印的台灣省各縣市《工業投資通訊》刊出建議案全文，標題是「借油起飛」，就是暫時先向國內的消費者借一點點「油」，以解燃眉之急，而將墜落深谷的棉紡織救起來。政府在1963年初完全採納，規定進口棉花在台銀結匯時應按結匯金額繳納合作基金20%作為外銷補助金。自採此案後，內銷順利開拓，之後開拓外銷供不應求，大家不再主張封錠減產，反而增設紗錠，使全省紗錠至1965年底遽增為八十餘萬錠，替政府增加外匯收入及稅收，解決失業問題。[133]

這種「內銷貼補外銷」的方式，後來在其他產業也用過，比如玻璃工業。李國鼎提到：新竹玻璃廠是當時唯一的玻璃廠，政府對它的輔導很多，新竹玻璃廠的建立主要靠中央信託局，如果能幫助它將品質高一點的產品外銷，這也是很好的事情。（以內銷貼補外銷）固然對國內消費者而言好像不公平，但這種情形是過渡階段，一定要通過這個考驗才能夠轉型。

Authorship

133. 吳修齊，《八十回憶之台灣實業鉅子－吳修齊（下）》，（台北：龍文出版，2001），頁243－253。

後來新竹玻璃廠再經過擴充，也有能力外銷，可見這個做法對新竹玻璃廠還是有利。[134] 紙業方面也有類似的情形，1960年時，國內紙廠增多，生產量過剩，內銷價格下跌，業者不得不輸出紙類；爲打開外銷市場，紙廠同業組織中國紙業貿易公司，並推行「內銷貼補外銷」的政策，起初效果不彰，到1963年後因世界經濟景氣邁入繁榮情況，外銷始見大增。[135]

也由於吳修齊的建言奏效，以後他屢對台灣經濟提出各項建議，深爲政府重視，其中較著名還是有關外銷的建議。[136] 王作榮提到政府與民間企業都扮演相當重要的角色。他指出：在1960年代，我們選擇最主要的出口工業是紡織業及其相關的產業，能帶動整個經濟發展的作用。這種選擇部份歸功於政府，部分歸功於民間企業。[137] 因此儘管政府提出許多優惠措施，但民間企業家的努力亦不容小覷。

四、外銷導向與出口擴張的發展及成就

蔣碩傑提到，台灣的總出口雖在貶值和貿易自由化施行後快速擴張，但其每項出口品卻往往由於威脅到外國相同或相類似產品的生產者，最後總是遭到設限的命運。也就是說，各種出口品的國外需要曲線，很快地會由接近水平的富於彈性曲線，成零彈性的垂直線。因此爲出口的持續成長，台灣只有不斷的設法開發新產品和找尋新出口市場，洋菇、蘆筍、鰻魚、洋蔥、食用蝸牛等農產品的依次開發，紡織品、鞋子、洋傘、黑白及彩色電視機、電動玩具、電子計算機等製造品的發展都是很好的例子。[138]

1960年代工業發展轉爲國外市場導向，在穩定國外需求及國際經濟情勢的刺激下，民間企業家抓住良機，紛紛投入工業的發展。[139] 受到政府鼓勵後，許多製造業者開始籌組貿易機

Authorship

134. 李國鼎，《李國鼎：我的台灣經驗－李國鼎談台灣財經決策的制定與思考》，頁322。
135. 周大中，〈台灣地區對外貿易產品結構之演變〉，《台灣銀行季刊－台灣對外貿易特輯》，27：4，頁91。
136. 吳修齊，《八十回憶之台灣實業鉅子－吳修齊（下）》，頁228－231。當時的建議案有幾點：一是倡導尊工重商風氣。二是注意投資人的利潤。三是解決購買工業用地困難。四是低利資金貸款。（第五點書中未列）六是增進勞資合作。七是加強策進會組織和聯繫。八是解決工業用地問題。其中低利資金貸款，吳先生認為政府發展工業雖然應該注意行政手續的簡化、稅負的減輕、課稅的公平合理、水電的充裕以及對交通運輸的便利，最重要就是應扶助現有工業使它們經營順利。吳修齊，《八十回憶之台灣實業鉅子－吳修齊（下）》，頁232－240、頁256－258。
137. 王作榮，《壯志未酬》，頁80。
138. 蔣碩傑，《台灣經濟發展的啓示》，頁158。
139. 葉淑貞、劉素芬，〈工業的發展〉，《台灣近代史－經濟篇》，頁215－216。

構，例如紡織業、罐頭洋菇業、罐頭蘆筍業、以及香茅油業等，並以設訂出口配額、統一出口報價來管制生產及外銷。一些產業公會更直接補助外銷，例如棉紡業、鋼鐵業、橡膠製品業、味精業、毛紡及毛織業、紙業及紙製品業等。這些出口補助計劃相當於對內銷產品及原料另行課徵民間稅。政府及半政府機構爲推展外銷，同時提供許多協助，包括：出口檢驗、管理、技術及貿易諮詢服務、市場研究，以及參加國際貿易展覽等。[140] 這些努力，使得1953到1961年的工業成長率爲12.28％，1961到1972年的工業成長率高達18.96％（1966到1972年的工業成長率超過22％），是台灣工業成長最快速的時候。[141] 自1962年以後，由於著重出口導向政策的結果使出口貿易大大擴展，貿易收支的逆差乃得以改善。[142] 1953－1964年出口貿易情形如表13-3：

貿易的地區與貿易量依照高低情形爲：從1953到1956年，依序爲日本48.3％、香港7.2％、美國4.9％、英國3.7％、韓國3.3％、泰國2.0％、西德1.4％；從1957到1960年，日本39.1％、香港9.6％、美國7.5％、韓國4.8％、泰國2.0％、西德2.0％、英國1.0％；從1961到1964年，日本28.9％、美國20.3％、香港10.6％、越南8.2％、泰國4.1％、西德3.9％、韓國2.9％、英國1.6％。可見日本一直都是台灣極爲重要的貿易區，其次爲香港，到1960年代後美國取代香港居第二，且貿易量驟增，顯見外銷導向已逐漸顯現成果。[143]

「對外導向」在台灣是一非常成功的策略，它帶來快速的經濟成長，同時藉有效就業及工資的快速提升，改善所得分配的情況。[144] 費景漢提到，就長期觀點而言，進口替代時期可視爲企業家與剩餘勞力累積工作經驗的養成時期。另外，從經濟面與社會面觀察，進口替代與外部導向階段有明顯的差別，在外部導向階段，國民生產毛額成長轉趨快速。進口替代時期外匯短缺的情形，在出口導向時期則因出口擴大，外匯收支轉呈盈餘而告消失，國外的援助也隨之終止或減少，但國外私人資本卻加

Authorship

140. 李登輝、梁國樹，〈台灣的發展策略〉，《台灣對外貿易發展論文集》，頁69－70。
141. 葉淑貞、劉素芬，〈工業的發展〉《台灣近代史－經濟篇》，頁216。
142. 陳正順，〈進口代替工業化：結論之探討台灣之實證研究〉，《台灣工業發展論文集》，頁90。
143. 陳永華，〈台灣地區對外貿易地域之分布〉，《台灣銀行季刊－台灣對外貿易特輯》，27：4，頁112。
144. 李登輝、梁國樹，〈台灣的發展策略〉，《台灣對外貿易發展論文集》，頁71。

表13-3 1953－1964出口貿易一覽表

單位：千美元

年別	出口					對進口之順（+）逆（－）差
	合計	政府外匯			其他	
		小計	自由帳戶	易貨帳戶		
1953	129,793	129,793	69,262	60,531		－60,804
1954	97,756	97,756	45,802	51,954		－106,220
1955	133,441	133,441	51,934	81,507		－56,624
1956	130,060	130,060	83,327	46,733		－98,165
1957	168,506	168,506	103,064	65,442		－83,729
1958	165,487	164,433	92,552	71,881	1,054	－67,298
1959	163,708	160,540	92,087	68,453	3,168	－80,642
1960	174,195	169,866	106,441	63,425	4,329	－78,021
1961	218,324	214,041	159,537	54,504	4,283	－105,726
1962	244,379	238,609	238,235	374	5,770	－83,163
1963	363,467	357,542	357,524	——	5,943	26,680
1964	469,468	463,110	463,110	——	6,358	59,067

註：其他－主要是對外國的贈與漸多，亦為出口的一部份。
資料來源：《台灣金融年報》（台灣銀行經濟研究室編印），1947－1953；《台灣金融統計月報》（台灣銀行編印）第74期，1958年1月；《中華民國台灣金融統計月報》（中央銀行經濟研究處編印），1963年1月。轉引自袁穎生，《光復前後的台灣經濟》，頁206。

以取代。另一方面，出口擴張時期，失業不再是主要問題，而是技術勞工的短缺，勞力由農業移至工業的腳步也將加快。最後，出口導向政策對工業部門也帶來較高的品質與高效率的意識，因為國內生產者已不能只在受保護的國內市場上銷售，而必須憑藉其品質與價格的優勢，加入國際市場的競爭行列。[145] 從上述可清楚比較進口替代與出口擴張之間在發展歷程中的深刻意涵。

145. 費景漢，〈台灣經濟發展政策的演變過程〉，《台灣工業發展論文集》，頁115－116。

[Chapter 14]

▸▸獎勵投資與出口擴張（1960-1969）

進入1960年代，台灣實施獎勵投資條例、設立加工出口區、調整貿易管理機構並設置推廣機構等出口擴張措施，與此同時台灣在捲入當時的國際分工體系之下，民營企業占製造業產值之比重，1965年71%，1972年則高達83.5%，充分展現台灣民營企業已然抬頭的面向。

第一節 獎勵投資、金融改革及加強出口措施

一、獎勵投資條例之沿革

獎勵投資條例之實施，可遠溯至1954年。政府爲了吸引外人及華僑回國投資，1954年7月頒行「外國人投資條例」並於次年11月公布「華僑投資條例」。由於政府對投資所得的匯出、投資本金的收回，與投資對本地工業的影響等問題，所持態度頗爲保守，上述兩項條例的績效並不顯著。[1] 嗣後政府鑒於美援不久即將停止，急於尋求一個不依賴美援而能夠自力更生的經濟發展途徑，[2] 乃於1960年初制訂加速經濟發展計劃，內含「財經發展十九點改革措施」，並指定美援會投資小組負責投資環境的改善工作。在經過專家學者的充分討論後，該小組草擬了「改善投資環境條例草案」，而後提交美援會委員會議研議通過並改稱爲「獎勵投資條例草案」，最後於1960年9月10日經立法院通過公布實施。[3]

獎勵投資條例公布於1960年9月10日，於1991年1月30日廢止，歷經台灣經濟發展的不同階段。1960年爲第一次進口替代後期，該條例的重點在於提倡工業產品的自製率；1968年政府爲了配合出口擴張政策而修改條例，加速資本折舊和公司股票上市；1980年爲第二次進口替代時期，該條例以發展策略性工業爲中心再度修正。該條例之規定包括：獎勵投資外銷之稅捐抵免、獎勵研究發展之稅捐抵免、工業用地取得之稅捐抵免。同時，該條例亦規定：政府應先就公有土地編爲工業用地，而當公有土地不敷分配時，得將私有土地變更爲工業用地。[4]

[Authorship]

1. 刑慕寰，〈台灣工業發展與貿易政策之檢討〉，《經濟論文專著選刊之廿八》（中央研究院經濟研究所，1971年9月）。林景源，〈台灣之工業化：1964──1972〉，錄於于宗先、杜文田(編)，《台灣工業發展論文集》（聯經出版社，1975），頁137－211。
2. 李國鼎，〈我的求知過程和經驗〉，《大學之道》（中央大學，1984年6月）。
3. 財政部賦稅改革委員會編印，《獎勵投資條例賦稅減免措施之研究》，頁1。
4. 許雪姬，《台灣歷史辭典》，頁1223。

第14章

獎勵投資與出口擴張（1960-1969）

獎勵投資條例的各種措施對鼓勵企業投資，確實發揮不少激勵功效。惟由於產業與經濟發展有其階段性，獎勵投資條例較偏重於以產業設立與擴充爲目標的獎勵，例如新設工廠五年免營利事業所得稅，而享受之對象必須合乎政府所列之條件，因此政府選擇產業獎勵的方式，被視爲干預市場機能之行爲，而影響資源之有效利用。因此在第三階段期滿（1990年底）乃不再延長實施，而以功能性（研究發展、汙染防治、員工訓練、行銷）獎勵爲主的「促進產業升級條例」取而代之。

表14-1　財稅獎勵之沿革及重要租稅減免項目

條例	階段	目的	內容要點
獎勵投資條例	第一階段（1960年9月10日至1970年底）	．排除投資障礙 ．改善投資環境 ．促進國內儲蓄吸收國外資金，供經濟建設之用。	其內容包括稅捐減免，工業之取得及公營事業之配合發展等三項。 ．新投資創立及增資擴展之生產事業營利事業所得稅之減免。 ．營利事業所得額不得超過所得額百分之十八，股票發行溢價之免稅，定期儲蓄利息免稅及外銷收益扣除等獎勵。 ．為鼓勵貨品輸出，對出口貨物除減免所得稅外，進口稅、營業稅、印花稅均予以減免。
	第二階段（1971年1月1日至1980年底）	．獎勵資本市場發展。 ．鼓勵資本密集工業發展，推動第二次進口替代，促進經濟之快速成長。	．增加「加速折舊」之選。 ．納稅限額之修正。 ．上市公司稅捐之減免，股利定額免稅，證券交易所得稅之暫行停徵，未分配盈餘轉增資之股利緩課所得稅。 ．二年期以上儲蓄存款利息免稅。 ．進口機設備進口稅捐減免，印花稅減免等。 ．設置行政院開發基金。
	第三階段（1981年1月1日至1990年底）	．鼓勵發展策略性工業，加速調整產業結構。	．增列對策略性工業未分配盈餘保留額度，並給予延遲免稅之選擇。 ．鼓勵大貿易商之設立，及興建國際貿易大樓。 ．獎勵營利事業開發國外之天然資源，訂定投資抵減辦法。 ．對投資高科技產業及創業投資公司，及研究發展、節約能源、防治污染之投資給予抵減所得稅獎勵等。
促進產業升級條例	1991年1月1日至1998年6月底	．加強對研究發展、員工培訓等功能性獎勵，加速新興產業之發展，以促進產業升級。	．購置自動化設備、研究發展投資抵減。 ．股東投資重要科技事業可獲投資抵減，保留盈餘。 ．研究實驗用設備折舊年限二年，需調整產業結構產業設備折舊年限縮短為二分之一。

資料來源：1、中華經濟研究院(1987年)，〈我國進口自由化的原則及其對國內各產業之影響與產業之因應對策〉（行政院經濟建設委員會委託研究）。2、〈行政院通過促進產業升級條例〉。轉引自蕭峰雄，《我國產業政策與產業發展》，頁150。

獎勵投資條例，各階段之獎勵重點雖略有不同，惟獎勵工具大致類似，其中較重要者包括：減免營利事業的所得稅、投資抵減、提高保留盈餘額度；成立行政院開發基金，政策性投資於政府所鼓勵的產業，及指撥資金與開發銀行搭配，提供低利貸款；開發工業區以協助工業興辦人取得土地等。如表14-1所示。

二、獎勵投資之稅捐減免金額

1960年政府公布獎勵投資條例，減免稅捐範圍包括營利事業所得稅、綜合所得稅、營業稅、印花稅等。其中將生產事業的營利事業所得稅最高限額自原來的32.5%降低為18%，其優惠程度超過早期舊有法甚多。1961年2月10日公布減免營利事業所得稅獎勵標準，依所得稅法第39條規定之公用工礦及重要運輸事業及獎勵投資第3條規定之生產事業，合於本獎勵標準者得依各該法律減免營利事業所得稅。此一措施對1960年代民營企業的快速發展產生極大激勵作用。[5]

根據財政部統計，獎勵投資實施30年而減免的稅捐共計新台幣4,146億元，為實徵稅收的10.7%，如表14-2所示。亦即，企業界平均每年減少134億元之租稅負擔。各種稅捐減免中，以所得稅為最大宗，達2,669億元，營業稅829億元，印花稅424億元，以上三項約占94.6%。尤其是1980年代由於經濟發展，工業繁榮稅基擴大，因實施獎勵投資條例，民間減免稅捐金額達新台幣3,322億元，平均每年減少302億元之稅收，約占同期間固定資本形成15,503億元的21.4%，對民間資本形成貢獻頗大。[6]

三、租稅獎勵與產業結構

獎勵投資條例中，有關免稅規定之條次計有，第六條，合於第三條獎勵類目及標準之新投資創立或增資擴展設備之生產事業，得就加速折舊與五(四)年免稅擇一適用。第七條，資本密集或技術密集之生產事業，擇用免稅獎勵者。得延遲開始免稅期間。第八條，創業投資事業或股份有限公司組織之營利事業，投資國外並符合規定情形者，準用免稅獎勵及延遲開始免稅期間之規定。第八條之一，股份有限公司組織之營利事業，依照政府興建世界貿易中心計劃，投資興建國際貿易大樓出租者，準用第六條有關獎勵及第七條有關延遲開始免稅期間之規定。此等獎勵措施幾乎都針對特定產業（產品）給予獎勵，可窺知過去對產業發展的

Authorship

5. 黃玉霜撰，參見劉邦琨，《獎勵投資法令彙編》，1975。轉引自許雪姬，《台灣歷史辭典》，頁890。
6. 蕭峰雄，《我國產業政策與產業發展》，頁170。

方向與重點。[7]由於篇幅有限，無法逐一說明，因此本文僅選擇其中較爲重要的項目—五年免稅進行說明。

Authorship

7. 有關獎勵項目的演變可參考孫克難，〈台灣地區獎勵投資條例及其經濟效益評估〉，《經濟專論（71）》（台北：中華經濟研究院，1985）。

表14-2 獎勵投資之各類稅額減免額（1961-1987）

單位：新台幣百萬元

會計年度	所得稅金額	營業稅金額	印花稅金額	其他	合計金額
1961	23,848 (15.85)	33,491 (22.26)	92,993 (61.80)	136 (0.09)	150,468 (100.00)
1962	174,978 (43.71)	52,66(13.15)	128,971 (32.21)	43,739 (10.93)	400,351 (100.00)
1963	193,362 (61.53)	58,562 (18.63)	16,507 (5.25)	45,829 (14.58)	314,260 (100.00)
1964	195,518 (56.14)	62,740 (18.02)	88,550 (25.43)	1,430 (0.41)	348,238 (100.00)
1965	234,622 (47.88)	134,058 (27.36)	103,780 (21.18)	17,581 (3.59)	490,041 (100.00)
1966	274,244 (42.74)	74,303 (11.58)	274,200 (42.74)	18,878 (2.94)	641,625 (100.00)
1967	321,540 (43.04)	89,278 (11.95)	316,392 (42.35)	19,831 (2.65)	747,041 (100.00)
1968	345,969 (36.50)	211,814 (22.35)	371,300 (39.17)	18,832 (1.99)	947,915 (100.00)
1969	371,552 (33.17)	301,921 (26.96)	437,592 (39.07)	9,016 (0.80)	1,120,081 (100.00)
1970	518,396 (34.36)	387,549 (25.69)	587,218 (38.92)	15,434 (1.02)	1,508,597 (100.00)
1971	609,900 (23.68)	974,702 (37.84)	976,609 (37.92)	14,381 (0.56)	2,575,592 (100.00)
1972	926,169 (34.77)	770,770 (28.94)	944,619 (35.46)	22,089 (0.83)	2,663,647 (100.00)
1973	1,231,835 (26.01)	2,286,759 (48.28)	1,181,975 (24.96)	35,551 (0.75)	4,736,120 (100.00)
1974	3,026,800 (47.40)	1,679,146 (26.29)	1,628,265 (25.50)	51,904 (0.81)	6,386,115 (100.00)
1975	2,002,662 (27.68)	3,326,579 (45.98)	1,842,284 (25.47)	63,032 (0.87)	7,234,557 (100.00)
1976	2,804,976(33.95)	3,181,821 (38.51)	2,159,554 (26.14)	115,921 (1.40)	8,262,272 (100.00)
1977	2,861,767 (32.77)	3,080,738 (35.28)	2,660,358 (30.47)	129,077 (1.48)	8,731,940 (100.00)
1978	4,066,700 (40.91)	3,680,974 (37.03)	2,145,339 (21.58)	48,482 (0.49)	9,941,495 (100.00)
1979	4,702,943 (44.38)	3,775,870 (35.63)	1,900,762 (17.94)	218,165 (2.06)	10,597,740 (100.00)
1980	5,279,786 (36.14)	6,871,807 (47.03)	2,375,483 (16.26)	83,787 (0.57)	14,610,863 (100.00)
1981	5,615,861 (39.17)	6,160,831 (42.97)	2,239,138 (15.62)	322,347 (2.25)	14,338,177 (100.00)
1982	14,963,266 (56.19)	7,805,223 (29.31)	3,547,170 (13.32)	315,708 (1.19)	26,631,367 (100.00)
1983	10,827,076 (50.52)	6,993,365 (32.63)	3,027,631 (14.13)	583,292 (2.72)	21,431,364 (100.00)
1984	18,118,255 (54.34)	10,400,480 (31.19)	3,948,141 (11.84)	873,621 (2.62)	33,340,497 (100.00)
1985	12,626,399 (43.78)	10,440,879 (36.20)	5,065,997 (17.56)	710,207 (2.46)	28,843,482 (100.00)
1986	18,971,730 (54.84)	9,436,857 (27.28)	4,271,313 (12.35)	1,913,251 (5.53)	34,593,151 (100.00)
1987	19,132,771 (95.79)	591,770 (2.96)	30,059 (0.15)	218,621 (1.09)	19,973,221 (100.00)
合計	130,422,925 (49.86)	82,864,950 (31.68)	42,362,200 (16.20)	5,910,142 (2.26)	261,560,217 (100.00)

資料來源：本文整理統計自《財政部賦稅統計年報》，轉引自《獎勵投資條例賦稅減免措施之研究》（中華民國78年六月財政部賦稅改革委員會），頁55。（）表示所占%。

五(四)年免稅之規定，一直爲獎勵投資條例重要的獎勵項目。惟要享受免稅（創設五年免稅，擴充四年免稅），必須符合政府所頒布之「生產事業獎勵類目與標準」中之項目。故列在類目的項目，表示是政府所鼓勵生產的產業（產品），因此該類目的變化可視爲政府對產業重視的指標。惟獎勵投資條例的實施歷經30年，獎勵類目與標準經多次修正，此處僅選擇1961、1969、1973、1979、1985及1990年等年份之生產事業獎勵類目與標準（適用五年免稅）中所列重要產品更迭情形進行比較，以概略瞭解各年中獎勵的重點。

1961年獎勵類目共計150項，至1969年增加爲176項，1979年已增爲259項，1986年更增爲418項，可知受獎勵的項目呈逐年增加的趨勢（部分是由於分類較細）。就獎勵的業別來看，1961年受獎勵項目最多爲化學工業；1979年仍以化學工業爲主，其次爲電子工業；1986年以後則以電子工業爲主，其次爲化學工業。木材工業到1970年代末期即取消，橡膠工業到1980年代末期亦取消。在1980年代受獎勵項目大幅增加的業別則有：機器製造工業、電工器材製造工業、電子工業及運輸工具製造業等，皆爲1980年代政府大力推動發展的工業。

有關各工業獎勵類目與標準中重要產品更迭情形，以電子工業爲例，在1960年代享有獎勵的乾電池、電晶體，到1970年代即取消。1970年代增加電子交換機、影像管、彩色電視機。至1980年代則增列雷射、機器人、矽晶片等屬於高科技產品。[8]

由以上從產業別或產品別獎勵項目的演變可以瞭解，在早期獎勵項目比較偏向勞力密集的產品，到1980年代以後，配合推動策略性工業，機械、電子業之項目有大幅的增加，可知獎勵對象曾爲配合產業的發展而進行修正，亦有助於產業結構的改善。

四、獎勵投資條例的檢討

採用獎勵投資條例營業稅與印花稅等有關條文減免的稅捐，絕大多數是因外銷業務所造成。營業稅的減免主要是採用獎勵投資條例第29條，而印花稅是採用第33條。換言之，評估獎勵投資條例營業稅與印花稅等稅捐減免之經濟效益必須考慮這些稅收減免是否的確有促進外銷的效果。1989年財政部賦稅改革委員會建議爲鼓勵外銷之允許提列外銷損失準備（第31條），該條文於1977年增訂，由於在所得稅法中已允許當

Authorship

8. 行政院公布之生產事業獎勵項目與標準。轉引自蕭峯雄，《我國產業政策與產業發展》，頁176-179。

期損失列帳，給予提列損失準備，對廠商僅是租稅延遲效果而已，但對總體經濟而言，則可能為貿易對手國視為補貼外銷藉口，而採報復手段，反有不利影響，故建議該條文取消。[9]

五、金融優惠

為促進外銷，雖自1955年開始實施「外銷品退還稅捐辦法」，退稅範圍包括關稅、貨物稅和防衛捐，但由於外銷產品不多，退稅金額有限，1958年增列退還港工捐，1960年增列鹽稅，1964年再增列屠宰稅，隨著退稅產品不斷多元化，退稅金額不斷增加，退稅金額約占出口成本的1/10，除出口退稅外，又實施出口加工廠商貸借原料外匯辦法、外銷低利貸款辦法、出口獎勵金辦法、進口原料限用出口登記外匯辦法、鼓勵成立外銷聯營機構、設立保稅倉庫及設立加工出口區，對拓展出口有很大的貢獻。[10]

（一）1957年7月起，由台灣銀行根據「外銷低利貸款辦法」，開始辦理出口放款，並給予優惠利率。外匯低利貸款辦法中規定，短期外幣貸款年息6%，短期台幣貸款年息11.88%。而當時一般銀行對民營企業之質押貸款年息為19.8%，信用貸款年息為22.32%，故外銷貸款利率較銀行一般貸款優渥。[11]

政府自1957年7月起，委託台灣銀行辦理外銷低利貸款，藉以壓低出口產業的利息負擔，而外銷低利貸款對出口的影響，除了其與一般貸款利率間的差距大小外，由外銷貸款餘額的多寡，亦可顯示外銷貸款對經營出口的業者而言，在短期資金週轉上之助益，這種週轉性資金的提供，已由早期的低利、信用額度功能，轉為短期週轉功能，特別是在中小企業向銀行融資相當困難的情況下，外銷貸款提供了一個很重要的融資管道。[12]

（二）1958年頒布「加工廠商貸借原料外匯辦法」，1962年3月行政院外匯貿易審議委員會訂定「外銷貸款通則」，規定凡經營外銷業務的工廠及商業機構，就其外銷產品在產銷過程中所需的原料及週轉資金得向銀行申請貸款，數額不限，可以外匯償還，利率為年息6.75%，而當時擔保放款年息為16%，外銷放款型態分為二種，一為計劃性週轉貸款，可在一定額度（前一年外銷實績及本年外銷計劃)內循環使用，期限最長不得超過一年，一為臨時性週轉

Authorship

9. 財政部賦稅改革委員會編印，〈獎勵投資條例賦稅減免措施之研究〉，頁207。
10. 施敏雄，李庸三，<台灣工業發展方向與結構轉變>，收入馬凱主編，《台灣工業發展論文集》（台北：聯經出版社，1994），頁25。原載於《自由中國之工業》，46卷2期，頁2~20，1976。
11. 蕭峯雄，《我國產業政策與產業發展》，頁206。
12. 周添城，《區域主義下的台灣經濟》，（台北：正中書局，1995），頁44、46。

貸款（一般性外銷貸款），以出口廠商憑接獲之L/C、國外訂單申貸。[13]

（三）1970年8月中央銀行並公布「外銷貸款貼現辦法」，將上述計劃性週轉貸款改為「計劃性外銷貸款」，由中央銀行提供必要的資金援助，並增加廠商申請融通項目，利率亦降為年息6.5%。1974年2月將「計劃型外銷貸款」取消，僅餘信用狀外銷貸款，以避免重複融資，並大幅提高其利率，由8.75%提高到12%。嗣後，由於外銷不振，中央銀行除降低其利率（1977年4月已降至6.5%），並再提供資金辦理外銷週轉金貸款。

迄1978年下半年中央銀行為避免貨幣供給擴張過速，又嚴格限制外銷貸款週轉融通金額，要求銀行儘量以自有資金貸放，並提高外銷貸款利率，1981年6月已調升為12.25%，與一般放款利率的差距已大幅縮小。

（四）1979年設立中國輸出入銀行，中國輸出入銀行則提供各種中長期輸出融資，協助廠商拓展整廠、整套機器設備、資本財、技術勞務輸出，並對出口商為產製外銷產品所需進口之原料、物料、機器零組件；或為提升技術水準需要進口精密機器設備、引進技術等亦提供中長期資金予以支援。[14]

（五）1984年起，政府開始推動經濟自由化後，為平衡對外貿易，改採進出口並重發展策略，此後外銷貸款的優惠利率與短期放款（一年及一年以下）最低利率間的差距逐漸拉平。輸入融資亦逐漸與輸出融資受到同等的重視。惟就外銷貸款占出口值比重來看如表14-3所示，由1981年的18.9%下降為1991年的6.2%，顯示外銷貸款對鼓勵出口的重要性有逐漸降低的趨勢。[15]

第二節 加工出口區與經貿發展

一、設立沿革

加工出口區（Export Processing Zone）是我國首創的制度。1963年5月，財經部門全面修訂「獎勵投資條例」時，即增列了設立加工出口區於該條例修正草案中，之後幾經相關機關加以研議，迄1965年1月30日立法院通過「加工出口區設置管理條例」後並經明令公布實施，經濟部便選定高雄港中島地區設置台灣第一個加工出口區—高雄加工出口區，同時亦成為全世界目前一百多個加工出口區的首創者。

Authorship

13. 蕭峯雄，《我國產業政策與產業發展》，頁218。
14. 蕭峯雄，《我國產業政策與產業發展》(台北：植根雜誌社，2001)，頁221。
15. 蕭峯雄，頁202-209。

表14-3 1971-1993年外銷貸款

單位：新台幣百萬元；%

年	外銷貸款金額 (1)	當年出口值 (2)	% (1)/(2)
1971	11,870	82,416	14.4
1972	25,315	119,525	21.2
1973	33,216	170,723	19.5
1974	32,379	213,718	15.2
1975	27,046	201,468	13.4
1976	35,739	309,913	11.5
1977	39,696	355,239	11.2
1978	65,626	468,509	14.0
1979	97,365	579,299	16.8
1980	112,184	712,195	15.8
1981	156,839	829,756	18.9
1982	145,482	864,248	16.8
1983	136,667	1,005,422	13.6
1984	108,858	1,204,697	9.0
1985	98,951	1,222,904	8.1
1986	115,845	1,504,349	7.7
1987	126,377	1,707,608	7.4
1988	149,331	1,731,804	8.6
1989	152,047	1,747,800	8.7
1990	122,305	1,802,783	6.8
1991	126,968	2,040,785	6.2
1992	142,511	2,047,963	7.0
1993	119,511	2,234,841	5.3

資料來源:中央銀行經濟研究處編印，《金融統計月報》（各期）。轉引自蕭峰雄，頁205。1.由於無法取得期限別的外銷貸款餘額資料，本表即以當年各月底外銷貸款餘額之加總除以3（假定廠商外銷貸款的平均期限為3個月），作為該年外銷貸款金額之估計值。2.1971年6月開始才有本國一般銀行外銷貸款餘額的資料，1978年起尚包括外國銀行在台分行所承作的外銷貸款。

台灣加工出口區位置圖

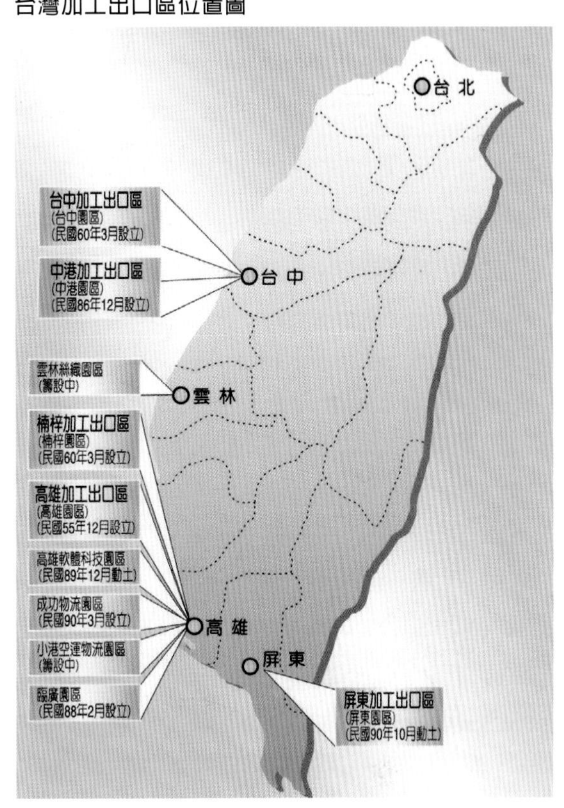

台灣加工出口區位置圖

出處：《加工出口區35週年區慶特刊》（高雄：經濟部加工出口區管理處，2001），頁114。

高雄加工出口區，面積約68.36公頃，1966年下半年各項建設工程逐漸完工，至12月3日建成。高雄加工出口區建成以後，由於投資環境改善，設廠便利，發展迅速，4年後設廠已漸達飽和，而投資者仍絡繹相繼，政府爰於1969年1月增設「楠梓加工出口區」，同年8月復增設台中加工出口區，楠梓加工出口區位於高雄市楠梓區後勁地區，面積較高雄加工區爲大，約90公頃，若包括周圍的社區，面積共約115公頃。台中加工出口區位於台中縣潭子鄉，面積約23公頃，各項公共工程，亦於1971年4月完成。[16]

隨著1965年加工出口區設置管理條例公布實施之後，先後完成高雄、楠梓、台中3個加工出口區，合計開發加工出口區用地，共183公頃。此外，自1961年起陸續開發六堵、龜山、幼獅、頂崁、內壢、平鎮、仁武、大社、樹林、高雄、臨海、安平、大武崙、頭橋、豐田、土城、鳳山、中壢、竹山、元長等工業區，有利企業家取得工業用地，並使區內工廠可獲得較大的外部經濟。[17]

二、加工出口區的貢獻（1966-1980年前後）

（一）吸引外資

高雄加工出口區原計劃目標，係吸引投資1,800萬美元。自開始接受投資申請後，未及3年即超過預定目標，至1976年底，全區投資總金額達8,522萬美元，已呈飽和狀態。楠梓與台中兩加工出口區於1971年4月成立時，前者的計劃吸引投資目標爲3,000萬美元，後者則爲750萬美元。台中區因計劃目標金額較少，早於1972年即已超過目標；楠梓區亦於1973年超過目標。截至1976年底止，楠梓區吸引的投資總額爲7,837萬美元，台中區則爲4,528萬美元。至1976年爲止，3區合計所吸引投資總額已逾2億美元。[18]

就投資的外銷事業家數而言，自1966年的52家，增加至1980年代的300家左右。所投資的金額亦由1966年的1千萬美元，增加至1980年代的3.8億美元。就資金來源分析而言，按所占比重依序爲外人投資68.7%、國內投資18.0%、華僑投資13.3%，其中又以日本人投資的38.3%所占比重爲最高。[19]

就所投資的21種產業類別而言，291家工廠中，按家數多寡前五大依序爲電子製品類88家（30.24%）、金屬製品類27家（9.28%）、針織及編織品類25家（8.59%）、工藝品類21家（7.22%）、成衣類20家（6.87%），其餘類別所占比重則均低於5%。若按投資金額來看，有高達45.15%亦是由電子製品類所投資，其次爲光學製品類14.75%，成衣類5.97%，金屬製品

Authorship

16. 吳梅邨，<台灣之加工出口區與僑外資>，《台灣銀行季刊》，第22卷第4期（台北：1971.12），頁210。
17. 施敏雄，李庸三，<台灣工業發展方向與結構轉變>，收入馬凱主編，《台灣工業發展論文集》（台北：聯經出版社，1994），頁26。原載於「自由中國之工業」46卷2期，1976年，頁2~20。
18. 李國鼎，陳木在，《我國經濟發展策略總論》（下冊），頁293。經濟部加工出口區管理處，《加工出口區簡訊》，19卷11期（1984年8月）。
19. 葛震歐，《加工出口區的創設》（台北：聯經，1983），頁52。

類5.63%，塑膠製品類5.50%，其他類別則低於4%。[20]

（二）拓展外銷

1. 外銷金額

加工出口區自1966年9月23日輸出第一批產品起，每年外銷金額均快速增加，僅1975年因受世界經濟不景氣影響，略有減少；但1976年又增達6億8,250萬美元。截至1976年底止，累計外銷簽證金額竟達26億6,800餘萬美元之鉅；減除同期累計進口簽證金額17億4,000餘萬美元後，外匯淨收仍達9億2,700餘萬美元。值得注意的是，即在1974、1975年間，世界經濟不景氣，我國對外貿易出現赤字，惟加工出口區在該期間，每年仍有2億美元左右的出超，裨益我國對外收支甚大。[21]

2. 外銷市場

加工出口區的產品外銷市場，在初期僅限於10餘國家或地區，嗣後逐步開拓，1980年代已擴展達121個國家及地區，其中以日本、美國、香港、加拿大、荷蘭、西德等較為重要。北美洲、亞洲、歐洲分別所占比重為55.6%、25.3%、15.9%。

3. 外銷產品

加工出口區外銷產品以電子製品為最多，

1968年4月高雄加工出口區內一電器工廠女工
出處：典藏於中央通訊社及行政院文化建設委員會國家文化資料庫。

就1976年言，輸出電子產品共達4億1,400餘萬美元，占全區總外銷額60%以上，並占全國電子產品輸出總額35%以上。除供應國內各地電子工廠所需的零件外，亦已成為世界最重要電子零件的主要供應來源。1976年區內電子工廠年外銷額超過1,000萬美元者，為數都在10家以上，外銷實力極為雄厚。其次為成衣類產品，1976年外銷金額亦達8,000萬美元。以下依次為塑膠、皮革、金屬、光學製品等。其中部分產品，如攝影機、打字機、耐酸鋼管、鏡頭、鏡片、眼鏡片，以及若干高級電子零件等，均為區外所不能產製。

Authorship

20. 葛震歐，《加工出口區的創設》頁51。
21. 李國鼎，陳木在，《我國經濟發展策略總論》（下冊），頁293。經濟部加工出口區管理處，《加工出口區簡訊》，19卷11期（1984年8月）。

（三）績效分析

加工出口區的建區成本計約新台幣6億1,600餘萬元，建區以後（1967-1976）的營運績效分析，平均新台幣1千元的建區成本，計吸引340美元投資，創造外銷金額1,110美元及0.12人的就業機會。如表14-4所示。

三、加工出口區的蛻變

加工出口區的發展歷程，大致可區分爲第一階段：1966-1976年—快速成長期；第二階段：1977-1986年—穩定發展期；第三階段：1987-1996年—產業結構調整期；第四階段：1997-2004年—轉型擴展期。

（一）加工出口區的產業結構與組織型態

配合政府出口擴張政策，加工出口區設立初期僅開放製造業入區投資，並限制產品全額外銷。由於當時國內正處於勞動力過剩且缺乏資金、技術階段，因此區內事業以高外資、高勞力密集產業爲主，產品則皆爲加工、代工品。1966-1987年以製造業爲主。1988年有鑒於服務業將成爲我國經濟發展要角，便開放設立

表14-4 加工出口區營運績效分析（1967-1976）

		平均每家廠商			平均每一員工		平均每千元新台幣建區成本		
		投資額（千美元）	就業員工（人）	輸出金額（千美元）	吸引投資額（千美元）	輸出金額（千美元）	吸引投資額（千美元）	輸出金額（千美元	創造就業（人）
原定目標		150	176	600	0.85	3.42	0.09	0.36	0.11
歷年營運績效	1967	143	52	73	2.73	1.40	0.03	0.01	0.01
	1968	202	133	206	1.52	1.55	0.04	0.04	0.03
	1969	226	179	386	1.27	2.16	0.06	0.10	0.05
	1970	313	223	598	1.40	2.68	0.09	0.18	0.07
	1971	330	254	851	1.30	3.36	0.10	0.27	0.08
	1972	345	271	1067	1.27	3.94	0.13	0.39	0.10
	1973	486	269	1395	1.80	5.19	0.23	0.66	0.13
	1974	539	226	1757	2.39	7.19	0.25	0.83	0.11
	1975	607	232	1577	2.62	6.80	0.29	0.75	0.12
	1976	718	263	2345	2.73	8.92	0.34	1.11	0.12

資料來源：本文統計整理自葛震歐，《加工出口區的創設》，頁62。1.加工出口區原定設立外銷事業370家；投資金額5,500萬美元；產品外銷2億2,200萬美元；雇用員工65,000人。2.加工出口區建區成本共新台幣6億1,643.7萬元。

貿易、諮詢等服務業，以期帶動國內服務業發展，因此1988年起即拓展至貿易業。1997年則爲因應倉儲轉運專區業務需要，以及加工出口區未來發展，增加准許倉儲轉運業、機器設備製造業與修配業、運輸工具修配服務業、電力及電子機械器材修配服務業，以及關聯性產業服務業等入區投資。[22]

1966-1988年11月加工出口區的組織型態，爲新設股份有限公司（總公司）。1987年爲配合修正獎勵投資條例第三條增列外商得以分公司組織來華投資規定，以及因應台幣大幅升值，美國保護主義盛行，課稅內銷及外匯管制大幅放寬等變革，1988年12月加工出口區准許業者以分公司名義入區投資，並准許區內事業對區外或國外轉投資。因此，1988年12月起組織型態則改變爲新設公司或分公司、區內公司可在區外設分公司、外國公司在台分工可入區設立分公司。

（二）加工出口區的保稅貨品管理

加工出口區設立之初，區內產品原規定必須全面外銷。1986年起，爲促進加工出口區與國內工業之連結發展，即讓國人能在國內直接購得加工出口區優質外銷產品，因此將內銷比例逐步放寬爲1986-1987年20%、1988-1996年50%。爲符合WTO自由貿易規範，更於1997年全面取消內外銷比例限制（即無內外銷比率）。

爲簡化通關手續，將貨品進出由原先行之30年的門崗式管理，2002年起全面實施帳冊式自主管理。此外，爲促進加工出口區與國內工業之連結發展，有關貨品委託加工的限制，由1966-1973年全面僅准區內加工，1974年放寬至委託區外加工不超過產品製程30%，1988年起則更是全面開放委託加工。[23]

（三）加工出口區的關務

有關加工出口區的通關方式、海關業務費、通關地點、內銷貨品關稅課徵基準之演變方式以下逐項說明。

1. 通關方式：爲簡化通關手續營造便捷通關環境，由須向駐區海關及進出口海關報關的兩段式通關，逐漸放寬至僅需向海關辦理一次通關的一段式通關。

Authorship

22. 楊錦萍總編輯，《繼往開來：加工出口區40週年特刊》（高雄市：經濟部加工出口區管理處，2006），頁19。
23. 楊錦萍總編輯，《繼往開來：加工出口區40週年特刊》，頁19。

2. 海關業務費：為減輕區內事業成本負擔刪除業務費用，海關業務費1968-1990年完稅價格的千分之1，1991與2002年則分別降低至萬分之6，萬分之3，2005年起則免繳。

3. 通關地點：自設區起，至2001年皆為向駐區海關辦理通關，2002年起為配合區內事業通關需求營造便捷通關環境，即增加可向進口地海關辦理通關，2005年起，則改為向駐區海關或出口地海關辦理通關。

4. 內銷貨品關稅課徵基準：自設區起，至1996年是依成品完稅價格100%課徵，1997年起則可依進出區貨品價差的70%課徵，如貨品加工費用超過進出區價差30%，廠商舉證核實課徵，以促進關稅合理化，降低區內事業營運成本。[24]

（四）加工出口區的貿易管理

有關加工出口區的進出口手續、出口產品附加價值、輸入未公告准許時間進口的大陸物品演變方式以下逐項說明。

1. 進出口手續：自1966年至1994年6月，須辦簽證；為簡化通關手續，營造便捷通關環境並落實貨品自由輸出入政策，1994年7月起則公告限制輸出入貨品表（負面列表約僅占1.5%）以外的貨品免辦簽證。

2. 出口產品附加價值：出口產品附加價值，於1966-1990年4月期間25%以上，為因應貿易自由化，1990年5月起則完全無限制。

3. 輸入未公告准許時間進口的大陸物品演變方式：自設區開始，至1992年為止，不准大陸物品進口。為配合區內事業營運需求，以降低營運成本，提升其競爭力，1993年逐步開放申請輸入供加工外銷的原物料及零件組；1997年起，則開放申請輸入大陸物品供重整後外銷；2004年起，取消輸入供重整物品應於進口放行日6個月起全數外銷。[25]

（五）加工出口區其他制度的變革情形

1. 廠房興建：1966-1996年區內事業購買標準廠房（公營事業興建）自建廠房自用，為減輕管理處財務負擔並配合政府鼓勵民間參與投資、興建區內廠房、建築物之政策，開放民營公司投資請准興建租售，1997年起放寬為區內事業可租購廠房或自建廠房自用。

Authorship

24. 楊錦萍總編輯，《繼往開來：加工出口區40週年特刊》，頁20。
25. 楊錦萍總編輯，《繼往開來：加工出口區40週年特刊》，頁20。

1966年遠眺高雄加工出口區
出處：典藏於行政院新聞局及行政院文化建設委員會國家資料庫。

2. 管理費：1966-1995年，不分行業別，皆採單一費率，費率即按營業額千分之2.5-3計收，且無最低收費限制，1996年起，爲協助區內事業降低營運成本、提升競爭力，因應全球化微利時代來臨，推動園區產業聚集，引進上中下游相關產業，逐步調降管理費率，調整內容爲依行業別，採累退費率，並以製造業爲例，按營業額千分之0.4-2.3（2002年7月-2005年10月）；2005年11月起，則分別按製造業、貿易業、倉儲業之營業額千分之0.2-2.2、千分之0.1-1.3、千分之2計收，且每月最低收費限額1,000元。

3. 作業單位經營服務：1966-2004年5月爲公營型態，爲配合行政院組織改造，將管理處所屬供應鏈及儲運中心開放民營化，以活化園區競爭力，2004年6月則進一步將供應所亦開放民營，2005年7月將儲運中心開放民營。

4. 環保許可審查：區內事業原需將「固定污染源設置/操作許可」資料或者廢棄物清理計劃送管理處各轄區所在地方環保主管機關審查。然而，爲提升行政效能，因應經發會共識，行政院環保署2002年公告委託管理處與各分處辦理事業廢棄物清理計劃書及固定污染源設置，操作許可審查。因此，2002年8月起，可逕向管理處及各分處申辦（事業廢棄物清理計劃）審核；2002年12月起，則可逕向管理處及各分處申辦（固定污染源設置／操作許可）。[26]

（六）加工出口區的投資情形

1. 核准家數：加工出口區的投資情形，1966-1976年核准投資的家數由51家增加至291家，成長5.7倍，1986年雖減至252家，1997年進入轉型期之後則繼續增加至300餘家。

2. 核准投資金額：由1966年新台幣6.4億元，逐年增加至1976年12.16億元，1986年21.66億元，1996年101.7億元，2005年357.38億元。

Authorship

26. 楊錦萍總編輯，《繼往開來：加工出口區40週年特刊》，頁21。

3. 資金來源：1966年高達76.6%是來自外資、國內投資與合資分別占20%與3.3%；1986年外資與國資所占比重分別降爲50.1%、10.1%，合資的部份則提高至39.8%；1996年合資的部份更高達51.2%，國資的部份亦提高至23.0%，外資亦持續下降至25.8%；2005年合資的部份達到55%、國資33.7%、外資僅11.3%。換言之，在1966-1976年加工出口區的快速成長期，主要的資金來源爲外資，之後，取而代之的是合資與國資。

（七）加工出口區的出口額與貿易順差

加工出口區的出口額占台灣製造業比重，1976年爲8.7%，之後1986年降爲5.5%，1996年6.3%，2005年5.2%。貿易順差占全國比重，1976年高達49.2%，1986年降爲7.5%，1996年與1997年分別提高至21.4%、36.9%，2005年又降爲18.2%。[27]

（八）加工出口區主要產業結構與產品變動情形

1966-1976年的快速成長期，是以包括消費性電子及其零組件成衣及服飾等的傳統製造業爲主。該期間所生產的產品有高達56.7%爲一般消費性電子及其零組件，成衣及服飾占16.4%，塑膠製品占5.9%、其他占21%。

1977-1986年的穩定發展期，產業雖仍以傳統製造業爲主而未有改變，但代工方式逐漸由低階提高至中階。所生產的產品包括：彩色電視、多功能收錄音機、汽車音響、電晶體積體電路、可變電阻器、電子記憶盤數字管、螢光顯示管等中高級消費性電子及其零組件，所占比重高達65.8%，成衣及服飾則降至11.4%。

1987-1996年產業結構調整期，以科技產業爲主（IC-LCD），貿易業爲輔，並開放產品可供內銷。該期間產品有高達76.4%是中階關鍵電子零組件；高級成衣及服飾更降爲6.2%。

1997-2004年轉型擴展期，是以科技產業爲主（IC-LCD光學爲主）、貿易業、倉儲業等關聯性產業爲輔，並開放產品可全面內銷；產品有高達80.4%是中高階關鍵電子零組件。

2005年起爲產業群聚發展期，是以IC-LCD光學、數位內容爲主的高附加價值產業。高階關鍵電子及零組件所占比重更高達83.1%，其主要產品內容爲高階IC封測、高階液晶顯示器（如第7

Authorship

27. 楊錦萍總編輯，《繼往開來：加工出口區40週年特刊》，頁27、34。

代TFT-LCD）、多層及高密度印刷電路板、LCD用驅動IC。[28]

第三節 貿易管理機構的調整與推廣機構的設置

台灣的貿易管理與推廣機構依其組織結構與所負責之業務可分爲官方貿易推廣機構、半官方貿易推廣機構。

官方貿易推廣機構可分爲兩時期，第一時期爲外匯管制及貿易管理（間接貿易推廣）二合一時期，期間以外匯管制爲手段，進行貿易進出口業務的調控，其中有管制進口，鼓勵出口的政策目標，可視爲隱性的間接貿易推廣時期；第二時期爲貿易管理與貿易推廣二合一時期（1969年設立經濟部國際貿易局），國貿局的設立將貿易管理與貿易推廣同時納入業務範圍，以貿易管理爲主，貿易推廣爲輔。

半官方貿易推廣機構的發展，亦可分爲兩時期，第一時期爲中國生產力及貿易中心時期（1959.8-1970.7），該中心設立貿易推廣部，爲最早設立的半官方貿易推廣機構；第二時期爲設立外貿協會時期（1970.7-迄今），該部分則在本文第十五章第二節進行說明。

一、官方貿易推廣機構的演變

（一）外匯管制及貿易管理（間接貿易推廣）二合一時期

1.過渡時期及台灣省政府管理時期（1946-1954）

（1）由輸出入管理委員會台灣區辦事處管理時期（1946-1948）：戰後初期台灣對外貿易多以中國大陸爲主要市場，乃屬國內貿易，所謂對外貿易在當時爲數並不多。在此期間對於輸出入結匯及簽證事宜，多未直接處理。至1947年7月台灣銀行接受中國銀行委託，代理經辦台灣外銷物資的結匯業務。1947年8月「中央輸出入管理委員會」在台設立台灣區辦事處，才有了對外貿易的主管機關。

（2）台灣省政府管理時期（1949-）：1949年6月15日，台幣改革，公布了「台灣省進出口貿易及匯兌金銀管理辦法」，其第一條指定

Authorship

28. 楊錦萍總編輯，《繼往開來：加工出口區40週年特刊》，頁23。

「台灣省進出口貨品，由台灣省政府照左列分類編列詳表公布之」，亦即貿易業務委由台灣省政府管理。

（3）台灣省生產事業管理委員會的成立（1949-）：1949年8月正式成立「台灣省生產事業管理委員會」，其主要目的為增加物資生產，充裕物資供應，調整物資價格，有計劃的管理幣值，及外匯的調度等。1950年1月在生管會之下設立「產業金融小組」，最初的目的係在審議公營事業機構所需外匯的核配，嗣後其任務逐漸擴大，演變為對外貿易的審議機構。

（4）台灣省外匯貿易審議小組的成立（1953）：其業務職掌包括外匯匯率之研擬、出口外匯之結售、鼓勵輸出事項、普通匯往國外匯款、一般進口外匯之核配、公營民營工業原料器材外匯之核配、自備外匯進口物資事項、其他有關外匯及貿易之管制。

2.行政院外匯貿易審議委員會管理時期（1955-1968）

1955年2月行政院公布「調整外匯貿易審議機構方案」及「行政院外匯貿易審議委員會組織規程」，將授權台灣省政府管理多年的外匯貿易管理業務，收回中央政府主管。

外貿會主要工作項目，如表14-5所示。

表14-5 外貿會主要工作項目

輸出方面	輸入方面	其他方面
1.輔導一般輸出業務	1.進口外匯的審核工作	1.貨品分類工作的執行
2.逐步放寬輸出管制	2.匯率的適時調整	2.外匯稽核工作推行
3.擴充貿易地區	3.廢止結匯證制度	3.貿易商的管理及鼓勵合併工作
4.創設輸出保險	4.開放託收進口	4.推廣外銷特種基金的運用
5.輔導香蕉的產銷	5.配合美援商業採購工作	5.參加國內外商展及陳列工作
6.輔導洋菇罐頭的產銷	6.黃豆、小麥、玉米的開放輸入	6.發行貿易有關刊物
7.輔導鳳梨罐頭的產銷	7.逐步放寬進口管制	
8.輔導蘆筍罐頭的產銷		
9.推廣對中南美地區的輸出		
10.推廣對東南亞地區的輸出		
11.輔導加工輸出		

1968年外貿會移交國際貿易局典禮
出處：中央社。

（二）貿易管理與貿易推廣二合一時期：

經濟部國際貿易局管理時期
—1969-1976年及以後—

國貿局是繼外匯貿易審議委員會撤銷後，於1969年成立負責掌理我國國際貿易政策之研擬及進出口管理事項之機構。隸屬經濟部，與檢驗局、工業局和標準局合稱經濟部4大局。[29]

1968年9月，行政院通過「調整外匯貿易業務及機構案」，將成立14年的「行政院外匯貿易審議委員會」撤銷。其業務分別劃歸經濟部、財政部及中央銀行掌理；計中央銀行恢復設置「外匯局」，辦理外匯業務。財政部則管理軍政機關進口及匯出款之審核。而將國際貿易的管理業務，劃歸經濟部主管，同時成立「國際貿易審議委員會」及「國際貿易局」，分別掌理促進國際貿易業務與有關機關之聯繫配合，以及辦理國際貿易行政業務。[30]

1970年代國際貿易局主要的工作項目：

1.輸出方面：（1）加強推廣工業產品的輸出；（2）繼續拓展農產品及農產加工品的輸出；（3）擴大辦理輸出保險；（4）紡織品配額制度的管理；（5）繼續放寬出口管制。

2.輸入方面：（1）放寬進口管制；（2）重要計劃物資的進口與專案特案融資。

3.綜合性方面：（1）增加及擴充駐海外經濟商務單位；（2）積極訓練國際貿易人才；（3）設立商務聯繫中心，加強國內外資料的蒐集與聯繫。

國際貿易局成立迄今（—2007），隨著國際經貿環境之轉變，其角色與定位亦不斷因應調整，目前重點工作包括：
1.貿易政策、法規之研擬與執行。
2.參與國際經貿組織活動;加強雙邊經貿關係。

Authorship

29. 陳明璋，《政府對中小企業外銷輔導措施之研究》（台北：國立政治大學公共行政研究所碩士論文，1971年6月），頁77。
30. 姚玉章，《台灣貿易史—台灣的對外貿易一》，1977，頁105

3.貿易談判、諮商與爭端之處理及協調。

4.推動洽簽自由貿易協定。

5.貨品輸出入及出進口廠商之管理及輔導。

6.推展對外貿易，拓銷海外市場。創造有利外貿發展的環境，包括南港展覽館之興建與貿易無紙化、便捷化的推動，台灣經貿總入口網站TAIWANTRADE之架設等。

7.駐外商務機構之聯繫與協調。

8.輸出入法人團體之聯繫督導。

二、半官方貿易推廣機構的設立

如前所述，半官方貿易推廣機構的發展，分為兩時期，第一時期為中國生產力及貿易中心時期（1959.8-1970.7）；第二時期為設立外貿協會時期（1970.7-迄今），該部分則在本文第十五章第二節進行說明。

中國生產力中心（簡稱生產力中心）1952年11月成立，1959年8月為配合政府推廣貿易政策，遂增貿易推廣部，為第二期經建計劃之措施之一。全名正式命為「中國生產力及貿易中心」，[31]和手工業推廣中心同為我國中小企業最早的外銷輔導機構。該貿易推廣機構設有貿易諮詢組、市場研究組、展覽組及貿易資料室等。惟由於該中心並未能有專業貿易推廣人才承辦貿易推廣之業務，另對於外銷廠商亦未能提供整體及有計劃性的專家協助。[32]同時工商界對貿易推廣服務的需要與日俱增，如經濟部、外交部、僑委會、新聞局等，以及工商團體紛紛開辦貿易推廣工作，以補中國生產力及貿易中心工作之不足。

因此，貿易推廣的似乎重任又須回歸至政府的角色，然而此與設立半官方貿易推廣機構之原本立意背道而馳，故由經濟部聯合工商團體出資捐助成立半官方貿易推廣機構——外貿協會，統籌辦理貿易推廣工作。[33]

1970年7月外貿協會成立後，其貿易推廣部便移到外貿協會，該中心便恢復舊名仍稱「財團法人中國生產力中心」，業務則亦回歸至提供企業界的經營管理顧問機構。

該中心最高決策機構為董事會，由董事21人組成，其下設總經理1人，負責政策執行和業務推動。下有管理顧問、工業技術及工業工程、

Authorship

31. 邱標焱，《台灣地區中心小企業業輔導措施之研究》，1969年12月。
32. 武冠雄，《台灣貿易發展經驗》（台北：智庫文化，1999年），頁221。
33. 楊青隆，〈外貿協會與台灣對外貿易的發展〉（香港：珠海大學中國歷史研究所博士論文，2006），頁128-129。

訓練服務、貸款服務、產品改善及資料出版等各組。[34]

生產力中心成立的主要目的是要對中小企業提供技術援助。幫助它們改善生活方法及工業管理技術，並和輔導處及工業局簽約，協助辦理中小企業有關經營管理問題之各種講習和訓練。它又是我國推行品質管制機構，其性質有如工業的診療所，工廠一有病症，可對之診斷並提供解決藥方。此外，它並出版許多經營管理、技術研究方面的刊物，提供中小企業參考。[35]

值得注意的是，依據中小企業輔導準則之規定，經合會中小企業輔導處是我國中小企業主要輔導機構，現改爲工業局。此外，尚包括經濟部聯合工業研究所、中央標準局、商品檢驗局、中國生產力及貿易中心（現貿易部門已移轉至「外貿協會」）、金屬工業發展中心、台灣手工業推廣中心，其他有關研究發展機構、各金融機構及各縣市工業發展投資策進會等中小企業協助輔導機構，[36]如表14-6所示。[37]

就上述外銷輔導機構，除了以負責程度分爲主要機構和協助輔導機構之外，尚可依幾種標準或和輔導成效有關的機構特性來加以分類。

首先，就其業務產生的輔導功能而言，輔導機構可分成財務融資、經營管理和諮詢、技術、市場推廣（行銷）及一般性機構。而一般性機構則指其輔導功能涉及各方面，不限於某一功能。這種機構在中小企業輔導小組成立之前，生產力中心和手工業推廣中心就是扮演這種角色，現在的工業局亦是。就經營管理而言，則除上述機構外，尚有各縣市工業發展投資策進會及中小企業協會。[38]就財務融資而言，則非各行局與其他金融機構莫屬。這些金融機構包括中央銀行、中央信託局、交通銀行、華南銀行及彰化銀行和中華開發信託股份有限公司等。就技術方面，則有商品檢驗局、中央標準局、聯合工業研究所及金屬工業發展中心。至於市場推廣（行銷）來說，有外貿協會、國際貿易局、中華民國國貨館及國貨推廣中心等。

其次，官方與非官方機構來區分，則國貿局、檢驗局、標準局、工業局、各行局、聯合工業研究所(現併入技術學院)及投資策進會等爲

Authorship

34. 皇甫河旺，《專業資料傳播的過程—新竹縣五鄉鎮採用新藥之研究》，1970年6月。
35. 陳定國，《台灣地區型企業經管理之比較研究》（金屬工業研究所，1972年1月）。
36. 張錦源，《信用狀之理論與實務》（中華企業管理中心叢書，1971年9月）。
37. 陳明璋，〈政府對中小企業外銷輔導措施之研究〉（台北：國立政治大學公共行政研究所研究生論文，1971年6月），頁81。
38. 陳明璋，〈政府對中小企業外銷輔導措施之研究〉，頁76。

財團法人台灣中小企業聯合輔導基金會
(中小企業聯合輔導中心)
Taiwan Small Business Integrated Assistance Center

表14-6　我國中小企業外銷之輔導負責機構

出處：財團法人台灣中小企業聯合輔導基金會。

說明 輔導機構	隸屬關係	設立時間	組織形式	資金來源	主要功能	分支機構	備註
國際貿易局	經濟部	1969.8	首長制	政府	貿易行政及管理負責機構		
商品檢驗局	經濟部	1946.1	首長制	政府	商品檢驗及推動品管	基隆、新竹、台中、台南、高雄、花蓮	
中央標準局	經濟部		首長制	政府	制定國家標準	台南	
工業局第六組	經濟部	1970.2.15	首長制	政府及中美基金	輔導專業機構		
聯合工業研究所	經濟部	1962	首長制	政府	研究發展及訓練技術人員		併入工業技術研究院
中小企業輔導處	經濟部	1966.2	首長制	中美基金	輔導專業機構		1969.8撤銷
工業發展投資策進會	各縣市政府		委員會	政府、工商界捐贈及中美基金	投資環境、工業區及經營管理訓練	各縣市	
各行局	財政部		委員會	政府	財務		
中國生產力中心	財團法人	1955.11.11	委員會	工商界捐贈、美援及中心服務收入	管理、訓練、診斷及技術	台南區服務處	
外貿協會	財團法人	1970.7.1	委員會	政府及工商界捐贈	市場推廣	有紐約等九個國外分支機構	
金屬工業發展中心	財團法人	1963.10	委員會	政府、聯合國及國際營工局	技術及管理人才之訓練	總部於高雄，分部於台北	併入工業技術研究院
中華民國國貨館	財團法人	1965.3.17	委員會	台灣水泥及工商界捐贈	市場推廣	設有北區、中區、南區之地區生產中心	
台灣手工業推廣中心	財團法人	1956.3.3	委員會	美國國際合作總署及工商界捐贈	財務、技術、管理及市場推廣		
中國國貨推廣中心	財團法人		委員會	自籌款	市場推廣		
中小企業協會	財團法人	1972.7.17	委員會	工商界捐贈	經營管理及協助融資		

資料來源：陳明璋，〈政府對中小企業外銷輔導措施之研究〉，頁83-84。

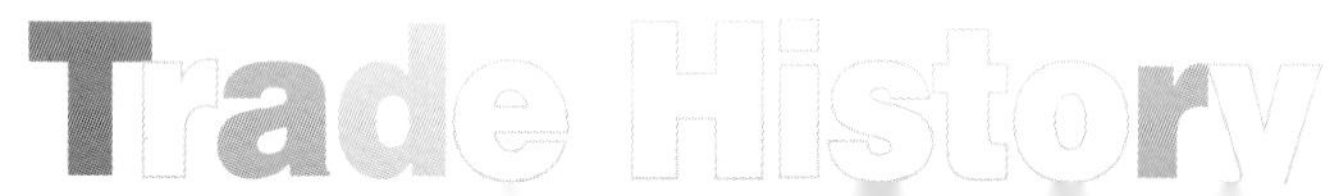

政府機構，其他則屬半官方之民間機構，儘管有些和政府關係甚爲密切，但它們卻仍具有獨立性，不在政府機關系統之內。

其三，以辦理國際貿易來區分，有三種形態：（1）貿易行政機構：如國貿局和檢驗局。（2）貿易推廣機構：如外貿協會、手工業推廣中心、國貨館。（3）貿易實務機構：如中信局、物資局及國貨推廣中心。[39]

第四節 出口擴張初期對外貿易的發展

1960年代開始，進口替代工業發展之後，由於國內市場規模狹小，以國內爲主的產業在1958年起瀕臨生產過剩的危機，於是政府便改採出口導向政策，[40]促使台灣經濟開始轉向出口擴張，在1959-1960年施行獎勵出口政策，修正若干貿易及財政制度以利出口貿易，同時也鼓勵國外資本的投資獎勵及技術合作的立法，而這時最有利的條件是在國內方面由於農業改良的成功，使得農村累積了100萬的過剩人口，成爲廉價勞動力的主要來源。

在國際方面，正值新國際分工萌芽之際，先進資本主義國家（對台灣而言，是以美日爲主）正欲向海外求取市場與低工資的勞動力，因此以勞力密集爲主的加工出口產業不僅吸收外資，同時並運用台灣的低廉勞工，帶來1960年代台灣高度的經濟成長（GNP年平均成長11.1%），產業結構亦在這種外資與出口擴張的工業化之下，1963年之後開始轉變爲以工業爲主的結構，工業生產的年平均成長率19.4%，出口成長率29.7%，貿易收支從1971年起由赤字轉爲黑字，國內資本急速累積，並自此緊密地與國際經濟扣合。

在這兩個原因之下，台灣產業發展開始歷經第一次的出口擴張時期，當時美國等先進國家欲將勞力密集產業外移，台灣爲吸引外人投資，便採取開放政策，鼓勵出口，以輕工業爲主，由出口帶動經濟，台灣產業以傳統製造業爲主，重視勞力密集與生產導向，並以大量勞力、大量資本帶動當時的經濟成長，逐漸由農業社會轉變爲工業社會。

台灣第一次出口擴張的幕後推動者是尹仲容和李國鼎及財經六院士的建言。1958年公布外匯貿易方案，恢復單一匯率，放寬進口管制，改採出口擴張政策。1962年推動品管制度，簡

Authorship

39. 查樹基，《輸出保險學》（台北正中書局，1972）。
40. 「出口導向」發展策略是以自由貿易、自由競爭方式找出本國在國際間最有優勢之工業產品，出口到海外市場發展，再以所賺得之外匯購進國內無生產優勢之產品。（蔣碩傑，1991，轉引自黃耀祺1998）。

化出口檢驗程序，提升出口競爭能力。1966年設立高雄加工出口區，在人員流動和金融尚未自由化的限制下，推動有限度的自由貿易。1968年依賦稅改革委員會之建議，修訂獎勵投資條例，加速資本折舊，鼓勵公司股票上市。1969年經濟部下設國際貿易審議委員會及國際貿易局；次年，政府和工商業界共同成立外貿協會，發展對外貿易。[41]

就以上各種政策措施而言，最主要的精神是由保護國內市場的進口替代政策改為出口擴張政策，包括取消複式匯率並讓匯率貶值到較合理的水準，同時採取外銷沖退稅制度和外銷貸款制度，以及對投資的租稅減免。

相對於僅採進口替代政策時因為過高的稅負而不易讓產品出口，在這些新政策之下，出口廠商則可與外國廠商公平地競爭。於是廠商在市場力量的引導下，自然開始設法出口台灣可以在國際上具有競爭力的產品，亦即具有國際比較利益的產品。而由於當時台灣的工資遠低於先進國家，而工資比台灣更低的國家則未積極參與國際競爭，因此該時期台灣的國際比較利益顯然是在勞力密集產品，勞力密集產品的快速出口成長乃成為1960年代至1980年代中期帶動台灣經濟發展的主要力量。經過1960年代的輕工業出口擴張時期，政府提供出口退稅等，創造勞力密集出口工業發展的有利環境，到了1971年，工業占產業結構的比重為38.94%，遠超過農業的13.07%，顯示當時出口擴張之成效。

在政策支持下台灣民間力量全力拓展外銷及繼續發展勞力密集的製造工業。政府首先引進僑外投資，以充實經濟建設資金的來源。使得紡織業、人造纖維、塑膠加工、耐久性家電等工業也開始蓬勃發展。1960年代出口導向工業迅速擴展，帶動了經濟成長，並且勞力密集製造工業的迅速發展，容納國內的待業人口，進而解決失業率的問題。國民所得亦大幅提高，國內資金供應較充裕，投資能力加強。

由於在1950年代後期所採取的鼓勵外銷措施，到1960年代發揮效果，許多早期發展之勞力密集的輕工業，以低廉工資的國際貿易比較利益，迅速打開國外市場，進而由出口需求帶動生產增加，使輕工業的成長非常迅速，例如紡織業、成衣業、塑膠製品業、合板業、電器工業等，一些屬於高技術且必需投下較多資金的重化工業，如人造纖維、塑膠原料、鋼鐵、機械、汽車、造船等，亦有相當的發展，

Authorship

41. 許雪姬，《台灣歷史辭典》。

1960年代台灣工業生產加速成長，平均年增產16.47%，爲1950年代成長速度的1.4倍。[42]

由此可知，1960年代的出口導向政策使台灣的紡織業、成衣業、電器工業、塑膠製品業、合板業、鋁製品等輕工業迅速成長。此時加工出口區的設立，將出口的擴張推向最高峰。1966年加工出口區開始營運之後，台灣工業產品的出口值開始高於農產品出口值，台灣的經濟結構也由內需轉爲外銷，並開始捲入國際分工體系之中。開啓台灣OEM接單生產的經貿型態，並轉變爲以工業產品爲出口重心的開放型經濟。採行出口導向政策之後，台灣的經貿迅速成長，進出口貿易平均每年成長25%，出口的年增率約22%，出口儼然成爲台灣當時的經濟主軸。[43] 1960年代，台灣有限度地解除一些關鍵性的經濟管制措施，鼓勵本國廠商從事出口貿易，並引進外國資金來台投資，致力於發展勞力密集的製造業，不僅使得經濟成長大幅提高，1960年代國民生產毛額平均每年成長10%，此外，所得分配亦相當平均。因此，這段時期可謂台灣經濟成長的高峰期，創造了經濟發展的奇蹟。

工業發展到1960年代末期，大致已完成出口擴張的初期目標，工業產品競爭力逐漸增強，對外商品貿易自1970年開始有順差（3,400萬美元），政府乃著手檢討解除進口貿易的管制，於1972年及1974年分別大幅減少管制進口項目，如1972年7月，管制進口項目占總進口項目，由1970年的41%，降爲17.9%，1974年更減少爲2.3%。[44] 1970年開始，台灣的貿易收支由入超轉爲出超，政府對於國內工業仍採取保護政策，僅對於有利出口的部分推動自由化。1972年之前，台灣進出口貿易淨值均未超過千億，但之後進出口貿易快速成長，至1979年進出口淨值已超過5,000億台幣。

經過出口擴張政策的實施，相較於1950年代的進口替代而言，台灣的經濟成長率年平均由7.6%上升至10.2%，而農業生產因爲肥料生產的增加，農民的勤奮，因此並未出現成長停滯現象，仍維持爲5%，但是工業生產成長由原來的11.6%成長至17.4%，比進口替代時期高出甚多。由此可知，台灣在出口擴張時期確實有傲人的經濟表現。

經濟成長必然地伴隨產業結構的變動，由於工業與製造業增長的速度遠高於農業，農業產值占國內生產的比重就逐漸下降，1952年所占比重爲32.2%，1960年降爲28.5%，1972年更

Authorship

42. 蕭峯雄，《我國產業政策與產業發展》，頁27。
43. 林鐘雄，《台灣經濟發展四十年》，頁61。
44. 蕭峯雄，《我國產業政策與產業發展》，頁105。

降至12.2%；相對地，隨著製造業部門的不斷擴大，工業產值所占比重由1952年19.7%上升至1960年26.9%，1972年再升為41.6%。進入出口擴張時期，經濟活動就以工業為重心，尤其是製造業部門的生產活動。由於勞動密集式產業的發展，創造大量的就業機會，失業率於1960年代後期就降至2%以內。

表14-7 台灣貿易金額及出口結構（1952-1972）

單位：百萬美元、%

年別	出口金額	貿易順差	外匯存底	出口產品結構	
				農產品及其加工品	工業產品
1952	116	-71	-	91.9	8.1
1960	164	-133	-	67.7	32.3
1965	450	-106	245	54.0	46.0
1970	1,481	-43	540	21.4	78.6
1972	2,988	475	952	16.7	83.3

資料來源：經建會編印，Taiwan Statistics Data Book(1980, 2001)，轉引自于宗先、王金利著，《一隻看得見的手－政府在經濟發展過程中的角色》（台北聯經出版社：2003）。

此外，從表14-7可以看出，政府由進口替代轉為出口導向的政策對外貿結構所造成的影響。1950年代進口替代時期，出口金額由1952年的1億1,600萬美元僅增加至1960年的1億6,400萬美元，成長幅度相當有限，然而貿易的逆差卻由7,100萬美元擴增至1億3,300萬美元。政策改為出口擴張之後，國際貿易所呈現的新面貌，即出口的快速成長並逐漸成為經濟發展的領導部門，此時出口金額便由1960年的1億6,400萬美元，增加為1966年的5億6,940萬美元，年平均成長率達22%。事實上，出口繁榮一直是經濟快速成長的主要原因，1960年出口增加占國內生產毛額（GDP）的增加比重達30%，1966年更提高為42%，進而使台灣成為高度依賴貿易的經濟體。值得注意的是，出口的快速擴張，使台灣得以增加進口經濟發展所需的資本設備和原料，1960年至1966年，進口金額由2億5,220萬美元增加為6億310萬美元，年平均成長率為16%，進口金額占國內生產毛額的比例，由1960年的18.7%，提高為1966年的21.6%。[45]

出口快速增加後，進口也隨之擴大，但擴大幅度低於出口，致使貿易逆差得以改善，而後於1972年變成貿易順差，如此亦使外匯存底快速累積，到1972年時為9億5,200萬美元。出口貿易的迅速擴張，主要來自出口產品的多樣化，一些新興產業的產品加入出口行列，使得出口產品結構不斷變化，農產品及其加工品所占比重由1952年的91.9%，下降至1960年的67.7%，1965年的54%，以及1970年的21.4%，到1972年時便降到16.7%。農產品及其加工品出口比率下降的部分，全轉由工業產品的大幅成長，因而

Authorship

45. 李國鼎，《台灣經濟快速成長的經驗》（台北：正中書局，1978），頁21-22。

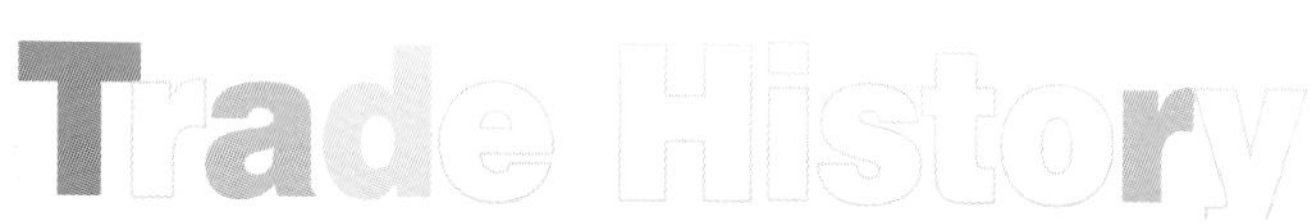

1967年中央信託局駐菲律賓代表辦公室附台灣外銷產品陳列室一隅展示的紡織品和建築材料
出處：中央研究院李國鼎資料庫。

1972年工業產品出口比重爲83.3%。政府實施進口替代與出口擴張政策，對經濟成長的貢獻，若從製造業增長的來源來看，1964-1969年出口擴張的貢獻爲40.92%，1969-1974年爲36.93%，惟進口替代的效果則較低，甚至出現負面的影響，由此可知，出口擴張對經濟成長與製造業的發展，並不容忽視。

若我們更進一步觀察進口與出口產品結構的改變，如表14-8與表14-9所示，可以發現出口擴張政策實施以後，出口前十大產品由1956年的以糖、米等農產品爲主轉變爲以紡織品、電氣機械器材與塑膠製品爲主，而進口前十大產品雖然是以資本財爲主，但是由於出口擴張的關係，使得機械的進口比例由1956年的11.18%，增加至1971年的14.58%，由此可知資本財進口比例與日俱增，以及農產品原料與化肥進口比例逐年下降的趨勢，進而呈現出口擴張對於產業結構影響的面向。

1950與1960年代，台灣經濟表現非凡，政策上所揭示的目標，獎勵投資與生產，鼓勵與擴大出口，消除物價快速膨脹與維持經濟穩定，節約消費與鼓勵儲蓄等，皆有顯著的成果。經濟活動雖在政府高度干預下，實施計劃式的經濟指導，但強而有力的扶植民營企業，使民間部門的經濟活動愈來愈重要。就製造業而言，民營企業產值所占比重，1960年超過58%，1965年達71%，1972年達83.5%，顯示出台灣民營企業已然抬頭的面向。

表14-8 台灣出口前十大產品（1956-1971）

單位：%

年 名次	1956		1961		1966		1971	
	項目	%	項目	%	項目	%	項目	%
1	糖	52.21	糖	28.86	紡織品	16.63	紡織品	30.19
2	米	14.07	紡織品	14.71	食品罐頭	10.49	電氣機械器材	12.90
3	食品罐頭	4.96	食品罐頭	6.56	糖	9.83	塑膠製品	5.64
4	香茅油	4.51	香蕉	4.90	香蕉	9.04	食品罐頭	4.95
5	茶	4.18	米	4.80	合板	6.21	合板	4.62
6	紡織品	2.86	基本金屬	4.67	米	5.54	機械	3.18
7	香蕉	2.33	茶	4.57	電氣機械器材	4.84	糖	3.06
8	基本金屬	2.25	合板	3.66	基本金屬	3.88	基本金屬	2.86
9	化學品	1.58	化學品	3.15	木材及木製品	3.52	香蕉	2.10
10	鹽	1.15	水泥	2.05	化學品	3.50	一般金屬製品	1.88
合計		90.10		77.93		73.48		71.38

資料來源：海關總稅務司署，《中國進出口貿易統計年刊》。轉引自周大中〈台灣地區對外貿易產品結構之演變〉，《台灣銀行季刊》，第27卷第4期（1976年12月），頁61-68。

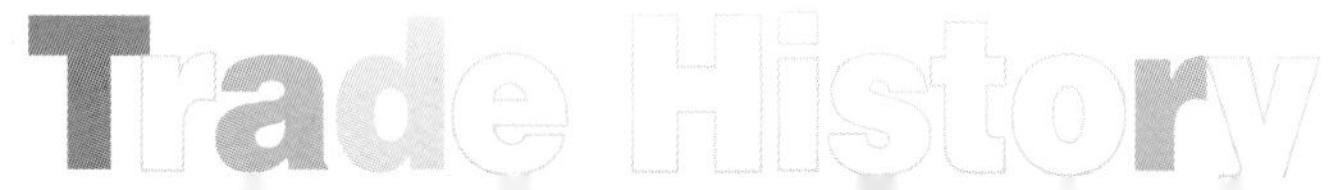

表14-9 台灣進口前十大產品（1956-1971） 單位：%

年 名次	1956		1961		1966		1971	
	項目	%	項目	%	項目	%	項目	%
1	機械	11.18	機械	12.35	基本金屬	12.86	機械	14.58
2	基本金屬	10.83	基本金屬	10.89	機械	12.56	電氣機械器材	12.05
3	化學肥料	10.08	原棉	8.31	運輸工具	10.09	化學品	11.05
4	小麥	8.22	原油	7.33	化學品	9.27	基本金屬	10.45
5	化學品	7.81	電氣機械器材	6.94	電氣機械器材	6.90	運輸工具	8.39
6	原棉	7.24	化學品	6.66	原油	6.35	紡織品	7.97
7	黃豆	5.78	運輸工具	6.44	原棉	6.13	原棉	4.62
8	原油	5.31	小麥	6.02	紡織品	5.49	原木	3.82
9	電氣機械器材	4.06	黃豆	4.93	小麥	3.38	黃豆	3.72
10	運輸工具	3.56	化學肥料	4.53	原木	3.35	原油	3.18
合計		74.07		74.40		76.38		79.83

資料來源：海關總稅務司署《中國進出口貿易統計年刊》。（轉引自周大中，《台灣地區對外貿易產品結構之演變》《台灣銀行季刊》第27卷第4期，1976年12月），頁61-68。

Chapter 15

▶▶對外貿易急速成長及第二次進口替代（1970-1979）

1970年代台灣面對退出聯合國的外交困境，以及石油危機、世界性景氣低迷等國際經濟負面因素，執政者始提出「十大建設」欲展開各種基礎建設，並成立外貿協會整合貿易推廣機構協助廠商拓展外銷，與此同時，台灣集團企業逐漸形成，中小企業（尤其製造業）則展現其濃厚的出口傾向，進而奠定其對台灣對外貿易貢獻的基礎。

第一節 十大建設的影響

一、十大建設的內容

一般認為「十大建設」係指1970年代台灣所進行一系列國家級基礎建設工程，投資總額為2,094億元台幣（1979年的評估價值，約58億美元）。其內容：中山高速公路、北迴鐵路、台中港、蘇澳港、中正國際機場、鐵路電氣化等6項是屬於交通運輸建設；中國鋼鐵廠、中國造船廠、石油化學工業等3項則是重工業建設，該3項是改善台灣工業結構，奠定重化工業基礎的關鍵產業；核能發電廠則屬於能源項目建設，是為充裕能源供應的重要建設。

「十大建設」由當時擔任行政院長的蔣經國所提出，建設自1974年起，至1979年底次第完成，共動用新台幣2,000餘億元。[1] 惟就開工時間而言，石油化學工業與核能發電廠等兩項是始於1968年，南北高速公路、台中港、大煉鋼廠則於1971年開工，大造船廠、北迴鐵路為1973年，中正國際機場與鐵路電氣化為1974年。換言之，「十大建設」中部份項目的進行至少始於1968年，惟「十大建設」之名稱則在1970年代初期才被提出。[2]

根據學者石田浩指出，二次大戰後台灣的開發主體國民黨政權對發展台灣的經濟並未有太強的意識，直到1974年的「國家十大建設」台灣的主政者才深刻體會到建設之必要而開始

Authorship

1. 許雪姬，《台灣歷史辭典》，頁63。
2. 原為『九大建設』，後來加上核能發電廠始稱為十大建設，根據當時政府發行的郵票可以看出，起先發行的是『九大建設郵票』，發行3次，計有3個版，核能發電廠完工後發行的『核能發電廠紀念郵票』設計特殊，可以和第三版『九大建設郵票』配成一套，後來又發行『十大建設紀念郵票』小全張。

投資。[3] 石田浩認爲戰後國民黨政權是以「暫住」台灣而以日治時期的基礎建設和工業設施來支應經濟的發展，直到台灣退出聯合國以及1973-1974年的石油危機，爲了維持權力，國民黨政權才將台灣當作經濟開發的基地，開始提出「十大建設」。因此戰後台灣基礎建設的整備和重化學工業的建設皆較同爲亞洲四小龍之一的韓國晚了很多年，爲了要迎頭趕上只好採行這種頭痛醫頭腳痛醫腳的「對症療法」，惟石化工業以外的重工業經營都不甚順利。

「十大建設」各項內容如下：

（1）南北高速公路（中山高速公路）：中山高速公路北起基隆，南至鳳山，全長373公里。1971年8月14日開工，1974年7月29日三重到中壢路段率先通車，1978年10月31日中沙大橋啓用，高速公路全線正式通車。

（2）鐵路電氣化：1979年7月1日完工。

（3）北迴鐵路：1979年12月全線通車。

（4）中正國際機場：1979年2月26日啓用。

（5）台中港：延續日治新高港計劃，1983年6月完工。

（6）蘇澳港：原本只是小型港口，而後擴建，1983年6月完工。

（7）大造船廠（中國造船公司高雄總廠）：座落於高雄市小港區的臨海工業區內，是十大建設中第一個完成的重要建設。該廠的設立肩負支持航運、貿易、國防及發展關聯工業多目標之基本任務。於1975年建廠同時，即承建美商44萬5千載重噸超級油輪。

（8）大煉鋼廠（中國鋼鐵股份有限公司）：爲了防止過度依賴外國鋼品，減輕外匯負擔，並解除過去因鋼源不一，影響產品精度的缺點，遂決定興建一貫作業煉鋼場，於是出資興辦中國鋼鐵公司，並將其納入十大建設之一。

（9）石油化學工業（中國石油股份有限公司高雄煉油總廠）：在高雄縣開發了兩處石化工業區—「仁大（即仁武、大社）石化工業區」和「林園石化工業區」。中國石油公司高雄煉油總廠的興建對於台灣的塑膠、合成橡膠、合成纖維及化學品工業之發展而言，不僅減少國內工業對外之依存性，且將增加下游加工產品在外銷上的競爭力。

Authorship

3. 石田浩，〈戦後台湾経済と民間中小企業の役割〉（日本：関西大学《経済論集》第47卷第3・4合併號，1997年10月號）；〈東アジアの工業化と農業—東アジア農業の意義と役割—〉（收録於石田浩・西口清編，《東アジア経済の構造》（日本：青木書店，東亞近現代史3，2001）。

（10）核能發電廠：第一核能發電廠一、二號機組，其裝置容量各為63.6萬瓩，核能一廠列入十大建設計劃優先興工，兩部機組分別於1977年與1978年完工；第二核能發電廠、第三核能發電廠為核能發電的延伸計劃，後續列入十二大建設計劃，分別於1981年與1984年完工。

表15-1　十大建設投資對加速經濟成長之貢獻

單位：%

年別	十項建設投資占全國投資之比重	實現之經濟成長率	由十項建設所達成之經濟成長率
1973	4.5	11.9	0.6
1974	4.5	0.6	0.03
1975	19.3	2.4	0.5
1976	19.6	11.5	2.6
1977	13.1	8.5	1.3
1978	8.1	12.8	1.2

出處：行政院經濟建設委員會，《十項重要建設評估》，1979年11月，頁5。

說明：由總體面考慮乘數作用所估計。

二、十大建設的影響

有關十大建設對總體經濟的影響，根據行政院經濟建設委員會於1979年所出版《十項重要建設評估》之報告書指出：

1. 促進景氣復甦、加速經濟成長：如表15-1所示，1973-1974年，十大建設投資金額僅占全國投資4.5%，1975年與1976年為十大建設投資到達頂峰之兩年，適值世界不景氣，該期間其投資金額占全國投資金額超過19%，對經濟復甦亦有一定程度貢獻。該報告書進一步指出該年所達成之經濟成長率為2.4%，其中十大建設投資則貢獻了0.5%。1976年經濟已復甦，經濟成長率為11.5%。而十大建設投資貢獻2.6%。在1977年與1978年的快速經濟成長中，經濟成長率分別為8.5%與12.8%。此時十大建設則接近完成，其投資占全國投資之比重逐漸降為13.1%與8.1%，而其對此兩年之經濟成長之貢獻，分別為1.3%與1.2%。由此說明十大建設之鉅額投資，對當時景氣之復甦及加速經濟成長之影響。[4]

2. 創造就業機會：十大建設所創造的就業量為14萬6千餘人。就業機會，可分為：工程師、技術員、領班及監工、技工及普通工，其增加人數分別為工程師3,797人，技術員3,048人，領班及監工2,060人，技工55,374人及普通工81,800人，共14萬6千人，參見表15-2所示。十大建設推動期間，國內物價相當穩定，1975年物價下降5%，在1976及1977年則均僅上漲2.8%。

Authorship

4. 行政院經濟建設委員會，《十項重要建設評估》，1979年11月。

表15-2 十大建設對創造就業機會之貢獻

單位：人

職業別	共需人力 (1)	原已僱用之人力 (2)	淨增加之人力 (1)-(2)
工程師	5,021	1,224	3,797
技術員	4,140	1,092	3,048
領班及監工	2,364	304	2,060
技工	60,450	5,076	55,374
普通工	81,800	-	-
合計	153,775	7,696	146,079

資料來源：1.工程師、技術員、領班及監工、技工人數之數據引自內政部技術人力協調會報，〈國家重要建設所需補充技術人力問題分析及建議應採措施〉，1974年8月3日。2.普通工人數數據則引自行政院研考會，〈十項重要經濟建設計劃簡介〉，1976年11月。轉引自行政院經濟建設委員會，《十項重要建設評估》，1979年11月，頁6。

就奠定基礎設施而言，作為十大建設的一環，推動了鋼鐵、造船、石油化學等大型投資中心的重化學工業化。惟劉進慶等學者認為，其結果並未達到所預期的目的，理由在於經營效率較低的官營企業成為該次工業化承擔者主角。在這一過程中，強化了國家資本，此點具有逆行於資本主義發展的性質。對於經濟開發來說，更為重要的是占國建項目70%的基礎設施投資。它推動了原子能的開發，交通、運輸、港灣、機場的建設等，是改變相當落後的基礎設施的建設事業。該建設事業可視為除了1950年代美援之外，國民黨政權統治台灣以來，經過戰後28年，第一次正式開始的基礎設施建設事業。1949年以來，長期的非常時期軍事體制和反攻大陸的政策，使得台灣基本建設相當落後，正因為如此亦突顯了「十大建設」的基礎設施建設事業的成就，因此一般民眾認為，戰後台灣正式開展經濟建設是在蔣經國時代，台灣經濟亦在此發展基礎之下，開始走向NIES（Newly Industrialized Economies新興工業化經濟體）化的道路。[5]

依據瞿宛文的研究，台灣石化業的正式發展要至1968年中國石油公司第一輕油裂解廠正式生產乙烯等原料，使得下游產業出口加速成長，政府也開始籌劃設立更多的輕油裂解廠。[6]其後於1970年代實施的十大建設中，則是陸續計劃興建第二和第三輕油裂解廠，以及二甲苯分離工場，使得各公民營中下游企業能夠藉由上述3項建設的完成，獲得原料進行生產。因此，十大建設中石化業的發展，使得台灣成為亞洲僅次於日本的第二大石化工業國家。[7]

Authorship

5. 劉進慶、凃照彥、隅谷三喜男，《台灣之經濟－典型NIES之成就與問題》（台北：人間，1993），頁44。NIES：新興工業經濟體。
6. 瞿宛文，〈產業政策的示範效果-台灣石化業的產生〉，《經濟成長的機制-以台灣石化業與自行車業為例》（台北：台灣社會研究，2002），頁8。〈進口替代與出口導向成長：台灣石化業之研究〉，頁41-42，
7. 行政院經濟建設委員會，《十項重要建設評估》（台北：行政院經濟建設委員會，1979），頁57-59。

朝元照雄則認爲，勞動密集型加工業的發展帶動了原料產業的重化學工業，「國家十大建設」以後雖然減少原料進口的依賴度，但隨著台灣經濟的成長，反而持續增加從日本進口大批的材料、零件、機械等，這亦更加深了對日本的貿易逆差。[8]

有關十大建設的造船業，中國造船公司最初是由政府、外資、民間共同出資，定位爲民營公司。然而，於建廠過程卻遭逢能源危機，在原物料成本上升之下，使得建廠預算提高，面臨增資的情況。除此之外，更由於外資和民股缺乏增資意願，遂僅有政府進行增資，使得中國造船公司成爲公營企業。[9]另外，又加上景氣低迷，使得造船訂單不易取得。政府僅能於1976年經由提出「國貨國運，國貨國造，國貨國修」和「貿易、航業與造船配合實施方案」等兩項分期造船政策，納入當時的六年經濟建設計劃，爲中國造船公司提供訂單來源。但從事後來看，在1970年代中國造船公司竣工後的經營情況，即面臨嚴峻的虧損。[10]由上所述，雖然普遍上認爲台灣要至1970年代十大建設完成後，才算是正式邁入重工業的時代。然而，洪紹洋指出，在此之前台灣這些產業並非全然沒有發展，只是透過極爲緩慢的速度進行生產和技術的學習，並由正式的技職體系和大學教育，加上企業內部的藝徒訓練班，培養出一批技術人員，因此在1970年代十大建設推動時才能夠在短時期內快速的進行發展。[11]

中沙大橋屬於中山高速公路的一個環節，象徵十大建設期間沙烏地阿拉伯對台援助的情況。
出處：維基百科網站，2007年10月6日下載。

第二節 外貿協會與貿易推廣

一、籌設經過與組織定位

台灣政府爲推動第一次出口擴張，延續因工業發展而帶動蓬勃外銷績效，整合國內貿易推廣服務單位的功能，成爲經貿政策之迫切選項，爰在1965年，由當時的經濟部長李國鼎指

Authorship

8. 朝元照雄，〈台湾の輸出志向工業化と貿易構造―1960年代における経済発展の奇跡―〉（《九州産業大学商経論叢》第36巻第1號，1995年7月）。
9. 陳政宏，《造船風雲88年》（台北：行政院文化建設委員會，2005年12月），頁100-102。
10. 行政院經濟建設委員會，《十項重要建設評估》，頁404、406。
11. 洪紹洋，〈後進國家技術學習與養成-以台灣造船公司為例（暫定）〉（台北：政治大學經濟學系博士論文），未刊稿，2008）。

示該部商業司長武冠雄研究設立一個集中事權的貿易推廣機構，致力協助廠商拓展外銷。經過4年多的籌劃，終由經濟部統合與貿易相關之政府部門及工商團體，在1970年7月1日成立財團法人中華民國對外貿易發展協會(簡稱外貿協會或貿協，英文全名爲China External Trade Development Council)，創始初期員工由商業司國外商務工作會報人員調任。

世界貿易週或25屆年會酒會
出處：外貿協會提供。

貿協成立之始，即肩負「配合政策拓展國際經貿空間」及「結合民間力量開拓海外市場」之使命。貿協董事會爲最高決策單位，董事成員包括行政院核派之政府機構代表、民間工商團體代表及學者專家。另置監事3人，均由工商團體代表擔任。

由於機構名稱內有「中華民國」及 "China" 字樣，貿協在國際上推廣工作常受中國之政治打壓，故於1971年另設立「財團法人遠東貿易服務中心」（簡稱遠貿中心或遠貿），供該會在無邦交國設立工作據點之用。同一時期，世界各國風行組設貿易中心，國際間並成立一類似經貿俱樂部之「世界貿易中心協會」（World Trade Centers Association, WTCA）組織，協助各會員國廠商推廣國際貿易。貿協爰在1980年另設立「台北世界貿易中心股份有限公司」（台北世貿中心），參與該組織之活動，積極爲台灣廠商爭取商業利益及國際活動之參與權。

隨後貿協因其英文簡稱“CETDC”發音易生混淆，爰仿日本貿易振興機構（JETRO）及韓國貿易暨投資振興公社（KOTRA）之例，將其英文簡稱改爲“CETRA”。2004年，復因其英文全名中的“China”乙詞，在國際間常與海峽對岸之中國多所混淆，影響該會之海外業務推動，爰再正名爲Taiwan External Trade Development Council，簡稱TAITRA，至於其中文名稱則維持不變。

二、貿協核心工作

如其他章節所述，台灣之工商界向以中小企業居多，拓展海外市場有其先天之困難，因此，貿協成立之始即以協助中小企業拓展出口爲重點。就如同創辦人武冠雄所言，貿協的任務是從事「政府不便做，廠商不能做」的貿易推廣工作。貿協的核心工作也因此從創立初期，以提升出口、拓展海外市場、提供國際商情，進而擴展到各時期的加強進出口服務、培

台北世貿中心四合一
出處：外貿協會提供。

訓國際企業人才、提供網路行銷服務、招商引資、行銷台灣品牌、推動多元展會業務、引導國內新興產業發展，乃至於近期新生之服務業貿易推廣工作。近四十年來，台灣對外貿易總額由1970年代初期之30億美元擴增至2007年之4,500億美元，大幅成長約150倍，除了政府及全體廠商共同努力外，貿協不斷提供即時、有效之服務，相當受到肯定。

目前，貿協擁有600多位訓練有素的貿易專才，除台北總部外，設有新竹、台中、台南及高雄4個國內辦事處和遍布全球48個海外據點。另外在中國北京、上海、青島、廈門及成都5個駐點，亦派有駐留人員，完整之貿易服務網絡已然成形，是台灣業者拓展貿易的最佳夥伴。

三、貿協發展之重要里程

（一）1970年至1990年間之發展

草創時期，貿協曾參酌鄰近的日本JETRO及韓國KOTRA等貿易機構之推廣貿易模式，在1970年10月針對台灣當時已有出口能力之產業如塑膠、紡織、鞋類、食品、鋼鐵等，以產業別組團赴海外拓銷，並於1974年3月在台北圓山飯店舉辦第一屆外銷成衣展。1972年4月在日本東京設立其所屬之第一個駐外單位；1973年2月和約旦商業總會簽署第一項合作協議，至此，蓬勃展開其國內外辦理商展及向國際拓銷台灣商品之工作。爲增加業務內容，貿協於1979年設立產品設計處，專責協助廠商改善產品設計，並分別於台北、台中、台南等地設置包裝試驗所。嗣因行政院考量業界對外貿易實務人才的殷切需求，復委託貿協於1987年成立「貿易人才培訓中心」（現已更名爲國際企業人才培訓中心），積極推動貿易人才之養成及在職訓練。迄1980年末期，貿協已然發展成一全方位之台灣貿易專責執行機構。這期間更一度肩負改善台灣對日、對美貿易逆、順差之政策性任務，角色之扮演益形吃重。

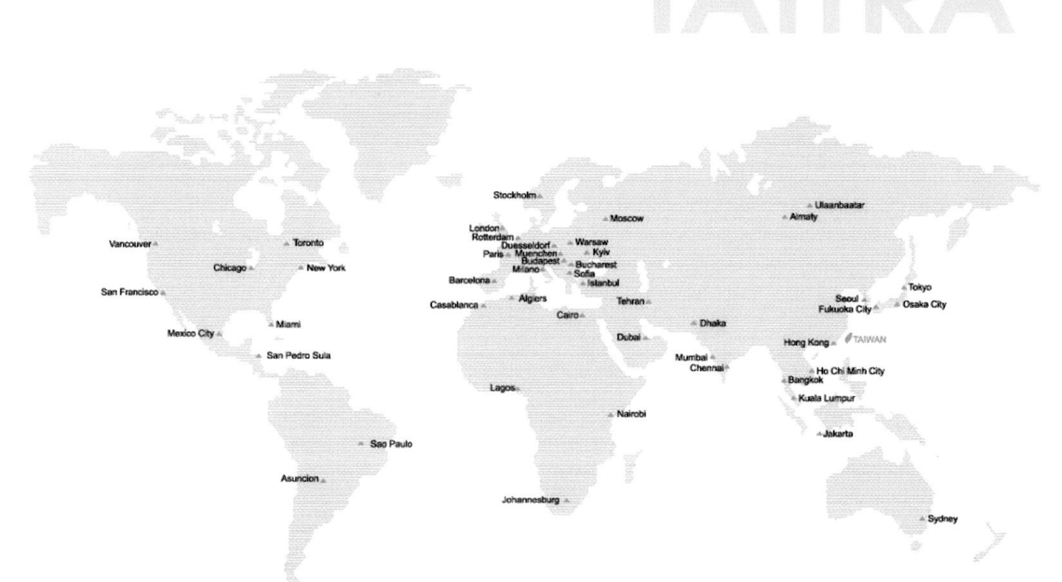

貿協駐外單位分布圖
出處：外貿協會提供。

從1975年至1990年，貿協在台北總部之主要硬體設施亦相繼完成，其中包括：台北市信義路原陸軍總部營邊段之台灣產品展售館（1975）；台北市松山機場航站大廈之台灣產品展示館及外銷市場（Export Mart, 1975）；國際貿易大樓（1985）、凱悅飯店（君悅飯店）及國際會議中心（1990）。以貿協國貿大樓為核心的四合一國際貿易商圈的完成，每年為台北市帶來數以百萬計的展會參觀人潮，不但活絡世貿中心周邊商圈及台灣的產業發展，也讓信義區世貿中心一帶成為台灣經貿發展的櫥窗。

（二）1990年至2006年間之發展

1990年代起，貿協為協助業者立足台灣、布局全球，爰進一步以市場潛力及業者需求為考量，加強其在全球工商重鎮駐外單位之籌設，企圖為台灣產業界建立一涵蓋面更週延廣泛之服務網絡。

如前所述，貿協目前除在世界各主要城市均設有據點外，另在伊朗、摩洛哥、阿爾及利亞、埃及、肯亞、羅馬尼亞、烏克蘭、保加利亞及哈薩克等國亦設有辦事處，且均爲台灣在各該駐在國之唯一單位。該等駐館除須負責其拓展經貿之原始職務外，更須兼顧其他政府機關委辦之任務，在相當程度上也輔助了台灣國際外交處境困難之不足。

此外，爲順應網路資訊發展趨勢，貿協在2002年亦建置台灣之國家貿易整合總入口網站－台灣經貿網TaiwanTrade (www.taiwantrade.com.tw)。該網站兼具網路行銷、商機搓合、商情加值等功能，係目前台灣最具影響力之跨產業電子市集平台。迄2006年底，該網站已吸引全球12萬多家買主會員、8萬餘家供應商之經常性使用。

隨著台灣之國際市場的擴大，貿協的職能也一直蛻變，一系列的組織變革也在該協會中陸續推動。另隨著服務業比重在台灣經濟體系所占比重的提升，也加速貿協運作策略的調整，以及對各類經貿產業人才的網羅與進用。貿協將在2008年啓用其南港之新展館（單一展館亞洲規模第二大），相信貿協之角色扮演，在以海洋爲發展背景，以貿易爲經濟主軸的台灣國家發展中，將隨新展館之啓用而更形吃重。

第三節 集團企業與對外貿易

一、台灣集團企業之認定與形成[12]

1972年中華徵信所出版「台灣地區集團企業研究」，首創「集團企業」一詞。[13] 有關「集團企業」之定義，迄今國內業界及學術界仍莫衷一是。一般而言，通常會將「關係企業」(Related enterprises)、「集團企業」(Group enterprises)與「企業集團」並用。隨著國內經濟蓬勃發展且某些集團企業迅速的擴張，集團企業已漸受重視，惟迄今產官學界仍無共通認同的定義，因此本文將運用長期深入研究台灣集團企業的中華徵信所之各種系統化整理的資料進行分析說明。1972年起中華徵信所將資料進行分析，出版「台灣地區集團企業研究」，此後每2年出版一次。中華徵信所1974、1976、1984、1987年對於台灣集團企業的認定原則，除了營業總額與資產總額皆由新台幣1億元、2億元，提高爲4億元之外，1987年開始強調集團認同的主觀條件與集團內成員之間的關係，並將早期股權關係的調查轉變爲投資關係、成員關係的調查。[14]

Authorship

12. 為了行文方便性，本文將「關係企業」、「企業集團」或「集團企業」統一稱作「集團企業」。
13. 中華徵信所，《台灣地區集團企業研究1998/1999》，1989年座談研討內容記錄，頁38。
14. 本文整理自中華徵信所，《台灣地區集團企業研究1998/1999》，頁35-37、46-47。

透過學者的定義與中華徵信所調查範圍來看，台灣集團企業除了在經營上有一定規模之外，必須要以「所有權關係」爲聯結基礎，再加上以「集團性」，或是「親戚關係」作爲唯一聯結，加強「經營權關係」和「業務關係」，這可說是台灣集團企業的一大特徵。[15]

二、集團企業之興起——大型企業的演變

爲儘可能全面性地追溯台灣集團企業的形成根源，本文根據目前所能取得的相關統計資料，分析結果發現，1970年代逐漸受到重視的集團企業，實與當時民間大型企業的成長有關。

根據中華徵信所之統計調查，在政府大力扶植之下，年營業收入1億元以上的台灣民營大型企業由1950年代末期僅有的7家，開始呈現增加的趨勢。1965年以前每年新增的大企業家數，雖未超過10家，但至1968年台灣年營收1億元以上的大企業家數不僅突破百家，1972年甚至高達364家，呈現相當顯著的成長趨勢。因此，相較於1950至1960年代中期可視爲台灣民間大企業的萌芽階段，1960年代末期與1970年代初期則可視爲成長期。[16]

其次，就產業別而言，年營業收入1億元以上的台灣民營大型企業以紡織業與金屬及其製品業增加的速度最快，兩者分別以每年平均17.7家與11家的速度進入上億營收的行列；其他諸如化學業、食品業與建材業，則分別以每年平均7.43家、6.57家與3.29家的速度入列。這些大型企業的迅速發展可說是爲集團企業的興起提供了必要的前提條件。

大型企業如此快速成長除了反應政府對於民營企業的培植，更重要的是政府對集團企業採取保護政策的態度，並賦予壟斷台灣市場特權，最明顯的例子就是紡織集團企業。紡織集團企業透過長期政府對紡織品實施管制進口和高關稅、限制設立新廠，以及1959年由棉紗工業同業公會成立「產銷改進合作委員會」，規定各會員企業以內銷數量來聯合議定價格，所進行的聯合壟斷，[17]經由聯合壟斷所吸取的高額獲利使得紡織業從1958年只有1家進入上億營收的行列，到1972年增加爲137家，占全體大型企業上億營收行列的37.64%，實爲所有產業之冠。

Authorship

15. 段承璞編著，《台灣戰後經濟》（台北：人間，1990），頁208。
16. 台灣區大型企業研究（中華徵信所民國63年）（轉引自謝全，〈台灣區集團企業經營型態之研究〉（台北：政治大學企業管理研究所碩士論文，1980），頁63。
17. 段承璞編著，《台灣戰後經濟》，頁215。

若以1978年爲時點，觀察台灣100家集團企業，可以發現，1978年台灣100家集團企業，其企業分子公司設立的年代可追溯至1950年代以前，而且不僅從1960年代開始呈現顯著上升的趨勢，1968、1973年皆出現企業分子公司增設的高峰。[18]

其次，就1978年台灣100家集團企業的分子設立行業別來看，可以看出該時期台灣的集團企業發跡的主要業別，亦集中於紡織業與金屬製品業。從事後看來，1978年的集團企業與1971-1972年營收1億元以上的大型企業之產業別有相同的發展脈絡。這不僅可說明1970年代台灣民間的大型企業乃至於集團企業應皆是以紡織業與金屬製品業爲發跡產業，同時亦爲1970年代台灣的集團企業來源找到重要的線索。

三、集團企業——產業內容

集團企業是台灣地區除官僚資本以外資本最雄厚、技術設備最先進的大型企業，這些企業經營行業的變化，可表現出台灣產業結構的變動，其發展實對台灣經濟有深切的影響。集團企業核心公司主要經營產業1972年爲紡織業28家、食品業14家、塑膠及化學業10家、電工器材8家、金屬製品8家，總共68家。至1988年經營這5種產業的核心公司減至66家，雖然只有減少2家，但是從內容上來看，集團企業之核心產業有從紡織業移向塑膠及化學業的趨勢。[19]

各集團居主導地位的核心公司，是集團能否持續成長茁壯的關鍵，因此從集團企業核心公司移動方向，亦可看出逐漸退場與即將新興產業的消長過程。1972年屬於漁業、合板及木材與礦業的集團企業核心公司還有8家，但是1988年則僅減爲2家，到1998年則已完全沒有核心公司屬於這些產業，顯示這些產業已經無法提供集團企業成長所需的養分，迫使核心公司移至其他產業，諸如金融保險業與航運倉儲運輸業，以及自1988年逐漸增加的其他製造及服務業。此外，其他製造及服務業的增加，亦顯示集團企業在台灣經濟產業構造經營的版圖有加廣的現象。

就集團企業分子公司而言，紡織公司從1972年的191家減至1983年的100家，電子電器公司則從39家增至56家。1980年代集團企業分子公司經營的行業中，化工、電工器材、貿易、建築、投資、金融保險、電腦、金屬製品和鞋業等8個行業增加較多，紡織、食品、木材合板、漁業和塑膠業則大幅減少，與核心公司移動方向呈

Authorship

18. 中華徵信所，《台灣地區集團企業研究67年版》（轉引自吳聰敏，〈台灣關係企業形成之研究〉（台北：政治大學企管碩士論文，1979），頁98。
19. 中華徵信所《台灣地區企業集團研究》1998/1999年版，頁68。

現一致性，亦即從生產製造的產業轉向金融與服務的產業。[20]

從集團企業與集團企業擁有分子公司家數分析可知，1970-1990年代集團企業的規模有逐漸大型化趨勢，並且可能跨足至其他產業；從集團企業核心企業與分子企業的產業結構分析可知，集團企業除了規模大型化之外，產業內容則亦，從生產製造產業轉向金融與服務產業而有所改變。

四、集團企業占外銷比重

1970年代隨著國內經濟迅速的成長，與對外貿易大幅的擴展，企業界爲增強其產品在國際市場上的競爭力，因此多集中發展於勞工密集的產業，結果導致了紡織業、電子業、塑膠業等空前的繁榮，構成我國經濟主體的集團企業亦多以經營此類產業爲主。

惟由於缺乏1970-1980年代的統計資料（尤其是內外銷所占比重），因此有關該時期台灣集團企業在外銷方面的研究，並不多見。較完整的研究，則集中在1990年代之後的探討。[21]因此，有關1970-1980年代台灣集團企業的外銷情形，本文擬嘗試藉由台灣前500大企業之統計資料進行推測與說明。

從表15-3可看出，1977年「前500大民營企業」屬於集團企業者所占比重高達40%。若進一步從細目來看，前100大民營企業中就有63家是屬於集團企業，前200大民營企業中屬於集團企業有108家，比例皆超過總數的1/2，顯示500大企業中集團企業所占比重並不容忽視。

表15-3 台灣區大型企業屬集團企業分子企業之家數

（1977年）

最大民營企業之排名	屬集團企業之家數	累計比例(%)
1~100	63	63.00
101~200	45	54.00
201~300	32	46.67
301~400	31	42.75
401~500	29	40.00
合計	200	

資料來源：中華徵信所《中華民國最大民營企業67年版》；中華徵信所《台灣區集團企業研究67年版》（轉引自謝全，〈台灣區集團企業經營型態之研究〉，頁64）。1、中華徵信所定義的前500大企業是指以營業淨額排名的前500名民營企業作為挑選的指標。2、累計比例的計算舉例來說，（63+45）/200=54.00%，即前200大民營企業屬於集團企業之比例。

Authorship

20. 段承璞編著，《台灣戰後經濟》，頁204。
21. 有關後期集團企業與外銷的研究，可參考邱怡萍《台灣地區集團的特性與其外銷結構之實證研究》（台北：輔仁大學經濟研究所碩士論文，1997年7月），主要是以1990年代的資料進行分析。

接著，若從1974-1982年500大企業製造業與集團企業中各行業結構來看（參見表15-4與圖15-1），500大企業的「泛紡織業」[22]占全體的平均為23.17%、[23]而集團企業的紡織業為27.79%；[24]500大企業的紙及紙製品業為3.40%、集團企業的紙及紙製品業為1.69%；500大企業的水泥及製品業2.42%、集團企業的水泥及製品業為3.84%；500大企業的電子電器業9.00%、集團企業的電工器材為8.25%；500大企業的木竹籐製品及合板業為4.74%、集團企業的合板及木材業3.64%；500大企業的交通工具及零件業為3.09%、集團企業的交通工具及其零件為5.83%。顯示出，1974-1982年500大企業與集團企業在產業結構上具有相當程度的雷同。

基於上述的理解，集團企業除了占500大企業製造業比重不低之外，在行業結構上亦有相當程度的雷同。因此，在缺乏統計資料之下，本文擬利用500大企業製造業的外銷情形，進而對集團企業的外銷進行推估，在方法上應有其適切性。

1970-1979年工業產品占台灣出口貿易平均超過85%，[25]顯示出1970年代生產工業產品的製造業是台灣出口貿易的主體；因此，本文以集團企業與500大企業的關係，並藉由製造業占台灣外銷比重，嘗試間接推測集團企業在台灣出口貿易上所扮演的角色，進而說明對外貿易作為加速台灣經濟發展的觸媒，集團企業在台灣經濟發展中的地位。

由表15-5可知，1974-1983年500大企業製造業的外銷總額占其營業總額比重，除了1974-1976年分別為39.6%、34.69%、33.94%，1977年起皆低於30%；此外，在營收總額與外銷總額逐年成長的趨勢下，外銷總額占營業總額的比例卻呈現每年下滑的趨勢，顯示大企業以內銷為主的特徵逐年更為顯著。惟從外銷貢獻度來看，500大企業製造業的外銷總額占台灣總出口值比重，除了1976年僅26.03%，低於3成之外，其餘年度皆在30%以上，平均為33%；接著，就發展趨勢來看，從1974年31%、1978年34%、1983年為36%，顯示出500大企業對外銷貢獻度的比重呈現逐年緩慢增加的趨勢。

Authorship

22. 500大企業的泛紡織業是指棉紡織業、毛紡織業、人纖製造業、人纖紡織業與成衣及服飾品業。
23. 由於中華徵信所的集團企業是每2年作一次統計，所以為了與集團企業作比較，將500大企業每年度的數據改為每兩年，即挑選1974年、1976年、1978年、1980年與1982年，作為計算平均比例的基礎。
24. 如前所述由於集團企業核心企業與分子企業的結構呈現一致性的移動，所以集團企業行業結構的數據則是以表15-7為主，但是選擇範圍是以製造業為主。
25. 中華民國對外貿易發展協會貿易資料處，《1970-1979年我國對外貿易》（中華民國對外貿易發展協會，1980年11月），頁181。

表15-4 500大企業製造業各行業入榜結構（1974-1983）

單位：家數

年別 業別	1974	1975	1976	1977	1978	1979	1980	1981	1982	1983
棉紡織業	33	32	43	49	46	48	45	44	42	39
毛紡織業	9	7	9	9	15	9	8	8	9	8
人纖製造業	17	20	19	17	23	21	17	19	17	15
人纖紡織業	23	23	32	54	47	41	40	37	47	46
成衣及服飾品業	30	30	29	42	25	30	27	34	34	31
石油化學製品業	-	-	-	8	14	9	8	12	16	15
紙及紙製品業	12	8	13	15	15	17	16	15	15	19
電子電器業	24	21	28	39	40	49	49	54	64	72
電線電纜業	7	6	8	9	8	8	11	9	9	12
鋼鐵製品業	31	29	40	34	46	48	32	43	33	38
交通工具及零件業	8	9	12	17	15	17	15	16	18	22
水泥及製品業	8	8	11	11	10	10	9	13	12	12
木竹籐製品及合板業	18	18	21	22	25	24	16	15	14	14
其他製造業	44	49	38	179	194	206	246	254	313	280
總計家數	264	260	303	505	523	537	539	573	643	623

資料來源：本文整理自中華徵信所《台灣經營企業風雲榜500TOP》，頁241-257。1、中華徵信所定義的前500大企業是指以營業淨額排名的前500名民營企業作為挑選的指標。2、1974年與1975年為400大製造業；其餘年度則為500大企業。部分入榜500大之企業係多角化經營，跨數種行業，故整家業超過500家。3、筆者發現部份資料出現不一致的現象。1974-1975年為400大製造業，但是入榜家數總計卻未超過400家，1976年為500大製造業，但是入榜家數總計卻未超過500家；石油化學製品業在此表中的1974-1976年屬於未入榜狀態，但是卻可以在營收上是列入500大製造業，並且有相關營業收入資料與外銷資料，兩者呈現不一致的現象。

圖15-1 500大企業製造業各行業入榜結構趨勢（1974-1983）

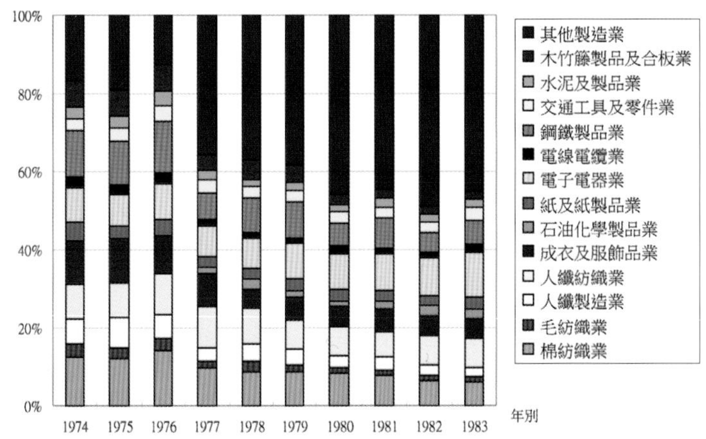

資料來源：同表15-4。

表15-5 500大企業製造業各行業營業收入與外銷總額（1974-1983）

單位：新台幣百萬元

年別		1974	1975	1976	1977	1978	1979	1980	1981	1982	1983
棉紡織業	營收總額	16,653	16,887	24,184	28,636	40,047	43,299	47,597	69,464	52,468	64,544
	外銷總額	13,662	13,632	15,966	18,314	21,379	27,055	25,637	36,308	23,178	27,709
	%	82.04	80.72	66.02	63.95	53.38	62.48	53.86	52.27	44.18	42.93
毛紡織業	營收總額	2,693	2,792	3,970	3,591	5,942	5,013	5,486	6,661	7,312	7,330
	外銷總額	972	518	1,368	887	2,728	1,736	1,857	2,681	2,922	3,111
	%	36.09	18.55	34.46	24.70	45.91	34.63	33.85	40.25	39.96	42.44
人纖製造業	營收總額	20,863	26,662	32,787	39,684	59,490	75,758	85,447	101,424	99,125	114,210
	外銷總額	6,579	8,860	10,184	11,286	24,175	29,255	42,599	35,756	34,317	35,086
	%	31.53	33.23	31.06	28.44	40.64	38.62	49.85	35.25	34.62	30.72
人纖紡織業	營收總額	7,142	7,625	11,386	34,046	40,960	40,258	57,154	45,802	93,202	91,799
	外銷總額	5,175	4,301	5,728	15,883	17,920	18,975	22,242	13,614	35,272	29,686
	%	72.46	56.41	50.31	46.65	43.75	47.13	38.92	29.72	37.84	32.34
成衣及服飾品業	營收總額	15,684	15,565	16,231	18,074	20,254	29,272	29,995	42,578	45,211	49,972
	外銷總額	13,200	12,240	12,702	12,755	13,723	17,328	18,178	26,742	25,436	31,039
	%	84.16	78.64	78.26	70.57	67.75	59.20	60.60	62.81	56.26	62.11
石油化學製品業	營收總額	16,736	19,194	32,166	17,809	35,651	29,600	35,779	36,876	28,922	58,569
	外銷總額	4,608	4,788	8,679	3,204	10,320	3,826	5,360	6,509	8,882	7,427
	%	27.53	24.95	26.98	17.99	28.95	12.93	14.98	17.65	30.71	12.68
紙及紙製品業	營收總額	6,416	5,788	8,221	10,009	12,120	18,389	21,435	34,564	33,034	42,409
	外銷總額	1,260	1,168	1,131	1,051	2,217	1,632	2,412	4,747	4,198	4,810
	%	19.64	20.18	13.76	10.50	18.29	8.87	11.25	13.73	12.71	11.34
電子電器業	營收總額	20,951	20,755	27,846	35,552	50,580	69,331	76,868	81,397	88,772	106,491
	外銷總額	4,728	3,549	7,280	9,916	15,845	23,021	24,977	30,956	34,318	49,905
	%	22.57	17.10	26.14	27.89	31.33	33.20	32.49	38.03	38.66	46.86
電線電纜業	營收總額	5,325	4,173	5,900	7,736	8,882	11,391	15,384	14,015	11,823	16,220
	外銷總額	1,071	1,536	1,104	1,074	1,504	1,254	2,813	2,943	2,842	3,221
	%	20.11	36.81	18.71	13.88	16.93	11.01	18.29	21.00	24.04	19.86
鋼鐵製品業	營收總額	19,099	16,119	21,960	14,954	26,333	34,429	27,937	36,317	29,852	44,943
	外銷總額	3,720	2,494	3,840	1,913	4,176	5,464	4,165	6,473	6,749	11,076
	%	19.48	15.47	17.49	12.79	15.86	15.87	14.91	17.82	22.61	24.64

年別		1974	1975	1976	1977	1978	1979	1980	1981	1982	1983
交通工具及零件業	營收總額	8,302	11,533	13,335	19,086	29,896	45,813	49,168	54,358	42,451	67,222
	外銷總額	128	108	228	1,198	1,708	1,848	2,044	3,184	2,814	6,113
	%	1.54	0.94	1.71	6.28	5.71	4.03	4.16	5.86	6.63	9.09
水泥及製品業	營收總額	8,603	10,833	14,761	17,347	19,708	23,262	32,475	40,235	37,149	41,698
	外銷總額	680	472	715	2,093	1,596	823	1,100	4,101	4,019	5,964
	%	7.90	4.36	4.84	12.07	8.10	3.54	3.39	10.19	10.82	14.30
木竹籐製品及合板業	營收總額	7,481	6,695	9,663	11,511	15,675	18,332	14,958	15,471	13,008	14,882
	外銷總額	6,408	4,698	7,287	7,610	8,582	13,407	9,674	10,098	7,909	10,397
	%	85.66	70.17	75.41	66.11	54.75	73.13	64.67	65.27	60.80	69.86
其他製造業	營收總額	10,274	12,728	15,230	133,130	139,342	226,266	278,544	359,267	508,664	556,277
	外銷總額	3,640	3,162	4,445	29,902	34,299	50,152	70,249	82,852	124,134	132,387
	%	35.43	24.84	29.19	22.46	24.61	22.17	25.22	23.06	24.40	23.80
營收總額合計(A)		166,222	177,349	237,640	391,165	504,880	670,413	778,227	938,429	1,090,993	1,276,566
外銷總額合計(B)		65,831	61,526	80,657	117,086	160,172	195,776	233,307	266,964	316,990	357,931
(B)/(A)(%)		39.60	34.69	33.94	29.93	31.72	29.20	29.98	28.45	29.06	28.04
總出口值(C)		213,718	201,468	309,913	355,240	468,509	579,299	712,195	829,756	864,248	1,005,422
出口貢獻度 (D)=(B)/(C)(%)		30.80	30.54	26.03	32.96	34.19	33.80	32.76	32.17	36.68	35.60
推估集團企業對出口貢獻度 (E)=(D)*40%		12.32	12.22	10.41	13.18	13.68	13.52	13.10	12.87	14.67	14.24

資料來源：整理自中華徵信所，《台灣經營企業風雲榜500TOP》，頁196-240；財政部統計處，《中華民國台灣地區出進口統計月報》；行政院主計處，《中華民國國民所得》。轉引自薛琦等，《台灣對外貿易發展論文集》（台北：聯經，1994），頁136。1、中華徵信所定義的前500大企業是指以營業淨額排名的前500名民營企業作為挑選的指標。2、1974年與1975年為400大製造業；其餘年度則為500大企業。3、本文將500大企業出口貢獻度乘以40%，用以推估集團企業對出口貢獻度。

另外，1974年14個行業中只有棉紡織業、人纖紡織業、成衣及服飾品業這3個泛紡織業與木竹籐製品及合板業是屬於外銷型，[26] 但是這些行業隨著時間與種種因素的變化，已經逐漸從外銷型轉向內銷型，至1983年僅有成衣及服飾品業與木竹籐製品及合板業是屬於外銷型。從此4種行業的營收總額與外銷總額來看，雖仍呈現逐年成長的情形，惟其外銷金額的成長較營收的成長慢，造成其外銷比例出現逐年下降的趨勢。

Authorship

26. 外銷型產業轉向內銷型產業可以由外銷總額占營收總額的比例進行判斷，若比例超過50%則可以視為外銷型產業。

其他外銷總額占營業總額比重不高的行業，諸如人纖製造業、石油化學製品業、紙及紙製品業、電線電纜業與其他製造業外銷比例逐年下降，但是毛紡織業、電子電器業、鋼鐵製品業、交通工具及零件業、水泥及製品業外銷比例卻呈現逐年上升，尤其是電子電器業從1974年的22.57%、逐年提高為1978年31.33%、1983年46.86%，每年外銷比例以平均2.43%成長。因此，1974-1983年，500大製造業的外銷結構，泛紡織業比例逐漸下降，取而代之的則是電子電器業與其他製造業。

綜上所述，若將500大製造業在外銷上的發展脈絡，對應至同時期集團企業，本文推測，1974-1983年台灣集團企業亦應是以內銷為主，惟對台灣出口貢獻度卻亦呈現逐年上升的趨勢。其次，就其出口結構而言，則亦應是從以紡織業為主，逐漸轉移主電子電器業與其他製造業。其三，根據表15-5所示，1977年「前500大民營企業」屬於集團企業者所占比重高達40%，因此若將500大企業出口貢獻度乘以40%，保守推估集團企業在該時期對出口貢獻度應至少為13%左右。

第四節 中小企業之增長

一、中小企業的認定

有關中小企業的認定，大致上各國所選取的指標都是以「員工人數」、「資本額」、「營業額」，做為中小企業的認定標準。[27]政府對於中小企業的認定標準，無論工業或服務業，均交互使用「資本額」、「營業額」、「資產總值」與「常雇員工人數」，作為指標。惟1982-1994年之間政府捨棄「常雇員工人數」作為指標。

從圖15-2來看，不論是資本額或是營業額的認定標準，從1967年為500萬、1982年為4,000萬、2005年為8,000萬與1億元，都有逐年提高的趨勢。逐年放寬資本額或是營業額認定標準的原因，在於必須要考慮經濟發展時所存在通貨膨脹的問題，這樣才能眞正反映事實眞相。若從一般物價水準上漲幅度，研判中小企業在資本額或是營業額的放寬程度是否能眞實反映通貨膨脹，從1995年的物價為116.05，比1991年增長為0.35倍，但是資本額增長為0.5倍、營業額增長為1倍，由此可知政府對於資本額與營業額指標皆有放寬的現象。[28]

Authorship

27. LEE&LI（1994）、Bulada, et al.（1989）及official journal of European Communities, NO. L107(1996), PP.4-9。（轉引自周添城、林志誠著，《台灣中小企業的發展機制》（台北：聯經出版事業，1999），附表一。）
28. 于宗先、王金利，《台灣中小企業的成長》（台北市：聯經，2000），頁16-22。

戰後台灣史

薛化元主編，《台灣貿易史》台北：外貿協會，2008→戰後

陳儀深、薛化元、李明峻、胡慶山編撰，《台灣國家定位的歷史與理論》，台北：玉山社，2004。第一章「台灣國家定位的歷史轉變」及第二章「從國際法理論檢視台灣的法地位」。

石田浩著、石浩田文集編譯小組譯，《台灣經濟的結構與開展 ： 台灣適用"開發獨裁"理論嗎?》(台北：稻鄉出版社，2007)→開發獨裁的定義

戴寶村，《近代台灣海運發展－戎克船到長榮海運》，台北：玉山社，2000。

薛化元、陳翠蓮、吳鯤魯、李福鐘、楊秀菁，《戰後臺灣人權史》，台北：國家人權紀念館籌備處，2003

陳翠蓮，《台灣人的抵抗與認同一九二O-一九五O》，台北：遠流出版社，2008。

薛化元，《台灣自由主義思想發展的歷史考察(1949-60):以《自由中國》反對黨問題為中心》，台北：桂冠圖書，1998

若林正丈著，洪金珠、許佩賢(譯)，《台灣：分裂國家與民主化》(台北：月旦出版社，1994)。→必考

黃英哲，《「去日本化」「再中國化」：戰後台灣文化重建 1945-1947》(台北：麥田出版社，2007)。

隅谷三喜男、涂照彥、劉進慶共著，雷慧英、吳偉健、耿景華譯，《台灣之經濟：典型 NIES 之成就與問題》，台北：人間出版社，1993。

若林正丈著、賴香吟譯，《蔣經國與李登輝》臺北：遠流，1998

劉進慶著、雷慧英譯，《戰後台灣經濟分析》，台北：人間出版社，1993。

劉士永，《光復初期臺灣經濟政策的檢討》，臺北：稻鄉，2007

趙暨昌，《美援的應用》(台北：聯經出版社)。

吳若予，戰後臺灣公營事業之政經分析，臺北：業強出版社，1992；初版

文馨瑩，《經計奇蹟的背後──臺灣美援經驗的政經分析(1951-1965)》，臺北：自立晚報，1990 年。

馬若夢、賴澤涵，《悲劇性的開端：臺灣二二八事變》，臺北：時報文化，1993。

李筱峰，《島嶼新胎記－從終戰到二二八》，臺北：自立晚報社，1993 年。

袁穎生，《光復前後的臺灣經濟》，臺北：聯經出版事業公司，1998 年。

李文環，〈戰後初期臺灣關貿政策之分析（上）〉，《臺灣風物》49：4，1999 年 12 月，頁 129-170。

李文環，〈戰後初期臺灣關貿政策之分析（下）〉，《臺灣風物》50：1，2000 年 3 月，頁 69-106。

李文環，〈戰後初期（1945-1947）台灣行政長官公署與駐台海關之矛盾與衝突〉，《臺灣史研究》13：1（2006 年 6 月），頁 99-148。

湯熙勇，〈恢復國籍的爭議：戰後初期旅外臺灣人的復籍問題，(1945-1947)〉，《人文及社會科學集刊》17 卷 2 期（2005 年 6 月），頁 393-437。

陳明通，〈派系政治與臺灣政治變遷〉，臺北：月旦出版社，1995 年→有時間再看

陳維曾，《法律與經濟奇蹟的締造─戰後台灣經濟發展與經貿法律體系互動之考察》，台北：元照出版公司，2000 年。

李登輝，《臺灣農業發展的經濟分析》，台北：聯經出版社，1980。

黃俊傑，《農復會與臺灣經驗：1949-1979》，臺北：三民書局，1991。

林滿紅，《一個經貿史的回顧─四百年來的兩岸分合》，臺北：自立晚報社，民 1994。

陳亮州，〈戰後台灣日產的接收與理〉，桃園：國立中央大學歷史研究所碩士論文，1998 年。

林滿紅，〈政權移轉與菁英綿續：台日貿易中的政商關係，1950-1961〉，國立清華大學當代中國研究中心編，《帝國

夾縫中的台灣國際研討會論文集》（台北：行政院文化建設委員會，2005），頁 325-379。

陳維曾，〈市場、國家、與法律：戰後台灣經濟發展與經貿法律體系互動之考察〉，《思與言》40：1（2002 年 3 月），39-124

台灣地位關係文書　日創社
自由化 民主化
二二八事件　美麗島 黨外運動
國會改革 威權體制 若林→

戰後 進口替代 出口導向

圖15-2 中小企業資本額與營業額的認定標準（1967-2005）

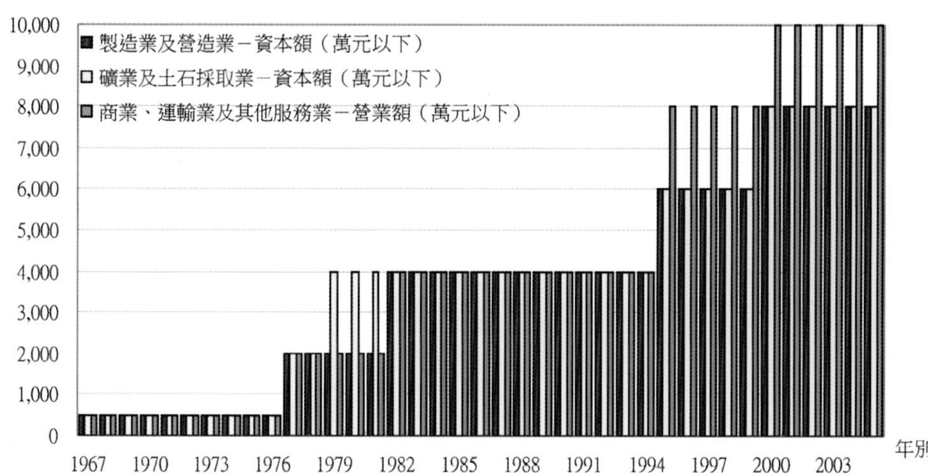

資料來源：吳惠林，《2006年中小企業白皮書》（經濟部中小企業處，2006年），頁274。1、1973-1976年商業、運輸業及其他服務業的數據為資本額。2、1977-1991年製造業及營造業的的認定標準，除了資本額之外還有資產總值，其資產總值分別為1977-1981年為6,000萬元、1982-1994年為1億2,000萬元，但是為了比較方便，在此圖省略。

從圖15-3來看，雖然政府一度捨棄「常雇員工人數」作爲指標，但是仍可看出，有別於資本額與營業額指標逐年增加的趨勢，政府對於中小企業常雇員工認定標準的分配呈現右偏情形，而這種現象則一定程度反映出1970年代台灣中小企業是以勞力密集生產方式參與世界經濟的分工。

二、中小企業的特徵

中小企業規模較小，因而具備一般家庭經營的共同特點，其生存條件與社會經濟的要素有很密切的關係。在台灣經濟中，尤其是中、小資本的成長和其成爲經濟發展承擔者的課題，簡要之，有如下特點：

（一）家庭經營的性質：根據1980年台閩地區工商普查結果，有77.34%之企業單位爲非公司組織，這些企業絕大多數是家族企業，甚至很多公司組織者亦屬家族企業，[29] 因此其資本組成皆爲業主夫婦子女一家人，由於業主爲保有企業之控制權，觀念上並不歡迎外來資本加入，而排斥外來資本，造成自有資本不足之現象，[30] 進而使業務無法持續進步與擴展，利潤

Authorship

29.《中華民國七十年台閩地區工商普查初步報告》，（行政院主計處，1982年9月），頁11。

30. 劉水深，〈台灣中小企業之內部管理問題〉，《台灣銀行季刊》，第34卷第3期，頁127-137。(轉引自陳明璋，《台灣中小企業發展論文集》，頁135）。

圖15-3 中小企業常雇員工的認定標準（1967-2005）

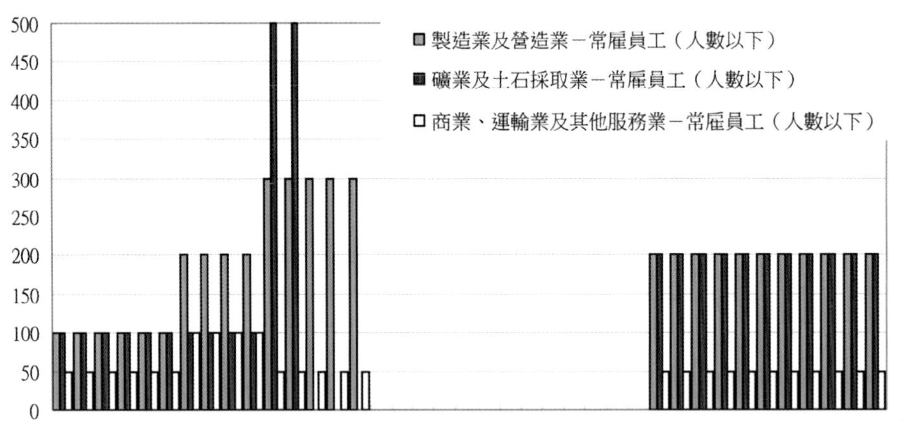

資料來源：吳惠林，《2006年中小企業白皮書》（經濟部中小企業處，2006年），頁274。。1973-1977年製造業及營造業常雇員工人數，以製衣製鞋、電子業在300人以下者、食品業在200人以下者、其他各業在100人以下者，相加平均計算而得。

減低，投資報酬受到限制，缺乏遠見，長期停留在小本經營範圍之內。[31] 這是與家庭制度和價值體系有密切關聯的問題，個人強烈的營利心和企業主意向的行動模式，根深柢固地存在於社會，並以企業主爲中心，擴大家庭經營。對內對外都會形成強大的經營主體。[32]

（二）依賴民間互助會進行融資：中小企業爲了保有企業之控制權，觀念上並不歡迎外來資本加入，再加上自有資本不足，申請銀行貸款又因爲無法提供足夠的抵押品而有頗多困難。[33]因此，中小企業經營者轉而向地下金融和互助金融進行融資，這些管道的資金來源多半是來自親戚朋友的借款、地下錢莊，甚至是企業間的借貸。[34] 例如：1982年民間企業資金來源有62%來自民間金融，[35]中型企業、小型企業的資金來源則超過50%是以借入與其他借款，[36]此點顯示出台灣地下金融發達的需求面。

Authorship

31. 張鈞，〈建立中小企業全面輔導體系之研究〉，《台北市銀月刊》（1975年3月），頁45-62。（轉引自陳明璋，《台灣中小企業發展論文集》，頁91）。
32. 劉進慶、涂照彥、隅谷三喜男，《台灣之經濟-典型NIES之成就與問題》（台北：人間出版社），頁154。
33. 張鈞，〈建立中小企業全面輔導體系之研究〉，《台北市銀月刊》（1975年3月），頁45-62。（轉引自陳明璋，《台灣中小企業發展論文集》，頁91）
34. 有關中小企業金融與地下金融可參見黃天麟，《中小企業融資問題之研究》（基層金融研究訓練中心，1981），以及林鐘雄，《防制地下金融活動問題之研究》（行政院研究發展考核委員會，1991）。
35. 陳介英，〈台灣中小企業資金運作的特色及其社會性形構條件〉，《中央研究院民族學研究所集刊》，第75期（1983），頁51。
36. 陳介英，〈台灣中小企業資金運作的特色及其社會性形構條件〉，頁51。

（三）勞力密集出口導向：由於自有資本不足，故傾向進入勞力密集之企業，且在經營策略上亦常以人力彌補資本之不足，[37]而且中小企業中，製造業者大部分是衛星工廠或中下游加工業，衛星工廠及多數外銷加工廠皆以訂單生產為主要生產方式，以致產品之規格及數量皆受制於人，產銷不穩定。

三、中小企業的發展——產業內容與產值

如表15-6與圖15-4所示，1966-1991年中小企業的行業結構除了礦業及土石採取業、水電燃氣業與其他服務業及其他營利事業，家數略有上下變動之外，其他各業的家數都呈現成長的態勢。其次，有高達1/2以上的家數集中在商業，而這些企業在資本額與技術門檻不高之條件下，使得台灣的商店多以該型態存在，[38]但是比重卻有下滑的趨勢。

另外，製造業與其他服務業及其他營利事業比例平均則是16.15%與13.74%，其中製造業的比重則是逐年上升，但是其他服務業及其他營利事業卻是逐年下降，其他行業如運輸倉儲通信業、金融保險不動產及工商服務業與營造業，雖然比重不高，但是趨勢則呈現逐年攀升的情形，這有可能是大型連鎖零售業與量販店的興起，[39]使得中小企業逐漸從商業向其他行業流動，惟各業之消長速度與變化並不明顯，使得中小企業行業結構比例大致上並未有太大的變化。

中小企業的產值由1976年的5,136億元增加到1986年的2兆564億元，10年間成長率為300%。從中小企業的產值結構來看，如表15-7所示，以商業部門最為顯著，自1976年開始由88.48%下降至1986年的84.94%，隨著經營型態逐漸轉向大型連鎖店之趨勢，呈現下降的現象，但是始終維持在80%上下。工業部門的中小企業產值比例雖有上升的趨勢，但並未如服務業顯著，惟營造業所占比重平均為47.27%，高於製造業的31.39%。

若從1976年的統計資料進行比較，即可發現1976年營造業產值占工業的比重為38.51%，製造業的比重為27.32%，但是1976年營造業就業占工業比重為14.37%，製造業的比重為83.36%，呈現製造業的就業比重高但產值比例卻較低的情形，究竟原因可能是由於從事勞力密集產出的製造業，所生產的產品附加價值低，造成就業人數雖是工業中比重最高的，但產值卻很低的現象。

Authorship

37. 劉水深，〈台灣中小企業之內部管理問題〉，《台灣銀行季刊》，第34卷第3期，頁127-137。轉引自陳明璋，《台灣中小企業發展論文集》，頁136。
38. 張鈞，〈建立中小企業全面輔導體系之研究〉，《台北市銀月刊》，（1975年3月），頁45~62。轉引自陳明璋主編，《台灣中小企業發展論文集》，頁90-91。
39. 李宗哲、陳幸美、張順教著、經濟部、中華經濟研究院主編，《總體環境與中小企業之發展》（渤海堂文化公司，1993年8月），頁44。

表15-6 中小企業行業結構趨勢（1961-1991）

年別	全體中小企業合計(%)	農林漁牧業(%)	礦業及土石採取業(%)	製造業(%)	水電燃氣業(%)	營造業(%)	商業(%)	運輸倉儲通信業(%)	金融保險不動產及工商服務業(%)	其他服務業及其他營利事業(%)
1961	100.00	-	0.49	28.64	0.08	2.40	50.65	0.89	1.24	15.61
1966	100.00	-	0.33	12.36	0.05	2.18	61.17	1.44	1.34	21.12
1971	100.00	-	0.13	14.87	0.04	2.11	63.08	1.71	1.57	16.50
1976	100.00	-	0.25	15.82	0.00	1.99	63.32	1.82	2.24	14.55
1981	100.00	-	0.18	17.57	0.00	2.42	61.75	2.94	2.84	12.29
1986	100.00	0.57	0.18	17.59	0.01	2.96	60.89	6.00	2.51	9.28
1991	100.00	0.38	0.17	18.66	0.03	3.83	60.20	4.24	3.81	8.68

資料來源：1961、1966、1971、1976、1981年整理自行政院主計處，《台閩地區工商業普查報告》之「綜合報告」統計數據；1986、1991年之統計數據整理自經濟部中小企業處、中華經濟研究院編，《中小企業白皮書》。1、「-」表示無數據。2、由於同一報告中之數據有所出入，故若「綜合報告」內無數據，則採用各該業別之統計表，因此有些數據會與其他2手資料有所不同。[40] 3、《中小企業白皮書》資料取自財政部財稅資料中心，歷年營業稅籍資料運算而得。4、中小企業的認定準則，本文是以1961、1966年以資本額500萬以下為基準、1971年以資本額不超過1,000萬元為基準、1976年以資本額不超過2,000萬元為基準、1981年以資本額不超過1億元為基準[41]、1986、1991年係以行政院修正之〈中小企業認定標準〉為依據。[42] 5、1961~1991年之統計數據僅指台灣與澎湖地區的統計，統計數據並未包括金門與馬祖地區。6、1966年因行業分類的改進，製造業普查範圍與過去不相符合，因此不能做時間數列的比較。1966年之製造業普查範圍包括已辦（應辦）工廠登記或小型工業登記之工廠，惟小規模之加工店、修理店，如腳踏車店、機車店、裁縫店、麵包店、豆腐店、醬園等等，未辦理或無須辦理工廠或小型工業登記者，列入其他營利事業或商品買賣業。但1961年普查此等加工店及修理店，則包括在製造業之內。[43] 7、「0.00」表示小於「0.01」。

圖15-4 中小企業行業結構趨勢（1961-1991）

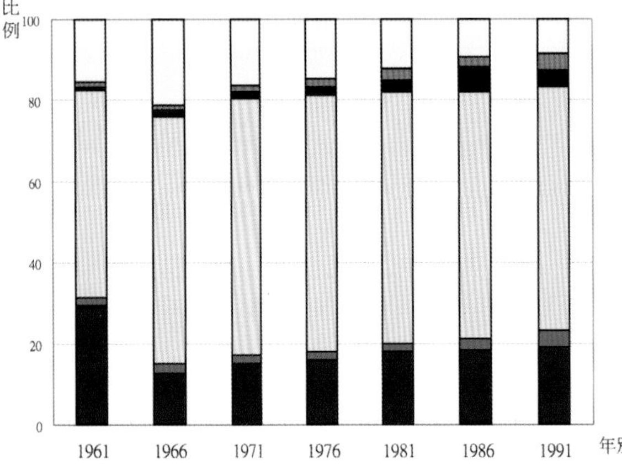

資料來源：同表15-6。

Authorship

40. 例如，本文與周添城的資料雖然資料來源相同，但是由於同一報告中之數據有所出入，故本文是以綜合報告為主，各行業別之統計表為輔的方式計算而的，因而與周添城的資料不論是行業別或是全部企業合計上皆有所出入。（周添城、林志誠，《台灣中小企業的發展機制－結構面的分析》（國科會專題研究計劃，1995年11月），頁40-41。）。
41. 依行政院頒布之「中小企業認定標準」為6,000萬，因「工商業普查報告」將5,000萬至1億元當做一個級距，故取1億元為基準。
42. 1961年的資本額以「實收資本額」為主；1966、1971、1976、1981年則以「實際運用資產總額」為主，此乃因「工商業普查報告」中沒有提供「實收資本額」之分組級距，無從得知中小企業數，故採用「實際運用資金」之數據。1976年雖有兩種數據，但為求資料一致性，仍延續使用「實際運用資金」之數據。
43. 行政院主計處，《台閩地區工商業普查報告》（第3冊製造業）。

表15-7 台灣中小企業產值結構與各業產值結構（1971-1991）

業別	中小企業各業產值占全體產業的比例(%)				各業產值占全體產業的比例(%)			
	1971年	1976年	1986年	1991年	1971年	1976年	1986年	1991年
礦業及土石採取業	5.88	20.95	32.83	55.37	0.06	0.67	0.37	0.27
製造業	26.72	27.32	33.83	37.67	47.48	71.61	69.36	60.10
水電燃氣業	3.16	0.83	1.17	1.24	1.79	2.70	3.10	2.62
營造(建築)業	51.19	38.51	45.56	53.80	2.74	4.68	4.04	6.40
工業小計	26.96	27.02	33.17	37.86	52.60	79.66	76.87	69.39
商業(商品買賣)	49.10	88.48	84.94	83.27	37.15	7.28	7.81	9.83
運輸倉儲通信業	-	26.42	27.67	29.29	-	6.48	5.96	6.10
金融保險工商服務業	-	39.31	28.64	33.78	-	6.57	9.37	14.68
其他營利事業	45.60	-	-	-	10.24	-	-	0.00
服務業小計	48.34	52.82	47.39	48.88	47.40	20.43	23.14	30.61
中小企業產值占全體產業的比例	37.90	32.27	36.46	41.23	100.00	100.00	100.00	100.00

資料來源：行政院主計處編，《台閩地區工商普查報告》1971、1976、1986、1991年版。（轉引自胡名雯，《台灣中小企業相對地位之演變（1961-1991年）－生存法則的應用》（1994年度中國經濟學會年會論文，1995年4月），頁21。表中「中小企業」的定義，指的是雇用人數百人以下的企業。

四、中小企業對拓展貿易的貢獻
——以製造業為例

綜觀1954年台灣製造業的發展概況，由於正值戰後復建工作大抵完成之際，工業生產水準已大致恢復至戰前水準，製造業廠商家數的規模分布在戰前既有的架構上進行調整。此時中小企業在延續戰前的產業規模分配與戰後私人資金籌措不易之下，使得生產技術仍多停留在零細加工的層次，故多以較小規模型態出現，家數所占比重雖高達99%以上，但產值及對出口的貢獻卻不明顯，食品製造業的出口及紡織業的產出皆由大企業所擔當，中小企業則多集中在傳統的零星加工業。[46]對台灣製造業中小企業而言，1954年尚處於醞釀階段，[47]此時出口擴張亦尚未正式展開，因此亦難以看出中小製造業具有顯著的出口導向發展跡象。[48]

Authorship

46. 林志誠，〈台灣出口導向中小製造業的形成機制〉，頁2-20。
47. 日本在經濟發展初期也出現小型企業占絕大多數的狀況，這是民間企業發展過程中的必經階段，請參見，劉進慶，《台灣戰後經濟分析》，頁130。
48. 林志誠，〈台灣出口導向中小製造業的形成機制〉，頁2-21。

進入1960年代，台灣經濟則開始出現明顯的出口擴張特徵。當時在產出及出口上皆具領先地位的食品業及紡織業仍由大企業所擔任，食品業中小企業的家數及雇用員工人數雖僅分別爲99.70%及55.1%，但39.38%的雇用員工人數集中在小型企業；而紡織業中小企業的雇用員工人數僅有38.33%，超過6成的員工則在大企業工作。

台灣中小企業出口貢獻及出口傾向的相關統計數據，一直是中小企業資料中最缺乏的部份。目前文獻上常用的出口貢獻資料是中小企業處根據財政部統計處的《中華民國台灣地區進出口貿易月報》及經濟部國際貿易局的《外銷製造績優廠商名錄》所作的推論。中小企業外銷金額係以全年外銷總額減除國貿局《外銷製造績優廠商名錄》中，資本額在新台幣4,000萬元以上之製造業與營業額在新台幣4,000萬元以上之貿易商外銷金額。

接著，以中小企業外銷金額中製造業與貿易商之比例依65：35估算，再估計出貿易業者中資本額即使在新台幣4,000萬元以下也有中小企業標準以上的出口的一部分占15%，進而推算出得中小企業的出口比重。[49] 1985年中小企業（資本金在新台幣4,000萬元以下）占出口比重分別爲：廠商中占64.4%，貿易商中占54.9%，二者占整個出口業的61.2%，這一估計被認爲是常識性的一般數字。[50]

這種推算方式作爲常識論是可以理解的，但相對較不科學。關於廠商的比重（65%）和貿易業者的非中小企業比重（15%），並沒有提供任何可靠的根據，且其中有相當的部分都是用估計推算而得的，尤以製造業及貿易商的出口金額以65:35來估算，似嫌粗略。再者，未將出口的另一承擔者，即外資系企業（廠商、綜合商社）抽離出來，而是合併推算，此亦可視爲另一不完善之處，而且統計時間是從1981年開始，無法掌握1970年代中小企業出口的情形。至於中小企業的內外銷傾向，大多數研究採用台銀經研室所出版《中華民國台灣地區工業財務狀況調查報告》的資料，其樣本的母體底冊爲台銀蒐集之各業廠商名單中，選取資本額超過新台幣100萬元者，1976年後更進一步以我國製造業、礦業、公用事業與建築業之各業同業公會會員名錄爲依據，選取資本額超過新台幣100萬元者。

本文擬以台銀經研室的《中華民國台灣地區工業財務狀況調查報告》中小企業與非中小企業的資料，說明1970年代中小企業的外銷變化。

Authorship

49. 中華民國經濟部中小企業處編，《中華民國台灣地區中小企業統計》（台北，1986年12月），頁234。
50. 劉進慶、涂照彥、隅谷三喜男，《台灣之經濟-典型NIES之成就與問題》，頁299-300。

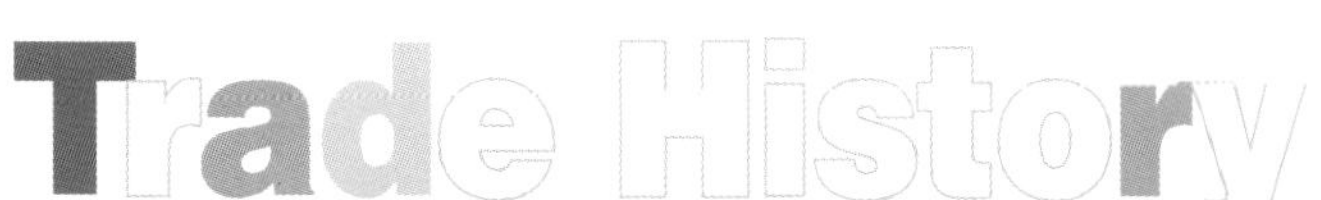

但是，首先要說明的是本文使用資料統計數據的解釋能力與範圍及樣本大小的問題。

首先，本文分析的主體是以「製造業」爲主的中小企業，雖然台銀對於中小企業的定義與政府的定義如出一轍，但是台銀是以資本額100萬元的各業廠商作爲母體底冊，因此本文受限於樣本的關係，對於統計數據的解釋，僅限於資本額100萬元以上的製造業廠商。

其次，由於台銀經研室的《中華民國台灣地區工業財務狀況調查報告》屬於抽樣調查，所以本文有必要計算樣本抽出率。本文利用1971年、1976年與1981年《台閩地區工商普查報告》的「製造業」中全部企業家數與中小企業家數，並且排除資本額100萬元以下的製造業廠商，來估計中小企業母體數。惟本文使用1986年的比例進行估計「資本額100萬以上之中小企業製造業總家數」，該比例應屬於較保守的估計。[51]

其三，資本額100萬以上之中小企業製造業的樣本抽出率平均1.86%，雖然有些研究者認爲台銀調查的統計資料有樣本規模偏大，樣本數太小的缺點，[52] 但相較於經濟部《2003年工商企業經營概況調查計劃》樣本單位數9,500家[53]與實際母體單位數爲1,161,878家，[54] 樣本抽出率僅0.8176%，以及經濟部《2005年製造業經營實況調查計劃》樣本單位數8,000家與母體單位數154,675家，樣本抽出率爲5.17%[55]，台銀所調查的統計資料，樣本數應未有太小的問題。

1970年代可說是台灣中小製造業邁入蓬勃發展的階段，同時亦是台灣出口擴張相當旺盛的時期。製造業中產出貢獻最爲突出的產業，如電機及電器業、成衣業、塑膠及其製品業，同時亦是位居出口貢獻首位的產業，這些產業都具有相當濃厚的出口傾向，而在這些產業之

Authorship

51. 本文利用1986年的比例對1971年、1976年與1981年進行資本額100萬以上之中小企業製造業總家數估計，在方法上似乎不算精確，但是在沒有其他更接近1970年代的數據下，筆者也只能以1986年的資料進行估計。雖然如此，若從1986~1999年中小企業製造業資本額100萬以下者占全體中小企業製造業比例逐年下降，從1986年的62.21%、1992年的51.60%，到1999年的44.54%，就可知1970年代的比例可能高於62.21%，因此筆者對於1970年代中小企業製造業資本額100萬以下者占全體中小企業製造業比例應屬保守。統計數據來源：經濟部中小企業處、中華經濟研究院編，《中小企業白皮書》（台北：經濟部）。
52. 林志誠，〈台灣出口導向中小製造業的形成機制〉，頁2-39。
53. https://cert.dgbas.gov.tw/ssl/data/43/43mos/brief/A0010092.htm。
54. 全體企業為1,172,633家數，扣除農林漁牧業為10,755家數，所以工商企業為1,161,878家數。（經濟部中小企業處、中華經濟研究院編，《中小企業白皮書》，（台北：經濟部，2003）。資料取自財政部財稅資料中心，歷年營業稅籍資料運算而得。
55. https://cert.dgbas.gov.tw/ssl/data/43/43mos/brief/A2930094.htm。

中，中小企業有較明顯的成長。[56]

從表15-8與圖15-5便可看出，1970年代台灣資本額100萬以上的中小製造業即具有濃厚的出口傾向，其外銷比例從1972年的55.68%、1976年的56.84%，攀升至1983年的75.06%。此外，藉由外商的技術擴散以及轉包制度的配合，中小企業的平均營業收入亦有顯著的成長，平均每年成長率為15.11%，而平均外銷收入的成長率亦有19.28%，顯示中小企業營業收入的成長多來自於外銷收入，尤其是1980年以後平均外銷收入的成長率為28.49%，在在都說明外銷對於中小企業的重要性，此點進而展現1970年代蓬勃發展的中小企業是依靠外銷所成就的面向。

Authorship

56. 林志誠，〈台灣出口導向中小製造業的形成機制〉（國立中興大學經濟學研究所博士論文，1997年12月），頁2-25。

表15-8 中小企業的內銷、外銷與營業收入（1972-1983） 單位：新台幣千元

年別	營業收入內銷部分	營業收入外銷部分	營業收入	中小企業樣本數	平均內銷	平均外銷	平均營業收入	外銷比例(%)	內銷比例(%)
1972	5,043,997	6,335,923	11,379,920	358	14,089.38	17,698.11	31,787.49	55.68	44.32
1973	5,031,570	7,019,918	12,051,488	358	14,054.66	19,608.71	33,663.37	58.25	41.75
1974	7,560,817	5,991,218	13,552,035	308	24,548.11	19,452.01	44,000.11	44.21	55.79
1975	7,305,660	8,891,626	16,197,286	308	23,719.68	28,868.92	52,588.59	54.90	45.10
1976	9,652,404	12,713,482	22,365,886	448	21,545.54	28,378.31	49,923.85	56.84	43.16
1977	12,571,573	13,918,588	26,490,161	448	28,061.55	31,068.28	59,129.82	52.54	47.46
1978	15,671,967	20,822,777	36,494,744	603	25,990.00	34,531.97	60,521.96	57.06	42.94
1979	18,840,832	25,146,322	43,987,154	603	31,245.16	41,702.03	72,947.19	57.17	42.83
1980	19,116,447	54,494,559	73,611,006	775	24,666.38	70,315.56	94,981.94	74.03	25.97
1981	20,947,447	58,375,097	79,322,544	775	27,028.96	75,322.71	102,351.67	73.59	26.41
1982	35,774,534	113,202,851	148,977,385	1,248	28,665.49	90,707.41	119,372.90	75.99	24.01
1983	44,292,706	133,336,633	177,629,339	1,248	35,490.95	106,840.25	142,331.20	75.06	24.94

資料來源：1972、1973年本文整理自台灣銀行經濟研究室編，《台灣地區工礦企業資金調查報告》第15輯（1975年3月），頁24。1974、1975年整理自台灣銀行經濟研究室編，《台灣地區工礦企業資金調查報告》第17輯（1977年5月），頁27。1976、1977年整理自台灣銀行經濟研究室編，《台灣地區工礦企業資金調查報告》第19輯（1978年12月），頁26。1978年、1979年整理自台灣銀行經濟研究室編，《中華民國台灣地區工業財務狀況調查報告》第21輯（1980年12月），頁20。1980年、1981年整理自台灣銀行經濟研究室編，《中華民國台灣地區工業財務狀況調查報告》第23輯（1982年12月），頁22。1982年、1983年整理自台灣銀行經濟研究室編，《中華民國台灣地區工業財務狀況調查報告》第25輯（1984年12月），頁16、19。

圖15-5　中小企業平均內銷、平均外銷與平均營業收入趨勢（1972-1983）

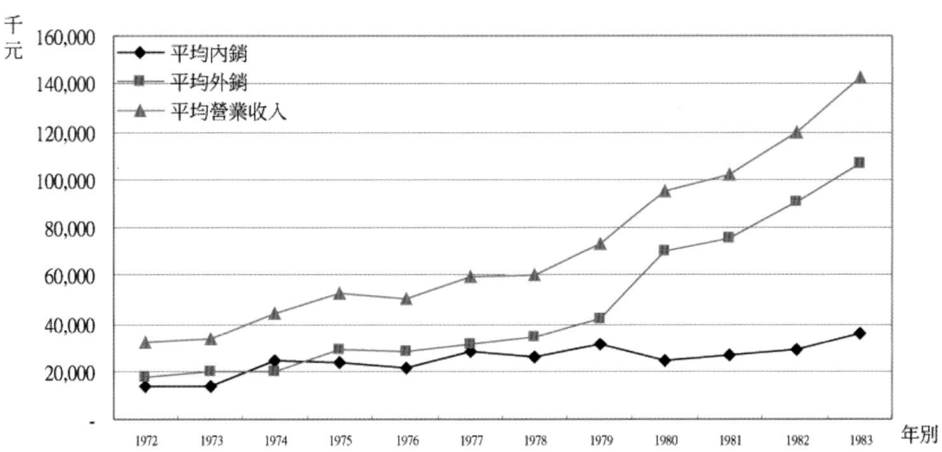

資料來源：同表15-8。

[Chapter 16]

▶▶經貿改革與出口持續擴張（1980-1989）

進入到1980年代以後，台灣雖然一方面不斷地累積對外貿易順差；但是另一方面，受到國際經濟環境的影響，產生了經貿改革的的壓力。由於1980年代初期美國財政赤字持續擴大，爲解決赤字問題，要求貿易對手國（尤其是日本）實行貨幣升值與開放市場等措施。台灣亦受此壓力，加速經貿自由化的腳步。同時，原來的「日-台-美」三角貿易結構也開始產生了變化。

第一節 出超擴大與經貿體制的改革壓力

1984年政府宣佈「經濟自由化、國際化、制度化」爲以後經濟發展的基本政策，[1] 其背景可說是在於1970年代後半以來出口的擴張。如圖16-1，台灣對外貿易於1970-1990年之間，除了1975、1982、1985年以外，皆不斷地成長。以成長率來看，1976-1980年台灣出口的平均年成長率約32.7%，進口的平均年成長率約爲25.8%。1980年到解嚴的1987年爲止，出口的平均年成長率爲16.9%，進口的平均年成長率爲12.8%。雖然進入1980以後，出口的平均年成長率降低，但是自1980年開始貿易順差卻連年成長，從1980年的7,800萬美元，增加到1984年的84億9,700萬美元，1987年的186億9,600萬美元。[2] 這顯示出貿易長期結構性失衡的問題，引發了國內外要求改革的壓力。一般而言，台灣對外貿易大量順差對國內經濟所帶來的不利影響，可以歸納爲以下幾點：

圖16-1 1970-1990年貿易總額、出口額、進口額的變化

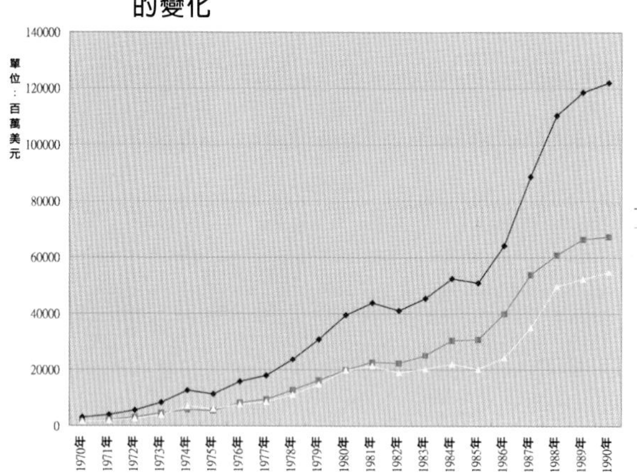

資料來源：根據拓殖大學アジア情報センター編，《東アジア長期経済統計》（東京：勁草書房，2002），頁282計算而得。（1）原始資料出自財政部統計處編《進出口貿易統計月報》各版。（2）出口是以FOB為基準，進口是以CIF為基準。

（1）新台幣升值的壓力增大。基於市場預期的影響，容易吸引海外熱錢回流。然而，這些熱錢並非用於長期投資，而是流向股

Authorship

1. 參見葉萬安，〈現階段我國經濟政策之檢討與前瞻——分析經濟自由化、國際化、制度化的背景〉，《自由中國之工業》，第71卷第3期，1989，頁1-14。
2. 根據拓殖大學アジア情報センター編，《東アジア長期経済統計》（東京：勁草書房，2002），頁282計算而得。原始資料出自財政部統計處編《進出口貿易統計月報》各版。

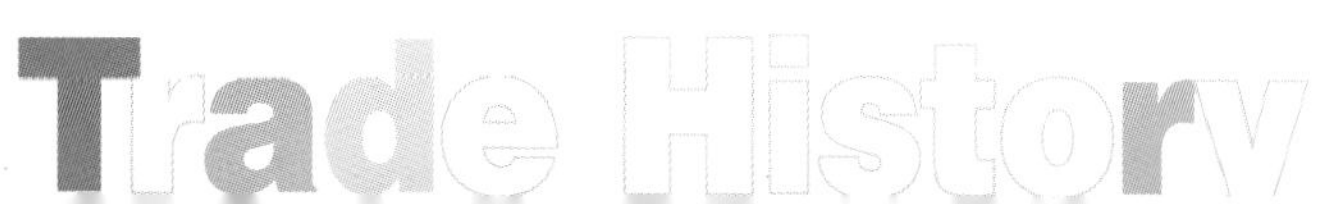

市、匯市等賺取短期的投機利益。

（2）固定匯率制度之下，央行為了維持固定匯率，必須釋出等值的新台幣。貨幣供給額大幅增加，將導致物價上漲。

（3）資源浪費。理論上一國或地區應該擁有適當的外匯儲備量，過少表示償付能力低下，影響對外的經濟地位；過多則表示國內有大量儲蓄沒有用於投資，造成資源浪費。

（4）投資意願低落。這是因為當時國內經濟結構環境下，受保護的國內產業沒有意願繼續投資以提升自身的競爭力。

（5）以勞力密集生產的傳統加工出口產業，受到保護而沒有追求生產效率的誘因。在投資與出口的優惠政策下，全體經濟資源配置受到扭曲。原本可以用於發展在其他方面的資本投資與勞力受到壓抑；另一方面，對於出口產業的租稅優惠措施，導致政府稅收減少，長期以來也削減政府公共投資的能力。

（6）由於保護國內市場而採行高關稅政策，使得國內消費者必須以高價購買進口商品，福利受到損失。[3]

十信案
資料來源：歷史照片資料庫，華藝數位股份有限公司。

十信案爆發後，存戶提款情況
資料來源：中央社。

Authorship

3. 以上說明整理自邱賜程編著，《台灣對外貿易》（台中：捷太出版社，1998），頁105-106；周濟，〈一九八○年代以來的總體經濟表現〉，收錄於施建生主編《一九八○年代以來台灣經濟發展經驗》第三章（台北：中華經濟研究院，1999），頁111。

這些因長期對外貿易大幅順差所產生的不利影響，已經帶給政府調整經貿政策的壓力。再者，1985年2月爆發的「十信弊案」更直接給政府非常大的改革壓力。「十信弊案」的規模高達新台幣100億元，這是台灣戰後規模最大的金融弊案。促使行政院於1985年5月成立「行政院經濟革新委員會」（以下簡稱經革會），檢討當時經濟問題，並提出經濟改革之建議。經革會所提出的經濟自由化之建議分爲金融、產業、貿易、經濟行政四大類，各類中亦提出具體的方法（參見表16-1），重點可說是放在金融與貿易方面。從其建議內容來看，基本上是主張漸進地開放國內市場。

表16-1　1985年行政院經濟改革委員會所提出的經濟自由化之建議

類別	改革方向
一、金融	1.提高公營銀行經營自主性
	2.開放民營金融機構設立
	3.銀行存放款利率逐步自由化
	4.適度放寬外匯管制
	5.維持金融秩序強化金融管理
	6.強化貨幣市場
二、產業	1.建立公民營企業公平競爭之環境
	2.消除對原料取得與產品銷售之不合理干預
	3.促進投資意願
三、貿易	積極推動貿易自由化
四、經濟行政	1.減少經濟管制，加強輔導服務，健全管理監督
	2.改進公營事業管理

資料來源：行政院，《行政院經濟改革委員會報告書第一冊：綜合報告》（行政院，1985）。轉引自朱雲鵬，〈經濟自由化政策之探討〉，收錄於施建生主編，《一九八〇年代以來台灣經濟發展經驗》第四章（台北：中華經濟研究院，1999），頁141-142。

行政院經濟革新委員會成立
資料來源：中央社

行政院經濟革新會議閉幕
資料來源：歷史照片資料庫，華藝數位股份有限公司。

另一方面，大幅的貿易順差，表示與貿易對手國的貿易摩擦越來越嚴重，因此來自貿易對手國的壓力當然無法忽略。1985年9月22日五大工業國（美國、日本、英國、法國、德國）的財政部長與中央銀行總裁，在紐約廣場飯店展開會議，並簽訂「廣場協定」（Plaza Accord），宣布以聯合干預外匯市場的方式，促使美元貶值。但是，由於台幣升值的速度相對較緩慢，一時間台灣出口更暢旺，使得1986年貿易順差從前年的106億2,400萬美元，一舉擴大到156億8,100萬美元。[4]這引起了美國的嚴重抗議，要求台灣必須更加的開放市場與加速經濟自由化的腳步。在這些內外壓力之下，政府終於在1987年，大幅地解除管制措施，施行經濟自由化政策與擴大國內需求政策。

第二節 進口管制的鬆綁與經貿自由化的改革

台灣在1970年代以前的貿易政策主要有二個面向，一是獎勵出口產業，一是保護以國內市場爲主的重化工業。在獎勵出口方面，包括能促進出口產業發展的各種租稅減免政策，或提供出口廠商低利貸款等；在進口保護政策方面，包括高關稅、進出口審議制度等。在此政策下，形成了原料與產品皆仰賴國際市場的中小企業，及壟斷國內市場的大型民營企業與公營企業的兩極分化現象。[5]結果，雖然創造了所謂「台灣經驗」或「台灣奇蹟」，但是巨額的貿易順差帶來了前述的種種矛盾問題，這些促進出口與保護進口的措施，到了1980年代後變成了改革的對象。

然而，1980年代後半的經貿自由化的改革可分兩方面來看，一是貿易自由化政策，另一是金融自由化政策。

一、貿易自由化政策

1985年經革會提出貿易自由化的方向爲逐漸降低關稅與放寬進出口限制。主要內容爲：（1.）有計劃的逐步降低關稅，名目平均關稅於1991年降到15-20%，2001年降到10%以下；（2.）放寬進出口限制。

Authorship

4. 拓殖大學アジア情報センター編《東アジア長期經濟統計》，頁282。
5. 參見石田浩著，石田浩文集編譯小組中譯，《台灣經濟的結構與開展 台灣適用「開發獨裁」理論嗎？》（自由思想學術基金會，2007）第五章，頁109-151。

（一）降低關稅：

由於1970年代後半開始台灣貿易順差有大幅度成長，故調降關稅其實是始於1979年中美貿易協商。受到美國的壓力影響，1979年減稅項目便由159項大幅增加爲996項，機動調整關稅的項目也從9項增加爲266項。進入1980年代以後，更多次大幅度調降關稅與增加減稅項目（參見表16-2）。

由1985年經革會的計劃來看，關稅的降低是漸進的。採取這種較溫和的措施，大抵是爲了緩和以國內市場爲主的產業受到的衝擊，以及降低財政收入減少帶來的不利影響。但實際上平均名目稅率的低減，是從1980年的31.71%，降到1989年的9.65%；平均實質稅率的低減，是從1980年的8.13%，降到1989年的6.28%，1998年更降到3.13%，[6]較原先經革會所建議的稅率降低許多，這或許是經由歷次中美諮商，迫於美國壓力所造成的結果。

表16-2 歷年關稅調降與平均關稅負擔率

年	關稅調降情況				平均關稅負擔率（%）
	稅則修正		機動調整關稅		
	減稅項目	免稅項目	調整次數	調整項目	
1972	242	39	2	18	
1973	415	--	4	27	
1974	94	4	13	103	
1975	273	2	12	33	
1976	44	11	8	20	
1977	--	--	7	17	
1978	159	4	4	9	
1979	996	16	7	266	
1980	432	21	8	466	8.13
1981	1604	23	8	207	7.45
1982	--	--	6	120	7.27
1983	106	5	10	225	7.72
1984	281	2	9	194	7.97
1985	1058	35	5	52	7.74
1986	777	28	3	30	7.79
1987	1699	15	7	1702	7.02
1988	3313	154	1	5	5.76
1989	--	--	2	709	6.28
1990	4545	155	1	75	5.40
1991	--	--	3	87	4.98
1992	1492	279	2	83	5.12
1993	--	--	4	47	4.99
1994	--	--	5	303	4.75
1995	--	--	5	303	4.22
1996	725	33	4	208	3.58
1997	--	--	6	220	3.41

資料來源：關稅調降資料來自經建會；平均關稅負擔率資料來自《財稅統計年報》，《進（出）口統計月報》。根據自陳添枝，〈貿易政策的演變〉，施建生主編《一九八○年代以來台灣經濟發展經驗》第十章，頁410-411表10.4與10.5作成。(1)關稅調降的年度是採會計年度計算，而平均關稅負擔率則是採普通年計算。(2)關稅負擔率＝關稅收入／進口金額。

Authorship

6. 施建生，〈台灣經濟發展經驗的體認〉，收錄於施建生編《1980年代以來台灣經濟發展經驗》第一章，頁25。

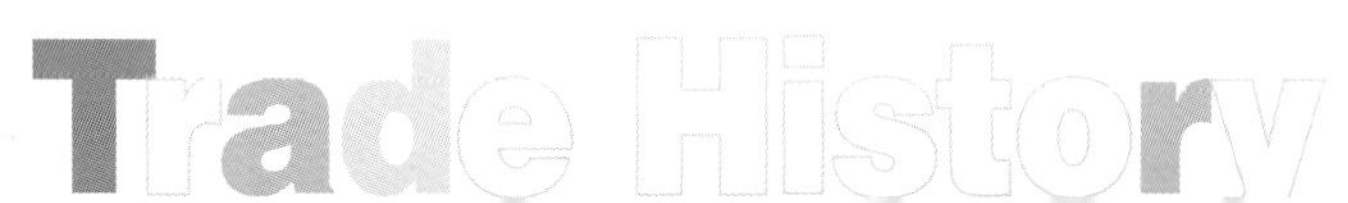

（二）放寬進口管制：

根據1985年經革會的建議，放寬進口管制限制的內容為：(1)進出口貨物管理採負面表列方式，除列舉項目外，准許廠商自由進出口，毋須輸出入許可證；(2)大宗物資自1987年7月1日起改為自由申報、自由採購。[7]

由表16-3來看，1984年到1989年的簽審比率呈現大幅下降之趨勢。所謂簽審產品，是指該類產品必須經過簽審才能進口。簽審比率越高，表示該類產品的進口管制越嚴格。此外，限制進口比率越高，也表示該類產品進口管制越嚴格。也就是說，1980年代的貿易自由化政策，的確對多類產品鬆綁進口限制，而這些大多是1970年代保護國內產業的產品項目。到了1990年代，除了武器類，幾乎所有類別的簽審比率皆大幅下降，有些類別的簽審比率甚至降至0。

二、金融自由化政策

1980年代以前，政府以管制金融體系，表示對於金融體系穩定性的重視。但是1985年爆發的「十信弊案」，顯示政府以管制來確保金融體系的穩定性，產生了極大的問題。以此為契機，1985年經革會對於金融自由化的改革方向，提出最多建議。由前16-1表可知，金融自由化的要點包括金融秩序的管理與貨幣市場機能的強化、開放民營金融機構的設立、利率自由化與

台幣升值與關稅降低後的影響
資料來源：歷史照片資料庫，華藝數位股份有限公司。

放寬外匯管制，分述如下。

（一）利率自由化

利率自由化與放寬外匯管制政策可說是1980年代後半期金融自由化的中心。1980年代以前，依據當時銀行法的規定，銀行存款利率的上限

Authorship

7. 行政院，《行政院經濟改革委員會報告書第一冊：綜合報告》（行政院，1985）。轉引自朱雲鵬，〈經濟自由化政策之探討〉，收錄於，施建生主編，《一九八O年代以來台灣經濟發展經驗》第四章，頁142。
8. 梁國樹、侯金英，〈金融自由化與國際化〉，收錄於許嘉棟編《台灣貨幣與金融論文集》第十六章（台北：聯經出版社，1995），頁516。

表16-3 1980-1990年代各類產品貿易自由化的情形

單位：%

產品類別	1984年	1989年			1997年		
	簽審比率	平均關稅率	限制進口比率	簽審比率	平均關稅率	限制進口比率	簽審比率
1.動物產品	82.7	27.3	15.8	81.7	24.8	13.0	5.2
2.植物產品	--	22.3	1.9	83.2	18.8	6.5	3.6
3.動植物油脂	--	13.5	1.2	82.6	9.4	4.1	0.0
4.調製食品	88.2	34.7	8.7	48.4	28.8	11.1	8.8
5.礦產品	51.4	3.4	2.2	42.2	1.9	1.3	13.0
6.化學品	96.6	6.7	2.6	33.6	4.3	3.5	2.6
7.塑膠及製品	99.8	6.7	2.3	18.9	5.2	0.5	0.8
8.皮革及製品	16.7	4.9	5.6	36.4	3.4	0.0	0.0
9.木材及木製品	20.1	6.9	0.0	2.2	3.3	0.0	0.0
10.紙及紙製品	67.1	7.0	3.1	15.7	5.1	0.0	0.4
11.紡織	100.0	12.0	0.2	2.4	9.8	0.0	0.1
12.鞋、帽等服飾	95.6	10.3	0.0	0.6	6.4	0.0	0.0
13.非金屬礦產	57.1	12.6	0.0	0.0	8.8	0.0	0.0
14.珠寶	100.0	2.1	0.0	34.6	0.5	0.0	0.0
15.基本金屬	98.9	9.5	0.1	12.5	6.9	0.1	0.1
16.機械、電機	91.1	8.9	0.1	17.3	6.4	0.1	0.1
17.交通工具	99.1	17.7	1.3	73.5	13.8	0.0	19.3
18.精密機器	98.9	6.4	0.0	35.7	4.3	0.0	0.1
19.武器	0.0	2.1	68.4	31.6	2.1	0.0	95.2
20.其他製品	65.7	8.8	0.0	5.8	6.1	0.0	0.1
21.藝術品	98.5	1.8	0.0	20.0	0.0	0.0	7.1
全體平均關稅		12.5			9.8		

資料來源：由《進出口產品分類表》及《海關進口稅則》計算而得，劉孟俊先生提供。轉引自陳添枝，〈貿易政策的演變〉，施建生主編《一九八○年代以來台灣經濟發展經驗》第十章，頁404。因1989年起進出口產品分類改變(採HS制),因此1984與1989年之分類不能完全對照，1984年所列動植物產品之分類實際上是農產品全體之分類（包括動物產品、植物產品與動植物油脂）。

由中央銀行訂定；各種放款利率上限則是由銀行公會議訂其幅度，然後報請中央銀行核定施行。[8] 雖然一定程度上是給了銀行決定放款利率的自由，但是這種方式所決定的銀行利率依然不能立刻且充分反映市場資金的供需狀況。當市場資金緊縮時候，貨幣市場的利率已經上揚了，但銀行利率卻無法及時調整；反之亦然。

而後，中央銀行爲使銀行利率的調整能較具有機動性與彈性，於1980年11月公布施行「銀行利率調整要點」，在上述利率調整基礎下，加強銀行因應資金供需而伸縮利率，將銀行公會議訂的放款利率的幅度酌予擴大。[9] 自銀行利率調整要點公布以來，到1982年底爲止，1年之間銀行各類存款利率的上下限調整了10次，各類放款利率的上下限調整了11次，調整頻率比以前頻繁，似乎顯示利率變動已較有彈性。[10]

1985年5月經革會提出經濟自由化的建議之後，利率自由化的進行開始加速。1985年11月中央銀行便公布廢止利率管理條例，取消最高存款利率不得超過最低放款利率之規定。[11] 此規定是經濟學者所認爲造成「金融壓抑」（financial repression）的原因。[12] 1986年6月，中央銀行又核定簡化存款利率上限種類（由13種變成4種），1989年7月20日頒布實施新的銀行法，將所有關於銀行存放款利率之管制取消，利率完全進入自由化。[13]

（二）放寬外匯管制

1985年經革會對於外匯管制放寬的建議：「(1)進出口（包括商品與勞務）外匯由審核制改爲申報制，簡化貿易收支結算方式；(2)目前中央銀行持有之外匯已達180億美元（未包括黃金），若加上外匯銀行持有之外匯，合計已超過200億美元，超過國內外資金調度所需要的額度，因此部份放寬外匯管制，允許有限度的金融性外匯交易，不僅在我國能力所及的範圍之內，且有助於超額外匯的有效應用，及奠定外匯自由化的基礎。」[14]

Authorship

9. 袁穎生，〈台灣之利率管理的演進〉，收錄於許嘉棟編《台灣貨幣與金融論文集》第十二章，頁391。
10. 參見李庸三、陳上程，〈台灣金融政策對工業化之影響〉，收錄於許嘉棟編《台灣貨幣與金融論文集》第十五章，頁488。
11. 梁國樹、侯金英，〈金融自由化與國際化〉，收錄於許嘉棟編《台灣貨幣與金融論文集》第十六章，頁517。
12. 參見Thomas Hellmann、Kevin Murdock、Joseph Stiglitz，〈金融抑制　新しいパラダイムに向けて〉，收錄於青木昌彦、金瀅基、奥野（藤原）正寛編，白鳥正喜監訳，《東アジアの経済発展と政府の役割　比較制度分析アプローチ》第六章（日本東京：日本経済新聞社，1999）。
13. 參見梁國樹、侯金英，〈金融自由化與國際化〉，收錄於許嘉棟編《台灣貨幣與金融論文集》第十六章，頁517。
14. 行政院，《行政院經濟改革委員會報告書第一冊：綜合報告》（行政院，1985）。轉引自朱雲鵬，〈經濟自由化政策之探討〉，收錄於施建生主編，《一九八Ｏ年代以來台灣經濟發展經驗》第四章，頁141。

央行此時雖然沒有立刻付諸實行放寬外匯管制，但是由於一方面美國不斷施壓；另一方面市場預期台幣將會升值，國內外皆有大量拋售美元，買進台幣的情況。[15] 因此央行在1985年底開始面臨極大的台幣升值壓力。例如，1986年3月18日甚至出現央行大規模干預匯市，單日買進1億5,000萬美元，以緩和台幣漲勢的紀錄。[16] 大量的干預匯率的結果，造成央行莫大的損失，也面臨通貨膨脹的壓力。而後，央行還宣布自1986年6月至1987年4月，外匯帳面上的匯兌損失已超過新台幣2,000億元。[17] 在此壓力下，央行亦寄望解除外匯管制，來紓解台幣升值的壓力。終於，1987年5月16日立法院通過修正管理外匯條例，7月15日全面實施新外匯制度：經常帳完全開放、資本帳有限度開放（個人及企業每年可自由匯出500萬美元，匯入5萬美元），匯入管理較匯出管理嚴格。[18]

立法院長倪文亞宣告通過解嚴
資料來源：中央社

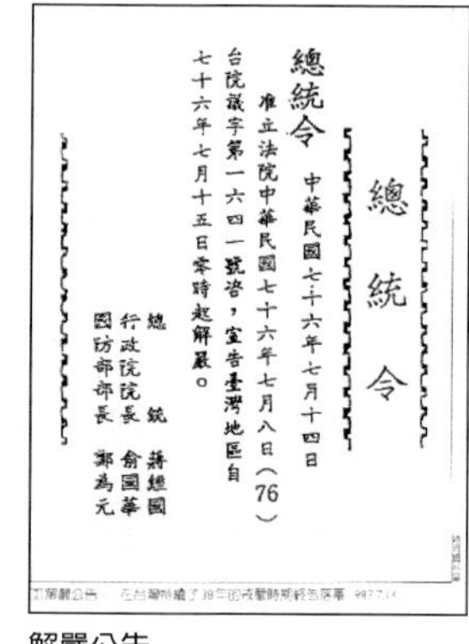

總統令

總統令　中華民國七十六年七月十四日

准立法院中華民國七十六年七月八日（76）台院議字第一六四一號咨，宣告臺灣地區自七十六年七月十五日零時起解嚴。

總　　統　蔣經國
行政院院長　俞國華
國防部部長　鄭為元

解嚴公告
資料來源：《台灣世紀回味》（遠流，2000），頁480。

新台幣升值問題
資料來源：中央社

美元跌破30
資料來源：中央社

1987年7月15日除了是外匯管制鬆綁的開始日之外，更重要的是解除戒嚴。伴隨著解嚴，政府於1987年11月開放大陸探親。開放大陸探親

Authorship

15. 朱雲鵬，〈經濟自由化政策之探討〉，收錄於施建生主編，《一九八〇年代以來台灣經濟發展經驗》第四章，頁143。
16. 台灣史料編纂小組，《台灣歷史年表：終戰篇III（1979-1988）》（台北：業強，1992），頁232。轉引自朱雲鵬，〈經濟自由化政策之探討〉，收錄於，施建生主編，《一九八〇年代以來台灣經濟發展經驗》第四章，頁141-142。
17. 朱雲鵬，〈經濟自由化政策之探討〉，收錄於施建生主編，《一九八〇年代以來台灣經濟發展經驗》第四章，頁143。
18. 于政長，〈新外匯管理制度之特色〉，《經濟日報》（1987年7月18日第2版）。

與外匯管制鬆綁（尤其是資本帳定額開放），使得台灣經濟產生非常大的變化，對中國經濟依賴的關係於焉展開，同時「日－台－美」三角貿易結構亦面臨調整，這點將於下節說明。

（三）開放民間設立銀行

民間銀行的設立主要是在1990年代初期進行的，但其立法程序則是在1980年代末期展開。根據1989年7月立法院三讀通過銀行法修正案，規定銀行分為三種：商業銀行、專業銀行、信託投資公司（第20條）。而後財政部根據銀行法公布商業銀行設立標準草案，其中規定銀行設立的最低資本額為新台幣100億元，定如此高的資本額，原是為了提高民營銀行的進入障礙，但是依然不能阻止民間設立銀行的申請。[19] 1990年4月行政院通過「商業銀行設立標準」，於1991年6月26日財政部公布申請核准的15家新民營銀行的名單。於是，1990年代金融體系的結構，也因為新民營銀行的設立展開新的局面。

第三節 美、日、台三角貿易關係的調整

台灣出口的急速成長，有學者認為這是台灣利用了「美國－NIES－日本」所形成的「經濟成長的三角貿易循環」網路。[20] 簡言之，台灣在這個經濟成長的三角貿易循環網路中所扮演的角色，就是從日本進口中間材料、零件，經

圖16-2　1952-1990年台灣對美日進出口額占總貿易額比重之變化

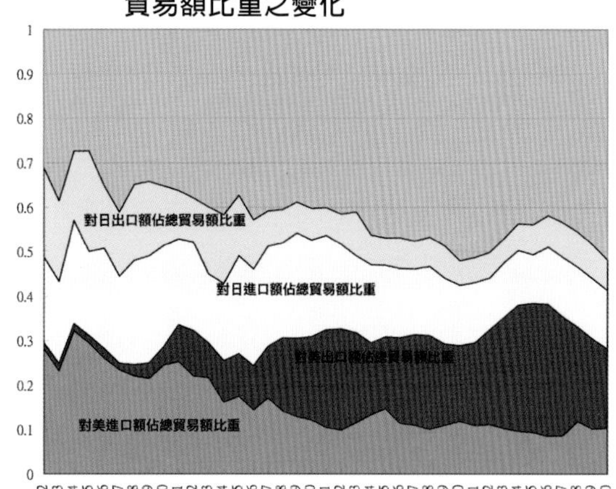

資料來源：根據自拓殖大學アジア情報センター編，《東アジア長期経済統計》，頁282,288-294計算而得。原始資料出自財政部統計處編《進出口貿易統計月報》各版。輸出為FOB基準；輸入為CIF基準。

過組裝加工後，再把製成品出口到美國。也就是說，台灣在這其中，是位於中轉基地的地位[21]。這表現在貿易收支上，則是台灣對日貿易逆差，對美貿易順差。從圖16-2可以看出，「美－

Authorship

19. 楊雅惠，〈金融制度與金融改革〉，收錄於施建生主編《一九八○年代以來台灣經濟發展經驗》第十一章，頁434。
20. 涂照彥，〈貿易——主導經濟增長的機動力〉，收錄於隅谷三喜男、劉進慶、涂照彥原著，雷慧英、吳偉健、耿景華中譯，《台灣之經濟——典型NIES之成就與問題》第五章（台北：人間出版社，1995），頁282。NIES指的是新興工業化經濟體（Newly Industrializied Economies），或稱亞洲四小龍。
21. 涂照彥，〈貿易——主導經濟增長的機動力〉，收錄於隅谷三喜男、劉進慶、　照彥原著，雷慧英、吳偉健、耿景華中譯，《台灣之經濟——典型NIES之成就與問題》第五章，頁296。

台－日」三角貿易結構大約是在1960年代就已經形成了。大約自1964年開始，從日本的進口就已大於從美國的進口；而從1967年開始，對美國的出口大於對日本的出口。若考慮到對美貿易收支的順差化與定著化的話，則這個三角貿易網路的形成可說是在1968年。[22]

在此三角貿易結構之下，長期以來對日本貿易逆差是由對美國貿易順差來塡補。但是，1988年後半以後，因爲台幣升值與國內市場開放的結果，對美國出口占全體出口總額的比重，有下降的傾向。也就是說「美－台－日」的三角貿易結構產生變化，尋求代替美國的出口市場，成爲1980年代末台灣經濟的一大課題。

第四節 產業結構的調整轉型

1980年代除了經貿自由化的進行之外，產業升級亦是主要課題。由於1979年第二次能源危機發生後，國際經濟不景氣，保護主義興起，國內面臨台幣與工資上漲的壓力，傳統的勞力密集產業競爭力受到東南亞國家或中國的威脅。在此背景之下，政府著手於發展策略性工業，欲發展資本密集、技術密集的產業，提升國際競爭力。

1981年12月行政院召開第二次全國經濟會議，會中提出推動所謂「策略性工業」發展的概念，並以資訊電子及機械工業（含電機工業及運輸工具工業）爲策略性工業的代表。1982年3月經濟部工業局於邀集財政部關政司、交通銀行技術處、工研院、金屬工業發展中心與機械及電工器材同業公會等單位成立「策略性工業審議委員會」，決定策略性工業產品的範圍，決定策略性工業獎勵的對象。最初主要是根據產業關聯效果大、市場潛力大、技術密集度高、附加價值高、能源係數低、汙染程度低的篩選標準，選定145項產品作爲獎勵對象。同年底又增列資訊軟體等六項產品於電子資訊類的產品中，機械類與電子資訊類產品合計至151

俞國華報告第二次全國經濟會議籌備情形
資料來源：中央社

Authorship

22. 涂照彥，〈貿易──主導經濟增長的機動力〉，收錄於隅谷三喜男、劉進慶、涂照彥原著，雷慧英、吳偉健、耿景華中譯，《台灣之經濟──典型NIES之成就與問題》第五章，頁282。

項。之後，策略性工業產品的項目經過幾次變更，列如表16-4。以1987年底的情況來看，雖然總共有機械、資訊電子、生物科技、材料四大類產業，但是仍是以機械與資訊電子兩類爲主要促進發展的對象。

1986年自動化機具大展
資料來源：歷史照片資料庫，華藝數位股份有限公司。

表16-4　策略性工業的範圍

公布或修正時間	策略性工業產品項目總數	適用產業及其涵蓋品數目
1982年初	145	機械（87項）、電子資訊（58項）
1982年底	151	列資訊軟體等六項產品電子資訊類產品中（機械（87項）、電子資訊（64項））
1984年底	171	機械、電子資訊類產品之內目調整為主
1986年初	199	增加生物科技大項（機械（92項）、資訊電子（91項）、生物科技（16項））
1987年底	214	增加材料科技大項（機械（98項）、資訊電子（87項）、生物科技（16項）、材料（13項））

資料來源：經濟部工業局。轉引自工業技術研究院工業經濟研究中心，《策略性工業金融獎勵措施之評估及改進建議》（工業技術研究院工業經濟中心，1990），頁10。

政府對促進策略性工業發展的措施主要是資金融通（包括融資、投資、信用保證、租稅減免）、經營管理與技術輔導等方面。但是，根據工研院的研究指出，策略性工業政策實施後，申請技術與管理輔導的案件並不多，也就是說廠商似乎比較歡迎的獎勵措施是以低利融資爲主。[23]

Authorship

23. 工業技術研究院工業經濟研究中心，《策略性工業金融獎勵措施之評估及改進建議》（工業技術研究院工業經濟中心，1990），頁6。

表16-5 機械業與資訊電子業發展概況統計表

單位：新台幣百萬元

	製造業		機械業		電子資訊業	
	1976-1982年	1983-1988年	1976-1982年	1983-1988年	1976-1982年	1983-1988年
1.實質平均每年生產總值(以1986年為基期；新台幣百萬元)	1,868,836	2,889,661	61,877	113,332	169,494	415,961
2.生產總值成長率	6.89%	9.08%	7.98%	14.12%	16.19%	18.66%
3.生產總值占製造業生產總值之比重	100.0%	100.0%	3.31%	3.92%	9.07%	14.39%
4.實質平均每年出口總值(以1986年為基期；新台幣百萬元)	626,104	1,360,887	26,938	59,799	111,186	327,468
5.出口總值成長率	10.49%	14.32%	9.26%	18.12%	14.19%	24.23%
6.出口總值占製造業出口總值之比重	100.0%	100.0%	4.30%	4.39%	17.76%	24.06%
7.出口總值占生產總值之比率	33.50%	47.10%	43.53%	52.76%	65.50%	78.73%
8.進口依存度	21.79%	30.21%	54.07%	60.22%	55.38%	62.32%
9.國內自給率	78.21%	69.79%	45.93%	39.78%	44.62%	37.68%
10.產值成長因素						
進口替代效果(A)	7.41%	-37.87%	45.61%	-18.64%	29.02%	-14.56%
國內需求擴張效果(B)	47.55%	78.64%	27.96%	74.97%	35.11%	40.61%
出口擴張效果(C)	45.04%	59.23%	26.44%	43.68%	35.88%	73.95%
11.企業規模						
中小型企業(A)	98.05%	98.40%	99.53%	99.53%	91.80%	89.82%
大型企業(B)	1.95%	1.60%	0.47%	0.47%	8.20%	10.08%
12.平均每一企業員工人數(人)	1.0	1.0	0.50	0.50	2.75	2.46
13.每千元營業額投入研究發展經費(元)	---		---	11.78	---	9.65
14.銀行對該業放款額度占製造業之比重	100.0%	100.0%	19.11%	25.00%	---	---
15.實質平均資本形成毛額(以1981年為基期)	136,135	119,344	4,652	3,334	13,188	19,822

資料來源：經濟部統計處,《中華民國工業生產統計月報》，財政部統計處，《中華民國進出口貿易統計資料》，行政院主計處，《工商普查報告》，行政院國科會《全國科技動態調查報告》，中央銀行經濟研究處《中華民國台灣地區金融統計月報》。轉引自楊雅惠、任立中、周榮乾，《台灣策略性工業獎勵措施之成效評估：廠商調查分析》（台北：中華經濟研究院，1990年），頁61。（1）該表資料已做過物價平減。（2）第10項中A，B，C三項之合為100。（3）第11項中A，B之和為100。（4）第14項之資料將機械業與資訊電子業合併計算，故該項資料為二者之合計。

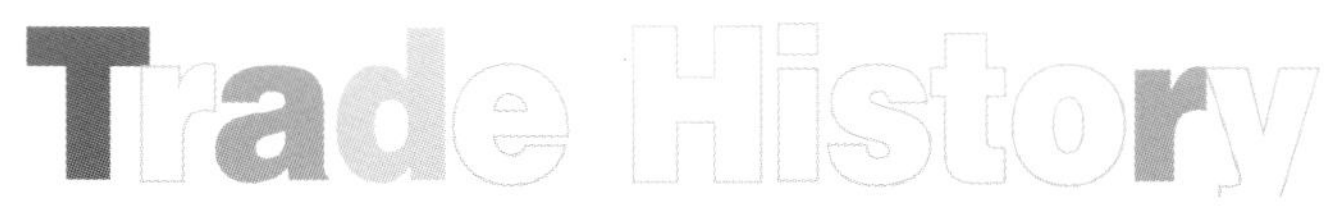

表16-6 1980-1995年代台灣經濟結構變化

1.資源分配結構（占GNP%）					
年	個人消費支出	政府消費支出	投資	出口-商品勞務	進口-商品勞務
1980年	51.6	15.9	33.8	52.6	53.8
1985年	50.2	15.9	18.7	53.3	39.8
1990年	53.5	16.8	22.5	45.6	40.8
1995年	58.5	15.3	23.5	48.3	46.1

2.生產結構（占GDP%）			
年	農業	工業	服務業
1980年	7.7	45.7	46.6
1985年	5.8	46.3	47.9
1990年	4.2	41.2	54.6
1995年	3.5	36.3	60.2

3.就業結構（占總就業%）			
年	農業	工業	服務業
1980年	19.5	42.5	38.0
1985年	17.5	41.6	41.0
1990年	12.8	40.8	46.3
1995年	10.6	38.7	50.7

4.製造業生產結構（占製造業總生產%）				
年	重化工業	輕工業	民營	公營
1980年	46.2	53.8	85.5	14.5
1985年	47.4	52.6	87.7	12.3
1990年	55.9	44.1	89.7	10.6
1995年	66.4	33.6	91.1	8.9

5.出口結構（占出口總額%）				
年	農產品及農產加工品	工業產品	重化工業產品	非重化工業產品
1980年	9.2	90.8	35.6	64.4
1985年	6.1	93.9	34.1	65.9
1990年	4.5	95.5	46.7	53.3
1995年	3.8	96.2	59.2	40.8

6.進口結構（占進口總額%）			
年	資本設備	農工原料	消費品
1980年	23.4	70.8	5.8
1985年	14.1	76.9	9.0
1990年	17.5	70.4	12.0
1995年	16.3	72.0	11.7

資料來源：周濟，〈一九八〇年代以來的總體經濟表現〉，收錄於施建生主編《一九八〇年代以來台灣經濟發展經驗》第三章，頁118。

從結果來看，根據中華經濟研究院的研究顯示（參見表16-5），受到策略性工業獎勵措施的影響，機械業與電子資訊業在全體製造業中所占的產值比重、出口值比重均增加。[24]但是從該表也顯示兩者的發展結果並不相同：（1）投資額的增加上，電子資訊業的資本形成毛額增加，但機械業的資本形成毛額卻在減少；（2）企業規模上，機械業有99%以上是中小型企業，而電子資訊業屬於大型企業的比重大於機械業的比重，且似乎有上升趨勢；（3）電子資訊業的產品以出口爲主（1983-1988年間平均78%以上的產品出口），而機械業的產品則大多是以國內市場爲主。

表16-7 1987-1990年間台灣對外投資的情形

單位：百萬美元；%

年	香港 日本 東協各國	亞洲其他地區	美國	中南美	歐洲	非洲	澳洲	合計
1986	8.4	--	46.0	0.8	0.2	0.9	0.7	56.9
	(9)	(--)	(16)	(4)	(1)	(1)	(1)	(32)
1987	20.9	0.5	70.1	0.2	10.2	1.0	--	102.8
	(20)	(1)	(21)	(2)	(3)	(--)	(--)	(45)
1988	69.2	0.1	123.3	2.0	17.0	1.0	6.1	218.7
	(47)	(1)	(72)	(1)	(16)	(1)	(2)	(109)
1989	292.8	3.6	508.7	44.7	73.3	7.9	--	931.0
	(76)	(4)	(55)	(4)	(13)	(1)	(--)	(153)
1990	602.3	0.6	428.7	240.3	265.9	3.0	1.4	1,552.2
	(151)	(3)	(14)	(9)	(35)	(2)	--	(315)
1980-90	993.6	4.8	1,176.8	288.0	366.6	23.8	8.2	2,861.8
	(303)	(9)	(178)	(20)	(68)	(5)	(3)	(586)

資料來源：經濟部投資審議委員會《中華民國對外投資統計年報》，1990年12月，頁51-54。根據涂照彥，〈貿易——主導經濟增長的機動力〉，收錄於隅谷三喜男、劉進慶、涂照彥原著，雷慧英、吳偉健、耿景華中譯，《台灣之經濟——典型NIES之成就與問題》第五章，頁319作成。金額為認可金額，括弧內為件數。

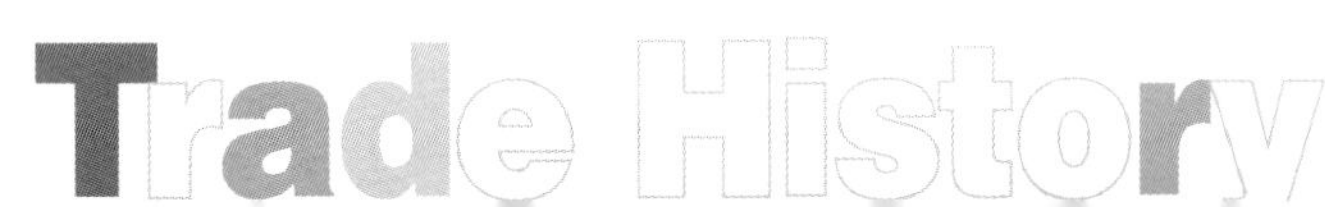

上述的策略性工業獎勵政策的推行雖然促進機械業與電子資訊業的成長，惟吾人亦不能忽略其他諸如國外市場需求因素、國內勞力水準提高、廠商生產技術提升等因素，也是造成產業升級，經濟結構產生變化的因素。

表16-6顯示1980年以後，產業結構方面，國內生產毛額（GDP）中各產業的比重，是農業依舊逐漸減少，工業的比重下降，代之而起的是服務業的比重上升。就業結構中，也是從事服務業的人口最多。此外，從製造業的結構可以看出產業升級的成果，重化工業的比重上升，輕工業的比重下降，同時民營事業比重繼續增加，公營事業的比重下降。出口結構表示重化工業產品與非重化工業產品占出口比重的消長，也可看出產業升級的成果。而進口結構的變化項目中，消費品的比重增加顯示國內需求增加，農工原料則大致維持在70%以上的比例。

第五節 對外投資與中國的經貿關係

1985年五大工業國簽定廣場協定，決定以聯合干預市場的方式使美元貶值，新台幣從而升值。新台幣升值美元貶值的結果，台灣工資上漲，以勞力密集產業加工出口為主的中小企業，出口競爭力被削弱。新台幣升值破壞了加工出口型的經濟體系，台灣企業開始將生產據點移轉到東南亞地區[25]，以及增加對外投資。表16-7顯示1987-1990年間台灣對外投資的變化，台灣對外投資自1987年以後快速增加，且投資重點從美國移轉到東南亞。也就是說對美國投資到1980年代末是下降的，而對香港、日本、東協各國的投資是上升的。就核可件數來看，美國的件數較少，香港、日本、東協各國的件數較多，顯示投資到美國的平均規模較大，而投資到香港、日本、東協各國的平均規模較小。

Authorship

24. 楊雅惠、任立中、周榮乾，《台灣策略性工業獎勵措施之成效評估：廠商調查分析》（台北：中華經濟研究院，1990），頁60。
25. 石田浩原著，石田浩文集編譯小組中譯，《台灣民主化與中台經濟關係——政治內向化與經濟外向化》（台北：自由思想學術基金會，2007），頁87。

大體而言 ，個別產業對外投資的情況，1960-80年代個別產業平均對外投資的比重以製造業最高。就1980年代後半到1990年爲止來看，製造業對外投資額占對外投資總額的比重雖然在1990年有所下降，但是投資金額並沒有減少，而是增加的。這是因爲銀行保險的對外投資比重大幅增加，使製造業的比重相對下降。此外，製造業對外投資的業種來看，1986-89年間電子電器業呈現下滑趨勢，但是1990年又劇烈增加；而化學工業則是相反，在1986-1989年間是呈增加趨勢，但1990年劇烈減少。(參見表16-8)

在這樣的對外投資增加趨勢之中，值得注意的是對中國投資的關係。雖然政府自1990年10月才公布「對大陸地區從事間接投資或技術合作管理辦法」，准許對中國間接投資，但是早在1987年7月解嚴與解除外匯管制開始，對中國投資的情形便已存在了。而對中國貿易順差的急速增加。台灣經濟遭遇對美貿易順差減少與對日貿易逆差增加，經濟結構有所轉變。亦即台灣的對日貿易逆差，已不再仰賴對美貿易順差來彌補，轉變成以對中國貿易順差來彌補。如此一來，1970年代以來的「日－台－美」三角貿易結構，到了1980年代末期進入1990年代之後，逐漸轉變爲「日－台－中國」的三角貿易結構[26]。台灣對中國貿易依賴的關係逐漸擴大。

在本章綜觀了：(1)1980年代台灣經濟自由化的國內外因素及經濟自由化的具體政策與結果；(2)因應1970年代末期的國際不景氣所推行的策略性工業政策，到了1980年代具體實施之後，帶來了產業結構調整的轉變；(3)兩者相互影響之下，台灣經濟結構也有所調整，同時隨著經濟自由化的腳步，台灣對美日的貿易關係開始有了轉變，對中國的貿易開始逐漸擴大。1980年代的這些變化，進入1990年代以後，面對全球化的趨勢，台灣的經貿發展又到了一個新的階段。

Authorship

26. 石田浩原著，石田浩文集編譯小組中譯，《台灣民主化與中台經濟關係——政治內向化與經濟外向化》（台北：自由思想學術基金會，2007），頁89-90。

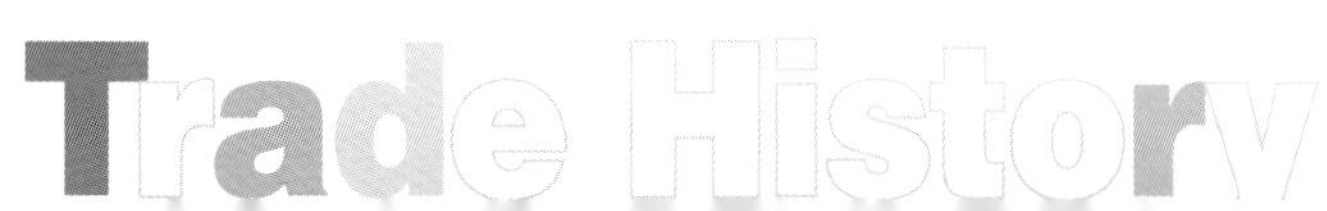

表16-8 台灣的產業別對外投資（1986-1990）

單位：百萬美元；%

	1986年		1987年		1988		1989年		1990年		1959-1990	
	金額	構成比	金額	構成比	金額	構成比	金額	構成比	金額	構成比	金額	構成比
製造業	35.9	63.1	71.6	69.7	86	39.3	649.8	69.8	915.3	59	1941.9	63.1
	(17)		(22)		(48)		(94)		(163)		(489)	
電子電器	23.3	41.0	39.6	38.5	39.5	18.1	121.9	13.1	423.9	27.3	717.7	23.3
	(5)		(9)		(24)		(56)		(88)		(220)	
飲食加工	--	--	5.0	4.9	2.0	0.9	0.1	(--)	163.7	10.6	180.5	5.9
	(--)		(1)		(2)		(1)		(5)		(24)	
有色金屬	--	--	4.0	3.9	1.0	0.5	1.3	(0.1)	121.4	7.8	141.7	4.6
	(--)		(1)		0		(1)		(8)		(25)	
化學工業	0.5	0.9	9.1	8.9	28.4	13.0	414.9	44.6	77.9	5.0	573.2	18.6
	(1)		(5)		(3)		(9)		(7)		(36)	
紡織工業	--	--	0.7	0.7	3.7	(--)	37.6	4.0	50.2	3.2	103.3	3.4
	(--)		(1)		(2)		(6)		(16)		(40)	
銀行保險	15.3	26.8	--	(--)	4.0	1.8	172.4	18.5	498.5	32.1	691.2	22.5
	(4)		(--)		(1)		(11)		(35)		(52)	
服務業	2.9	5.1	9.0	8.8	111.6	51.0	54.4	5.8	43.2	2.8	229.7	7.5
	(4)		(11)		(41)		(14)		(14)		(93)	
其他	2.8	4.9	22.0	21.4	17.1	7.8	54.4	5.8	95.2	6.1	213.7	7.0
	(7)		(12)		(19)		(34)		(93)		(239)	
總計	56.9	100.0	102.8	100.0	218.7	100.0	931.0	100.0	1552.2	100.0	3076.5	100.0
	(32)		(45)		(109)		(153)		(315)		(873)	

資料來源：經濟部投資審譯委員會《中華民國對外投資統計年報》(1990年12月)，頁51-54。轉引自涂照彥，〈貿易──主導經濟增長的機動力〉，收錄於隅谷三喜男、劉進慶、涂照彥 原著，雷慧英、吳偉健、耿景華中譯，《台灣之經濟──典型NIES之成就與問題》第五章，頁320。金額欄括弧內數字為件數。

[Chapter 17]

▶▶經貿結構的調整與積極參與國際經貿組織

1980年代末期後，台灣經貿史上發生了兩件重大事件：首先，1987年政府解除戒嚴，除開放對中國的間接貿易與投資，亦強化與鄰近國家的經貿往來；其次，2002年台灣加入「世界貿易組織」(World Trade Organization, WTO)，台灣經貿國際化與自由化，促成國內產業的調整。本章主要討論，台灣對中國及亞洲鄰近市場的貿易與投資；以及台灣加入國際經貿組織的歷史過程；同時說明台灣加入國際經貿組織及經貿自由化，對國內產業結構造成的衝擊與調整。

第一節 中國及亞洲鄰近市場的貿易與投資

台灣出口快速擴張之結果，亦伴隨著鄰近國家市場的經濟起飛。1987年解嚴，在必須降低成本的國際競爭壓力下，台灣對中國大陸開放間接貿易與投資，這對1990年代以降之台灣經貿結構產生很大衝擊。台灣對鄰近國家，尤其是對中國的貿易依存度逐漸增高。本節主要探討1990年代之後，台灣對中國、日本、韓國等鄰近國家的貿易與投資狀況。由於近年來，台灣對中國貿易的依賴程度，成長幅度相當驚人，導致台灣對外貿易出現結構性變化。因此，本節將對中國貿易與投資問題做較爲詳細的討論。

一、對中國貿易與投資依存度的增高

以2005年爲例，台灣對外貿易集中於亞洲地區。台灣對亞洲地區的出口貿易，占整體出口的67.12%，出口貿易總額高達1,331億美元。而台灣自亞洲各國進口額，占整體進口的68.6%，進口値達到美金1,252億（參考附錄表17-1與17-2）。在亞洲地區當中，中國是台灣最主要的貿易出口對象，而且所占比重持續擴大。台灣對中國的投資依賴也不斷擴大，成爲對外貿易的嚴重問題。

1987年，台灣正式開放對中國貿易。同年7月，中華民國政府解除戒嚴；1988年8月，發布「大陸產品間接輸入處理原則」[1]；1989年6月公布「大陸地區物品管理辦法」[2]，正式開放間接輸入中國大陸產品。1990年8月，發布「對大陸地區間接輸出貨品管理辦法」，正式開放部分台灣產品間接輸出至中國大陸。[3]

台灣對中國出口比重年年增加，1990年達到6.54%，1992年突破10%達到12.95%，進入2000年之後仍持續擴大，2005年則增高爲27.34%（參考附錄表17-3）。台灣對中國的貿易，出口

遠高於進口，一直保持貿易順差，且其幅度逐漸增高。1992年，台灣對中國的貿易順差額，幾乎等於對全球順差；1993年起，對中國的貿易順差則超過對全球的貿易順差。由此可知台灣總貿易順差，大多是依靠對中國的貿易順差。2002年，台灣對中國的出口值達到294億6,500萬美元，超越對美國出口值273億6,500萬美元，自此年起，中國成爲台灣最重要的出口對象（參見附錄表17-4）。

台灣與中國之間，並非採取直接貿易的形式，必須經由「第三地區」。所謂的「第三地區」主要是指香港。自從1987年起，台灣對香港的貿易額快速增加，但大多數是再轉往中國的「轉口貿易」。然而，1996年後，台灣對香港的直接貿易，或由香港轉往中國的「轉口貿易」的金額都逐漸下降。這是因爲面臨1997年香港回歸中國，許多台灣企業爲規避風險，而減少對香港的進出口（參見附錄表17-5）。然而，對中國貿易依存度持續擴大，再加上香港情勢趨於穩定，因此，2000年後，台灣企業再度回流香港。2005年，台灣經由香港出口中國的金額達到170億5,590萬美元。目前香港仍是中國「轉口貿易」最主要的「第三地區」。

投資方面，政府亦於1990年10月，發布「對大陸地區從事間接投資或技術合作管理辦法」。1990年代中期起，台灣企業對中國投資金額，大幅度增加，投資規模也大型化。[4]因此，1992年起，政府亦開始管制大型企業對中國大陸的投資。1992年9月18日，中華民國政府實施「台灣地區與大陸地區人民關係條例」，這是第一個爲兩岸經貿交流而發布的法律，立下了相關規定的法源。在投資方面，投資金額超過100萬美元以上者，仍須在第三地區設立公司或事業。但是，100萬美元以下者，則經由第三地區即可，不須在第三地區設立公司或事業。[5]

Authorship

1. 大陸地區產製之農工原料符合：1.不危害國家安全；2.對國內相關產業無不良影響；3.有助我產品外銷競爭之提升三項原則者，則得間接輸入。參見江文祥，〈轉折中的大陸經貿政策分析—從「戒急用忍」到「積極開放有效管理」〉，淡江大學中國大陸研究2003年碩士論文，頁17。經濟部同時亦發布「准許間接進口大陸產原料項目」，被准許的項目達50項。參見邱德宏，〈台灣的大陸經貿政策（1987-1998）〉，國立暨南國際大學公共行政與政策學系研究所2000年碩士論文，頁47。
2. 「大陸地區物品管理辦法」之主要內容包括：大陸產製之農工原料符合不危害國家安全、對國內相關產業無不良影響及有助於提升產品、外銷競爭等條件，准許間接輸入；對大陸輸出之部分不予干預；不允許廠商對中國大陸發生直接貿易及投資行為；大陸農工原料可依需要透過同業公會向國貿局申請進口等。參見邱德宏，〈台灣的大陸經貿政策（1987-1998）〉，頁48。
3. 經濟部，《兩岸經貿白皮書》（台北：經濟部，2000），頁4。
4. 〈台商對大陸投資金額統計〉，行政院大陸委員會編印，《兩岸經濟統計月報》，146期。參見http://www.mac.gov.tw/big5/statistic/em/146/index.htm。
5. 「在大陸地區從事投資或技術合作許可辦法」（經濟部1993年3月1日公布）第4條。參經濟部，《兩岸經貿白皮書》，頁10。

1990年代起，中國大陸成爲台灣企業第一投資對象國。如表17-1所示，1995年台灣企業對外投資對象國當中，對中國投資比例占44.16%；1997年，香港回歸中國後，比例有降低現象。2000年後，對中國的投資逐步回復。2005年對中國投資所占比率高達71.05%，遙遙領先第二位對英屬中美洲的投資（14.92%）。如將對中國、英屬中美洲、香港的投資皆視爲對中國的投資，2005年的比重則達到87.2%。

表17-1 台灣依照國別的對外投資比例（1995-2005）

單位：%

投資對象國	1995年	1997年	1999年	2001年	2003年	2005年
中國	44.16	59.96	27.71	38.80	53.66	71.05
英屬中美洲	15.11	7.57	30.06	23.60	23.32	14.92
美國	10.13	14.54	9.84	15.23	5.45	3.72
新加坡	1.29	3.19	7.18	5.27	0.31	1.16
香港	4.06	1.96	2.22	1.32	7.49	1.27
越南	4.41	1.18	0.76	0.43	0.12	1.11
泰國	2.09	0.9	2.49	0.23	0.57	0.24

資料來源：1995-2003：石田浩，《台灣民主化與中台經濟關係—政治內向化與經濟外向化》（台北：財團法人自由思想學術基金會，2007），頁229、308。2005年：〈我國對外投資統計—國家（地區）別〉行政院大陸委員會編印，《兩岸經濟統計月報》（2005年11月-12月），頁33。

1997年起，政府對中國經貿採取「戒急用忍」政策，企圖放慢台灣對外貿易、投資集中中國的速度，但此政策並未達到預期效果。1990年代末期，工商業界對當時台灣的經濟環境與政府的財經政策感到焦慮，要求鬆綁「戒急用忍」政策。[6] 2000年，民進黨陳水扁就任總統後，採取回應國內企業全球布局的政策規劃，以「積極開放，有效管理」作爲對中國經貿政策的主軸。另外，經濟全球化的趨勢，也是促使政府改採「積極開放，有效管理」的重要背景。[7]

二、對中貿易及投資結構

就台灣與中國大陸間的貿易貨品結構而言，輸出貨品主要集中於機械用具、電機設備及其零件；塑膠及其製品；人造纖維絲；及工業用紡織物等。尤其機械用具、電機設備及其零件所占的比重最大，1999年達到41%。[8] 2000年後，台灣對中國的出口貨品，除電機設備，機

Authorship

6. 姚思敏，〈陳水扁執政時期兩岸經貿政策之分析（2000~2004年）〉，國立政治大學東亞研究所2005年碩士論文，頁48-49。。
7. 江文祥，〈轉折中的大陸經貿政策分析—從「戒急用忍」到「積極開放有效管理」〉，頁22。
8. 經濟部國貿局，轉引自經濟部網站內的「兩岸經貿交流現況」：http://www.moea.gov.tw/~meco/Ats/ats2.htm；劉祥熹、陳家福，〈兩岸經貿政策演變及貿易與投資之互動關係〉，《華人經濟研究》，第3卷第1期（2005年3月），頁22。

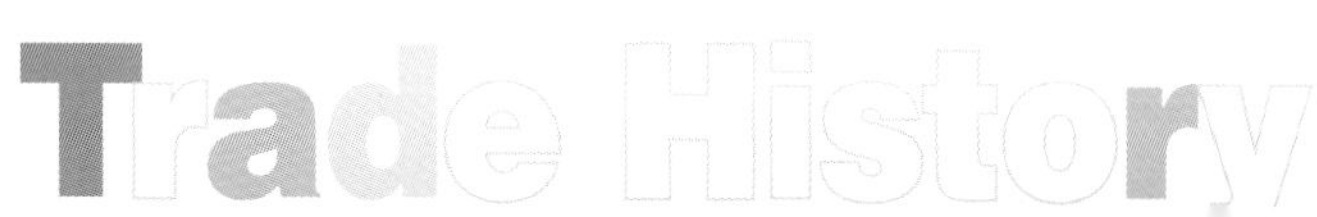

械用具與零件外，光學、照相機等儀器及其零件之比重也逐年升高，成為重要出口產品。根據2005年的統計，電機設備及其零件占31.9%、光學、照相等儀器及其零附件占13.8%、機械用具及其零件占12.0%、塑膠及其製品占10.0%。[9]

另就台灣自中國大陸輸入之主要貨品而言，1990年代以鋼鐵、電機設備、機械用具及其零件、礦物燃料、礦油及其蒸餾品為主。2000年後，台灣對中國的進口貨品，以電機設備及其零件、機械用具及其零件為主。根據2005年的統計，前者占32.6%，後者占17.3%。[10]

表17-2顯示，台灣對中國大陸的投資產業以製造業為主。觀察各行業投資金額之比重，1990年代初期以勞動密集產業為主。此因1980年代晚期起，台灣勞力密集的出口產業全面衰退，台商企業先出走至東南亞，但1990年代初期起，逐漸轉向中國大陸。另外，1990年代中期後，台灣對中國的投資由勞動密集產業，移向技術層次較高及資本密集產業。此種轉向的原因在於，政府開放光碟機、17吋以下彩色監視器等技術層次較高及資本密集產業的投資項目。[11] 2000年後，台灣對中國的投資產業，轉向為高科技產業。2001年11月23日，行政院經濟部產官學專案小組，決定開放筆記型電腦等7000多項產品赴中投資，開啓台灣企業對中國投資高科技產業的合法管道。[12] 台灣國內高科技產業的成長，則是政府開放高科技產業赴中國投資的重要因素，關於此部分問題，將在後面進一步論述。

三、亞洲鄰近市場的貿易與投資

中國以外的鄰近市場主要為日本、韓國與越南三個國家。

（一）日本、韓國

日本與韓國為台灣在亞洲地區內的第二、第三貿易對象國。首先，日本是目前台灣最大的進口對象國，2005年，對日本貿易比重占全球的25%，進口值為460億美元（參見附錄表17-2）。日本一直與台灣有緊密的貿易往來，並

Authorship

9. 〈台灣對中國出口主要產品〉、〈台灣對中國進口主要產品〉、〈兩岸貿易金額之估算〉，行政院大陸委員會編印《兩岸經濟統計月報》，2005年11月-12月，頁23、24、26。
10. 中華民國海關統計，轉引自經濟部網站內的「兩岸經貿交流現況」：http://www.moea.gov.tw/~meco/Ats/ats2.htm；劉祥熹、陳家福，〈兩岸經貿政策演變及貿易與投資之互動關係〉，《華人經濟研究》，第3卷1期（2005年3月），頁21。
11. 1997年之後，中華民國政府在投資方面，一方面採取嚴格的審核標準，一方面加寬開放項目：水泥、汽機車化油器、火星塞、保險桿、光碟機、17吋以下彩色監視器等，陸續開放757項製造業。以及旅館、遊樂場、水上運輸補助業、倉儲業、商品經紀、浴室、租賃、新聞供應業（通訊社）等9項服務業，改列為准許投資項目。參邱德宏，《台灣的大陸經貿政策（1987-1998）》，頁106。
12. 石田浩，《台灣民主化與中台經濟關係—政治內向化與經濟外向化》（台北：財團法人自由思想學術基金會，2007），頁225；吳惠林，〈論台商如何因應兩岸經貿的演化〉，《建華金融季刊》，第24期（2006年9月），頁13。

表17-2 台灣對中國大陸投資項目（1991-1999）

單位：千美元

	行業	1991		1993		1995		1997		1999	
技術、資本密集產業	電子電器產品製造業	31,568	18.1%	445,008	14.0%	214,796	19.6%	875,044	20.2%	537,751	42.9%
	基本金屬及金屬製品製造業	9,319	5.4%	256,501	8.1%	116,805	10.7%	395,967	9.1%	104,494	8.3%
	化學品製造業	2,977	1.7%	186,221	5.9%	94,571	8.6%	231,183	5.3%	143,015	11.4%
	精密器械製造業	3,982	2.3%	286,492	9.0%	29,454	2.7%	247,249	5.7%	28,073	2.2%
	運輸工具製造業	-	-	133,992	4.2%	101,987	9.3%	161,362	3.7%	31,940	2.5%
	機械製造業	8,588	4.9%	58,870	1.9%	33,494	3.1%	172,554	4.0%	31,171	2.5%
	小計	56,434	32.4%	1,367,084	43.1%	591,107	54.1%	2,083,359	48.1%	876,444	70.0%
勞力密集產業	食品及飲料製造業	19,308	11.1%	324,555	10.2%	117,447	10.7%	333,073	7.7%	58,250	4.6%
	塑膠製品製造業	22,485	12.9%	375,920	11.9%	62,736	5.7%	349,116	8.1%	99,074	7.9%
	非金屬產品製造業	5,714	3.3%	185,438	5.9%	47,016	4.3%	383,641	8.9%	33,752	2.7%
	紡織業	13,631	7.8%	178,546	5.6%	60,899	5.6%	208,477	4.8%	34,333	2.7%
	橡膠製品製造業	31,943	18.3%	122,280	3.9%	38,035	3.5%	141,319	3.3%	9,180	0.7%
	木竹籐柳製品製造業	6,301	3.6%	145,114	4.6%	25,598	2.3%	144,033	3.3%	17,390	1.4%
	造紙及印刷業	1,852	1.1%	94,328	3.0%	20,430	1.9%	108,141	2.5%	26,762	2.1%
	成衣服飾業	13,192	7.6%	104,299	3.3%	19,802	1.8%	70,918	1.6%	6,523	0.5%
	皮革、毛皮及其製品製造業	2,198	1.3%	54,092	1.7%	7,180	0.7%	84,067	1.9%	4,390	0.4%
	小計	116,624	67.0%	1,584,572	50.0%	399,143	36.5%	1,822,785	42.1%	289,654	23.1%
	其他產業	1,100	0.6%	216,755	6.8%	103,183	9.4%	428,169	9.9%	86,682	6.9%
	合計	174,158	100.0%	3,168,411	100.0%	1,093,433	100.0%	4,334,313	100.0%	1,252,780	100.0%

資料來源：經濟部投資審議委員會，《中華民國華僑及外國人投資、技術合作、對外投資、對外技術合作統計月報》（2006年6月）。轉引自張淑貞，〈台商赴大陸投資對台灣經濟的影響〉，《高雄應用科技大學學報》，第30期（2000年12月），頁394。投資金額為經濟部核准對中國大陸投資統計。

且在台灣擁有大量的投資利益，因此台日之間的貿易長久以來，都是呈現逆差現象，而且數量不斷擴大。1996年，台日貿易的逆差爲138億美元，但至2005年已擴大至309億美元（參考附錄表17-4）。

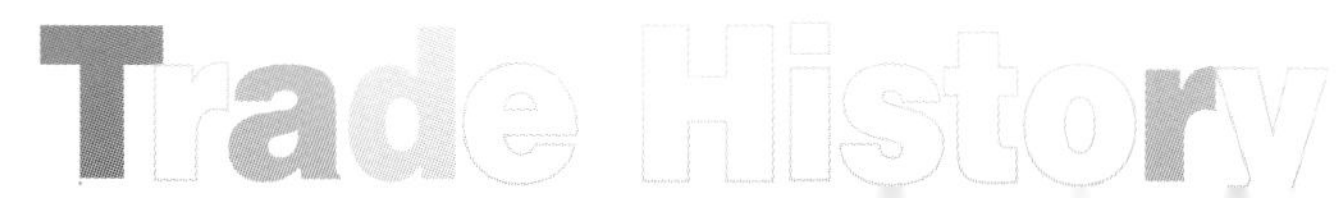

以韓國而言，台韓貿易往來亦逐漸呈現逆差。1996年，台灣對韓國的出口金額爲26億美元，至2005年，已昇高58億美元，增加幅度達一倍以上。然而，台灣自韓國進口值，其成長幅度遠高於出口，1996年爲41億美元，2005年已增加至132億美元，大幅增加了91億美元（參考附錄表17-4）。尤其，台灣對韓國的貿易逆差擴大到美金73億元，這使韓國成爲僅次於日本的第二大貿易逆差國家。以2005年爲例，台灣自韓國進口產品的主要爲：半導體（45億美元）、無線通訊機器（3億美元）、電腦（2億美元）、石油化學原料（4億美元）、汽車（2億美元）等；台灣對韓國的主要出口產品爲：半導體（38億美元）、電腦（7億美元）、機械零件（4億美元）、石油製品（2億美元）等。[13] 台灣與韓國的進出口產品相當雷同，由此可知，台灣與韓國具有相同的產業發展與貿易結構。

（二）越南

1980年代晚期起，台灣勞力密集的出口產業全面衰退，先出走至東南亞，1990年代初期起逐漸轉向中國大陸。但近年由於中國人民幣上升，人力費用上升等因素，製造成本提高，造成部分台灣勞力密集的傳統產業，再次轉回東南亞發展。其中，越南則是最受注目的國家。至2005年，累計投資額，台灣已成爲越南最主要的投資國。[14] 1992年至2004年的累計投資額爲11億3,600萬美元；2005年的投資額爲9,300萬美元。[15] 根據表17-1顯示，對越南投資比重，雖僅占台灣整體對外投資比重的1.11%，但已成爲台灣第六大對外投資國，次於中國、英屬中美洲、美國、香港、新加坡。

台灣對越南投資最主要項目是紡織業。紡織業由紡紗、成衣，發展成織布及人造纖維業，逐步朝向上、下游整合的趨勢發展。近年來，選擇東南亞投資、生產的台灣紡織廠有台灣聚陽實業與年興公司等。2005年，上述廠商中止投資中國大陸的設廠計劃，轉向越南、柬埔寨等地。另外，聯明紡織也早在2002年，便將紡紗事業部已轉至越南。越南也成爲台塑集團第3大投資重點地，僅次於美國與中國。台塑集團在越南的主要投資項目爲石化及紡織產業，累計投資額超過10億美元，其中，紡織部門以上游化纖工業爲主，未來將發展成衣廠，完成越南紡織產業整合。[16]

Authorship

13. 韓國貿易協會，《貿易年鑑2007》，（首爾：韓國貿易協會，2007），頁427、頁437。
14. 經濟部技術處，《我國製造業現況與趨勢—回顧2006展望2007》（台北：經濟部技術處，2007），頁334。
15. 行政院大陸委員會編印，《兩岸經濟統計月報》，2005年11月-12月，頁33。
16. 經濟部技術處，《我國製造業現況與趨勢—回顧2006展望2007》，頁334。。

政府的「南向政策」也是台商朝向越南的發展原因之一。政府爲因應台灣經貿過度依賴中國的情勢，防止國內產業出現空洞化；並避免中國藉此對台灣採取經濟制裁，打擊國家安全。[17] 因此，1994年與1997年，政府分別實施「加強東南亞地區經貿工作綱領」與「加強對東南亞及澳紐地區工作綱領」；2002年10月起，則實施「加強東南亞經貿投資相關配套措施暨細部計劃」，內容包括強化東南亞台商的投資金融支持體系，並提供經營管理及投資便捷服務、建置東南亞經貿總入口網等等。[18]

第二節 加入國際經貿組織

1980年代末期起，台灣積極推動加入國際經貿組織，同時加速推動國內農、工、服務業的自由化與國際化。本節將依國際組織的不同，首先說明台灣加入「關稅暨貿易總協定」(General Agreement on Tariffs and Trade, GATT)與「世界貿易組織」(World Trade Organization, WTO)過程；其次則是台灣加入「亞太經濟合作會議」(Asia-Pacific Economic Cooperation, APEC)以及與其他國家簽定「區域貿易協定」(Regional Trade Agreements, RTAs)的歷史過程和政經意義。

一、台灣加入GATT/WTO歷程

（一）1949-1971：GATT組織與台灣兩次進出

第二次世界大戰後，美英等國爲避免重蹈1930年代貿易保護主義之覆轍，均認爲須建立國際經貿組織網。因此在1944年7月，於美國新罕布夏州布列敦森林（Bretton Woods）舉行會議，金融部分決定成立國際復興暨發展銀行(International Bank for Reconstructure and Development, IBRD，即世界銀行(World Bank))、國際貨幣基金(International Monetary Fund, IMF)。貿易部分則成立國際貿易組織（International Trade Organization, ITO）。[19] 其中IBRD與IMF兩機構在1946年先行成立。

雖然ITO最後未能成立。但1947年，國際貿易組織(ITO) 籌備委員會於日內瓦舉行第二次籌備委員會，同時展開關稅減讓談判。談判成果計達成45,000項關稅減讓，影響達100億美元，約占當時世界貿易額十分之一。同年10月30日，參與談判的國家共同簽署「關稅暨貿易

Authorship

17. 姚思敏，〈陳水扁執政時期兩岸經貿政策之分析（2000~2004年）〉，頁12。
18. 陳之華，〈近十年台海兩岸對東協貿易之研究〉，《經濟研究》，第4期（2003年12月），頁82。
19. 經經濟部國貿局WTO入口網，〈認識WTO〉，http://cwto.trade.gov.tw/webPage.asp?CuItem=11543，訪問日期：2007年9月30日。

總協定」(General Agreement on Tariffs and Trade, GATT)。[20] GATT屬於一項多邊國際協定，但爲達成降低關稅與貿易自由化的目標，貿易回合(trade rounds)成爲關稅談判時的主要制度。

1947年在日內瓦草簽成立GATT之時，中華民國參與簽署成爲正式締約成員國。惟當時國共內戰方殷，1949年，中華民國政府失去中國大陸的統治權，難以履行GATT義務，遂在1950年5月退出GATT。[21]

1961年3月，行政院外貿會致函財政部長，建議派遣觀察員出席GATT年會，政府重新檢討是否須重新加入GATT組織。[22] 當時，經濟部基於貿易發展之需求，主張台灣應重新加入GATT。1965年1月，在行政院外貿會主導之下，利用GATT議事規則相關規定，正式向GATT提出觀察員要求，同年3月派員參加GATT第22屆締約國成員全體大會，[23] 之後便以觀察員身分持續參與GATT大會。

1969年，經濟部再次提出返回GATT案。經濟部認爲，GATT是當時世界上最大的國際經濟貿易組織，會員國半數爲開發中國家，若擁有GATT會員國身分，將可在貿易協商上獲得諸多方便。[24] 但財政部對加入GATT一事仍持反對意見。財政部官員認爲，大陸港口已非我國所控制，若加入GATT，實難以履行關稅協定內相關義務。[25] 而且維持國庫收入、保護國內新興工業，無法採取外匯管制、降低關稅的措施。最後，財政部認爲，美國、日本、韓國、泰國、菲律賓等國已經給予台灣最惠國關稅，因此不參加關稅協定亦無不利影響。[26] 由於經濟部與財政部對是否加入GATT未能達成共同意見，加以1971年中華人民共和國取代了中華民國在聯合國的中國代表權。因此，同年10月，GATT第27屆大會引用聯合國2758號決議文撤消中華民國觀察員資格，台灣第二次離開GATT。

Authorship

20. 經濟部國貿局WTO入口網，〈認識WTO〉，http://cwto.trade.gov.tw/webPage.asp?CuItem=11543，訪問日期：2007年9月30日。
21. 林正義、葉國興、張瑞猛，《台灣加入國際經濟組織策略分析》（台北：業強，2000），頁58-59。
22. 蕭振寰，〈台灣加入GATT/WTO的歷史回顧〉，《台灣國際法季刊》，2：2（2005年6月），頁339。
23. GATT相關議事規則規定：凡是聯合國「貿易與就業會議」的簽署國，若未成為GATT締約會員，均得以觀察員身分參與大會。參蕭振寰，〈台灣加入GATT/WTO的歷史回顧〉，頁340。
24. 中華民國政府內部文件，轉引自林正義、葉國興、張瑞猛，《台灣加入國際經濟組織策略分析》，頁60-61。
25. 1969年所推動者為「重返」GATT，欲恢復1947年中華民國政府在GATT原締約國之身分，如此將涉及1947年「中華民國政府」所控制之疆域內港口關稅與貿易。只是1947年國民政府播遷來台後已經無法控制全中國的港口。
26. 中華民國政府內部文件，轉引自林正義、葉國興、張瑞猛，《台灣加入國際經濟組織策略分析》，頁

（二）1971-1991：積極推行加入GATT

1978年底，美國與中華人民共和國商談建交。同時美國政府與中華民國簽定「中美貿易事務協定」（Agreement on Trade Matters between the United States of America and the Republic of China），兩國除持續互允最惠國待遇外，雙方並同意遵守GATT東京回合非關稅規約。不過自1970年代後，中華民國對美貿易順差大幅提升，因此美方在貿易談判時一再要求中華民國依照GATT規定降低關稅、減少進口管制、取消進出口規費等多種附加稅。[27]

1979年後，台灣政府內部對於返回GATT的看法漸趨一致。經濟部仍主張積極加入，財政部則改變原本反對的態度，轉向贊同加入GATT。其改變態度之關鍵因素在於：國際間加入GATT之國家已多（1978年參加者計有105國），其影響力已凌駕各經濟合作組織之上。其次是關稅減讓問題上符合財政部逐年減低進口稅率的趨勢，故轉向支持。[28]

1980年代國內外政治經濟情勢變化迅速，促使政府加速推動申請進入GATT。[29]首先，在國內政治情勢上，1980年代後期台灣解除戒嚴，政治、經濟方面逐漸鬆綁，政府提出自由化、國際化為新發展方向。此外，政府也欲藉加入國際貿易組織，改善產業經濟結構。（參考第十六章經貿自由化一節）。

在國際經貿結構上，美台雙邊貿易因台灣對美貿易順差增加而摩擦不斷。1980年代，美國國內瀰漫保護主義氣氛，[30] 1986年起，採取「301條款」[31]、「特別301條款」[32]等諸多貿易措施，迫使台灣在關稅貿易問題上讓步。台灣方面對美台雙邊談判時位於不利處境深表不滿。

Authorship

27. 經濟部國貿局歷次與美國貿易諮商談判報告書，轉引自林正義、葉國興、張瑞猛，《台灣加入國際經濟組織策略分析》，頁63-64、71。
28. 林正義、葉國興、張瑞猛，《台灣加入國際經濟組織策略分析》，頁65-67。當時外交部強調中華民國只能以中華民國之國號參與國際組織，只是此名義恐難獲得GATT會員國支持，故評估1979年仍非適當申請加入之時機。
29. 參周玲惠，〈GATT/WTO與台灣關貿政策之政治經濟分析1947-2002〉，國立台灣大學國家發展研究所2002年博士論文，頁66-72。
30. 1986年美國國會期中改選，主張貿易保護主義的民主黨掌握參、衆兩議院，使台美貿易逆差問題再度受到重視。參《經濟日報》1986年11月10日、《聯合報》1986年11月18日。
31. 「301條款」（section 301 of the U.S. Trade Act），源自於1974年美國政府制定貿易法案，貿易法案內第301條規定「當美國廠商到美國國外作生意，受到當地國的歧視、不合理或不公平待遇時，美國總統（白宮方面）可以直接以行政手段跟貿易對手國進行談判，如果談判不成時可以逕行報復措施」。參周玲惠，〈GATT/WTO與台灣關貿政策之政治經濟分析1947-2002〉，頁69-70。
32. 「特別301條款」，源自於1988年美國大幅修改貿易法案，並更名為「綜合貿易競爭法案」其中增列第182條規定與智慧財產權相關的專利權或著作權問題，規定專利、商標與著作是由別人的創意所形成的智慧財產權，如要使用他人的著作或創意需取得著作人同意或授權。

在國際政治方面，政府也希望藉申請加入GATT突破外交孤立情形，提升台灣在國際社會上的地位。此外，中華人民共和國申請進入GATT一案是刺激台灣加速推動進入GATT的重要原因。1982年11月中華人民共和國成爲GATT大會觀察員，1984年12月進一步成爲GATT理事會觀察員。1986年7月10日，中華人民共和國正式向GATT提出「復會」(resumption)申請，GATT理事會於1987年3月14日正式受理成立工作小組。中華人民共和國申請進入GATT，迫使我國必須加速申請加入GATT。[33]

1988年5月，經濟部與財政部共同成立「GATT專案小組」，其下設7個工作分組，研議重返GATT相關農業、關稅、非關稅、智慧財產權、投資、服務與綜合業務等技術層面工作。不過，台灣加入GATT的最大障礙在於名稱問題，而此一問題涉及台灣的國際地位。1988年，李登輝出任總統後，主張務實外交政策，不堅持以中華民國名義加入國際組織，採取務實、彈性態度。1989年4月，政府在行政院設立「GATT策略小組」，規劃加入GATT相關名稱、時機與方式等高層問題。[34]

1989年11月15日，經濟部長、次長在漢城飛往東京的飛機上與GATT秘書長見面，就台灣加入GATT的名稱問題達成共識。同年12月，確定依GATT第33條「獨立關稅領域」之規定，以「台、澎、金、馬個別關稅領域」的名稱申請加入GATT。隔年(1990年)1月，政府正式向GATT提出申請加入案。但GATT理事會爲安排台灣海峽兩岸參與會務的運作模式，直到1992年，方正式受理此項申請案。

（三）1992-2002：申請加入WTO

1992年9月，前述申請案被排入GATT理事會議程，並授與觀察員資格。GATT理事會具有兩大共識：首先，台灣申請案與中華人民共和國申請案分開處理，但理事會將先審查中華人民共和國申請案後，方審理台灣入會議定書。其次，台灣在GATT代表性應與香港、澳門基調相同，其所代表職銜不具主權意涵——此即所謂「港澳模式」，這在當時台灣朝野政壇引起相當大的爭議。[35]

Authorship

33. 蕭振寰，〈台灣加入GATT/WTO的歷史回顧〉，頁353。
34. 蕭振寰，〈台灣加入GATT/WTO的歷史回顧〉，頁354-356。
35. 當時平面媒體對於以港澳模式加入WTO的輿論有許多批評，如：《台灣時報》社論「關貿總協入關模式亟帶澄清」，1992年10月2日。

立法院朝野立委邀請行政院經建會主委蕭萬長（右）、經濟部長江丙坤（左）率相關部門人員，報告有關加入關稅暨貿易總協定（GATT）事宜。
資料來源：中央社（1994年9月27日）

自1986年開始，GATT 展開第8回合談判（烏拉圭回合），並於1993年12月15日達成最終協議，這是GATT史上規模最大、影響最深遠之回合談判。烏拉圭回合談判決議成立「世界貿易組織」（World Trade Organization, WTO），這使GATT多年來扮演國際經貿論壇之角色，正式取得法制化與國際組織的地位。更重要的是，WTO爭端解決機構所作之裁決對各會員發生拘束力。1994年4月，各國部長在摩洛哥馬爾喀什集會，簽署「烏拉圭回合多邊貿易談判蕆事文件」[36]（Final Act Embodying the Results of the Uruguay Round of Multilateral Trade Negotiations）及「馬爾喀什設立世界貿易組織協定」[37]（Marrakesh Agreement Establishing The World Trade Organization）。WTO依上述之設立協定於1995年1月1日正式成立，總部設在瑞士日內瓦。

GATT轉型成爲WTO後，台灣改爲申請加入WTO。同時立法院成立「財經立法促進社」、「推動參加WTO之立法計劃工作小組」等次級團體，從立法方面配合行政單位共同推動加入WTO所需進行的法律制度修改。只是受限於GATT理事會所作成「先中國，後台灣」的共識，被迫不斷推遲入會時程。終在2001年底通過審查，並於2002年1月1日正式成爲WTO第144個會員國。

二、加入APEC、OECD與區域貿易協定（Regional Trade Agreements, RTAs）

（一）亞太區域整合體系

相較於GATT/WTO發展全球性多邊貿易體系，[38] 區域整合(regional integration)則是以一經貿整合過程，消除區域內國家在商品、勞務及生產因素流動上的限制與障礙。 區域整合體

Authorship

36. 文件內容可參WTO官方網站，網址：http://www.wto.org/english/docs_e/legal_e/03-fa.doc，訪問日期：2007年9月30日。
37. 文件內容可參WTO官方網站，網址：http://www.wto.org/english/docs_e/legal_e/04-wto.doc，訪問日期：2007年9月30日。
38. 政大台灣研究中心，《全球經濟整合發展對台灣經濟的影響》，經濟部2004年委託研究報告。

系依其制度形式、整合程度可以區分爲數種型態，包括：優惠性貿易(Preferential Trade)、自由貿易協定(Free Trade Agreement)、關稅同盟(Customs Union)、共同市場(Common Market)、經濟同盟(Economic Union)等。[39]

相較歐、美的區域整合體系，亞太地區(Asia-Pacific)缺乏政府間的經濟合作組織。直到1989年澳洲總理霍克(Bob Hawke)發起後冷戰時期亞洲、太平洋地區的區域合作，開啓「亞太經濟合作會議」(Asia-Pacific Economic Cooperation, APEC)的成立契機。[40]澳洲總理籌組APEC之際，提出邀請台灣、中國、香港三方同時派員參與會議。1991年，台灣以「中華台北」(Chinese Taipei)名稱與中國、香港同時加入APEC。[41]

有鑒於APEC是台灣目前唯一能派遣高級政府官員與會的大型國際組織，因此政府希望藉APEC的多邊機制，與其他會員體[42]進行非正式雙邊交流，以提昇參與國際組織的層次。此外，政府也希望APEC架構能成爲兩岸良性互動的橋樑，有助兩岸對話。[43]在經濟上，政府希望透過參與APEC自由化、便捷化以及經濟與技術合作工作，提昇在全球經濟競爭力與影響力。其次，則是藉由與APEC會員國經濟合作，獲取發展國內經濟、促進產業升級等工作所需之資源，同時增進企業之商機及推動策略聯盟等。

中華民國常駐世界貿易組織代表團舉行酒會，慶祝新辦公室啓用，代表團團長顏慶章（左三）與WTO總理事會主席瑪奇等貴賓舉杯同賀。
資料來源：中央社（2002年9月18日）

經濟部長林信義（右）簽署台灣加入WTO入會議定書，由WTO秘書長莫爾（Mike Moore）、卡達經貿部長雅瑟在場見證。
資料來源：中央社（2001年11月13日）

Authorship

39. 吉爾平（R.Gilpin）著，陳怡仲譯，《全球政治經濟—掌握國際經濟秩序》（台北：桂冠，2004），頁422。
40. 參考中華台北APEC研究中心，〈認識APEC〉，網址：http://www.ctasc.org.tw/04know/establish.asp#，訪問日期：2007年10月13日。另可參考卓秀玲，〈從PECC到APEC：APEC建制化發展中的認知因素〉，東海大學政治系2000年碩士論文，頁66-72。
41. 蕭振寰，〈台灣加入GATT/WTO的歷史回顧〉，頁358。
42. APEC成員是以「會員經濟體」（member economy）的名義參與APEC，而非「國家」名義。參見李悅菁，〈我國在APEC中的務實外交政策（1989-2001）〉，台灣大學政治學研究所2001年碩士論文，頁2。
43. 李悅菁，〈我國在APEC中的務實外交政策（1989-2001）〉，頁80-85。

亞太經濟合作會議2003年6月2日貿易部長會議在泰國坤敬市隆重揭幕，台灣代表團在經濟部長林義夫（左四）率領經濟部次長尹啓銘（左三）和國貿局局長黃志鵬（右四）等出席開幕典禮。
資料來源：中央社

1990年代以來，台灣除加入APEC與WTO外，也持續推動與「經濟合作與發展組織」(Organization for Economic Co-operation and Development, OECD)之間的關係。「經濟合作與發展組織」前身爲1947年成立的「歐洲經濟合作組織」(Organization for European Economic Co-operation, OEEC)，1960年12月改組爲OECD，總部設在巴黎，目前有會員30國。[44] 1998年起，台灣即不斷由經濟部、財政部派員出席OECD研討會，未來更需申請成爲OECD貿易委員會會員國。[45]

（二）亞太區域貿易協定的新局

WTO的談判制度採取多邊談判架構，因其參與會員眾多，若談判議題較爲複雜時，議事不彰與談判進展緩慢將是必然結果。2001年，WTO多哈回合談判，便因談判難以繼續，而被迫在2006年7月宣布暫時中止。[46] 由於多邊談判難以推行，因此，許多WTO會員國再次轉向雙邊或者區域性貿易協定的簽訂。

區域經濟整合的趨勢對東亞地區也造成極大的影響，許多國家都積極加入多邊及雙邊區域貿易協定談判。1992年，東南亞國家協會（Association of Southeast Asian Nations, ASEAN，簡稱東協）倡議成立「東協自由貿易區」，並於2004年11月，在寮國永珍簽訂自由貿

Authorship

44. 30個會員分別為澳洲、奧地利、比利時、加拿大、捷克、丹麥、芬蘭、法國、德國、希臘、匈牙利、冰島、愛爾蘭、義大利、日本、韓國、盧森堡、墨西哥、荷蘭、紐西蘭、挪威、波蘭、葡萄牙、斯絡伐克、西班牙、瑞典、瑞士、土耳其、英國、美國。
45. 關於台灣參與經濟合作暨發展組織之情形，可參經濟部國際貿易局彙編，〈我國與OECD關係之現況與展望〉經濟經濟部國際貿易局經貿資訊網，網址：http://cweb.trade.gov.tw/kmi.asp?xdurl=kmif.asp&cat=CAT516，訪問日期：2007年12月31日。
46. 杜哈回合談判自2001年11月間展開，數度錯過完成談判目標。2005年12月的香港部長會議設定談判時程表，原訂於2006年4月底建立農業與工業產品開放市場的模式，延至該年7月，因規劃陸續落空，故在7月27日的總理事會正式宣布暫停。參照張新平，〈WTO新發展與台灣之因應〉，《月旦法學雜誌》，141期（2007年2月），頁136。

易協定，計劃於2010年建立世界上最大的自由貿易區。 1997年亞洲金融危機後，東亞地區國家體認到有必要加強彼此間的經濟合作機制，因此，日本與韓國目前也積極與東協各國磋商，這也將使東亞地區的區域經濟整合由目前的「東協加一」（東協十國加上中國），轉變爲「東協加三」（東協十國加上中國、日本、韓國）。[47]但不論是「東協自由貿易區」或是「東協加三」，都將台灣排除在外。

就以上各種區域經濟的整合模式相比較，「東協自由貿易區」對台灣經貿的衝擊較小，這是因爲東協各國成立「自由貿易區」後，雖會對區域內各國採取調降關稅政策，但由於東協各國的出口貨物與台灣出口產品重疊性較低，應不至於產生排擠效應。[48]相反的，若「東協加三」整合成一「自由貿易區」，將會對台灣經貿造成重大影響。如前所述，台灣與韓國在出口產品上高度重疊，尤其是電子業競爭更爲激烈，一但韓國獲得區域貿易優勢，無疑會將台灣拋在競爭範圍之外。根據估計，若「東協加三」整合爲「自由貿易區」，台灣的GDP將衰退0.23%，這可能導致台灣經濟遭到「邊緣化」。因此，台灣爲因應此一區域情勢的變化，除一方面仍應與東協各國協商，尋求加入整合的機會，另方面，則應積極爭取包括歐盟、美洲地區國家的經貿合作關係，以擴大外貿市場，減輕區域經貿整合的衝擊。

第三節 經貿自由化之產業結構調整

WTO所帶來的全球化趨勢，將打破貨物、勞務、資本、知識以及人員技術流動時的人爲障礙，同時降低交通與通訊成本。[49]另一方面，貿易市場的大量開放，將導致市場結構轉變成自由競爭市場，國內各產業必將面臨全球商品的衝擊與挑戰。

一、各級產業結構的調整

（一）第一級產業：農牧漁業

經貿自由化過程中受到衝擊最大的產業則是農業。台灣農業的結構性問題在於小農經濟與小規模耕作面積，導致生產成本居高不下，造成國內農產品在海內外市場缺乏價格優勢。

Authorship

47. 金秀琴，〈東亞區域經濟整合之發展及對我國之影響〉，《經濟研究》，第4期（2003年12月），頁1；〈東亞經濟整合的威脅與挑戰〉，《工業雜誌》，2005年1月(參見工業總會服務網，網址：http://www.cnfi.org.tw/kmportal/front/bin/ptdetail.phtml?Part=magazine9401-1。
48. 金秀琴，〈東亞區域經濟整合之發展及對我國之影響〉，頁13。
49. J.E. Stiglitz著、李明譯，《全球化的許諾與失落》（台北：大塊，2002），頁197。

其次，農業部門過去受政府保護，擁有各式農業補貼，這違背國際自由貿易的原則。1995年WTO成立時，已將農業協定納入規範，特別要求開發中國家逐步削減農業境內支持(Aggregate Measurement of Support, AMS)、出口補貼等。台灣過去所實行的各種保障價格措施，在WTO農業協定中均屬於農業境內支持的範圍，必須予以削減。[50]另外，台灣為加入WTO，因此提出「農工產品入會承諾書」。根據此項協定，政府需逐步調降農業名目關稅稅率，並承諾在2011年調降至12.86%。[51]此外，台灣也必須開放農產品市場的壓力，因此，政府除針對稻米採限量進口之特殊處理方式，其餘如蔗糖、花生、紅豆、大蒜、鯖魚、雞肉、液態乳等40種產品，則依對國內農民之影響，分別採取關稅配額措施或入會後開放自由進口。[52]

政府為因應時代的需求，推動一系列的農業建設方案：從1991年度至1997年度，實施「農業綜合調整方案」；1997年起為促使農地資源合理分配、有效利用，因此訂定「農業地釋出方案」；同年並實施「水旱田利用調整計劃」，修正發布「農產品受進口損害救助辦法」；1998年公布「跨世紀農業建設方案」；2001年執行「邁向21世紀農業新方案」；2002年制訂「加強農產品國際行銷方案」；2004年實施「農產品價格穩定措施」；2005年完成「農產生產及驗證管理法」草案；2006年計劃推動「新農業運動」，積極推動建立農業產銷履歷制度、青年漂鳥留農築巢、農產品全球布局行銷、休耕農地發展生質能源等措施。[53]

2002年台灣加入WTO後，面對經貿國際化、自由化的衝擊，同時為維護自然生態保育、永續發展農業，因此，開始追求農業轉型、升級、現代化。近年來台灣農業發展主要方向如下：[54]

Authorship

50. 吳榮義，《WTO時代：當前台灣經濟的省思與展望》（台北：時報，2002），頁44。
51. 陳逸潔，〈台灣加入WTO五年來的農業發展〉，《經濟前瞻》，第110期（2007年3月），頁38-40。
52. 行政院農業委員會，〈加入WTO農業因應對策〉之〈總體因應對策〉，發布日期：2001年8月1日，網址：http://www.coa.gov.tw/view.php?catid=55，訪問日期：2007年10月29日。
53. 行政院農業委員會，《中華民國九十五年農業統計年報》（台北：行政院農業委員會，2007），頁1。
54. 以下內容主要參考吳同權之意見。參考吳同權，〈台灣農業發展經驗與兩岸農業合作模式〉，《國政研究報告》，財團法人國家政策研究基金會網站，發布日期：2006年11月1日，網址：http://old.npf.org.tw/PUBLICATION/TE/095/TE-R-095-036.htm，訪問日期：2007年12月29日。

因應外國低價稻米的進口衝擊，行政院農業委員會決定推廣高品質的益全香米做為因應的利器，農業試驗所博士賴明信13日在田間介紹益全香米的低農藥、芋頭香、高抗病力等優異特性。
資料來源：中央社（2002年11月12日）

（1）發展精緻農業

精緻農業的發展方向，乃是以市場導向爲原則、調整農業結構，發展擁有本土特性、具市場競爭力、高附加價值、低社會成本的產業。在農作物方面，則視進口量適度調降稻作面積，並擴大生產良質米。另方面，則擴大生產具有本土特性之高品質、高價格的作物及蔬菜，朝精緻化、多樣化發展，並注重區隔國內產品與進口產品的市場定位。

在畜牧業方面，則以發展低污染、高效率的產業爲目標，推動養豬及養雞業轉型、實施經營管理自動化；設立中央畜產會以強化產銷組織、產銷調節功能；強化防疫體系、衛生檢驗及畜牧污染防治。在漁業方面，主要實施改善遠洋漁業經營環境，加強國際漁業合作，推動責任制漁業，提升經營層次等措施。

（2）發展休閒農業

休閒農業是指利用田園景觀、自然生態及環境資源，結合農林漁牧生產，農業經營活動及農家生活，以提供國民休閒遊憩爲目標的農業經營型態。由於國民所得提高以及城市居民追求清靜的休閒環境，因此休閒農業迅速發展。據估計，2003年休閒農場創造新台幣33億元的經濟產值，若包括廣義休閒農業經濟產值可達300億元。

（3）建立產銷組織及農產運銷體系

在建立產銷組織方面，政府爲促進農業經營企業化，近年來積極推動輔導農民成立農業產銷班，至2006年，在全國已成立花卉、蔬菜、水果、特用作物、畜禽及養殖漁業等21種產品產銷班約7,000個，參加人數達14萬人。在建立農產運銷體系方面，由於台灣農家生產規模不大、產量少，農政單位爲降低運銷成本，必須結合農民共同運銷，目前，生鮮農產品、畜禽產品及養殖魚類等多已實施共同運銷，成爲農產運銷體系中重要一環。此外，政府爲區隔國產與進口農產品市場，以建立消費者對國產農產品之信心，也積極推動優良農產品認證制度。

（二）第二級產業：工業/製造業

台灣政府自1970年代開始推行鼓勵外銷出口政策後，便採取調降工業產品關稅稅率、進出口稅率等政策。由於台灣工業/製造業部門，自1990年代以來便已積極推動自由化進程，開始解除管制、降低關稅稅率，因此加入WTO對工業部門衝擊較小。根據政府的評估，認爲加入WTO反而有利國內工業成品輸往世界各地市場。

1990年代，國內工業界面臨國際產業競爭之時，政府仍依賴產業政策以引導工業/製造業調整產業結構。1990年11月，政府核定「加速製造業投資與升級方案」，積極輔導中小企業，希望從財務、經營管理、生產技術、資訊管理、工業安全、市場行銷等面向協助中小企業改善企業體質，同時也成立「中小企業發展基金」提供企業資金貸款。[55]上述「產業升級」政策，企圖帶動產業轉型，開拓海外市場、建立產品品質形象，以期在全球市場中尋找具利基的產業。1990年代起，經濟部也規劃以台灣現有製造業爲基礎，配合高科技產業發展趨勢，而建立台灣與東南亞、中國大陸的產業分工體系。至於高科技、高附加價值工業方面，政府也選定十大新興工業作爲租稅減免的扶植對象，其中包括：通訊、資訊、消費性電子、半導體、精密機械與工業化、航太、高級材料、特用化學品與製藥、醫療保健、污染防治等產業。[56]

在貿易自由化開放市場後，政府須取消外國產品「進口限制」、「自製率」、「貨物稅12%推廣費用」[57]的規定，因此，國內汽車零件業、機車產業、食品業、家電業者面臨貨物稅增加，以及大量低廉外國產品的競爭壓力。至於外銷型產業中，紡織業已將產業重點移轉至東南亞、中國大陸，整體產值不斷下滑。反觀電子產業，則成1990年代以後台灣重要的明星產業。[58]

政府對工業部門提出的相關因應措施，主要重點是發展「知識密集型產業」，其中特別著重「高科技製造業」。這些「高科技製造業」包含科學儀器、電力機械、化工、非電力機械、航太、電腦、OA設備、製藥、電子通訊設備等。[59]

Authorship

55. 江丙坤，《台灣經濟發展的省思與願景》（台北：聯經，2004），頁128-137。
56. 江丙坤，《台灣經濟發展的省思與願景》，頁365、403。
57. 依據「貨物稅條例」台灣國產貨物計算完稅價格時得減除12%「推廣費用」之規定，但為因應加入ＷＴＯ組織後，所有會員國均應使其國內法規與ＷＴＯ之國際規範相一致，因此修正貨物稅條例將國產貨物得以減除「推廣費用」的規定刪除，如此將大幅增加廠商貨物稅負擔。
58. 瞿宛文，《全球化下的台灣經濟》（台北：唐山，2003），頁161。
59. 林炳中，〈台灣產業結構變遷與知識化的未來〉，《2003年台灣經濟發展重要議題評析匯集》（台北：中華經濟研究院，2003），頁34-35。

從1980年代末期起，台灣勞力密集產業如紡織業等逐漸外移，在國內製造業的比重逐漸降低。1990年代以來，由於政府採取高科技產業發展政策，因此，高科技產業在製造業的比重卻逐年提高。高科技產業產值占製造業的比重在2000年達到53.6%，2004年達到54.2%，其中電子零組件的比重最高，2004年達到37%（參考附錄表17-6）。[60]

由於台灣國內高科技產業的成長，促使政府開放高科技產業赴中國投資，導致絕大部資訊軟硬體產業已轉移至中國生產。資訊硬體產業可分為：筆記型電腦、桌上型電腦、主機板、伺服器、液晶監視器、映像管監視器、資訊用光碟機、數位相機等產業。2006年台灣資訊硬體產品全球占有率分別為：筆記型電腦87.5%、桌上型電腦30.3%、主機板98.9%、伺服器34.8%、液晶監視器74.25%、映像管監視器52.53%、資訊用光碟機36%、數位相機43.8%。[61] 以2006年為例，除桌上型電腦在中國生產比例為總產量的51.4%，包含筆記型電腦等其他資訊硬體產業在中國生產的比重皆超過9成以上。[62]

另外，台灣資訊軟體產業的全球市場規模也逐漸擴大。軟體產業可分為軟體產品及軟體服務。[63] 2006年，資訊軟體產業產值達新台幣2,049億元，據估計2009年可達2,558億元，2005-2009年的年複合成長率 (CAGR) 達7.7%。而軟體產業的外銷規模達新台幣313億元，較2005年成長19.5%，估計2009年外銷規模將達新台幣600億元，2005-2009年CAGR將達23%。[64]

陳水扁總統（左四）到台南科學園區主持南部科學工業園區管理局揭牌儀式，他強調台灣要賺盡全世界的錢。左二是南部科學工業園區管理局長戴謙，左三是行政院國家科學委員會主委魏哲和。
資料來源：中央社

Authorship

60. 蔡宏明，〈大陸經貿政策之政治經濟分析〉，《經社法制論叢》，1993年1月，頁274-277。
61. 經濟部技術處，《我國製造業現況與趨勢—回顧2006展望2007》，頁146-150。
62. 經濟部技術處，《我國製造業現況與趨勢—回顧2006展望2007》，頁137-146。
63. 經濟部技術處，《我國製造業現況與趨勢—回顧2006展望2007》，頁172。
64. 經濟部技術處，《我國製造業現況與趨勢—回顧2006展望2007》，頁179。

2002年，行政院開始實施「挑戰2008：國家發展重點計劃」，其中，經濟部為因應全球化的趨勢，擬定「新世紀兩兆雙星產業發展計劃」，指出台灣核心與新興產業政策方向。此一計劃中的「兩兆」係指，未來產值超過新台幣一兆元以上的半導體產業及影像顯示產業。所謂「雙星」則指，生技醫藥高科技產業及數位內容產業，這兩者被視為未來的明星產業。其中，數位內容相關產業包括：遊戲軟體、動劃影片、多媒體應用軟體、手機簡訊與股市金融即時資訊的行動應用服務、網路多媒體應用服務、數位學習、電子出版、數位典藏等產業。[65]

（三）第三級產業：服務業

GATT在1986年烏拉圭回合談判，開始將服務業貿易問題納入多邊談判體系之中，期望能建立制度性規範，消除服務業貿易障礙、加速服務業貿易自由化。各會員國歷經七年談判，終於在1993年12月達成協議，簽訂「服務業貿易總協定」(General Agreement on Trade in Services, GATS)，這成為目前國際間規範服務業貿易的重要協定。2001年展開的多哈回合談判(Doha Development Agenda, DDA)，則再次將服務貿易、智慧財產權、貿易規則、貿易便捷化等設定為談判議題。[66]

台灣加入WTO前，服務業占國民生產毛額GDP的比重已逐漸上升。加入WTO後，台灣服務業措施必須符合GATS的最惠國待遇、公開化、市場開放、國民待遇等原則。因此，國內消費者可享受更便宜、更完整的服務。但由於外國企業及專業人士的競爭，將對國內企業造成競爭壓力。[67]

金融服務業面臨強大的國際競爭壓力。1980年代前，台灣銀行、保險、證券業等屬於特許業務，僅由擁有限量執照的企業獨占特許市場。自1990年代以來，政府已逐漸放鬆金融管制。但在加入WTO後，國內金融業仍須面對金融市場的改變，尤其是外資金融業的挑戰。因此，2000年12月，政府通過「金融機構合併法」，開始推動銀行、證券、期貨、保險等金融機構進行整併，以期發揮綜合效益。[68] 2003年7月，在通過成立「行政院金融監督管理委員

Authorship

65. 經濟部工業局網站，政策宣導，挑戰2008，兩兆雙星計劃，網址：http://www.moeaidb.gov.tw/external/ctlr?PRO=policy.PolicyList&cate=224，訪問日期：2007年12月29日。
66. 國貿局WTO入口網，網址：http://cwto.trade.gov.tw/kmDoit.asp?CAT294&CtNode=868，訪問日期：2007年9月30日
67. 經濟部商業司，《95年度商業服務業經營活動報告》（台北：經濟部商業司，2007），頁70。
68. 《工商時報》2000年11月25日。

會」(簡稱「金管會」)，目的在實踐金融監理一元化目標。[69]

此外，長久以來屬於國營獨占事業的電信業，也必須面對國際競爭壓力，開放市場。1996年政府通過「電信法 」將電信事業依三階段開放。第二階段開放行動電話業務，規劃開放8家行動營業執照。第三階段則是開放固定通訊網路業務(固網業務)，包括市內、長途、國際電話與電路出租等項目，同一時間，政府業將國營的中華電信轉變爲民營企業。

行政院經濟建設委員會爲因應國外服務業貿易競爭，並提升產業競爭力，特別於2004年提出「服務業發展綱領及行動方案」。該方案提出以知識經濟爲核心，創造服務業產值能高度成長，特別標誌出12項重點服務業發展項目，包括金融、流通、通訊媒體、醫療保健及照顧、人才培訓人力派遣及物業管理、觀光及運動休閒、文化創意、設計、資訊、研發、環保、工程顧問等。

Authorship

69. 行政院金融監督管理委員會網站，網址：http://www.fscey.gov.tw/ct.asp?xItem=1833573&CtNode=2120&mp=2，訪問日期：2007年9月30日。

回顧與展望

一、海洋性格與對外貿易

台灣歷史發展具有海洋島嶼、多元族群、移民社會、歷經殖民統治、快速近代化及國際化等諸多特質，此皆與起自海島地形地緣蘊含而生的海洋性格息息相關。台灣本身的天然資源並不豐富，早期鹿皮、鹽、米、糖、茶及樟腦爲其主要產物，而台灣的手工業並不發達，日用品的需求即需透過對外貿易取得。海島國家外貿的主要通路仰賴海洋航運，因其具有遠程、安全、載貨量大及運費低廉等特性，即使到了航空器普及的現代，海運仍是台灣對外貿易的主要媒介。台灣四面臨世界最大的太平洋，位置優越的海島地形地緣及鮮明的海洋條件，爲對外貿易發展奠定優異的基礎，台灣的物產商品隨著台商的市場開拓與航運貿易流通而遍及世界，也爲台灣島內帶來各類資源及龐大外匯，創造了世界聞名的經濟成就，海洋航運與對外貿易可說是台灣賴以存續繁榮的兩大支柱。

二、對外貿易與立國發展

透過《台灣貿易史》一書深入而廣泛的研究撰述，吾人可以清楚看到海洋航運與對外貿易對於台灣長期歷史發展的深刻影響。即使在史前無文字時代，台灣島上的人類已跨海發展出與澎湖間的石器交換行爲，出產於東部的玉製品也透過海運通路在島內外形成運銷體系，而北部的十三行人更擅長與中國、日本海商進行貿易活動，遺留下許多銅幣與瓷器等考古遺物。其後，中國海商與海盜活躍於東亞海域，以台灣爲據點的第三地會合貿易盛行一時。17世紀之初，西歐的荷蘭、西班牙等航海殖民國家，同時在台灣進行殖民商貿經營，台灣歷史也因此躍居世界史的舞臺。幾近同時，崛起於中國福建的海商鄭家縱橫東亞海域，1661年鄭成功更入台驅逐荷蘭勢力，祖孫三代以台灣爲根基建立起海上東寧王國，藉由農墾商貿與清帝國相抗衡。進入清帝國統治時期，台灣海峽之間的移民往來與商品流通，帶動東西向的商貿發達，惟台灣的國際貿易性格退縮，形成台灣與大陸爲主的貿易網絡關係。而在1860年代之後，台灣因開港通商而納入世界經濟市場，促使歐美各國的船隻頻繁的出入台灣，茶、糖與樟腦流通至國際。1895年台灣成爲新興殖民國日本的領土之後，日本致力發展台灣的海運與外貿，建立殖民母國與殖民地之間綿密的政經聯結，並將台灣作爲航運與貿易的前進基地，進行對中國及東南亞地區的經濟與軍事擴張。二次大戰之後，中華民國於1945年接收治理台灣，在威權體制的政治格局下，統制型的黨國資本主義是長期的經濟發展特色。然而1950年代的韓戰使台灣成爲以美國爲首之民主陣營的戰略環節，美國的軍經外援是台灣經濟發展的重要助力，1960年代起延續多年的越戰及台灣在美、日之間的軍事、經濟區域分工體系地位，亦是台灣經貿發展的契機。台灣民間充沛的勞動力與勤奮精神以及高度經濟活力的中小型企業，成爲外向型經濟發展的主力。1970年代中國國民黨政府面臨喪失聯合國席位及隨之而來的外交孤立處境，需要強化內部統治的合法性，加上遭逢兩度石油危機，其主政者才體悟建設台灣之必要，乃將已在進行或新規劃的重大建設併稱爲「十大建設」，作爲施政主力。十大建設主要是工業化與基礎建設，但重工業類產業大多是經營效率較低的公營事業，以致除石化業之外，其他類項的發展都不如預期。交通運輸類的基礎建設則是有助日後經濟發展的重要基礎。台灣貿易自1960年代之後隨著出口導向經濟而高度成長，由勞力密集產業到高科技產業，進出口貿易發達，使台灣成爲全球重要的貿易國家，由此長期的歷史考察可知，對外貿易實爲台灣立國發展的命脈。

三、貿易開拓走向國際

在台灣出口導向經濟高度成長的時代，外貿協會於1970年成立，扮演著開拓世界貿易市場、引導協助中小企業出口業務及策劃各式大型商展的角色，爲發展台灣經貿的重要推手。台灣的進出口貿易總值由1970年起逐年快速成長，2007年貿易總額排名爲全球第16名，若以GDP衡量，我國是全球194個國家中第18大經濟體，外貿協會在台灣經貿與外交發展上的推動，實有其功不可沒的地位。2000年之後，台灣經貿遭受兩項重大衝擊，一是加入WTO所帶來經貿全球化、自由化對國內市場結構所造成的影響；另一則是對中國經貿依存度的持續擴大。而隨著中國經濟實力的崛起，以及區域間經貿活動大規模的整合，這兩項衝擊可能相互結合，將對台灣經濟發展形成極大的挑戰。

回顧歷史並以史爲鑒，荷蘭、西班牙在台灣的商貿經營是將市場眼光擴及東亞與世界，鄭氏王國更立足台灣，積極開拓東南亞及日本市場，以海外貿易所得作爲對抗清帝國的實力。1860年代開港通商之後，台灣超越與中國大陸的單一貿易依存，迎向世界市場，島內的產業發展與基礎建設始得邁向近代化；戰後以來人民與外貿協會的努力亦是以開拓世界貿易市場爲務，由此創造出驚人的對外貿易額。因此，一味的「西進」除加深台灣對中國的依賴，也未必能在中國市場取得優勢。著眼歷史經驗，「經貿立國，走向國際」是台灣長期以來賴以生存發展的軌跡，如何發展特色產業、提升經貿競爭力、與世界市場加強聯繫，應是我們在面對未來經貿變局時，值得深思慎慮的課題。

參考書目

一、中文部分（依筆劃排列）

（一）專書、論文集與政府出版品

J.E. Stiglitz著，李明譯，《全球化的許諾與失落》，台北：大塊文化，2002。
James Wheeler Davidson著，蔡啟恒譯，《台灣之過去與現在》（台灣研究叢刊第107種），台北：台灣銀行經濟研究室，1972。
于宗先，《台灣的故事. 經濟篇＝The story of Taiwan：economy》，台北：行政院新聞局，1998。
于宗先，《台灣經濟發展的困境與出路》，台北：五南，1998。
于宗先，《當代中國對外貿易》，台北：中央文物供應社，1984。
于宗先、王金利，《台灣中小企業的成長》，台北：聯經，2000。
于宗先、劉克智主編，《紀念劉大中先生學術演講集》，台北：中央研究院經濟研究所，1985。
于宗先主編，《台灣的對外貿易發展》，台北：中央研究院研濟研究所，1982。
于宗先等著，《劉大中先生伉儷追思錄》，台北：文海，1983。
于宗先編，《台灣的工業發展》，台北：中央研究院經濟研究所，1984。
于宗先總主編，《台灣經濟發展重要文獻》，台北：聯經，1976。
于宗先總主編、杜文田編，《台灣工業發展論文集》，台北：聯經，1976。
于宗先總主編、邱正雄編，《台灣貨幣與金融論文集》，台北：聯經，1976。
于宗先總主編、陸民仁編，《台灣經濟發展總論》，台北：聯經，1976。
于宗先總編輯，《台灣經濟研究論叢》，台北：中華經濟研究院，2001。
川野重任著，林英彥譯，《日據時代台灣米　經濟論》，台北：台灣銀行經濟研究室，1969。
中央研究院近代史研究所社會經濟史組編，《財政與近代歷史論文集》，台北：中央研究院近代史研究所，1999。
中央研究院近代史研究所編，《二二八事件資料選輯（二）》，台北：編者，1992。
中央研究院經濟研究所編，《台灣工業發展會議》，台北：編者，1983。
中央研究院經濟研究所編，《台灣工業發展會議》，台北：編者，1983。
中央研究院經濟研究所編，《台灣經濟發展方向及策略研討會》，台北：編者，1976。
中央研究院經濟研究所編，《台灣對外貿易會議》，台北：編者，1981。
中央研究院經濟研究所編，《當前台灣經濟問題座談會》，台北：編者，1974。
中央通訊社徵集部輯，《毛紡織業》，台北：政大社資中心，1945。
中央研究院經濟研究所編，《台灣貿易與匯率問題研討會》，台北：編者，1989。
中國海洋發展史論文及編輯委員會，《中國海洋發展史論文集・第二輯》，台北：中央研究院三民主義研究所，1986。
中國海洋發展史論文集編輯委員會編，《中國海洋發展史論文集》，台北：中央研究院三民主義研究所，1984。
中國國民黨中央委員會設計考核委員會編，《美援運用在各方面所發生效果之研究》，台北：編者，1960。
中國新聞出版公司編，《台灣經濟年報-中華民國四十二年》，台北：編者，1953。
中國農村復興聯合委員會編，《台灣農業發展問題》，台北：編者，1971。
中華民國經濟部中小企業處編，《中華民國台灣地區中小企業統計》，台北，1986。
中華民國對外貿易發展協會貿易資料處，《1970-1979年我國對外貿易》，台北：中華民國對外貿易發展協會，1980。
中華民國對外貿易發展協會編，《貿協二十年》，台北：編者，1990。

中華民國對外貿易發展協會編，《貿協三十年》，台北：編者，2000。
中華徵信所，《台灣地區集團企業研究1998/1999》，台北：著者，1998。
中華徵信所編，《對台灣經濟建設最有貢獻的工商人名錄》，台北：編者，1973。
尹氏紀念委員會編，《尹仲容先生紀念集》，台北：文海， 1978。
尹仲容，《台灣經濟十年來的發展之檢討與展望》，台北：美援運用委員會，1960。
尹仲容，《我國金融事業》，台北：美援運用委員會，1961。
尹仲容，《我對台灣經濟的看法全集》，台北：美援運用委員會，1963。
文馨瑩，《經濟奇蹟的背後—台灣美援經驗的政經分析（1951-1965）》，台北：自立晚報社文化出版部，1990。
方俊吉，《開創台灣經濟奇蹟的先鋒：高雄加工出口區之創設與初期之發展》，高雄：高雄市文獻委員會，2002。
方真真，《明末清初台灣與馬尼拉的帆船貿易（1664-1684）》，台北：稻鄉，2006。
王世慶，《淡水河流域河港水運史》，台北：中央研究院中山人文社會科學研究所，1998。
王作榮，《台灣經濟發展論文選集》，台北：時報文化出版公司，1982。
王作榮，《我們如何創造了經濟奇蹟》，台北：時報文化出版公司，1978。
王作榮，《財經文存》，台北：東大圖書公司，1977。
王作榮，《當前台灣經濟問題》，台北：財政部財稅人員訓練所，1975。
王作榮，《當前台灣經濟問題論集》，台北：工商徵信通訊社，1975。
王曾才，《西洋近世史》，台北：國立編譯館，1979。
台灣史料編纂小組，《台灣歷史年表：終戰篇III（1979-1988）》，台北：業強，1992。
台灣省文獻委員會，《台灣土地改革紀實》，台中：台灣省文獻委員會，1989。
台灣省合作金庫《集團企業徵信方法之研究》，台北：台灣省合作金庫調查研究室，1979。
台灣省地方自治研究會編，《台灣省地方自治研究專刊》，台北：編者，1949。
台灣銀行經濟研究室編，《日據時代台灣經濟之特徵》，台北：編者，1957。
台灣銀行經濟研究室編，《台灣地區工礦企業資金調查報告》第17輯，台北：編者，1977。
台灣銀行編，《進出口結匯,美援計劃及非計劃採購及自備外匯進口統計》，台北：編者，1959。
田弘茂著，李晴暉、丁連財譯，《大轉型－中華民國的政治和社會變遷》，台北：時報文化出版公司，1989。
矢內原忠雄著，周憲文譯，《日本帝國主義下之台灣》，台北：台灣銀行經濟研究室，1965。
石田浩著，石田浩文集編譯小組譯，《台灣民主化與中台經濟關係——政治內向化與經濟外向化》，台北：財團法人自由思想學術基金會，2007。
石田浩著，石田浩文集編譯小組譯，《台灣經濟的結構與開展—台灣適用「開發獨裁」理論嗎?》，台北：財團法人自由思想學術基金會，2007。
石守謙編，《福爾摩沙—十七世紀的台灣、荷蘭與東亞》，台北：故宮博物院，2003。
吉爾平（R.Gilpin）著，陳怡仲譯，《全球政治經濟—掌握國際經濟秩序》，台北：桂冠，2004。
江日昇，《台灣外紀》（台灣文獻叢刊第60種），台北：台灣銀行經濟研究室，1957。
江丙坤，《台灣經濟發展的省思與願景》，台北：聯經，2004。
行政院大陸委員會編，《兩岸經濟統計月報》，台北：編者，2005年11月~12月。
行政院主計處，《中華民國七十年台閩地區工商業普查初步報告》，台北：編者，1982。
行政院外匯貿易審議委員會中南美貿易推展小組編，《紡織業之發展及貿易資料彙編》，台北：編者，1965。
行政院外匯貿易審議委員會外匯稽核工作小組編，《八年來外匯稽核報告摘要》，台北：編者，1968。
行政院外匯貿易審議委員會編，《五十二年外匯貿易管理業務報告》，台北：編者， 1965。
行政院外匯貿易審議委員會編，《五十三年外匯貿易管理業務報告》，台北：編者，1965。

行政院外匯貿易審議委員會編，《五十五年外匯貿易管理業務報告》，台北：編者，1967。
行政院外匯貿易審議委員會編，《台灣輸出入結匯統計》，台北：編者，1964。
行政院外匯貿易審議委員會編，《四九年外匯貿易管理業務報告》，台北市：編者，1961。
行政院外匯貿易審議委員會編，《外貿會十四年》，台北：編者，1969。
行政院外匯貿易審議委員會編，《外匯貿易管理法規彙編》，台北：編者，1961。
行政院外匯貿易審議委員會編，《進出口貨品分類表》，台北：編者，1959。
行政院美援運用委員會秘書處，《美援會會議紀錄（五）》，台北：編者，1959。
行政院美援運用委員會編，《十年來接受美援單位的成長》，台北市：編者，1961。
行政院美援運用委員會編，《中美合作經援發展概況》，台北：編者，1957。
行政院美援運用委員會編，《中美合作經援概要》，台北：編者，1960。
行政院美援運用委員會編，《中美合作經援概要》，台北：編者，1956。
行政院美援運用委員會編，《美援會47年會議紀錄（二）》，台北：編者，1958。
行政院美援運用委員會編，《美援會會議紀錄（四）》，台北：編者，1958。
行政院國際經濟合作發展委員會編，《台灣肥料工業運用美援成果檢討》，台北：編者，1964。
行政院國際經濟合作發展委員會編，《台灣漁業運用美援成果檢討》，台北：編者，1966。
行政院國際經濟合作發展委員會編，《台灣製糖及其副產品加工工業運用美援成果檢討》，台北：編者，1965。
行政院國際經濟合作發展委員會編，《台灣鋁工業運用美援成果檢討》，台北：編者，1966。
行政院國際經濟合作發展委員會編，《美援貸款概況》，台北：編者，1964。
行政院經濟安定委員會工業委員會編，《經濟建設四年計劃工業計劃》，台北：編者，1954。
行政院經濟安定委員會秘書處編，《壹年來中國經濟情況之檢討》，台北：編者，1955。
行政院經濟安定委員會秘書處編，《經濟發展開發計劃編訂方法論叢》，台北：編者，1956。
行政院農業委員會，《中華民國九十五年農業統計年報》，台北：編者，2007。
余光弘、董森永，《台灣原住民史・雅美族史篇》，南投：國史館台灣文獻館，1998。
吳生賢，《台灣光復初期土地改革實錄專集》，台北：內政部，1992。
吳修齊，《南台灣傳奇：台南幫主吳修齊自傳》，台北：社會大學文教基金會，1990。
吳堯峰，《現代管理淺釋》，台北：瑞成，1976。
吳榮義，《WTO時代：當前台灣經濟的省思與展望》，台北：時報文化出版公司，2002。
呂紹理，《水螺響起—日治時期台灣社會的生活作息》，台北：遠流，1998。
宋文雄，《中國外銷退稅制度之研究》（國立政治大學財政研究所研究論文叢刊），台北：國立政治大學財政研究所，1965
李壬癸，《台灣南島語族的族群與遷徙》，台北：常民文化，1997。
李文志，《外援的政治經濟分析:重構美援來華的歷史圖像（1946-1948）》，台北：憬藝企業有限公司，2003。
李文環，《高雄海關史》，高雄：財政部高雄關稅局，1999。
李宗哲、陳幸美、張順教著，經濟部、中華經濟研究院主編，《總體環境與中小企業之發展》，台北：渤海堂文化公司，1993。
李國鼎，《台灣經濟快速成長的經驗》，台北：正中書局，1978。
李國鼎，《我的台灣經驗》，台北：天下文化，1997。
李國鼎、陳木在，《我國經濟發展策略總論》，台北，聯經，1987。
李國鼎先生紀念活動推動小組編，《李國鼎先生紀念文集》，台北：李國鼎科技基金會，2004。
李國鼎先生紀念活動推動小組編，《李國鼎的一生》，台北，李國鼎科技基金會，2004。
李登輝，《台灣農業發展的經濟分析》，台北：聯經，1980。
李筱峰，《台灣戰後初期的民意代表》，台北：自立晚報，1986。

村上直次郎日文譯注、程大學譯，《巴達維亞城日記》，南投：台灣省文獻委員會，1990。
村上直次郎著，許賢瑤譯，《荷蘭時代台灣史論文集》，宜蘭：佛光人文社會學院，2001。
沈有容，《閩海贈言》（台灣文獻叢刊第56種），台北：台灣銀行經濟研究室，1959。
沈宗瀚，《農業發展與政策》，台北：商務印書館，1975。
汪大淵，《島夷誌略》，台北：台灣商務書局，出版年不詳。
谷浦孝雄編，雷慧英譯，《台灣的工業化：國際加工基地的形成》，台北：人間，1992。
邢慕寰編，《台灣經濟成長之綜合觀察》，台北：中央研究院經濟研究所，1971。
卓克華，《清代台灣行郊研究》，福州：福建人民出版社，2006。
周添城，《台灣經濟Q&A》，台北：商周文化，1990。
周添城，《區域主義下的台灣經濟》，台北：正中書局，1995。
周添城、林志誠著，《台灣中小企業的發展機制》，台北：聯經，1999。
周開慶，《自由中國之經濟》，台北：國際經濟出版社，1956。
岩生成一著，許賢瑤譯，《荷蘭時代台灣史論文集》，宜蘭：佛光人文社會學院，2001。
東嘉生著，周憲文譯，《台灣經濟史初集》（台灣研究叢刊第25種），台北：台灣銀行經濟研究室，1954。
東嘉生著，周憲文譯，《台灣經濟史概說》，台北：帕米爾書店，1985。
林仁川，《明末清初私人海上貿易》，上海：華東師範大學出版社，1987。
林水樹編，《台灣文獻輯覽（三）經濟部門：商業》，台北：台灣省文獻委員會，1962。
林正義、葉國興、張瑞猛，《台灣加入國際經濟組織策略分析》，台北：業強，2000。
林玉茹，《清代台灣港口的空間結構》，台北：知書房，1996。
林玉茹，《清代竹塹地區的在地商人及其活動網絡》，台北：聯經，2000。
林忠正《解剖台灣經濟威權體制下的壟斷與剝削》，台北：前衛，1992。
林東辰，《台灣貿易史》，台北：日本開國社台灣支局，1932。
林滿紅，《四百年來的兩岸分合—一個經貿史的回顧》，台北：自立晚報，1994。
林滿紅，《茶、糖、樟腦業與台灣之社會經濟變遷（1860-1895）》，台北：聯經，1997。
林獻堂先生紀念集編纂委員會編，《林獻堂先生紀念集》卷3，台中：編者，1958。
林繼文，《日本據台末期戰爭動員體系之研究》，台北：稻香，1996。
林鐘雄，《台灣經濟發展四十年》，台北：自立晚報，1987。
林鐘雄，《台灣經濟經驗一百年》，台北：三通，1995。
林鐘雄，《防制地下金融活動問題之研究》，台北：行政院研究發展考核委員會，1991。
林鐘雄，《轉變中的台灣經濟》，台北：台灣省合作金庫，1976。
武冠雄，《台灣貿易發展經驗》，台北：智庫公司出版，1999。
邱賜程，《台灣對外貿易》，台中：捷太，1998。
涂照彥著，李明峻譯，《日本帝國主義下的台灣》，台北：人間，1991。
侯坤宏編，《土地改革史料》，台北：國史館，1988。
姚玉璋，《台灣貿易史：台灣的對外貿易》，台北：撰者，1977。
施建生編，《一九八〇年代以來台灣經濟發展經驗》，台北：中華經濟研究院，1999。
查樹基，《輸出保險學》，台北：正中書局，1972。
段承璞編，《台灣戰後經濟》，台北：人間，1993。
胡勝正、傅祖壇編，《紀念邢慕寰院士：經濟發展研討會論文集》，台北：中央研究院經濟研究所，2001。
郁永河，《裨海紀遊》（台灣文獻叢刊第44種），台北：台灣銀行經濟研究室，1959。

孫景華，《如何發展台灣工業對抗共匪經濟攻勢》，台北：國防研究院，1959。
翁嘉禧，《台灣光復初期的經濟轉型與政策1945-1947》，高雄：高雄復文圖書，1998。
袁穎生，《光復前後的台灣經濟》，台北：聯經，1998。
財政部關稅總局編，《中華民國海關簡史》，台北：編者，1995。
馬凱編，《台灣工業發展論文集》，台北：聯經，1994。
高安邦，《全球區域經濟整合發展對台灣經濟的影響》（經濟部93年度委託研究報告），台北：國立政治大學台灣研究中心，2004。
國分直一、金關文夫著，譚繼山譯，《台灣考古誌》，台北：武陵，1994。
國防研究院，《陽明山講習錄》，台北：編者，1962。
康培德，《殖民接觸與帝國邊陲—花蓮地區原住民十七至十九世紀的歷史變遷》，台北：稻鄉，1999。
張炎憲編，《中國海洋發展論文集．第三輯》，台北：中央研究院三民主義研究所，1988。
張炎憲編，《中國海洋發展史論文集．第六輯》，台北：中央研究院中山人文社會科學研究所，1997。
張庸吾，《日據時代台灣經濟之特徵》，台北：台灣銀行經濟研究室，1957。
張勝彥等，《台灣開發史》，台北：國立空中大學，1996。
張燮，《東西洋考》，北京：中華書局，1981。
強永昌，《戰後日本貿易發展的政策與制度研究》，上海：復旦大學出版社，2001。
曹永和，《台灣早期歷史研究》，台北：聯經，1977。
曹永和，《台灣早期歷史研究續集》，台北：聯經，2000。
曹永和，《台灣歷史人物與事件》，台北：國立空中大學，2002。
曹永和先生八十壽慶論文集編輯委員會編，《曹永和先生八十壽慶論文集》，台北：樂學書局，2001。
許松根，《台灣的出口擴張與工業升級》，台北：中央研究院經濟研究所，2003。
許雪姬、劉素芬主持，《台灣光復初期之產業政策與企業經營：唐榮鐵工廠個案研究1940-1962》，台北：行政院國科會科資中心，1996。
許雪姬總策劃，《台灣歷史辭典》，台北：遠流，2004。
許嘉棟編，《台灣貨幣與金融論文集》，台北：聯經，1995。
陳士勇，《美援與台灣之森林保育（1950-1965）—美國與中華民國政府關係之個案研究》，台北：稻鄉，2000。
陳永發編，《兩岸分途：冷戰初期的政經發展》，台北：中央研究院近代史研究所， 2006。
陳玉璽，《台灣的依附型發展》，台北：人間，1992。
陳光華，《企業管理》，台北：正中書局，1977。
陳宗仁，《雞籠山與淡水洋：東亞海域與台灣史研究（1400-1700）》，台北：聯經，2005。
陳怡文，《亞太政治經濟結構下的台日鳳罐貿易（1950-1972）》，台北：稻鄉，2005。
陳芳明編，《二二八事件學術論文集》，台北：前衛出版社，1989。
陳國棟，《台灣的山海經驗》，台北：遠流，2005。
陳慈玉、莫寄屏訪問，陳南之、蔡淑　、潘淑芬紀錄，《蔣碩傑先生訪問紀錄》，台北：遠流，1995。
陳誠，《台灣土地改革紀要》，台北：中華書局，1961。
陳誠，《陳誠言論集》，台北：出版資料不詳，政大社資中心微捲NF 982.886 4401-IV。
陳誠，《陳辭修先生言論集初輯—如何實現耕者有其田》，台北：和平，1957。
傅衣凌，《明清時代商人及商業資本》，台北：谷風，1986。
湯熙勇編，《中國海洋發展論文集．第七輯》，台北：中央研究院人文社會科學研究中心，1999。

隅谷三喜男、劉進慶、凃照彥著，雷慧英、吳偉健、耿景華譯，《台灣之經濟——典型NIES之成就與問題》，台北：人間，1995。
黃天麟，《中小企業融資問題之研究》，南投：基層金融研究訓練中心，1981。
黃叔璥，《台海使槎錄》（台灣文獻叢刊第4種），台北：台灣銀行經濟研究室，1957。
黃宗羲，《賜姓始末》（台灣文獻叢刊第25種），台北：台灣銀行經濟研究室，1957。
黃俊傑，《中國農村復興聯合委員會史料彙編》，台北：三民書局，1991。
黃俊傑，《農復會與台灣經濟》，台北：三民書局，1991。
黃通、張宗漢、李昌槿編，《日據時代台灣之財政》，台北：聯經，1987。
黃富三、翁佳音編，《台灣商業傳統論文集》，台北：中央研究院台灣史研究所籌備處，1999。
楊叔進，《替代進口和發展出口的政策》，台北：國際經濟合作發展委員會，1966。
楊彥杰，《荷據時代台灣史》，台北：聯經，2000。
楊英，《從征實錄》（台灣文獻叢刊第32種），台北：台灣銀行經濟研究室，1979。
楊繼曾，《工業動員之概論》，台北：國防研究院，1959。
楊繼曾，《當前的經濟計劃》，台北：國防研究院，1959。
經濟部中小企業處、中華經濟研究院編，《中小企業白皮書》，台北：經濟部，2003。
經濟部加工出口區管理處編，《加工出口區35周年區慶特刊》，高雄：編者，2001。
經濟部商業司，《95年度商業服務業經營活動報告》台北：經濟部商業司，2007。
經濟部國際貿易局，《美援採購指南》，台北：經濟部國際貿易局，1970。
經濟部產業技術資訊服務推廣計劃專案辦公室，《我國製造業現況與趨勢—回顧2006展望2007》，台北：經濟部技術處IT IS專案辦公室，2007。
經濟部編，《中華民國第一期台灣經濟建設四年計劃》，台北：編者，1971。
經濟部編，《兩岸經貿白皮書》，台北：編者，2000。
葉萬安，《二十年來之台灣經濟》，台北：台灣銀行，1967。
葉萬安，《中國之公營生產事業》，台北：中央文物供應社，1985。
葛震歐，《加工出口區的創設》，台北：聯經，1983。
詹素娟、張素玢，《台灣原住民史・平埔族史篇（北）》，南投：國史館台灣文獻館，2002。
詹素娟、劉益昌，《大台北都會區原住民專輯》，台北：台北市文獻會，1999。
詹素娟、潘英海主編，《平埔族群與台灣歷史文化論文集》，台北：中央研究院台灣史研究所籌備處，2001。
廖正宏、黃俊傑、蕭新煌，《光復後台灣農業政策的演變》，台北：中央研究院民族學研究所，1986。
廖鴻綺，《貿易與政治：台日間的貿易外交（1950-1961）》，台北：稻鄉，2005。
臧振華，《十三行的史前居民》，台北：台北縣立十三行博物館，2001。
臧振華，《台灣考古》，台北：文建會，1999。
臧振華、劉益昌，《十三行遺址：搶救與初步研究》，台北：台北縣文化局，2001。
臧振華主編，《史前與古典文明》，台北：中研院史語所，2004。
趙既昌，《美援的運用》，台北：聯經，1985。
趙既昌等，《各國中小企業輔導措施》，台北：國際經濟資料中心，1965。
劉士永，《光復初期台灣經濟政策的檢討》，台北：稻鄉，1996。
劉大中先生紀念會編，《劉大中賦稅改革言論集》，台北：編者，1975。
劉廷獻，《廣陽雜記選》（台灣文獻叢刊第219種），台北：台灣銀行經濟研究室，1979。
劉良璧，《重修福建台灣府志》（台灣文獻叢刊第74種），台北：台灣銀行經濟研究室，1961。
劉益昌，《台灣的考古遺址》，台北：台北縣立文化中心，1992。

劉益昌，《台灣原住民史・史前篇》，南投：國史館台灣文獻館，2002。
劉益昌，《淡水河口的史前文化與族群》，台北：台北縣立十三行博物館，2002。
劉益昌、潘英海編，《平埔族群的區域研究論文集》，南投：台灣省文獻會，1998。
劉益昌、潘英海編，《平埔族群與台灣歷史文化論文集》，台北：中央研究院台灣史研究所籌備處，2001。
劉淑靚，《台日蕉貿網絡與台灣的經濟精英（1945-1971）》，台北：稻香，2001。
劉進慶著，王宏仁、林繼文、李明峻譯，《台灣戰後經濟分析》，台北：人間，1992。
劉鳳文，《外匯貿易政策與貿易擴展》，台北：聯經，1980。
劉鳳文、左洪疇，《公營事業的發展》，台北：聯經，1984。
審計部編，《中華民國中央政府總決算審核報告書》，台北：編者，1964。未公開發行。
蔣夢麟，《新潮》，台北：傳記文學出版社，1967。
蔣碩傑，《蔣碩傑先生建言錄》，台北：遠流，1995。
鄭氏宗親會編，《鄭成功復台三百週年紀念專輯》，台北：編者，1961。
鄭梓，《台灣省參議會史研究》，台北：華世出版社，1985。
鄭瑞明，《海洋文化與歷史》，台北：胡氏圖書，2003。
鄧聰編，《東亞玉器・第一冊》，香港：香港中文大學，1998。
薛月順編，《台灣省貿易局史料彙編》，台北：國史館，2001。
薛琦編，《台灣對外貿易發展論文集》，台北：聯經，1994。
蕭全政，《戰後美援對台灣經濟發展的影響》，台北：行政院國科會科資中心，1995。
蕭國和，《台灣農業興衰40年》，台北：自立晚報，1987。
蕭錚，《土地改革五十年》，台北：中國地政研究所，1980。
蕭錚、吳家昌，《復興基地台灣之土地改革》，台北：正中書局，1987。
蕭峯雄，《我國產業政策與產業發展》，台北：植根雜誌社，2001。
戴國煇著，魏廷朝譯，《台灣總體相》，台北：遠流，1989。
戴寶村，《台灣政治史》，台北：五南，2006。
戴寶村，《近代台灣海運發展——戎克船到長榮巨舶》，台北：玉山社，2000。
戴寶村，《鹿港鎮志・交通篇》，鹿港：鹿港鎮公所，2000。
檔案管理局編，吳若予撰文，《二二八事件與公營事業》，台北：檔案管理局，2007。
韓家寶（Pole Heyus）著，鄭維中譯，《荷蘭時代台灣的土地、經濟與稅務》，台北：播種者，2002。
韓國貿易協會，《貿易年鑑2007》，首爾：韓國貿易協會，2007。
韓清海，《戰後台灣企業集團》，廈門：鷺江，1992。
韓森（Alvin H. Hansen）著，李季豪譯，《一九六0年代的經濟問題》，台北：美援會，1962。
瞿宛文，《全球化下的台灣經濟》，台北：唐山，2003。
聶德寧，《明末清初的海寇商人》，台北：楊江泉，1999。
嚴家淦，《經濟建設與財政》，台北：陽明山莊，1959。
嚴演存，《早年之台灣》，台北：時報文化出版公司，1991。
嚴演存，《曝言三集》，台北：時報文化出版公司，1991。

（二）期刊與論文

C.R. 博克賽，〈鄭芝龍（尼古拉·一官）興衰記〉，《中國史研究動態》1984:3（1984.09）。
尹仲容，〈兩年來的外匯貿易改革〉，《國際經濟月刊》（1960.07）。
方真真，〈明鄭時代台灣與菲律賓的貿易關係－以馬尼拉海關紀錄為中心〉，《台灣文獻》54：3（2003.09）。
王世慶，〈清代台灣的米產與外銷〉，《台灣文獻》9：1（1958.03）。
王作榮，〈對關係企業應有的態度〉，《生力》132（1978.09）。
史靖慈、蔡毓翔，〈台灣加入WTO五年的工業發展〉，《經濟前瞻》110（2007.03）。
台灣省物資調節委員會，〈台灣省政府成立以來之物資調節概況〉，《台灣銀行季刊》2:2（1948.12）。
台灣經濟月刊，〈私人對日貿易辦法和交換物資的名單〉，《台灣經濟月刊》1:4（1948.08）。
台灣經濟月刊，〈商人對日貿易簽證記帳辦法〉，《台灣經濟月刊》1:2（1948.05）。
台灣銀行金融研究室，〈台灣光復後之經濟日誌〉，《台灣銀行季刊》創刊號（1947.06）。
台灣銀行金融研究室，〈幣制改革在台灣〉，《台灣銀行季刊》2:1（1948.09）。
刑慕寰，〈台灣工業發展與貿易政策之檢討〉，《經濟論文專著選刊之廿八》，台北：中央研究院經濟研究所，1971。
朱德蘭，〈日據時期長崎華商泰益號與基隆批發行之間的貿易〉，《中國海洋發展史論文集》第五集，台北：中央研究院，1993。
朱德蘭，〈清初遷界令時期明鄭商船之研究〉，《史聯雜誌》7（1985.12）。
朱德蘭，〈清康熙年間台灣長崎貿易與國內商品流通關係〉，《東海大學歷史學報》9（1988.07）。
何孟興，〈詭譎的閩海（1628-1630年）–由「李魁奇叛撫事件」看明政府、荷蘭人、海盜李魁奇和鄭芝龍的四角關係〉，《興大歷史學報》12（2001.10）。
余光弘，〈巴丹傳統文化與雅美文化〉，《東台灣研究》6（2001.12）。
吳梅邨，〈台灣之加工出口區與僑外資〉，《台灣銀行季刊》22:4（1971.12）。
吳惠林，〈論台商如何因應兩岸經貿的演化〉，《建華金融季刊》24（2006.09）。
吳聰敏、高櫻芬，〈台灣貨幣與物價長期關係之研究：1907年至1986年〉，《經濟論文叢刊》19:1（1991）。
宋文薰、高宮廣衛、連照美，〈澎湖考古調查〉，《歷史文物》108（2002.07）。
宋文薰、連照美，〈台灣史前時代人獸形玉玦耳飾〉，《國立台灣大學考古人類學刊》44（1984.06）。
李文環，〈戰後初期台灣關貿政策之分析（1945-1949）（上）〉，《台灣風物》49:4（1999.12）。
李文環，〈戰後初期台灣關貿政策之分析（1945-1949）（下）〉，《台灣風物》50:1（2000.03）。
李國鼎，〈我的求知過程和經驗〉，《大學之道：國立中央大學演講集》，桃園：中央大學，1984。
李國鼎，〈高雄加工出口區的設立經過〉，《國際經濟資料月刊》17:6。
李毓中，〈明鄭與西班牙帝國：鄭氏家族與菲律賓關係初探〉，《漢學研究》16：2（1998.12）。
村上直次郎著、石萬壽譯，〈熱蘭遮城築城始末〉，《台灣文獻》26：3（1975.09）。
林炳中，〈台灣產業結構變遷與知識化的未來〉，《2003年台灣經濟發展重要議題評析匯集》，台北：中華經濟研究院，2003。
林智新〈十大企業集團分析〉，《天下雜誌》（1981.11）。
林滿紅，〈日本政府與台灣籍民的東南亞投資（1895-1945）〉，《中央研究院近代史研究所集刊》32（1999.12）。
林滿紅，〈日本殖民時期台灣與香港經濟關係的變化〉，《中央研究院近代史研究集刊》36（2001.12）。
林滿紅，〈台灣與東北間的貿易（1932-1941）〉，《中央研究院近代史研究所及刊》，24（1995.06）。
林滿紅，〈光復前台灣對外貿易之演變〉，《台灣文獻》36:3（1985）。
林滿紅，〈海外貿易與台北的崛興（1860-1895）〉，《第二屆台北學國際學術研討會論文集》，台北：台北市文獻委員會，2006.10。
林滿紅，〈清末台灣與我國大陸之貿易型態比較（1860－1894）〉，《國立台灣師範大學歷史學報》6（1978.05）。
林滿紅，〈貿易與清末台灣的經濟社會變遷〉，《食貨》9:8（1979.04）。
武冠雄，〈台灣的經濟發展有賴於產銷並重〉，未刊稿。

洪曉純、飯塚義之、Rey A. Santiago，〈海外遺珠──一顆在菲律賓出土的史前台灣鈴形玉珠〉，《故宮學術季刊》21:4（2004.04）。
胡名雯、薛琦，〈台油製造業之中小企占有率決定因素〉，《中國經濟學會年會論文集》，1992。
徐世榮、蕭新煌，〈台灣土地改革再審視：一個「內因說」的嘗試〉，《台灣史研究》8:1（2001）。
翁之鏞，《美援在自由中國政策之檢討與建議》，台北：中央設計考核委員會，1957。
翁佳音，〈十七世紀台江內海一帶的產業、社會發展〉，《「產業發展與社會變遷」國際學術研討會論文集》，台北：中央研究院台灣史研究所，2007.06。
翁佳音，〈十七世紀東亞大海商亨萬（Hambuan）事蹟初考〉，《故宮學術季刊》22:4（2005）。
翁佳音，〈近代初期北部台灣的商業交易與原住民〉，《台灣商業傳統論文集》，台北：中央研究院台史所籌備處，1999.05。
馬有成，〈閩台單口對渡時期的台灣港口管理（1684-1784）〉，《台灣文獻》57:4（2006.12）。
高淑媛，〈戰時經濟體制下台灣糖業與無水酒精之發展〉，《產業發展與社會變遷國際學術研討會》論文集，台北：中央研究院台灣史研究所，2007.6.21-22。
國際經濟資料社，〈美國公布十年來的軍事援助〉，《國際經濟資料月刊》4:6。
張怡敏，〈戰後台灣民間資本累積之探討─以紅糖經營者為例〉，《台灣社會研究》35（1999.12）。
張炳楠，〈鹿港開港史〉，《台灣文獻》19:1（1968.03）。
張淑貞，〈台商赴大陸投資對台灣經濟的影響〉，《高雄應用科技大學學報》30（2000.12）。
張新平，〈WTO新發展與台灣之因應〉，《月旦法學雜誌》141（2007.02）。
第一銀行調查研究室，〈我國關係企業之發展及管理上之問題〉，《調查資料》147（1976.5.31）。
習五一，〈1895-1931年台灣食糖貿易研究─台灣、日本、大陸三角貿易考察〉，《近代史研究》5（1995）。
許士軍，〈研究集團企業問題的意義〉，《台灣集團企業研究》，台北：中華徵信所，1972。
許士軍，〈集團企業的管理與其社會經濟意義〉，《管理通訊》9:5（1974.05）。
陳之華，〈近十年台海兩岸對東協貿易之研究〉，《經濟研究》4（2003.12）。
陳式鋭，〈繁榮的雙腿─工業與農業〉，《自由世紀》1:2（1952）。
陳希沼，〈台灣地區集團企業之研究〉，《台銀季刊》27:3（1976.09）。
陳宗仁〈「北港」與「Pacan」地名考釋：兼論十六、七世紀之際台灣西南海域貿易情勢的變遷〉，《漢學研究》21:2（2003）。
陳國棟，〈清代中葉（約1780-1860）台灣與大陸之間的帆船貿易：以船舶為中心的數量估計〉，《台灣史研究》1:1（1994.06）。
陳逸潔，〈台灣加入WTO五年來的農業發展〉，《經濟前瞻》110（2007.03）。
陳誠（口述），吳錫澤（筆記），〈陳誠主台政一年的回憶（一）〉，《傳記文學》63:5（1993.11）。
陳翠蓮，〈「大中國」與「小台灣」的經濟矛盾〉，《二二八事件研究論文集》，台北：吳三連基金會，1998。
傅麗玉，〈美援時期台灣中等科學教育發展（1951-1965）〉，《科學教育學刊》14:3，2006年。
彭作奎，〈台灣肥料產銷制度之改善〉，《台灣銀行季刊》43:3（1992.12）。
程士毅，〈軍工匠人與台灣中部的開發問題〉，《台灣風物》44：3（1994.09）。
貿易局，〈台灣光復後之貿易設施〉，《台灣銀行季刊》創刊號（1947.06）。
黃紹恒，〈明治後期日本治糖業的「雙重構造」〉，《國立中央圖書館台灣分館館刊》2:1（1995.09）。
黃紹恒，〈從對糖業之投資看日俄戰爭前後台灣人資本的動向〉，《台灣社會研究季刊》23（1996.07）。
黃燦明，〈談我國獎勵投資條例租稅減免之修定經過〉，《財稅研究》（1983.07）。
褚宗堯，〈我國關係企業之現況分析其及營運綜效之研究〉，《企銀季刊》6:2（1980）。
楊佳瑜，〈從英國東印度公司史料看鄭氏來台後國際貿易地位的變化（1670-1674）〉，《台灣風物》48:4（1998.12）。
楊彥杰，〈1650年-1662年鄭成功海外貿易額和利潤估算〉，《福建論壇》1982:4。
温振華，〈淡水開港與大稻埕中心的形成〉，《師大歷史學報》6（1978.08）。
温振華，〈清代台灣漢人的企業精神〉，《台灣史論文精選（上）》，台北：玉山社，1996.09。

葉振輝，〈台灣經濟史概述〉，《「台灣歷史與經濟發展」研討會論文集》，南投：台灣省諮議會，2004.04。
葉萬安，〈現階段我國經濟政策之檢討與前瞻——分析經濟自由化、國際化、制度化的背景〉，《自由中國之工業》71:3（1989）。
臧振華、洪曉純，〈澎湖七美島史前石器製造場的發現和初步研究〉，《中央研究院歷史語言研究所集刊》72:4（2001.12）。
劉益昌，〈宜蘭在台灣考古的重要性〉，《宜蘭文縣雜誌》43（2000.06）。
劉祥熹、陳家福，〈兩岸經貿政策演變及貿易與投資之互動關係〉，《華人經濟研究》3:1（2005.03）。
劉進慶著，張正修譯，〈戰後台灣經濟的發展過程〉，《台北文獻》3:22。
蔡宏明，〈大陸經貿政策之政治經濟分析〉，《經社法制論叢》（1993.01）。
鄭梓，〈戰後台灣行政體系的接收與重建－以行政長官公署為中心的分析〉，《思與言》29:4（1991.12）。
鄭喜夫，〈李旦與顏思齊〉，《台灣風物》18:1（1968.03）。
鄭喜夫，〈補李旦與顏思齊〉，《台灣風物》19:1-2（1969.06）。
鄭瑞明，〈台灣明鄭與東南亞之貿易關係初探：發展東南亞貿易之動機、實務及外商之前來〉，《師大歷史學報》14（1986.06）。
鄭瑞明，〈清領初期的台日貿易關係（1684-1722）〉，《師大歷史學報》32（2004.06）。
鄧淑蘋，〈院藏卑南古玉的解讀〉，《故宮文物月刊》57（2002.06）。
薛化元，〈清代台灣經濟社會變遷的一個考察—以開港貿易為中心（1860-1895）〉，《「台灣歷史與經濟發展」研討會論文集》，南投：台灣省諮議會，2004.04。
蕭振寰，〈台灣加入GATT/WTO的歷史回顧〉，《台灣國際法季刊》2：2（2005.06）。
蕭新煌，〈三十年來台灣農業政策的演變：1953-1982〉，《思與言》20：6。
戴寶村，〈台灣大陸間的戎克交通與貿易〉，《台灣史研究暨史料發掘研討會論文集》，高雄：中華民國台灣史蹟研究中心，1986.06。
戴寶村，〈台灣海洋史與海盜〉，《宜蘭文獻》，16，1995.07。
戴寶村，〈打狗開港通商後的航運與貿易（1868-1895）〉，《台灣文獻》57：4（2006.12）。
韓麗珍，〈幣制改革後的台灣經濟〉，《台灣經濟月刊》（1948.10）。
瞿宛文、洪嘉瑜，〈自由化與集團企業的趨勢〉，《台灣社會研究季刊》47（2002.09）。
瞿荊洲，〈台灣之對日本貿易〉，《台灣銀行季刊》15:3（1964.09）。
糧食局，〈台灣光復後之糧政措施〉，《台灣銀行季刊》創刊號（1947.06）。
譚立平、連照美、余炳盛，〈台灣卑南遺址出土玉器材料來源之初步分析〉，《國立台灣大學考古人類學刊》52（1998.04）。

（三）碩博士論文

江文祥，《轉折中的大陸經貿政策分析—從「戒急用忍」到「積極開放有效管理」》，台北：淡江大學中國大陸研究所碩士論文，2003。
江長青，《台灣的外匯改革：管理機構與制度變遷之研究（1949-1963）》，台北：國立台灣師範大學歷史研究所碩士論文，1998。
余津津，《進口代替與台灣貿易關係之探討》，台北：私立東吳大學經濟學研究所碩士論文，1980。
呂雨恂，《市場開放的轉型分析：以WTO對農業部門的影響為例》，新竹：國立清華大學經濟學系碩士論文，2004。
李水啟，《台灣進口替代工業之發展與貿易型態的研究》，台北：國立台灣大學經濟學研究所碩士論文，1971。
李君星，《經安會與台灣工業的發展（民國42-47年）》，台北：私立中國文化大學史學研究所碩士論文，1995。
李怡萱，《台灣棉紡織業政策之研究（1949-1953）》，台北：國立政治大學史學研究所碩士論文，2003。
李悅菁，《我國在APEC中的務實外交政策（1989-2001）》，台北：台灣大學政治學研究所碩士論文，2001。
杜惠娟，《集團企業之財務特性與績效影響因素之研究》，台北：國立政治大學企業管理研究所碩士論文，1986。
杜麗英，《李國鼎與台灣產業經濟》，台北：國立中央大學歷史研究所碩士論文，2007。
卓秀玲，《從PECC到APEC：APEC建制化發展中的認知因素》，台中：東海大學政治系碩士論文，2000。
周玲惠，《GATT/WTO與台灣關貿政策之政治經濟分析1947-2002》，台北：國立台灣大學國家發展研究所博士論文，2002。

孟祥瀚，《台灣區生產事業管理委員會與政府遷台初期經濟的發展（1949-1953）》，台北：國立台灣師範大學歷史研究所博士論文，2001。
林青妹，《光復後台灣的紡織業：以東豐纖維公司為例》，台北：國立暨南國際大學歷史學研究所碩士論文，2000。
林滿紅，《清末社會流行吸食鴉片之研究》，台北：國立台灣師範大學歷史研究所博士論文，1985。
邱怡萍，《台灣地區集團的特性與其外銷結構之實證研究》，台北：輔仁大學經濟研究所碩士論文，1997。
邱欣怡，《清領時期台閩地區米穀貿易與商人（1685-1850）》，桃園：國立中央大學歷史研究所碩士論文，2002。
邱金專，《五十年代美援政策的運用:共同安全計劃的發展》，台北：中國文化大學中美關係研究所，1980。
邱靖博，《台灣合板工業與經濟發展》，台北：國立台灣大學經濟學研究所，1971。
邱德宏，《台灣的大陸經貿政策（1987-1998）》，南投：國立暨南國際大學公共行政與政策學系研究所碩士論文，2000。
邱標焱，《台灣地區中小企業輔導措施之研究》，台北：國立政治大學公共行政研究所碩士論文，1969。
姚思敏，《陳水扁執政時期兩岸經貿政策之分析（2000~2004年）》，台北：國立政治大學東亞研究所碩士論文，2005。
施懿芳，《從郊行的興衰看鹿港的社經變遷，1661~1943年》，高雄：中山大學中山所碩士論文，1991。
袁金和，《台灣食品罐頭工業發展之探索》，台北：私立中國文化學院經濟研究所碩士論文，1976。
高碩泰，《美援與一九七〇年代美國外交政策之研究》，台北：政治大學外交研究所碩士論文，1980。
宿金璽，《尹仲容與戰後台灣經濟發展（1949-1963）》，台中：國立中興大學歷史學研究所碩士論文，1998。
張文隆，《台灣工業化與貿易發展之研究》，台北：國立政治大學國際貿易研究所碩士論文，1977。
張靜宜，《台灣拓殖株式會社之研究》，桃園：國立中央大學歷史研究所碩士論文，1997。
許世融，《兩岸關税政策與貿易發展（1895-1945）》，台北：台灣師範大學歷史學系，2005。
許惠姍，《進口替代時期台灣的棉紡織政策（1949-1958）》，台北：國立政治大學歷史研究所碩士論文，2003。
許毓良，《清代台灣的軍事與社會—以武力控制為核心的討論》，台北：國立台灣師範大學歷史學系博士論文，2003。
郭迺鋒，《台灣經濟發展初期政府干預及美援援助之評估，1951-1971：米糖隱藏税、高估匯率及美援援助之實證分析》，台中：中興大學經濟學研究所博士論文，1996。
陳明璋，《政府對中小企業外銷輔導措施之研究》，台北：國立政治大學公共行政研究所研究生論文，1971。
陳金滿，《台灣肥料的政府管理與配銷（1945-1953）–國家與社會關係之探討》，台北：國立台灣師範大學歷史研究所，1995。
陳思宇，《台灣區生產事業管理委員會與經濟發展策略（1949-1953）：以公營事業為中心的探討》，台北：國立政治大學歷史學系碩士論文，2002。
陳純瑩，《明鄭對台灣的經營》，台北：國立台灣師範大學歷史所碩士論文，1986。
陳麗珠，《從台銀與美援資金分配探討公民營事業之發展（1945-1965）》，新竹：國立清華大學歷史研究所碩士論文，2001。
曾美萍，《台灣大企業與中小企業生產行為之比較》，台北：國立政治大學國貿所碩士論文，1992。
黃子華，《尹仲容的經濟政策與經濟思想》，台北：國立台灣大學政治學研究所碩士論文，1996。
楊青隆，《外貿協會與台灣對外貿易的發展-1970年至2000年》，香港：珠海大學中國歷史研究所博士論文，2006。
楊學隆，《營運總部研發中心參考模式：以紡織業為例》，台北：國立台北科技大學商業自動化與管理研究所碩士論文，2004。
劉生仁，《兩岸經貿關係發展之研究（1979–2001）—整合理論觀點》，台北：中國文化大學中國大陸研究所碩士論文，2002。
劉至耘，《清末北台灣的茶葉貿易（1865-1895）》，南投：國立暨南大學歷史研究所碩士論文，2005。
劉傳誠，《台灣金融發展與民生經濟之關係》，台北：私立中國文化大學三民主義研究所碩士論文，1985。
劉榕樺，《尹仲容與台灣之工業化（1949-1963）》，台中：私立東海大學歷史學研究所碩士論文，1994。
蔡郁蘋，《鄭氏時期台灣對日貿易之研究》，台南：國立成功大學歷史研究所碩士論文，2005。
蔡瑞娟，《台灣紡織業的成長與循環》，台北：國立台灣大學經濟學研究所碩士論文，1983。
鄭敏夫，《台灣水泥工業之研究》，台北：國立台灣大學經濟學研究所碩士論文，1971。
蕭明禮，《戰爭與海運–戰時南進政策下台灣拓殖株式會社的海運事業》，南投：暨南國際大學歷史研究所碩士論文，2004。

戴寶村，《近代台灣港口市鎮之發展—清末至日據時期》，台北：國立台灣師範大學歷史研究所博士論文，1988。
謝坤祥，《貿易從業人員對貿易網站使用動機與滿足之研究-以外貿協會台灣經貿網為例》，台北：中國文化大學新聞研究所碩士論文，2002。

（四）報紙及其他

陳定國，〈企業經營型態的之演進〉，《經濟日報》，1979年10月25日。
彭百顯，〈集團企業的經濟效果〉，《經濟日報》，1974年9月10日。
萬中一，〈產業動態：貿協台灣經貿網正式啟用〉，《經濟日報》，2001年10月4日。
〈外銷服務委會簡則 貿易協會 昨天通過〉，《聯合報》，1970年8月7日。
〈本年盈餘五億元　貿易局于瑞熹副局長報告業況〉，《民報》，1946年11月28日第3版。
〈收回浮動鈔票，創建健全財政，以抑高物價並安定民生〉，《民報》，1945年10月31日第1版。
〈米價問題仍然嚴重，市民多有無民可炊，各種貨色價格依然堅挺〉，《民報》，1946年2月15日第1版。
〈貿易換為國企貿協人才培訓中心更名〉，《聯合報》，1999年8月19日。
〈對外貿易發展協會 下月開始推動業務 昨選孫運璿為董事長〉，《聯合報》，1970年6月6日。
〈對外貿易發展協會 正加緊籌設中 協會基金預定四千萬元 政府及民間各籌措一半〉，《聯合報》，1969年11月7日。
《中央日報》，1949年3月15日、1949年5月1日、1949年5月26日、1949年5月27日、1949年6月15日、1949年6月16日、1949年8月15日、1953年3月25日第3版、1949年5月1日、1949年3月15日。
《公論報》，1949年2月4日、1949年4月10日、1949年6月15日、1949年12月31日、1949年1月19日。
《台灣新生報》，1945年11月9日、1947年3月19日、1948年6月26日、1948年12月30日、1949年1月6日、1949年2月1日、1949年4月19日、1949年5月26日、1949年6月6日、1949年6月15日、1949年11月9日、1949年11月10日、1950年7月14日。
《聯合報》，1952年1月12日第3版。
《台灣省政府公報》，夏季號第8期，1949年4月12日。
《台灣省政府公報》，卅八年夏字第十一期，1949年4月15日。
《台灣省政府公報》，卅八年夏字第六十二期。

二、外文部份

（一）西文（按羅馬拼音順序排列）

Bickerton, Ian J., *"Foreign Aid",in Alexander DeConde (ed.) ,Encyclopedia of American Foreign Policy ,Vol.II*, N.Y.:Charles Scribner's Sons,1978.
Blusse, L. M. E., *van Opstall and Tsao Yung-ho, eds., De Dagregisters van het kasteel Zeelangia,Taiwan 1629-1641* , 's-Gravenhage,1984.
Campbell,Willaim, *Forsoma under the Dutch*, London：Kegen Paul, Trench, Trubner & Co. Ltd., 1903.
Jacoy, Neil H, U.S. *Aid to Taiwan: A study of foreign Aid, Self-Help and Development*, New York:Praeger,1966.
Liang, Kuo-Shu and Lee, Teng-Hui, "Taiwan" , Ichimura, Shinichi ed., *The Economic Development of East and Southeast Asia*, Honolulu, University Press of Hawaii, 1975.
Long, Simon , *Taiwan: China's Last Frontier*, London：MacMillan Press，1991.
Mackenzie and Curran, *A History of Russia and the Soviet Union* , Illinois: The Dorsey Press, 1977.
Pang, Chien-kuo, *The State And Economic Transformation : the Taiwan case*, New York: Grand Publishing, 1992.
Rostow, Walt W., *"The Stages of Growth as a key to policy", The Economic of National Security: New Dimension in the Cold War,*

Washington D.C: Industrial College of the Armed Forces, 1963.
Shepherd, John R., *Statecraft and Political Economy on the Taiwan Frontier,1600-1800*, Stanford University Press,1993.
Wall, David, *The charity of nations : the political economy of foreign aid, N.Y.*: Basic Books,1973.
Wang, Jennhwan, *The State: The Transition of Taiwan's Authoritarian Rule*, Los Angeles: University of California, Ph. D. Dissertation, 1988.

（二）日文書籍（按筆劃順序排列）

久保文克，《植民地企業経営史論——「準国策会社」の実証的研究》，東京：日本経済評論社，1997。
小風秀雅，《帝國主義下の日本海運-国際競争と対外自立》，東京：山川出版社，1995。
井出季和太，《台湾治績志》，東京：青史社，1988。
日本郵船株式會社，《日本郵船百年史資料》，東京：日本經營史研究所，1988。
片山邦雄，《近代日本海運とアジア》，東京：御茶水書房，1996。
加藤榮一，《幕藩制國家の形成と外國貿易》，東京：校倉書房，1993。
台湾南方協会，《南方協会事業実施状況報告書》，台北：台湾南方協会，1941。
台灣總督府，《台灣事情（昭和17年版）》，台北：成文出版社，1985年復刻版。
台灣總督府，《台灣事情（昭和19年版）》，台北：成文出版社，1985年復刻版。
台湾総督府，《台灣統治概要》，台北：南天書局，1945。
台灣總督府交通局遞信部，《台湾の海運》，台北：台灣總督府交通局遞信部，1936。
台灣總督府財政局，《台灣貿易四十年表（1896-1935）》，台北：台灣總督府財政局，1935。
台灣總督府淡水税關編，《台灣税關十年史》，台北：編者，1907。
外務省條約局法規課編，《日本統治五十年の台湾》「外地法制誌」第5巻，東京：文生書院，1990。
外務省條約局法規課編，《律令總覽》「外地法制誌」第4巻，東京：文生書院，1990。
石井寛治，《日本經濟史》第二版，東京：東京大學出版會，1999。
石田浩，《台湾経済の構造と展開——台湾は「開発独裁」のモデルか》，東京：大月書店，1999。
伊原吉之助，《台灣旧政治改革年表．覺書（1943-1987）》，奈良：帝塚山大學，1992。
全國新聞東京聯合社編，《日本殖民地要覽》，東京：日本經濟新聞社，1912。
条約局法規課編，《律令総覧（「外地法制誌」第三部の二），東京：文生書院，1960。
佐佐英彥，《台灣產業評論》，著者發行，1925。
李獻璋，《長崎唐人の研究》，佐世保市：親和銀行ふるさと振興基金會，1991。
林佛澍編，《戦時下の台灣経済》，台北：台灣經濟通信社，1939。
松浦章，《近代日本中国台湾航路の研究》，大阪：清文堂，2005。
青木昌彥、金瀅基、奥野（藤原）正寛編，白鳥正喜監訳，《東アジアの経済発展と政府の役割　比較制度分析アプローチ》，東京：日本経済新聞社，1999。
浅香貞次郎，《台湾海運史》，台北：台湾海務協会，1941。
渋谷長紀，《台湾を中心とした戎克貿易に就て》，台湾拓殖株式会社調査課，1942。
笹本武治、川野重任編，《台湾経済総合研究》，アジア経済研究所，1968。
清水元，《アジア人の思想と行動》，東京：NTT出版，1997。
劉進慶，《戰後台灣經濟分析–1945年から1965年まで》，東京：東京大學出版會，1975。
楠井隆三，《戰時台灣經濟論》，台北：南方人文研究所，1944。
臨時台灣舊慣調查會，《調查經濟資料報告・上下卷》，東京：臨時台灣舊慣調查會，1905。

（三）其他日文資料（按筆劃順序排列）

〈台灣特有物產の運賃〉，《台灣日日新報》，1899.9.6日文版第2版，號330。
林思敏，《近代日本の南進政策—台湾総督府を中心にー》，東京：東京外国語大学大学院地域文化研究科博士論文，2005。
岩生成一，〈近世日支貿易に関する數量的考察〉，《史學雜誌》62：11（1953.11）。
岩生成一，〈豐臣秀吉の台灣島招諭計劃〉，收於《台北帝國大學文政學部史學科研究年報・第七輯》（台北：台北帝國大學文政學部，1941），頁75-113。
松浦章，〈清代台灣航運史初探〉，《台北文獻》125（1998.09）。
金子文夫，〈植民地投資と工業化〉，《近代日本と植民地３》，東京：岩波書店，1993。
原朗，〈日本の戦時経済—国際の比較視点からー〉，《日本の戦時経済—計画と市場》，東京：東京大学出版会，1995。
秦貞廉編，〈台灣屬島チョプラン地漂流記〉，《愛書》第12輯，1939。
增田秀吉，〈台灣對滿州貿易の近狀〉，《台灣時報》，1993年1月號，台北：台灣時報發行所。

附表

附錄表6-1 1896-1945年台灣對外輸出值

單位：圓

年代	共計	對日本	對中國	往其他各國
1896	11,395,680			11,395,680
1897	14,856,848	2,104,648	9,878,584	12,752,200
1898	16,962,538	4,142,778	10,872,751	12,819,760
1899	14,743,098	3,650,475	8,692,467	11,092,623
1900	14,934,275	4,402,110	7,792,384	10,532,165
1901	15,580,053	7,345,956	6,483,722	8,234,097
1902	21,131,769	7,407,498	8,759,779	13,724,271
1903	20,716,425	9,729,459	6,275,181	10,986,966
1904	22,718,673	10,431,307	7,175,202	12,287,366
1905	24,291,107	13,661,500	5,032,874	10,629,607
1906	28,038,612	18,259,528	4,946,903	9,779,084
1907	27,376,102	17,634,673	2,981,814	9,741,429
1908	33,721,285	24,423,387	3,198,479	9,297,898
1909	47,997,076	36,309,500	2,734,284	11,687,576
1910	59,962,255	47,976,159	3,673,167	11,986,096
1911	64,819,176	51,643,586	3,918,683	13,175,590
1912	62,791,679	47,831,451	4,276,893	14,960,228
1913	53,389,062	40,446,620	2,920,434	12,942,442
1914	58,720,430	45,738,116	3,483,840	12,982,314
1915	75,623,174	60,192,896	5,014,978	15,430,278
1916	112,347,948	80,695,474	10,555,110	31,652,474
1917	145,803,733	105,587,942	15,886,358	40,215,791
1918	139,356,261	105,962,253	15,663,688	33,394,008
1919	177,830,577	142,208,290	12,828,698	35,622,287
1920	216,264,580	181,091,635	11,927,333	35,172,945

年代	共計	對日本	對中國	往其他各國
1921	152,438,500	128,896,879	9,436,494	23,541,621
1922	157,864,975	127,301,486	10,920,690	30,563,489
1923	198,594,802	169,442,365	11,237,790	29,152,437
1924	253,674,176	211,098,223	23,015,452	42,575,953
1925	263,214,651	215,248,807	27,534,620	47,965,844
1926	251,425,070	202,109,583	31,022,466	49,315,487
1927	246,676,284	202,078,577	25,698,984	44,597,707
1928	248,417,285	214,521,597	16,095,161	33,895,688
1929	271,893,266	238,705,289	18,806,251	33,187,977
1930	241,441,304	218,633,341	10,713,335	22,807,963
1931	220,872,866	201,424,107	8,531,181	19,448,759
1932	240,727,988	222,682,738	8,533,494	18,045,250
1933	248,413,329	230,746,911	6,725,365	17,666,418
1934	305,928,680	279,410,271	11,709,110	26,518,409
1935	350,744,673	314,200,483	17,538,506	36,544,190
1936	387,948,978	358,894,998	12,737,835	29,053,980
1937	440,174,995	410,258,886	11,834,258	29,916,109
1938	456,453,837	420,103,914	27,295,197	36,349,923
1939	592,938,199	509,744,571	69,960,658	83,193,628
1940	566,054,448	459,287,582	94,153,487	106,766,866
1941	493,903,536	379,794,861	109,937,434	114,108,675
1942	523,138,931	419,628,216	97,283,098	103,510,715
1943	400,902,833	292,712,955	92,589,287	108,189,878
1944	311,204,092	215,690,666	83,824,610	95,513,426
1945	24,109,806	14,324,395	9,440,907	9,785,411

資料來源：《台灣省五十一年來統計提要》，引自，http://twstudy.iis.sinica.edu.tw/twstatistic50/

附錄表6-2 1896-1945年台灣對外輸入值

單位：圓

年代	共計	對日本	對中國	自其他各國
1896	8,631,002	.	4,094,390	8,631,002
1897	16,383,020	3,723,722	7,363,551	12,659,298
1898	21,142,173	4,266,768	10,099,674	16,875,405
1899	22,284,918	8,011,826	6,299,751	14,273,092
1900	22,009,697	8,439,033	5,995,494	13,570,664
1901	21,592,053	8,782,258	5,656,169	12,809,795
1902	19,335,822	9,235,290	5,156,865	10,100,532
1903	22,204,252	11,194,788	5,747,795	11,009,464
1904	22,746,321	10,156,311	5,841,992	12,590,010
1905	24,447,710	13,483,833	5,372,722	10,963,877
1906	28,371,801	15,634,341	6,163,867	12,737,460
1907	30,971,130	19,750,445	4,334,650	11,220,685
1908	38,001,625	20,926,859	4,521,190	17,074,766
1909	36,598,273	24,006,803	4,996,927	12,591,470
1910	48,923,289	29,070,727	5,757,169	19,852,562
1911	53,294,603	33,739,556	6,240,101	19,555,047
1912	62,632,416	43,325,290	8,024,697	19,307,126
1913	60,859,317	42,835,593	7,623,182	18,023,724
1914	52,912,506	39,898,569	7,469,814	13,013,937
1915	53,409,638	40,627,860	7,959,383	12,781,778
1916	65,021,600	49,591,563	8,191,298	15,430,037
1917	88,887,361	67,787,985	10,270,051	21,099,376
1918	104,219,330	70,664,817	18,139,347	33,554,513
1919	154,705,194	90,572,432	32,444,805	64,132,762
1920	172,437,095	112,070,364	33,214,662	60,366,731

年代	共計	對日本	對中國	自其他各國
1921	133,954,458	93521168	21,230,950	40,433,290
1922	119,095,309	82173435	21,301,558	36,921,874
1923	110,129,492	71018125	21,206,429	39,111,367
1924	133,026,096	86602060	27,390,568	46,424,036
1925	186,395,340	129906280	32,677,157	56,489,060
1926	183,412,450	121404784	29,250,227	62,007,666
1927	186,948,387	121107991	27,459,259	65,840,396
1928	190,653,933	132318204	29,221,774	58,335,729
1929	204,910,684	140369672	31,814,047	64,541,012
1930	168,258,310	123127117	23,480,744	45,131,193
1931	145,622,123	114763307	17,078,320	30,858,816
1932	164,497,770	133456947	20,543,560	31,040,823
1933	185,388,938	149912395	24,230,424	35,476,543
1934	215,021,701	176990724	24,723,513	38,030,977
1935	263,119,746	218140837	30,517,541	44,978,909
1936	292,685,948	243831529	35,118,798	48,854,419
1937	322,123,742	277894924	30,474,278	44,228,818
1938	366,659,192	327950050	27,662,450	38,709,142
1939	408,649,840	357608007	36,633,294	51,041,833
1940	481,812,883	425752846	39,921,785	56,060,037
1941	424,507,211	371842415	36,508,502	52,664,796
1942	384,519,252	337619377	42,897,091	46,899,875
1943	338,726,528	291926577	40,882,338	46,799,951
1944	164,721,870	121,284,783	40,280,501	43,437,087
1945	22,312,927	16,698,371	4,789,022	5,614,556

資料來源：《台灣省五十一年來統計提要》，引自，http://twstudy.iis.sinica.edu.tw/twstatistic50/

附錄表6-3 1925-1934年間的貿易額

單位：圓

年	國際貿易	對日貿易
1925	104,454,904	345,155,087
1926	111,323,153	323,514,367
1927	110,438,103	323,186,568
1928	92,231,417	346,839,801
1929	97,728,989	379,074,961
1930	67,539,156	341,760,458
1931	50,307,575	316,187,414
1932	49,086,073	356,139,685
1933	53,142,961	380,659,306
1934	64,549,386	456,400,995

資料來源：《台湾の海運》，頁20。

附錄表6-4 1925-1934年貿易入出超差額

單位：圓

年	出超	入超
1925	263,214,651	186,395,340
1926	251,425,070	183,412,450
1927	246,676,284	186,948,387
1928	248,417,285	190,653,933
1929	271,893,266	204,910,684
1930	241,441,304	168,258,310
1931	220,872,866	145,622,123
1932	240,727,988	164,497,770
1933	248,413,329	185,388,938
1934	305,928,680	215,021,701

資料來源：《台湾の海運》，頁20。

附錄表6-5 1929-1941年日本圓域貿易圈出口及其收支淨值

	圓域的貿易收支								百万円
	總額			圓域			其他地區		
	輸出	輸入	支	輸出	輸入	支	輸出	輸入	支
1929	2,149	2,216	-67	471	376	95	1,678	1,840	-162
1930	1,470	1,546	-76	348	283	65	1,122	1,263	-141
1931	1,147	1,236	-89	221	236	-15	926	1,000	-74
1932	1,410	1,431	-21	276	205	71	1,134	1,226	-92
1933	1,861	1,917	-56	411	281	130	1,450	1,636	-186
1934	2,172	2,283	-111	520	311	209	1,652	1,972	-320
1935	2,499	2,472	27	575	350	225	1,924	2,122	-198
1936	2,693	2,764	-71	658	394	264	2,035	2,370	-335
1937	3,175	3,783	-608	791	438	353	2,384	3,345	-961
1938	2,690	2,663	27	1,166	564	602	1,524	2,099	-575
1939	3,576	2,918	658	1,747	683	1,064	1,829	2,235	-406
1940	3,656	3,453	203	1,867	756	1,111	1,789	2,697	-908
1941	2,651	2,899	-248	1,659	855	804	992	2,044	-1,052

資料來源：武田晴人，〈現代日本経済史講義〉第13回第2章　戦時経済下の日本経済　2-1日中戦争と円ブロック，2004年冬学期，網址：http://ocw.u-tokyo.ac.jp/course-list/economics/jeh2/lecture-notes/JEH-13.pdf。

附録表6-6 1928、1936年日本圓域貿易主要進口貨物價值比較

單位：台幣千元；%

輸移出品	1928			1936		
相手地域	主要品目	金額	比率	主要品目	金額	比率
台	綿　絹織物	15,078	11.4	肥料	28,491	11.7
	類	8,695	6.6	綿　絹織物	19,325	7.9
	乾魚	5,498	4.2	類	16,257	6.7
朝鮮	綿織物	42,766	14.5	機械類	40,862	6.3
	類	15,066	5.1	絹織物	36,565	5.6
	絹織物	13,376	4.5	綿織物	32,118	5.0
州　東州	綿織物	60,264	33.6	綿織物	75,552	15.2
	小　粉	10,311	5.8	機械類	47,534	9.5
	機械類	5,267	2.9	輸送用機器	30,068	6.0
華北	綿織物	30,186	29.0	機械類	8,984	14.9
	小　粉	13,567	13.0	輸送用機器	7,288	12.1
	機械類	10,779	10.3	類	6,963	11.6
輸移入品						
台	砂糖	121,413	56.6	砂糖	163,495	45.6
	米	53,229	24.8	米	124,309	34.6
		8,615	4.0	石	15,637	4.4
朝鮮	米	183,421	54.9	米	249,426	48.1
	大豆	23,340	7.0	肥料	38,390	7.4
	生糸	16,251	4.9	大豆	23,461	4.5
州　東州	豆粕	72,856	34.3	大豆	60,519	25.3
	大豆	49,541	23.4	石炭	26,718	11.2
	石炭	23,677	11.2	豆粕	25,388	10.6
華北	綿　繰綿	25,796	37.9	綿　繰綿	19,287	27.7
	石炭	6,069	8.9	石炭	10,656	15.3
	牛肉	5,789	8.5	牛肉	6,198	8.9

資料來源：武田晴人，〈現代日本経済史講義〉第13回第2章　戦時経済下の日本経済　2-1日中戦争と円ブロック，2004年冬学期，網址：http://ocw.u-tokyo.ac.jp/course-list/economics/jeh2/lecture-notes/JEH-13.pdf。

附録表9-1　1945-1947年貿易局所接收之日本人貿易機構之規模

單位：日圓

接收機構名	臺灣重要物資營團	三井物產株式會社	三菱商事株式會社	南興公司
1.成立時間與資本額	1944年成立；資本額600萬日圓（官資500萬日圓、商資100萬日圓）	台北、高雄兩地設在台分支機構	台北、高雄兩地設在台分支機構	
2.日治時期主要營業項目	日本政府加強統治臺灣貿易之最高機構	進出口投資企業、代理保險、承銷產品	進出口投資企業、販賣商品、承辦運輸、承包工程、度量衡計算器、代理保險	承製捲煙酒類專利、承銷專賣品及其原料副產品出口；進口專賣品原料，以供生產之用
3.戰後接收時間	1945年11月5日	1945年11月20日監理 1946年3月21日接收	1945年11月20日監理 1946年3月21日接收	
4.接收整理情形	臺灣省貿易公司（其後的臺灣省貿易局）奉命接收			會同專賣局併案處理，接收物資可供專賣局應用者由專賣局接收，
5.接收時清算				
(1)資產	除少數食糖、造船木材、少數應用機械、人力貨車器材、其他零星商品及未完工之工廠外，重要資產物資多以處分完畢			不動產： 534,921.72日圓 動　產： 17,588.70日圓 債　權：10,845,402.02日圓 現　金： 67,495.84日圓 共　計：11,965,408.28日圓
(2)負債	銀行借款57,989,385.78日圓			6,006,048.98日圓
(3)接收資產損益	損　失：31,900,965.03（含日本政府應予補償尚未撥款者9,872,487.99日圓）			收　益：5,959,359.28日圓
接收機構名	菊元商行	臺灣纖維製品統制株式會社	臺灣織物雜貨卸賣組合	臺灣貿易振興會社
1.成立時間與資本額		500萬日圓	無	貿易業者共同出資組織 資本額50萬日圓
2.日治時期主要營業項目	輸入雜貨，經營百貨商店。以保股方式與日商貿易機構及各種日用品製造工廠合作銷售商品	戰時統制各種纖維製品而設；專門從日本進口及在省內收購棉織品、人造絲、人造纖維、毛織品及絲織品，然後配給到臺灣織物雜貨批發組合、台南、花蓮港等纖維製品另售組合等機構，然後再販賣給一般人民	為臺灣纖維製品統制株式會社的下層機構，由各地批發商及企業統合體共同組織，加入者臨時湊合運轉資金，販賣纖維製品雜貨，其中一部分為臺灣人出資	
3.戰後接收時間	1946年2月底結束營業	1946年3月	1946年3月	該社自行清理，由貿易局監理，1946年3月接收
4.接收整理情形	日僑緊急遣送			
5.接收時清算				
(1)資產	不動產： 500,746.11日圓 動　產： 778,788.13日圓 債　權： 313,216.39日圓 現　金： 554,439.50日圓 共　計：2,147,190.13日圓	不動產： 332,162.34日圓 動　產： 7,879,339.70日圓 債　權： 2,097,642.58日圓 現　金： 1,352,506.10日圓 共　計：11,661,650.72日圓	動產：1,504,733.52日圓 債權：1,246,566.11日圓 現金：1,224,190.34日圓	接收資產929,111.60日圓，清理完畢後，將本省籍資本分別發還
(2)負債	991,562.79日圓	809,319.23日圓	負債：3,362,880.38日圓	
(3)接收資產損益	收　益：1,155,627.34日圓	收　益：10,852,331.49日圓	利金：612,609.59日圓	

資料來源：薛月順編，《臺灣省貿易局史料彙編　第一冊》（台北：國史館，2001年），頁188-194。

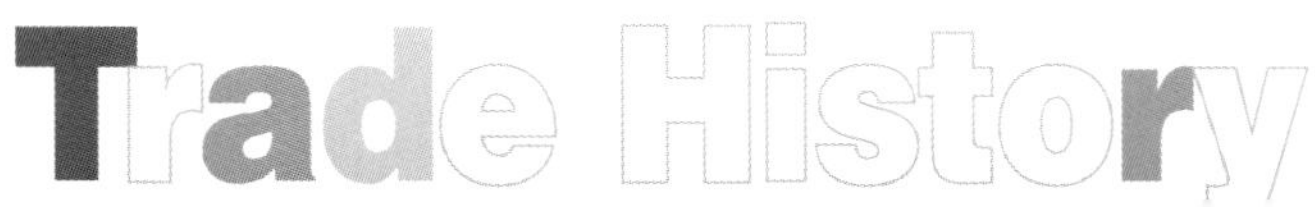

附錄表9-2 進出口貿易暫行辦法附（1946年3月公佈）

甲表	乙表　禁止輸入之奢侈品	丙表　除經政府核准外禁止出口之物品
1.向海關申請許可後得輸入之物品：煤油、砂糖、方砂糖、塊砂糖、冰砂糖、菸葉、客車及其車台、以洗電影片 2.照現行稅率家爭稅率５０％奢侈附加稅之物品（勿須申請手續）：酒類、汽水、泉水；紙菸、雪茄、鼻煙、嚼煙、煙絲；未列名首飾及裝飾品；真假珍珠；真假寶石	棉質假金銀線；花邊、衣飾、繡貨、其他裝飾品；純毛或雜毛地毯及其他地衣類；純絲或雜絲假金銀線；純絲或雜絲綢緞；純絲或雜絲之剪絨、回絨；未列名純絲或雜絲綢緞；未列名絲製衣服或衣著零件；未列名純絲或雜絲貨品；七座以下汽車及超過美金1200元之車台；麝香；象牙製品；古玩；磁器漆器；修指甲用器具及撲粉盒、梳妝盒；香水脂粉；玩具遊戲品；傘柄、象牙雲母、玳瑁、瑪瑙、等製成品或裝飾品	1.政府管制之礦品：為易貨償債之主要物資，如鎢、銻、錫、汞之礦砂及其費製品 2.各類銀幣、金幣、銅錢及由銅錢製成的銅塊 3.鹽、米、穀、麥、麵粉及其製成品、棉紗及布 4.各類活野禽獸及帶毛之獸皮 5.古物、國父遺墨及中國古籍與官署檔案

資料來源：銀行學會編，〈民國經濟史〉（台北：學海，1970年），頁631-632（轉引自李文環，〈戰後初期臺灣關貿政策之分析（1945-1949（上）〉，《臺灣風物》49卷4期，1999年12月，頁152。）

附錄表9-3 舊台幣發行額

單位：元　基期：1945年5月18日=100

日期	發行額	指數	附：定額本票發行額
1945.5.18	2,943,949,321	100	--
1946年底	5,330,592,809	181	--
1947年底	17,133,236,000	582	--
1948年底	142,040,798,000	4,825	78,696,965,000
1949.6.14	527,033,734,425	17,902	1,213,580,535,000

說明：1945年5月18日的發行額是以接收前日臺灣銀行券發行額。
資料來源：臺灣銀行經濟研究室編，《台灣之金融史料》（台北：臺灣銀行，1953年），頁3。

附録表9-4 台北市躉售物價指數（1946年11月-1949年6月）

		台北市躉售物價指數 1937年1-6月=100	定基指數 1946年11月=100	環比指數 上個月為基期
1946年	11月	11,164	100	--
	12月	12,555	112	112
1947年	1月	16,195	145	129
	2月	24,427	219	151
	3月	27,276	244	112
	4月	29,123	261	107
	5月	32,555	292	112
	6月	35,064	314	108
	7月	38,233	342	109
	8月	43,632	391	115
	9月	51,750	464	119
	10月	71,142	637	138
	11月	85,063	762	120
	12月	97,462	873	115
1948年	1月	106,959	658	110
	2月	121,302	1,087	114
	3月	139,193	1,247	115
	4月	144,307	1,293	104
	5月	147,210	1,319	102
	6月	154,542	1,384	105
	7月	190,700	1,708	124
	8月	229,239	2,053	121
	9月	284,133	2,545	124
	10月	589,756	5,283	208
	11月	1,221,358	10,940	208
1949年	12月	1,111,364	9,955	91
	1月	1,514,073	13,562	137
	2月	2,251,092	20,164	149
	3月	3,012,997	26,989	134
	4月	4,560,906	40,854	152
	5月	9,213,654	82,530	202
	6月	13,214,952	118,371	144

資料來源：台灣省政府主計處編，《台灣省物價統計月報》，1949年12月，36-41頁。（轉引自潘志奇，《光復初期台灣通貨膨脹的分析》（台北：聯經出版社，1980年），27頁。）

附錄表17-1 台灣對各主要國家及地區出口貿易值（1996-2005）

單位：百萬美元

年度	亞洲地區		香港		日本		南韓		馬來西亞		新加坡		泰國	
1996	63215	54.52%	26788	23.10%	13659	11.78%	2662	2.30%	2954	2.55%	4573	3.94%	2790	2.41%
1997	64307	52.68%	28688	23.50%	11691	9.58%	2366	1.94%	3035	2.49%	4895	4.01%	2562	2.10%
1998	53856	47.83%	25398	22.56%	9439	8.38%	1510	1.34%	2339	2.08%	3359	2.98%	2006	1.78%
1999	62884	50.82%	26825	21.68%	12043	9.73%	2645	2.14%	2908	2.35%	3947	3.19%	2195	1.77%
2000	81670	53.75%	32742	21.55%	16887	11.11%	4002	2.63%	3687	2.43%	5637	3.71%	2653	1.75%
2001	69431	54.97%	28713	22.73%	13024	10.31%	3373	2.67%	3136	2.48%	4221	3.34%	2197	1.74%
2002	80468	59.47%	32960	24.36%	12368	9.14%	3964	2.93%	3216	2.38%	4623	3.42%	2367	1.75%
2003	93775	62.27%	30868	20.50%	12430	8.25%	4710	3.13%	3172	2.11%	5275	3.50%	2640	1.75%
2004	118816	65.15%	32896	18.04%	13808	7.57%	5630	3.09%	4218	2.31%	6747	3.70%	3318	1.82%
2005	133187	67.12%	34036	17.15%	15111	7.62%	5877	2.96%	4283	2.16%	8042	4.05%	3820	1.93%

年度	歐洲地區		德國		荷蘭	英國	美洲地區		美國		其他		出口總值
1996	16945	14.62%	3644	3.14%	3823	2807	31167	26.88%	26866	23.17%	4615	3.98%	115942
1997	18415	15.08%	3691	3.02%	4298	3278	34737	28.45%	29552	24.21%	4622	3.79%	122081
1998	19807	17.59%	4107	3.65%	4384	3305	34782	30.89%	29959	26.61%	4150	3.69%	112595
1999	20458	16.53%	4099	3.31%	4230	3873	36047	29.13%	31339	25.33%	4344	3.51%	123733
2000	23913	15.74%	4936	3.25%	4953	4591	41454	27.28%	35588	23.42%	4913	3.23%	151950
2001	20010	15.84%	4537	3.59%	4256	3376	32957	26.09%	28136	22.27%	3916	3.10%	126314
2002	18824	13.91%	3886	2.87%	3836	2986	31845	23.53%	27365	20.22%	4180	3.09%	135317
2003	20779	13.80%	4286	2.85%	4220	2932	30930	20.54%	26554	17.63%	5116	3.40%	150600
2004	23828	13.07%	4607	2.53%	4807	3430	33818	18.54%	28751	15.77%	5908	3.24%	182370
2005	23650	11.92%	4463	2.25%	4396	3263	34780	17.53%	29114	14.67%	6815	3.43%	198432

資料來源：〈台灣地區對各國(或地區)進出口貿易值〉，《中華民國統計年鑑》（台北：行政院主計處），1996年-2005年。

附錄表17-2 台灣對各主要國家及地區進口貿易值（1996-2005）

單位：百萬美元

年度	亞洲地區		香港		日本		南韓		馬來西亞		新加坡		泰國	
1996	52943	51.72%	1705	1.67%	27493	26.86%	4162	4.07%	3565	3.48%	2789	2.72%	1672	1.63%
1997	59221	51.76%	1996	1.74%	29022	25.36%	5024	4.39%	4228	3.69%	3150	2.75%	1927	1.68%
1998	56228	53.43%	2076	1.97%	27060	25.72%	5682	5.40%	3639	3.46%	2716	2.58%	1980	1.88%
1999	64971	58.43%	2224	2.00%	30637	27.55%	7202	6.48%	3895	3.50%	3327	2.99%	2401	2.16%
2000	85596	60.82%	2364	1.68%	38622	27.44%	9027	6.41%	5351	3.80%	5036	3.58%	2780	1.98%
2001	65661	60.81%	2052	1.90%	25933	24.02%	6732	6.24%	4233	3.92%	3402	3.15%	2193	2.03%
2002	71730	63.34%	1915	1.69%	27363	24.16%	7741	6.84%	4176	3.69%	3562	3.15%	2182	1.93%
2003	84997	66.40%	1917	1.50%	32720	25.56%	8738	6.83%	4767	3.72%	3879	3.03%	2379	1.86%
2004	112308	66.55%	2309	1.37%	43718	25.91%	11664	6.91%	5425	3.21%	4331	2.57%	2785	1.65%
2005	125268	68.60%	2110	1.16%	46053	25.22%	13239	7.25%	5217	2.86%	4961	2.72%	2887	1.58%

年度	歐洲地區		德國		荷蘭	英國	美洲地區		美國		其他		進口總值
1996	20143	19.68%	5023	4.91%	1471	1805	23495	22.95%	19972	19.51%	5789	5.65%	102370
1997	21601	18.88%	5369	4.69%	1638	1953	27361	23.91%	23234	20.31%	6242	5.46%	114425
1998	20670	19.64%	5170	4.91%	1575	1711	22991	21.85%	19845	18.86%	5341	5.08%	105230
1999	17671	15.89%	5332	4.80%	1720	1745	22871	20.57%	19818	17.82%	5683	5.11%	111196
2000	19133	13.60%	5579	3.96%	2117	1953	28668	20.37%	25270	17.96%	7335	5.21%	140732
2001	15085	13.97%	4274	3.96%	1541	1457	20965	19.42%	17407	16.12%	6260	5.80%	107971
2002	14749	13.02%	4448	3.93%	1469	1372	21124	18.65%	18256	16.12%	5642	4.98%	113245
2003	16320	12.75%	4986	3.90%	1307	1431	20494	16.01%	16995	13.28%	6199	4.84%	128010
2004	21402	12.68%	5852	3.47%	2203	1745	26582	15.75%	21780	12.91%	8466	5.02%	168758
2005	21920	12.00%	6180	3.38%	2069	1714	26110	14.30%	21171	11.59%	9316	5.10%	182614

資料來源：〈台灣地區對各國(或地區)進出口貿易值〉，《中華民國統計年鑑》（台北：行政院主計處），1996年-2005年。

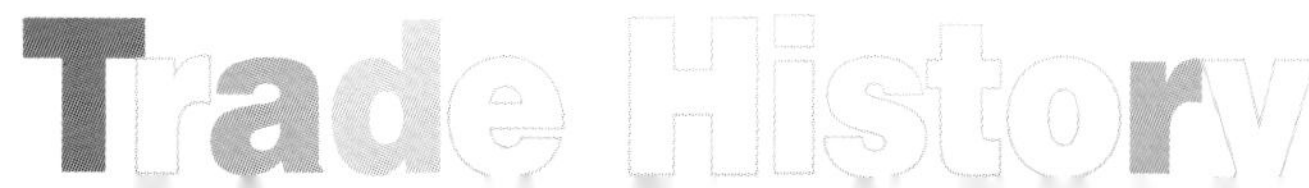

附錄表17-3 台灣的對中貿易額和貿易依賴度（1985-2005）

單位：百萬美元

年度	出口	出口比重	進口	進口比重	對中國貿易順差	對全球貿易順差
1985	986.8	3.21%	115.9	0.58%	870.9	10,623.7
1986	811.3	2.04%	144.2	0.60%	667.1	15,680.0
1987	1,226.5	2.28%	288.9	0.83%	937.6	18,695.3
1988	2,242.2	3.70%	478.7	0.96%	1,763.5	10,994.6
1989	3,331.9	5.03%	586.9	1.12%	2,745.0	14,038.6
1990	4,394.6	6.54%	765.4	1.40%	3,629.2	12,498.4
1991	7,493.5	9.84%	1,125.9	1.79%	6,367.6	13,317.8
1992	10,547.6	12.95%	1,119.0	1.55%	9,428.6	9,463.5
1993	13,993.1	16.47%	1,103.6	1.43%	12,889.5	8,030.3
1994	16,022.5	17.22%	1,858.7	2.18%	14,163.8	7,699.6
1995	19,433.8	17.40%	3,091.4	2.98%	16,342.4	8,108.8
1996	20,727.3	17.87%	3,059.8	3.02%	17,667.5	13,572.1
1997	22,455.2	18.39%	3,915.4	3.42%	18,539.8	7,656.0
1998	19,840.9	17.94%	4,110.5	3.93%	15,730.4	5,917.0
1999	21,312.5	17.52%	4,522.2	4.09%	16,790.3	10,939.8
2000	25,009.9	16.87%	6,223.3	4.44%	18,786.6	8,309.9
2001	24,061.3	17.86%	5,902.2	5.50%	18,159.1	15,658.7
2002	29,465.2	22.56%	7,947.4	7.06%	21,517.8	18,066.7
2003	35,357.7	24.52%	10,962.0	8.61%	24,395.7	16,931.0
2004	44,960.4	25.83%	16,678.7	9.93%	28,281.7	6,124.6
2005	51,773.20	27.34%	19,928.3	10.97%	31,844.9	7,788.2

資料來源：〈兩岸貿易金額之估算〉、〈台灣對中國大陸、香港及全球貿易順差〉，行政院大陸委員會編印《兩岸經濟統計月報》，2005年11月—12月，頁26、27。本表的數據為陸委會的估計值，出口比重係指台灣對中國大陸出口金額占台灣出口總額之比重，進口比重係指台灣對中國大陸出口金額占台灣進口總額之比重。

附錄表17-4 台灣對美國、中國、日本、韓國的貿易收支（1996-2005）

單位：百萬美元

年度	美國			中國			日本			韓國		
	出口	進口	貿易收支	出口	進口	貿易收支	出口	進口	貿易收支	出口	進口	貿易收支
1996	26,866	19,972	6,894	20,727	3,060	17,668	13,659	27,493	-13,834	2,662	4,162	-1,500
1997	29,552	23,234	6,318	22,455	3,915	18,540	11,691	29,022	-17,331	2,366	5,024	-2,658
1998	29,959	19,845	10,114	19,841	4,111	15,730	9,439	27,060	-17,621	1,510	5,682	-4,172
1999	31,339	19,818	11,521	21,313	4,522	16,790	12,043	30,637	-18,594	2,645	7,202	-4,557
2000	35,588	25,270	10,318	25,010	6,223	18,787	16,887	38,622	-21,735	4,002	9,027	-5,025
2001	28,136	17,407	10,729	24,061	5,902	18,159	13,024	25,933	-12,909	3,373	6,732	-3,359
2002	27,365	18,256	9,109	29,465	7,947	21,518	12,368	27,363	-14,995	3,964	7,741	-3,777
2003	26,554	16,995	9,559	35,358	10,962	24,396	12,430	32,720	-20,290	4,710	8,738	-4,028
2004	28,751	21,780	6,971	44,960	16,679	28,282	13,808	43,718	-29,910	5,630	11,664	-6,034
2005	29,114	21,171	7,943	51,773	19,928	31,845	15,111	46,053	-30,942	5,877	13,239	-7,362

資料來源：〈台灣地區對各國(或地區)進出口貿易值〉，《中華民國統計年鑑》（台北：行政院主計處），1996年-1999年；〈兩岸貿易金額之估算〉，行政院大陸委員會編印《兩岸經濟統計月報》，2005年11月-12月，頁26。

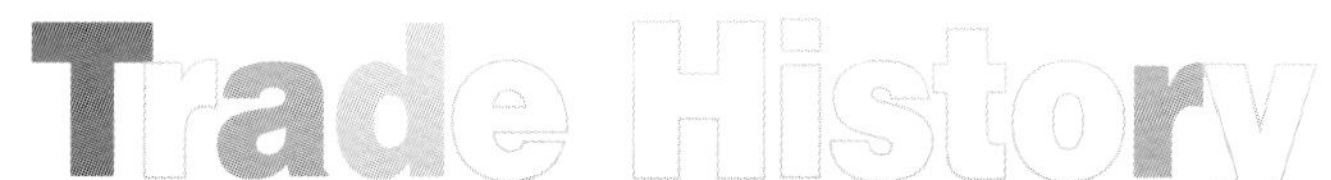

附錄表17-5 台灣對香港進出口與轉口中國大陸金額統計（1984-2005）

單位：百萬美元

期間	台灣出口至香港			台灣自香港進口			台港進出口合計		
	金額	其中:轉出口中國大陸		金額	其中：自中國大陸轉進口		金額	其中：對中國大陸轉口	
		金額	占對香港出口金額(%)		金額	占自香港進口金額(%)		金額	占對香港出口金額(%)
1984	2,224.00	425.5	19.1	624.1	127.8	20.5	2,848.10	553.3	19.4
1985	2,679.20	986.9	36.8	554.5	115.9	20.9	3,233.70	1,102.80	34.1
1986	3,074.00	811.3	26.4	761.4	144.2	18.9	3,835.40	955.5	24.9
1987	4,274.00	1,226.50	28.7	1,241.70	288.9	23.3	5,515.70	1,515.40	27.5
1988	5,686.80	2,242.20	39.4	1,811.50	478.7	26.4	7,498.30	2,720.90	36.3
1989	6,613.70	2,896.50	43.8	2,112.60	586.9	27.8	8,726.30	3,483.40	39.9
1990	7,446.70	3,278.30	44	2,724.10	765.4	28.1	10,170.80	4,043.70	39.8
1991	9,563.00	4,667.20	48.8	3,175.00	1,126.00	35.5	12,738.00	5,793.20	45.5
1992	11,301.20	6,287.90	55.6	3,396.90	1,119.00	32.9	14,698.10	7,406.90	50.4
1993	12,203.70	7,585.40	62.2	3,658.60	1,103.60	30.2	15,862.30	8,689.00	54.8
1994	13,936.30	8,517.20	61.1	3,700.30	1,292.30	34.9	17,636.60	9,809.50	55.6
1995	16,572.60	9,882.80	59.6	4,580.60	1,574.20	34.4	21,153.20	11,457.00	54.2
1996	15,795.10	9,717.60	61.5	4,274.80	1,582.40	37	20,069.90	11,300.00	56.3
1997	15,967.60	9,715.10	60.8	4,693.70	1,743.80	37.2	20,661.30	11,458.90	55.5
1998	13,342.90	8,364.10	62.7	4,342.70	1,654.90	38.1	17,685.60	10,019.00	56.7
1999	12,875.20	8,174.90	63.5	4,225.60	1,628.10	38.5	17,100.80	9,803.00	57.3
2000	15,919.50	9,593.10	60.3	5,102.60	1,980.50	38.8	21,022.10	11,573.60	55.1
2001	13,837.00	8,811.50	63.7	4,534.20	1,693.30	37.3	18,371.20	10,504.80	57.2
2002	14,859.80	10,311.80	69.4	4,433.40	1,708.10	38.5	19,293.20	12,019.90	62.3
2003	16,051.70	11,789.40	73.4	5,419.20	2,161.10	39.9	21,470.90	13,950.40	65
2004	19,719.50	14,761.90	74.9	6,296.40	2,485.40	39.5	26,015.90	17,247.30	66.3
2005	21,567.50	17,055.90	79.1	6,465.00	2,634.50	40.8	28,032.50	19,690.40	70.2

資料來源：〈台海兩岸香港轉口貿易金額統計〉，行政院大陸委員會編印《兩岸經濟統計月報》第163期，頁22。（參見：http://www.mac.gov.tw/big5/statistic/em/163/2.pdf）

附錄表17-6 台灣高科技產業概況分析（2000-2004）

產　業	2000年	2001年	2002年	2003年	2004年
生產總值（新台幣億元）	45,472	39,635	43,992	48,053	56,147
占製造業比重（%）	53.6	53.2	54.5	54.8	54.2
產值構成比（%）					
屬電子電組件業	34.2	29.9	33.2	33.9	37.0
半導體業	18.4	14.8	16.5	17.1	18.8
屬化學材料業	16.0	18.6	18.0	20.0	23.0
屬電腦、通信及視聽電子產品業	26.0	28.3	25.6	22.2	16.4
屬機械設備業	8.3	8.2	7.8	8.0	8.3
屬運輸工具業	7.6	7.1	7.6	8.2	7.9
屬電力機械器材設備業	4.1	4.0	4.0	3.8	3.7
屬化學製品業	2.3	2.4	2.3	2.3	2.1
屬精密器械業	1.5	1.5	1.5	1.6	1.6
全體商品出口總值（億美元）	1,483	1,229	1,306	1,442	1,740
電子產品	317	236	258	312	405
資訊通信產品	196	157	160	141	128

資料來源：行政院主計處，《國情統計通報（台北：行政院主計處，2005）。轉引自蔡宏明，〈台灣經貿發展對兩岸經貿互動之影響〉，《遠景基金會季刊》，第7卷第2期，（2006年6月），頁277。

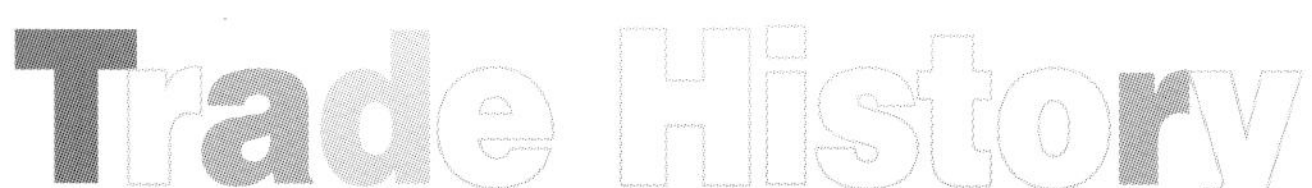

Taiwan
Trade History
台灣貿易史

附錄
台灣貿易史年表

年代（西元）	
西元前2500年	澎湖良文港遺址及南港遺址發現玄武岩石器出土，與台灣西南平原出土的石器型制相同，證明澎湖與台灣本島間早在新石器時代即出現物產的交換行為。
西元前1500年	台灣各地及菲律賓、中南半島一帶，皆出現產自東部卑南遺址及坪林遺址之玉器與玉材，可知史前時代的台灣，已透過陸路或海運的聯繫，構成一個以全島為範圍的區域性交換網絡，運作著玉材與玉器的運輸、貿易活動，並逐步擴展至南洋一帶。
西元200年	十三行文化遺址曾出土大量瑪瑙珠、玻璃手鐲、玻璃耳玦、玻璃珠及其他質地的珠飾，還發現金飾、銀管飾物、銅刀柄、銅碗、銅鈴、銅幣等罕見的外來物品，並出現大量中國南宋、元、明等各朝代的中國陶瓷，外來貿易品十分興盛。
1360年	元政府在澎湖設立巡檢司，隸屬於福建省晉江縣。
1387年	明政府撤除澎湖巡檢司，並將島上居民遷往福建漳州、泉州。
1544年	葡萄牙商船航經台灣附近海面，稱台灣島為”Formosa”，為福爾摩沙一名的由來。
1554年	在葡萄牙繪圖家羅伯　歐蒙(Lopo Homem)繪製的世界地圖中，首度出現福爾摩沙島。
1563年	海盜林道乾在明軍將領俞大猷的追擊下，逃往台灣。
1574年	海盜林鳳自澎湖率船艦攻擊西班牙人佔領下的菲律賓呂宋島。
1580年代	來自漳州與泉州的中國海商，每年派出將近十艘船航至雞籠、淡水，與當地原住民進行砂金與鹿皮的貿易。
1593年	豐臣秀吉派遣家臣原田孫二郎至高砂國(台灣)勸諭原住民納貢
1604年	明朝將領沈有容以強勢軍力逼退佔據澎湖的荷蘭人。
1610年	德川家康命令有馬晴信攻台，擄原住民返回日本。
1617年	長崎代官村山等安派遣次子秋安率艦來台，圖謀台灣中部北港地區的鹿皮，不遂而還。
1620-25年	顏思齊與鄭芝龍等人至台灣北港地區。
1622年	荷蘭艦隊司令雷理生(Cornelis Reijersen)率軍艦佔領澎湖，要求明朝開放貿易。
1624年	明朝總兵俞咨皋出兵攻擊澎湖的荷蘭人。
1624年	荷蘭軍隊在海商李旦的折衝下，毀城撤出澎湖，轉進台灣，在大員營建熱蘭遮城，並於北線尾建立商館。
1625年	荷蘭人在原新港社地赤崁營建普羅民遮城及市街。
1626年	西班牙人於今基隆和平島舉行佔領儀式，並開始建築聖薩爾瓦多城。
1626-36年	日本與荷蘭雙方因貿易糾紛，引發濱田彌兵衛事件。
1628年	鄭芝龍攻入廈門，殺死海上貿易競爭者許心素，逼退總兵俞咨皋，從此控制福建沿海的制海權。
1628年	台灣長官Piter Nuyts與鄭芝龍和解，並簽訂為期三年的貿易契約。
1628年	西班牙人西進佔領淡水，建立聖多明哥城。
1628年	9月，鄭芝龍接受福建巡撫熊文燦的招撫，就任海防游擊之職。
1642年	荷蘭人派遣船艦進攻北部的西班牙人，駐軍薄弱的西班牙人不敵，於8月26日退出台灣，結束對台灣北部17年的統治。
1652年	8月6日，郭懷一事件爆發。
1661年	進攻南京失利，退守金門、廈門的鄭成功親率大軍抵澎湖，30日登陸鹿耳門，開始攻擊荷蘭人。

年代（西元）	
1661年	4月4日，普羅民遮城守將向鄭成功投降。
1661年	5月2日，鄭成功定台灣為東都，赤崁為承天府，下轄天興、萬年兩縣。
1661年	台灣長官揆一投降，其後荷蘭又往台灣北部發展。
1662年	6月，鄭經在廈門發喪繼位，11月返台平鄭襲之亂。
1664年	3月，鄭經放棄金門、廈門，退守台灣，並改東都為東寧；此後，鄭經廣發信函，積極邀請各國前來台灣貿易。
1664年	清廷為掐斷台灣鄭氏的生命線，實施遷界令。
1668年	9月，荷蘭人自雞籠撤離，完全退出台灣。
1670年	6月23日，英國東印度公司自總部萬丹派遣商船抵達台灣，並於9月23日與鄭經簽訂二十條通商協議條款。
1672年	英方派遣商船抵台，在大員著手進行開設商館事宜，並與鄭氏討論通商條款的修訂。
1681年	1月28日，鄭經逝世，鄭克塽繼位。
1683年	8月18日，鄭克塽降清。
1683年	施琅上〈恭陳台灣棄留疏〉，諫阻清廷放棄台灣。
1684年	清廷頒布渡台禁令，但仍無法阻止閩粵移民犯禁冒險渡台。
1684年	清廷在台設置台灣府，下轄台灣、鳳山、諸羅三縣，隸屬於福建省。
1684年	福建官方對台灣砂糖設定了每年兩萬擔(200萬斤)的運輸限額，命令台灣的砂糖及鹿皮運送到廈門及福州，再由官船裝載轉運至長崎貿易。
1707年	台灣赴日貿易船數達到最高峰，多達17艘，佔所有赴日「唐船」數(含中國船與台灣船)的18.3%。
1714年	耶穌會教士馮秉正測繪台灣地形圖，並勘丈里數。
1716年	德川幕府規定赴日唐船必須取得日本發給的信牌始得貿易，其中台灣船的配額僅得每年兩艘，導致台灣對日貿易的情況大為衰微。
1719年	施世榜建八堡圳，開拓彰化平原，台灣稻米種植面積及產量飛躍成長。
1721年	4月，朱一貴之亂爆發，6月亂平。
1723年	清廷增設彰化縣、淡水廳
1723年	台灣府出現行郊組織，稱「台南三郊」。
1725年	閩浙總督覺羅滿保奏請朝廷在台設軍工料館，為製造軍船而砍伐樟樹，同時為了支應造船經費，清廷勉強准許台灣官方製作樟腦，採行官方專賣制度。
1784年	在鹿港設正口與泉州蚶江對渡。
1786年	林爽文之亂爆發。
1792年	清廷開放八里坌與福州五虎門對渡通航。
1816年	鹿港八郊成形。
1842年	英國於南京條約得到香港之後，英國商船從汕頭、福州或廈門運貨來台貿易，以鴉片及紡織品換取台灣的米、糖、樟腦、硫磺、靛青和麻。
1847年	英船抵達雞籠，海軍少校戈登(Liutenant Gordon)調查雞籠煤產，提出報告認為該地煤質優良且容易挖掘勘查附近煤礦。
1854年	美國東印度艦隊司令伯理(H. C. Perry)派員至雞籠調查海難事件及當地煤礦，伯理也提出佔領台灣以建立軍事基地的建議，同時美國寧波領事則建議美方購買台灣。

年代（西元）	
1854年	美船「馬其頓號」(Macedonia)赴台調查船難事件，並勘查雞籠煤礦。
1858年	6月，清廷與俄、美、英、法等國簽訂「天津條約」，規定台灣開港。
1860年	「北京條約」簽訂，規定台灣府的安平及淡水成為開放通商的口岸。
1860年	英國在台設立領事館。
1860年	英商怡和洋行及顛地洋行陸續進駐台灣。
1861年	英國駐台灣領事郇和由廈門乘艦抵打狗，轉至台灣府，再於淡水開設海關。
1861年	英國領事館由台灣府遷至淡水。
1861年	清廷設立全台釐金局，由台灣道管理。
1861年	台灣道實施樟腦專賣制度。
1862年	福州海關稅務司美理登(Baron de Meritens)建議增設打狗與雞籠為子口，清廷准予所請，並於府城的安平港、滬尾、打狗及雞籠設立海關徵稅，台灣正式進入四口通商貿易的時代。
1862年	戴潮春之亂爆發。
1863年	雞籠正式設立海關，成為淡水子口。
1864年	打狗開設海關。
1865年	安平開設海關。
1865年	郇和在打狗設立英國領事館
1866年	英商杜德引進烏龍茶種苗，在北台山區試種。
1866年	駐安平的英國副領事向台灣兵備道吳大廷建議廢止樟腦專賣制不遂，引發諸多糾紛，終在1868年造成台商、外商及民教衝突的「樟腦事件」，最後各國與清廷訂立「樟腦條款」，廢止樟腦專賣制度，始平息糾紛。
1869年	杜德將精製烏龍茶以「台灣茶」(Formosa Tea)的名稱直接運銷美國紐約。
1870年代	台灣糖市場逐步擴充，已銷至日本、澳洲、香港、美國及加拿大等世界各地。
1871年	11月6日，琉球人遇船難漂至八瑤灣，上岸船員被高士佛社原住民殺害，引發日後日本出兵台灣的「牡丹社事件」。
1874年	3月22日，日軍在社寮登陸，至4月7日與牡丹社、高士佛社戰於石門，爆發「牡丹社事件」。
1874年	9月22日，清日雙方就牡丹社事件簽約。
1875年	台灣地方行政區重劃，增設台北府及六個縣廳，全台設2府8縣4廳。
1875年	外商引進汽船航行於淡水、香港與中國大陸之間。
1876年	基隆煤礦開始以機器採煤。
1877年	台南府城至旗後的電報線完工。
1881年	建茶商吳福元引進包種茶，開始種植。
1884年	清廷命劉銘傳督辦台灣防務。6月15日，中法戰爭波及台灣。
1885年	5月8日，中法兩國於天津達成和議，法軍於6月20日全面撤出台灣。
1885年	9月5日，清廷宣布台灣建省，以劉銘傳為首任台灣巡撫。1888年台灣正式與福建分治。
1887年	福州與淡水間的海底電報線完工。
1887年	更改台灣地方行政制度，全省劃分為3府1州3廳11縣。

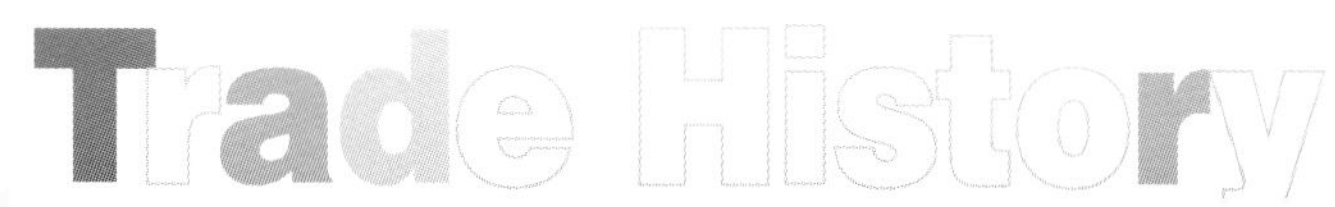

年代（西元）	
1890年	合成塑膠「塞璐璐」(Celluloid)問世，樟腦為其重要原料，市場需求因而大增。
1891年	10月22日，邵友濂接任台灣巡撫。
1893年	11月，台北新竹段鐵路完工。
1894年	邵友濂奏請省會正式設於台北。
1895年	大稻埕因茶葉加工業及茶葉貿易而繁榮，正式超越艋舺，成為全台第二大街市。
1895年	4月17日，清廷與日本簽訂馬關條約，將台灣、澎湖群島割讓日本。
1895年	5月25日，台灣民主國成立，唐景崧就任總統。
1895年	5月29日，日軍近衛師團於鹽寮登陸。
1895年	6月2日，首任台灣總督樺山資紀與清廷代表李經方完成台灣與澎湖的領土主權交割。
1895年	6月17日，台灣總督府在台北舉行台灣「始政」典禮。
895年10月	公佈〈官有林野及樟腦製造取締辦法〉
1896年9月	公佈〈官有林野及產業特別處分令〉
1897年1月	公佈〈台灣鴉片令〉
1897年3月	公佈〈台灣銀行法〉
1897年8月	公佈〈台灣樟腦油稅則〉
1899年4月	食鹽專賣
1899年6月	樟腦專賣
1899年9月	台灣銀行開業
1899年12月	台灣貯蓄銀行開業
1900年11月	公佈〈台灣度量衡條例〉
1901年5月	公佈樟腦、鴉片、食鹽三專賣局官制
1901年10月	實施砂糖消費稅
1902年1月	市場使用新度量衡
1902年6月	公佈〈台灣糖業獎勵規則〉
1902年7月	勘定台北廳內業主權
1902年9月	查定蕃人業主權
1903年1月	實施台灣地方稅規則
1903年6月	公佈樟腦專賣法
1904年2月	勘定台南、鳳山各地業主權
1904年7月	改革幣制
1904年8月	公佈〈移出米檢查規則〉
1905年3月	公佈〈菸草專賣規則〉
1905年6月	彰化銀行開業
1906年5月	實施度量衡規則

年代（西元）	
1906年6月	修築打狗港
1908年6月	實施台灣印花稅規則
1909年3月	禁銀幣進口，台銀兌換一元銀行券
1910年10月	台灣砂糖聯合會成立 公佈〈台灣林野調查規則〉
1911年1月	公佈〈市場取締規則〉
1911年4月	實施〈台灣林野調查規則〉
1911年10月	廢糖務局，置殖產局
1912年2月	禁本島人使用「會社」名稱
1913年2月	公佈〈台灣產業組合規則〉
1913年4月	公佈〈台灣國稅徵收規則〉
1914年10月	公佈〈戰時工業原料輸出規則〉
1917年11月	實施〈台灣產業組合規則〉
1919年1月	華南銀行創立
1921年8月	公佈〈台灣合會事業施行規則〉
1922年5月	公佈〈台灣酒類專賣令〉
1923年1月	實施日本商法，廢止〈台灣林野調查規則〉
1923年6月	蘇澳港開港
1923年7月	台灣產業組合協會成立
1923年9月	實施〈暴利取締令〉
1924年4月	實施〈台灣米穀檢查規則〉
1924年6月	台灣正米市場成立（台北市）
1925年12月	解除銀輸出禁令
1926年7月	米穀法第二條在台灣實施，免除輸入稅，但限制出入
1929年1月	實施〈修正台灣鴉片令〉
1929年2月	台灣水產會成立
1929年12月	公佈〈台灣資源調查令〉
1931年12月	再公佈〈禁止兌換金幣令〉
1932年1月	台銀禁換銀行券
1932年7月	公佈〈資本逃避防止法〉
1932年12月	台北商工組合營業
1933年1月	實施〈船舶令〉
1933年3月	公佈〈米穀統制法〉
1933年5月	實施〈外匯管理法〉
1934年1月	實施〈票據法〉

年代（西元）	
1934年2月	台灣樟腦公司成立
1934年5月	日本四大財閥決定合辦台鋁公司
1935年6月	台灣鳳梨公司成立
1935年12月	台灣赤糖聯合會成立
1936年3月	松山機場竣工
1936年6月	台灣拓殖公司成立
1936年9月	實施〈米糧自治管理法〉
1936年10月	公佈〈商工會議所令〉
1937年1月	公佈〈台灣稅制整理大綱〉
1937年2月	山地開發調查隊入山
1937年5月	台灣棉花公司成立
1937年6月	台灣船務公司成立
1937年7月	台灣國產汽車成立 台灣赤糖同業組合成立
1937年8月	公佈〈暴利取締法〉 實施〈事變特別稅令〉、〈華北事變特別稅令〉
1937年9月	公佈〈軍需工業動員令〉
1937年11月	公佈〈移出米管理要綱〉
1938年1月	召開第二次山地開發委員會
1938年2月	台灣紙漿公司成立（大肚）
1938年4月	實施通行稅
1938年9月	公佈台灣重要物產調整委員會官制
1939年1月	台灣棉布配給合作社成立（台北）
1939年3月	實施〈台灣民間造林獎勵條例〉
1939年10月	開築花蓮港 施行〈米配給統制規則〉、〈價格統制令〉
1939年11月	全面統制米　輸出
1940年2月	批准127種食料協議價格 各州設經濟統制課
1940年3月	公佈陸運統制令
1940年4月	台灣高級玻璃新竹廠開工
1940年7月	實施〈奢侈品等製造販賣限制規則〉
1940年9月	公佈〈戰時糧食報國運動大綱〉
1941年9月	公佈〈台灣經濟審議會官制〉
1941年11月	公佈〈台灣臨時增稅細目〉

年代（西元）	
1942年4月	公佈〈重要物資管理營團法〉
1942年5月	公佈〈金融統制團體令〉
1942年6月	公佈〈企業整備令〉
1942年10月	公佈〈戰時海運統制法〉
1942年11月	台灣鐵工業統制會成立
1943年3月	公佈〈台灣特別行為稅〉 成立台灣產業奉公會
1943年8月	開始統制公司、合作社
1943年12月	公佈〈戰時市街地養豬實施綱要〉。
1944年1月	大東亞航空公司成立
1944年2月	配給家庭用紅糖 決定第一次工業整備令
1944年4月	公佈〈鴉片制度整理委員會規則〉，期於明年度禁吸鴉片
1944年5月	大東、台灣興業、屏東三信託公司合併為台灣信託 糧食奉獻運動
1945年9月	終戰對策經濟委員會成立 台灣總督府公布廢止企業許可令，解散各種統制會社
1945年10月	台灣總督府依照盟軍總部指令關閉日本殖民地銀行、國外銀行及戰時特別機構，台銀及台灣拓殖會社則營業至接收為止 台灣前進指揮所公佈繼續使用原台灣貨幣 台灣省行政長官公署成立
1945年11月	國民政府財政部公佈台灣與中國本土匯兌流通管理辦法 行政長官公署公佈日本銀行券處理辦法 行政長官公署將台灣戰時物資營團改組為台灣省貿易公司 台灣省經濟委員會成立，陳儀兼主任委員 台灣省警備總司令部通告禁止法幣流通 禁止糧食輸出及私運食糖出省
1945年12月	台灣省茶葉有限公司成立
1946年1月	行政長官公署修正食糧管理辦法，停止糧食配給准許自由買賣 從泰國、越南大量輸入食糧，食糧危機減輕；公佈〈台灣省查禁私運食糖出境辦法〉；公佈〈台灣省專賣局組織規程〉及台灣省專賣品販售辦法及其取締辦法
1946年2月	台灣省貿易公司改為台灣省貿易局公佈〈台灣省查禁私運食糧處理辦法〉及〈台灣省取締糧食囤積居奇又阻撓運輸辦法〉； 美國技術合作團抵台
1946年6月	第一批鹽四千餘噸銷日本 試辦對日本輸出三萬多斤香蕉
1946年8月	輸出砂糖八千噸至上海
1946年9月	向青島輸出九千七百餘噸煤炭

年代（西元）	
1946年11月	台灣省營鳳梨有限公司成立
1946年12月	戰後台灣茶第一次輸出至紐約
1947年1月	台灣省航業公司成立 陳儀聲明設置經濟警察，以從事食糧及專賣的取締
1947年2月	行政長官公署禁止黃金、外幣之買賣； 公布貨物輸出入限制辦法；台灣糖業公司台北市總公司在上海設置事務所；因查緝私煙為直接導火線，爆發二二八事件
1947年3月	二二八事件處理委員會提出32項政治改革方案，包括撤銷專賣局、貿易局等
1947年4月	台灣省農林公司成立
1947年5月	台灣省政府成立 省政府委員會通過專賣局改為菸酒公賣局，並成立物資調節委員會。
1947年6月	台糖十萬噸運上海；台灣輪船公司成立
1947年7月	省府頒佈木材調節方案，原材、製材一律禁止出省
1947年8月	國民政府通過有限制開對日貿易；省政府發表工礦器材禁運出口種類29種
1947年9月	經濟部規定台北市為對日貿易台灣區之指定市；農業、漁業、工礦業、青果業及商業制訂對日本貿易計畫書；省政府頒佈嚴禁私運糧食出省辦法；省政府決定各省營機關的輸出入物資必須經過台灣省物資調節委員會處理；台糖3000噸輸往上海
1947年10月	淡水、安平、布袋、蘇澳、舊港等五港開放為省際商港；省政府開放基隆、高雄為國際港；台粵兩省物資交換決自12月起實施
1948年1月	省茶葉公會發表1947年茶葉輸出達9775.458台斤
1948年2月	台糖運日合同簽訂，計25000噸；台灣開始輸出水泥（1500噸到菲律賓）；開始對日輸出砂糖七千噸；私人使用汽車暫停進口
1948年6月	美援技術訪問團抵台
1948年7月	中美經濟援助雙邊協定簽署；台灣對日商務代表團訪日；公布台灣省糧食買入辦法及施行細則
1948年8月	廢止台幣交換法幣、改換金圓券，兌換率為1：1835
1948年9月	美援運用委員會發表台糖公司從美援工業器材分配100萬美元；美國經濟合作調查團發表，援華之工業器材分配為台灣鐵路局150萬美元，台灣電力公司250萬美元；省政府通令各縣市嚴禁省產黃麻出口；茶7222720磅輸出蘇聯
1948年10月	台糖發表1946.5到1948.9對上海砂糖輸出共345300噸
1948年11月	省參議會議長黃朝琴說已與中央達成以棉布、肥料或其他生活必需品換購台灣糧食的協議；台灣煤炭10800噸運往上海
1948年12月	行政院美援運用委員會台灣事務所成立
1949年1月	省茶葉公會發表，1948年台茶出口總額9758829公斤；公佈外匯管理條例
1949年3月	台物資決定交換福建木材與台灣煤炭九千噸；省煤炭調整委員會發表1948年煤炭輸出488972噸
1949年4月	英國糧食部與台糖訂定砂糖五萬噸的買賣契約；中央核准台銀為外匯指定銀行；行政院美援運用委員會與每經濟合作總署中國分署成立協定，美援化學肥料分配台灣四萬噸。台灣省貿易商獲盟總同意，與日本簽定貿易協定
1949年5月	上海中國銀行與台灣省物資調節委員會成立對棉布與煤炭的交換協定；台灣戒嚴； 台銀代理央行管理外匯
1949年6月	台灣區美援聯合委員會成立；泰國米8900噸抵台；行政院通過修正商人對日貿易辦法；實施幣制改革，舊台幣四萬元換新台幣一元，新台幣對美元為5：1
1949年7月	糧食局發表從外國輸入米一萬噸；台糖與盟總締契約，對日輸出砂糖五萬噸；省政府公佈美援肥料分配辦法

年代（西元）	
1949年8月	美國公佈中國問題白皮書，停止援助中華民國政府；日本淺野水泥六千餘噸抵基隆；台糖實行聯合運銷；省政府禁止輸出紡織機械
1949年9月	省政府與美援經合總署及行政院美援運用委員會簽約，接受1950年度第一期美援肥料6萬噸
1949年10月	省政府頒佈實施棉紗出口許可證核發辦法；台糖與盟總簽約協定輸出砂糖10萬噸；駐韓大使館與韓國貿易局簽訂由台灣輸出煤炭四萬噸
1949年11月	行政院授權省政府推舉對日商務代表；省政府通過台灣省商人對日貿易辦法
1949年12月	陳納德民航隊開始台菲貨運；省政府通過對韓貿易強化實施辦法
1950年1月	公布美援肥料分配辦法；省茶葉商業同業公會發表1949年度茶之輸出量13039199公斤；台糖公司發表1949年度砂糖輸出量299623噸；赤糖准自由出口；對韓輸出煤炭一萬噸；制訂省商赴日貿易辦法
1950年2月	行政院通過物資外匯調配委員會組織規程
1950年3月	我國退出關貿總協，聲明目的在使中華人民共和國喪失關稅減讓互惠權利；台銀制訂進口商申請結匯辦法，其權限委託進出口同業公會；美國參眾兩院通過五千萬美元援助台灣、海南島
1950年4月	省政府通過公賣局兼營外煙外酒進口
1950年6月	省政府、美經合總署及美援運用委員會簽約協定1950年度2期農作美援肥料5萬公噸 韓戰爆發
1950年7月	美援棉花大豆陸續抵台 收購外銷茶評議委員會成立 簽約協定對日輸出砂糖6萬噸
1950年8月	分配美援棉絲給各廠，棉紗價下跌
1950年9月	中日貿易協定簽約，有效期間一年，來往一億美元
1950年10月	省府通過中日貿易實施辦法
1950年11月	1950年度美援電力計畫等五項共3748000元 生產事業管理委員會發表1950年中從日本輸入化肥77000噸 台糖簽約砂糖六萬噸輸日 省府公告肥料進口由政府統籌辦理 生產事業管理委員會通過中央及本省各機關的對外貿易辦法
1951年1月	台灣區青果輸出業同業公會成立
1951年2月	美援棉布類十萬碼抵台；禁止戰略物資輸出 台琉貿易協定簽訂
1951年3月	盟總發表1950年台日貿易總額76295713美元，日輸入38401238美元，輸出37894475美元 行政院通過輸入外國管制出口物資審查稽核辦法 與泰國簽訂貿易協定
1951年4月	行政院通過六項奢侈品禁止買賣辦法
1951年5月	開始採用國際度量衡制 省府公佈外國進口管制物資進口審查辦法

年代（西元）	
1951年6月	省建設廳管制物資出口審查小組成立 省府規定對中國大陸及共產國家所有貨物禁運 行政院通過〈中日貿易計畫〉有效期限無限延長
1951年8月	行政院通過台灣省日用重要物品管理辦法 行政院美援運用委員會指定中央信託局、中國石油公司及美援技術顧問團為美援物資採購機關。 省政府通過青果聯合運銷辦法。
1951年9月	台灣銀行開放西藥輸入申請。 台鹽輸韓合約簽字。 台糖公司發表1950　1951年期砂糖對外輸出273532公噸。
1952年2月	台灣區茶輸出同業公會發表本省1951年度茶葉輸出量總計9228，066公斤；我國公佈接受美軍經援的換文；美援會擬定供應民用棉織品計劃。
1952年3月	成立物資局；台灣省茶葉產製銷聯合委員會成立；台灣糖業公司股東會議通過中日合營台灣糖蜜公司設立案（總公司在東京，資本2千萬日幣中日本佔51%，台灣佔49%）。
1952年4月	省政府制定進口貿易手續簡化辦法。 管制物資輸出審查小組及外國輸出管制物資管制小組合併，改稱管制物資輸出入審查小組。
1952年6月	省政府擴大民營出口貿易之範圍（除糖、米、鹽三項目外，其餘物資之出口移讓給民營）。
1952年7月	省政府發表美國經援肥料供應與分配協約及其附屬文件等。 省府擬定〈保護本省工業暫行辦法〉
1952年9月	省物資進出口管制審議小組決定物資進出口管制審議基準。 外交部發表同意恢復與西德之商業關係。
1952年12月	公佈四年經建計畫；青果聯營委員會發表1952年度香蕉輸出總量903630籠。；煤炭調整委員會發表對日輸出契約成立（201300噸）。
1953年1月	美援民營的「台灣木材防腐公司」在新竹舉行開工禮；美援聯合委紡績小組發表1952年棉花、棉絲、棉布進口總額30617，804美元；台灣區茶輸出業同業公會發表1952年度茶葉輸出9479，329公斤。
1953年2月	中華民國經濟部與美國財政部關於發給產地證明書之總協定成立
1953年3月	日本政府決自4月1日起恢復台糖輸入日本。 簽定砂糖20萬噸輸日。 美共同安全總署中國分署發表1952年美援台灣輸入物資93248，147美元。
1953年7月	民營工業進口原料外匯配額辦法開始實施。 台灣省生產事業管理委員會撤銷。 行政院經濟安定委員會成立
1953年9月	行政院通過進口外匯申請及審核辦法 省進出口商業公會聯合會成立。 省政府公佈進口結匯加徵防衛捐辦法，申請進口物品結匯一律按結匯價加徵防衛捐百分之二十。

年代（西元）	
1953年10月	民營工業器材原料及美援商業採購物資進口免徵防衛捐，由外匯貿易審議小組擬訂五項標準。
1953年12月	立法院通過〈妨害國家總動員懲罰條例〉
1954年1月	公佈台灣省進口貿易整理辦法。 公佈「台灣省出口及進口貿易商整理辦法」
1954年4月	美援運用委員會與華南、彰化、第一、工商銀行簽訂普通民營工業貸款專案。 省政府制定煤炭業者之聯合外銷原則。
1954年5月	公佈「結購外匯加征防衛捐辦法」
1954年6月	省政府公佈出口品之原料輸入稅支付辦法。
1954年7月	行政院制定依美援之民營工業機械設備貸款辦法。 立法院通過外國人投資條例。 台灣銀行公告免除進口美援棉花之一切防衛捐。
1954年9月	成立台灣省煤炭業調節委員會。 省政府公佈進出口貿易商外幣收入登記及處理辦法。
1954年11月	經濟部聯合工業試驗所在新竹成立。 行政院經濟安定委員會，制定綿絲、棉布出口獎勵辦法。
1955年2月	行政院通過管理外匯辦法四種，採行買賣結匯證明書之新制度。 行政院設置外匯貿易審議委員會（以下簡稱外貿會）。
1955年3月	外貿會公佈貿易商申請進口外匯辦法。
1955年4月	行政院決定，酌准新聞專業進口洋紙應用，惟報紙篇幅仍予限制。
1955年7月	新竹玻璃開工 公佈「外銷口退還稅捐辦法」
1955年11月	我國代表通知國際糖業會議，退出國際糖業協會。
1955年12月	中央信託局和埃及貿易協定簽定（台糖16000噸交換埃及棉4，300，000餘萬磅）。 台灣銀行公佈修正結匯證明書買賣辦法。
1956年1月	省政府通過木材出售辦法。 行政院公佈華僑或外國人物資輸入出售物資辦法。
1956年3月	美撥款六十七萬元助我設立塑膠原料工廠。
1956年4月	外貿會制定絹製品輸出販賣辦法。 財政廳宣佈為加強對外貿易，承紡人造棉紗准予免稅出廠。
1956年8月	產品外銷促進會正式成立，36個工業團體參加，拓展東南亞外銷市場。 行政院令公佈「輸入原料加工外銷輔導辦法」
1956年9月	外貿會通過貿易商外幣收入登記及處理規則。 外貿會成立「加工品外銷輔導小組」。
1956年12月	我國與西班牙貿易協定生效。

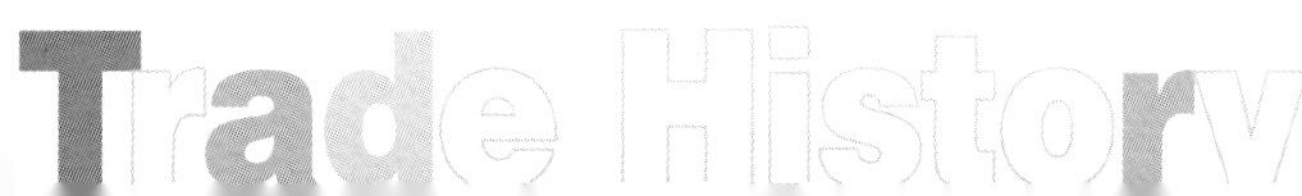

年代（西元）	
1957年1月	台灣省民營企業物資產銷輔導委員會成立 行政院令公佈「戰略物資管制辦法」
1957年2月	行政院核定設立駐外經濟商務官。 我國與義大利貿易協定簽字。
1957年3月	與日合資之鯨魚解剖工廠竣工，開始合作捕鯨。 台灣銀行通過對工業產品輸出的貸款通則。
1957年4月	外交部發表台灣、黎巴嫩貿易協定內容。 省民營企業物資產銷輔導委員會通過台灣省產品內銷外銷輔導辦法。 裕隆第一批吉普車二十輛出廠 台灣人造纖維公司開工
1957年5月	我與摩洛哥貿易協定簽字。
1957年6月	台灣塑膠工業公司高雄工廠開工，此是東南亞第一家生產塑膠原料之工廠。
1957年7月	結匯證兌現辦法公佈。 台銀通過辦理外銷產品貸款辦法。
1957年8月	嚴家淦出任美援運用委員會主委 棉紡織品外銷輔導委員會成立。
1957年11月	中、希（希臘）貿易協定簽字。
1958年1月	取消水泥分配管制，准許自由銷售
1958年3月	行政院經濟安定委員會通過美援小型民營工業貸款辦法。 外交部抗議中（共）日貿易協定，與日商停止貿易（下月恢復談判）
1958年4月	外貿會公佈「結匯證明書買賣辦法」，定14日起施行。 我與美簽定剩餘農產品交易協定。
1958年5月	行政院公佈實施「外幣及自備外匯持有人申請進口物資辦法」。
1958年7月	外國人及華僑投資審議委員會核准通過裕隆汽車製造公司與日本日產汽車公司之合作計畫。 台灣銀行公佈民營企業管制類物資輸入申請辦法。 外貿會核定通過「出口廠商輸出貨物申請簽證及結售外匯辦法」。 外貿會發表取消台製機械輸出的限制。
1958年8月	外貿會通過進出口商具有成績者准申請為貿易商實施辦法。
1958年9月	外貿會決定外匯核配辦法。 外貿會制定民營企業產品輸出輔導辦法。 高雄港擴大工程開工
1958年11月	行政院宣佈外匯改制，實施單一匯率，美金1元折合新台幣計買進36.08元，賣出36.38元。
1958年12月	外貿會通過加工廠商申請貸借原料申請辦法。
1959年2月	外貿會通過機械設備、工業原料專案外匯申請及結匯辦法。

年代（西元）	
1959年3月	外貿會通過〈台灣青果聯合運銷辦法〉 我國和美國開發貸款基金簽訂一項六十八萬六千美元的貸款協定，以協定台灣增加漁獲量。
1959年4月	外貿會通過物資寄售進口辦法。
1959年9月	進口外匯自由申請開始實施。 經濟部公佈新設紡紗廠核配原料辦法。
1959年11月	民營企業輔導委員會通過毛紡織業外銷計劃。
1959年12月	招商局與復興航業公司開闢中美定期航線，第一艘班輪開出。 橡膠公會通過聯合外銷辦法，並設立外銷聯營機構。
1960年1月	外銷品退稅簡化辦法生效。
1960年2月	行政院核定實施美援運用委員會建議的簡化華僑及外人來台投資辦法七點。 美國際安全總署中國分署公佈設立貿易投資顧問小組。 省政府決定1960年度新聞紙輸出量為五千噸。
1960年3月	外貿會禁止台灣翻印版洋書輸出。 美援一千萬美元開發基金貸款簽訂貸款合約，授權中華開發信託公司運用該項基金，轉貸我民營企業。
1960年4月	外貿會禁止台灣盜版外國唱片的輸出。
1960年5月	經濟部公佈輸出砂糖品質檢查辦法及輸出米品質檢查辦法。
1960年7月	外貿會廢止外匯管理辦法等23種法令。 外貿會公佈實施貨品管制進口準則。 行政院核定實施生產事業輸入機器設備展期繳納進口稅捐辦法。
1960年8月	行政院美援運用委員會決定由美援相對基金撥款設置台省農貸基金。
1960年9月	經濟部公佈實施「工礦產品出口檢驗方案」，並成立審議委員會。
1960年10月	經濟部認可台灣塑膠公司對馬來亞投資及台灣新一化工公司對伊朗的投資。
1960年12月	行政院決定禁止輸入一切在台可能生產的小型汽車。
1961年1月	立法院通過商務仲裁條例。 經濟部公佈實施「台灣省區茶葉出口檢驗施行細則」。
1961年3月	中韓貿易協定簽字。
1961年5月	公佈實施代理商管理辦法。 棉紡工業外銷促進委員會成立，並通過責任外銷公約。 中日貿易新協定在東京簽字，本年10月以後由記帳方式改為現金清帳。
1961年6月	官價美元匯率改訂為買賣均為台幣四十元，為我國實行單一匯率之始。 行政院通過在越合建糖廠計劃，我投資百萬美元。 廢止〈奢侈品買賣令〉、〈工廠營運資金臨時貸款辦法〉 與美簽署借款協定（貸款給台灣電力公司四千萬元，以建設達見水庫）。

年代（西元）	
1961 年 7 月	行政院通過外銷品退還稅捐辦法。 中美農產品協定在台北簽字。
1961年8月	外貿會公佈實施自備外匯持有人申請進口物資辦法。 台日合作投資在台設立「台灣鋼管股份有限公司」，預計年產鋼管三千六百公噸。 中油與美商簽約投資設廠利用天然氣製尿素。
1961年10月	我與賴比瑞亞簽訂技術協定。
1961年12月	行政院通過我國與泰國漁業合作協定。 財政部長嚴家淦宣佈國際開發協會認可中華開發公司工業計畫貸款。 省檢驗局實施工礦產品輸出檢查。
1962年3月	中央產物保險公司成立
1962 年 4 月	訂定限制棉紡織輸美辦法。 台銀訂定外銷貸款實施辦法。
1962年5月	我國和巴拉圭簽定經濟合作條約。 決定開放對日D/P、D/A寄售方式輸出。
1962年6月	行政院通過對外投資辦法。
1962年7月	外貿會核准水泥外泥外銷公約，八家水泥公司參加。 經濟部認可日本松下電氣株式會社對國際通信機械公司約十一萬元投資案，成立台灣松下電器公司。 立法院通過海商法修正案， 廢止海商法施行法。 立法院通過技術合作條例。
1962年8月	我國和巴拉圭簽定貿易及經濟合作條約。
1962年9月	中美殷台公司移交我方，正式更名為台灣造船公司。 我國與象牙海岸農技協定 我國與喀麥隆簽訂文化、經濟、技術協定。
1962年10月	我國和魯安達簽定經濟合作協定。 我國與摩洛哥訂貿易合同。
1962年11月	我國和尼日簽訂經濟技術合作協定。 我國與美國簽訂三年期農產品買賣協定。
1962年12月	外貿會決定今後對美綿織物輸出分配依據各公司輸出實績。 我國與巴西簽訂貿易協定。
1963年1月	電晶體收音機開始外銷 我國和加彭政府簽訂農業發展技術合作協定。
1963年2月	省政府經濟建設委員會及經濟動員計畫審議委員會成立。 我國和達荷美簽訂技術合作協定。 台灣區青果輸出同業公會對青果聯合社冀圖壟斷香蕉輸日向立法院提出請願。

年代（西元）	
1963年4月	省建設廳決定電晶體收音機為輸入管制商品。 行政院通過解救棉紡織業困難促進外銷方案。
1963年9月	花蓮港開放為國際港。 外貿會公佈黃豆進口及調節辦法。 外貿會決議廢止結匯證明書買賣辦法。 撤銷美援運用委員會，改設置國際經濟合作委員會
1963年10月	世界銀行認可建設達見水庫四千萬美元借款。 簽定台灣棉紡織品對美輸出四年協定（自10月1日開始生效）。 我國與盧安達簽訂農業合作協定。
1963年11月	我國與多明尼加簽定農業技術合作協定。 我國與馬拉加西簽訂貿易協定。
1963年12月	美台合資的慕華尿素製造工廠（苗栗）開始生產。 立法院通過中華民國與巴西合眾國間貿易協定。
1964年1月	停止上映日本電影
1964年2月	我國加入日內瓦長期棉織品協定。
1964年3月	美國國際開發總署貸款500萬美元給台灣私人企業
1964年5月	我與智利簽訂貿易協定。 味全台中奶粉工廠開工生產，首創台灣省自產奶粉紀錄。 美國務院宣佈自1965年6月30日起停止對華經援，但軍援及農產品援助仍保留。
1964年6月	行政院國際經濟合作發展委員會發表，美國際開發總署核准對台灣電力公司3590萬美元的貸款。 我與厄瓜多簽定貿易協定。 我與哥斯大黎）簽定貿易協定。
1964年7月	解除對日商品採購限制
1964年8月	我國與多哥簽署農業技術合作協定。
1964年9月	行政院核定進出口貿易商管理辦法。 外貿會通過管制進口貨品價格標準降低，由25%降為15%。 我國與墨西哥簽定通商條約。
1964年10月	我與多明尼加簽訂貿易協定。 我與剛果簽訂農技合作條約。 我與薩爾瓦多簽訂貿易協定。 我與巴拿馬簽訂貿易協定。 我國與尼加拉瓜簽訂貿易協定。
1964年11月	我與哥斯大黎加簽訂貿易協定。 我國與宏都拉斯簽訂貿易協定。 我國與瓜地馬拉簽訂貿易協定。 世界銀行認可我國的工業用資金貸款申請一千五百萬美元案。

年代（西元）	
1964 年 12 月	美國認可支出美援物資在日本銷售後所得資金一億元作為我國對東部產業道路開發資金。
1965年1月	財政部發表我國去年對外貿易首次出超。
1965年2月	招商局整理委員會成立，由交通部長沈怡兼任主委，所有船舶將另組海運公司經營。
1965年3月	農復會漁業組表示，接受世界銀行貸款，建造三百噸級鮪釣漁船十三艘，一千噸級鮪釣漁船三艘，辦妥標購手續。
1965年4月	我與美交換有關設立「中美經濟社會發展基金」的備忘錄。 台灣綠茶產製銷聯合小組成立。 我國向日本借款一億五千萬美元協定於台北簽約。 省鐵路局向世界銀行兩千萬美元借款協定在美簽字。
1965年5月	首座天然氣發電廠於苗栗通霄建成。
1965年7月	行政院通過「加工出口區設置管理條例施行細則」。 我與越簽訂農技合作協定。 我與菲簽訂技術合作新協定。 我國與獅子山國簽定農業技術合作協定草約。 外貿會核定實施加工區出口簽證結匯辦法，主要內容：無出口底價限制，免辦擔保出口，授權銀行收款。 美援停止
1965年8月	立法院通過海關進口稅則。
1965年9月	我與聯合國簽訂發展台灣林業及木材工業合作計劃，聯合國撥助七十六萬餘美元。 我向一億六百萬美元貸款協定簽字。
1965年11月	四大味精公司簽訂合作產銷公約。
1965年12月	我國簽署亞洲開發銀行章程。
1966年1月	美進出口銀行核貸台電美金3,100多萬元，建大林火力發電廠。 經合會將高縣仁武鄉及高市左營區劃定為石化工業區。 中華開發貿易公司經財政部核定為授信機構，辦理廠商申請設立保稅倉庫或保稅工廠。 聯合國撥款一百五十萬美元，資助我國發展食品加工廠及都市計劃。 行政院通過〈輔導中小型企業辦法〉
1966年2月	台銀正式開辦出口押匯貸款。 國內第一家免稅商店在台北國際機場設立。
1966年3月	外貿會公佈人造纖維限制進口實施辦法。
1966年4月	外貿會擬定棉紡織品輸美管制實施辦法。
1966年5月	省政府公佈「外銷香蕉運銷及計價辦法」。 聯合國特別基金會與我合作成立航業發展中心。 外貿會公佈輸美棉紡織品各類限額調整。
1966年6月	外貿會核定「中華民國輸美棉紡織品出口管制施行細則」。 台灣聯合蘆筍罐頭廠出口公司及台灣柑桔蘆筍聯營公司組成外銷蘆筍罐業務委員會，聯合辦理蘆筍罐銷售業務。

年代（西元）	
1966年7月	外貿會宣布五種管制進口貨品開放進口。包括：車鈴、腳踏車、車鎖、電熨斗、保温器。 立法院通過經濟部高雄加工出口區管理處組織條例。 紡織品全年外銷總值今年可望達到七千萬美元，將躍居輸出口中第一位。
1966年11月	印尼美援棉花託我加工在美簽約。 我與泰簽定貿易協定。 亞洲開發銀行成立，我國由央行總裁徐柏園代表出席。
1966年12月	高雄加工出口區落成
1967 年 1 月	我與馬拉加西簽訂農技協定。
1967年2月	行政院通過修正工業輔導準則第五條，麵粉工業設廠限制解除，小麥可自由申請進口。
1967年4月	越南決以美援外匯，來華採購民生物資。
1967年5月	外貿會決定自5月8日起，將一般進口結匯時繳納100%的信用狀金額降低為50%，將美援物資交換計劃下的物資進口結匯保證金降低至25%，以便利進口金融的週轉。 行政院核准高雄加工區增加紙器、玩具及遊艇外銷事業。 台銀開辦出口廠商押匯貸款。
1967年6月	行政院修正公佈「高雄加工出口區准許設立外銷事業種類」。 省政府公佈僑胞投資十項優待辦法。 經合會通過「中小企業輔導方案」。 行政院通過港澳僑胞回國投資臨時措施，並設立聯合辦公室。 經濟部授權加工區管理處簡化投資設廠手續。 中國玻璃纖維公司之工廠落成正式生產，為我國第一座專業生產玻璃纖維之工廠。
1967年7月	經濟部同意原木免稅進口。 我國拆解廢船工業躍居世界首位。
1967年8月	新海關法正式公佈實施。 外貿會決定擴大輸出保險範圍。
1967年9月	高雄蕉外銷數量逾六百萬簍，破43年來外銷記錄。 我與智（智利）簽定農技合作協定。 印尼與我簽訂民間貿易協定，展開直接貿易。
1967年11月	外貿會核准中信局增購澳洲大麥為農村主食，以節餘食米外銷。
1967年12月	全省第一座聚乙烯工廠，台灣聚合公司高雄廠落成。 我與美資源交換計劃簽約。 我與日本簽訂五項貸款協定，購置設備用於工業建設。
1968年1月	棉紡業外銷合作公約開始生效。 開始實施貿易商申請進出口貨品加填C.C.C.（即國際貨品分類號碼）。 台灣造船公司新建十萬噸大造船塢正式動工。 輸義大利棉織品開始自我限額管制。
1968 年 2 月	十家多元酯纖維製品公司簽訂混紡率公約。

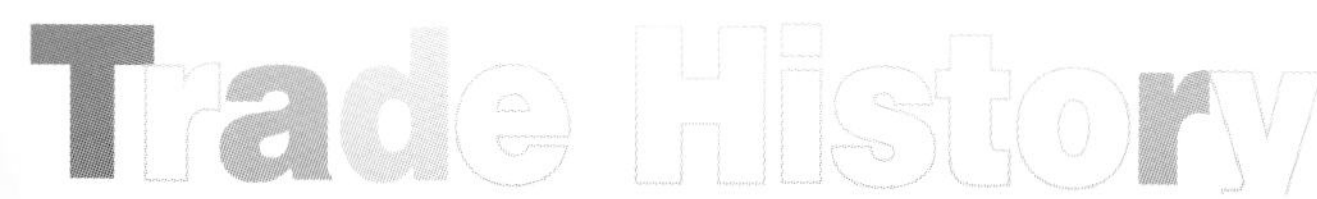

年代（西元）	
1968年3月	美國國際開發總署駐台代表處將結束，中美基金將由我自行決定運用。 外貿會同意以「PD-31」（記帳付款）方式，由駐越美軍向我採購。 水泥公會通過「水泥責任外銷公約」。 經濟部決定解除毛紡封錠，實施計劃產銷。
1968年4月	行政院通過外匯貿易委員會組織規程（原外貿會），及修正管理外匯條例。 外貿會決定限制紡織機進口。 亞銀宣佈支持在台灣設立亞洲蔬菜中心。 行政院通過「對歐經濟工作方案」。 交通部長孫運璿表示，政府將在高雄港建立貨櫃轉運中心，並在基隆港興建一座貨櫃碼頭。 我與哥斯大黎加貿易協定於台北互換批准書。 台灣區不鏽鋼家具製造輸出業同業公會成立。 我與澳大利亞於坎培拉簽訂貿易協定。
1968年5月	行政院核定我與印尼兩國工商界直接貿易及經濟合作協定。 行政院通過「中美航業相互免稅協定」。 行政院核定國產木材免徵貨物稅。 日本通知暫止高屏以外地區香蕉輸日。
1968年6月	台聚公司PE原料首次外銷。 立法院通過香蕉、洋菇、蘆筍外銷臨時捐徵收條例，捐率5%，期限一年。 我與泰簽定經濟技術合作合約。
1968年7月	歐洲八國九大銀行同意對我無限制提供商業貸款。 可口可樂上市
1968年8月	行政院通過擴大管制進口物品項目。 立法院通過廢止海關出口稅則。 首批紙箱包裝台蕉輸日。 財政部公佈實施海關管理保稅工廠辦法。 行政院決定，部份開放外國小汽車進口，由中信局籌辦。 行政院通過撤銷外貿會，該會業務分別劃歸財政部、經濟部、及央行，經濟部設貿易局，央行恢復外匯局。
1968年9月	開放部分小汽車進口
1968年10月	行政院通過設置高雄第二加工出口區，設在楠梓、左營之間。
1968年11月	行政院通過台電向世銀貸款，供十年長期開發電源使用計畫。 亞銀與我簽約協助規劃本省南北高速公路，貸款40萬美元，贈款10萬美元。
1968年12月	世界銀行資助台電興建達見水壩工程五千萬美元貸款正式簽約。
1969年1月	財政部公佈外銷品沖退稅捐辦法施行細則。 行政院通過工商界貸款印尼協定書。 我與泰國簽署農業合作協定。
1969年2月	國貿局成立「美援採購臨時工作小組」，協助供應越南物資之商人瞭解美援規章。 行政院通過促進外銷罐頭食品事業發展方案。

年代（西元）	
1969年3月	經濟部公佈實施申請進口大宗物資處理原則。 行政院核定外匯金融貿易聯繫會報組織規程。 政府指定五家國輪公司成立貨櫃聯營公司。
1969年4月	高雄小港機場開放為國際貨運站。 經濟部僑外投資審議委員會通過合板技術之輸出，核准李長榮公司與新加坡合作。 鋼鐵工業外銷合作公約，決定收取合作基金，並成立合作基金管理委員會。 亞銀貸款簽字協助台灣發展遠洋漁業。 財政部關務署決定，台北市新設台北關，原設於基隆的台北關，更名基隆關，原高雄的台南關，更名為高雄關。 中信局統籌小汽車進口辦法公布。 交通部與經合會交通建設小組，決定擴建蘇澳港，約費二千多萬。
1969年6月	國貿局決定，水泥改列專案輸出物資，出口須經國貿局簽證。
1969年7月	國貿局核定PE塑膠管制進口。
1969年8月	行政院通過台電籌建原子能發電廠向美貸款計劃。 中央銀行將進口結匯信用保證金自50%降為25%。 行政院核定，開闢新國際港，首先擴建梧棲港。 經濟部決定設加工出口區總管理處。 經濟部訂定出口商登記辦法，規定出口實績符合規定者，可再申請登記為貿易商。
1969年10月	我與秘魯簽訂農業技術協定。 中油與美國海灣公司擬定合作投資生產乙烯計劃。 台電採購核能反應爐，由美國奇異公司得標。 台鐵承運首批國際貨櫃業務。 製衣公會決定聯合各紡織同業公會組織紡織拓展外銷委員會。 內政部決定，禁止使用、製造、輸入、販賣糖精。 對美貿易出超
1969年11月	財政部決定1970年起實施布魯塞爾關稅稅則分類法。 我國與巴拿馬簽訂「中巴農業技術合作協定」。 國貿局宣佈，自1970年起大麥、工業用鹽列為進口大宗物資。 行政院通過設立台中潭子加工區，以發展輕工業為主。 投資37億開闢新竹工業與研究區
1970年4月	國貿局表示我紡織品輸加拿大須附有該局簽證。 國際食物法規委員會認可台柑罐頭品質標準。 第一次日圓貸款一億五千萬元，在東京換文生效。 亞洲太平洋區糧食肥料技術中心在台北成立。
1970年5月	國貿局公佈實施大宗物資進口辦法。 世銀總裁麥拉瑪拉抵台，簽訂「台電開發計畫」及「中華開發信託」貸款共6250萬美元
1970 年 6 月	鮪魚輸出公會成立。
1970年7月	中華民國對外貿易發展協會成立。經濟部決定參加或籌辦國外商品展，由外貿協會統辦。 國貿局公佈實施貨品管制出口準則。 行政院通過推廣對外貿易方案。

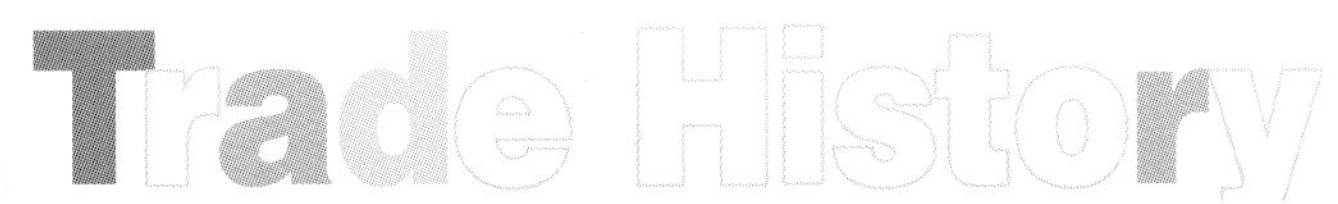

年代（西元）	
1970年8月	我與泰簽訂農技協定。 我與馬來西亞簽署經濟合作會議紀錄，協助其建加工出口區。 經濟部決定農藥進口稅率降低5%。 台灣區縫衣機輸出業公會成立。 中尼（尼日）簽訂協定，發展兩國貿易。 日本政府同意對我二次日圓貸款，折合美金二億五千萬元。 行政院宣佈，准許設立出口信用發展工業貸款基金，長期低利貸放工商業者週轉。
1970年9月	手工藝輸出公會成立。 外貿協會成立外銷服務委員會。 經合會公佈實施中美基金小型民營工業貸款辦法，貸款額度增為新台幣一億元。
1970年10月	行政院通過「中烏（烏拉圭）商業協定」。 我與中非簽訂商務協定，延長技術合作年限。 我與歐洲共同市場簽訂棉紡織品貿易協定。
1970年11月	經濟部核准鰻輸出業籌組「台灣區鰻魚輸出業同業公會」。 台糖與美商嘉吉公司簽約，合作投資建現代化飼料廠，正式成立中美嘉吉飼料公司。
1970年12月	行政院核准備查我與比利時成立經合委員會，促進兩國經濟貿易。 經濟部核准第一家台美合資創設電視映像管公司。 日本大藏省統計指出，台蕉輸日一落千丈，佔有率降為26.7%。 我與希臘貿易協定換文，即日起生效。
1971 年 1 月	我與美簽訂第二次資源交換計劃協議，由美國在四八０公法項下提供2千萬美元農產品之出售，所得半數供我發展合作計劃。 國貿局宣佈，合併十一種輸出法規，修正為廠商申請輸出貨品辦法。
1971年2月	財政部公佈實施外銷電子類製品定率退稅辦法。
1971 年 3 月	塑膠鞋類輸出公會通過採取聯營外銷方式。 國貿局公佈實施紡織品出口配額作業處理辦法。
1971年4月	財政部核定外銷品退稅得按實際定稅價格比例調整。 我與歐市簽訂棉紡織品貿易協定。
1971年5月	歐洲共同市場同意將我國列為關稅受惠國。
1971年6月	經濟部核定實施託收（D/A）進口貨品辦法。 外交部發言人表示我與澳洲小麥委員會簽訂購買小麥二十五萬噸。 世糧方案贈我農產五百餘萬美元，在台北完成簽署。
1971年7月	加拿大政府認定台灣電視銷加已形成傾銷。 我與查德簽署協定，加強經濟技術合作。 日本政府實施台蕉港口AA自動核准制度，開放對台蕉之自由進口。

年代（西元）	
1971年8月	我與澳、日等八國組成東南亞鋼鐵協會。 行政院專案核定不再進口飼料小麥。 我與秘魯達成貿易協議，我決定購買秘棉與魚粉。 國貿局宣佈全面實施託收進口，並准以FOB報價。 我與象牙海岸在象首都阿必尚簽署貿易協定。
1971年9月	國貿局宣佈委託外匯局授權指定銀行辦理進口簽證。 我與烏拉圭兩國達成農漁商業合作協定。 我與上伏塔共和國簽定貿易協定。
1971年10月	國貿局表示，輸美非棉紡織品列為管制出口，需取得輸出許可證後方得簽證出口。 美宣佈解除對非棉紡織品進口的10%附加稅，並與日、韓、香港及我國達成協定，限制非棉織品輸美3　5年。 立法院通過科學用品臨時輸入關務公約。
1971年11月	我與奧地利合資之中國鋼鐵公司成立。 中韓紡織會議召開。 國貿局正式公佈輸美非棉紡織品之配額分配辦法，決定配額比例，基本配額得自由轉讓。 國貿局貿易審議委員會通過合成纖維加工絲管制進口、准許出口。
1971 年 12 月	經濟部公佈實施，進出口貨品分類審定管理辦法。 國貿局宣佈輸美非棉及棉製品配額可以互相流通使用。 我與玻利維亞簽定農工業技術合作協定。 財政部表示加工區受委託加工產品外銷，得申請免徵營利事業所得稅。 國貿局公佈實施輸美人纖自由獎勵配額核配辦法。 行政院原則通過汽車開放進口，關稅提高85%。 我與美簽訂「輸美非棉織品設限協定」，效期5年，而「中美棉織品協定」亦延長至1976年為止。 財政部宣佈降低奶粉等15項重要商品關稅。
1972 年 1 月	蘇澳港開放為商港。
1972 年 2 月	行政院決定擴大輸出保險，撥五千萬元作為基金。 交通部觀光局表示觀光外匯收入首次突破一億美元。 我與日海運界組成台日運費同盟。 國貿局決定開放汽車進口，交由中信局統籌辦理。
1972年3月	美商業部統計公佈，台灣銷美黑白電視機已取代日貨地位。
1972年4月	對11種石化產品採取保護措施 我遠東貿易服務中心東京辦事處成立。 國貿局公告，外銷績優廠商准開遠期L/C。
1972年5月	行政院通過我國與沙烏地阿拉伯王國之農技協定。 第一家大貿易商－世界通商公司成立。 經濟部公佈生產事業申請輸入貨品辦法。 省政府決定進口雜糧每公噸捐四十元，充作雜糧發展基金。 財政部公佈實施海關規費貼證辦法。

年代（西元）	
1972年6月	台灣青果產銷聯委會決定恢復腐蕉賠償基金。
1972年7月	美陸軍駐越財產管理處與國防部簽約，在台設廢品標賣場，處理越南美軍超量工程設備。 立法院通過海關進口稅則修正案，分為分類修正與稅率調節兩部份。
1972年8月	財政部決定在台外國銀行開放辦輸出保險。 國貿局表示，准許國內廠商做轉口貿易。
1972年9月	為配合進口民生日用必需品及工業原料，可予融通外匯資金。
1972年10月	經濟部公佈施行「貿易商管理辦法」。
1972年11月	國貿局宣佈進口機器設備或化工原料准以D/A申請。 國貿局公佈輸美非棉織品配額處理辦法。
1972年12月	福特六和汽車公司成立 經濟部公佈實施紡織品輸出檢驗品質管制聯合實施要點。
1973年1月	陽明海運公司成立。 行政院決定先撥外匯四億美元供貸廠商進口民生必需品。 國貿局公告大量開放進口貨品319項，以調節國內供需、平衡國際收支。 經濟部核定「輔導自行車工業外銷實施要點」。
1973年2月	國貿局公佈實施鋼鐵原料統籌進口辦法。 十項重要物資降低進口稅率開始實施，為期六月，包括大麥、黃豆、玉米、廢鐵等。
1973年3月	國貿局規定整套機械進口設備改向歐美採購 經濟部公佈民營生產事業申請輸入貨品辦法及農藥工廠設廠標準。 經濟部公佈纖維及紡織品輸出檢驗與品質管制聯合實施辦法。 國貿局決定同意廠商以接受及開發L/C之方式經營三角貿易。 我與約旦簽訂貿易協定。
1973年4月	國貿局宣佈開放以文書方式辦理三角貿易。 央行訂定外銷佣金結匯辦法。 行政院公佈施行「貨品出口審核準則」及「貨品進口審核準則」。
1973年6月	財政部公佈進口黃豆補貼基準。 行政院通過穩定物價十一項重大措施，包括重要民生必需品實施限價並得限制出口、主要物資增加進口、外匯由央行無限融資、娛樂用及四層以上新建築申請暫停受理等，自7月1日起實施。
1973年7月	財政部擴大實施「先放後核」通關範圍，增列七項進口貨物。 工業技術研究院成立 中船公司成立
1973年8月	立法院通過修正海關進口稅則，工農業用原料機械進口稅大幅降低。 行政院通過六項決定，以利增產稻米、掌握糧源，所有國內糧食和肥料除已經承諾外銷者外一律不再出口。 財政部宣佈降低九種進口工業原料關税50%，為期一年。

年代（西元）	
1973年9月	中央銀行公佈加工出口區外匯管理辦法。 經濟部公佈「加工出口區外銷事業申請設立審查辦法」。
1973年10月	行政院決定平抑物價四項措施：1.日用品全面開放進口，2.國內缺貨日用品立即停止出口，3.必要時取消限制設廠，4.就成本及利潤調整日用品價格。
1973年11月	行政院通過降低36種貨品進口稅率。
1973年12月	經濟部宣佈蔬菜列為總動員物資，自公告日起一律停止出口。 財政部通令全面分級實施進口貨先放後核。
1974年2月	經濟部公佈加工出口區貿易管理辦法。
1974年3月	大貿易公司定名為「九州通商開發股份有限公司」，並召開發起人會議。 台銀與美國進出口銀行合作舉辦一千萬美元之「美金合作融資貸款」，融通中小企業向美國採購機器設備。
1974年4月	我與宏都拉斯簽訂漁業技術合作協定。
1974年5月	我國與西薩摩亞簽訂漁業技術合作協定。 行政院宣佈財金配合措施，鼓勵輸出。 經濟部決定暫時限制日製汽車、彩色電視機等進口簽證。
1974年6月	我與沙烏地阿拉伯簽署經濟合作協議。
1974年7月	央行宣佈，外銷廠以產品內銷，得持票據貼現。 我國與海地簽定貿易協定。
1974年8月	我國和巴拉圭簽定經技合作協定議定書。 我與美、比三國集資的聯聚化學公司生產高度PE塑膠原料的頭份工廠建廠完成。
1974年9月	財政部公佈海關規費全面調整，提高50%左右。
1974年10月	「中美紡織品貿易協定」簽署，自1975年1月1日生效。
1974年11月	我國與哥倫比亞簽署經濟合作協定。
1974年12月	行政院核定十項財經措施，包括：舉辦外銷周轉金貸款，恢復副料退稅，停徵進口原料港工捐，停收押匯利息，降低結匯差額等，以協助外銷生產事業。
1975年1月	國貿局宣佈，銑鐵、白口鐵及糕餅開放出口。 經濟部物價督導會報決定停止外銷冷凍豬肉出口。 我國和烏拉圭商務協定正式換文。
1975年2月	我國與南非簽訂貿易協定。
1975年3月	外貿協會展覽交易館正式啟用。 台灣中東貿易公司成立。 美國總統福特簽署一項行政命令，指定包括我國在內之關稅特惠待遇地區。
1975 年 4 月	自行車公會表示國產高級自行車外銷成功。
1975年5月	經濟部通令各駐外單位成立駐外商情會報。 經濟部物價督導會報宣佈不再補貼進口小麥，並停止平價供應麵粉。

年代（西元）	
1975 年 6 月	輸出業各公會聯合要求授權實施出口簽章。 行政院核定實施改進廢鐵進口及查驗辦法，限定只有工廠可以申請輸入，並不得自日本進口。
1975年7月	經濟部茶葉產銷改進小組設立。 紡織業公會宣佈籌組外銷聯合會。 我與美合資之台達化工新廠開工。 我與巴拿馬簽訂貿易合作協定。
1975年8月	我國與約旦簽署農技合作協定。
1975年9月	財政部實施八類貨物改進先核後放通關辦法。 自行車公會通過籌組聯營外銷公司。
1975年10月	我與南非簽署為期三年的玉米貿易協定。
1975年11月	財政部核准開辦D/A、D/P輸出匯票保險。
1975年12月	行政院公佈推廣外銷基金收支保管及運用辦法。
1976年1月	我水泥十五萬公噸輸沙，正式簽約。 我與美紡織品貿易雙邊協定換文生效。 財政部基隆關公佈解體船隻進口通關辦法。
1976年2月	財政部公佈「免稅進口貨物轉讓補稅辦法」。 英國貿易促進會台北辦事處成立。
1976年3月	行政院通過修造漁船、漁具及漁業資材進口免稅項目及標準表。 經濟部公佈合格外銷工廠登記處理要點。 省政府核定台灣國際港設立進口物資疏散小組。
1976年7月	台灣進口黃豆聯合工作委員會成立。
1976年8月	民營大貿易商「世華貿易中心」成立。
1976年9月	經濟部工業局宣佈，石油化學中間原料產品向國外採購，須得到該局的同意。
1976年10月	行政院核定發展積體電路專案計劃。 經濟部長孫運璿表示從日本進口零件在台灣裝配之產品，禁用原日本廠牌名稱。 行政院核定世界貿易中心興建計劃。 經濟部工業局公佈，人纖工業實施計畫生產暨外銷聯營方案。 台中港正式啟用通航。
1976年11月	蘇澳商港啟用。
1976年12月	國貿局貿易談判專案工作小組成立。 經濟部公佈實施「輸出商品特約檢驗辦法」。 我與沙簽訂農業協定。
1977年1月	經濟、交通二部聯合成立「出口貨提高品質、準時交貨聯合檢查會報」。

年代（西元）	
1977年2月	紡拓會決定紡織品出口配額實施公開轉讓。 經濟部中東貿易推展小組成立。 中台化工公司高雄廠開始生產，此乃國內第一座生產尼龍原料的工廠。 我與沙烏地阿拉伯農技協定簽署。
1977年3月	美國取消我國23項外銷產品優惠關稅。 行政院核備我與瓜地馬拉農技合作協定。 經濟部表示為配合國貨國運政策，在進口方面凡屬大宗物資均應由國輪運輸。 國貿局訂定出進口商管理辦法。
1977年4月	行政院核定貿易、航業、造船配合實施方案。
1977年5月	國貿局公告，實施鞋類輸美管理出口。 美取消對台灣進口鞋類加徵5%之進口稅。 委內瑞拉貨輪首航台灣。
1977年6月	我國與烏拉圭簽訂商務協定。 行政院通過辦理出口貸款方案。 經濟部公告將鋼質電纜、電算機等品目全面實施輸出檢驗。 財政部為穩定國內油價，宣佈石油進口稅率再降50%。
1977年7月	十四家聚酯絲業者簽字組成聯營出口公司。
1977 年 9 月	行政院核定「紡織工業出口退稅改進辦法」。
1977年10月	司法行政院選定台北、基隆、高雄三個地方法院設立專庭，試辦處理國際貿易及海商事件。 經濟部貿易審議委員會通過，廢止代理商管理辦法。 我與海地共和國經農首長會議簽署五點協議。 工技院積體電路示範工廠開工。
1977年11月	國貿局決定由中信局統籌年進四千輛美國小汽車。 國貿局決定設免稅區，擴大轉口貿易。 經濟部公佈實施大貿易商輔導要項。
1978年1月	財政部公佈外銷紡品用副料退稅處理原則。 國貿局原則上決定實施「預防設限警報系統制度」，以因應進口國家採取設限之趨勢。 我與南非簽訂漁業協定。
1978年2月	歷時四個月的紡織品談判結束，我與美簽訂五年協定，我國獲得平等待遇。
1978年3月	經建會決定放寬進出口限制，協助中小企業外銷。
1978年5月	紡拓會紡織設計中心開幕。 加拿大決對我國徵收腳踏車之反傾銷稅。
1978年6月	央行宣佈採取八項放寬外匯管制措施。 經濟部及衛生署公佈西藥自由進口辦法，8月1日起實施。

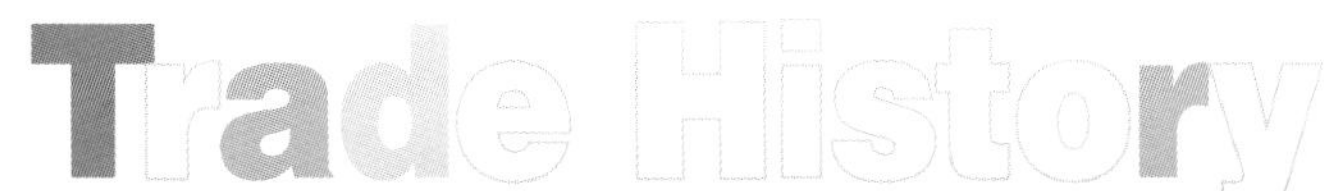

年代（西元）	
1978年7月	經濟部國際貿易審議委員會通過「擴大進口案」，於15日實施。 歐洲經濟社會委員會決定自11月1日起放寬目前適用於包括我國在內之若干國家的鞋類進口限制。
1978年8月	我與日本經貿會議揭幕，同意成立常設貿易小組。 我國與沙烏地阿拉伯簽訂農業技術服務協定。
1978年9月	經濟部國際貿易局核定匯僑企業公司申請設立大貿易商案。 美國務院宣佈決定中止中美經濟合作協定。 我與厄瓜多簽署農技協定。
1978年12月	我與美關稅貿易協定在華府簽署，互享優惠關稅及最惠國待遇，並於華盛頓換文。 蘇澳港第一期工程竣工，開放通航。
1979年1月	中國輸出入銀行成立。 大貿易商高林公司開始營業。 經濟部核定實施進口小麥平準基金方案。
1979年2月	我國外匯市場成立，新台幣與美元兌價由市場買賣決定。 央行宣佈開辦主要出口工業、技術密集工業外幣融資。
1979年3月	經濟部國貿局公佈開放北美地區轎車自由進口。 行政院核定蘋果除日本地區外自6月1日起開放自由進口。
1979年4月	我國與瓜地馬拉共和國簽訂貿易協定，雙方互給予最惠國待遇。
1979年5月	美國國際貿易委員會裁定我國鋼板傾銷。
1979年6月	中信局決定在美國邁阿密自由貿易區設我國在國外之首座發貨倉庫。
1979年7月	經濟部決定設立進口玉米平準基金。 經濟部決定設立電子工業研究發展基金。 財團法人資訊工業策進會成立。 行政院核定實施電機工業發展方案。
1979年8月	新加坡貿易代表在台辦公室正式開始作業。 我國與馬紹爾群島簽訂技術合作協定。
1979年9月	比利時設立比利時貿易協會台北辦事處。 我國外貿協會與美國阿肯色州簽署經濟與貿易合作協議書。 我國和沙烏地阿拉伯，簽署科技協定。
1979年10月	美國在台協會和北美事務協調會簽訂協定，供應台灣濃縮鈾，期限為30年。 經濟部公佈實施廠商申請專案報驗出口貨品辦法。 我與美關稅協定完成換文，自1980年1月1日起互作進口關稅減讓。 行政院核定公營事營優先向歐美採購，並以FOB代CIF。
1979年11月	政府核定放寬對東歐共產國家貿易限制辦法。

年代（西元）	
1980 年 1 月	我與美MTN關稅及非關稅雙邊協定生效。 南非共和國決予我最惠國待遇。 立法院通過修正關稅法，規定進口關稅實稅價格按起岸價附加15%計算。
1980年2月	國貿局公佈修正「三角貿易實施要點」。 我國在曼谷成立非官方的「遠東商務辦事處」。
1980年3月	國際貿易審議委員會核定，加工區出口剩餘品得申請內銷。 我與南非共和國簽訂鈾原料4000噸購買協定。 國貿局表示：國內棉紡工廠，透過三角貿易的方式，已向蘇俄採購一萬包棉花。 交通、經濟部決定，停止3000c.c.以下小型柴油車進口。 財政部決定開放報關行的設立。 經濟部公佈出進口廠商輔導管理辦法。
1980年4月	行政院決定，禁止150cc以上機車製造及進口。
1980年5月	日本宣佈我輸日產品，適用關稅減讓承諾。
1980年6月	我輸美紡織品實施出口證明書制度。 中華民國遠東貿易服務中心鹿特丹辦事處成立。 美國務院宣佈，解除對我產品輸美只能標示“Made in Taiwan“之限制。 經濟部決定，自7月1日起，開辦外銷產品通案退稅標準分類。
1980年7月	上海《解放日報》報導台灣製的消費品30年來第一次在中國大陸出售（經由香港進口）。 立法院通過科學工業園區管理局組織條例。 行政院通過複式優惠稅率適用國家，及機動稅率繼續實施項目。
1980年8月	巴基斯坦公告，開放與我直接貿易。 我與尼加拉瓜簽訂商務協定。 經濟部、外交部、中信局及外貿協會等單位組成駐外商務工作協調小組。 台北世界貿易中心股份有限公司正式成立。
1980年9月	經濟部國貿局宣佈，海關進口稅則由單一稅率改為複式稅率。
1980年10月	東德政府宣佈，直接與我進行貿易。 裕隆首批外銷汽車，於基隆裝船將運至智利。
1980年12月	新竹科學工業園區開幕
1981年1月	中國輸出入銀行決擴大輸出融資範圍，包括與資本財有關之產品如手工具、五金、鋼管、鋼材、機器零組件等。 荷蘭貿易促進會台北辦事處成立。 經濟部決定，從嚴議處紡織品仿冒國外商標，凡查明屬實，即停止進口半年及吊銷廠商登記。
1981年2月	歐洲共同市場委員會宣告中華民國輸盧、比、荷三國之女裝將設限。
1981年4月	國貿局選定3987項商品，免辦輸出入許可簽證，自7月1日開始實施。 我與巴拿馬簽署貿易協定，互給最惠國待遇。 宣布東德、匈、波、捷、南官員可以自由進出台灣洽商務
1981年5月	立法院通過航業法，明定國輪國造、國貨國運之原則。

年代（西元）	
1981年6月	外貿協會決在瑞典及斯里蘭卡設立遠東貿易中心辦事處 美解除台灣鞋類進口限制
1981年8月	工業總會與奈及利亞商工農礦總會簽訂合作協議書。
1981年11月	財政部核定中央信託局放寬對大貿易商融資額度，不受現行銀行對單一企業授信額度不得超過各該銀行淨值25%之限制。 經濟部國貿審議會決議廿項人纖原料解除進口限制。
1981年12月	我國與新加坡簽訂租稅協定，減免雙方運輸事業稅捐，消除重複課稅，加強經貿關係。 經濟部公佈紡織品出口實施新規定：基本配額自由轉讓，自由配額則受限制。
1982年1月	財政部表示決續降低關稅比重，定稅價格附加將降為10%。 經濟部中小企業處召集國內銀行業進行磋商，決定中小企業外銷融資放寬，貿商可憑L/C、D/A、D/P申貸。 財政部決定大貿易商保證中小企業進口融資放寬為進出口融資，保證額度由 2倍提高至57倍。
1982年2月	國貿局宣佈因中日貿易逆差擴大未見改善，自即日起所有非民生必需消費品限向日本以外地區採購，管制項目共達一千五百項貨品。
1982年3月	美國貿易代表辦事處表示，中華民國五類百廿二種輸美產品自3月31日起不再獲有美國普遍優惠制度下的免稅待遇。
1982年4月	經濟部國際貿易審議委員會通過修正紡織品出口配額處理辦法，大幅修正配額核配方式。 中小企業信用保證基金擴大外銷貸款保證範圍。 央行為鼓勵廠商對日輸出，決辦日圓信用狀貼現。
1982年5月	經濟部核准，凡限向歐美地區採購貨品附有產地證明書者均可進口。 電子業者表示電腦終端機外銷供不應求，電子計算器廠亦加入生產行列。 國貿局公告增列1,635項免辦簽發許可證貨品，出口佔945項，進口為690項。 國貿局決開放金銀飾品出口。
1982年7月	開放輸美彩色電視自由出口 行政院通過提高我國在遠東地區經貿地位方案要點，決定積極籌建世貿中心。
1982年8月	經濟部宣佈，解除842項日本貨進口管制。 財政部宣佈，出進口商資格簡化為兩種，出口實績二十萬美元以上才有進口資格。
1982年10月	行政院決定，自由貿易區投資業別以製造及資訊業為主。
1982年11月	經濟部宣佈689項限制進口日貨解禁。 我與美紡織品貿易新協定在美簽訂。 瑞士商務辦事處成立 財政部決設關稅率委員會課徵反傾銷及平衡稅。
1983年1月	核准IBM等外商經營電腦進口業務 台荷簽署共同推動經濟合作協議書，決定設立經合委員會。
1983年4月	我國遠東機械等五家工具機廠與匯僑貿易商在美洛杉磯開業東僑公司，聯營外銷國產工具機。
1983年5月	財金當局決定中小企業外銷貸款保證，國內出口商週轉金貸款由信用保證基金承辦，國外進口商信用風險由輸銀承保。
1983年7月	我與澳洲簽署漁業合作協定。

年代（西元）	
1983年8月	國貿局准六項含廢電線電纜貨品，准有條件申請進口，須合乎非鐵金屬廢料標準，或經環保局同意。
1983年9月	經濟部通過第一批開放進口貨品項目（共594項），並公告實施。 我與南韓簽署海運協定，我船舶可在韓自由攬貨。
1983年10月	經濟部公佈修訂紡織品出口配額管理辦法，定明年實施，取消基本配額自由配額，改採計劃配額臨時配額。 丹麥商務辦事處成立
1984年1月	交通部決定海空聯運三月間開放，並建立中正國際機場為遠東空運儲運中心。 立法院通過修正海關進口稅則，將使我國由財政關稅轉為經濟關稅，以促使經濟成長及加強外銷競爭能力。 行政院通過工研院擬具「超大型積體電路五年發展計畫」。 行政院經建會指出，去年全年我國電子及其零件出口已超過紡織業，成為出口成長的第一位。
1984年3月	國際貿易局正式公告將原列有採購地區限制的一千一百五十七節貨品，全部改為准許自由進口。 美貿易代表署宣佈停止我國輸美鑽床等九項產品的免稅待遇。
1984年5月	財政部決定提高大貿易商承作保證額度二點五倍。
1984年6月	行政院通過「平衡稅及反傾銷稅課徵實施辦法」，以因應貿易自由化及低關稅時代的來臨。 經濟部決定取消日商增資製造冰箱、窗型冷氣及洗衣機外銷、回銷規定。
1984年8月	我與美在華盛頓舉行的貿易諮商談判結束，我方承諾降低五九項商品關稅。
1984年10月	行政院通過「財政部關稅總局組織條例」、「財政部關稅總局各地區關稅局組織通則」，將海關總稅務司署修正為關稅總局。 經濟部決設資訊護權小組，以因應國外公司濫控我仿冒其產品。 財政部為推動五年取消退稅各項配合措施，宣佈退繳分離制自1985年 3月起實施。
1984年11月	福特六和宣佈，擴廠生產小汽車外銷。 行政院通過1058項貨品降低進口稅率，最高稅率由 100%降為75%。 我與日經貿會議達成協議，日方同意我銷日調製食品含肉量(30%)，自明年起取消限制。
1984年12月	國貿局、工業局同意開放重車進口。 經建會與經濟部協議，二千西西以上小轎車，自製率由75%降為50%。 立法院通過修正關稅法，進口貨物完稅價格的附加比例由10%降至 5%。
1985年1月	行政院核定「反仿冒」實施計劃，決由警察執行全面查禁工作。
1985年2月	十信案爆發
1985年7月	行政院宣布對中國轉口輸出採取「不接觸、不鼓勵、不干涉」原則
1985年8月	行政院廢止准許進出口貨品輸入許可證。 財政部決簡化商港建設費外銷退費辦法。
1985年10月	我與美貿易諮商會議於美國華盛頓舉行，達成協議，我同意降低煙酒等192項美貨進口稅，放寬美商銀行、產險、租賃業營運限制。 美國眾議院通過「任金斯法案」，強制大幅削減紡織品進口。 經濟部決開放僑外資生產事業，准兼營國外母公司貿易業務。 中華民國貿易採購團宣佈向美國購買三億六千萬美元的產品，以削減雙方貿易逆差。 外貿協會增設西班牙、巴西、埃及和印度四個辦事處。

年代（西元）	
1985年12月	經濟部：不准台商與中國大陸通商 國貿局決定今後不再受理廠商進口貿易糾紛案件。 我與法於台北達成台灣鞋類輸出設限協定。 經濟部發佈「紡織品計劃性配額重新核配實施辦法」。 台北世貿中心展覽大樓啟用。
1986年1月	公賣局開放美國菸酒自8月起自由進口銷售 行政院通過製造超大型積體電路（VLSI）計劃。
1986年2月	太平洋電線電纜等七公司與交銀集資四億，決與美商技術合作，在台生產光纖產品。
1986年4月	我國與科威特簽署協定，雙方互設商務辦事處。 對我今後三年紡織品輸美之數量，美國向我國要求以1985年之數量為準。
1986年5月	央行廢除預繳出口外匯制。 美國眾院通過對貿易綜合法案，要求我國及日本等國逐年減少10%的對美貿易順差。
1986年7月	解除錄放影機等十八節貨品進口管制開放進口。 我與美紡織品談判達成協議，由1986年至1988年為止，出口年平均成長率限為0.5%。 外貿協會與厄瓜多簽署互助協定。 央行核定自8月18日起出進口外匯由許可制改為申報制。
1986年8月	我與美在華盛頓展開雙邊年度貿易談判，達成協議，准許美保險業來台設立公司，並對已營業公司擴大營業項目；我十八億美元產品續享免稅待遇。 財政部宣佈自10月1日起完全取消關稅完稅價格表，美方亦同意停止進行有關 301法案的報復措施。 財政部決定全面降低關稅十項原則，大幅降低稅率上限，減稅貨品達1300項，取消按內銷比率課稅制度。
1986年9月	我與加拿大首屆經濟聯席會議於加拿大溫哥華市揭幕。 經濟部通過推動經濟自由化方案。
1986年10月	我與美進行貿易談判，對輸美鋼鐵數量達成協議。 行政院宣佈黃金買賣解禁，開放進口，出口將繼續管制。 我與美國於華府簽訂「五年穀物協定」。 行政院令：修正「大貿易商標準」，並廢止「華僑及外國人投資大貿易商標準」。
1986年11月	行政院、經濟部指示世貿中心開闢進口市場專區，以做為外商開發我國及東南亞市場之基地。
1986年12月	紡織外銷拓展會加入國際成衣聯盟。 財政部宣佈，自1987年1月開放美歐煙酒自由進口。
1987年1月	六大財經重要變革（進口關稅大幅降低，新票據法、外國煙酒開放進口、暫時解除大宗物資與工業原料進口地區限制、輸美工具機自動設限、及恢復開徵證券交易稅）今日起實施。 新竹科學園區管理局決定，有條件開放園區廠商兼營貿易，可代銷母公司產品及採購。 省菸酒公賣局正式接受外國煙酒進口申請。
1987年2月	我國第一家積體電路公司在台成立，由政府、民間、國外公司共同出資。 財政部決課徵印尼輸入素面合板反傾銷稅(為關稅史上之首次)。

年代（西元）	
1987年3月	央行訂頒無形貿易支出結匯辦法及民間匯入款項審核辦法。 我與加拿大紡織品協定簽字，加方同意撤銷原預定對我實施紡品進口管制之決定。 經濟部工業局決定制訂六年機車開放進口時間表，預定1992年全面解除機車進口管制。
1987年4月	行政院核定修正汽車工業發展方案，取消外人來華投資生產汽車外銷比例規定。 行政院通過機動降低成衣、鞋、帽等 862項貨品之進口關稅稅率，平均調幅35%。 我與美綜貿諮商談判結束，我同意62項農工產品平均減稅50%，其中六項木材及紙製品免稅進口。
1987年7月	行政院宣佈自15日起實施新外匯制度，貿易收支全開放，其他定額審核，確立以「經常帳自由，資本帳適度管制」之原則。 解除戒嚴，實施國安法 經濟部決取消生產事業經營進出口限制。 經濟部決定取消中鋼公司對進口鋼品之加簽，全面開放進口鋼品。 國貿局取消「三角貿易實施要點」。 行政院通過進出口貨商港建設費，將一律為0.5%。
1987年8月	投審會決定開放僑外資兼營貿易業。 美國商務部統計資料指出，我國已被列為形成美國貿易赤字之第二大主要對手國。
1987年9月	財政部決定自10月 1日起全面調低國產貨品完稅價格。 經濟部表示不禁止廠商與中國大陸進行轉口性經貿投資。
1988年1月	立法院通過修正海關進口稅則，其中小客車降為45%。 經濟部接獲美在台協會通知，美國總統雷根正式決定明年元月起取消中華民國、韓、星、港所享優惠關稅待遇。
1988年2月	外貿協會決定在匈牙利成立「台灣貿易中心」。 國貿局與貿協宣佈開放中國大陸經貿資料。
1988年3月	行政院確定對東歐七國經貿政策，全面解除直接貿易限制。 我與日本就輸日之冷凍豬肉談判達成協議。
1988年4月	行政院核准大宗物資自7月份起自由進口。 行政院核定三百億元經濟合作發展基金計畫，以協助其他新興工業國家發展經濟分散貿易市場。 海關決實施「一證通關」制度。
1988年5月	農民北上請願，爆發五二〇事件。 行政院中美貿易專案小組決定，6月1日起恢復火雞「全雞」進口，美國以外地區水果擬限量准許進口。
1988年6月	歐市宣佈對我三項化纖產品課以反傾銷稅。
1988年7月	外貿協會與荷蘭簽約，興建「鹿特丹台灣貿易中心」。 經濟部宣佈，開放中國大陸原料進口項目由該部自行決定。 國貿局公佈，中國大陸原料間接輸入處理原則。 設立「貿易調查委員會」。 行政院通過修正「出進口廠商輔導管理辦法」，取消貿易商及生產事業管理差別規定。

年代（西元）	
1988年8月	經濟部宣佈放寬中國大陸農工原料及產品開放進口項目。 國貿局決定對共產國家貿易，採負面列舉以放寬限制。 國貿局公佈「大陸產品間接輸入預警措施」。 開放中國出版品、電影片、電視節目進口 行政院成立大陸工作會報
1988年9月	法務部長蕭天讚指出，與中國大陸直接貿易仍屬資匪。
1988年10月	行政院通過修正大貿易商標準，放寬進出口實績規定。
1988年11月	我政府透過北美事務協調會駐美辦事處向美國行政部門提出與美簽訂自由貿易區協定的意願書。
1989年1月	台灣輸美產品享有優惠關稅待遇正式結束。 台美達成協議，明年9月開放美國火雞肉進口 我國與越南簽訂漁業合作協議。
1989年3月	經濟部原則許可與越南直接貿易。 財政部通過調降4千餘項貨品關稅。 行政院同意外貿協會前往南斯拉夫設貿易辦事處。 行政院核准外貿協會在匈牙利設置辦事處。准匈牙利銀行在台北設辦事處
1989年4月	台越簽訂漁業合作協定。
1989年6月	大陸工作會報原則同意在不影響國家安全、經濟發展的前提下，許可工商業者對中國大陸地區間接貿易及間接投資。 台美智慧財產權諮商會議結束，雙方達成四項協議。 台美漁業談判達成協議
1989年10月	行政院環保署宣布即日起全面停止廢五金進口。 我國駐印尼雅加達商會，升格為經貿代表處。 荷蘭台灣貿易中心在鹿特丹揭幕。
1990年1月	台灣以台澎金馬名義申請加入GATT 財政部宣布，解除與越南直接通匯限制。銀行自行衡酌辦理與越南建立直接簽發信用狀、押匯及直接通匯等業務。
1990年2月	台灣、印（印尼）簽定投資保證、互免雙重課稅協定。
1990年3月	行政院核定對蘇聯、阿爾巴尼亞直接貿易。
1990年5月	經濟部表示承認對中華人民共和國間接貿易。准許間接進口中國貨品達151項
1990年7月	經濟部通過對中國大陸間接輸出貨品管理辦法
1990年8月	行政院中國大陸工作會報通過「台海兩岸貿易管理辦法」。
1990年9月	亞東關係協會與日本交流協會分別代表兩國政府簽署「有關雙方國際海空運事業所得互免稅捐協定」，強化經貿實質關係。 台灣與日本第十五屆經貿會議，雙方簽署「經貿同意議事錄」。 經濟部提高19項消費品關稅，以平衡對日貿易逆差。

年代（西元）	
1990年11月	公布〈台灣地區與中國大陸地區人民關係條例〉 40年來首次由蘇聯官員組成之蘇聯採購團抵台。 海峽交流基金會成立，董事長辜振甫 台、蘇經濟發展協會成立。
1990年12月	財政部在美301條款壓力下，宣布開放歐市及美國烈酒進口。 我國在越南成立貿易辦事處。
1991年1月	立法院三讀通過「財政部關稅總局組織條例」
1991年4月	台北世界貿易中心在香港成立。
1991年7月	立法院三讀通過「關稅法」部分條文修正案，申請進口貨物時經適當擔保即可先放行後繳稅。 我國與英國舉行1950年後首次官方級經貿諮商舉行。
1991年9月	經濟部次長江丙坤率領越南經貿訪問團返台，除達成多項合作協定之外，並將互設辦事處。 行政院中國大陸委員會通過「中國大陸出口，在台押匯」案
1991年11月	亞太經濟合作會（APEC）於漢城通過中華人民共和國、中華台北和香港同時入會案。
1991年12月	外貿協會駐莫斯科辦事處成立。
1992年2月	台灣與墨西哥、巴西簽訂經濟合作協定。
1992年3月	台灣躍居全球第14大貿易國。 台俄簽署漁業合作議定書。 行政院中國大陸委員會原則同意三商銀在香港設置的3個事處升格為3個分行，以擴大貿易融資，進而與中國大陸銀行接觸，服務在中國大陸投資的台商。
1992年4月	行政院通過黃金開放自由進出口。
1992年6月	新台幣兌美元24.625：1，創歷史新高。
1992年7月	1992年1～6月，香港成為台灣第二大出口地區。
1992年8月	台美智慧財產權談判展開首日議程。
1992年9月	俄羅斯總統專屬委員會主席羅勃夫抵台訪問，洽商經貿交流事宜。 關貿總協（GATT）同意以「台澎金馬關稅領域」名稱成立審查工作小組，我國同時取得GATT觀察員資格。
1992年11月	台灣空運貨物通關自動化，正式啟用；是繼日本、新加坡之後，第3個亞洲國家通關自動化。 瑞士同意我於日內瓦成立駐關稅暨貿易總協定連絡辦事處。 美國貿易代表奚爾斯女士應台美工商界聯合會議邀請訪台，為斷交以來首位訪台之美國部長級官員。
1992年12月	美國貿易代表奚爾斯同意與我簽備忘錄或貿易協定，突破「蒙特婁議定書」視我為中華人民共和國一省之束縛。 經濟部確定赴中國大陸間接投資正面表列，准許項目計有3941項。農林、漁牧、工礦業，以及22類服務業與營造業被列為准許赴中國大陸投資的正面表列範圍。
1993年4月	美國公佈設立不公平貿易壁壘國家名單，台灣列名其中。 行政院農委會公布自6月起全面開放小麥進口。
1993年5月	日本通產省通商政策局局長岡松壯三郎抵台訪問，為斷交後訪台日方最高階官員。

年代（西元）	
1993年7月	經濟部決定准許加工出口區以專案申請進口中國大陸半成品。
1993年9月	台商詠祿實業公司與越南政府簽立備忘錄，自明年3月起，擁有相當台灣1/3面積林木開採權。
1993年10月	我國與荷蘭正式簽署農業合作協定，成為第一個與我國簽署這項協定的歐洲國家。
1994年2月	我國與美國關稅減讓談判結束，我方同意農產品於入關時調降，工業產品則分4年調降。
1994年4月	美國總統柯林頓宣布引用「培利修正案」，對台灣實施貿易制裁。
1994年7月	行政院通過對美調降154項農產品案關稅。 經濟部成立「貿易調查委員會」，負責產業損害的調查工作。 經濟部次長許柯生於日內瓦進行的我國入關第六次工作小組會議上宣布，我國將於9月1日取消煙酒的進口地區限制。
1994年8月	國貿局審查通過187項中華人民共和國產品開放進口。
1994年9月	我國與美國簽署貿易投資架構協定。
1995年1月	世界貿易組織（WTO）在日內瓦召開第一屆總理事會，會中通過台灣為觀察員。
1995年2月	我與南非簽署入關的雙邊協定。
1995年3月	我與印尼簽署全面租稅協定。 陸委會決議放寬中國（共）部長以下經貿官員來台訪問。
1995年4月	財政部公布香港取代美國，成為我最大出口地區。
1995年5月	境外航運中心開始接受以高雄港為轉口貨運站的航商申請。
1995年6月	1979年後首次次長級經濟對話於華府舉行，我方代表為經濟部次長許柯生。
1995年7月	經濟部長江丙坤抵越南，參加台越部長級經貿諮商會議，達成重大共識，將互予最惠國待遇。
1995年10月	放寬中國大陸台商產品（原料、零組件）回銷台灣加工後外銷。
1995年11月	波蘭「華沙貿易辦事處」（Warsaw trade office）成立。 亞太經合會（APEC），農業自由化獲共識。農委會主委孫明賢針對亞太經合會（APEC）會議焦點一農業議題表示農業自由化以WTO承諾為底限，6年內開放稻米消費量6.8萬噸到13.6萬噸，不會加重農民衝擊。 國貿局和澳洲駐台代表簽署「暫准通關證諒解備忘錄」及「避免雙重課稅協定議事錄」。 經濟部長江丙坤與中美洲5國舉行部長級圓桌會談，將簽署自由貿易區協定。 我與波蘭草簽全面租稅協定，成為第一個與我簽署的東歐國家。
1995 年 12 月	我與外蒙古簽署經貿技術協助協議。
1996年3月	美國優比速（UPS）快遞公司與交通部民航局簽立備忘錄，將在桃園中正機場設立貨物轉運中心。
1996年4月	我與加拿大完成暫准通關協定換文。 美國貿易代表署公佈「特別301」年度檢討報告，台灣自一般觀察名單中降為特別陳述名單，為7年來首度。
1996年5月	中油公司與印尼簽訂三項合作生產、技術交流協定，投資金額達美金20億，使我國成為在印尼投資排名第五的國家。 行政院陸委會全體委員會議決議大幅開放中國大陸法律、土地及營建、大眾傳播專業人士來台，並修正台海兩岸經貿許可辦法，允許公營事業自行進口中國大陸貨品。
1996年6月	經濟部公告「石油及石油產品輸入輸出生產銷售業務經營許可管理辦法」，國內油品市場將全面開放。 經濟部國貿局長林義夫在日內瓦與哥倫比亞、烏拉圭簽署入關雙邊協議。

年代（西元）	
1996年7月	國貿局決定開放柴油引擎客貨兩用車進口。 我國與美國電信諮商會議結束，雙方達成共識：我國承諾取消電信業投資報酬率上限，美方不堅持放棄20%外資限制。 台灣與馬來西亞簽署避免雙重課稅與防杜逃稅協定。 我與塞內加爾簽定「經濟暨科技合作」與「農業技術合作」兩項協定。
1996年8月	財政部全面修訂現行海關進口稅則，共1121項，平均稅率降為14.64%。
1996年10月	台、澳加入WTO諮商，澳方正式接受我國所提「農工產品及服務業減讓案」，雙邊諮商正式結束。 二手貨進口負面表列制度實施。 行政院經建會副主委薛琦表示，加入WTO的台紐雙邊諮商結束，我同意降低紐國牛肉進口關稅，並開放留學仲介業。
1996年11月	美國代理貿易代表白茜芙宣布台灣自特別301陳述名單上完全除名，擺脫自1989年以來名列智慧財產權各種名單的報復可能性。 台美加入世界貿易組織（WTO）第三次雙邊諮商會議談判，我方允諾逐步調降電子資訊業關稅至零，但電信半導體除外。
1996年12月	台灣為加入世界貿易組織（WTO）與智利完成簽署入會協議書。
1997年2月	行政院18日開會決定，開放外國高中來台招生宣傳，我國學生日後持留學簽證可出國念高中，但及齡役男不開放。
1997年3月	我與美方廿八日在華府就「開放天空」議題達成協議，未來無論我國籍或美籍航空公司，都可以台灣為亞太地區主要營運據點，華航與長榮兩家航空公司飛美航點也完全打破。 我與俄航權談判七日在莫斯科完成簽署，預計兩個月內，台北和莫斯科將可直航。
1997年4月	中華人民共和國交通部十七日核准陽明、立榮、南泰、建恆、中暫航運、萬海等台灣航商，申請由高雄港航運中心至福州、廈門航線，我方萬海等航商將在四月廿四日首航；廈門「盛達輪」十九日凌晨自廈門啟航駛向高雄。
1997年6月	我國外匯管制大幅鬆綁，中央銀行卅一日宣布，六月一日起國內公司行號每年自由結匯額度上限，將由目前的兩千萬美元調高為五千萬美元；民眾小額結匯額度未達新台幣五十萬元一律免申報。財政部稍後亦宣布，境外華僑、外國人等法人投資國內證券限額，六月二日起亦由現行的兩千萬美元調高為五千萬美元。 海基會和中國大陸海協會16日完成「台港海運商談紀要」換文，中國大陸權宜船彎靠第三地就可進出我國際港。
1997年7月	美國聯邦大陪審團十日裁決，以「共謀竊取商業機密」、「共謀從事商業賄賂」等十一項罪名，起訴台灣、永豐紙業公司顧問徐凱樂、開發部經理周華萍以及交大教授何小台。
1998年2月	與美國WTO入會諮商，我方11日作出重大讓步，外資來台投資電信事業實際控股比率，由原先不得超過20%，大幅放寬至59.99%，外資在台經營電信空間愈來愈大。 美商務部於十四日終判我半導體廠商傾銷，華邦、聯電、德碁、天下電子等反傾銷稅率幾高達百分之百。
1998年3月	經濟部國貿局8日決定，將首次動用我國貿易法，處罰「台灣接單、中國大陸出貨」的仿冒產品業者，違規者處3萬到30萬元罰鍰，或停止一個月至一年出進口廠商登記。 陸委員會明確宣示戒急用忍政兼採取「人事分離」的態度，並無禁止台塑企業集團董事長王永慶到中國會晤總理朱鎔基，但不同意漳州電廠投資案。

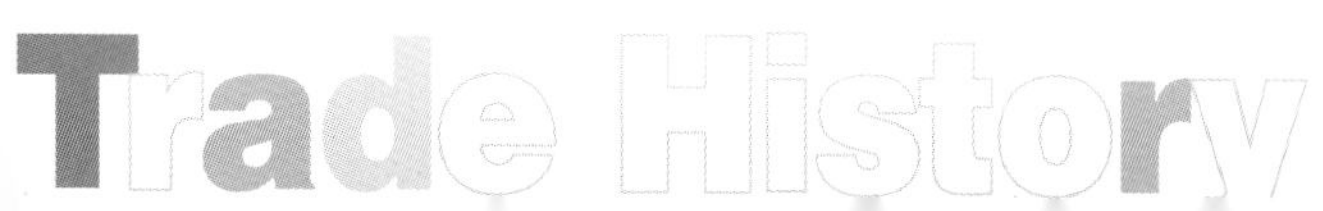

年代（西元）	
1998年4月	世界半導體協會17日通過台海兩岸半導體協會明年同時成為新會員。 我國申請加入經濟合作暨發展組織（OECD）已獲實質進展，可望成為該組織兩個委員會的觀察員。行政院日前已核走將以「台澎金馬個別關稅領域」，做為我國申請加入的正式名稱。
1998年5月	中央銀行22日宣布禁止聯名帳戶代客操作外幣保證金交易，自然人不得從事換匯交易，國內法人不得承作無本金交割遠匯（NDF）交易。
1998年6月	經濟部將再大幅放寬汽車零組件業赴中國大陸投資，並進一步開放核准赴中國大陸投資的台商汽車零組件回銷台灣。
1998年7月	我國進入世界貿易組織與歐盟的雙邊諮商二十三日正式結束；協議包括我國八月一日起大幅調降歐洲烈酒公賣利益、入會後開放小汽車進口等。 行行政院30日通過財政部的87年海關進口稅則修正草案，包括天然氣、油品、黃豆油、寶石等794項進口貨品將調降關稅。
1998年8月	基隆市台聯貨櫃通運公司產業工會16日召開臨時會員大會，通過無限期罷工案，15家船公司的1,273個貨櫃無法辦理通關提領。此一勞資糾紛於19日勞資雙方簽訂協議書後結束。
1998年9月	中華人民共和國政府大舉查稅，近百位台商負責人無法回台。
1998年10月	行政院長蕭萬長30日與企業界座談，宣示政府調整戒急用忍政策五條件，包括簽署和平協定、終止敵對狀態合併考量。
1998年12月	台塑六輕輕油裂解廠，正式產出合格乙烯，打破中油壟斷。
1999年1月	財政部將放寬台商赴中國大陸投資所需匯出商業匯款，100萬元以下的商業匯款，均可透過間接匯款匯往中國大陸。
1999年3月	美商康柏電腦宣布在台灣設立亞太地區製造技術研發中心。
1999年4月	基隆港務局要求86家船公司解釋調漲貨櫃場作業費的理由，未提出說明者，將不能在台灣經營該航線業務。
1999年5月	台越簽定農業與勞務協定，幫助越南農業生產，並輸出勞動力到台灣。 外銷品沖退稅決逐步取消，全年沖退稅金額低於50萬元、稅率50%以下、退稅金額占出口離岸價1%以下貨品先除名。
1999年7月	財政部9月將完成海關進口稅則修正工作，將有4,900項農工貨品關稅將調降，平均降稅幅度達8.25%。 財政部決定強制海外企業投資控股超過50%者，其海外投資收益每年須與國內所得合併申報繳稅。
1999年8月	中華航空十一、十二日分別和波音公司、空中巴士飛機製造集團簽訂購機合約，購機總金額達五十四億美元。
1999年9月	日本自明年4月取消我石化產品優惠關稅。
1999年10月	受921震災影響，國內電子業受到衝擊，外銷金額因此銳減，美國電腦大廠營收也受波及。
2000年3月	立法院21日三讀通過「離島開發建設條例」，讓金、馬、澎湖三地可先行試辦與中國大陸地區通航 立法院院會3月28日三讀通過「菸酒稅法」，菸酒稅開徵後，國產及進口菸酒將大幅漲價。

1952-1997進出口貨物總淨值及其比率統計表

年度	類別	出口貨物總淨值及其比率			進口貨物總淨值及其比率		
		第一名	第二名	第三名	第一名	第二名	第三名
1952年	類別	食品製品	飲料製品	化學製品	化學製品	原料製品	食品製品
	數值	1,227	127	51	444	397	236
	比例	83.62	8.62	3.45	25.13	22.46	13.37
1953年	類別	食品製品	飲料製品	非食用原材料	原料製品	食品製品	機械．輸送機械
	數值	1,736	78	62	388	286	267
	比例	87.50	3.91	3.13	23.06	16.98	15.89
1954年	類別	食品製品	飲料製品	化學製品	食品製品	原料製品	化學製品
	數值	1,201	94	62	368	351	351
	比例	82.80	6.45	4.30	20.38	19.43	19.43
1955年	類別	食品製品	飲料製品	化學製品	食品製品	化學製品	機械．輸送機械
	數值	1,621	109	62	308	308	308
	比例	84.55	5.69	3.25	18.91	18.91	18.91
1956年	類別	食品製品	化學製品	飲料製品	化學製品	食品製品	機械．輸送機械
	數值	2,286	174	149	578	549	520
	比例	77.97	5.93	5.08	20.62	19.59	18.56
1957年	類別	食品製品	飲料製品	原料別製品	機械．輸送機械	食品製品	化學製品
	數值	3,054	174	149	662	527	512
	比例	83.11	4.73	4.05	20.75	16.51	16.04
1958年	類別	食品製品	飲料製品	原料別製品	化學製品	機械．輸送機械	食品製品
	數值	3,020	297	198	926	838	681
	比例	78.20	7.69	5.13	23.45	21.24	17.26
1959年	類別	食品製品	原料別製品	飲料製品	機械．輸送機械	化學製品	食品製品
	數值	3,818	727	545	1,474	1,347	839
	比例	66.88	12.74	9.55	25.11	22.94	14.29
1960年	類別	食品製品	原料別製品	飲料製品	機械．輸送機械	化學製品	食品製品
	數值	3,492	1,055	582	1,868	1,153	1,061
	比例	58.54	17.68	9.76	27.27	16.83	15.49
1961年	類別	食品製品	原料別製品	飲料製品	機械．輸送機械	原料製品	食品製品
	數值	3,846	1,763	841	2,126	1,322	1,244
	比例	49.23	22.56	10.77	25.47	15.84	14.91

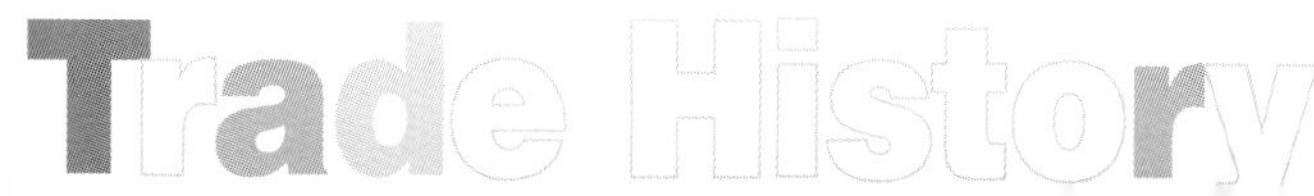

年度	類別	出口貨物總淨值及其比率			進口貨物總淨值及其比率		
		第一名	第二名	第三名	第一名	第二名	第三名
1962年	類別	食品製品	原料別製品	化學製品	非食用原材料	機械．輸送機械	化學製品
	數值	3,878	2,677	694	2,266	2,004	1,431
	比例	44.40	30.65	7.95	24.75	21.90	15.63
1963年	類別	食品製品	原料別製品	非食用原材料	非食用原材料	機械．輸送機械	原料製品
	數值	7,271	3,615	672	3,499	2,527	1,799
	比例	54.74	27.22	5.06	30.93	22.34	15.90
1964年	類別	食品製品	原料別製品	其他製品	非食用原材料	機械．輸送機械	原料製品
	數值	9,623	4,385	1,185	4,661	3,421	2,395
	比例	55.43	25.26	6.83	30.36	22.28	15.60
1965年	類別	食品製品	原料別製品	其他製品	機械．輸送機械	非食用原材料	原料製品
	數值	9,322	4,502	1,494	5,697	5,070	3,169
	比例	51.83	25.03	8.31	28.84	25.67	16.04
1966年	類別	食品製品	原料別製品	其他製品	機械．輸送機械	非食用原材料	原料製品
	數值	9,036	6,411	2,128	7,024	5,522	4,207
	比例	42.12	29.89	9.92	29.42	23.13	17.62
1967年	類別	食品製品	原料別製品	其他製品	機械．輸送機械	非食用原材料	原料製品
	數值	9,288	7,706	3,886	9,837	6,543	5,174
	比例	36.24	30.07	15.16	32.13	21.37	16.90
1968年	類別	食品製品	原料別製品	其他製品	機械．輸送機械	非食用原材料	原料製品
	數值	9,441	8,849	6,558	11,896	7,705	5,346
	比例	29.91	28.03	20.77	33.24	21.53	14.94
1969年	類別	原料別製品	食品製品	其他製品	機械．輸送機械	非食用原材料	原料製品
	數值	11,786	10,266	10,087	17,492	9,469	7,530
	比例	28.08	24.46	24.03	36.19	19.59	15.58
1970年	類別	原料別製品	其他製品	食品製品	機械．輸送機械	非食用原材料	原料製品
	數值	16,776	16,172	10,501	21,417	12,460	10,052
	比例	29.36	28.31	18.38	35.07	20.41	16.46

年度	類別	出口貨物總淨值及其比率			進口貨物總淨值及其比率		
		第一名	第二名	第三名	第一名	第二名	第三名
1971年	類別	其他製品	原料別製品	機械．輸送機械	機械．輸送機械	非食用原材料	原料製品
	數值	27,939	20,624	13,803	25,329	15,247	12,521
	比例	34.96	25.81	17.27	34.26	20.62	16.93
1972年	類別	其他製品	原料別製品	機械．輸送機械	機械．輸送機械	非食用原材料	原料製品
	數值	38,988	29,914	24,995	32,796	19,363	15,739
	比例	32.62	25.03	20.91	32.54	19.21	15.62
1973年	類別	其他製品	原料別製品	機械．輸送機械	機械．輸送機械	非食用原材料	原料製品
	數值	56,143	44,184	37,610	47,790	31,057	23,871
	比例	32.89	25.88	22.03	32.94	21.41	16.45
1974年	類別	其他製品	原料別製品	機械．輸送機械	機械．輸送機械	原料製品	非食用原材料
	數值	71,338	49,965	49,591	86,255	39,729	39,574
	比例	33.64	23.56	23.38	32.71	15.07	15.01
1975年	類別	其他製品	原料別製品	機械．輸送機械	機械．輸送機械	非食用原材料	礦物性燃料
	數值	72,952	47,703	39,345	72,084	35,297	30,753
	比例	36.21	23.68	19.53	31.83	15.59	13.58
1976年	類別	其他製品	原料別製品	機械．輸送機械	機械．輸送機械	礦物性燃料	非食用原材料
	數值	119,216	72,829	46,390	88,438	49,709	41,628
	比例	40.94	25.01	15.93	30.59	17.19	14.40
1977年	類別	其他製品	機械．輸送機械	原料別製品	機械．輸送機械	礦物性燃料	非食用原材料
	數值	134,128	79,475	79,125	141,568	60,540	51,762
	比例	37.85	22.43	22.33	37.48	16.03	13.70
1978年	類別	其他製品	原料別製品	機械．輸送機械	機械．輸送機械	礦物性燃料	非食用原材料
	數值	173,178	109,797	109,062	121,899	70,076	61,459
	比例	37.02	23.47	23.31	30.03	17.27	15.14
1979年	類別	其他製品	原料別製品	機械．輸送機械	機械．輸送機械	礦物性燃料	非食用原材料
	數值	208,657	147,827	136,290	155,300	94,853	82,914
	比例	36.07	25.56	23.56	29.27	17.88	15.63
1980年	類別	其他製品	機械．輸送機械	原料別製品	機械．輸送機械	礦物性燃料	非食用原材料
	數值	270,611	176,017	163,484	198,626	181,377	97,384
	比例	38.00	24.71	22.95	27.92	25.49	13.69

年度	類別	出口貨物總淨值及其比率			進口貨物總淨值及其比率		
		第一名	第二名	第三名	第一名	第二名	第三名
1981年	類別	其他製品	機械．輸送機械	原料別製品	機械．輸送機械	礦物性燃料	非食用原材料
	數值	316,260	212,405	189,257	220,592	201,275	96,877
	比例	38.11	25.60	22.81	28.33	25.85	12.44
1982年	類別	其他製品	機械．輸送機械	原料別製品	機械．輸送機械	礦物性燃料	非食用原材料
	數值	339,719	218,889	187,754	205,799	179,170	94,162
	比例	39.31	25.33	21.72	27.96	24.34	12.79
1983年	類別	其他製品	機械．輸送機械	原料別製品	機械．輸送機械	礦物性燃料	非食用原材料
	數值	395,150	263,827	219,740	217,889	195,251	104,146
	比例	39.30	26.24	21.86	26.77	23.99	12.80
1984年	類別	其他製品	機械．輸送機械	原料別製品	機械．輸送機械	礦物性燃料	非食用原材料
	數值	475,960	338,997	251,108	247,390	187,310	117,278
	比例	39.51	28.14	20.84	28.41	21.51	13.47
1985年	類別	其他製品	機械．輸送機械	原料別製品	機械．輸送機械	礦物性燃料	非食用原材料
	數值	474,001	340,807	263,829	223,769	172,596	104,097
	比例	38.76	27.87	21.57	27.91	21.52	12.98
1986年	類別	其他製品	機械．輸送機械	原料別製品	機械．輸送機械	化學製品	原料製品
	數值	588,666	440,042	306,504	296,857	133,034	130,187
	比例	39.07	29.21	20.34	32.39	14.52	14.21
1987年	類別	其他製品	機械．輸送機械	原料別製品	機械．輸送機械	原料製品	化學製品
	數值	632,764	552,214	342,754	386,016	161,448	149,022
	比例	37.10	32.38	20.10	34.68	14.50	13.39
1988年	類別	機械．輸送機械	其他製品	原料別製品	機械．輸送機械	原料製品	化學製品
	數值	609,402	577,474	357,132	468,272	205,619	180,691
	比例	35.24	33.39	20.65	32.92	14.45	12.70
1989年	類別	機械．輸送機械	其他製品	原料別製品	機械．輸送機械	原料製品	化學製品
	數值	648,024	555,059	363,210	500,013	231,188	180,400
	比例	37.08	31.76	20.78	36.08	16.68	13.02
1990年	類別	機械．輸送機械	其他製品	原料別製品	機械．輸送機械	原料製品	化學製品
	數值	705,178	520,452	384,873	544,036	227,343	186,079
	比例	39.12	28.87	21.35	36.96	15.45	12.64

年度	類別	出口貨物總淨值及其比率			進口貨物總淨值及其比率		
		第一名	第二名	第三名	第一名	第二名	第三名
1991年	類別	機械．輸送機械	其他製品	原料別製品	機械．輸送機械	原料製品	化學製品
	數值	799,416	574,741	438,944	604,121	296,913	229,660
	比例	39.17	28.16	21.51	35.73	17.56	13.58
1992年	類別	機械．輸送機械	其他製品	原料別製品	機械．輸送機械	原料製品	化學製品
	數值	839,953	548,388	435,721	714,401	311,768	217,122
	比例	41.01	26.78	21.28	39.32	17.16	11.95
1993年	類別	機械．輸送機械	其他製品	原料別製品	機械．輸送機械	原料製品	化學製品
	數值	989,626	512,684	488,209	801,071	380,909	238,886
	比例	44.20	22.90	21.80	39.37	18.72	11.74
1994年	類別	機械．輸送機械	原料別製品	其他製品	機械．輸送機械	原料製品	化學製品
	數值	1,113,258	578,652	471,759	882,837	398,583	283,626
	比例	45.33	23.56	19.21	39.04	17.62	12.54
1995年	類別	機械．輸送機械	原料別製品	其他製品	機械．輸送機械	原料製品	化學製品
	數值	1,419,868	684,373	468,214	1,102,272	486,618	364,385
	比例	48.14	23.20	15.87	40.19	17.74	13.28
1996年	類別	機械．輸送機械	原料別製品	其他製品	機械．輸送機械	原料製品	化學製品
	數值	1,599,180	723,391	475,513	1,112,088	418,866	357,221
	比例	50.34	22.77	14.97	39.50	14.88	12.69
1997年	類別	機械．輸送機械	原料別製品	其他製品	機械．輸送機械	原料製品	化學製品
	數值	1,828,762	809,676	489,449	1,324,442	472,793	390,710
	比例	52.53	23.26	14.06	40.43	14.43	11.93

資料來源：歷年臺灣進口貨物總淨值及其比率統計表（按稅則類別、章別分）
歷年臺灣出口貨物總淨值及其比率統計表（按稅則類別、章別分）